BEATE SAUER

# Der Stern der Theophanu

*Buch*

Im Winter des Jahres 972 trifft die blutjunge byzantinische Prinzessin Theophanu zum ersten Mal ihren zukünftigen Ehemann, den deutschen Thronfolger Otto III., einen temperamentvollen, intelligenten und gut aussehenden jungen Mann, in den sie sich auf den ersten Blick verliebt. Wenige Wochen später treten die beiden vor den Traualtar, und Theophanu wird zur Kaiserin des römisch-deutschen Reichs gekrönt. Für das junge, schöne Mädchen steht aber mehr auf dem Spiel als nur die Einheirat in die bedeutendste Familie des Abendlandes: Eine Wahrsagerin hat ihr nämlich prophezeit, dass es ihr entweder gelingen werde, eine mächtige Krone zu erringen – oder dass sie eines gewaltsamen Todes sterben werde.

Die junge Herrscherin hat es jedoch alles andere als einfach in ihrer neuen Heimat: Nicht nur das raue Klima, sondern auch die offene Abneigung ihrer Schwiegermutter und deren Verbündeter machen ihr das Leben schwer. Doch wenn Theophanus Widersacher glauben, leichtes Spiel mit der jungen Frau zu haben, müssen sie sich schnell eines Besseren belehren lassen: Klug, besonnen und fest entschlossen, ihren Widersachern nicht nachzugeben, ist die charismatische Theophanu ihrem Gatten Stütze und Beraterin und kämpft gemeinsam mit Otto um das, was ihr zusteht: die rechtmäßige Thronfolge ...

*Autorin*

Beate Sauer wurde 1966 in Aschaffenburg geboren. Sie studierte Philosophie und katholische Theologie in Würzburg und Frankfurt am Main. Sie lebt und arbeitet als freie Autorin in Bonn.

Von Beate Sauer außerdem bei Goldmann lieferbar:

Die Buchmalerin (46178)

Beate Sauer

# Der Stern der Theophanu

Roman

GOLDMANN

FSC
Mix
Produktgruppe aus vorbildlich bewirtschafteten Wäldern und anderen kontrollierten Herkünften
Zert.-Nr. SGS-COC-1940
www.fsc.org


Verlagsgruppe Random House FSC-DEU-0100
Das für dieses Buch verwendete FSC-zertifizierte Papier *München Super* liefert Mochenwangen.

1. Auflage
Originalausgabe März 2009

Umschlaggestaltung: Design Team München
Umschlagmotiv: Collage: Bridgeman Art Library und Corbis
AM · Herstellung: MW
Redaktion: Almut Münch
Satz: DTP Service Apel, Hannover
Druck und Bindung: GGP Media GmbH, Pößneck
Printed in Germany
ISBN 978-3-442-46816-4

www.goldmann-verlag.de

# Prolog

Prinzessin, wacht auf!«

Noch im Halbschlaf ahnte Theophanu, dass etwas Schlimmes geschehen war. Benommen öffnete sie die Augen. Im Schein einiger Kerzen beugte sich ihre Dienerin Imiza über sie.

»Was ist geschehen?«, fragte das Mädchen und richtete sich auf. Unter ihrem dünnen Nachthemd spürte sie den eisigen Wind, der schon seit einigen Tagen vom Meer her landeinwärts wehte und bis in die Zimmer des Kaiserpalastes drang.

»Eure Mutter wünscht, Euch zu sehen, Prinzessin.«

Theophanu stockte der Atem. »Mein Vater ...?« Konstantin Skleros, ein breitschultriger, meist heiterer Mann und hoher Offizier, befand sich seit einigen Monaten auf einem Feldzug gegen die Russen.

»Nein, Euer Vater ist wohlauf.«

»Warum möchte meine Mutter mich dann sprechen?«

»Sie wird es Euch selbst sagen.« Imiza wich dem Blick des Mädchens aus. Ihre Stimme klang beschwichtigend, als ob sie zu einem Kleinkind und nicht zu einer Elfjährigen spräche, die fast schon das Erwachsenenalter erreicht hatte. Schweigend half sie ihrer jungen Herrin in die weichen Pantoffeln und legte ihr einen Samtumhang über das Nachthemd.

Fürstin Sophia saß auf ihrem Lieblingsplatz, einem mit roten und goldenen Samtkissen bestückten Diwan in einem Erker.

Als Theophanu näher kam, bemerkte sie, dass die Haut ihrer Mutter sehr bleich und ihre großen Augen vom Weinen gerötet waren.

Fürstin Sophia lächelte und nahm ihre Hände. »Komm, mein Kleines, setz dich neben mich.« Sie bemühte sich, ruhig und fest zu sprechen. Dennoch zitterte ihre Stimme.

Theophanu sah sie ernst an. »Mutter, was ist …?«, fragte sie gepresst.

»Nikephoros Phokas ist tot.«

»Was? Der Kaiser ist gestorben?«

»Ja, heute Nacht«, flüsterte Sophia und wandte den Blick ab.

Theophanu wollte die Mutter fragen, wie Phokas ums Leben gekommen war. Doch etwas in deren starrem Antlitz hielt sie zurück. Insgeheim verachtete sie ihre Mutter dafür, dass sie ihr auswich. Und sich selbst, weil sie zu feige war, nach der Wahrheit zu forschen.

»Für uns ändert sich nichts. Johannes Tzimiskes hat die Macht übernommen.« Sophia versuchte, zuversichtlich zu klingen.

Theophanu nickte stumm. Nun war also der Onkel an die Stelle des Großonkels getreten.

Die Mutter streichelte ihre Hände, noch immer ohne sie anzusehen, und hieß sie nach einer Weile gehen.

Draußen auf dem Flur musterte Imiza sie besorgt. Sie weiß genau, was geschehen ist, ging es Theophanu durch den Kopf. Die Dienerschaft ist immer über alles informiert, was im Palast geschieht.

Sie hatten fast schon Theophanus Räume erreicht, als sie ein mit Goldblech verziertes Portal passierten. Dahinter lagen die kaiserlichen Gemächer. Einer der beiden Türflügel stand offen. Ohne zu wissen, warum sie dies tat, rannte Theophanu hindurch.

»Prinzessin, kommt zurück!«, hörte sie Imiza rufen. Doch

sie hetzte weiter über die schwarz-weiß gemaserten Marmorplatten. Dieser Gang war höher und breiter als der, den sie eben zusammen mit ihrer Dienerin durchquert hatte. Im fahlen Licht der Öllampen, die von der Decke herabhingen, konnte Theophanu die Mosaikverzierungen an den Wänden ausmachen.

»Prinzessin, so wartet doch!«, erklang wieder Imizas atemlose Stimme hinter ihr.

Ein kalter Windhauch streifte Theophanu und brachte die Flammen der Deckenlampen zum Flackern. Als sie die Mitte des Flures erreicht hatte, verloren ihre Füße auf dem glatten Marmorboden den Halt. Sie schlitterte über die Platten, bis sie sich schließlich an einer Säule abstützen konnte. Das Fenster neben der Säule stand offen und gab den Blick auf einen grauen, wolkenverhangenen Morgenhimmel frei, der sich über einem der zahlreichen Innenhöfe des Palastes wölbte.

Theophanu setzte bereits zum Weiterlaufen an, als sie im zertretenen Schnee die Leiche eines nackten Mannes liegen sah.

Ohne nachzudenken rannte das Mädchen auf den Hof und ließ sich neben dem Leichnam auf die Knie sinken. Sofort begann der Matsch, ihr dünnes Hemd zu durchnässen. Der Tote war ein mittelgroßer, kräftig gebauter Mann, dessen Züge grausam entstellt waren. Geronnenes Blut bedeckte sein kantiges Gesicht wie eine Maske, und seine ehemals gebogene Nase war zu einem unförmigen Klumpen zerschlagen. Über dem rechten, zugeschwollenen Auge klaffte eine tiefe Wunde, und mit dem linken schien er ins Leere zu blicken. Die Pupille war bis unter das Lid verdreht, als hätte er versucht, seinen von Blutergüssen überzogenen kahlen Schädel zu betrachten. Auch Brust und Gliedmaßen des Toten waren blutüberströmt und mit dunklen Striemen überzogen. Theophanus Blick wanderte nach unten. Das, was einmal sein Geschlecht gewesen war, war nur noch eine zerfetzte, blutige Masse.

Theophanu wurde so übel, dass sie sich erbrach. Nikephoros Phokas, der Kaiser, der mächtigste Mann des oströmischen Reiches, war auf brutalste Weise umgebracht und sein Leichnam wie ein Stück Unrat weggeworfen worden. Vor nicht einmal einer Woche hatte sie ihn zuletzt gesehen. Unter den Jubelrufen der Menge hatte er in der kaiserlichen Loge im Hippodrom gesessen und einem Pferderennen beigewohnt und wie immer eine machtvolle Energie ausgestrahlt. Nichts hatte an jenem Tag darauf hingedeutet, dass seine Herrschaft so bald ein schreckliches Ende nehmen würde.

»Prinzessin, kommt schnell weg von hier!« Imizas Flüstern an ihrem Ohr brachte Theophanu wieder zu sich. Verwirrt bemerkte sie, dass ihr Hemd nass und kalt an ihrem Körper klebte und dass sie von einem krampfartigen Zittern geschüttelt wurde.

»Bitte, beeilt Euch. Noch hat Euch niemand gesehen«, drängte die Dienerin.

Willenlos ließ sich Theophanu von Imiza auf die Füße helfen und wegführen.

Zurück in ihren Zimmern, nahm Theophanu alles nur wie durch einen Nebel wahr: wie Imiza ihr das Hemd auszog, sie mit einem weichen Tuch abtrocknete und ihr dann eine Wolldecke um die Schultern legte. Sie ließ sich zu einem mit Schnitzereien verzierten Stuhl führen und beobachtete von dort, wie die Dienerin das besudelte Hemd hastig in ein Tuch einschlug und unter ihr Bett schob.

Theophanu konnte das zerschlagene Gesicht des toten Kaisers nicht aus ihren Gedanken verbannen. Das linke Auge, das blicklos zum Himmel emporstarrte.

»Trinkt das, mein Täubchen, gleich geht es Euch wieder besser!« Imiza hielt ihr einen Metallbecher an den Mund. Gehorsam öffnete Theophanu die Lippen und schluckte den warmen, gewürzten Wein.

»Ja, so ist es gut. Nun kommt«, murmelte Imiza zärtlich

und führte Theophanu zu einem bronzenen Becken, in dem eine Magd ein Bad für die Prinzessin bereitet hatte.

Das warme Wasser tat Theophanu wohl. Allmählich ließ das krampfartige Zittern nach, und ihr Geist wurde wieder klar.

»Imiza, versprich mir, dass du meinen Eltern nichts davon sagst, dass ich …« Ihre Stimme erstarb. Die Erkenntnis, dass sie es nur dann ertragen würde, im Palast weiterzuleben, wenn sie das, was sie im Innenhof erblickt hatte, tief in sich verschloss, schmerzte.

Die Dienerin unterbrach ihr sanftes Gemurmel und schaute Theophanu an. »Ihr hättet nicht an diesem Ort sein sollen!« Ihre sonst so unbekümmerten Augen waren traurig und voller Mitleid. Dankbarkeit und Zuneigung durchströmten Theophanu.

»Irgendetwas hat mich dorthin getrieben«, flüsterte sie. »Es war, als hätte ich unter einem Bann gestanden.«

Imiza bedachte sie mit einem forschenden Blick. »Ich werde Euren Eltern nichts sagen«, versprach sie schließlich.

Mit dieser Zusage gewann Theophanu ihre Selbstbeherrschung zurück. »Gut, dann hilf mir bitte, mich abzutrocknen und anzukleiden«, befahl sie. Obwohl sie noch sehr jung war, ahnte sie, dass sie ihr gewohntes Leben unverzüglich wieder aufnehmen musste. Denn sonst würde sie vielleicht niemals wieder hineinfinden.

*

Was Fürstin Sophia vorhergesagt hatte, trat ein: Für Theophanus Familie änderte sich nichts. Niemand vertrieb sie aus ihren fürstlichen Gemächern im kaiserlichen Palast. Ihr Vater Konstantin behielt seine herausragende Stellung in der Armee und konnte sich nach seiner Rückkehr nach Konstantinopel problemlos in den Beraterkreis des neuen Kaisers Johannes Tzimiskes eingliedern. Er war ein starker, gut aussehender und redegewandter Mann, der zufrieden mit sich und der Welt war.

Theophanu hoffte, dass der Vater nichts von dem grausamen Mord und dem Umsturz gewusst hatte, doch sie wagte es nie, ihn danach zu fragen. Wie alle anderen im Palast verhielt er sich, als hätte der grausam ermordete Kaiser Nikephoros Phokas nie gelebt.

Wenn sich Theophanu gelegentlich in der Stadt aufhielt oder ein Pferderennen im Hippodrom besuchte, sah sie, dass die Namen des früheren Kaisers von den öffentlichen Standbildern abgeschlagen worden waren. Und die Menge, die früher Nikephoros Phokas zugejubelt hatte, applaudierte nun Johannes Tzimiskes.

Zu seinen Lebzeiten hatte Theophanu Nikephoros Phokas gegenüber nie Liebe empfunden, sondern nur scheue Ehrfurcht, wie sie dem Kaiser eben gebührte. Doch anders als die Menschen in ihrer Umgebung konnte sie den Toten nicht vergessen.

Manchmal träumte sie, dass sie wieder neben ihm im Schnee kniete. In diesen Träumen lebte Nikephoros Phokas noch. Seitdem schloss sie den früheren Kaiser in ihre Gebete ein.

*

Im Februar – etwa zwei Monate nach dem Mord an Nikephoros Phokas – änderte sich das Wetter über Nacht. Die Eiseskälte wich einer milden Witterung. Theophanu verbrachte den Vormittag gemeinsam mit Jacobus, einem ihrer Lehrer, in der Bibliothek ihres Vaters, einem großen Raum, der nur aus Regalen voller Schriftrollen und Bücher zu bestehen schien. So sehr Theophanu die Lateinstunden bei ihrem Lehrer sonst genoss: An diesem Tag ertappte sie sich immer wieder dabei, wie sie sehnsüchtig zu den Fenstern hinüberschaute. Von draußen fiel Sonnenschein durch das Glas und bildete auf dem schachbrettartigen Fußbodenmosaik breite Lichtbahnen. Von den Terrassen erklang Vogelgezwitscher. Plötzlich hatte sie das Gefühl, zwischen den Wänden des Palastes zu ersticken. Sie wollte nur noch eines: hinaus, in die Stadt.

*

Auf dem riesigen Platz zwischen dem Palast und der Hagia Sophia, der Hauptkirche der Stadt, erstreckte sich ein Markt. Gemeinsam mit Imiza und einigen anderen Dienerinnen schlenderte Theophanu zwischen den Buden umher. Sie lauschte auf das Stimmengewirr, das dann und wann der laute Ruf eines Händlers durchbrach, und ließ sich an verschiedenen Ständen Samt- und Seidenstoffe sowie Schmuckstücke zeigen. Vor der Auslage eines alten griechischen Händlers, der Bücher feilbot, verweilte die Prinzessin besonders lange. Sie blätterte in den Schriften und erwarb schließlich eine Ausgabe von Ovids Metamorphosen, die mit kostbaren Miniaturen ausgestattet war. Als Theophanu sich umblickte, bemerkte sie, dass Imiza und die anderen Dienerinnen sich einige Schritte entfernt hatten. Ein Junge mit einem dressierten Affen hatte ihre Aufmerksamkeit erregt.

Gerade als Theophanu zu ihnen gehen wollte, humpelte eine alte Frau auf sie zu und schnitt ihr den Weg ab. Über den tief gekrümmten Rücken der Greisin hing ein zerschlissener Umhang aus dunkelblauem Samt, der nur noch durch Flicken und Nähte zusammengehalten wurde. Das Gesicht der Alten war von Falten durchfurcht, und die Haarsträhnen, die ihr in die Stirn fielen, waren eisgrau. Sie gehörte wohl zu der Gruppe Zigeuner, die in ihren schäbigen, grellbunten Gewändern in der Nähe des Hauptportals lagerten und die Markt- und Kirchenbesucher anbettelten.

Theophanu fasste in den Beutel an ihrem mit Goldplättchen besetzten Gürtel und zog ein Geldstück hervor.

»Meine Schöne«, die Alte lächelte sie an, »lasst mich Euch die Zukunft vorhersagen.«

»Ich muss in den Palast zurückkehren«, wehrte Theophanu ab, »vielleicht ein andermal.« Sie reichte der Zigeunerin das Geldstück.

Doch mit einer geschmeidigen Bewegung fasste die Alte sowohl nach der Münze als auch nach Theophanus linker Hand. Sie hielt die Finger der Prinzessin fest und drehte die Handfläche nach oben.

Unter dem Beifall von Imiza und den anderen Dienerinnen schlug der Affe einen doppelten Salto. Theophanu unterdrückte ein Seufzen und ergab sich in ihr Schicksal. Sicher würde ihr die alte Frau nun Glück in der Liebe, Reichtum und ein langes Leben prophezeien.

»Meine Schöne, ich sehe ...« Die Zigeunerin richtete den Blick auf die Linien in Theophanus Hand. Urplötzlich schwand das zuvorkommende Lächeln von ihrem Antlitz. Ihre Miene wurde ernst und starr, als versuchte sie, sich auf etwas weit Entferntes zu konzentrieren.

»Was hast du?«, fragte Theophanu, die gegen ihren Willen erschrak.

Die Alte antwortete jedoch nicht, sondern fuhr mit ihrem welken Zeigefinger nur langsam die Linien auf Theophanus Hand nach.

»Nun sag schon«, Theophanu versuchte zu lachen, »werde ich in den nächsten Tagen schlimm vom Pferd stürzen oder Schelte von einem meiner Lehrer bekommen? Oder wird mich eine Krankheit wochenlang ans Bett fesseln? Ich verspreche dir, ich halte das schon aus, was du mir sagen willst.«

»Hört mir gut zu!« Noch immer war die Aufmerksamkeit der Alten auf Theophanus Hand gerichtet. Ihre Stimme klang leise und drängend. »Ich sehe die Krone eines mächtigen Reiches. Ihr müsst diese Krone erringen, sonst werdet

Ihr eines gewaltsamen Todes sterben. Aber selbst wenn es Euch gelingt, die Krone zu gewinnen, könnt Ihr Euch nicht sicher sein, dass Ihr die Macht halten werdet. Euch stehen viele Kämpfe bevor.«

Theophanu versuchte sich zu beruhigen und sagte sich, dass ihr die alte Frau gewiss nur ein Märchen auftischte, um mehr Geld von ihr zu bekommen. Trotzdem überlief sie ein Schauder.

Die dunklen Augen der Zigeunerin wirkten wie Löcher, die bis in die Unendlichkeit reichten. Theophanu glaubte, den Boden unter ihren Füßen zu verlieren. Sie fühlte sich seltsam schwach, und ihr wurde übel.

»Ich kann nicht sehen, wie sich Euer Schicksal entscheiden wird«, fuhr die Alte fort. »Für die meisten Menschen ist das Leben in der Bahn der Sterne vorgezeichnet. Einer Bahn, der die Linien auf der Handinnenseite entsprechen. Ihr gehört zu den wenigen Menschen, denen es gegeben ist, ihr Leben selbst zu bestimmen. Beides ist möglich – dass Ihr scheitert oder dass Ihr triumphiert.«

Die Wahrsagerin runzelte die Stirn und blickte noch einmal prüfend auf Theophanus Handfläche hinab. »Etwas kann ich noch sehen. Einen Stern, der am helllichten Tag über den Himmel wandert. Dieser Stern bezeichnet einen Tag, der sehr wichtig für Euch sein wird. Sei es im Guten oder im Bösen.«

In diesem Moment trat Imiza neben sie.

»Und vergesst niemals: Ihr müsst die Krone erringen!« Die Zigeunerin blickte Theophanu noch einmal eindringlich an, ehe sie eilig davonhumpelte.

»Hat sie Euch belästigt?«, fragte die Dienerin.

Theophanu schüttelte den Kopf. »Nein, die Alte hat mir nur eine glänzende Zukunft vorausgesagt. Wie es Wahrsagerinnen nun einmal tun.«

»Ich hoffe, doch auch Glück in der Liebe.« Imiza lächelte, und in ihre runden Wangen kerbten sich Grübchen.

»Ja, das ebenfalls.« Theophanu bemühte sich, das Lächeln zu erwidern. Aber sie fühlte sich noch immer merkwürdig schwach.

*

Einige Tage nach ihrer Begegnung mit der alten Frau wurde Theophanu jäh aus ihrer Unterrichtsstunde gerissen. Sie hatte gerade mit ihrem Lehrer Jacobus auf Latein über eine Schrift des Aristoteles diskutiert, als ihr Vater den Raum betrat. Er wirkte aufgeregt, aber auch erfreut. »Theophanu, lass dir sofort deine besten Gewänder anlegen! Johannes Tzimiskes wünscht, dich zu sehen.«

»Der Kaiser?« Erschrocken erhob sich Theophanu. »Aus welchem Grund?«

»Warum will ein Herrscher wohl eine junge Verwandte sehen?« Ihr Vater zwinkerte ihr zu und grinste. »Meistens, weil eine Heirat ansteht, sollte man meinen, oder? Sein Neffe Georgios ist nur zwei Jahre älter als du und bisher noch nicht versprochen. Er hat sich übrigens zu einem hübschen und intelligenten jungen Mann entwickelt. Johannes Tzimiskes schätzt ihn sehr, hört man. Und ich sage dir: Der Junge wird es am Hof noch zu etwas bringen.«

Georgios ... Während Theophanu sich hastig für die Audienz zurechtmachte – sie legte ein rotes Samtgewand an, das ein Blütenmuster aus winzigen Goldplättchen zierte, und ließ sich von Imiza die langen schwarzen Haare kämmen –, sann sie über das Gehörte nach. Als Kinder hatten Georgios und sie sich einige Male gesehen. Das letzte Mal, als Theophanu acht und der Junge zehn Jahre alt gewesen war. Imiza hatte damals behauptet, Georgios sei in Theophanu verliebt.

Die junge Prinzessin lächelte. Sie hatte ihn gemocht. Und es hatte immer Spaß gemacht, mit ihm Zeit zu verbringen: Auf dem Landgut ihrer Eltern waren sie gemeinsam ausgeritten, hatten Ball gespielt oder waren durch Wiesen gestreift. Wenn Georgios sich in den letzten Jahren nicht allzu sehr verändert hatte, würde er ein guter Gatte werden und die Ehe mit ihm ähnlich wie die ihrer Eltern: eine Beziehung, die auf gegenseitigem Respekt aufbaute. Die Winter würden sie in Konstantinopel im kaiserlichen Palast verbringen und die Sommer auf einem ihrer Landgüter. Wie es aussah, wartete ein ruhiges und durchaus zufrieden stellendes Leben auf sie.

»So …« Mit einer kleinen Bürste fuhr Imiza noch einmal Theophanus Brauen nach. Sie rückte ihr den goldenen Stirnreif zurecht und verteilte einige Tropfen Orangenblüten-Essenz hinter ihren Ohren. Noch einmal betrachtete sie die Prinzessin prüfend, ehe sie ihr einen blank polierten Bronzespiegel reichte. »Ihr seht sehr schön aus.«

»Findest du?« Theophanu lachte, obwohl ihr nicht nach Fröhlichkeit zumute war.

Aus dem Spiegel blickte ihr eine Fremde entgegen, ein junges Mädchen mit kirschförmigem Mund, einer leicht gebogenen Nase und den zarten Gesichtsknochen ihrer Mutter. Die großen braunen, von langen Wimpern beschatteten Augen, die Theophanu von ihrem Vater geerbt hatte, besaßen eine Strahlkraft, die manchen Menschen in ihrer Umgebung unheimlich war. Fürstin Sophia hatte ihr deshalb oft gesagt, dass sie die Lider niederschlagen solle. Und wahrscheinlich hatte sie recht gehabt: Die letzten Monate hatten Theophanu gelehrt, dass es wichtig war, nicht zu viel von ihren Gedanken und Gefühlen zu verraten. Ihre Miene, das wusste sie, konnte sie mittlerweile gut kontrollieren. Nur mit ihren Augen gelang ihr dies noch nicht so recht. Wenn sie sich freute, schimmerten sie bernsteinfarben. Sobald sie aber zornig wurde, wenn sie aufgeregt war oder sich ängstigte, verdunkelte sich die Farbe sofort. In solchen Momenten wirkte die Iris fast schwarz.

Theophanu hatte eben Imiza den Spiegel zurückgegeben und sich von ihrem Schemel erhoben, als ihre Eltern ins Zimmer geeilt kamen. Auch sie trugen prächtige Gewänder. »Bist du so weit?«, fragte Konstantin Skleros aufgeregt und blieb vor Theophanu stehen. Er hielt seine Tochter auf Armeslänge von sich und betrachtete sie mit einem stolzen Lächeln. »Gut!«, sagte er und nickte anerkennend.

Fürstin Sophia strich ihrer Tochter über die Wange. Obwohl auch sie lächelte, schimmerten ihre Augen feucht. Sie schien noch etwas zu Theophanu sagen zu wollen, doch Konstantin Skleros drängte: »Nun kommt endlich! Wir können Johannes Tzimiskes nicht warten lassen.«

Theophanu folgte ihren Eltern durch genau jene Flure, die sie am Morgen nach dem Umsturz entlanggerannt war. Am Ende des Ganges, durch dessen Fenster sie den verschneiten Innenhof gesehen hatte, war jetzt ein bewaffneter Wachsoldat postiert.

Weitere Soldaten bewachten die Tür zu den innersten kaiserlichen Gemächern. Zwei von ihnen zogen für Theophanu und ihre Eltern die schweren Flügel auf.

Was Theophanu nun sah, verschlug ihr den Atem: Der Saal, der sich vor ihnen auftat, war riesig. Der Boden und die Wandsäulen waren aus rot gemasertem Marmor gefertigt. In der Mitte des Raums stand ein mächtiger Tisch aus dunklem, beinahe schwarzem Holz. Um ihn herum waren hochlehnige Stühle gruppiert, die mit purpurnem Samt bezogen waren. Hier hielt der Kaiser Rat. Zu den Männern, die er bei diesen Gelegenheiten einbestellte, gehörte auch Konstantin Skleros.

Doch Theophanu hatte keine Zeit, sich ausgiebig umzusehen. Die Soldaten rissen bereits die nächste Tür vor ihr und ihren Eltern auf. Ihr Herz klopfte wild. Gleißendes Licht schien ihr entgegen. Der Saal, den die junge Prinzessin nun betrat, war ebenso groß, aber höher als der vorherige, und als Theophanu aufblickte, schaute sie in eine gewaltige, mit vergoldeten Mosaiksteinen ausgekleidete Kuppel, die mit den Bildnissen der Herrscher und Herrscherinnen des alten römischen Reiches und Ostroms geschmückt war.

Das rückwärtige Viertel des Raumes wurde von einer Balustrade aus demselben rötlichen Marmor abgegrenzt, wie er auch für den Audienzsaal verwendet worden war. Dahinter konnte Theophanu ein Podest ausmachen. Umgeben von Dienern, thronte auf einem marmornen Sitz ein massiger Mann. Johannes Tzimiskes. Der Kaiser. Ihr Onkel, der seinen Vorgänger grausam hatte ermorden lassen.

Theophanu schlug die Augen nieder. Der Weg von der Tür zur Balustrade erschien ihr unendlich lang und gleichzeitig viel zu kurz. Gemeinsam mit ihrem Vater und ihrer Mutter kniete sie schließlich davor nieder und berührte mit der Stirn den kalten Steinboden. Einige Momente ließ Johannes Tzimiskes sie in dieser Haltung verharren, ehe er den Dienern, die vor der Balustrade bereitstanden, einen Wink erteilte. Die Bediensteten halfen Theophanu und ihren Eltern auf und geleiteten sie zu drei Samtstühlen. Das Mädchen dirigierten sie auf den mittleren Sitz, der Vater nahm rechts, die Mutter links von ihr Platz.

Während sie sich setzte, warf Theophanu dem Kaiser unter ihren langen Wimpern hervor einen raschen Blick zu. Noch nie zuvor hatte sie Johannes Tzimiskes aus so großer Nähe gesehen. Im Vergleich zu den kostbar gekleideten Dienern wirkte sein einfaches blaues Samtgewand fast ärmlich. Als einzigen Schmuck trug er einen goldenen Stirnreif und einen schweren Ring an der rechten Hand. Sein Haar war kurz geschoren und grau, der Schädel wuchtig und das Gesicht breit. Geplatzte rote Äderchen durchzogen die Wangen. Die Augen unter den dichten grauen Brauen waren klein und hatten einen eigenartigen sandfarbenen Ton. Sie wirkten hart und kalt wie Diamanten.

Theophanu schaute wieder zu Boden. Aber sie spürte, wie Johannes Tzimiskes sie musterte. Als er zu reden begann, klang seine Stimme schleppend und rau: »Du bist jetzt in heiratsfähigem Alter und, wie ich sehe, recht hübsch.«

Der Vater hatte also recht gehabt. Der Kaiser beabsichtigte tatsächlich, sie zu vermählen. Erleichterung durchströmte Theophanu.

»Otto, der Sachsenkaiser aus dem Haus der Liudolfinger, wünscht, seine Familie mit dem byzantinischen Herrscherhaus zu verbinden. Sein Sohn und Thronfolger soll eine im Purpur geborene Prinzessin aus der Familie meines Vorvorgängers heiraten. Altersmäßig würde Prinzessin Anna gut zu dem jungen Liudolfinger passen.« Johannes Tzimiskes schwieg.

Verwundert fragte sich Theophanu, warum er auf die Pläne des abendländischen Herrschers zu sprechen kam. Die Prinzessinnen der kaiserlichen Dynastie wurden immer abgesondert aufgezogen und hatten wenig Kontakt zu den fürstlichen Familien am Hof. Deshalb kannte sie das Mädchen, das der Kaiser als Braut auserwählt hatte, nur flüchtig. Anna war hübsch und sollte sanft und fromm sein, wie die Höflinge sich erzählten.

»Um seinem Wunsch Nachdruck zu verleihen, hat Otto einige byzantinische Städte in Süditalien angegriffen«, fuhr Johannes Tzimiskes fort. »Das Geplänkel mit ihm kommt mir äußerst ungelegen. In dieser Gegend machen mir die Sarazenen zurzeit genug zu schaffen. Ich habe aber nicht vor, dem Thronfolger die Prinzessin Anna oder irgendeine andere kaiserliche Prinzessin als Braut zu schicken. Denn das würde Otto und seine Familie zu sehr aufwerten. Deshalb habe ich beschlossen, diesen Liudolfingern stattdessen dich als künftige Gemahlin des Thronfolgers zu senden.«

Theophanu vernahm den leisen, erschrockenen Schrei ihrer Mutter und sah ihren Vater auffahren. Ihre Gedanken wirbelten durcheinander. Es ging also nicht um eine Heirat mit Georgios …

»Euch wird die Krone eines mächtigen Reiches angeboten«, hatte die alte Seherin gesagt. Und nun erklärte Johannes Tzimiskes tatsächlich, dass er sie, Theophanu, als Braut für den sächsischen Thronfolger ausersehen hatte. Eines Tages würde dieser Mann die bedeutendste Krone des Abendlandes tragen. Eines Reiches, das in der Welt fast ebenso viel Gewicht besaß wie Byzanz.

»Ich werde dich mit einem Schatz ausstatten«, sagte der Kaiser und beobachtete Theophanu wachsam, »mit einem Schatz, wie ihn diese Sachsen noch nie zuvor gesehen haben. Allerdings werden sie wahrscheinlich trotzdem nicht besonders erfreut darüber sein, dich statt Prinzessin Anna als Braut begrüßen zu müssen.« In seiner Stimme schwang Spott mit. »Schließlich hat dich deine Mutter nicht in dem mit purpurrotem Marmor ausgestatteten Palastgemach zur Welt gebracht, das Gebärenden der kaiserlichen Familie vorbehalten ist, sondern, wenn ich mich recht entsinne, im Zimmer von irgendeinem eurer Landgüter. Dieser Umstand dürfte in den Augen Ottos und seiner Familie einen empfindlichen Makel darstellen. Deshalb bin ich so großzügig, dir die Entscheidung zu überlassen, ob du meinem Wunsch nachkommen willst.«

*Ihr müsst diese Krone erringen, sonst werdet Ihr eines gewaltsamen Todes sterben.* Die Worte der Seherin hallten in Theophanus Kopf wider. Außerdem hatte die alte Frau davon gesprochen, dass es manchen Menschen vergönnt war, ihr Schicksal selbst zu bestimmen. Furcht und ein nie zuvor geahnter Mut stiegen in Theophanu auf. Es wartete kein Leben auf sie, das sich vertraut und gemächlich auf Landgütern und in den Gemächern des Kaiserpalastes abspielen würde – ihrer harrte ein ganz anderes, ein beängstigend unbekanntes, aber doch auch verlockendes Geschick.

»Deine Eltern und du, ihr könnt jetzt gehen.«

Theophanu hob den Kopf und schaute Johannes Tzimiskes an. »Ich danke Euch für die Bedenkzeit. Aber die benötige ich nicht. Ich möchte Euren Wunsch erfüllen.«

»Nein!«, schrie Fürstin Sophia auf und kniete vor dem Kaiser nieder. »Bitte, hört nicht auf Theophanu. Sie weiß nicht, auf was sie sich einlässt. Schickt sie nicht so weit fort. In diese fremden, wilden Länder ...« Ihre Stimme versagte.

»Deine Mutter hat recht«, sagte Johannes Tzimiskes und betrachtete Theophanu forschend. »Vorausgesetzt, dir gelingt es, den Sachsenkaiser dazu zu bewegen, dass er dich seinem Sohn zur Frau gibt ... dann wird dein Los als zukünftige Kaiserin nicht leicht sein. Die Lebensart der Menschen im nördlichen Abendland ist von unserer völlig verschieden. So viel ich weiß, bist du des Lateinischen mächtig. Doch du musst wissen, dass dort, wo du hingehen wirst, wenn überhaupt, nur der Adel und der Klerus diese Sprache beherrschen. Daneben gibt es eine Vielzahl von unverständlichen Dialekten. Griechisch wirst du, außer mit deinen Dienern, mit keinem anderen Menschen sprechen können. Und vergiss nicht: Deine Heimat und deine Eltern wirst du wahrscheinlich nie wieder sehen.«

Die Heimat verlassen und niemals wiederkehren. Unter Menschen leben, die ihr völlig fremd waren. Theophanu starrte auf den rötlich gemaserten Marmorboden zu ihren Füßen. Die Farben verschwammen vor ihren Augen. Für einen Moment glaubte sie, erneut die Stimme der Zigeunerin zu hören: »Ihr müsst diese Krone erringen, sonst werdet Ihr eines gewaltsamen Todes sterben.«

Die junge Prinzessin bemühte sich, ihren inneren Aufruhr zu verbergen. Es gab nur einen Weg. Und diesen Weg musste sie gehen. Theophanu straffte sich und blickte Johannes Tzimiskes in die Augen. »Ich habe mich entschieden.«

»Nein«, stieß ihre Mutter mit erstickter Stimme aus.

»Still, Sophia!«, raunte Konstantin Skleros und berührte seine Gattin am Arm.

Der Kaiser musterte Theophanu einige Momente prüfend. Schließlich nickte er. »Wie du willst. Die Vorbereitungen für deine Reise in den Westen sollen noch heute beginnen.«

# 1.

Von Bord der byzantinischen Dromone aus betrachtete Theophanu das Ufer. Mit jedem Schlag der Ruderer rückte es ein Stück näher, und sie konnte bereits die Steinbauten von den hölzernen Lagerhäusern unterscheiden, die den Hafen von Bari säumten. Dahinter ragte ein steiler, felsiger Hang auf, an den sich mehrere Häuserzeilen und zwei kleine Kirchen klammerten. Blühende Büsche und Bäume bildeten leuchtende Farbinseln zwischen den Bauten. Als Theophanu Konstantinopel vor einen Monat verlassen hatte, war es Winter gewesen. Jetzt war das Wetter frühlingshaft, und sie konnte die Wärme der Sonne auf ihren Wangen spüren.

Während sich das mächtige Schiff im Rhythmus der Wellen hob und senkte, lauschte Theophanu auf das gleichmäßige Klatschen der Ruder. Etwa ein Jahr war seit ihrem Gespräch mit Johannes Tzimiskes vergangen. Ihr Vater war stolz gewesen, dass seine Tochter den Sohn des Sachsenkaisers heiraten sollte, und hatte sie mit kostbaren Geschenken verwöhnt. Am meisten gefreut hatte sie sich über die schwarze Stute aus arabischer Zucht, die ein Vermögen wert und die ihr sehr ans Herz gewachsen war.

Ihre Mutter hingegen hatte sie immer wieder angefleht, doch noch von der geplanten Heirat Abstand zu nehmen. Einige Male war Theophanu nahe daran gewesen, vor Johannes Tzimiskes zu treten und ihn zu bitten, sie von ihrem Versprechen zu entbinden. Vor allem nachts hatte sie dieser Wunsch überkommen, wenn es ihr nicht gelang, die Furcht vor dem, was vor ihr lag, zu bezwingen: einem Leben in einer fremden Welt und unter Menschen, die ihr vollkommen unbekannt waren. Die Weissagung der alten Frau war am Ende jedoch immer stärker gewesen als ihr Wunsch, bei den Menschen zu bleiben, die sie liebte.

Theophanu kämpfte gegen die Tränen an, als sie sich an die letzte Umarmung ihrer Mutter an Bord der Dromone erinnerte, unmittelbar bevor das Schiff in Richtung Italien in See gestochen war. Neben sich vernahm sie die Stimmen von Imiza und Jacobus, ihrem Lehrer. Immerhin waren diese beiden bei ihr geblieben. Dankbar für die Ablenkung wandte sie den Kopf.

Jacobus war ein kleiner, auf den ersten Blick unscheinbarer Mann. Doch wenn ihn etwas begeisterte – so wie jetzt –, leuchtete sein schmales Gesicht von innen heraus. »Italien!«, er deutete zur Küste, wo Theophanu mittlerweile die Menschenmenge im Hafen ausmachen konnte, »die Heimat von Ovid und Vergil, von Caesar und von Cicero.«

Imiza rümpfte die Nase. »Ach was, das hier ist das Land der Barbaren.« Sie stammte zwar ursprünglich aus Süditalien – weshalb ihr Latein besser war als das von Theophanu –, hegte aber keine guten Erinnerungen an das Land ihrer Kindheit und hatte nie einen Hehl daraus gemacht, dass sie es für Wahnsinn hielt, Byzanz zu verlassen.

»Ach, habt Euch nicht so. Rom kann es mit Konstantinopel allemal aufnehmen«, lächelte Jacobus.

Imiza zog die Augenbrauen hoch. »Ich bezweifle, dass ausgerechnet Ihr in der Lage seid, ein angemessenes Urteil über diese Stadt abzugeben«, bemerkte sie spöttisch. »Als Ihr Euch vor zwei Jahren in Rom aufgehalten habt, habt Ihr doch die meiste Zeit in Eurer Studierstube bei den Benediktinern auf dem Aventin gehockt und Eure Nase in staubige Pergamentrollen und Bücher gesteckt.«

»Da liegt Ihr nicht ganz richtig, Verehrte. Ab und zu bin

ich auch durch die Straßen gestreift.« Jacobus ging ganz auf in seinen Erinnerungen. »Der Palast des Papstes und die Kaiserpfalz sind prächtige Gebäude. Ganz zu schweigen vom Kolosseum und dem Pantheon oder …«

»Ihr habt aber weder die Wohnstatt des Papstes noch die des Kaisers von innen gesehen«, fiel Imiza Jacobus ins Wort. »Ich wette mit Euch, dass die Böden dieser Gebäude nicht aus Marmor bestehen und dass die Wände nicht mit kostbaren Mosaiken verziert sind.«

Die Kaiserpfalz in Rom … Theophanus Herz schlug rascher. Wenn der Sachsenkaiser und seine Familie sie als Braut akzeptierten, würde sie diesen Palast bald betreten. Wenn … Ihr Blick wanderte zu einer Gruppe von Männern, die vor einem mannshohen hölzernen Aufbau in der Mitte des Schiffes standen. Der Schwarzhaarige war korpulent. Sein rundes, rotwangiges Gesicht sah gutmütig aus. Gero, der Erzbischof von Köln, hatte die Gesandtschaft des sächsischen Kaisers nach Konstantinopel geleitet und mit den Räten Johannes Tzimiskes' den Ehevertrag ausgehandelt.

Schon vor Beginn der Seereise hatte Theophanu einige Male mit dem Erzbischof gesprochen. Trotz seines behäbigen Aussehens war er ein kluger Mann und ein geschickter Unterhändler. Zu ihrer Erleichterung schien er sie zu mögen und erkannte sie als Braut des Thronfolgers an. Jedenfalls hatte er nicht versucht, Johannes Tzimiskes umzustimmen und statt Theophanu Prinzessin Anna nach Italien zu geleiten. Andere Mitglieder der Gesandtschaft dachten nicht so, das wusste sie: Einige der fränkischen und sächsischen Adeligen und einige der hohen Geistlichen hatten Gero vielmehr dazu gedrängt, den Ehevertrag nicht abzuschließen, weil Theophanu keine im Purpur geborene Prinzessin war. Das hatte sie aus den Gesprächen der Dienerschaft erlauscht.

Gero sprach mit einem großen, stattlichen Mann, dessen eisgraues Haar bis auf die Schultern seines Samtmantels hinabfiel. Sein Gesicht mit der weit vorspringenden Nase und der hohen Stirn wirkte so gebieterisch wie eindrucksvoll. Theophanu hatte oft genug erlebt, wie sich das Antlitz des Metropoliten Stephanos vor Zorn und Abscheu verzerren konnte. Dann etwa, wenn er in der Hagia Sophia von den Sünden der Menschen und den Strafen der Hölle predigte. Jetzt aber blickte er Gero gewinnend an. Sie konnte seine Stimme nicht hören, war aber überzeugt, dass sie liebenswürdig und einschmeichelnd klang.

Johannes Tzimiskes hatte den Metropoliten zum Leiter seiner Gesandtschaft bestimmt, die Theophanu nach Italien begleiten und die noch strittigen Punkte im Ehevertrag regeln sollte. Außerdem sollte ihr der hohe Geistliche – aber dies wusste Gero natürlich nicht – helfen, falls die Liudolfinger die Heirat mit ihr, der nicht Purpurgeborenen, tatsächlich ablehnen würden. Der Metropolit hatte bereits dem alten Kaiser gedient und war nach der Ermordung Nikephoros Phokas' bereitwillig in die Reihen Johannes Tzimiskes' geschwenkt.

Nein, dachte Theophanu, auf Stephanos kann ich nicht wirklich zählen und auf die übrigen Männer, die ihm mein Onkel mitgegeben hat, ebenfalls nicht. Sie waren alle nur auf ihren eigenen Vorteil bedacht.

Vom hinteren Deck des Schiffes her ertönte ein lauter Befehl. Sklaven rannten zu den beiden Masten, an denen sich riesige weiße Segel im Wind blähten, und begannen die Segel zu reffen. Auch die drei anderen Dromonen, die Theophanus Schiff folgten und ihre Soldaten, Diener und Pferde sowie den Brautschatz beherbergten, machten sich zur Landung bereit.

Nicht mehr lange, und sie würde auf den Botschafter treffen, den ihr der Sachsenkaiser entgegengeschickt hatte, einen engen Verwandten Ottos, wie ihr der Kölner Erzbischof verraten hatte. Wenn diese Begegnung gut verlief, würde sicherlich auch die kaiserliche Familie bereit sein, sie anzuerkennen.

Während Theophanu gegen ihre Nervosität ankämpfte, musterte sie ihr Gefolge, das sich inzwischen auf dem Vordeck versammelt hatte. Ihr Hofstaat war in samtene und seidene Gewänder gekleidet, deren intensive Farben im Sonnenlicht leuchteten. Die Frauen trugen goldene und silberne Brustgehänge, die mit Perlen und Edelsteinen besetzt waren, und dazu passende Stirnreifen. Die Männer präsentierten kostbare Waffen, die in fein ziselierten Scheiden aus Edelmetallen steckten. Nein, sie musste sich wahrhaftig nicht vor den Liudolfingern verstecken!

Wieder ein lauter Befehl. Die Dromone beschrieb einen eleganten Bogen und glitt auf die Kaimauer zu. Vor der Menschenmenge, die sich im Hafen zusammengefunden hatte, war eine Gruppe von Reitern aufgestellt. An die drei Dutzend Mann schätzte Theophanu. Die meisten trugen Kettenhemden und waren mit Schwertern bewaffnet. Dies musste der Geleitschutz für die Gesandtschaft des Kaisers sein.

Ein Ruck ging durch das Schiff, und ein Schrammen ertönte, als es längsseits an der Hafenmauer anlegte. Sklaven warfen dicke Taue auf den Kai hinab, damit die Dromone festgemacht werden konnte. Die Menschenmenge brach in lauten Jubel aus. Aber Theophanu nahm die lachenden Gesichter, die Hände, die ihr zuwinkten, und das Rufen der Leute nur wie durch einen Schleier wahr.

»Komm!« Auf ein Handzeichen von ihr trat Imiza hinter sie. Als die Dienerin die Schleppe ihres Seidenkleides ergriffen hatte, schritt Theophanu an der Spitze ihres Gefolges zur Reling. Erzbischof Gero und Metropolit Stephanos stellten sich neben sie. Aus der Gruppe der Bewaffneten hatten sich inzwischen drei Männer gelöst und kamen auf das Schiff zu.

»Der Kaiser hat seinen Vetter geschickt. Dietrich, den Bischof von Metz«, raunte Gero und deutete auf den Mann, der nun als Erster den Holzsteg betrat.

»Ein vornehmer Empfang«, bemerkte der Metropolit.

Der Vetter des Kaisers war ein ungewöhnlich großer, hagerer Mann. Den Falten in seinem Gesicht und den grauen Strähnen in seinem dichten rotblonden Haar nach zu schließen musste er die Mitte des Lebens schon überschritten haben. Unter seinem roten, mit dunklem Pelz besetzten Samtmantel lugte ein braunes, wollenes Untergewand hervor, das an eine Kutte erinnerte. Dietrichs Antlitz war ebenmäßig und hätte durchaus als gut aussehend gelten können, wäre da nicht der verkniffene Ausdruck um seinen Mund gewesen.

Ich mag diesen Mann nicht, dachte Theophanu sofort und wandte den Blick zu den beiden Begleitern des Bischofs. Der eine hatte ein glatt rasiertes, kantiges Gesicht. Die Tonsur in seinem schwarzen Haar wies ihn als Geistlichen aus. Der andere war mittelgroß, bärtig und besaß den athletischen Körperbau eines Kriegers. Später sollte Theophanu erfahren, dass es sich bei den Männern um Abt Godfried und Graf Bernhard handelte. Sie weckten keine jähe Abneigung in ihr wie der Bischof von Metz, aber sie fand die beiden nicht besonders sympathisch.

Für weiteres Nachsinnen blieb ihr jedoch keine Zeit, denn Dietrich von Metz und seine Begleiter hatten bereits das Schiffsdeck erreicht. Rasch legten sie die wenigen Schritte zurück, die sie noch von der Prinzessin und ihrem Gefolge trennten, und verneigten sich. Theophanu, ihre Höflinge sowie Erzbischof Gero und Metropolit Stephanos erwiderten den Höflichkeitserweis.

Vielleicht, dachte Theophanu, während sie wieder den Kopf hob, täusche ich mich in Dietrich von Metz. Vielleicht steht er ja doch auf meiner Seite.

Der Bischof musterte sie einige Momente durchdringend,

ehe er seinen Mund zu einem Lächeln verzog, das aber eine bloße Geste war: Seine Augen blieben kalt.

»Prinzessin, ich schätze mich glücklich, Euch im Namen meines Vetters, des Kaisers, begrüßen zu dürfen.« Dietrich von Metz' Stimme hatte einen spröden Klang. »Dies ist das erste Mal, dass sich die beiden vornehmsten Familien in Ost und West miteinander verbinden. Möge diese Vereinigung gesegnet sein. Auf dass Frieden und Glück für beide Reiche daraus erwachsen.«

Metropolit Stephanos nickte höflich. »Dies ist auch der Wunsch meines Herrn, des Kaisers Johannes Tzimiskes. Deshalb hat er auch seine eigene Nichte Theophanu als Braut für den Thronfolger der Liudolfinger ausgewählt.«

»Prinzessin Theophanu?« Dietrich von Metz hob irritiert die Brauen. »Mein Vetter Otto und seine Familie erwarteten, dass Johannes Tzimiskes Prinzessin Anna nach Italien senden würde.«

Metropolit Stephanos räusperte sich. »Wie ich schon sagte, der Kaiser befürwortet diese Heirat so sehr, dass er es für angeraten hielt, seine eigene Nichte als künftige Gattin des Thronfolgers auszuersehen.«

Ein guter Versuch, minderwertige Ware über Wert zu verkaufen, dachte Theophanu bitter. Gut, aber nutzlos. Sie fühlte sich vor ihrem Hofstaat und der Menge im Hafen beschmutzt und entehrt.

»Aber ist Theophanu auch mit der Dynastie des Romanos verwandt?«, insistierte Dietrich von Metz.

»Nun ...«, schaltete sich Erzbischof Gero ein.

Theophanu straffte sich. Es war unsinnig, das Unvermeidliche noch länger hinauszuschieben. Als sie zu sprechen begann, hoffte sie, dass ihre Stimme nicht zittern würde. »Bardas Skleros, der ältere Bruder meines Vaters, ist einer der größten Generäle von Byzanz«, sagte sie und sah die Gesandten des Kaisers herausfordernd an. »Bardas Phokas, mein Urgroßvater mütterlicherseits, war Oberbefehlshaber des Heeres und der Kaiser Nikephoros Phokas mein Großonkel.« Sie machte eine kurze Pause. Teils, um ihre Worte wirken zu lassen und teils, um ihre Stimme, die sich in ihren Ohren sehr hoch und verletzlich anhörte, wieder zu festigen. »Und, um Eure Frage zu beantworten: Nein, ich bin nicht mit der Dynastie des Romanos verwandt.«

Während Theophanu geredet hatte, hatte sich Dietrich von Metz' Antlitz immer mehr verfinstert. Nun starrte er sie an, als wäre sie etwas Unreines. Auch die Mienen seiner Begleiter drückten Enttäuschung und Missbilligung aus. »Das ist gegen die Abmachung!«, fuhr Dietrich den Metropoliten zornig und empört an. »Es war vereinbart, dass die Braut des Thronfolgers im Purpur geboren ist.«

»Im Ernst, Dietrich, man kann nicht wirklich sagen, dass es eine derart ausdrückliche Abmachung gegeben hätte«, wandte Gero besänftigend ein.

»O doch, das hat es!« Der Bischof fuhr zu ihm herum. »Mein Vetter und seine Familie haben mit einer ebenbürtigen Braut gerechnet.«

»Prinzessin Theophanu ist vornehmer Herkunft«, versuchte nun auch Metropolit Stephanos zu vermitteln.

Es ist sinnlos, dachte Theophanu.

»Ich bin sicher, dass wir alle, die wir die letzten Wochen auf See zugebracht haben, uns danach sehnen, endlich wieder festen Boden unter den Füßen zu spüren.« Erzbischof Gero breitete die Arme aus. »Warum gehen wir nicht an Land und besprechen dort alles Weitere?«

Wortlos wandte sich Dietrich von Metz um und schritt, ohne Theophanu noch eines Blickes zu würdigen, den Steg hinunter. Seine Begleiter taten es ihm gleich.

»Lasst uns ihnen folgen ...« Gero seufzte.

Theophanu erteilte ihren Höflingen einen Wink. Nachdem Imiza ihre Schleppe aufgenommen hatte, ging sie bedrückt, aber aufrecht den Steg hinunter. Den lauten Jubel der Menschenmenge, der sofort wieder aufbrandete, nahm sie kaum wahr. Was sie so sehr gefürchtet hatte, war nun tatsächlich eingetreten. Der Verwandte des Kaisers lehnte sie rundweg ab. Würde die kaiserliche Familie sie überhaupt noch empfangen? Und falls nicht, was sollte sie dann nur tun?

Plötzlich bemerkte Theophanu laute, scheltende Stimmen. Eine Gruppe von zerlumpten, schmutzigen Kindern hatte sich von der Menschenmenge gelöst und allem Anschein nach versucht, zu Theophanu und ihrem Gefolge hinüberzulaufen. Einige von Dietrichs Soldaten waren darauf aufmerksam geworden und trieben die Jungen und Mädchen unsanft zurück.

»Hört auf!«, rief Theophanu zornig.

Die Soldaten ließen von den Kindern ab und drehten sich unsicher zu ihr um. »Aber Hoheit«, wandte einer der Männer zögernd ein. »Das ist Gesindel. Sie wollten Euch und Euer Gefolge gewiss bestehlen.«

»Der Soldat hat recht«, hörte Theophanu Imiza leise sagen, doch sie achtete nicht auf sie. »Lasst die Kinder in Ruhe.«

Unwillig ließen die Soldaten die Jungen und Mädchen passieren. Ihre Kleidung war nicht einfach zerlumpt, wie Theophanu nun sah, sondern musste einst farbenfroh gewesen sein und zumindest teilweise aus edlen Stoffen bestanden haben. Die Kinder gehörten ganz offensichtlich zu einer Zigeunersippe. Sie blieben einige Schritte entfernt von Theophanu stehen, winkten und lachten sie an. Dann sprang einer von ihnen, ein Junge von vielleicht acht Jahren, der leuchtend braune Augen und Grübchen in den Wangen hatte, vor. Er verbeugte sich und hielt Theophanu einen Zweig mit gelben Blüten entgegen.

Imiza wollte den Zweig nehmen. Doch Theophanu kam ihr zuvor und ergriff ihn selbst. Der Junge verbeugte sich erneut, ehe er zu seinen Begleitern zurückhüpfte. Wieder winkten die Kinder und riefen ihr mehrmals dieselben Worte zu.

»Was sagen sie?« Hilflos wandte sich Theophanu an Imiza. »Ich kann sie nicht verstehen.«

»Kein Wunder.« Imiza rümpfte die Nase. »Dieses Gesindel spricht ein furchtbares Latein. Aber wenigstens wünschen sie Euch Glück.«

Behutsam berührte Theophanu eine der Blüten. Ob dies ein gutes Omen war? Sie hoffte es aus ganzem Herzen.

*

Erregt lief Dietrich von Metz in dem großen Raum mit den Steinwänden auf und ab. Durch die geöffneten Fenster konnte er auf sonnige Wiesen hinausblicken. Diener schlugen dort Zelte auf, denn die Gebäude des Benediktinerklosters bei Bari konnten die vielen Menschen nicht fassen: sein Gefolge und das Theophanus, die Ratgeber um den Metropoliten sowie die Gesandtschaft Geros. Der Lärm, das Stimmengewirr, in das sich Lachen und das Klopfen von Hämmern mischte, verbesserte seine gereizte Stimmung keineswegs.

Ärgerlich wandte er sich zu dem Kölner Erzbischof um, der an einem Holztisch Platz genommen hatte. »Gero, noch einmal … Ich kann einfach nicht verstehen, dass Ihr Euch darauf eingelassen habt, Theophanu als Braut zu akzeptieren und nach Italien zu bringen. Dadurch entstehen doch nur unnötige Scherereien. Ihr hättet Johannes Tzimiskes' Angebot ablehnen und sie in Byzanz zurücklassen sollen.«

»Tatsächlich? Und wie stellt Ihr Euch das vor?« Auch Gero wurde allmählich zornig. »Immerhin ist Theophanu die leibliche Nichte von Tzimiskes' Gattin. Ich hätte ihn unmöglich derartig brüskieren können. Führt Euch doch die Lage im Süden Italiens vor Augen: Dort machen die Sarazenen

Otto wieder einmal zu schaffen. Dem Kaiser dürfte kaum an einer zusätzlichen Auseinandersetzung mit byzantinischen Truppen gelegen sein – die ein in seiner Ehre gekränkter Tzimiskes in die Schlacht schicken könnte.«

»Ach, die Sarazenen bereiten den byzantinischen Städten ebenfalls Ärger.« Dietrich von Metz winkte ab. »Tzimiskes hätte es kaum auf Kämpfe mit meinem Vetter ankommen lassen.«

»Da wäre ich mir nicht so sicher.« Gero unterdrückte ein gereiztes Seufzen. »Ihr seid Tzimiskes nicht selbst begegnet. Er ist schlau und verschlagen. Normalerweise beginnt er eine Schlacht nur dann, wenn er auch gute Aussichten hat, sie zu gewinnen. Aber er ist sicher niemand, der eine Beleidigung ungestraft hinnimmt. Außerdem verstehe ich nicht, warum Ihr Theophanu so vehement ablehnt.«

»Sie ist nicht im Purpur geboren! Das ist Grund genug.«

»Gut, sie stammt nicht aus der Dynastie des Romanos. Trotzdem ist sie vornehmer Abstammung.«

»Allerdings«, versetzte Dietrich von Metz sarkastisch. »Ihr Großonkel Nikephoros Phokas ist durch die Hand einer Schankwirtstochter auf den Thron gelangt. Und Phokas wurde von niemand anders als von Theophanus Onkel umgebracht. Wirklich eine prächtige Familie. Wobei ich es als kein gutes Vorzeichen sehe, dass sich besagte Schankwirtstochter als Kaiserin ausgerechnet den Namen Theophanu gab.«

Erzbischof Gero beugte sich in seinem Stuhl vor. »Dietrich, wir beide wissen doch nur zu gut, dass es bei Machtkämpfen in Herrscherfamilien meistens nicht gerade zimperlich zugeht. Schaut doch einmal in Eure eigenen Reihen: Euer Vetter und sein Bruder Heinrich haben sich mehr als einmal bekriegt, ehe Otto die Herrschaft endgültig für sich beanspruchen konnte.«

»Dieser Kampf wurde offen ausgetragen.« Empört schlug

Dietrich von Metz mit der flachen Hand auf die Tischplatte. »Mein Vetter hat niemanden heimtückisch ermorden lassen!«

»Nein, natürlich nicht«, lenkte Gero ein. »Aber seht es doch so ... Theophanu ist nicht im Purpur geboren, zugegeben, aber sie ist intelligent und hübsch. Außerdem hat Tzimiskes seine Nichte mit einem kostbaren Brautschatz ausgestattet. Warum sollte sie also keine geeignete Braut für den Thronfolger sein?«

»Eine kluge und hübsche Gattin für den Sohn des Kaisers mit einer ansehnlichen Mitgift hätte sich auch unter den Fürstenfamilien des Abendlandes gefunden. Dazu hätte es keiner Brautwerbung in Konstantinopel bedurft. Ich bin gegenüber diesem Plan von Anfang an skeptisch gewesen. Schließlich steht die byzantinische Kultur nicht zu Unrecht in dem Ruf, lasterhaft und verschwendungssüchtig zu sein. Trotzdem konnte ich verstehen, dass es meinen Vetter reizte, unsere Familie mit der altehrwürdigen Dynastie des Romanos zu verbinden. Aber diese Theophanu entehrt uns und unsere Ahnen.«

»Darüber hat Euer Vetter zu entscheiden«, erklärte Gero friedfertig. »Ja, Ihr habt in der Tat recht. Die Entscheidung liegt allein bei Otto«, gab Dietrich von Metz überraschend nach. »Lasst uns also über etwas Angenehmeres sprechen.«

Verwundert verfolgte Gero, wie sich der Bischof einen Stuhl heranzog und sich bei ihm am Tisch niederließ. »Ich habe in Konstantinopel zwei Falken erworben. Herrliche Vögel.« Dankbar nutzte er die Gelegenheit zum Themenwechsel.

Während Dietrich von Metz dem Kölner Erzbischof lauschte und dann und wann selbst etwas zum Thema Falkenjagd beisteuerte, wanderten seine Gedanken zurück zu Theophanu. Vom ersten Augenblick an, noch ehe er gewusst hatte, dass sie nicht die erwartete Prinzessin aus kaiserlicher Familie war, hatte sie ihm missfallen. Für ihn war sie nichts als eine hochmütige, mit Schmuck behängte hübsche Larve, die sich erdreistet hatte, ihm, dem Vetter des Kaisers, ohne die nötige Ehrerbietung gegenüberzutreten.

Diese Theophanu musste nach Konstantinopel zurückkehren, und er würde mit allen Kräften versuchen, Otto dahingehend zu beeinflussen. Adelheid, die Gattin des Kaisers, würde auf seiner Seite stehen, davon war Dietrich von Metz überzeugt.

*

Vorsichtig folgte Otto, der Sohn des Kaisers, seinem Jagdhund durch das sonnengesprenkelte, noch weitgehend kahle Unterholz. Der Thronfolger war noch sehr jung – er hatte die Grenze zum Erwachsenenalter erst seit etwa einem Jahr überschritten – und sein Körper war noch nicht völlig ausgereift. Trotzdem wirkte er muskulös. Er wusste, dass er gut aussah mit seinem dichten, rotblonden Haar, das ihm zerzaust auf die Schultern hinabfiel, und seinem offenen Gesicht mit den hohen Wangenknochen und dass die Frauen ihn mochten. Die beiden Kerben, die sich in den Winkeln seines breiten Mundes andeuteten, zeigten, dass Otto gerne lachte. Eine senkrechte Falte in seiner Stirn und sein spitzes Kinn deuteten auf ein eigensinniges, manchmal hitzköpfiges Temperament hin.

Der Jagdhund blieb bei einem Büschel weißer Glockenblumen stehen. Nachdem er ausgiebig daran geschnüffelt hatte, lief er zielstrebig weiter, mit der Schnauze dicht am Waldboden einer Fährte folgend. Ein zufriedenes Grinsen huschte über Ottos Gesicht. Er hatte also recht gehabt, Otto vom Wormsgau und Heinrich Zolunta, seine beiden Jagdbegleiter, hatten sich offensichtlich geirrt. Die Spur des Hirsches war noch nicht verloren.

Geschmeidig bewegte sich Otto zwischen einigen jungen Bäumen hindurch, die unter einer Gruppe alter Eichen wuchsen. Ein Stück vor ihm sprang der Hund über einen umgestürzten, moosigen Stamm, ehe er einen mit Laub übersäten Abhang hinunterrannte. Am Fuße des Hügels holte Otto Unni wieder ein. Unschlüssig schnupperte das Tier am Ufer des schmalen Bachs herum.

»Komm schon, Unni, streng dich an. Wir müssen die Fährte finden!« Aufmunternd deutete Otto auf das andere Ufer. Gehorsam setzte der Hund über den klaren Wasserlauf, wo er schnüffelnd auf und ab rannte. Schließlich zeigte er mit einem Schwanzwedeln, dass er die Spur wieder aufgenommen hatte.

»Gut gemacht!« Otto sprang ebenfalls über den Bach.

Fast lautlos suchte sich das Tier seinen Weg hangaufwärts, an Felsen und Strauchwerk vorbei. Sein Herr folgte ihm ebenso leise. Auf der Hügelkuppe wuchsen Pinien. Ein dicker Teppich aus Nadeln bedeckte den Boden und dämpfte die Fußtritte. Otto schritt rascher aus. Die Bäume wurden lichter. Sonnenlicht fiel in breiten Bahnen zwischen den Stämmen hindurch. Kurz bevor sie den Rand des Wäldchens erreicht hatten, blieb der Hund wie erstarrt stehen. Einen Moment witterte er mit hoch aufgerichtetem Kopf, ehe er einen kurzen gedämpften Laut, eine Mischung aus Bellen und Knurren, ausstieß.

Otto bedeutete ihm, an seiner Seite zu bleiben, und pirschte sich vorwärts, bis er den Saum des kleinen Waldstücks erreicht hatte. Jenseits der Pinien erstreckte sich eine Lichtung. Hier stand er, der Hirsch, den er gesucht hatte, ein prächtiges, ausgewachsenes Tier, und äste gemächlich an einem kleinen Baum.

Nachdem sich Otto vergewissert hatte, dass er und der Hund entgegen der Windrichtung standen, schlich er im Schutz einiger Büsche noch weiter auf die Lichtung hinaus. Hinter einem dichten Strauch kauerte er sich nieder. Unni legte sich neben ihn in das Gras. Behutsam ließ Otto Bogen und Köcher von seiner Schulter gleiten und veränderte seine

Position vorsichtig, damit ihm keine Äste mehr das Schussfeld versperrten. Dann legte er den Pfeil an die Sehne.

In dem Augenblick, als der Pfeil losschoss, drehte der Hirsch den Kopf in Ottos Richtung. Doch es war zu spät. Ehe das Tier fliehen konnte, hatte sich die Pfeilspitze bereits tief in seine Brust gebohrt. Der Hirsch stieß ein Stöhnen aus. Er taumelte, lief noch einige Schritte und brach schließlich auf der Wiese zusammen.

Als Otto in das Lager der Jagdgesellschaft zurückkehrte, stand die Sonne bereits tief im Westen. In die kühle Luft mischte sich der Geruch von Rauch und gebratenem Fleisch. Die Hunde der Jagdmeute merkten kurz auf, als sie Ottos und Unnis gewahr wurden. Sie erkannten beide jedoch sofort und ließen sich schläfrig wieder zu Boden sinken.

Otto nickte einigen Knechten zu, die Hasen an Holzspießen über niedrigen Flammen brieten, und ging zu zwei Männern, die um ein anderes Feuer saßen. Beide waren in seinem Alter, hätten äußerlich jedoch kaum unterschiedlicher sein können. Der eine, der ebenfalls Otto hieß und der Sohn des Grafen vom Wormsgau war, war groß und blond. Er hatte ein rundes Gesicht mit auffallend heller Haut, das gutmütig und ein wenig verträumt wirkte. Der andere Mann, ein sächsischer Adeliger namens Heinrich Zolunta, war dunkelhaarig, klein und sehnig. In seinem schmalen Antlitz funkelten lebhafte Augen.

»Sieh an, wer da kommt. Gerade rechtzeitig, wenn der Braten gar ist.« Heinrich Zolunta grinste spöttisch. »Du bist sicher hungrig nach der glücklosen Jagd.«

»Hungrig ja, aber alles andere als glücklos.« Otto ließ sich auf eine Decke neben dem Feuer fallen und griff nach einem Hasenschenkel und einem Brotstück.

»Du willst doch nicht etwa behaupten, dass du den Hirsch tatsächlich erwischt hast?«

Otto kaute genüsslich an dem Fleisch und biss in das Brot.

Statt einer Antwort griff er in den Jagdbeutel, den er umhängen hatte, und entnahm ihm ein zusammengerolltes Stoffstück. Lässig warf er es Heinrich Zolunta vor die Füße. Der Stoff fiel auseinander und gab den Wedel eines Hirschen frei.

»Wie hast du das denn gemacht?« Heinrich Zolunta starrte erst den kurzen, buschigen Schwanz und dann Otto verdutzt an.

»Tja, ich bin einfach der Fährte des Wildes gefolgt.«

»Aber sie war doch überhaupt nicht mehr zu finden.«

»Für mich eben doch.«

»Alle Achtung!« Otto vom Wormsgau lächelte anerkennend.

»Wo hast du den Hirsch gelassen?«

»Dort, wo ich ihn geschossen habe, natürlich. Er war mindestens drei Zentner schwer. Morgen früh können wir ihn holen.« Otto biss erneut in die Hasenkeule. »Dieses Jagdgebiet ist gut. Wir sollten noch eine Weile hierbleiben.«

Otto vom Wormsgau und Heinrich Zolunta wechselten einen Blick. »Du bist dir schon im Klaren, dass deine Braut bald in Italien eintreffen wird – oder dass sie womöglich bereits angekommen ist?«, fragte der Blonde schließlich.

»Von mir aus«, Otto zuckte die Schultern, »ihr wisst doch, dass ich von dieser Heirat nichts halte. Wir Liudolfinger haben es nicht nötig, unser Ansehen mit Hilfe des byzantinischen Kaiserhauses zu steigern.«

»Dein Vater ist aber anderer Meinung.« Heinrich Zolunta wiegte den Kopf.

»Und wenn schon.«

»Du kannst dich ihm nicht widersetzen.«

»Und ob ich das kann!« Ottos Augen blitzten angriffslustig. »Ihr werdet schon sehen.«

*

In Rom, im Garten der Kaiserpfalz, ließ Adelheid ihren Stickrahmen sinken. Ihr Platz auf der Südseite des mächtigen Gebäudes war windgeschützt und bot einen guten Blick über den Palatin. Weitläufige Villen, umgeben von großen Gärten, erstreckten sich unterhalb von ihr. Der Sonnenschein flirrte auf roten Ziegeldächern und hellem Mauerwerk.

Die Kaiserin genoss die Wärme. Sechs Jahre weilte sie nun schon in Italien, dem Land, das sie als ihre eigentliche Heimat betrachtete. Gut die Hälfte der Zeit hatte sie hier ohne ihren Gemahl zugebracht, denn den Kaiser hatten immer wieder Regierungsgeschäfte zurück in den Norden gerufen, zuletzt die Aufstände der Slawen. Während dieser Jahre hatte sie die Regentschaft in der Lombardei, dem Königreich, das sie in die Ehe eingebracht hatte, selbstständig geführt. Und das hatte sie gern getan.

In Sachsen, dachte Adelheid bitter, ist es Ende Februar kalt und dunkel. Zwei Monate werden noch vergehen, ehe der Frühling Einzug hält. Das fast faltenlose Antlitz der einundvierzigjährigen Frau wirkte, wie häufig, wenn sie sich unbeobachtet wusste und einen Moment lang gehen ließ, unzufrieden.

Adelheid nahm den Rahmen wieder zur Hand. Während sie Stiche mit einem Goldfaden ausführte, schweiften ihre Gedanken zu der bevorstehenden Hochzeit ihres Sohnes Otto. Die byzantinische Prinzessin Anna sollte – so hatten es die Mitglieder früherer sächsischer Gesandtschaften berichtet – ein sanftes Wesen haben und lieblich anzuschauen sein. Gut auszusehen war nicht von Nachteil für eine Kaiserin. Adelheid war immer stolz darauf gewesen, dass die Menschen nicht nur ihre Tugendhaftigkeit und Frömmigkeit gerühmt hatten, sondern auch ihre Schönheit.

Außerdem würde ein hübsches Gesicht sicher helfen, ihren Sohn doch noch für diese Heirat zu gewinnen. Sie kannte Otto gut genug, um zu wissen, dass seine Stimmungen schnell wechselten. Der Thronfolger war schon als kleines Kind eigensinnig und nur schwer zu bändigen gewesen. Trotzdem hatte Adelheid immer ein enges Verhältnis zu ihrem Sohn gehabt. So lange, bis er erwachsen wurde wenigstens. In den letzten Jahren hatte er sich mehr und mehr von ihr entfremdet.

Adelheid sann weiter vor sich hin. Es würde sicher leicht werden, das Vertrauen eines jungen, unerfahrenen Mädchens zu gewinnen. Mit Hilfe der Prinzessin, so hoffte sie, würde es ihr auch wieder möglich sein, Einfluss auf Otto zu nehmen. Die zahlreichen kirchlichen Stiftungen, die sie getätigt hatte, sollten ihren Namen unvergessen machen. Aber viel mehr noch wünschte sich Adelheid, ihren Sohn als Herrscher über das Abendland zu erleben und ihm bei den Regierungsgeschäften zur Seite zu stehen.

Eine Dienerin trat aus einem nahen Seiteneingang und eilte den Gartenweg entlang. »Hoheit, ein Bote hat einen Brief des Bischofs von Metz überbracht.«

Adelheid lächelte. »Wie schön, vom Vetter meines Gatten zu hören«, sagte sie und streckte die Hand nach dem Brief aus. Ihre Worte waren nicht geheuchelt, sie schätzte den Bischof sehr. Teils, weil er, wie sie selbst, Wert auf ein frommes, gottgefälliges Leben legte und sie darin unterstützte, Stiftungen einzurichten. Teils jedoch auch, weil er sie als Frau verehrte. Er hatte sich zwar niemals irgendwelche Freiheiten herausgenommen oder ihr offen seine Zuneigung erklärt – was sie sich auch unbedingt verbeten hätte. Stattdessen zeigte er seine Bewunderung auf viel subtilere Weise: durch Blicke, kleine Gesten und ausgesuchte hochachtungsvolle Höflichkeit.

»Es ist gut. Du kannst gehen.« Adelheid erbrach das Siegel des Briefes. Während sie die Zeilen des Bischofs überflog, wurde ihr Antlitz immer fassungsloser, ehe sich ihre Züge verhärteten. Wie konnte es dieser Emporkömmling Tzimiskes wagen, ihnen seine angeheiratete Nichte als Braut zu schicken?

*

Das Wetter war nach wie vor sonnig und warm. Deshalb hatte es Theophanu vorgezogen, den Nachmittag zusammen mit ihren Höflingen im Freien zu verbringen. Ein Stück entfernt von der Grasbank, auf der sie sich niedergelassen hatte, hockte Jacobus mit einem kleinen Buch auf einer niedrigen Steinmauer. Seiner konzentrierten Miene nach zu schließen, war er völlig in die Lektüre vertieft. Dann und wann spielte ein selbstvergessenes Lächeln um seine Lippen.

Eine Lederkugel rollte vor Theophanus Füße. Ehe eine Magd herbeieilen konnte, bückte sie sich und warf die Kugel über eine Rabatte kahler Rosenbüsche zur Rasenfläche, wo Imiza mit einigen anderen Dienerinnen und Hofdamen Ball spielte. Theophanu hatte den Zeitvertreib selbst angeregt, um sich abzulenken. Da es ihr jedoch nicht gelungen war, sich auf die Würfe zu konzentrieren, hatte sie sich nach einer Weile verabschiedet.

Mittlerweile war über eine Woche vergangen, seit Theophanu und ihr Gefolge in Italien gelandet waren, und sie waren nun bis Benevent gezogen. Zweimal hatte ihr Dietrich von Metz seine Aufwartung gemacht. Beide Male hatte er bedauernd erklärt, dass er leider noch keine Nachricht von der kaiserlichen Familie erhalten habe und nicht einmal wisse, ob sie überhaupt in Rom eingetroffen sei.

Vielleicht stimmte es ja, was der Bischof sagte, dachte Theophanu – immerhin waren ihre Schiffe wegen der günstigen Windverhältnisse auf dem Mittelmeer einige Tage früher als geplant in Italien eingetroffen. Doch im Grunde genommen glaubte sie den Worten Dietrichs nicht.

Wieder landete der Ball vor Theophanu im Gras. Sie beschloss, noch einmal mitzuspielen. Tatsächlich gelangen ihr einige gute Würfe. Irritiert drehte sie sich um, als sie ihren Namen rufen hörte.

»Hoheit!« Eine ältliche Hofdame trippelte aufgeregt gestikulierend über den Rasen. »Dietrich von Metz wünscht Euch zu sprechen.«

Erst jetzt bemerkte Theophanu den Bischof, der zusammen mit Gero und Stephanos am Rand des Spielfeldes stand. Ihr wurde bewusst, dass ihr Haar unordentlich um ihren Kopf hing und ihr Gesicht vom Laufen verschwitzt und gerötet war. Einen besseren Moment, mich bar jeder Würde und wie ein Kind zu erleben, hätte Dietrich von Metz kaum finden können, dachte sie ärgerlich. Sie ließ den Lederball fallen und winkte Imiza an ihre Seite.

Gefolgt von ihren Hofdamen und Dienerinnen trat sie auf die drei Geistlichen zu. Jacobus hatte sich von der Mauer erhoben und schaute fragend zu ihr herüber. Reflexartig bedeutete sie ihm, im Garten zu warten.

»Prinzessin«, Dietrich von Metz verbeugte sich zur Begrüßung, »soeben hat mich eine Nachricht der Kaiserin Adelheid erreicht. Ihr Gatte und Sohn sind noch nicht in Rom eingetroffen, aber sie selbst hält sich mittlerweile in der Stadt auf.«

»Gut«, Theophanu lächelte knapp, »dann werden mein Gefolge und ich morgen nach Rom aufbrechen.«

Die drei Männer wechselten einen raschen Blick. Sie haben sich abgesprochen, dachte Theophanu und fühlte sich noch unwohler.

»Ich muss Euch leider bitten, noch einige Zeit in Benevent zu bleiben.« Das Antlitz des Bischofs zeigte höfliches Bedauern. »Seit einigen Tagen liegt ein ungesunder Dunst über Rom, schreibt die Kaiserin. Außerdem sollen Krankheiten grassieren. Sobald sich die unguten Lüfte verzogen haben, erhaltet Ihr sofort Nachricht. Die kaiserliche Familie wird Euch dann gerne empfangen.«

Auf der anderen Seite der Rasenfläche, wo Theophanu und ihr Gefolge eben noch Ball gespielt hatten, zerkleinerten zwei Mönche die Erde von Gartenbeeten mit Hacken. Das Geräusch, mit dem die Werkzeuge auf die Schollen trafen, erschien Theophanu sehr laut.

Was sie die ganze Zeit über befürchtet hatte, war also tatsächlich eingetreten: Die Liudolfinger waren nicht bereit, über den Makel ihrer Geburt hinwegzusehen. Theophanu dachte fieberhaft nach. Sollte sie gehorsam sein, dem Befehl Folge leisten und darauf warten, dass sie vielleicht irgendwann die Aufforderung erreichte, sich der mächtigsten Familie des Abendlandes vorstellen zu dürfen? Konnte sie möglicherweise durch Demut ihre nicht standesgemäße Abstammung wieder wettmachen? Aber was, wenn diese Einladung niemals erfolgte? Wenn es den Liudolfingern nur darum ging, sie hinzuhalten?

Nein, sie würde ihr Schicksal selbst in die Hand nehmen und kämpfen.

Theophanu wandte sich Dietrich zu und sagte lächelnd, aber bestimmt: »Es ist sehr freundlich von der Kaiserin, dass sie sich um mein Wohlergehen sorgt, und ich schätze das wirklich. Dennoch werden mein Gefolge und ich uns morgen auf den Weg nach Rom machen.«

Der Bischof starrte Theophanu verblüfft an, hatte sich jedoch sofort wieder gefasst. »Der Befehl der Kaiserin ist eindeutig. Sie erwartet, dass ihren Wünschen Folge geleistet wird.« Er gab sich keine Mühe, seinen Unwillen und Zorn zu verbergen.

»Ich fürchte, die Kaiserin wird sich damit abfinden müssen, dass ihren Wünschen dieses eine Mal nicht entsprochen wird.« Theophanu gab nicht nach.

»Prinzessin«, die Wangen des Erzbischofs waren gerötet, und er wirkte, als ob er sich nicht recht wohl in seiner Haut fühlte, »die Kaiserin meint es nur gut mit Euch.«

»Wie ich schon sagte, ich respektiere ihre Sorge. Dennoch werde ich tun, was ich für richtig halte.«

Mit wachsender Missbilligung hatte Metropolit Stephanos die Auseinandersetzung verfolgt. Um Verbindlichkeit bemüht wandte er sich nun an Dietrich und Gero. »Verzeiht. Die Prinzessin ist überspannt und weiß nicht, was sie sagt. Selbstverständlich wird sie in Benevent bleiben.«

»Nein, das werde ich nicht.« Theophanus Stimme klang klar und sehr ruhig. In ihrem Rücken, wo sich ihr Gefolge versammelt hatte, wurde bestürztes Gemurmel laut.

»Wenn Ihr uns bitte kurz entschuldigen würdet«, der Metropolit seufzte und schaute die beiden anderen Geistlichen um Verständnis bittend an, »ich bin sicher, die Prinzessin und ich werden uns rasch einig werden.«

»Selbstverständlich.« Dietrich von Metz nickte. Erzbischof Gero signalisierte durch eine Handbewegung sein Einverständnis.

Ohne abzuwarten, ob Theophanu ihm folgte, wandte sich Stephanos um und ging einige Schritte bis zu einer Gruppe von Heckenrosensträuchern, in deren Schatten ein Brunnen plätscherte. Theophanu registrierte, dass ein spöttisches Lächeln um Dietrichs Mund spielte.

Der Metropolit hatte die erste Runde für sich entschieden. Es blieb ihr nichts anderes übrig, als ihm nachzugehen und mit ihm zu sprechen. Erneut wurde Theophanu schmerzlich bewusst, wie wenig erwachsen und gebieterisch sie auf die drei Geistlichen und ihr eigenes Gefolge wirken musste. Sie straffte sich und dachte an ihre Ahnen – allesamt Feldherren, die über gewaltige, siegreiche Heere geboten hatten. Sollten die Menschen um sie herum doch über sie urteilen, wie sie wollten. Sie durfte sich von ihren Ansichten nicht bestimmen lassen. Wohl wissend, dass die Blicke ihrer Höflinge und die Geros und Dietrichs sie verfolgten, bedeutete Theophanu Imiza und Jacobus, mit ihr zu kommen.

Mit zornig gerunzelten Brauen starrte der Metropolit sie an. »Seid Ihr Euch darüber im Klaren, wie schändlich Ihr Euch gerade benommen habt? Wie könnt Ihr es wagen, Euch den Befehlen der Kaiserin zu widersetzen – einer Frau, die im Abendland ebenso wie in Byzanz wegen ihrer Frömmigkeit und ihres untadeligen Lebenswandels hoch geachtet ist. Ihr seid nichts mehr als ein Kind. Außerdem, auch wenn Ihr Euch noch sehr in Euren Eigensinn verrennt ... Wo wollt Ihr mit Eurem Gefolge in Rom Unterkunft nehmen? Kein Kloster und keine Adelsfamilie wird Euch aufnehmen. Denn weder ein Abt noch ein Graf oder Fürst wird sich den Befehlen Adelheids widersetzen wollen.«

Dies hatte Theophanu nicht bedacht, und sie wurde rot. Nach einigen quälenden Momenten kam ihr der rettende Gedanke. Sie fasste nach der Kette, die um ihren Hals hing, und zog ein Kreuz aus dem Ausschnitt ihres Gewandes. Es war etwa fingerlang, bestand aus reinem Gold und war mit einer Vielzahl kleiner Diamanten besetzt.

»Ich bin mir ganz sicher, dass ich Unterkunft erhalten werde«, erwiderte sie und versuchte zu lächeln. Nur mit Mühe konnte sie verhindern, dass ihre Hände zitterten. Sie fürchtete, dass ihre Finger ihr nicht gehorchten und es ihr nicht gelingen würde, den Verschluss zu öffnen. Doch als hätte Imiza ihre Angst gespürt, trat sie neben sie und sprang ihr bei.

Theophanus Lippen formten ein tonloses »Danke«, ehe sie sich an ihren Lehrer wandte. Stumm und besorgt hatte Jacobus ihren Streit mit dem Metropoliten verfolgt. Sie reichte ihm die Preziose. »Du reitest noch heute nach Rom und übergibst dieses Kreuz dem Abt des Benediktinerklosters, in dem du deine Studien betrieben hast. Richte ihm aus, dass ich ihm und seinem Kloster die Gastfreundschaft, die sie mir gewähren, um mehr als das Zehnfache dessen vergelten werde, was dieses Schmuckstück wert ist.« Für eine solche

Summe, wusste Theophanu nur allzu gut, würde es sich sogar lohnen, sich den Zorn einer Kaiserin zuzuziehen – noch dazu einer, die nicht für immer in Rom weilen würde.

Diese Tatsache begriff auch Metropolit Stephanos rasch. »Du bleibst hier!«, befahl er Jacobus. »Die Prinzessin ist noch ein Kind und weiß nicht, was sie tut. Gerade du als ihr Lehrer müsstest das wissen.«

Unschlüssig und unglücklich blickte Jacobus von dem Metropoliten zu Theophanu. Sie ahnte, was ihn zögern ließ. Auch er hatte seine Zweifel, dass sie imstande war, eine so weit reichende Entscheidung zu treffen.

»Gib mir das Kreuz!« Fordernd streckte Stephanos seine Hand aus.

»Jacobus!«, Theophanu schaute ihren Lehrer fest an, »du dienst nur mir, und damit bist du allein mir Gehorsam schuldig.«

Noch immer schwankte Jacobus, wie er sich verhalten sollte. Theophanu hörte, wie Imiza etwas vor sich hin wisperte, das wie eine Beschwörung klang. Endlich neigte er den Kopf und flüsterte mehr, als er sagte: »Ja, ich bin Euer Diener und werde in Eurem Auftrag nach Rom reiten.«

»Gut.« Theophanu wandte sich wieder dem Metropoliten Stephanos zu. »Ich gehe davon aus, dass Ihr Euer Gesicht wahren wollt und Dietrich und Gero gegenüber Einmütigkeit mit mir demonstrieren möchtet. Ganz davon abgesehen, dass es Johannes Tzimiskes nicht schätzen wird, wenn er erfährt, dass Ihr Euch meinen Entscheidungen widersetzt habt.«

»Es ging mir nicht darum, mich Euren Befehlen zu widersetzen.« Der Metropolit verbeugte sich kühl. »Ich war nur darum bestrebt, Euch ehrlich zu beraten.«

»Es freut mich, das zu hören.« Hocherhobenen Hauptes kehrte Theophanu zu den beiden Bischöfen und ihrer Hofgesellschaft zurück. »Der Metropolit und ich haben unsere

Meinungsverschiedenheit beigelegt. Er unterstützt meinen Wunsch, nach Rom zu reisen.«

»Das ist nicht Euer Ernst!« Wütend fuhr Dietrich von Metz zu Stephanos herum, der neben Theophanu getreten war. »Wie könnt Ihr diesem jungen Ding nur nachgeben.«

»Ich bin zu dem Schluss gelangt, dass die Gefahr, von einer Krankheit heimgesucht zu werden, wohl doch nicht so groß ist.« Der Metropolit lächelte höflich. »Die Kaiserin wird unseren Wunsch, endlich von Benevent aufzubrechen, sicher verstehen.«

»Wenn Ihr tatsächlich nach Rom reiten wollt, stehe ich Euch nicht länger zur Verfügung.«

Ehe Stephanos antworten konnte, ergriff Theophanu das Wort. »Das würde ich bedauern. Aber wenn Ihr uns tatsächlich verlassen wollt, werde ich nicht versuchen, Euch aufzuhalten.«

»Teilt Ihr diese Ansicht?« Noch immer ignorierte Dietrich von Metz Theophanu und schaute nur den Metropoliten an.

»Ja, das tue ich.«

Der Vetter des Kaisers schien noch etwas erwidern zu wollen, drehte sich jedoch um und stürmte wortlos davon.

»Und Ihr?«, wandte sich Theophanu an Gero, der die Auseinandersetzung stumm verfolgt hatte, »wollt Ihr mich auch verlassen?«

Der Erzbischof zögerte, schüttelte aber schließlich den Kopf. »Wenn Ihr es wünscht, werde ich Euch gerne nach Rom begleiten.«

»Das ist schön.« Theophanu meinte es ehrlich. Sie mochte Gero, und es hätte sie getroffen, wenn er sie im Stich gelassen hätte.

»Das Ballspiel hat mich hungrig und durstig gemacht. Und Ihr, Erzbischof und Metropolit, könnt sicher auch eine Erfrischung vertragen. Imiza, wenn du den Mönchen bitte meinen Wunsch übermitteln würdest?« Es gelang Theophanu zu lächeln. Doch ihr Herz klopfte wild, und ihr Leib war schweißnass.

*

Adelheid trat auf den Arkadengang im ersten Stockwerk der Kaiserpfalz hinaus. Die Abenddämmerung war bereits angebrochen. Vom nahen Küchentrakt wehte Essensgeruch herüber. An den Außenmauern der Gebäude brannten Fackeln, und auch aus den Fenstern der Halle auf der anderen Seite des Innenhofs drang bereits Licht. Der Schein fiel auf eine Gruppe von etwa vierzig Männern, die eben das in Beete unterteilte Geviert durchquerten. Unter ihnen befand sich auch ihr Gatte.

Mittlerweile ging Otto auf die sechzig zu. Sein ehemals rotblondes Haar und sein Bart waren grau geworden, und unter seinem Gewand zeichnete sich ein deutlicher Bauchansatz ab. Blendend ausgesehen hatte er nie – dafür waren seine Gesichtszüge immer zu grob gewesen. Ganz im Gegensatz zu seinem gut aussehenden Vetter Dietrich von Metz oder gar seinem schönen Neffen Heinrich, dem Bayernherzog ... Und doch stand Otto immer selbstverständlich im Mittelpunkt. Er besaß eine charismatische Ausstrahlung – unerschütterliches Selbstvertrauen gepaart mit eiserner Willenskraft und unbändiger Lebensfreude –, die jeden für ihn einnahm. Außerdem konnte er, wenn es ihm notwendig erschien, bestrickend liebenswürdig sein.

Die Gruppe zerstreute sich. Otto, Herzog Pandulf Eisenkopf und Julian, der altehrwürdige Bischof von Pavia, blieben am Rand des Gevierts stehen. Ihr Gatte machte eine Bemerkung, woraufhin die beiden anderen Männer in Gelächter ausbrachen.

Über zwanzig Jahre waren nun vergangen, seit Adelheid Otto zum ersten Mal begegnet war. Nach dem Tod ihres ersten Gatten Lothar hatte ihr eigener Verwandter versucht, an ihr Erbe zu kommen. Markgraf Berengar hatte die Lombardei – ihr Königreich – an sich reißen wollen und sie dafür sogar gefangen gesetzt.

Otto, der sich damals gerade auf einem Feldzug nach Rom befand, war ihr zu Hilfe gekommen. Und hatte anschließend um ihre Hand angehalten – aber erst nachdem er sich selbst zum König der Lombardei ernannt hatte. Ihr war keine andere Wahl geblieben, als in diese Ehe einzuwilligen. Allerdings hätte kaum eine Frau die Hochzeit mit einem der mächtigsten und reichsten Männer des Abendlandes ausgeschlagen. Außerdem war es ihr ergangen wie allen anderen Menschen: Otto hatte sie in seinen Bann geschlagen. Schon bei ihrem ersten Zusammentreffen hatte sie sich in ihn verliebt.

Jetzt huschte ein Lächeln über Ottos Gesicht. Seine blauen Augen funkelten im Schein der Fackeln. Bitterkeit, in die sich Wehmut mischte, stieg in Adelheid auf. Sie wusste, dass sie sich nicht beklagen durfte. Die meisten Frauen wären mit dieser Ehe mehr als zufrieden gewesen: Otto hatte sie immer mit Respekt und Achtung behandelt, und ihr Rat war ihm wichtig. Auch seinen ehelichen Pflichten war er häufig nachgekommen. Selbst jetzt, da er schon fast die sechzig erreicht hatte, suchte er noch regelmäßig ihr Bett auf. Aber wirklich geliebt hatte er sie nie.

Otto verabschiedete sich von Pandulf Eisenkopf und Julian, die nun auf die Halle zustrebten, und kam mit schnellen Schritten die breite Steintreppe herauf. Adelheid ging ihm entgegen. Ihr Gatte nickte ihr lächelnd zu und legte ihr den Arm um die Schulter. Eine Geste, die langjährige Vertrautheit ausdrückte sowie Wohlwollen – nicht weniger, aber auch nicht mehr.

Adelheid drängte ihre Bitterkeit zurück. »Willst du in der Halle speisen, oder soll ich dir Essen in unsere Räume bringen lassen?«

Otto gähnte und winkte ab. »Ich bin zu müde, um einer großen Tafel vorzustehen. Ich esse hier oben.«

Adelheid erteilte einem Diener einen Befehl und folgte ihrem Gatten in eines ihrer Gemächer, einen Raum mit gewölbter Decke und bestickten Teppichen an den Wänden. Das Licht der Wachskerzen auf dem zwölfarmigen Leuchter spiegelte sich in den Glasfenstern. In einem bronzenen Becken glommen Kohlen und verbreiteten eine angenehme Wärme.

Otto setzte sich, die Beine weit von sich gestreckt, auf einen mit Schnitzereien verzierten Stuhl, nahm den vergoldeten Krug von einem niedrigen Tisch und goss sich Wein in einen Becher.

»Haben die Sarazenen tatsächlich so schlimm um Salerno gehaust, wie es die ersten Nachrichten von dort vermuten ließen?« Adelheid nahm ihrem Gatten gegenüber Platz.

»Einen Tag lang haben wir nur niedergebrannte Ortschaften und Gehöfte zu Gesicht bekommen. Wer von den Bewohnern sich nicht in die befestigten Bergdörfer retten konnte, wurde umgebracht oder verschleppt.«

»In Kämpfe wurdet ihr aber nicht verwickelt?«

»Fürs Erste haben die Sarazenen sich nach Sizilien zurückgezogen.« Der Kaiser nahm einen tiefen Schluck von dem Weißwein. »Sie werden aber bald wieder losschlagen. Pandulf sammelt ein Heer und wird so schnell wie möglich in den Süden zurückkehren. Für den nächsten Überfall will er gut gerüstet sein.«

»Du wirst ihm die Kämpfe überlassen?« Er war mehr eine Feststellung als eine Frage.

»Ja, ich bin überzeugt, der alte Haudegen wird mit den Sarazenen allein fertig, sobald ihm ein ausreichend großes Heer zur Verfügung steht.« Otto stellte den Weinkelch auf dem Tisch ab. »Auf dem Rückweg nach Rom habe ich Gerüchte gehört. Die byzantinische Prinzessin soll bereits in Italien eingetroffen sein – allerdings nicht die, die wir erwartet haben.«

»Allerdings«, entgegnete Adelheid spröde. »Johannes Tzimiskes hat uns seine angeheiratete Nichte Theophanu geschickt.«

»Dieser verdammte Fuchs!« Ein widerwillig anerkennendes Grinsen erschien auf Ottos Gesicht. »Ich hätte mir denken können, dass er einen Weg finden würde, um meine Forderung zu umgehen und Zeit zu gewinnen. Mittlerweile wird er die Besatzungen in den byzantinischen Städten Apuliens und Kalabriens bestimmt wieder verstärkt haben.«

Otto griff erneut nach dem Kelch und betrachtete die goldgelbe Flüssigkeit. »Wie hat unser Sohn die Nachricht aufgenommen, dass Tzimiskes die falsche Prinzessin gesandt hat? Gut, vermute ich?« Der Klang seiner Stimme war scharf geworden.

Die Beziehung zwischen Vater und Sohn war noch nie einfach gewesen. Aber seit der Thronfolger erwachsen geworden war, schlugen die bisherigen unterschwelligen Spannungen bei fast jedem Zusammentreffen in offenen Streit um. Als Otto noch klein gewesen war, hatte es Adelheid oft verletzt, dass der Kaiser ihr gemeinsames Kind nicht wirklich als Nachfolger akzeptierte, sondern immer noch Liudolf, seinem verstorbenen Sohn aus erster Ehe, nachtrauerte. Während der letzten Jahre war sie jedoch fast dankbar für den Zwist zwischen den beiden. Denn nun, da sich ihr Sohn auch gegen sie wandte, hätte sie es nicht ertragen, wenn sein Verhältnis zum Vater innig gewesen wäre.

Sie wählte ihre Worte mit Bedacht: »Unser Sohn hat es bislang vorgezogen, nicht nach Rom zu kommen.«

»Aber diese Theophanu befindet sich auf dem Weg hierher?«

»Allerdings!« Adelheid lachte zornig auf. »Ich wollte sie

in Benevent festhalten, bis du von deinem Erkundungsritt zurückgekehrt wärst und entschieden hättest, wie weiter mit dem Mädchen verfahren werden soll. Wenn du mich allerdings fragst, bin ich ganz klar der Ansicht, dass wir sie samt ihrem Gefolge umgehend nach Byzanz zurückschicken sollten ... Dein Vetter Dietrich teilt meine Meinung übrigens. Er hält sie für ein eitles, hochmütiges Ding. Aber Theophanu hat sich über meinen ausdrücklichen Befehl hinweggesetzt und beschlossen, auf eigene Faust nach Rom zu ziehen. Anscheinend hat sie sich in den Kopf gesetzt, eine Begegnung mit uns zu erzwingen.«

»Tatsächlich?« Otto sah seine Frau überrascht an. »Dieses Mädchen scheint ja überraschend genau zu wissen, was es will.«

»Billigst du etwa ihr Verhalten?« Adelheid blickte ihn überrascht an.

»Das eigene Ziel gegen Widerstände zu verfolgen ist kein schlechter Charakterzug.«

»Aber ...«, setzte Adelheid empört an. Doch ein älterer Diener, der in diesem Moment mit einem Tablett hereinkam, das mit Tonschüsseln sowie einem Korb voll duftendem, frischem Weißbrot beladen war, ließ sie innehalten. Ärgerlich verfolgte sie, wie er das dünnwandige Geschirr auf einem Esstisch platzierte. Die Schüsseln enthielten ein Fleischgericht, ein gebratenes Huhn sowie gedünstetes Gemüse. Otto bedeutete dem Diener, dass er sich entfernen könne, und nahm sich selbst von dem Fleisch.

»Vielleicht könnte es sich doch auf die eine oder andere Weise lohnen, diese Theophanu in Augenschein zu nehmen«, sagte er nachdenklich.

»Du hältst sie doch nicht etwa als Braut für unseren Sohn geeignet?«

»Ich meinte nur, dass es interessant sein könnte, das Mädchen kennen zu lernen.« Der Kaiser griff nach dem Weißbrot und tunkte es in die sämige, nach Thymian und Oreganum duftende Soße. »Ich werde abwarten, wie sich die Situation in der Gegend um Salerno weiterentwickelt. Wenn Pandulf die Sarazenen schlägt, sind wir auf das Wohlwollen Johannes Tzimiskes' nicht angewiesen. Falls der Eisenkopf wider Erwarten scheitern sollte, dürfte es ratsam sein, das Mädchen zu empfangen und ihren Onkel noch eine Weile hinzuhalten.«

*

In ihrem Zelt versuchte Theophanu, auf den Samtkissen des Diwans eine bequeme Sitzposition zu finden. Von ihrem Platz aus konnte sie durch die zurückgeschlagenen Seitenplanen nach draußen sehen. Auf der Wiese, im gelblichen Licht des frühen Abends, eilten Bedienstete hin und her. Manche trugen Zeltplanen und -stangen, denn viele der provisorischen Unterkünfte mussten noch errichtet werden. Andere waren mit Körben voller Lebensmittel, Brennholz und Kohle beladen oder schleppten hölzerne Truhen, denn etwa zweihundert Menschen mussten beherbergt und verköstigt werden.

Vor drei Tagen waren Theophanu und ihr Gefolge in Benevent aufgebrochen und hatten mittlerweile gut die Hälfte des Weges nach Rom zurückgelegt. Die letzten Nächte hatten sie in Klöstern unterkommen können, doch an diesem Abend hatten sie weniger Glück: Das nächste Kloster und der nächstgelegene größere Ort waren zu weit entfernt, und so mussten sie ein Lager aufschlagen.

Nach den vielen Stunden, die Theophanu im Sattel verbracht hatte, fühlte sie sich steif und müde. Obwohl sie in einer Sänfte hätte reisen können, ritt sie lieber, denn die schaukelnde Enge hatte sie bereits nach dem ersten Reisetag nicht mehr ausgehalten. Diese Entscheidung hatte, das wusste Theophanu von Imiza, sowohl unter den Männern, die bei Erzbischof Gero geblieben waren als auch unter ihren eigenen Ratgebern für missbilligendes Getuschel gesorgt.

»Soll ich Euch ein Bad bereiten?« Imiza, die im rückwärtigen Teil des Zeltes die Bettstatt für ihre Herrin herrichtete, blickte besorgt zu ihr herüber.

»Vielleicht später.« Jacobus war bislang noch nicht aus Rom zurückgekehrt. Würde sich der Abt des Benediktinerklosters auf dem Aventin von den in Aussicht gestellten großzügigen Geschenken ködern lassen und ihr mit ihrem gesamten Gefolge Obdach gewähren? Oder würde er doch ablehnen, um die Kaiserin nicht zu brüskieren? Was sollte sie in diesem Fall tun? Vor der Stadt zu kampieren kam nicht in Frage, denn damit hätte sie der Welt ihre Niederlage nur allzu deutlich vor Augen geführt. Aber selbst wenn die Benediktiner sie aufnahmen – wie konnte sie die kaiserliche Familie dazu bewegen, sie doch zu empfangen? Diese Fragen hatten Theophanu seit ihrem Aufbruch von Benevent ständig gequält, und noch immer hatte sie keine Antwort gefunden.

Eine Bewegung auf der Wiese erregte ihre Aufmerksamkeit. Theophanu richtete sich auf und sah zu ihrer Überraschung Metropolit Stephanos durch den Eingang des Zeltes treten.

»Prinzessin«, der Metropolit verneigte sich, »ein Bote unseres Statthalters von Policastro hat mich eben erreicht. Der Statthalter – Alexius ist sein Name – schreibt, dass Sarazenen ein großes Gebiet südlich von Salerno verwüstet haben. Er ist davon überzeugt, dass Otto sehr bald zu einem Gegenschlag ausholen wird.«

»Solange Sarazenen sächsische Besitztümer in Süditalien bedrohen, wird es der Kaiser nicht auf eine Auseinandersetzung mit meinem Onkel ankommen lassen.« Hoffnung glomm in Theophanu auf.

»So ist es.« Der Metropolit lächelte liebenswürdig. Er

wirkte so zufrieden mit sich, als hätte sein Verhandlungsgeschick diese günstige Wendung der Dinge herbeigeführt. »Ich schätze, die Liudolfinger werden nun viel eher bereit sein, Euch als Braut zu akzeptieren.«

»Ich danke Euch, dass Ihr mir die Nachricht überbracht habt. Aber –«, Theophanu schaute Stephanos fest an, »ich wäre Euch dankbar, wenn Ihr einen derart wichtigen Boten das nächste Mal direkt zu mir schicken würdet.«

Sie maßen einander mit Blicken. Schließlich verneigte sich Stephanos und sagte gepresst: »Gewiss, Prinzessin, wenn Ihr dies wünscht.«

»Ihr könnt gehen.«

Steif verbeugte sich der Metropolit erneut und verließ das Zelt.

Noch vor einem Jahr hätte ich es mir nicht träumen lassen, dass ich einmal hohe Geistliche zurechtweisen würde, dachte Theophanu. Mit einemmal überfiel sie Sehnsucht nach dem Mädchen, das sie einmal gewesen war. Wie einfach das Leben sich doch dargestellt hatte … .

»Auf den Metropoliten könnt Ihr nicht zählen.« Imiza war neben sie getreten.

»Ja, ich weiß.« Theophanu besann sich. »Bring mir bitte meine Stiefel und meinen Umhang und kleide dich auch an. Du begleitest mich auf einem Spaziergang.« Sie musste über die neue Wendung, die die Dinge genommen hatten, nachdenken.

Als Theophanu und Imiza über die Wiese gingen, standen bereits ein halbes Dutzend Zelte. Eines davon war von einer dichten Kette von Bewaffneten umgeben. Es beherbergte den Brautschatz. Sie schritten an Feuerstellen vorbei, wo Knechte Holz und Kohlen aufschichteten, und passierten Tische, auf denen Mägde Teige und Getreidebreie anrührten, Lämmer und Ziegen zerlegten und Geflügel füllten.

Ein großer, kahlköpfiger und beleibter Mann in den Vierzigern eilte auf Theophanu zu. »Hoheit, auch wenn wir im Freien nächtigen müssen, wird alles zu Eurer Zufriedenheit sein.« Fragend schaute sie Imiza an. »Sein Name ist Candidus«, flüsterte diese. »Er ist für die Vorräte und die Zubereitung der Speisen zuständig.«

»Ich hoffe sehr, dass die Vorräte ausreichen«, erwiderte Theophanu freundlich. Der Streit, den sie mit dem Metropoliten im Garten des Klosters gehabt hatte, hatte dazu geführt, dass ihr Gefolge sie endlich als Herrin anerkannte. Vor dieser Auseinandersetzung hätte sich kein Diener bemüßigt gefühlt, ihr Bericht zu erstatten.

»Hoheit, ich garantiere Euch – das werden sie!« Candidus warf sich in die Brust. »Sogar, wenn wir noch eine weitere Nacht im Freien verbringen müssten.«

»Was hoffentlich nicht der Fall sein wird.« Mit einem Nicken entließ Theophanu den Diener.

Während sie weitergingen, blickte Imiza immer wieder kritisch zum Himmel hinauf. »Es sieht aus, als ob ein Unwetter aufzieht«, sagte sie. »Lasst uns nicht allzu weit vom Lager weggehen.«

»Welches Unwetter?«, fragte Theophanu überrascht. Über den weiten Wiesen und frisch gepflügten Feldern wölbte sich ein klarer Himmel.

»Es braut sich dort zusammen.« Imiza deutete nach Westen. Gelb stand die Sonne über einem Hügel, der wie ein Amboss geformt war. Ein feiner Wolkenstreifen hatte sich zu beiden Seiten des Gestirns gebildet.

»Ich hoffe doch sehr, dass du dich irrst.« Theophanu schlug einen Pfad ein, der entlang eines Bachs und durch hohes Gras in Richtung des Hügels führte.

»Sag mir, was du über den Sachsenkaiser weißt.« Sie drehte sich zu Imiza um.

»Was ich über Otto weiß …« Imiza runzelte verwundert die Stirn, ehe sie antwortete. »Nun, er hat die Ungarn in einer großen und berühmten Schlacht besiegt. Außerdem hatte er viele Kämpfe innerhalb der eigenen Familie zu bestehen.«

Theophanu erinnerte sich: Achtzehn Jahre zuvor hatte Otto die Ungarn vernichtend geschlagen. Es war ihm gelungen, das Abendland von der schlimmsten Geisel zu befreien, von der es seit Jahrhunderten heimgesucht worden war. Seit dieser Zeit – so hatten Johannes Tzimikes' Räte Theophanu berichtet – war die ehemals überwältigende Heeresmacht der Ungarn aufgerieben und in völliger Bedeutungslosigkeit versunken. An der Spitze des Heeres war der Kaiser, die mit Reliquien des heiligen Mauritius bestückte Lanze hoch erhoben, gegen den Feind angestürmt.

Vor dem entscheidenden Sieg gegen die Ungarn hatte sich der Kaiser, wie Imiza weiter erzählte, in heftigen Machtkämpfen gegen seine allerengsten Familienmitglieder durchsetzen müssen. Sein eigener Bruder Heinrich, der Herzog von Bayern, hatte ihm dreimal die Herrschaft streitig gemacht und ihn bekriegt. Beide Male war er damit gescheitert, und beide Male war Otto bereit gewesen, ihm zu vergeben. Anstatt ihn abzusetzen oder gar hinrichten zu lassen.

Nachdem die Kämpfe mit dem Bruder ausgestanden waren, hatte Liudolf, Ottos Sohn aus erster Ehe, ein Heer gegen den Vater geführt. Auch ihn hatte Otto besiegt und ihm dann vergeben.

Der Kaiser muss ein ungewöhnlicher Mensch sein, dachte Theophanu. Von seiner zweiten Gemahlin Adelheid wusste sie, dass sie schön und fromm war. Außerdem sollte sie eine starke Persönlichkeit sein. Nach allem, was sie über die Kaiserin gehört hatte, bezweifelte Theophanu, dass es ihr gelingen würde, Adelheid für sich zu gewinnen. Die Kaiserin stand auf der Seite des Dietrich von Metz – dies hatte ihr Befehl, dass Theophanu in Benevent warten sollte, nur zu deutlich gezeigt.

Otto hingegen ... Zurzeit besaß sie den Trumpf, dass die

Sarazenen dem Kaiser zu schaffen machten und er es sich deshalb nicht mit Johannes Tzimiskes verderben konnte. Aber vielleicht wäre er sogar ohne diesen äußeren Druck bereit, sie als Braut für seinen Sohn zu akzeptieren.

Als hätte Imiza ihre Ideen erahnt, sagte sie unvermittelt: »Ihr fragt die ganze Zeit nur nach dem Kaiser. Solltet Ihr Euch nicht lieber mit dem Sohn befassen? Schließlich ist er es, den Ihr hoffentlich bald heiraten werdet.« Ein Lächeln schwang in ihrer Stimme mit.

»Ach, der Thronfolger ...« Theophanu wurde klar, dass sie an ihren künftigen Gemahl bisher noch kaum einen Gedanken verschwendet hatte. Wichtig war nur, dass diese Hochzeit zustande kam. Und darüber hatte das Kaiserpaar zu entscheiden. Der Sohn würde sich, wie in diesen Fällen üblich, dem Willen der Eltern beugen müssen.

Theophanu und Imiza hatten eben den Rand eines Steineichenwäldchens erreicht, als Geschrei an ihre Ohren drang. Frauenstimmen, die Theophanu bekannt vorkamen.

»Einige unserer Hofdamen scheinen sich in Schwierigkeiten zu befinden.« Imiza hob die Augenbrauen. »Soll ich nach ihnen sehen?«

»Ich komme mit.«

Sie rafften ihre Gewänder und eilten zwischen den knorrigen Bäumen hindurch. Als sie den Saum des Wäldchens erreicht hatten, musste sich Theophanu das Lachen verkneifen. Eine ältliche Frau hatte einen Bauernjungen am Kragen seines groben Kittels gepackt. Eine andere hatte ihre Finger in den schmutzigen Arm eines weiteren Dorfbuben gegraben und hielt ihn eisern fest, obwohl er mit aller Kraft versuchte, sich von ihr loszureißen.

Der Knabe, dessen gerötetes Ohr eine Hofdame namens Eugenia umklammerte, gehörte jedoch, seiner guten Kleidung nach zu schließen, zu Theophanus Gefolge. Lehmspritzer verunstalteten das hagere Gesicht der Adeligen. Allem

Anschein nach stammten sie von einem Erdbrocken, der sie an der Brust getroffen und einen großen Schmutzfleck auf ihrem blauen Samtmantel hinterlassen hatte.

»Was geht hier vor?« Theophanu bemühte sich, streng zu klingen.

»Da kam eine ganze Horde von diesen Bengeln aus dem Wäldchen gestürmt«, begann die ältliche Frau.

»Und er«, die Hofdame Eugenia riss an dem Ohr des Jungen, »er hat einen Erdklumpen nach mir geworfen.« Die beiden anderen Frauen nickten bestätigend.

»Das ist nicht wahr!« Der Junge krümmte sich unter Eugenias Griff und warf Theophanu einen Hilfe suchenden Blick zu. »Ich wollte nicht sie treffen, sondern einen von denen.« Anklagend deutete er auf die beiden Knaben aus dem Dorf. Der lateinische Wortschwall, mit dem ihn seine Kontrahenten überschütteten, war so schnell, dass Theophanu nichts verstand – außer, dass ihre Bemerkungen alles andere als freundlich gemeint waren.

»Und weshalb hast du die Bauernjungen mit Erde beworfen?«

»Ich bin nur durch das Dorf geschlendert.« Der Junge deutete auf eine Ansammlung ziegelgedeckter Häuser in der Nähe des Wäldchens. »Und plötzlich haben sie angefangen, mich zu beschimpfen. Einen dummen Fremden haben sie mich genannt und gesagt, dass ich verschwinden solle. Das konnte ich doch unmöglich auf mir sitzen lassen, oder?« Die Miene des Jungen war durch und durch gekränkte Unschuld. Aber ein vorwitziges Funkeln in seinen braunen Augen ließ Theophanu daran zweifeln, dass er wirklich die ganze Wahrheit sagte.

»Du Nichtsnutz, willst du etwa behaupten, du verstehst Latein?« Eugenia schüttelte den Jungen am Ohr, woraufhin er einen durchdringenden Klagelaut ausstieß und Theophanu noch flehentlicher anschaute.

»Ich …«, jammerte er.

»Ja, die Hofdame Eugenia hat recht. Du bist der Sprache doch gar nicht mächtig.« Theophanu bemühte sich, streng zu wirken.

»Verzeihung, Prinzessin«, mischte sich Imiza ein. »So viel ich weiß, stammten die Eltern dieses Jungen – er heißt übrigens Ninias – aus einer unserer Städte in Süditalien. Der Vater war Pferdeknecht und die Mutter Küchenmagd. Beide sind vor ein paar Jahren gestorben.«

»Und warum wurde dieser Junge für meinen Tross ausgewählt?«

»So weit mir bekannt ist, wurde er nicht ausgewählt. Er hat sich vielmehr an Bord einer der Dromonen geschlichen.«

Eugenia und die beiden anderen Frauen brachen in laute, entrüstete Rufe aus. Der Junge ließ den Kopf noch tiefer hängen. Aber Theophanu war überzeugt, dass er unter dem dichten Büschel widerspenstiger brauner Haare, das ihm in die Stirn fiel, sie alle genau beobachtete und seine Möglichkeiten abschätzte.

»Lasst die beiden Bauernjungen nach Hause gehen. Ihre Mütter warten sicher schon auf sie«, wandte sich Theophanu an die Hofdamen. »Und was ihn betrifft«, sie schaute Ninias ernst an, »so soll er seine gerechte Strafe erhalten.« Das Haupt des Knaben sank noch tiefer.

»Nun lauft schon!«, wies sie die Dorfbuben auf Latein an. Die Jungen rannten davon, drehten sich in sicherer Entfernung jedoch noch einmal um und zeigten Ninias triumphierend die Fäuste. Blitzschnell – so rasch, dass Theophanu sicher war, dass nur sie und vielleicht Imiza es gesehen hatten – wandte er den Kopf und streckte seinen Widersachern die Zunge heraus. Gleich darauf verfiel er wieder in die demütige Haltung eines Büßers.

Den ganzen Weg zurück zum Lager trottete er reuig zwischen den Frauen dahin. Eugenias Geschelte akzeptierte er scheinbar ohne Vorbehalte.

Im Lager war bereits eine lange Tafel auf der Wiese errichtet. Ringsum brannten Fackeln und erhellten die Dämmerung. Die wichtigsten Mitglieder ihres Gefolges, unter ihnen auch Erzbischof Gero und Metropolit Stephanos, hatten bereits auf den Bänken Platz genommen. Knechte und Mägde eilten mit Körben voller Brotstücke zwischen dem Vorratszelt und der Tafel hin und her. Andere trugen Krüge oder Platten, auf denen Fleisch und Geflügel angerichtet waren.

»Geht schon zu Tisch«, wandte sich Theophanu an die Hofdamen.

»Werdet Ihr dieses Bürschchen auch wirklich streng bestrafen?« Noch einmal zog Eugenia Ninias am Ohr.

»Ja, das werde ich.« Theophanu nickte. Als sich die Frauen entfernt hatten, fasste sie Ninias am Kinn und zwang ihn, sein Gesicht zu erheben. Seine Augenlider, die er ergeben niedergeschlagen hatten, zitterten. »Geh zu Candidus und lass dir etwas zu essen geben. Aber sieh zu, dass die Hofdame Eugenia dich dabei nicht zu sehen bekommt. Und wenn du das nächste Mal mit Erdbrocken wirfst, gib Acht, dass sie dir nicht im Weg steht.«

Ein zufriedenes Grinsen huschte über das Gesicht des Jungen. Er wollte schon loslaufen, besann sich jedoch und blieb stehen. Tief und ehrfürchtig wie ein Ritter vor seiner Dame verneigte er sich vor Theophanu. »Danke, Hoheit«, sagte er aufrichtig und strahlte sie über das ganze Gesicht an.

»Ich glaube, Ihr habt einen Verehrer gewonnen.« Imiza lächelte.

Theophanu erwiderte ihr Lächeln. »Ja, einen, auf den ich wirklich stolz sein kann.« Während sie nun ihrerseits zur Tafel ging, bemerkte sie, dass dunkle Wolken den gesamten westlichen Himmel bedeckten.

*

In der Nacht brach tatsächlich ein schweres Gewitter los. Auf seinem Höhepunkt trennten nur die Dauer eines Lidschlags Blitz und Donnergrollen voneinander. Hagel und Regenmassen prasselten auf die Zelte nieder und ließen die hölzernen Haltestangen erbeben. Der Wind war so stark, dass er die mit Seilen verbundenen Planen auseinanderdrückte und einen Sprühregen von Tropfen bis in die Zeltmitte wehte. Theophanu kauerte auf ihrem Lager und verfolgte angespannt, wie gleißende Blitze das nachtschwarze Dunkel erhellten und der Sturm bedrohlich heulte. Einige ihrer Dienerinnen murmelten Gebete.

Gegen Morgen zog das Gewitter endlich weiter. Die sintflutartigen Regenfälle hielten jedoch bis zum Vormittag an. Sie hörten ebenso abrupt auf, wie sie eingesetzt hatten. Grelles Sonnenlicht brach zwischen den Wolken hervor. Theophanu warf sich einen Mantel über ihr Nachthemd und verließ zusammen mit Imiza und den anderen Mägden das Zelt.

Verschreckte, übernächtigte Bedienstete hasteten bereits auf dem Lagerplatz umher. Ein Zelt hatte der Sturm aus der Verankerung gerissen, so dass seine Planen in den Brombeerbüschen am Rand eines Feldes hingen. Glücklicherweise hatte das Zelt, das ihren Brautschatz beherbergte, das Gewitter unbeschadet überstanden. An Weiterreiten war an diesem Tag nicht zu denken.

Mit Hilfe von Imiza kleidete sich Theophanu an. Sie aß etwas Brot und trank einen Becher Wasser, ehe sie wieder nach draußen ging. Erzbischof Gero trat verschlafen neben sie. Er sah mitgenommen aus. »Wir können dem Himmel danken, dass wir das Unwetter so glimpflich überstanden haben«, seufzte er.

»Allerdings«, erwiderte Theophanu höflich und verfolgte, wie Knechte und Mägde völlig durchweichte, schmutzige Teppiche aus einem Zelt schleppten und über Tischen und Bänken zum Trocknen ausbreiteten.

Die neuerliche Verzögerung gefiel ihr überhaupt nicht. Dietrich von Metz würde sich freuen, wenn er über meine missliche Lage Bescheid wüsste, dachte sie gereizt, zwang sich jedoch sofort wieder, klar zu denken. Sie musste etwas tun, anstatt einfach nur untätig herumzustehen und sich düsteren Überlegungen hinzugeben. Deshalb wandte sie sich an Gero.

»Würdet Ihr mich auf einem Ausritt begleiten?«, fragte sie höflich.

»Gerne.« Der Erzbischof nickte.

»Dann lasst uns zu den Pferden gehen.« Theophanu rief nach Imiza und winkte nach einem Pferdeknecht. »Wie haben die Tiere das Gewitter überstanden?«, fragte sie und lief bereits in Richtung der Pferche.

»Ganz gut, Hoheit«, berichtete der Mann und bemühte sich, mit ihr Schritt zu halten. »Aber natürlich sind sie unruhig. Das gilt besonders auch für Myra.« Er deutete auf Theophanus schwarze Stute aus arabischer Züchtung, die ihr Vater ihr zum Abschied geschenkt hatte. Das Tier hielt den schmalen Kopf in einen Holzeimer gesenkt. Seine Ohren zuckten nervös. »Beim Reiten müsst Ihr wachsam sein.«

Theophanu nickte.

Sie schlug einen Weg ein, der durch Wiesen einen Hügel hinaufführte. Erzbischof Gero und die Bediensteten folgten ihr. Nach wie vor drang das Sonnenlicht grell zwischen den Wolken hindurch. Das nasse Gras dampfte. Die Luft war warm und stickig. Theophanu atmete tief durch.

Auf dem Hügelkamm machte sie vor einer Reihe von Zypressen Halt. Unter sich konnte sie das Lager sehen, das aus dieser Perspektive noch mitgenommener wirkte. Plötzlich wurde ihr alles zu viel. Die Reise nach Rom und das, was sie dort erwarten würde.

Ohne nachzudenken stieß Theophanu der Stute die Fersen in die Flanken und stürmte im Galopp die andere Seite des Hügels hinunter. Hinter sich hörte sie laute, erschrockene Rufe, doch sie achtete nicht darauf. Ein wildes Glücksgefühl durchströmte sie, als Myra durch das hohe Gras flog. Sie spürte den Wind auf ihren Wangen und die gleichmäßigen Bewegungen des Pferdes unter sich und gab sich ganz dem Augenblick hin.

Erst als Theophanu den Fuß des Hügels erreicht hatte, kam sie wieder zu sich. Sie zügelte die Stute und drehte den Kopf. Erzbischof Gero und ihre Bediensteten ritten in vorsichtigem Trab den Hang hinunter.

Sie wollte Myra wenden und zu ihnen zurückkehren. Doch in diesem Moment geschah es. In den Augenwinkeln nahm Theophanu eine Bewegung wahr. Der Schatten eines Vogels streifte sie. Ehe sie reagieren konnte, stieg die Stute hoch. Theophanu gelang es, sich nach vorne zu werfen und sich in der Mähne des Tiers festzukrallen, doch die Zügel entglitten ihren Händen. Myra buckelte, schlug mit Hinter- und Vorderbeinen gleichzeitig aus. Aus der Ferne hörte Theophanu Imiza ihren Namen schreien. Ihre Füße rutschten aus den Steigbügeln. Mit ihren Schenkeln klammerte sie sich am Leib des Pferdes fest. Nur nicht fallen, dachte sie …

Myra preschte los. Theophanu duckte sich so weit wie möglich auf den Rücken des Tiers hinab. Die Strähnen der Mähne schnitten in ihre Hände. Sie sah nichts, nur den Hals der Stute, der sich unter ihr hob und senkte. Für eine kurze Weile meinte sie noch, Rufe und Pferdegetrappel in ihrem Rücken zu hören. Doch beides verklang. Nur noch der donnernde Laut von Myras Hufen ertönte. Um Gottes willen nicht stürzen. Nur nicht stürzen …

Theophanu spürte, wie sich der Pferdeleib straffte, und warf sich instinktiv noch weiter nach vorn. Der Boden wich unter ihr zurück und machte einer struppigen Ginsterhecke Platz. Dann kam der Grund wieder auf sie zu. Als Myra aufsetzte, wäre Theophanu fast aus dem Sattel geschleudert worden. Mit letzter Kraft gelang es ihr, sich auf dem Pferd zu halten. Lange, das wusste sie, würde sie diesen Ritt nicht mehr durchstehen. Ihr Atem ging schneller, und sie kämpfte gegen die immer stärker werdende Panik an.

Aber als hätte durch den Sprung die wilde Angst der Stute nachgelassen, verfiel das Tier nun in einen etwas langsameren Galopp. Theophanu wagte es, sich ein wenig aufzurichten und den Klammergriff ihrer Beine zu lockern. Sie war noch weit davon entfernt, die vollständige Kontrolle über Myra zurückzugewinnen und die Stute zum Halten zu bringen. Aber immerhin ließ sich das Pferd durch den Druck ihrer Schenkel einigermaßen lenken.

Theophanus Augen tränten im Wind. Verschwommen registrierte sie, dass sie die Flanke eines Hügels entlangritt. Auf der Kuppe meinte sie, einen anderen Reiter wahrzunehmen. Doch die Sonne, die wieder gleißend zwischen den Wolken hervortrat, blendete sie, und sie war sich unsicher, ob sie sich nicht getäuscht hatte.

Sie stürmten an einer Gruppe von Pinien vorbei und über Wiesen. Theophanu gelang es, Myra um eine Weißdornhecke herumzudirigieren. Mittlerweile flockte Schaum um das Maul der Stute, und ihr Atem war keuchend. Wieder ausgedehnte Grasflächen. Langsam ging der Galopp jedoch in einen unsicheren Trab über. Theophanu schöpfte Hoffnung. Vor einem Waldrand, dicht am Ufer eines schmalen Bachs, gelang es ihr endlich, die Stute anzuhalten. Einige Momente saß sie zitternd da, ehe sie sich zu Boden gleiten ließ.

Sie nahm den Sattel ab und versuchte, mit der Decke Myras dampfenden Leib wenigstens notdürftig abzutrocknen. Danach führte sie das Pferd am Bach auf und ab, um es noch weiter abzukühlen, und verwünschte sich für ihre Achtlosigkeit. Wie hatte sie die Stute nach der Gewitternacht in einen wilden Galopp verfallen lassen können? Sie wusste doch, wie empfindlich die arabischen Züchtungen waren.

Als Theophanu überzeugt war, dass sich das Pferd vollends beruhigt hatte, führte sie es zum Bach, damit es trinken konnte. Das Gewitter hatte den Wasserlauf über die Ufer treten lassen. Damit Myra nicht noch einmal durchgehen konnte, schlang sie die Zügel um die Äste einer Erle. Zum ersten Mal hatte Theophanu nun Gelegenheit, sich ausgiebig umzusehen. Während sie dies tat, wurde ihr jedoch immer klarer, dass sie nicht die geringste Ahnung hatte, wo sie sich befand. Zu allem Überfluss bedeckte mittlerweile wieder eine dichte Wolkendecke den Himmel, so dass sie noch nicht einmal am Sonnenstand die Himmelsrichtung ablesen konnte.

Ihr würde nichts anderes übrig bleiben, als so lange weiterzureiten, bis sie zu irgendeiner Behausung kam, damit die Bewohner ihr weiterhelfen konnten. Theophanu kniete sich am Bach nieder und tauchte ihre Hände in das kalte Wasser. Gerade als sie ihr verschwitztes Gesicht benetzt hatte, hörte sie, wie Myra ein angstvolles Schnauben ausstieß. Verwundert blickte sie hoch. Die Stute rollte mit den Augen und war so weit vom Ufer zurückgewichen, wie es die festgebundenen Zügel zuließen.

»Myra, was ist denn …?« Theophanu richtete sich auf und wollte zu der Stute gehen, hielt jedoch entsetzt inne. Auf der anderen Seite des Baches, im Schatten einer Weide, kauerte ein Wolf. Ein mageres, struppiges Tier, dessen gelblich schimmernde Augen auf die Stute gerichtet waren. Ein Satz würde genügen, um über den Wasserlauf zu springen und ihr Pferd zu reißen. Der Wolf wäre in jedem Fall schneller als sie, egal, wie sehr sie sich eilte.

Theophanus Gedanken überschlugen sich. Wie konnte sie ihr Pferd retten, das ihr vertraute? Myra, das Geschenk ihres Vaters. Sie hatte keine Waffe bei sich. Suchend blickte sie sich um. Ihr Blick fiel auf einige Steine, die dicht vor ihr im überspülten Erdboden steckten. Ganz langsam, ohne den Wolf aus den Augen zu lassen, kniete Theophanu nieder und streckte ihre Hand in das flache Wasser. Während sie nach einem faustgroßen Stein tastete, glaubte sie, in der Ferne Hufschläge zu vernehmen. Aber Myras Schnauben, das immer panischer wurde, löschte alle anderen Geräusche um sie herum aus.

Der Stein lag gut in ihrer Hand. Theophanu wollte zielen, als der Wolf sich auf die Vorderbeine duckte. Sie richtete sich auf, hob den Arm. Als das Raubtier lossprang, schleuderte sie den Stein auf seinen Kopf. Undeutlich nahm sie gleichzeitig eine schnelle Bewegung neben sich wahr. Der Wolf sackte ins Wasser und mit ihm ein Mann. Noch einmal bäumte sich das Tier auf. Dann färbte sich der Bach rot, und mit einem Winseln brach der Wolf zusammen.

»Was …?«, völlig verblüfft starrte Theophanu den Mann an, der sich nun aus dem Wasser erhob. Er war jung, nur wenige Jahre älter als sie selbst, und hatte ein hübsches, offenes Gesicht. Während er sich wie ein Otter schüttelte und zum Ufer stapfte, spielte ein freimütiges, beinahe freches Grinsen um seinen Mund.

»Wie kommt Ihr denn hierher?«, stotterte Theophanu schließlich verwirrt.

»Ich habe gesehen, dass Euer Pferd durchgegangen ist.« Er ließ sich neben ihr auf den sandigen Boden fallen, und sein Grinsen vertiefte sich. »Und eine Dame in Not konnte ich natürlich nicht einfach ihrem Schicksal überlassen. Deshalb bin ich Euch nachgeritten. Leider habe ich Euch zwischendurch aus den Augen verloren.«

Sein Blick wanderte zu Myra, die immer noch nervös schnaubte. »Euer Pferd habt Ihr ja wieder unter Kontrolle gebracht. Aber wenigstens konnte ich Euch auf andere Weise behilflich sein.« Der Schalk tanzte in seinen braunen Augen.

»Ich …« Theophanu wusste nicht, was sie sagen sollte. Sie konnte den Blick nicht von dem Fremden lassen. Wassertropfen rannen seine Wangen hinunter. Noch nie zuvor hatte sie ein derart lebendiges Antlitz gesehen.

Als der junge Mann sich vorbeugte, verzog sich sein Gesicht vor Schmerzen. »Verdammt, verzeiht, dass ich fluche … Aber dieses Vieh muss mich an der Schulter erwischt haben«, knurrte er.

»Ich …« Theophanu schluckte. »Ich habe Euch bestimmt mit dem Stein getroffen. Den ich nach dem Wolf geworfen habe.«

Nun war es an dem Fremden, sie anzustarren. »Ihr habt versucht, dieses Vieh mit einem Stein zu treffen?«

»Ja, ich meine … Ich musste doch irgendetwas tun. Ich habe auf seinen Kopf gezielt.«

Der Mann brach in Gelächter aus.

Zorn stieg in Theophanu auf. »Was ist daran so lustig?«, fuhr sie ihn an. »Denkt Ihr etwa, ich überlasse mein Pferd einem Raubtier?«

»Entschuldigt«, er wischte sich eine Lachträne aus dem Auge, »es ist nur … Es gibt nicht viele Frauen, die es darauf angelegt hätten, einen Wolf mit einem Steinwurf zu erledigen. Die meisten hätten schleunigst das Weite gesucht. Wie die meisten Männer auch, möchte ich meinen.« Wieder huschte das übermütige Grinsen über sein Gesicht. »Jedenfalls bin ich froh, dass Ihr mich nicht am Kopf getroffen habt.«

Theophanu fühlte sich entwaffnet. Der jähe Ärger verschwand und wich erneut der Verlegenheit. Unsicher erwiderte sie sein Lächeln. »Ich habe Euch noch gar nicht gedankt.«

»Wie gesagt, wenn ich einer Dame helfen kann ….« Der Fremde neigte das Haupt und wollte eine großzügige Geste mit dem rechten Arm ausführen, brach jedoch mitten in der Bewegung mit schmerzverzerrtem Gesicht ab.

Jetzt konnte sich Theophanu das Lachen nicht verkneifen.

»Ihr seid herzlos!« Er schaute sie gespielt vorwurfsvoll an

und schien noch etwas hinzufügen zu wollen. Dann überlegte er es sich jedoch anders, erhob sich mit einem Stöhnen und stakste durch den Bach. Erst jetzt bemerkte Theophanu den großen fuchsroten Hengst, der am gegenüberliegenden Ufer friedlich im Gras weidete. Der junge Mann klopfte dem Pferd mit der linken Hand liebevoll auf den Rücken, ehe er es an einer der vielen Weiden festband, die entlang des Wasserlaufs wuchsen.

Wieder zurück am Bach, bückte er sich, hob einen Dolch auf, der zwischen die Steine auf dem Grund gefallen war, und schob ihn in die Scheide an seinem Gürtel. Danach beugte er sich noch einmal hinab, fasste den Wolf im Nacken und zerrte ihn ans Ufer. Aufgewühlt verfolgte Theophanu jede seiner Bewegungen. Schließlich erhob sie sich und trat zu ihm.

Mit nachdenklich gerunzelten Brauen sah der junge Mann auf das tote Tier hinunter. Unter dem nassen Fell zeichneten sich deutlich die einzelnen Rippen ab.

»Armer Kerl.« Der Fremde deutete auf den rechten Hinterlauf des Wolfes. Zwischen verklebten Haaren war eine lange, eitrige Wunde sichtbar. »Wegen dieser Verletzung hat ihn sein Rudel ausgestoßen, und er musste allein jagen. Kein Wunder, dass er sich auf Euer Pferd stürzen wollte.« Mitleid huschte über sein Gesicht, machte es weich und vertrieb allen Übermut daraus. Vom ersten Moment an, als der Mann triefend aus dem Bach aufgetaucht war, hatte er Theophanu irritiert und gleichzeitig fasziniert. Nun flog ihm ihr Herz endgültig zu.

Er hob den Kopf und schaute sie an. Theophanu erwiderte seinen Blick. Zwischen seinen Brauen registrierte sie eine Falte und eine Strähne feuchtes, rotblondes Haar, die ein widerspenstiger Wirbel in seine Stirn kringelte. Irgendwo hämmerte ein Specht gegen einen Baum, und das Wasser floss glucksend über die Steine im Bachbett. Die Miene des Fremden war ernst und still geworden. Keiner von ihnen sagte etwas oder regte sich. Erst ein Schnauben von Myra, die den Kopf zurückwarf und versuchte, eine Bremse abzuwehren, brachte die beiden wieder zu sich.

»Ich …« Der junge Mann rieb sich verlegen die Stirn, als sei er eben aus einem verwirrenden Traum aufgewacht, und schaute zu Boden. »Ich würde vorschlagen, dass wir etwas essen.«

»Ich sollte wohl besser so schnell wie möglich zu meinen Leuten zurückkehren.« Theophanu kam die eigene Stimme sehr fremd vor.

»Euch ist das Pferd durchgegangen, und danach seid Ihr einem Wolf über den Weg gelaufen. Wer weiß, was Euch noch alles zustößt. Ich kann Euch unmöglich allein zurückreiten lassen.« Wieder grinste er sie an. »Aber vorher muss ich etwas essen. Ich bin am Verhungern.«

Theophanu zögerte.

»Kommt schon! Ein gemeinsames Mahl als Dank für meine edelmütige Rettungstat ist wohl das Mindeste, was ich fordern darf.«

Wenn sie ehrlich mit sich war, wollte sie nichts lieber, als noch einige Zeit mit diesem Unbekannten zu verbringen. Deshalb nickte sie schwach. »Also gut, ich bezahle meine Dankesschuld.«

»Ihr werdet es nicht bereuen.« Er sprang über den Bach und holte seinen Sattel sowie zwei Taschen vom Rücken des Hengstes. Währenddessen trug auch Theophanu ihren Sattel herbei, denn der Grasboden war vom Unwetter noch zu sehr durchweicht, um darauf sitzen zu können.

Der Fremde entnahm einer der Satteltaschen eine Tonflasche und ein verschnürtes Stoffbündel. Das Lösen der Schnur erwies sich jedoch als schwierige Aufgabe, denn der Knoten hatte sich verheddert. Ungeduldig riss der junge Mann an den Enden.

»Lasst mich das machen.« Theophanu beugte sich vor, um ihm zu helfen. Als sich ihre Hände berührten, zuckten sie beide zurück.

Theophanu vermied es sorgfältig, ihn anzuschauen. Ihre Wangen hatten sich gerötet. Trotzdem bewies sie viel Geschick beim Lösen des Knotens. Als sie das Bündel auseinanderschlug, kamen ein Laib helles Brot sowie dünne, gebratene Fleischscheiben zum Vorschein.

»Sieht doch gut aus, nicht?« Der Fremde griff nach dem Brot und schnitt mit seinem Dolch dicke Scheiben ab. Nachdem sich Theophanu von dem Brot und dem Fleisch genommen hatte, bediente auch er sich.

Erst als Theophanu zu essen begonnen hatte, bemerkte sie, dass sie ebenfalls völlig ausgehungert gewesen war. Während sie kaute und von dem Wasser in der Flasche trank, betrachtete sie ihr Gegenüber möglichst unauffällig. Seine Tunika war aus einem teuren Stoff gefertigt. Der Griff seines Dolches war mit kostbaren Steinen besetzt, und sein Hengst, das sah man auf den ersten Blick, stammte aus einer edlen Zucht. Nein, ihr Retter war kein einfacher Landedelmann und schon gar kein Bauer – ganz davon abgesehen, dass sein selbstbewusstes Benehmen nicht zu einer derartigen Herkunft gepasst hätte.

»Ich weiß gar nicht, wie Ihr genannt werdet«, bemerkte sie scheinbar beiläufig.

»Oh …«, er bediente sich noch einmal von dem Brot und dem Fleisch, »ich heiße Ludwig.«

»Ludwig …« Sie sprach das Wort langsam nach. »Ist das nicht ein sächsischer Name?«

Der Fremde schaute zu einem Eisvogel hin, der am Bachufer herumhüpfte. Leuchtend blau hob sich das Gefieder von Sand und Steinen ab. Theophanu konnte sich nicht erinnern, jemals eine derart intensive Farbe gesehen zu haben. Schließlich nickte der junge Mann. »Ja, ich gehöre zum Gefolge von Pandulf Eisenkopf und besitze hier in der Gegend ein Gut.«

»Ich habe gehört, dass der Herzog zu einem Feldzug gegen die Sarazenen rüstet.«

Ihr Gegenüber starrte sie aus leicht zusammengekniffenen Augen an. »Ihr seid sehr gut informiert. Ich werde in den nächsten Tagen zu Pandulf stoßen.« Er griff nach der Flasche, führte sie jedoch nicht zum Mund. »Was Euch betrifft … Euer Latein hat, so kommt es mir vor, einen griechischen Beiklang.«

Theophanu überlegte hastig. Es war alles andere als schicklich, mit einem wildfremden Mann in der Wildnis zu sitzen und mit ihm zu essen. Sie konnte ihm unmöglich sagen, wer sie wirklich war.

»Mein Name ist Sophia«, murmelte sie und beeilte sich hinzuzufügen: »Ich … ich gehöre zum Gefolge der Prinzessin Theophanu. Sie hat gestern Abend hier in der Gegend ihr Lager aufgeschlagen. In der Nähe eines Hügels, der wie ein Amboss aussieht.« Aus Verlegenheit redete sie eilig weiter. »Die Prinzessin wollte heute nach Rom weiterreisen. Aber das Unwetter hat ihre Pläne vereitelt. Gegen Mittag ist sie zusammen mit mir und einigen anderen Hofdamen ausgeritten. Dabei ist mein Pferd durchgegangen.«

»Ihr zählt zum Gefolge der byzantinischen Prinzessin …« Ludwig schaute wieder zum Bachufer, wo sich der Eisvogel nun in die Luft erhob und hinter den Weiden verschwand. »Für eine Hofdame besitzt Ihr ein ausgesprochen edles Pferd.«

Wie dumm von mir, dass ich daran nicht gedacht habe!, schalt sich Theophanu im Stillen. »Meine Herrin legt Wert darauf, dass ihre Höflinge und Bediensteten gut ausgestattet sind«, erwiderte sie steif und fand selbst, dass ihre Erklärung nicht sonderlich glaubwürdig klang.

»Ach ja, ich weiß: der legendäre Reichtum der Stadt Byzanz.« Ludwig warf den Kopf in den Nacken und lachte sarkastisch. »Ich würde das allerdings eher als überflüssigen Luxus und pure Verschwendungssucht bezeichnen.«

Theophanu funkelte ihn zornig an. »Nur weil Ihr Sachsen noch wie die Bauern lebt, gibt Euch das nicht das Recht, uns Byzantiner der Vergeudung zu bezichtigen.«

»Wir Sachsen beneiden Euch nicht. Falls Ihr darauf hinauswollt.« Lässig stützte sich Ludwig mit dem Ellbogen auf den Rand des Sattels und streckte die Beine aus, was Theophanu noch mehr reizte. »Wir haben es zum Beispiel nicht nötig, vor unserem Herrscher im Staub zu kriechen.«

Theophanu erinnerte sich daran, wie sie vor gut einem Jahr zwischen ihren Eltern vor Johannes Tzimiskes gekniet und mit der Stirn den Marmorboden berührt hatte. »Tatsächlich? Ihr Sachsen wollt nichts vom Glanz Byzanz' besitzen? Warum legt Euer Kaiser dann so viel Wert darauf, seinen Sohn mit einer byzantinischen Prinzessin zu verheiraten?«, erkundigte sie sich zornig.

»Nicht alle Sachsen halten das für eine gute Idee.« Ludwig winkte desinteressiert ab. »Außerdem, da Johannes Tzimiskes die falsche Prinzessin geschickt hat – was, ich hoffe, Ihr verzeiht mir diese Bemerkung, wiederum ein gutes Exempel für die Falschheit und Hinterlist Eures Hofes ist –, wird es zu dieser Heirat sowieso nicht kommen.«

Bis die Rede auf ihre Heimat gekommen war, hatte Theophanu die Prophezeiung der Seherin völlig vergessen. Doch nun war ihr die Weissagung wieder allzu präsent. Es erschien ihr, als hätte sie etwas Kostbares besessen, das nun unwiederbringlich verloren war. Sie drängte die Trauer darüber zurück. »Ich garantiere Euch: Die Prinzessin wird den Thronfolger heiraten«, sagte sie hart. »Und Ihr Sachsen werdet noch froh sein, dass sie sich für ihn entschieden hat.«

»Das glaube ich nicht.« Ludwig klang aufreizend gelangweilt. In seiner Stimme schwang jedoch ein scharfer Unterton mit. Er wandte sich ab und studierte den wolkenverhangenen Himmel. »Nun ja, wie auch immer … Falls wir nicht in die Dunkelheit geraten wollen, sollten wir jetzt aufbrechen.«

»Ihr müsst Euch nicht bemühen. Ich komme allein zurecht.« Theophanu wusste, dass sie sich töricht benahm. Schließlich hatte sie nach wie vor keine Ahnung, wo sie sich eigentlich befand. Trotzdem sprang sie auf und bückte sich nach ihrem Sattel.

»Nein, das tut Ihr nicht. Denn im Gegensatz zu mir kennt Ihr Euch in dieser Gegend nicht aus.« Ludwig hatte sich ebenfalls erhoben. »Und wie ich schon sagte: Wer weiß, was Euch heute noch alles zustößt.« Das übermütige Grinsen erschien wieder auf seinem Gesicht. »Ich schätze, nach dem Wolf dürfte jetzt ein ausgewachsener Drache an der Reihe sein. Ich wollte schon immer eine Dame vor so einem Untier retten.«

Das musste sie sich nicht sagen lassen. Und schon gar nicht von einem Sachsen. Wortlos drehte sich Theophanu um und ging zu Myra. Doch Ludwig kam ihr nach, fasste sie am Arm und drehte sie zu sich herum. »Ich wollte Euch nicht kränken. Was ich über Eure Heimat gesagt habe, war unhöflich und taktlos. Das tut mir leid. Manchmal rede ich einfach zu viel. Meine Freunde finden das auch.« Seine Miene spiegelte aufrichtiges Bedauern.

Theophanu zauderte. Sie war tief verletzt und immer noch aufgebracht. Doch schließlich nickte sie. »Gut, ich nehme Euer Angebot an.«

»Euer ergebener Diener.« Ludwig verbeugte sich tief. Trotz seiner immer noch offenkundigen Zerknirschung funkelten seine Augen schelmisch.

So sehr er damit Theophanu auch wieder in Zorn brachte, so sehr musste sie ein Lächeln unterdrücken.

Nachdem sie die Pferde gesattelt hatten und aufgesessen

waren, folgten sie ein Stück dem Bach, ehe sie einen Hügel hinaufritten, der mit blühenden Ginster- und Weißdornbüschen bewachsen war. Auf der anderen Seite der Anhöhe erstreckte sich ein Tal, in dem einige kleinere Gehöfte lagen. Schmucke Anwesen, mit weiß gekalkten Mauern und Ziegeldächern, die von Eichen und Zypressen umgeben waren. Auch durch diese Senke floss ein Bach. Ludwig führte sie eine ganze Weile am Wasserlauf entlang und über eine Reihe von Hügeln. Er schien sich in der Gegend gut auszukennen und musste den Hengst nur ein-, zweimal zügeln, um sich zu orientieren.

Irgendwann setzte ein leichter Nieselregen ein. Ludwig löste einen Wollumhang, der hinter seinen Sattel geschnallt war, und reichte ihn Theophanu. Dankbar schlüpfte sie hinein. Sie sprachen nur wenig während des Ritts. Entgegen seiner Behauptung, immer zu viel zu reden, wirkte Ludwig geistesabwesend und in sich gekehrt, und auch Theophanu, die von den Geschehnissen des Nachmittags immer noch aufgewühlt war, hing ihren Gedanken nach.

Als sie an einem Hügel oberhalb des Lagers anlangten, war die Dämmerung fast schon in Nacht übergegangen. Zwischen den Zelten brannten Feuer. Der Regen hing über den Flammen wie goldene Nebelschwaden. Im Gegenlicht der Flammen waren die Schemen von Dienern auszumachen, die ihren verschiedenen Arbeiten nachgingen. Theophanu schien es, als ob viel mehr Zeit als nur ein halber Tag vergangen sei, seit sie diesen Ort verlassen hatte.

Sie fühlte die Tropfen auf ihrem Gesicht. Ludwig hatte seinen Hengst dicht neben ihre Stute gelenkt. Sie musste endlich ins Lager zurückkehren! Doch stattdessen verkroch sie sich tiefer in den Umhang.

»Ich …« Sie löste einen Ring von einem ihrer Finger. »Ich möchte Euch dies schenken. Bitte nehmt den Ring als meinen Dank.«

Ludwig ignorierte das Schmuckstück. »Wo wird Eure Herrin morgen die Nacht verbringen?«

»Ich … ich weiß nicht recht. Wahrscheinlich in dem Benediktinerkloster bei Roccaraso.«

»Ich kenne diesen Ort. Auf dem Hügel, der an die südliche Klostermauer grenzt, steht eine kleine Kapelle. Ich werde Euch dort erwarten. Nach Beginn der Komplet.«

»Ich kann nicht kommen. Was fällt Euch ein …« Theophanu starrte auf das Lager hinunter. An einem der Feuer machten sich Knechte zu schaffen. Ein Schwall Funken stob zum dunklen Himmel auf.

»Ich nehme Euren Ring nur, wenn Ihr mir versprecht, mich bei der Kapelle zu treffen.« Der übliche Übermut schwang in seiner Stimme mit, aber auch eine Bitte.

Sie schüttelte den Kopf. »Das ist unmöglich.«

Ehe sie reagieren konnte, hatte sich Ludwig im Sattel vorgebeugt und sie an sich gezogen. Seine Finger strichen über ihre feuchte Haut. Ein Schauder durchlief Theophanu.

»Sagt, dass Ihr kommt!«

Sie schüttelte den Kopf, unfähig ein Wort hervorzubringen.

Sein Gesicht war jetzt ganz nah an ihrem, ein heller Fleck vor dem Nachthimmel. Als er sie küsste, schloss Theophanu die Augen und gab sich ganz der Liebkosung hin. Alles um sie herum versank.

»Versprecht mir zu kommen.« Seine Stimme war ein sanftes Flüstern.

»Ja«, hauchte sie.

Ludwig ließ sie los, streichelte über ihre rechte Hand, die sie unbewusst zur Faust geballt hatte, und bog sie vorsichtig auseinander. Als seine Finger über ihre Handfläche strichen und nach dem Ring griffen, zuckte sie zusammen. Ihr Atem ging schneller. Sie seufzte und ließ den Umhang von ihren Schultern zu Boden gleiten. Ohne Ludwig noch einmal anzusehen, presste Theophanu der Stute die Fersen in die Flanken und galoppierte auf das Lager zu.

*

Mit offenen Augen lag Theophanu zwischen den seidenen Decken ihrer Bettstatt. Eine vergoldete Öllampe warf einen Lichtkreis an die Zeltwand. Hinter einer Plane machte sich Imiza, die die anderen Dienerinnen mittlerweile weggeschickt hatte, zu schaffen.

Jacobus war am Nachmittag aus Rom zurückgekehrt. Bevor sie sich zu Bett begeben hatte, hatte er ihr kurz Bericht erstattet. Seine Mission war erfolgreich gewesen. Die Benediktiner auf dem Aventin waren bereit, sie und ihr Gefolge zu beherbergen. So sehr sie auf diese Nachricht gehofft hatte, so gleichmütig nahm sie sie nun entgegen.

Erst jetzt, mit etwas Abstand, begriff sie wirklich, was sich während der letzten Stunden ereignet hatte. Nicht nur, dass sie den Nachmittag allein mit einem fremden jungen Mann verbracht hatte, nein, sie – die beabsichtigte, den Sohn des Kaisers zu heiraten – hatte sich von diesem Unbekannten auch noch küssen lassen. Und damit nicht genug, hatte sie den Kuss sogar genossen. Wie unbesonnen und schamlos sie gehandelt hatte! Und trotzdem hätte sie keinen Moment mit Ludwig missen mögen. Sie konnte sein Gesicht förmlich vor sich sehen, wenn sie an ihn dachte – ein Gesicht, das alle Stimmungen so offen widerspiegelte. Wenn sie die Augen schloss, fühlte sie seine Finger über ihre nasse Wange streichen. Wieder, wie in den Augenblicken, als sie sich geküsst hatten, durchströmten sie Verlangen und Lust. Fremde, beängstigende und gleichzeitig wunderbare Gefühle.

*Ihr müsst die Krone eines mächtigen Reiches erringen, sonst werdet Ihr eines gewaltsamen Todes sterben.* Die Stimme der Seherin hallte dumpf in ihrem Kopf wider.

Tränen stiegen Theophanu in die Augen. Sie durfte Ludwig unter gar keinen Umständen wiedersehen!

»Hoheit ... Was ist denn?« Imiza trat an ihr Lager. Theophanu wollte sagen, dass die Dienerin gehen solle, schluchzte jedoch auf.

»Aber Prinzessin ...« Imiza setzte sich auf den Bettrand und strich ihr beruhigend über das Haar. Theophanu richtete sich auf, warf sich in Imizas Arme und weinte verzweifelt.

*

Ludwig ging vor der kleinen Kapelle auf und ab. Er war schon eine ganze Weile hier und starrte auf das Benediktinerkloster unten im Tal. Es war hell erleuchtet gewesen, als er ankam – wie es üblich war, wenn eine große, vornehme Schar von Gästen irgendwo Quartier bezog. Mittlerweile waren die Lichter hinter den bogenförmigen Fenstern im Untergeschoss des langgestreckten, zweistöckigen Gebäudes jedoch erloschen. Dort befand sich der Kapitelsaal, wie er von früheren Besuchen im Kloster wusste, wo hochstehende Besucher gemeinsam mit dem Abt die Abendmahlzeit einzunehmen pflegten. Es musste jeden Augenblick zur Komplet läuten.

Er ließ sich auf eine Holzbank neben dem Eingang der Kapelle fallen und lehnte seinen Rücken gegen die unebene Mauer. Die Nacht war mild, und eine Gruppe Ginsterbüsche verbreitete einen intensiven, herben Geruch.

Ein Lächeln huschte über Ludwigs Gesicht. Als er sich dessen bewusst wurde, schüttelte er den Kopf. Und doch vertiefte sich sein Lächeln noch weiter. Seit dem gestrigen Abend ging es ihm ständig so. Sobald er an Sophia dachte, breitete sich ein Strahlen auf seinem Antlitz aus. Am Morgen hatte er sich dabei ertappt, wie er selbstvergessen einen Weißdornzweig angestarrt hatte. Die kleinen weißen Blüten waren ihm wie ein Wunder an Vollkommenheit erschienen. Noch nie zuvor hatte er wahrgenommen, wie viele unterschiedliche Schattierungen von Grün es gab.

Leider hatte Ludwig sich nicht entblödet, seine Freunde darauf aufmerksam zu machen, dass junge Buchenblätter eine ganz andere Farbe hatten als die von Eichen. Eine leichte Röte färbte seine Wangen, als er sich an ihre Reaktion erinnerte. Zuerst hatten sie ihn angeschaut, als ob er nicht ganz bei Trost sei. Dann hatte einer der Freunde teils mitleidig, teils amüsiert gegrinst und nüchtern festgestellt: »Du bist verliebt!« Das Gejohle klang ihm noch in den Ohren. Nur der Form halber hatte er dies vehement abgestritten.

Ludwig betrachtete den Mond, der in einer schmalen Sichel über dem Kloster hing. Ja, er hatte sich in Sophia verliebt. Er hatte mit Dirnen geschlafen, und vor einem Jahr hatte er eine Zeit lang für Berchta, die schöne Gattin eines von Pandulfs Rittern, geschwärmt. Als sie und ihr Gemahl nach Sachsen zurückkehrten, hatte er sich eingeredet, dass die Welt keine Freuden mehr für ihn biete. Tatsächlich war er jedoch binnen weniger Wochen über Berchta hinweggekommen.

Mit Sophia, das spürte er genau, verhielt es sich aber anders. Noch nie zuvor war er einem Mädchen wie ihr begegnet. Sich gegen einen Wolf mit einem Stein zur Wehr setzen zu wollen! Er schüttelte lächelnd den Kopf. Wie schön sie war, mit ihrem kirschroten Mund, den großen mandelförmigen Augen und dem dunklen, glänzenden Haar. Und wie eigenartig – faszinierend und aufreizend zugleich – ihr Benehmen: distanziert und wahrlich hoheitsvoll, dann wieder ganz ungezwungen und offen.

Vom Tal wehte der helle Klang einer Glocke herauf. Die Komplet wurde eingeläutet. Er konnte die schemenhaften Umrisse von Menschen erkennen, die über den Klosterhof auf die Kirche zustrebten. Kurz darauf öffnete sich einer der Torflügel in der Umfriedungsmauer. Der Schein der Fackeln, die davor brannten, fiel auf eine schmale, in einen Umhang gehüllte Gestalt, die nach draußen schlüpfte. Sein Herz schlug schneller. Das musste Sophia sein!

Ludwig sprang auf und rannte den Trampelpfad hinunter, der von der Kapelle ins Tal führte. Ein Durcheinander widersprüchlicher Gefühle erfüllte ihn. Glück, Sehnsucht, Verlangen und eine plötzliche Angst, dem Mädchen, in das er sich verliebt hatte, wieder gegenüberzustehen. Er kürzte den Weg ab, setzte quer über die monderhellte Wiese und hatte Sophia fast erreicht, als er spürte, dass etwas nicht stimmte. Er blieb stehen.

»Sophia?« Aber in diesem Augenblick wusste er bereits, dass sie nicht die Person war, die sich in dem Umhang verbarg.

»Sie hat mich an ihrer Stelle geschickt.« Die Frau schlug die Kapuze des Umhangs zurück. In dem schwachen Licht, das Mond und Sterne verbreiteten, konnte Ludwig erkennen, dass sie größer und ihr Gesicht breitflächiger war als das Sophias.

»Aber sie hat es mir versprochen …« Vielleicht war sie ja verhindert, versuchte er sich zu beruhigen. Er würde sie bald bei einer anderen Gelegenheit wiedersehen.

Die nächsten Worte der Frau zerstörten diese Hoffnung jedoch. »Meine Herrin bittet Euch, ihr zu verzeihen«, setzte sie an. »Sie kann Euch nicht mehr treffen. Sie ist einem anderen Mann versprochen, einem Adeligen, der ebenfalls zum Gefolge der Prinzessin gehört.«

Das konnte nicht wahr sein. Ludwig hielt den Atem an. Andererseits … Hatte er nicht gewusst, dass den Byzantinern nicht zu trauen war? Dass sie alle verlogen waren?

»Versprecht mir, dass Ihr nicht versuchen werdet, meine Herrin wiederzusehen.« Die Stimme der Dienerin klang leise und drängend. »Und dass Ihr nichts gegen ihre Heirat unternehmen werdet.«

Ludwig fühlte sich wie bei einem Faustkampf, wenn es einem Gegner gelungen war, ihn zu überlisten und einen Tiefschlag zu landen. Die Welt kippte aus dem Gleichgewicht. Seine Magengrube revoltierte, und Übelkeit kroch in ihm hoch. Aber der Schmerz setzte noch nicht ein.

»Bitte, bei Eurer Ehre. Versprecht es mir, Ihr zerstört sonst das Leben meiner Herrin«, drängte die Botin.

Nein, er würde diesen Byzantinern nicht zeigen, wie sehr er getroffen war. Ludwig warf den Kopf in den Nacken und stieß ein spöttisches Lachen aus. »Ihr könnt mein Versprechen gerne haben. So viel liegt mir nicht an Eurer Herrin, als dass ich mir die Mühe machen würde, ihre Heirat zu verhindern.« Er wartete die Reaktion der Dienerin nicht ab, sondern stürmte davon.

Oben bei der Kapelle warf sich Ludwig ins Gras. Auf dem Rücken liegend verfolgte er, wie der Mond und die Sterne an dem klaren Himmel weiterwanderten. Als der Morgen graute, erhob er sich müde und verfroren und sattelte sein Pferd. Er würde sein Versprechen halten und nichts unternehmen, was Sophia schaden konnte. Aber er verachtete sie.

# 2.

Vom geöffneten Fenster beobachtete Theophanu einen Spatz, der zwischen den Beeten des Kräutergartens herumhüpfte. Am Vortag war sie zusammen mit ihrem Gefolge endlich in Rom angekommen. Angesichts der Aussicht auf eine reiche Spende war der Benediktiner-Abt im Kloster auf dem Aventin nicht nur gern bereit gewesen, sie und ihr Gefolge aufzunehmen. Er hatte ihr auch die prächtigsten Räume des Gästehauses zur Verfügung gestellt. Die Wände waren mit wunderschönen Gemälden geschmückt und die Säulen mit kunstvoll gehauenen Kapitellen verziert.

Gegen Mittag hatte Erzbischof Gero das Kloster verlassen, um die Kaiserpfalz aufzusuchen und ihre Ankunft zu melden. Am Vorabend hatte Theophanu von einem Boten aus Policastro erfahren, dass eine erste bewaffnete Auseinandersetzung zwischen einem kleinen Trupp von Pandulfs Soldaten und einer Gruppe von Sarazenen siegreich für die Sachsen ausgegangen war. Nach einer Niederlage wäre die Kaiserfamilie sicher schneller bereit gewesen, sie zu treffen.

Der Gedanke an Ludwig schmerzte Theophanu so sehr, dass sie nun umso entschlossener war, die Prophezeiung der Seherin zu erfüllen und den sächsischen Thronfolger zu heiraten.

Ludwig … Unwillkürlich schaute sie auf den Mittelfinger an ihrer rechten Hand. Hier hatte sie den Ring getragen, den sie ihm gegeben hatte. Ob er verraten würde, dass sie ihn geküsst hatte, wenn er erfuhr, wer sie wirklich war?

Plötzlich packte sie eine weitere Angst. Ludwig gehörte zum Gefolge Pandulfs und würde mit dem Herzog gegen die Sarazenen zu Felde ziehen. Ihm durfte nichts zustoßen!

Gedämpfte Stimmen auf dem Gang ließen Theophanu aufmerken. Ob Erzbischof Gero aus der Pfalz zurückgekehrt war? Tatsächlich geleitete Imiza den Erzbischof in den Raum und zog sich dann mit einer Stickarbeit zurück.

»Erzbischof …« Theophanu wies auf einen der Stühle aus dunklem Holz, die um einen Tisch in der Zimmermitte standen. Umständlich nahm Gero Platz und ordnete die Falten seines Samtgewandes. Theophanu setzte sich ihm gegenüber.

»Nun?« Sie legte die Hände vor sich auf die glatte Tischplatte.

»Es tut mir leid.« Der Erzbischof schüttelte bedauernd den Kopf. »Ich kann Euch nicht die Nachricht bringen, die Ihr Euch gewünscht habt.«

»Ihr habt also mit dem Kaiser gesprochen?«

»Nein, mit Dietrich von Metz.« Gero seufzte. »Otto befindet sich auf der Jagd – das behauptet wenigstens sein Vetter, Adelheid fühlt sich angeblich unpässlich, und der Thronfolger ist noch nicht in Rom eingetroffen. Deshalb könne man Euch zurzeit leider weder empfangen noch einen Tag nennen, an dem dies möglich sein wird.«

Theophanu benötigte einige Momente, um sich zu fassen. An ihrer Situation hatte sich also, seit sie von Benevent aufgebrochen war, nicht das Geringste geändert. »Meint Ihr, es würde etwas nützen, wenn ich Papst Johannes aufsuchte und ihn bäte, sich bei dem Kaiserpaar für mich zu verwenden?«

Gero schüttelte resigniert den Kopf. »Ich fürchte, nein. Papst Johannes hat die Weise, wie Euer Onkel an die Macht gekommen ist, zutiefst missbilligt. Deshalb wird er sich kaum für Tzimiskes' Nichte einsetzen.« Er beugte sich vor. »Aber vielleicht kann ich einen anderen Mittelsmann für Euch finden. Soviel ich weiß, hält sich Abt Luitprand zurzeit in Velletri auf. Er und ich haben zusammen die Mainzer Domschule besucht und sind befreundet. Die Kaiserin schätzt den Abt. Wenn Ihr es wünscht, mache ich mich gern auf den Weg nach Velletri.«

»Ich wäre Euch sehr dankbar.« Theophanu lächelte.

Nachdem sich Gero verabschiedet hatte, sann sie vor sich hin. Selbst wenn Abt Luitprand bereit wäre, sich für sie zu verwenden und bei Adelheid vorspräche, wäre nicht garantiert, dass er sie umstimmen könnte. Nein, sie würde nur dann mit Sicherheit von dem Kaiserpaar in die Pfalz eingeladen werden, wenn das sächsische Heer gegen die Sarazenen verlor. Darauf jedoch besaß Theophanu nicht den geringsten Einfluss.

Es musste ihr also irgendwie gelingen, auf andere Weise ein Treffen herbeizuführen. Langsam und zaghaft begann sich eine Idee in ihr zu formen. Sie winkte Imiza zu sich. »Würdest du bitte Ninias suchen und zu mir bringen?«

»Ninias?«, fragte die Dienerin skeptisch. »Ihr meint den kleinen Frechdachs, der die Hofdame Eugenia mit Lehm beworfen hat?«

»Ja, genau den.« Theophanu nickte.

*

Im Garten der Kaiserpfalz trat Dietrich von Metz auf Adelheid zu. Während er sich vor ihr verbeugte, leuchteten seine Augen bewundernd. Sie genoss seine Verehrung wie immer sehr.

»Lasst uns ein Stück spazieren gehen.« Adelheid erhob sich von der Steinbank. Ihre vier Dienerinnen, die ihr Gesellschaft geleistet hatten, standen ebenfalls auf. Sie bedeutete den Frauen, ihr und dem Bischof in einigem Abstand zu folgen, und schlug einen Weg ein, den blühende Apfel- und Quittenbäume säumten.

»Ihr habt mit Gero gesprochen?« Es war eine Feststellung und keine Frage.

»Ja, und ihm ausgerichtet, was Ihr mir aufgetragen hattet.« Dietrich nickte.

»Gut, mag Theophanu also bei den Benediktinern warten. Meinetwegen bis zum Anbruch des Jüngsten Tages.« Ein spöttisches Lächeln huschte über das Gesicht der Kaiserin. »Ich schätze, wir werden sie niemals empfangen.«

»Ich dachte, mein Vetter wollte dies vom Ausgang der Kämpfe gegen die Sarazenen abhängig machen?«

»Es haben sich neue Entwicklungen ergeben.« Adelheid blieb in einer Laube am Ende des Weges stehen. Die hölzernen, von jungem Weinlaub umrankten Gefache eröffneten einen weiten Blick über Rom. »Heute Morgen ist ein Bote aus dem Norden eingetroffen. Er brachte schlechte Nachrichten. Jenseits der Alpen kursieren Gerüchte, dass der Kaiser nicht mehr am Leben sei. Herzog Hermann Billung von Sachsen hat es gewagt, die Pfalz von Magdeburg für sich in Besitz zu nehmen und sich dort als Herrscher aufzuspielen.«

»Bei allen Heiligen …« Dietrich von Metz sog erschrocken die Luft ein. »Was fällt Hermann ein!«

»Mein Gatte hat sich zu lange im Süden aufgehalten. Die Menschen im Norden des Reiches fühlen sich vernachlässigt. Ihr wisst so gut wie ich, dass die Stammlande wichtiger sind als die Sarazenen. Außerdem weiß mein Gatte die Kämpfe bei Pandulf ohnehin in guten Händen. Innerhalb der nächsten vier Wochen wird er zusammen mit mir, unserem Sohn und dem Großteil unseres Gefolges nach Sachsen aufbrechen.«

Adelheid berührte eine der jungen Ranken. »Mein Gatte

hat es nicht ausdrücklich gesagt, aber ich bin überzeugt, dass ihm vor unserer Abreise andere Dinge wichtiger sind, als sich mit einer unverschämten byzantinischen Prinzessin zweitrangiger Herkunft zu befassen.«

*

Fröhlich und aufgeregt lief Ninias die steile, gepflasterte Straße auf dem Palatin entlang und genoss die Frühlingsbrise, die ihm ins Gesicht wehte. Am Vorabend hatte ihn die Prinzessin – *seine* Prinzessin – zu sich rufen lassen. Sie hatte ihn damit beauftragt, zur Pfalz zu gehen, sich unter die Dienstboten zu mischen und so viel wie möglich über den Tagesablauf der kaiserlichen Familie herauszufinden.

Theophanu hatte gemeint, sie habe ihn – Ninias – für diese Aufgabe ausgewählt, da er als Kind nicht auffallen würde, Latein und Griechisch spräche und sie ihn außerdem für gewitzt halte.

Ninias hüpfte über einen der Trittsteine, die in regelmäßigen Abständen in das Pflaster eingelassen waren. *Seine* Prinzessin. Normalerweise kümmerten ihn die Mächtigen nicht sonderlich. Seitdem seine Eltern tot waren, war es ihm nur wichtig gewesen, regelmäßig etwas zu essen zu bekommen, unter den Dienern möglichst wenig aufzufallen und ansonsten das zu tun, wozu er gerade Lust hatte.

Aber Theophanu hatte ihn nicht nur vor dieser grässlichen Hofdame errettet – zudem war sie auch noch ausgesprochen hübsch. Er war ihr Ritter und würde ihren Auftrag zu ihrer vollsten Zufriedenheit ausführen.

Nachdem Ninias durch eine Pforte in der Umfriedungsmauer der Pfalz geschlüpft war, sah er sich suchend um. Vor ihm stand ein einstöckiges, mit Stroh gedecktes Gebäude, das durch einen Gang mit der Pfalz verbunden war. Aus der Türöffnung drangen Rauch und Töpfeklappern.

Er beschloss, sein Glück zuerst dort zu versuchen. Er mochte Küchen. Im Winter waren sie warm, und meist konnte er etwas zu essen stibitzen. Außerdem hielten sich dort gewöhnlich jede Menge Menschen auf, die bei ihrer Arbeit über alles Mögliche tratschten.

Ninias schlüpfte durch die Tür und sah sich um. An einer der Längsseiten des Raums befanden sich zwei große und drei kleinere gemauerte Feuerstellen. Ein junger Mann mit strohblondem Haar drehte Enten an einem Spieß. In der Mitte der Küche standen mehrere große Holztische. An einem nahmen Mägde Fische und Hühner aus – mittlerweile hatte die Fastenzeit begonnen –, an einem anderen zerkleinerten weitere Frauen Kohlköpfe und Rüben.

»He, du da! Verschwinde.« Ein dicklicher, schmuddeliger Mann mittleren Alters kam drohend auf Ninias zu. »Wir können hier kein Bettlerpack gebrauchen.«

Ninias machte ein gekränktes und unschuldiges Gesicht und verließ die Küche. Das Leben hatte ihn gelehrt, dass sich die Dinge häufig nicht gleich so entwickelten, wie man es sich wünschte, dass es sich aber immer lohnte, auf eine zweite oder dritte Gelegenheit zu warten. Wieder draußen auf dem Vorplatz überlegte er, ob er sein Glück jetzt bei den Stallungen versuchen sollte.

Doch zwei Karren, die durch die Pforte rumpelten, ließen ihn innehalten. Der eine war mit Kisten voller gackerndem Federvieh, der andere mit Brotkörben gefüllt. Ninias rannte zu den Wagen. Das erste Gefährt wurde von zwei Männern flankiert. Der Karren, der die Backwaren brachte, jedoch nur von einem einzigen. Ninias wandte sich an den schmächtigen Mann. »Kann ich Euch helfen?«

Der Bäckerknecht bedachte ihn mit einem misstrauischen Blick. »Ja, aber wenn ich merke, dass du dir von dem Brot oder den Semmeln nimmst, ziehe ich dir die Ohren lang.«

»Wo denkt Ihr hin«, erwiderte Ninias entrüstet.

Er packte mit an und wartete auf eine günstige Gelegenheit. Als alle drei Knechte mit ihren Waren die Küche betraten, schlüpfte er geschickt zwischen sie. Zu seiner Erleichterung war sein Widersacher nirgends zu entdecken. Eine der Mägde wies die Männer an, die Kisten und Körbe in einer der hinteren Ecken des Raums abzustellen.

Auch bei den nächsten Gelegenheiten, wenn sie die Waren in die Küche brachten, achtete Ninias darauf, sich zwischen den Knechten zu halten. Er hatte eben wieder einen der Körbe abgesetzt, als eine wütende Stimme durch die Küche polterte: »Wo treibt sich dieser Tölpel herum? Na warte, ich werde dir Beine machen, du Bürschchen!«

Ninias, der sich in derartigen Situationen immer angesprochen fühlte, äugte vorsichtig hinter seinem Korb hervor. Ein großer Mann, der ein fleischiges, stark gerötetes Gesicht hatte und einen Kittel aus guter Wolle trug, deutete auf den Bratspieß mit den Enten. Der strohblonde Knecht, der den Spieß vorhin gedreht hatte, war verschwunden.

Ein Windstoß fuhr durch das Rauchabzugsloch im Dach direkt über der Kochstelle, und das Feuer loderte bedrohlich auf. Einem Reflex folgend, spurtete Ninias los, ergriff ein Schüreisen und stieß damit das brennende Holz auseinander. Das Feuer, das eben noch nach dem Geflügel geleckt hatte, sank wieder in sich zusammen.

Während Ninias das Schüreisen sinken ließ, fühlte er eine schwere Hand auf der Schulter. Er lugte hoch. Der Rotgesichtige stand neben ihm. »Gut gemacht!« Der Mann betrachtete ihn genauer. »Zu meinen Küchenjungen gehörst du nicht.«

»Ähm, nein. Ich habe den Knechten geholfen, ihre Waren abzuladen. Ich bin ein Waise. Hättet Ihr vielleicht Arbeit für mich?« Ninias bemühte sich, gleichzeitig verloren und diensteifrig zu wirken.

»Wenn du willst, kannst du den Platz von diesem Dummkopf einnehmen.« Der Mann wies mit dem Kinn zum Spieß. »Und danach findet sich gewiss noch mehr zu tun.«

»Danke!« Zufrieden begann Ninias den Spieß zu drehen.

*

Trotz ihrer Anspannung musste sich Theophanu ein Lächeln verkneifen. Vor ihr, in der Abenddämmerung des Klostergartens, stand Ninias. Sein Kittel war mit Fettspritzern und Rußflecken besudelt. Auf seiner Stirn prangte ein weiterer schwarzer Fleck. Doch obwohl er abgekämpft wirkte, glühte er förmlich vor Stolz.

»Und? Hast du etwas herausgefunden?«

»Ja, eine ganze Menge.« Ninias warf sich in die Brust. »Zum Beispiel, dass der Kaiser Rom in den nächsten vier Wochen verlassen wird.«

Theophanu fing Imizas entsetzten Blick auf. »Wie meinst du das?« Sie hoffte, sich verhört zu haben, und konzentrierte sich wieder ganz auf den Jungen.

»Was ich sage, ist wahr.« Ninias nickte eifrig. »Die Menschen im Norden glauben, dass der Kaiser tot sei. Er will ihnen das Gegenteil beweisen und deshalb unverzüglich in seine Heimat zurückkehren. Ortwin, der Vorsteher der Küche, hat es dem ersten Koch anvertraut. Und der hat es dem Soßenkoch erzählt.«

Von den nahen Fischteichen wehte ein kühler Wind herüber. Theophanu spürte einen plötzlichen Schmerz und nahm wahr, dass sie die Fingernägel tief in die Handballen gegraben hatte. Sie musste ein Treffen mit Otto herbeiführen, koste es, was es wolle!

»Hast du etwas über den Tagesablauf des Kaiserpaares herausgefunden?«, fragte sie den Jungen aufgeregt.

Ninias nickte. »Vor dem Frühstück nehmen der Kaiser und die Kaiserin an der Messe in der Pfalzkapelle teil. Danach empfängt der hohe Herr meist Besucher, und die Herrin umgibt sich mit ihren Damen. Gewöhnlich sticken oder lesen sie. Nach einer leichten Mittagsmahlzeit ruhen die beiden Herrschaften dann.«

Ninias fuhr sich mit dem schmutzigen Kittelärmel über die ebenfalls nicht besonders saubere Nase und holte tief Atem, ehe er mit seinem Bericht fortfuhr. »Am Nachmittag reitet der Kaiser aus oder übt sich im Waffenkampf. Ab und zu zieht er sich zurück und liest. Die Kaiserin wiederum unternimmt bei gutem Wetter gerne Spaziergänge mit ihren Dienerinnen, manchmal im Garten der Pfalz, manchmal in der Stadt. Gelegentlich sucht sie Spitäler auf und spendet für die Kranken und Armen. Oder sie empfängt ihrerseits Gäste – häufig Gefolgsleute und Ratgeber aus ihrem Königreich, der Lombardei. Die Vesper in der Pfalzkapelle besucht das Kaiserpaar meist gemeinsam, und die Abendmahlzeit pflegen die beiden inmitten einer großen Schar von Adeligen und Beamten einzunehmen.«

Theophanu nickte. Sie hatten feste Gewohnheiten – das war nicht anders zu erwarten gewesen. Leider gab es aber keine festgelegten Zeiten oder Anlässe, die ihr die Gelegenheit geboten hätten, ein Treffen zu erzwingen. Sie hatte das Gefühl, dass ihr die Zeit bis zur Abreise des Kaiserpaares wie Sand zwischen den Fingern zerrann.

»Hoheit, da ist noch etwas.« Ninias strahlte sie an. »Übermorgen werden der Kaiser und die Kaiserin Gast des Papstes sein. Papst Johannes hat sie zur Abendmahlzeit in die Engelsburg eingeladen.«

Theophanus Gedanken überschlugen sich. Am Vortag war sie zusammen mit Imiza, Jacobus und einigen Hofdamen vom Aventin zur Peterskirche geritten. Entlang der Hügel Palatin und Kapitol. Sie hatten das Pantheon und das Stadion passiert und dann, nachdem sie den Tiber auf einer Brücke überquert hatten, die Engelsburg. Es musste doch möglich sein, das Kaiserpaar irgendwo entlang dieser Strecke zu stellen!

»Imiza, wenn du bitte dafür sorgen würdest, dass Ninias etwas besonders Gutes zu essen bekommt«, wandte sich Theophanu an ihre Dienerin.

»Gerne. Er hat es sich wirklich verdient.« Imiza erhob sich von der Steinbank und gab Ninias einen freundschaftlichen Klaps auf die Schulter. »Ihr bleibt noch im Garten?«

»Ja.« Theophanu nickte. Sie musste eine Weile allein sein. Sie zog ihren Samtumhang enger um sich und verfolgte, wie sich das Wasser in den Fischteichen dunkler färbte und sich die ersten Sterne als silberne Punkte darin spiegelten. Sie hatte das Treffen mit dem Kaiserpaar so sehr herbeigesehnt, und plötzlich packte sie die nackte Angst. Anderthalb Tage blieben ihr, um die eine Begegnung vorzubereiten, die ihr gesamtes weiteres Leben bestimmen würde.

*Manchen Menschen ist es gegeben, ihr Schicksal selbst zu bestimmen.* Tonlos sprach sie die Worte der Seherin nach. Sie musste es wagen. Gegen ihren Willen fragte sich Theophanu, ob sich Ludwig vielleicht doch unter den Gefolgsleuten des Kaiserpaares befinden würde. Möglicherweise war er noch nicht zu Pandulf gestoßen. Unmutig versuchte sie, die Erinnerung an ihn wegzudrängen. Alles, was wirklich zählte, war, dass es ihr gelang, sich das Kaiserpaar geneigt zu machen. Sämtliche anderen Hoffnungen und Wünsche hatten dahinter zurückzustehen.

In den Fenstern des Gästehauses auf der anderen Seite der Fischteiche flammten Lichter auf. Theophanu erhob sich und ging in Richtung Klosterhof, der von der Kirche, dem Gebäude des Abtes und dem Kapitelsaal gesäumt wurde.

Hinter den rundbogigen Fenstern der Klosterkirche – Theophanus eigentlichem Ziel – war es dunkel. Doch den Hof beleuchteten Fackeln. Vor einer steinernen Tränke waren drei Pferde angebunden, darunter ein prachtvoller schwarzer

Hengst. Dem schönen Kopf mit den feurigen Augen und seinem feingliedrigen, aber doch kraftvollen Körperbau nach zu schließen, stammte er aus arabischer Zucht.

Nun öffnete sich die Tür des zweistöckigen Abtsgebäudes. Drei Männer traten in den Hof. Einer von ihnen trug einen roten Samtumhang und glitzernde Ringe an seinen Fingern. Die beiden anderen waren in Wollkittel gewandet. Wahrscheinlich gehören ihnen die Pferde, dachte Theophanu und wollte sich schon abwenden, als der vornehm Gekleidete stehen blieb. Er musste um die dreißig sein. Obwohl er groß und breitschultrig war, besaß er die elegante Körperhaltung eines guten Fechters. Sein Gesicht mit dem kurz geschnittenen schwarzen Bart und der hohen, runden Stirn war ebenmäßig wie das eines Heiligen auf einer Ikone. Der sinnliche Mund und die dunklen, glühenden Augen besaßen jedoch gar nichts Sakrales. Er musterte Theophanu auf geradezu beleidigende Weise.

Unwillkürlich straffte sie sich und hob herausfordernd den Kopf. Einen Moment sahen sie einander an. Dann trat der Mann einen Schritt zurück und verbeugte sich. Doch während Theophanu ihren Weg zur Kirche fortsetzte, hatte sie das Gefühl, seinen brennenden Blick immer noch in ihrem Rücken zu spüren.

*

Prüfend schaute sich Theophanu am nächsten Morgen in einem der Klosterkeller um. Die Truhen ihres Brautschatzes standen offen. Samtene und seidene Gewänder in allen Farbschattierungen waren auf langen Tischen ausgebreitet. Dazwischen lagen kostbares Geschmeide und Waffen. Mehr als genug, um ihr Gefolge so prächtig auszustatten, wie es diese Sachsen noch nie zuvor gesehen hatten.

Theophanu lächelte zufrieden und griff nach einem Brustschmuck, der aus einer Vielzahl feiner goldener Ketten zusammengesetzt war, an denen dunkelrote Steine wie Tropfen herabhingen.

»Imiza, du …« Sie brach ab. Metropolit Stephanos kam in den Keller gestürmt. Er bedachte die Kostbarkeiten mit einem finsteren Blick, ehe er sich Theophanu zuwandte. »Also stimmt es tatsächlich: Ihr wollt wirklich ein Treffen mit dem Kaiser erzwingen.«

»Ja, das habe ich vor.« Da Theophanu damit gerechnet hatte, dass Stephanos ihren Plan ablehnen würde, hatte sie ihn erst informieren wollen, wenn Kleidung, Schmuck und Waffen bereits verteilt waren. »Ich nehme an, Ihr habt auch davon gehört, dass der Kaiser beabsichtigt, Rom bald zu verlassen.«

»Allerdings!«, versetzte der Metropolit scharf. »Aber das gibt Euch trotzdem nicht das Recht, dem Herrscher des Abendlandes eine Begegnung aufzunötigen. Ihr verdreht die Ordnung der Dinge. Euer Onkel würde eine derartige Ungeheuerlichkeit auf keinen Fall gutheißen.«

Mein Onkel hat nicht davor zurückgeschreckt, seinen Vorgänger brutal ermorden zu lassen, dachte Theophanu bitter.

Der Metropolit deutete ihr Schweigen falsch. »Ihr seid bereit, von Eurem Plan Abstand zu nehmen?«

»Nein«, Theophanu schüttelte den Kopf, »das habe ich nicht vor.« Es erschien ihr, als ob ihre Stimme in dem Gewölbe besonders laut widerhallte. Einige Hofdamen keuchten entsetzt auf.

»Ich habe Euch nach Rom begleitet, obwohl ich Euer Vorhaben nicht billigte.« Stephanos' Miene verzerrte sich vor Zorn und Empörung. »Dieses dreiste, lächerliche Unterfangen werde ich nicht unterstützen. Wenn Ihr diese Torheit tatsächlich begehen wollt, werde ich Euch nicht begleiten. Und ich kann Euch versichern, dass die anderen Ratgeber Eures Onkels meinem Beispiel folgen werden.«

Theophanu zögerte einen Augenblick. War es wirklich

vermessen von ihr, ein Treffen mit dem Kaiser erzwingen zu wollen? Sollte sie nicht vielleicht doch abwarten, ob Gero Erfolg haben und Abt Luitprand sich bei Adelheid für sie einsetzen würde? Nein, das war zu unsicher. Möglicherweise würde sie scheitern, aber sie würde es sich nie verzeihen, wenn sie diese Gelegenheit ungenutzt verstreichen ließ.

Kühl schaute sie den Metropoliten an. »Ich werde Euch und die anderen Ratgeber meines Onkels nicht bitten zu bleiben.«

Stephanos' Miene spiegelte Fassungslosigkeit und verriet, dass er überzeugt gewesen war, Theophanu durch seine Drohung umstimmen zu können. Als er sich wieder gefangen hatte, war seine Stimme voll eisiger Verachtung. »Ich wünschte, Euer Onkel hätte mich niemals unter Euer Gefolge berufen!«

Während Theophanu den Brustschmuck betont langsam zurück auf den Tisch legte, lauschte sie den sich entfernenden Schritte des Metropoliten. Geschmeide und Stoffe verschwammen vor ihren Augen zu einem Wirbel aus gleißendem Licht und grellen Farben. Sie durfte vor ihrem Gefolge keine Schwäche zeigen.

Als Theophanu wieder aufschaute, hatte sie sich soweit in der Gewalt, dass sie ruhig sagen konnte: »Imiza, du benachrichtigst die Soldaten. Sie sollen sich gegen Mittag ihre Gewänder und Waffen holen.«

*

Vor Theophanu bauschten sich die dunkelblauen Samtmäntel ihrer Soldaten im Wind. Ein in Zweierreihen aufgestelltes Dutzend Männer bildete die Spitze des Zuges. Sie ritten durch ein Handwerkerviertel, auf eben jener Straße, die das Kaiserpaar und sein Gefolge von der Pfalz zur Festung des Papstes nehmen würden.

Theophanu hob ihren Blick über die Rücken der Soldaten und die niedrigen Häuser. Eine leichte Röte überzog den Himmel im Westen. Noch bevor es dunkel wird, dachte sie, entscheidet sich mein Schicksal. Ihr war übel vor Aufregung.

Die Straße mündete in einen kleinen Platz. Die meisten Gebäude beherbergten Läden in ihrem Erdgeschoss. Vor manchen waren noch Backwaren, Geschirr oder Stoffe auf Tischen und Regalen ausgebreitet. Andere Händler hatten ihre Stände schon abgebaut oder waren damit beschäftigt, die Waren für die Nacht nach drinnen zu bringen. Wie überall, wo Theophanu und ihr Gefolge erschienen, versammelten sich auch hier Gaffer am Straßenrand. Satzfetzen drangen an ihr Ohr.

»Oh, seht nur ... Das Geschmeide und die kostbaren Stoffe!« Vor der Auslage einer Töpferei hielt sich eine dralle Frau staunend die Hand vor den Mund.

»Ein einziges von diesen Pferden besitzt den Wert eines ganzen Landguts«, erklang es von einer Gruppe von Handwerkern.

»He, könnt Ihr uns nicht ein bisschen von Eurem Schmuck abgeben? Nur ein paar Ringe vielleicht?« Ein drahtiger junger Mann löste sich aus der Menge, sprang einige Schritte vor und streckte dem Tross seine Mütze entgegen, wobei er jedoch darauf achtete, außerhalb der Reichweite der Soldaten zu bleiben.

»Oh, ich wäre auch schon mit einem einzigen Ring zufrieden.«

»Oder mit einem Goldstück.« Gelächter brandete auf.

Theophanu und ihr Gefolge hatten etwa die Hälfte des Platzes überquert, als von der gegenüberliegenden Seite laute Rufe erschollen. »Aus dem Weg! Geht zur Seite! Macht Platz für den Kaiser!«

Ein Trupp vornehm gewandeter Soldaten erschien zwischen den Häusern. Theophanu fühlte sich plötzlich sehr ruhig. Ihre Soldaten ritten, so wie sie es ihnen zuvor aufgetragen hatte, gleichmäßig weiter. Mit einer Pferdelänge Abstand kamen ihr Gefolge und das des Kaisers schließlich voreinander zum Stehen.

»Was soll das? Verschwindet auf der Stelle!« Die Stimme des Mannes, der Ottos Bewaffnete anführte, überschlug sich. Theophanus Soldaten lenkten ihre Tiere ein wenig zur Seite, so dass sie zwischen ihnen hindurchreiten konnte. Vor dem polternden Mann zügelte sie Myra.

»Legt gefälligst ein besseres Benehmen an den Tag, wenn Ihr es mit einer Dame zu tun habt!«, herrschte sie ihn an.

»Recht hat sie!«, schrie einer der Handwerker.

»Noch dazu, da Ihr es mit einer so jungen und hübschen zu tun habt!«, brüllte einer seiner Kumpane. Wieder wurde Gelächter laut, in das sich einige zotige Rufe mischten.

Auf dem breiten Gesicht des Bewaffneten spiegelten sich Unsicherheit und Zorn. Der erste Zug ist getan, dachte Theophanu erleichtert und sah dem Soldaten gleichmütig zu, wie er sich in die Brust warf und seinen stämmigen Körper aufplusterte. Doch ehe ihr Gegenüber einen weiteren Befehl brüllen konnte, ertönte eine Stimme in seinem Rücken.

»Männer, zur Seite!« Die Worte erklangen gelassen, aber sie übertönten den Lärm der Menge mühelos. Die Bewaffneten wichen nach links und rechts, als würden sie an einer unsichtbaren Schnur gezogen. Durch die schmale Gasse, die sie bildeten, ritt nun ein Mann auf Theophanu zu. Ihm folgten Bischof Dietrich von Metz und eine Frau.

Ehe Theophanu den Kopf neigte, musterte sie das Kaiserpaar rasch. Otto hatte ein etwas grobschlächtiges Gesicht, das von schütterem rotblondem Haar umrahmt wurde. Das einzig Bemerkenswerte an ihm war seine Größe. Theophanu war enttäuscht, denn sie hatte sich den Bezwinger der Ungarn und den Herrscher über das Abendland weitaus imposanter vorgestellt. Adelheid war auf eine strenge Weise sehr schön. Irgendetwas an ihrem Antlitz mit dem makellos geformten, üppigen Mund und den hohen Wangenknochen kam Theophanu seltsam vertraut vor, aber sie konnte nicht benennen, was genau.

»Dies ist Theophanu, die Nichte des Johannes Tzimiskes.« Während Dietrich von Metz sprach, wirkte seine Miene verkniffen, als habe er auf etwas übel Schmeckendes gebissen.

»Ach, die byzantinische Prinzessin.« Otto beugte sich im Sattel vor und sah sie an. Noch nie hatte Theophanu in solch intensive Augen geschaut. Aus dem leuchtend hellen Blau der Iris strahlten Energie und Lebendigkeit. Theophanu hatte das Gefühl, dass der Kaiser sich nur auf sie konzentrierte, dass er mühelos durch ihr Äußeres hindurchsah und ihr wahres Wesen erfasste. Wie hatte sie ihn auch nur einen Moment lang für unscheinbar halten können? Unter seinem Blick schrumpften alle ihre bisherigen Kämpfe zu unbedeutenden Spielereien.

»Ich hoffe, die Wartezeit bei den Benediktinern auf dem Aventin ist Euch nicht lang geworden. Bisher haben uns verschiedene Angelegenheiten daran gehindert, Euch zu empfangen.« Ottos Stimme klang höflich, aber gleichgültig.

Theophanu deutete ein Lächeln an. »Ich wusste die Zeit durchaus zu nutzen. Aber umso mehr freue ich mich, dass ich Euch auf dem Weg zur Messe in der Kirche Santa Sabina zufällig begegnet bin.«

»Seid Ihr und Euer Gefolge für einen Kirchgang nicht ein wenig zu prächtig gewandet?«

»Sind wir Gott nicht alle Ehre schuldig?«, konterte Theophanu scheinbar selbstbewusst. »Auch durch unsere Kleidung?«

»Nun, ich würde doch annehmen, dass für Ihn vor allem ein reines Herz zählt.«

»Ich hoffe, dass ich ein solches besitze.«

»Darüber kann nur Gott urteilen«, ließ sich Dietrich von Metz vernehmen.

Der Kaiser beachtete weder ihn noch das Gemurmel, das in der Menge laut wurde. Nach wie vor schien seine Aufmerksamkeit allein auf Theophanu gerichtet zu sein. Sie war sich der Menschen auf dem Platz jedoch nur allzu bewusst: Aus den erleuchteten Fenstern beugten sich Leute, um das unverhoffte Schauspiel nur ja nicht zu versäumen. Sie fühlte sich wie eine Attraktion im Zirkus. Nur dass sie sich freiwillig in die Arena begeben hatte.

»Ihr seid Euch sicher darüber im Klaren, dass wir mit einer anderen Prinzessin rechneten«, ließ sich Otto wieder in dem gleichen, beiläufigen Tonfall vernehmen, »und deshalb über Euch, nun ja, ein wenig enttäuscht sind.«

»Aber sie ist doch so hübsch.« Der drahtige junge Mann aus dem Volk schwenkte seine Mütze und sank auf die Knie. »Ich würde sie nehmen.«

»Ja, ich auch«, bekräftigte ein schwarzbärtiger Kerl, der hinter ihm stand.

»Auf jeden Fall!«, johlte ein anderer.

»Und zwar ohne jede Mitgift«, kam es von den Handwerkern. Erneut brandete Gelächter in der Menge auf.

Theophanu spürte die milde Abendluft auf ihren Wangen. Die Röte im Westen hatte sich vertieft. In einem der Häuser weinte ein Säugling, und von irgendwoher wehte der Geruch von gebratenem Fleisch und Zwiebeln zu ihr herüber. Dinge, die sehr nah und normal waren und sich doch in einer anderen Welt abzuspielen schienen.

Sie atmete tief durch und wandte sich dann an Otto: »Ich weiß, dass Ihr mit Prinzessin Anna gerechnet habt. Aber nach allem, was man von Euch hört, seid Ihr tiefsinniger. Ich gehe davon aus, dass für Euch nicht so sehr der Raum zählt, in dem ein Mensch geboren ist, als was er *ist*.«

»Hört! Hört!«, schrie es aus der Menge.

Adelheid erstarrte, und ihre gesamte Körperhaltung drückte zornige Ablehnung aus. Dietrich von Metz funkelte die Menge empört an. Otto dagegen wirkte beinahe gelangweilt. »Der Purpursaal, auf den Ihr anzuspielen beliebt, steht für einen bestimmten gesellschaftlichen Rang. Zweifelt Ihr etwa daran, dass Gott jedem Menschen den Platz zuweist, der ihm gebührt?«

Mit fester Stimme hielt Theophanu entgegen: »Heißt es nicht in der Schrift: Der Herr wird die Niedrigen erhöhen und die Mächtigen von ihrem Thron stürzen? Ich glaube, dass Gott jedem Menschen die Möglichkeit gibt, sich zu beweisen.«

Damit hatte sie die Kaiserin endgültig gegen sich aufgebracht. Adelheid stieß ihrem Pferd die Fersen heftig in die Flanken und trieb es neben das ihres Gatten. »Ihr seid frech und unverschämt«, herrschte sie Theophanu an. »Kein Wunder, dass Metropolit Stephanos nicht länger Euer Ratgeber sein will.«

Stephanos hatte also dem Kaiserpaar oder Dietrich von Metz verraten, was Theophanu plante. Die Sachsen hatten gewusst, dass sie eine Begegnung erzwingen wollte. Sie war den Liudolfingern in die Falle gegangen – nicht etwa umgekehrt. Sie schluckte trocken.

Ich habe die Krone, die mir das Schicksal angeboten hat, verspielt, dachte Theophanu. Über dem Rot im Westen glitzerte sehr hell und kalt ein einzelner Stern. Für einen Moment fühlte sie sich sehr einsam und verletzlich. Dann erfasste sie eine wilde Gleichgültigkeit. Gut, sie hatte verloren. Aber sie würde nicht kleinlaut und gedemütigt das Feld räumen!

»Ich verzichte gerne auf einen Ratgeber, auf den ich mich nicht verlassen kann.« Theophanu ging nicht weiter auf Adelheids Vorwürfe ein und richtete ihre Aufmerksamkeit ganz auf den Kaiser. »Ich schätze, Ihr würdet nicht anders handeln.«

Otto schwieg und erwiderte ihren Blick. »Allerdings, das würde ich«, entgegnete er schließlich leichthin.

Theophanu warf den Kopf in den Nacken. »Karl Martell war Hausmeier der königlichen Güter, ehe er zum Herrscher wurde. Eure Vorfahren waren, wenn ich über Euren Stammbaum recht informiert bin, einfache Grafen. Meine dagegen Fürsten und Generäle. Zugegeben: Zurzeit erstrahlt der Stern Eures Geschlechts heller als der meiner Sippe. Aber wer sagt, dass sich das nicht eines Tages ändern kann? Weshalb sollte Euer Stern nicht auch einmal wieder sinken und stattdessen der meine aufgehen? Und weshalb sollte er nicht sogar heller strahlen, als der Eure das jemals getan hat?«

»Was erlaubt Ihr Euch?« Die Stimme Adelheids klang schneidend und kalt vor Zorn. Auch Dietrich von Metz war aufgebracht. »Mädchen, hütet Eure Zunge!«, fauchte er.

Die Menschen auf dem Platz murmelten bestürzt miteinander. Selbst der vorhin so kecke Mann aus dem Volk wirkte erschrocken und wich einige Schritte zurück. Otto machte dem Raunen ein Ende. Mit einer ungeduldigen Handbewegung brachte er die Umstehenden zum Schweigen, ließ aber Theophanu nicht aus den Augen.

Noch immer sah Otto sie unverwandt an. »Heißt das, Ihr droht unserem Geschlecht den Untergang an?« In den fast gleichmütigen Klang seiner Stimme mischte sich ein bedrohlicher Unterton, der Theophanu weitaus mehr erschreckte als der Zorn der Kaiserin oder die Entrüstung des Bischofs.

Nur mit Mühe gelang es ihr, Ottos Blick standzuhalten. »Nein, das tue ich ganz und gar nicht. Alles, was ich sagen will, ist, dass unser Leben zwar in Gottes Hand liegt, dass wir aber trotzdem unser Geschick gestalten können«, erwiderte sie. Dass ihre Stimme ein wenig brüchiger klang als vor Adelheids Ausbruch, hörte hoffentlich nur sie selbst.

Noch immer sahen sich der Kaiser und die Prinzessin an. Theophanu rechnete damit, dass nun auch Otto zornig würde, und versuchte, sich dagegen zu wappnen.

»Es ist kein Fehler, wenn jemand bereit ist, sein Geschick zu gestalten.« Um Ottos Mund zuckte es. Beabsichtigte er, sie vor seiner Gattin, dem Bischof und der Menge zu verspotten?

Flüchtig registrierte Theophanu, dass ein halbes Dutzend Reiter von einer Seitenstraße auf den Platz drängte. Menschen wichen zurück und flüsterten miteinander. Doch als Otto die Stimme erhob, wurde es sofort wieder still. »Ich wäre Euch dankbar, wenn Ihr und Eure Leute uns jetzt passieren lassen würdet«, sagte er gelassen. »Ich fürchte, Papst Johannes wartet schon eine ganze Weile auf uns.« Das Lächeln des Kaisers vertiefte sich. »Erkaltete Speisen verderben den Spaß am Essen. Auch Euch würde solch eine Mahlzeit nicht munden – wenn Ihr übermorgen Abend unser Gast sein werdet.«

Ungläubig starrte Theophanu ihn an.

»Es ist Euch doch recht, mit meiner Gattin und mir zu speisen?« Otto hob die Augenbrauen. »Mein Koch bereitet vorzügliche Soßen.«

Erst als die Kaiserin und der Bischof einen entsetzten Blick tauschten, begriff Theophanu, dass sie richtig gehört hatte. »Gewiss. Ich danke Euch …«, stotterte sie. Immer noch völlig durcheinander lenkte sie Myra zur Seite und bedeutete ihren Leuten, es ihr gleichzutun. Während das Gefolge des Kaisers an ihr vorbeizog, brandete Lärmen und Lachen um sie herum auf, doch Theophanu war viel zu benommen, um darauf zu achten.

Allmählich zerstreute sich die Menge. Die sechs Reiter, die vorhin für Unruhe gesorgt hatten, ritten nun über den Platz. Einer von ihnen, ein prächtig gekleideter, schwarzhaariger Mann, lenkte sein Pferd auf sie zu und verbeugte sich eine

Spur zu tief vor ihr. »Ein Auftritt, der einer Kaiserin wahrhaftig würdig war!«, bemerkte er lächelnd.

Theophanu erkannte ihn sofort. Wie vor zwei Tagen, als sie ihm im Klosterhof begegnet war, musterte er sie mit unverhohlenem, um nicht zu sagen unverschämtem Interesse.

Theophanu ignorierte ihn. »Kommt!«, wandte sie sich grenzenlos erleichtert an ihr Gefolge, »lasst uns zur Kirche Santa Sabina reiten.«

*

»Ich verstehe dich einfach nicht. Wie konntest du diesem unverschämten, hochmütigen Kind nur nachgeben und dieses respektlose Ding zu uns einladen?« Erregt ging Adelheid in dem hell erleuchteten Gemach der Kaiserpfalz auf und ab und blieb schließlich vor ihrem Gatten stehen, der ruhig mit einem Weinkelch in der Hand vor einem Feuer saß. Überhaupt hatte er in all den Jahren ihrer Ehe nur selten die Beherrschung verloren.

»Mir imponiert, mit welcher Zielstrebigkeit Theophanu ihre Pläne verfolgt«, sagte er und nahm einen Schluck Wein. »Und was den Metropoliten betrifft, so muss ich ihr unbedingt recht geben. Auf einen derartigen Ratgeber lässt es sich gut verzichten.« Ein Lächeln umspielte seinen Mund. »Ich bin überzeugt, sie würde eine gute Herrscherin abgeben.«

Adelheids schönes Gesicht wurde starr. »Du erwägst doch nicht ernsthaft, sie unserem Sohn zur Frau zu geben?«, fragte sie scharf.

Otto sah nachdenklich in die Flammen. Er ließ sich Zeit mit seiner Antwort. »Du weißt, dass mein Bruder Heinrich mir mehr als einmal die Herrschaft streitig gemacht hat und dass ich ihm verziehen habe, als er sich mir zu Füßen warf. Und du weißt auch, dass er es mir gedankt hat, indem er mir bis zu seinem Tod die Treue hielt. Obwohl mir sein Sohn bislang noch keinen Anlass gegeben hat, an ihm zu zweifeln, traue ich meinem Neffen Heinrich nicht über den Weg. Mein Bruder war noch sehr jung, als ich König wurde. Er war der verhätschelte Liebling unserer Mutter und tief verletzt und wütend, als die Herrschaft auf mich überging statt an ihn. Sein Sohn ist anders. Heinrich ist kühl und berechnend. Ich bin überzeugt, dass er nach meinem Tod versuchen wird, die Herrschaft an sich zu reißen.«

Adelheid schüttelte ungeduldig den Kopf. »Du täuschst dich in deinem Neffen.«

»Glaube mir, ich erkenne unbedingten Machtwillen.«

»Du hast meine Frage noch nicht beantwortet: Beabsichtigst du, unseren Sohn mit dieser Theophanu zu verheiraten?«

Otto stellte den Weinkelch auf einem Tischchen ab. »Zum einen will ich abwarten, wie sich die Kämpfe mit den Sarazenen weiterentwickeln«, erklärte er ernst, »und zum anderen will ich das Mädchen während des Gastmahls noch einmal in Augenschein nehmen. Wie auch immer … Unser Sohn wird eine starke Frau an seiner Seite brauchen.«

Adelheid zögerte, ehe sie schließlich spröde sagte: »Meinst du nicht, dass er mutig, intelligent und tatkräftig genug ist, um seine Herrschaft allein verteidigen zu können? Denkst du wirklich so gering von ihm?«

Ottos Miene verschloss sich schlagartig. Erneut ließ er sich Zeit mit der Antwort. »Ich denke nicht schlecht von unserem Sohn. Ich schätze ihn und seine Fähigkeiten nur realistisch ein. Ich halte ihn durchaus für intelligent und mutig. Aber er handelt oft hitzköpfig und unüberlegt, schwankt in seinen Entschlüssen …«

»Und Theophanu, glaubst du, könnte dies ausgleichen.« Adelheid verzog verächtlich den Mund.

»Vielleicht …« Ottos Stimme war plötzlich sanft und weich. Er sah Adelheid mit einem Blick an, den sie nur zu gut kannte und der ihren Atem schneller gehen ließ.

Er erhob sich geschmeidig und umfasste ihr Gesicht mit seinen rauen Händen. »Ich habe es nie bereut, dich an meiner Seite zu haben«, raunte er. Langsam streifte er ihr den Schleier ab und löste die Brosche, die ihr Samtgewand an der Schulter zusammenhielt. Das Kleid fiel zu Boden, und durch den dünnen Stoff des Hemdes zeichneten sich Adelheids runde Brüste ab. Otto schälte sie aus dem Ausschnitt und liebkoste sie zärtlich. Erst mit seinen Fingern, dann mit seiner Zunge.

Als auch sein Atem schneller ging und er seinen Gürtel öffnete, durchströmte Adelheid tiefe Lust. Er manipuliert mich, schoss es ihr durch den Kopf, doch das war ihr in diesem Augenblick gleichgültig. Otto hob sie hoch, und gierig schlang sie ihre Beine um ihn. Er drückte ihren Unterkörper gegen sein Glied, das steif zwischen den Falten seines Gewandes aufragte, und trug sie zum Bett. Adelheid stöhnte. Das Zimmer mit der hohen, gewölbten Decke und das flackernde Kerzenlicht verschwammen vor ihren Augen, als er sie auf das Lager gleiten ließ und tief in sie eindrang.

Adelheid stützte sich auf ihren Ellbogen. Das dunkle Haar fiel über ihre nackten Brüste bis zum Nabel. Otto lag ruhig schlafend neben ihr. Trotz seiner fast sechzig Jahre war sein Körper immer noch muskulös. Er hatte sie befriedigt, auf seine ganz eigene Art. Leidenschaftlich, beinahe grob. Sie hatte so viel Lust empfunden, dass es fast schon eine Sünde war.

Adelheid strich über Ottos graues Brusthaar und ließ ihre Hand über seinen Hals und seine bärtige Wange wandern. Auf den Falten, die sich in seine Stirn eingegraben hatten, verharrten ihre Finger. Ob Otto mit Editha auch so geschlafen hatte? Oder war er seiner ersten Gemahlin gegenüber zärtlicher und verletzlicher gewesen? Wie so oft empfand sie eine brennende Eifersucht gegenüber der Toten. Und Liudolf … Otto wäre sicher nicht auf die Idee verfallen, dass Liudolf nicht allein imstande gewesen wäre, die Herrschaft auszuüben.

Nein, dachte Adelheid, während sie sich wieder neben ihrem Gatten ausstreckte und die Wärme seines Körpers spürte, Theophanu wird meinen Sohn nicht heiraten. Dafür werde ich sorgen.

*

Der Thronfolger schlenderte den langen Stallgang entlang und trat dann hinaus auf den gepflasterten Hof. Gemächlich ging er zu einem leeren Karren, der vor einem der Gebäude stand, und ließ sich auf der Deichsel nieder. Drüben im Hauptgebäude der Pfalz waren alle Fenster in den beiden oberen Stockwerken hell erleuchtet. Das bedeutete, dass sich seine Eltern in ihren Gemächern aufhielten.

Otto legte den Kopf in den Nacken und atmete die kühle Abendluft tief ein. Rauch lag darin und eine Ahnung von Gras und Blütenduft. Er hatte es wahrhaftig nicht eilig damit gehabt, nach Rom zu kommen. Wenn ihn nicht bei der Jagd die Nachricht erreicht hätte, dass sein Vater beabsichtigte, so bald wie möglich in den Norden zurückzukehren, hätte er sich noch mehr Zeit gelassen.

Die vergangenen vier Jahre hatte Otto in Italien verbracht, davon einige Monate in der römischen Kaiserpfalz. Er mochte den Süden, die Heimat seiner Mutter, aber aufgewachsen war er im Norden des Reichs. Er freute sich auf die ausgedehnten Wälder, das raue Klima und die im Vergleich zu Italien oft reichlich schäbigen Ortschaften. Dumm war nur, dass sein Vater und er sich während der langen Reise kaum aus dem Weg gehen könnten.

Aber wenn es zum Streit kommt, dann ist es eben so, dachte Otto trotzig. Die Auseinandersetzungen machten ihm schon lange nichts mehr aus. Teilweise genoss er sie sogar. Er war kein Kind mehr, das sich nach der Liebe des Vaters sehnte.

Ein gedrungener, grauhaariger Knecht steuerte vom Küchentrakt her auf eines der Stallgebäude zu. Als er Otto bemerkte, stutzte er und eilte dann auf ihn zu.

»Herr«, strahlte er, »es ist schön, Euch endlich wieder hier zu haben.«

»Rainald.« Otto grinste erfreut. Er kannte den Knecht, so lange er zurückdenken konnte. Als er im Alter von drei Jahren das Reiten gelernt hatte, war es Rainald gewesen, der ihm die Ponys gesattelt und ihn auf die Tiere gehoben hatte. Später, während der Jahre, die Otto in der Obhut seines Onkels Brun – Geros Vorgänger – verbracht hatte, hatte er sich häufig vor dem harten Regiment seines Onkels in den Pferdestall zu Rainald geflüchtet.

Rainalds Strahlen vertiefte sich. »Es gab schon Gerede, wisst Ihr? Es wurde gemunkelt, dass Ihr nicht mehr rechtzeitig in der Pfalz eintreffen würdet – wo doch morgen Abend die byzantinische Prinzessin erwartet wird. Aber ich habe den Zweiflern immer gesagt: Der junge Herr wird hier sein. Schließlich ist die Prinzessin seine Braut.«

»Was redest du da?« Verdutzt starrte Otto den Knecht an. »Von einer Heirat kann keine Rede mehr sein. Und meine Eltern haben sicher nicht vor, dieses Mädchen zu empfangen.«

»Aber die Prinzessin Theophanu wird morgen mit ihrem Gefolge an der Abendmahlzeit teilnehmen.« Nun war es an dem Knecht, verwirrt zu sein. »In der Küche herrscht die helle Aufregung und …«

»Rainald hat recht.« Ottos Freunde Heinrich Zolunta und Otto vom Wormsgau hatten sich ihnen unbemerkt genähert. Heinrich schlug dem Knecht freundschaftlich auf die Schulter. »Niemand anders als dein Vater hat Theophanu eingeladen, nachdem sie ihm mit ihren Leuten in der Nähe der Engelsburg praktisch den Weg versperrt hatte. Scheint eine recht ungewöhnliche Person zu sein, diese Prinzessin. Also ich würde mich dem Kaiser lieber nicht in den Weg stellen.«

Otto vom Wormsgau stieß einen nachdenklichen Pfiff aus, und den Thronfolger erfüllte jähe Wut. Was fiel seinem Vater jetzt schon wieder ein?

»Teurer Freund, wir haben dir ja beide prophezeit, dass du um diese Hochzeit nicht herumkommen wirst.« Heinrich legte die Hand hinter das Ohr, als ob er angestrengt lauschte, und grinste. »Tatsächlich, ich kann schon die Glocken läuten hören.«

»Halt's Maul!« Otto versetzte ihm einen derben Schlag gegen die Brust, fluchte wild und stürmte davon.

»Das dürfte auf einen heftigen Streit hinauslaufen.« Heinrich, der nun doch ein wenig besorgt wirkte, rieb sich die schmerzende Rippe.

»Ich fürchte, das wird es in der Tat.« Otto vom Wormsgau seufzte.

*

Adelheid zog einen roten Faden durch einen Seidenstoff, als die Tür aufflog und Otto in ihr Gemach stürzte. Seine Augen funkelten wütend. »Wo ist mein Vater?«, stieß er keuchend hervor. Sie hatte ihren Sohn zu sich rufen lassen wollen, sobald ihr seine Ankunft gemeldet worden wäre, aber es war viel besser, dass er von selbst kam.

»Wo ist mein Vater?«, wiederholte Otto gepresst und ballte die Hände zu Fäusten.

»Ich glaube, in der Waffenkammer. Er wollte sich vom Schmied einige neue Schwerter zeigen lassen. Warte!«, sagte Adelheid scharf, als sich ihr Sohn anschickte, nach draußen zu stürmen. »Ich brauche mehr Licht. Bring mir bitte diesen Kerzenständer.« Sie deutete auf einen mannshohen, sechsarmigen Bronzeleuchter, der in einer Zimmerecke stand.

Otto bedachte sie mit einem ebenso finsteren wie gereizten

Blick, besann sich dann jedoch auf die Höflichkeit, die er seiner Mutter schuldig war. Während er den Leuchter hochhob, betrachtete sie ihn unauffällig. Otto war von allen ihren Kindern das schwierigste, aber auch das Kind, das sie am meisten liebte. Wohlgeraten waren jedoch alle.

Ihre Tochter Emma aus erster Ehe war mit dem König von Frankreich verheiratet und hatte sich zu einer schönen und intelligenten Frau entwickelt. Und die kluge und tatkräftige Mathilde stand als Äbtissin dem Quedlinburger Reichsstift vor. Adelheid war zu Recht stolz auf die beiden jungen Frauen.

Adelheid musste ein Lächeln unterdrücken. Ihr Sohn war wirklich sehr hübsch, fand sie. Äußerlich war er ihr wie aus dem Gesicht geschnitten: Nur das rotblonde Haar hatte er von seinem Vater geerbt. Doch in seinem Optimismus, dem Vertrauen darauf, dass die Dinge letztlich doch eine gute Wendung für ihn nehmen würden, glich er dem Kaiser. Andere Kinder hätte es verunsichert und niedergedrückt, wenn sie keine Anerkennung von ihrem Vater bekommen hätten, doch das Selbstvertrauen ihres Sohnes hatte das nie nachhaltig erschüttern können. Nur seinen Jähzorn hatte er nicht vom Vater. Darin ähnelte er seinem verstorbenen Onkel Brun.

»So«, sagte Adelheid ruhig, als Otto den Ständer übel gelaunt zurechtgerückt hatte, »wenn du mir nun bitte mitteilen würdest, was dich so aufgebracht hat.« Die Frage war rhetorisch, denn sie ahnte, was seine Wut geweckt hatte. Und sie hatte vor, sich diese zunutze zu machen.

Otto zögerte, hockte sich dann jedoch auf eine Ecke des Tisches. »Im ganzen Palast wird von nichts anderem geredet, als dass Vater diese Theophanu für morgen Abend eingeladen hat. Was soll das? Und eines sage ich Euch: Ich werde sie unter keinen Umständen zur Frau nehmen!«

Adelheid nickte verständnisvoll. »Du weißt so gut wie ich,

dass ich einer Heirat zwischen dir und einer byzantinischen Prinzessin anfangs durchaus nicht abgeneigt war. Aber nun, da uns Johannes Tzimiskes mit seiner Nichte abspeisen will, habe ich meine Meinung geändert.« Adelheid zog den roten Seidenfaden ein letztes Mal durch das dünne Gewebe, ehe sie den Stickrahmen wendete und das Garn abschnitt. »Du hättest diese Theophanu und ihr Gefolge sehen sollen«, schnaubte sie dann verächtlich. »Schamlos herausgeputzt und überladen mit Schmuck und kostbaren Waffen. Es war so offensichtlich, dass sie aller Welt ihren Reichtum vor Augen führen wollte.«

Otto stieß ein gereiztes Knurren aus.

Sorgfältig vernähte Adelheid den Faden auf der Rückseite der Stickerei. »Außerdem hat sich dieses freche Ding erdreistet, die Liudolfinger auf ihre angeblich niedrige Herkunft hinzuweisen. Dein Vater und seine Ahnen stammten ja nur von Grafen ab ...«

»Was sagt Ihr da?«

Adelheid hatte Otto fast da, wo sie ihn haben wollte. »Ich verstehe ja auch nicht, warum dein Vater dieses Mädchen als Gemahlin für dich in Betracht ziehen kann«, sagte sie unglücklich und gab vor, dem Blick ihres Sohnes auszuweichen.

»Ihr verschweigt mir doch etwas!«, rief Otto entrüstet.

»Nun, bei allem, was man gegen dieses Mädchen berechtigterweise vorbringen kann, so muss man ihr doch einen starken Willen und Tatkraft bescheinigen.«

»Worauf wollt Ihr hinaus?«

Adelheid seufzte. »Du kennst deinen Vater ja ...«

Otto starrte sie nur finster an.

»Dein Vater ...« Adelheid zögerte. »Dein Vater meinte, es wäre gut, wenn du später einmal eine charakterfeste, energische Gattin an deiner Seite hättest.«

Ottos Gesicht verhärtete sich augenblicklich, und Adelheid wusste, dass sie gewonnen hatte. Gedankenverloren griff er in ihren Handarbeitskorb, nahm einen der Seidenstränge heraus und betrachtete, wie das Kerzenlicht das Garn zum Glänzen brachte. Das hatte er schon als Kind getan, wenn er des Abends bei ihr saß und sie stickte. Wehmut und Genugtuung stiegen in Adelheid auf. Sie bedauerte, ihn verletzt zu haben. Aber sie hatte keine andere Wahl gehabt.

»Ich werde mit meinem Vater reden.« Otto schleuderte das Garn auf den Tisch und rannte aus dem Gemach.

*

»Vater, ich heirate diese Prinzessin nicht!«

Der Kaiser, der ein kurzes Schwert in der Hand hielt, und der Schmied, ein bulliger Mann in den Fünfzigern, fuhren herum. Der Kaiser bedachte seinen Sohn mit einem abwägenden Blick und wandte sich dann an den Schmied: »Gernot, wenn du uns bitte allein lassen würdest.«

»Gewiss.« Gernot duckte sich und beeilte sich, die Waffenkammer zu verlassen. Sobald sie allein waren, baute Otto sich vor seinem Vater auf und wiederholte: »Ihr könnt tun, was Ihr wollt. Ich werde dieses Mädchen nicht zur Frau nehmen.«

Der Kaiser sah seinen Sohn nicht einmal an, sondern schwang prüfend das Schwert durch die Luft. Im Licht der Öllampen, die von der Decke des niedrigen Raums hingen, leuchtete das Metall auf wie eine silberne Flamme. »Eine vorzügliche Waffe«, kommentierte der Kaiser. »Damaszener Stahl. Liegt leicht in der Hand wie ein Dolch. Ich beneide diese Araber wirklich um ihre Schmiedekunst.«

»Vater, verdammt!« Der Thronfolger fluchte. »Hört mir endlich zu.«

»Ach, Theophanu …«, sagte der Kaiser leichthin und legte das Schwert auf einem wuchtigen Tisch neben anderen Waffen ab. »Niemand verlangt von dir, dass du sie heiratest. Und ich schon gar nicht.«

»Was sagt Ihr da?« Otto starrte ihn fassungslos an. Ungerührt und leicht amüsiert erwiderte der Kaiser seinen Blick. War dies nur wieder eine der zahlreichen Finten seines Vaters? »Ihr lügt«, stieß er schließlich hervor. »Warum habt Ihr dieses Mädchen sonst für morgen Abend hierher eingeladen?«

»Weil ich möchte, dass du sie dir ansiehst.«

»Also doch ...«

Der Kaiser unterbrach ihn mit einer ungeduldigen Handbewegung. »Alles, was ich von dir verlange, ist, dass du morgen an dem Gastmahl teilnimmst. Wie es dann weitergeht, ist allein deine Sache.«

»Ihr wart nicht immer so rücksichtsvoll.« In Ottos gepresster, spöttischer Stimme schwang vieles mit: die Jahre, die ihn sein Vater an den Hof von Erzbischof Brun gegeben hatte, zu seinem strengen Onkel, der dem Temperament und der Wildheit des Jungen nur mit drakonischen Strafen zu begegnen wusste, aber auch das Gefühl, dass nichts, was er tat, gut genug für den Vater war. Am meisten kränkte den Thronfolger aber, dass ihn der Kaiser nicht an den Regierungsgeschäften teilnehmen ließ, obwohl er volljährig war.

Die Miene seines Vaters blieb unbewegt. »Nun, ich werde alt. Und du wirst erwachsen.«

»Tatsächlich? Bislang habt Ihr noch nicht geruht, dies zur Kenntnis zu nehmen.«

»Vielleicht ist es an der Zeit, dies allmählich zu ändern.«

»Ach ja? Und deshalb glaubt Ihr mir eine – wie habt Ihr gleich gesagt? – eine charakterfeste Gattin an die Seite geben zu müssen?« Otto spuckte die Worte voller Verachtung aus. »Ich weiß, dass ich nicht der Nachfolger bin, den Ihr Euch gewünscht habt. Ihr habt mich das ja oft genug spüren lassen. Mittlerweile ist es mir aber, ehrlich gesagt, gleichgültig. Wenn Ihr tot seid, geht die Herrschaft ohnehin an mich über. Vorausgesetzt, Eure Zweifel an meinen Fähigkeiten werden nicht noch so groß, dass Ihr beschließt, Euren Neffen Heinrich zum Nachfolger zu erklären.«

Über den Tisch, auf dem die Schwerter lagen, starrten sie einander an – Otto voller Wut und Schmerz, sein Vater immer noch ungerührt, wie es schien. Nur ein leichtes Flackern in seinem Blick verriet, dass auch er getroffen war.

Schließlich unterbrach der Kaiser die lastende Stille. »Ich habe dich, als du sechs Jahre alt warst, zum König und vor vier Jahren zum Mitkaiser krönen lassen.«

»Ja, um Eure Macht zu sichern«, erwiderte Otto höhnisch.

Sein Vater wiegte bedächtig den Kopf. »Um meine Macht zu festigen und die meines Geschlechts«, erklärte er und ging einen Schritt auf den Sohn zu. »Wenn du eines Tages einen Sohn hast, wirst du genauso handeln. Und was die Sache mit der Charakterstärke betrifft … Deine Mutter hat das, was ich zu ihr gesagt habe, offenbar nicht richtig wiedergegeben.«

Otto warf den Kopf in den Nacken. »So, ist sie jetzt auch noch schuld? Und? Was habt Ihr wirklich damit sagen wollen?«

Der Kaiser nahm das Schwert wieder in beide Hände. Seine Konzentration war erneut ganz auf die funkelnde Klinge gerichtet. »Du bist jung, mein Sohn, und in diesem Alter ist es mit der eigenen Standfestigkeit und Klugheit nicht allzu weit her. Jedenfalls war es damals mit meiner Klugheit nicht allzu weit bestellt. Ich war siebzehn Jahre alt, als ich Editha geheiratet habe. Sie war schüchtern und hielt sich nicht gern unter vielen Menschen auf. Sie fand ihre Pflichten als Königin immer anstrengend. Dieses dauernde Im-Mittelpunkt-Stehen. Das Wissen, dass alle Blicke auf dich gerichtet sind … Editha war auch nicht so schön wie deine Mutter. Obwohl sie mit ihrer hellen Haut und den graublauen, riesigen Augen einen ganz eigenen Zauber verströmte.« Er hielt einen Augenblick inne und schien in der Zeit zurückzureisen. Ein wehmütiger Zug umspielte seinen Mund. »Sie besaß eine ganz eigene Kraft. Ohne Editha hätte ich die ersten Jahre meiner Herrschaft mit all ihren Kämpfen gegen meinen Bruder und seine Verbündeten nicht durchgestanden.«

Mit einer ungeduldigen Gebärde, als hätte er zu viel geredet, ließ der Kaiser das Schwert sinken. »Ich erwarte, dass du mir gehorsam bist und morgen an dem Gastmahl teilnimmst«, sagte er dann kurz angebunden, so, als schämte er sich seines Gefühlsausbruchs.

Für einen Moment hatte sich Otto dem Vater nahe gefühlt. Doch nun herrschte wieder die übliche gereizte Anspannung zwischen ihnen. Er ließ sich Zeit mit der Antwort, denn er wusste plötzlich nicht mehr, wie er sich ihm gegenüber verhalten sollte.

»Oder hast du etwa Angst, dass du deine Meinung über die Heirat ändern wirst, wenn du Theophanu erst einmal kennengelernt hast?« Die Stimme des Kaisers klang lauernd.

»Betrachtet Ihr mich etwa als Spielfigur auf Eurem Schachbrett?« Otto lachte spöttisch und herausfordernd auf. »Denkt Ihr, dass ich morgen gerade deshalb erscheine, um Euch zu beweisen, dass ich mich vor der Begegnung mit dieser Prinzessin nicht fürchte?«

»Ich gebe zu, dieser Spielzug war etwas zu offensichtlich. Jedenfalls war es klug von dir, ihn zu durchschauen.« Der Kaiser lächelte. »Wie ich dir schon versichert habe, liegt die endgültige Entscheidung über die Heirat bei dir.«

Otto versetzte verächtlich: »Was auch immer Ihr bezwecken mögt: Ich lasse mich von Euch zu nichts zwingen!«

»Das ist auch ganz und gar nicht meine Absicht.« Der Blick des Kaisers war offen. Doch Otto wurde das Gefühl nicht los, dass sein Vater etwas im Schilde führte.

*

Als Theophanu mit ihrem Gefolge zur Pfalz hinaufritt, war ihr unter ihrem mit Pelzstreifen besetzten Samtumhang heiß vor Aufregung. Sie hatte diesen Moment so herbeigesehnt, hatte all ihr Trachten darauf gerichtet, von der Kaiserfamilie empfangen zu werden. Nun aber fürchtete sie sich vor dem Gastmahl. Sicher, der Kaiser schien auf ihrer Seite zu stehen. Doch die Ablehnung Dietrichs von Metz und vor allem die von Adelheid war ihr nur zu gegenwärtig.

Auch das, was ihr Ninias aus der Pfalz berichtet hatte, verringerte Theophanus Sorge keineswegs. Im Gegenteil: Die Dienerschaft hatte sich den ganzen Tag den Mund über einen heftigen Wutausbruch zerrissen, den der Thronfolger angeblich gehabt hatte. Er habe seinen Vater angeschrien, erzählten sie sich, weil er dieser Ehe unter gar keinen Umständen zustimmen wolle. Ja, es sei sogar ungewiss, ob er überhaupt zu dem Gastmahl erscheinen würde. Der Thronfolger hatte in Theophanus Überlegungen bislang kaum eine Rolle gespielt. Für sie war nur wichtig gewesen, von dem Kaiserpaar empfangen und als Schwiegertochter akzeptiert zu werden. Der Sohn, so hatte sie immer gedacht, würde sich selbstverständlich dem Willen der Eltern fügen. Nun stellte sich heraus, dass sie auch den jungen Kaiser für sich gewinnen musste, wenn sich die Prophezeiung der Seherin erfüllen sollte.

Was bildet er sich eigentlich ein?, dachte Theophanu aufgebracht. Ich bin hübsch und klug. Sie schwor sich, dass es ihr gelingen würde, ihn für sich einzunehmen. Was für eine Art Mensch er wohl sein mochte? Ninias hatte gesagt, dass der junge Otto unter der Dienerschaft beliebt sei, weil er ein umgängliches Wesen hätte. Seine Zornausbrüche schien er nie an Untergebenen auszulassen. So ähnlich hatte sich auch Erzbischof Gero ausgedrückt, den sie nach seiner Rückkehr aus Velletri befragt hatte: Der Thronfolger sei aus Prinzip gegen alles, was sein Vater gutheiße, hatte er erzählt. Ansonsten besitze er zwar einen bisweilen sehr eigenwilligen und hitzigen, aber angenehmen Charakter.

Im Hof der Pfalz half ihr ein Knecht ehrerbietig aus dem Sattel, und der Hofmeister stand schon bereit, um sie zu den kaiserlichen Gemächern zu geleiten. Imiza ergriff die Schleppe von Theophanus Mantel und Kleid. Erzbischof Gero trat neben sie. »Also denn ...«, murmelte er. Auch er wirkte ein wenig nervös.

Nachdem sie den Hof überquert hatten, traten sie in eine prächtige Halle: Es war ein gewaltiger Saal, der sich in der Höhe über zwei Stockwerke und in der Breite über das ganze Gebäude erstreckte. Die Glasfenster befanden sich auf den beiden Längsseiten, ein Stockwerk hoch über dem Boden. Geometrische Muster in leuchtenden Farben verzierten die Wände bis zur Höhe der Simse. Durch die Fenster des halbrunden Anbaus strömte Abendsonnenschein herein und mischte sich mit dem Licht, das die brennenden Fackeln und die wuchtigen Deckenleuchter aus Bronze verbreiteten.

Unten in der Halle waren drei lange Tafeln mit feinen Leinentüchern, versilberten Tellern und Kelchen gedeckt. Das Geschirr auf der Tafel für die kaiserliche Familie in dem erhöhten Anbau schimmerte golden.

Obwohl die Ausstattung des Saals bei weitem einfacher war, als Theophanu es vom Kaiserpalast in Byzanz gewohnt war, beeindruckte sie die Atmosphäre.

Auf der Rückseite der Halle öffneten Dienstleute nun eine breite, zweiflügelige Kassettentür, durch welche die Kaiserin in Begleitung von Dietrich von Metz geschritten kam. Während Theophanu auf Adelheid und deren Gefolge zuging, fragte sie sich, weshalb Otto seine Gattin nicht begleitete. Und wo war der Thronfolger? Unruhig betrachtete sie die Männer, die Adelheid und dem Bischof folgten. Sie hatten alle die Mitte des Lebens überschritten. Nein, keiner von ihnen konnte der junge Kaiser sein.

»Der Thronfolger ist nicht anwesend«, flüsterte ihr Gero zu und bestätigte Theophanus Befürchtung. Ihre Kehle schnürte sich zu. Was hatte dies zu bedeuten? Sie zwang sich, Haltung zu bewahren.

Adelheid trug ein dunkelrotes Samtkleid. Die Säume zierte ein Blütenmuster aus Goldfäden. Das tiefe Rot des Samtes betonte ihre vornehme Blässe und die dunklen Augen. Halskette und Stirnreif waren farblich passend mit Rubinen besetzt. Auch das Gefolge der Kaiserin war erlesen gekleidet, als hätte die Gastgeberin Wert darauf gelegt, den Byzantinern in nichts zurückzustehen.

Theophanu lächelte höflich.

»Ich freue mich, Euch als Gast begrüßen zu dürfen.« Adelheids spröde Stimme und ihre starre Miene straften die zuvorkommenden Worte Lügen. Auch Dietrich von Metz wirkte ablehnend – wie es nicht anders zu erwarten gewesen war.

»Ich bin glücklich, hier sein zu dürfen.« Theophanu neigte den Kopf.

»Mein Gatte bedauert, heute Abend nicht bei uns sein zu können, aber dringende Geschäfte haben ihn in den Süden gerufen. Und was meinen Sohn betrifft ...«

Es kam Theophanu vor, als ob in den dunklen Augen der Kaiserin Genugtuung stand. Würde auch der Thronfolger nicht erscheinen? Hatte sie all die Anstrengungen, von dem Kaiserpaar empfangen zu werden, umsonst unternommen?

»... mein Sohn wird später zu uns stoßen«, vollendete die Kaiserin ihren Satz.

Eine Welle der Erleichterung durchflutete Theophanu. »Ich freue mich, dass Ihr mir Gesellschaft leistet, und warte gern auf den jungen Kaiser.« Höflich neigte sie den Kopf.

»Dann sollten wir mit dem Essen beginnen.« Adelheid klatschte in die Hände. Während die Kaiserin, Theophanu,

Dietrich von Metz und Erzbischof Gero die Halle durchquerten und die Stufen des halbrunden Anbaus zur kaiserlichen Festtafel hinaufstiegen, eilten Bedienstete zu den Tischen und stellten Körbe voll duftendem Brot darauf. Andere brachten Krüge, die mit Wasser und Wein gefüllt waren.

Oben auf dem Podium wies Adelheid Theophanu den Platz zu ihrer Rechten zu. Dietrich von Metz saß zur Linken der Kaiserin. Der Erzbischof hatte seinen Sitz neben Dietrich. Der Platz rechts von Theophanu blieb leer – ihn würde der junge Kaiser einnehmen.

Nachdem diensteifrige Knappen die Kelche gefüllt hatten, trug ein ältlicher Mönch die Lesung des Tages vor.

Während Theophanu seiner dünnen, leiernden Stimme lauschte, hatte sie die Empfindung, die Abneigung Adelheids fast körperlich zu spüren. Nein, die Kaiserin würde sie nicht für sich gewinnen können. Ebenso wenig wie Dietrich von Metz, der sie seit der Begrüßung ignorierte. Wie bei ihrer Ankunft in Italien fühlte sie sich sehr einsam. Mutlos ließ sie ihren Blick durch die Halle schweifen. Ludwig konnte sie unter den Höflingen nirgends entdecken. Sie war erleichtert darüber, sehnte sich aber gleichzeitig plötzlich so sehr nach ihm, dass es sie schmerzte.

Der erste Gang wurde aufgetragen: Platten und Schüsseln voller Gemüse – gebratene Zwiebeln, verschiedene Kohl- und Rübengerichte, Linsen und Erbsen sowie geröstete Maronen. Theophanu ließ sich von den Zwiebeln und Maronen reichen und zwang sich, einige Bissen davon zu essen. So war sie wenigstens beschäftigt, denn niemand nahm Notiz von ihr: Erzbischof Gero und Dietrich von Metz plauderten über die Jagd, und Adelheid saß hoch aufgerichtet und stumm da, das Brot nervös zwischen den Fingern zerkrümelnd. Dann und wann nahm sie einen Schluck aus ihrem Weinkelch – an einem Sonntag galten die Gebote der Fastenzeit nicht.

Der Abend schleppte sich dahin. Als Theophanu schon alle Hoffnung aufgegeben hatte, öffnete sich endlich die große Kassettentür, und zwei junge Männer betraten die Halle. Ein großer, blonder und ein kleinerer, dunkelhaariger. Beide waren vornehm gekleidet. Ob einer von ihnen der junge Kaiser war? Angespannt forschte Theophanu in ihren Gesichtern. Der Blonde hatte eine ruhige, gelassene Ausstrahlung. Der Dunkelhaarige dagegen wirkte lebhaft und keck. Erst nachdem die beiden bereits einige Schritte durch die Halle gegangen waren, bemerkte Theophanu, dass ihnen noch ein Mann folgte, der im Schatten des Blonden ging. Leider konnte sie sein Gesicht nicht sehen.

»Oh, mein Sohn hat doch noch geruht zu erscheinen«, hörte sie Adelheid spöttisch neben sich sagen. Theophanus Herz klopfte rascher. Welcher der drei war er? Endlich musste der Blonde einem Diener ausweichen, so dass der Mann hinter ihm sichtbar wurde. Das Licht eines Deckenleuchters fiel voll auf ihn. Theophanu schwindelte. Es konnte nicht sein. Und doch gab es keinen Zweifel. Dieses rotblonde Haar. Dieses hübsche, unbekümmerte Gesicht. Der dritte im Bunde war Ludwig.

Der Blonde und der Dunkelhaarige nahmen an einer der Tafeln im vorderen Teil der Halle Platz. Theophanu registrierte, dass ihr der Dunkle einen interessierten Blick zuwarf. Ein anerkennendes Grinsen spielte um seinen Mund. Es blieb nur noch einer übrig, der auf sie zu schritt ... Benommen verfolgte sie, wie der Thronfolger die Stufen heraufkam. Seine Miene wirkte gelangweilt, als ob ihn das, was in der Halle geschah, nicht wirklich beträfe. Irgendwie gelang es Theophanu, sich zu erheben.

»Mutter.« Der Thronfolger verneigte sich vor der Kaiserin.

»Darf ich dir unseren Gast vorstellen?« Auch Adelheid war aufgestanden und deutete auf Theophanu. Erst jetzt blickte Otto sie an. Seine Mimik spiegelte Überraschung und Unglauben. Dann versteinerte sich sein Gesicht. Theophanu beugte die Knie, wollte etwas sagen, aber ihre Lippen gehorchten ihr nicht. Als sie wieder aufschaute, starrte er sie immer noch voller Kälte an.

»Otto!« Der Erzbischof umarmte den jungen Kaiser. »Wie schön, Euch endlich einmal wieder zu sehen.«

»Gero ...« Otto räusperte sich und rang sich ein Lächeln ab. »Ich hoffe, Ihr habt Euch in Köln gut eingelebt. Es müssen mittlerweile über acht Jahre vergangen sein, seit ich zum letzten Mal in der Stadt war.«

Verbindlich lächelnd setzte er sich. Zwei Knappen kamen herbeigeeilt, um dem Thronfolger Wein einzuschenken und ihm den zweiten Gang zu reichen. Theophanu umklammerte den Stiel ihres Kelchs. Sie musste etwas tun, ging es ihr durch den Kopf. Sie musste unter allen Umständen versuchen, sich Otto zu erklären, aber sie war wie gelähmt.

»Ich hoffe, Ihr hattet eine angenehme Zeit im Kloster bei Roccaraso.« Otto beugte sich zu ihr herüber.

»Ich ...«, stammelte sie.

»Eine wirklich schöne Gegend. Ich hatte ausreichend Zeit, sie zu genießen.«

»Es tut mir so leid ...«

»Dass Ihr Euer Versprechen nicht gehalten habt?« Otto winkte ab. »Von einer Byzantinerin hatte ich im Grunde genommen sowieso nichts anderes erwartet.« Seine kühle Verachtung war schlimmer als Zorn und traf sie wie ein Schlag ins Gesicht.

Der Rauch und die Essensdünste verursachten Theophanu Übelkeit. Sie starrte auf ihre Hände und hoffte inständig, dass dieser Abend bald zu Ende sein würde.

Applaus ertönte. Als Theophanu den Kopf hob, sah sie, dass zwei Knappen eine große Platte zwischen sich trugen, auf der ein Schwan thronte. Der Vogel war gebraten und dann zurück in sein Federkleid gesteckt worden. Die Knappen balancierten die Stufen hinauf und setzten ihre Fracht auf dem Tisch vor der Kaiserin ab, wo schon Platten mit gebratenen Enten, Hühnern und Gänsen sowie Schüsseln voller Frikassee standen.

»Was kann ich Euch reichen? Von dem Schwan?« Otto beugte sich zu Theophanu. Als Mann war es seine Pflicht, die neben ihm sitzende Dame zu bedienen.

Theophanu wollte am liebsten jeden weiteren Bissen ablehnen. Doch wenn sie gar nichts nahm, würde das auffallen. Deshalb bat sie Otto um etwas Ente.

»Ist das recht?« Mit kühler Höflichkeit reichte er ihr einen Flügel auf einem Brotstück. Sie nickte. Plötzlich musste Theophanu daran denken, wie sie am Bachufer gebratenes Fleisch und Brot gegessen hatten. Wie völlig anders ihr Beisammensein damals gewesen war. Die Erinnerung schnürte ihr die Kehle zu. Sie ließ das Brot zurück auf den Teller sinken.

»Schmeckt es Euch etwa nicht?«, hörte sie Otto spöttisch fragen.

»Doch …«, murmelte sie.

»Aus Eurer Heimat seid Ihr sicher anderes Essen gewohnt«, ließ sich Adelheid zu Theophanus Überraschung vernehmen. Es war das erste Mal seit der Begrüßung, dass die Kaiserin sie ansprach.

Ehe sie antworten konnte, mischte sich Dietrich von Metz ein. »Ich hatte ein- oder zweimal das zweifelhafte Vergnügen, die byzantinische Küche zu genießen. Meiner Meinung nach sind die Gerichte überwürzt. Viel zu viel Zimt, Kardamom, Koriander und Muskat. Von der furchtbaren Fischsoße gar nicht zu reden.« Angewidert verzog er seinen Mund.

»In der Tat, die Byzantiner würzen reichlich«, ließ sich Gero vernehmen. »Und am Anfang sind ihre Speisen für uns Leute aus dem Norden etwas ungewohnt. Aber nachdem ich mich an sie gewöhnt hatte, haben sie mir gut geschmeckt.«

»Ich würde sagen, der übermäßige Gebrauch von Gewürzen entspricht dem byzantinischen Hang zum Luxus«, schaltete sich wieder Adelheid ein. »Wie die Byzantiner ja überhaupt dazu neigen, sich der Verschwendungssucht hinzugeben.« Sie hob die Augenbrauen und bedachte Theophanus kostbares Geschmeide mit einem anzüglichen Blick.

Otto verfolgte das Wortgeplänkel amüsiert. Theophanu wurde zornig. Damals, am Bach, hatte auch er den Byzantinern Verschwendungssucht vorgeworfen. Sie wollte schon eine scharfe Bemerkung machen, da ergriff Adelheid erneut das Wort. »Euer Name – Theophanu ... Täusche ich mich, oder hieß nicht die Gattin des Kaisers Romanos und spätere Ehefrau des Nikephoros Phokas wie Ihr?«

»Ja, das stimmt.« Theophanu nickte. »Wir tragen den denselben Namen.« Worauf in aller Welt wollte die Kaiserin hinaus? Adelheids kühles Lächeln verriet, dass sie etwas im Schilde führte. Als würden die Menschen unten in der Halle spüren, dass sich am Tisch auf dem Podium eine Spannung aufbaute, verebbten ihre Gespräche. Alle Augenpaare waren auf Theophanu und ihre Gastgeberin gerichtet.

»Seid Ihr nach dieser Frau benannt?«

Theophanu schüttelte den Kopf. »Nein, ich heiße wie meine Patin, die ältere Schwester meiner Mutter.«

»Nun, dann habt Ihr Glück.« Adelheid stieß ein kurzes, hartes Lachen aus. »Denn es wäre sicher kein gutes Omen, nach einer Frau benannt zu sein, die früher eine einfache Wirtin war und die zudem in dem Rufe steht, ihren ersten Gatten vergiftet zu haben und an der Ermordung des zweiten beteiligt gewesen zu sein.« Die Kaiserin genoss die Wirkung ihrer Worte und setzte nach: »Allerdings muss man sagen, dass es Euch auch nicht gerade zur Ehre gereicht, eine solche Person in der Familie zu haben – ich darf Euch nur an das Gleichnis von dem Baum erinnern, der faule Frucht trägt.«

Die letzten Worte der Kaiserin durchschnitten die Stille im

Saal. Jeder der Anwesenden hatte sie vernommen. Theophanu kam es vor, als ob die Welt um sie herum sich verlangsamte und dass sie gleichzeitig alles überdeutlich wahrnahm. Das leise, entsetzte Schnauben, das Erzbischof Gero ausstieß. Das zufriedene Lächeln auf Dietrichs Gesicht. Die Mienenspiele der Menschen in der Halle – in den Gesichtern ihres Gefolges spiegelten sich Wut und Aufruhr, die Leute Adelheids sahen teils betreten, teils belustigt aus. Der Blonde wirkte tief erschrocken, der Dunkelhaarige hingegen musterte sie wachsam und interessiert.

Theophanu senkte den Kopf und schloss die Augen. Sie hatte alles getan, um die Prophezeiung der Seherin zu erfüllen. Aber sie würde sich nicht beleidigen lassen. Sie machte sich bereit, aufzustehen, ihr Gefolge um sich zu scharen und die Halle zu verlassen, als sie spürte, wie sich Ottos Hand auf die ihre legte. Verwundert blickte sie zu ihm auf. Sie erwartete, Genugtuung in seinen Zügen zu lesen. Aber stattdessen sah er aus wie damals, als er den toten Wolf betrachtet hatte.

»Bleibt!«, sagte er leise.

Die Bitte, die in Ottos Stimme mitschwang, und sein Gesichtsausdruck veranlassten Theophanu, sitzen zu bleiben.

Er räusperte sich. »Da Ihr von dem Baum sprecht, der schlechte Frucht trägt, Mutter«, Ottos harte und klare Stimme durchbrach die Stille, »ich würde sagen, dass es um so manche Frucht unserer eigenen Familie auch nicht gut bestellt ist. Hat Euch nicht Euer eigener Onkel Berengar nach dem Tod Lothars gefangen gesetzt, um Euch Euer Erbe und Eure Herrschaft zu entreißen? Und kursierten damals nicht Gerüchte, dass es Berengar war, der Euren ersten Gatten vergiftet hat?«

Die Menschen in der Halle saßen wie erstarrt. Aus Adelheids Gesicht war alle Farbe gewichen. »Wie kannst du es wagen?«, zischte sie ihren Sohn an.

»Und was die Liudolfinger betrifft«, Otto redete unbeirrt weiter, »so haben sich sowohl der Bruder als auch der Sohn meines Vaters gegen ihn erhoben. Der Himmel allein weiß, welche Kämpfe meinem Geschlecht noch bevorstehen.« Nach einer kurzen Pause fügte er mit einem schiefen Grinsen hinzu: »Ich hoffe doch sehr, dass Gott, der Herr, ein Einsehen hat und diesen Stamm nicht an der Wurzel abhackt und ins Feuer wirft.«

»Kain erschlug Abel, und doch machte der Herr ihn zum Stammvater eines großen Geschlechts«, unternahm Erzbischof Gero einen mehr verzweifelten als geglückten Versuch, die Situation noch irgendwie zu retten. Verlegen erstarb seine Stimme.

Die Stille wurde immer drückender. Theophanu rechnete damit, dass Adelheid von ihrem Platz aufspringen und ihren Sohn vor den Augen aller Anwesenden ohrfeigen würde. Oder dass die Mauern der Halle einstürzen würden.

Plötzlich durchbrach Heinrich Zolunta das Schweigen. Er wandte sich seinem Banknachbarn zu und funkelte ihn an. »Otto!«, brüllte er, »du bist zwar nicht mein Bruder, aber ich schwöre dir, wenn du mir weiter die besten Geflügelstücke wegisst, begehe ich auch einen Mord.« Er schnappte sich eine Entenkeule, die auf dem Teller des Freundes lag, und biss ein großes Stück davon ab.

Jemand in der Halle brach das Eis und begann zu lachen. Andere fielen erleichtert ein, und das vielstimmige Lachen steigerte sich zu einem fröhlichen Lärmen.

Theophanu wandte sich Otto zu. »Danke«, flüsterte sie.

Er zuckte nur mit den Schultern und wirkte wieder so kühl wie zuvor. »Ihr seid Gast in der Pfalz«, entgegnete er, »und es war nicht recht von meiner Mutter, Euch zu beleidigen.«

Adelheid schaffte es irgendwie, die Fassung zu wahren und mit Dietrich von Metz und Erzbischof Gero zu plaudern. Da sie wusste, dass die Augen aller auf sie gerichtet waren, gelang es ihr sogar, sich am Ende des Mahls mit einigen kühlen, höflichen Worten von Theophanu zu verabschieden. Hinter der beherrschten Fassade war sie jedoch außer sich vor Scham und Wut.

»Ich habe mit dir zu reden«, zischte sie ihrem Sohn zu, während sich ihr Gefolge um sie versammelte.

»Wie Ihr wünscht.« Otto neigte den Kopf.

Kaum hatte sich die Tür ihrer Gemächer hinter ihnen geschlossen, wirbelte sie zu ihrem Sohn herum.

»Wie kannst du es wagen, dich mir gegenüber so zu vergessen? Mich und meine Familie vor dieser Byzantinerin derart herabzusetzen ...« – »ist unverzeihlich«, wollte sie eigentlich hinzufügen, doch die Stimme versagte ihr vor Zorn.

»Theophanu war unser Gast. Es war nicht recht von Euch, sie zu kränken«, gab ihr Sohn nur ungerührt zurück.

»Was fällt dir ein? Ich bin deine Mutter. Du bist mir Respekt und Gehorsam schuldig.«

Otto stand mit verschränkten Armen vor ihr. Seine Stimme klang immer noch ruhig, doch seine Augen blitzten gefährlich. »War nicht ein Kern der Lehren, die Ihr und meine Lehrer mir eingebläut habt, dass jeder Gast anständig behandelt werden muss?« Spöttisch fixierte Otto seine Mutter und machte eine kleine Pause, ehe er fortfuhr: »Ihr verlangt, dass ich Euch Respekt erweise. Dann verhaltet Euch auch so, dass ich Euch achten kann.«

Adelheid hob die Hand, um ihrem Sohn ins Gesicht zu schlagen, doch Otto wich nicht zurück. Er starrte sie nur herausfordernd an. Sie hielt den Atem an. In diesem Moment glaubte sie, seinen Vater vor sich zu sehen. Schmerzlich begriff Adelheid, wie fremd ihr der eigene Sohn geworden war. Langsam ließ sie die Hand wieder sinken.

»Du hast deine Meinung über die Byzantiner also geändert«, stellte sie verächtlich fest. »Ich hätte nicht gedacht, dass du dir so schnell von einem hübschen Antlitz den Kopf verdrehen lassen würdest.«

Ottos Augen verengten sich. »Dass ich Theophanus Ehre als Gast verteidigt habe, heißt noch lange nicht, dass mir etwas an ihr oder den Byzantinern liegt«, sagte er scharf. Dann drehte er sich um und verließ grußlos den Raum.

*

Wie immer, wenn Theophanu angespannt war, hielt sie es nicht aus, untätig dazusitzen. Deshalb war sie mit Imiza und einigen anderen Bediensteten ausgeritten.

Während sie in einem leichten Trab eine gepflasterte, von Zypressen und Wacholder gesäumte Straße entlangritten, zog der vergangene Abend noch einmal an ihr vorbei. Ihr ganzes Streben hatte darauf abgezielt, den sächsischen Thronfolger zu heiraten, um die Prophezeiung der Seherin zu erfüllen. Doch seit sie wusste, wer Ludwig in Wirklichkeit war, ging es ihr nicht mehr nur darum, die mächtigste Krone des Abendlandes zu erringen. Sie wollte auch das Herz des Mannes gewinnen, in den sie sich so leidenschaftlich verliebt hatte.

Als Otto sie gegen seine Mutter verteidigt hatte, hatte Theophanu sich ihm wieder nahe gefühlt wie in jenen Stunden am Bach. Sie hatte gehofft, dass er ihr gegenüber ähnlich empfand, aber sobald die Menschen im Saal zu lachen begonnen hatten, war sein Verhalten wieder abweisend geworden, und am Ende des Abends hatte Otto sich mit derselben kalten Höflichkeit von ihr verabschiedet wie seine Mutter.

Auf einem nahen Hügel nahm Theophanu eine Bewegung wahr. Drei Reiter hielten auf die Straße zu. Der eine von ihnen war groß und blond, der andere zierlich und schwarzhaarig. Das Haar des dritten leuchtete rotgolden im Sonnenlicht. Gaukelte ihre Fantasie ihr etwas vor? Nein, der angriffslustig erhobene Kopf des Mannes und das spöttische Lächeln waren wirklich.

Weshalb wollte Otto eine Begegnung herbeiführen? Weil ihm etwas an ihr lag oder weil er sie kränken wollte?

Es kostete Theophanu ihre gesamte Selbstbeherrschung, scheinbar gelassen weiterzureiten und so zu tun, als sei ihre Aufmerksamkeit ganz auf ihre Umgebung gerichtet. Gegenüber dem Hang, den die Männer hinabritten, erstreckten sich Äcker, aus deren schwarzbraunen, fetten Furchen junges Getreide spross. Auf einer von Pinien gesäumten Wiese stand ein leerer Pferch.

Die Hufschläge der drei Pferde kamen näher. Otto und seine beiden Begleiter lenkten ihre Tiere auf den Weg und brachten sie direkt vor Theophanu und ihrem Gefolge zum Stehen. Ottos Miene wirkte immer noch spöttisch. Sein blonder Begleiter erweckte den Eindruck, als ob er sich nicht recht wohl in seiner Haut fühlte, und der Dunkelhaarige schien einfach nur neugierig.

Theophanu zog Myras Zügel an.

»Welch ein Zufall, Euch hier zu treffen«, bemerkte sie und bemühte sich, möglichst gleichgültig zu klingen.

»Ja, nicht wahr?«, bestätigte Otto. »Wenn sich jemand mit unverhofften Begegnungen auskennt, dann wohl Ihr.« Ein Lächeln umspielte seine Mundwinkel. »Wo sich unsere Wege so unversehens gekreuzt haben … Erlaubt Ihr, dass meine Freunde und ich Euch ein Stück begleiten?«

»Es steht Euch frei zu tun, was Ihr wollt.« Theophanu zuckte die Schultern.

Otto lenkte seinen Fuchs an ihre Seite. Auf ein Zeichen von ihm reihten sich seine Freunde hinter ihnen ein. Erneut fragte sich Theophanu, warum Otto sie hatte treffen wollen. Während sie ihre Pferde in den Schritt fallen ließen, kam der Fuchs Myra zu nahe. Gereizt schlug die Stute mit dem Kopf aus.

»Ein schönes Tier«, bemerkte Otto, »aber leider viel zu nervös und obendrein überzüchtet.«

»Ihr meint damit wohl ›typisch byzantinisch‹?« Der Ärger half Theophanu über ihre Verwirrung hinweg. »Meine Stute kann Euren Fuchs um Längen schlagen.«

»Wenn sie durchgeht, vielleicht. Aber nicht in einem normalen Wettrennen.« Ottos Stimme hatte wieder den aufreizend gleichmütigen Klang, der Theophanu schon bei ihrem ersten Treffen zur Weißglut gebracht hatte.

»So, glaubt Ihr?«, fauchte sie. »Seht Ihr die Piniengruppe am Ende der Wiese? Myra und ich werden zuerst dort sein.« Während Theophanu ihr Pferd herumriss, nahm sie Ottos verdutzten Gesichtsausdruck wahr und hörte, dass er seinen Freunden etwas zurief. Im nächsten Moment stieß sie der Stute die Fersen in die Flanken.

Myra galoppierte los. Einige Lidschläge später waren Otto und der Fuchs bereits neben ihnen. Kopf an Kopf preschten die beiden Pferde durch das Gras. Vor ihnen tauchten die hölzernen Stangen der Gatter auf. Elegant sprang Myra ab und landete leichtfüßig innerhalb des Pferchs. Der Hengst dagegen kam unsauber auf und fiel ein wenig zurück. Theophanu hoffte, den Vorsprung gegenüber Otto und seinem Fuchs halten zu können. Doch nach wenigen Augenblicken hatten die beiden sie und Myra wieder eingeholt. Einige Momente stürmten Stute und Hengst nebeneinander her. Dann zog der Fuchs an Myra vorbei. Während die Hufe auf den Grasboden donnerten, wandte Otto den Kopf und grinste Theophanu triumphierend an. Mit einer halben Pferdelänge Abstand hielt sich der Hengst vorne.

»Myra, lauf!«, schrie Theophanu. Sie beugte sich im Sattel vor und bearbeitete die Flanken der Stute mit ihren Fersen. »Du wirst dir doch von diesem sächsischen Gaul nicht den Schneid abkaufen lassen.« Als hätte die Stute Theophanus Beschwörung verstanden, griff sie weiter aus. Ein Keuchen entrang sich ihrer Brust. Sie schob sich an den Fuchs heran. Jetzt war er ihr noch um eine Kopflänge voraus. Gleich hatten sie ihr Ziel erreicht.

Myra holte auf – und ließ den Hengst hinter sich. In rasender Geschwindigkeit rückte das Pinienwäldchen näher. Erst als sie bis auf Armlänge an die ersten Bäume herangekommen waren, lenkte Theophanu die Stute zur Seite. Während sie die Hand hob und einen Zweig abriss, sah sie, dass Otto und der Fuchs mit einer Pferdelänge Abstand nun auch die Pinien erreicht hatten.

Schwer atmend brachte Theophanu die Stute zum Stehen. »Ich hatte also recht. Ein Pferd aus arabischer Zucht ist einem sächsischen Klepper eindeutig überlegen.« Strahlend winkte sie Otto mit dem Grün.

»Er hatte einen schlechten Tag.« Otto tätschelte dem Hengst den Hals. »Aber wie auch immer … Ihr und Eure Stute habt gewonnen.« Das freimütige Grinsen, das Theophanu so für ihn einnahm und sie gleichzeitig reizte, erschien auf seinem Gesicht. »Ich möchte gern mit Euch reden«, sagte er ohne Ausflüchte und sah sie offen an.

»Eine wirklich rein zufällige Begegnung …«

»Genauso wie Euer Treffen mit meinen Eltern.« Otto deutete mit dem Kopf auf die Wiese, wo sich seine Freunde sowie Theophanus Bedienstete näherten. »Lasst uns verschwinden, ehe sie uns eingeholt haben. Vorausgesetzt natürlich, Ihr fürchtet nicht um Euren guten Ruf«, setzte er herausfordernd hinzu.

Statt einer Antwort lenkte Theophanu die Stute zwischen die Bäume. Otto folgte ihr. Unter den Pinien war es dämmrig. Nur an wenigen Stellen fielen einzelne Sonnenstrahlen zwischen dem Dach aus Zweigen hindurch.

Theophanu und Otto hatten das Wäldchen schnell durchquert. Dicht dahinter senkte sich das Land zu einem breiten Talgrund ab. Verwilderte Weinstöcke wuchsen auf dem

Hang. Dazwischen waren Reste von Mauerwerk zu erkennen. Sie ritten darauf zu.

Bei den Ruinen des Gehöfts banden sie die Pferde an. Danach schritten sie über die Überbleibsel eines einstmals farbenfrohen Mosaiks, zwischen denen Gras und Unkraut wucherten, und setzten sich auf eine niedrige Mauer. Wieder, wie damals, als sie sich das erste Mal getroffen hatten, erschien Theophanu Ottos Gegenwart vollkommen selbstverständlich. Zärtlich strich sie über die von der Sonne erwärmten Steine.

Doch Ottos Frage zerstörte die Illusion von Nähe. »Warum seid Ihr nicht zu der Kapelle gekommen?«, fragte er. Seine Stimme klang hart.

Theophanu wandte das Gesicht ab. »Weil mir mein Onkel befohlen hat, den sächsischen Thronfolger zu heiraten. Damals wusste ich ja nicht, dass Ihr das seid«, antwortete sie leise.

Einen Augenblick erwog sie, Otto von der Weissagung der alten Frau zu berichten – doch die Angst, dass sie die Schicksalsmächte erzürnen könnte, wenn sie mit einem anderen Menschen über die Prophezeiung redete, hielt sie zurück.

Sie entschloss sich für Ehrlichkeit. »Ihr habt mir gefallen«, sagte sie schlicht. »Zu sehr gefallen, wenn Ihr es genau wissen wollt. Deshalb bin ich nicht zu der Kapelle gekommen.«

»Und das soll ich Euch glauben?« Otto lachte sarkastisch auf. »Ihr habt verdammt lange gebraucht, bis Euch eine Antwort eingefallen ist. Ihr macht mir doch nur etwas vor, damit Ihr Euer Ziel endlich erreicht und ich in die Heirat einwillige.«

»Ach, ich lüge?« Theophanu sprang wütend auf. »Soll ich Euch etwas sagen? Ihr macht Euch selbst etwas vor. Im Grunde genommen gefalle ich Euch nämlich auch!«, schrie sie ihn an. »Ihr könnt es Euch nur nicht eingestehen. Wegen Eurer verbohrten Vorurteile gegen uns Byzantiner. Oder weil Euer

Vater grundsätzlich nichts mehr gegen die Heirat einzuwenden hat – und weil Ihr anscheinend wie ein dummes, störrisches Kind gegen alles seid, was Euer Vater befürwortet.«

An der Art, wie sich Ottos Augen verengten und sein Mund schmal wurde, erkannte Theophanu, dass sie ihn getroffen hatte. Er wollte etwas erwidern, aber sie ließ ihn nicht zu Wort kommen. »Euer Vater musste jahrelang gegen seine engsten Verwandten um seine Herrschaft kämpfen. Aber schließlich konnte er sich durchsetzen – das habt Ihr selbst gesagt, vor allen Leuten. Und er hat das Abendland von der Geißel der Ungarn befreit. Wenn Ihr ihm irgendwann das Wasser reichen wollt, solltet Ihr endlich aufhören, Euch wie ein verzogener Bengel zu betragen.«

Atemlos hielt sie inne. Otto war sehr blass geworden und starrte sie an. Oben am Hang erklangen Hufschläge. Heinrich Zolunta und Otto vom Wormsgau tauchten zwischen den verwilderten Rebstöcken auf.

Dann warf Otto den Kopf in den Nacken und verzog höhnisch den Mund. »Ich war schon immer der Meinung, dass Ihr Byzantiner Eure Klugheit gewaltig überschätzt«, knurrte er und wandte sich ab. Ohne ein weiteres Wort stapfte er zu seinem Hengst, schwang sich in den Sattel und ritt seinen Freunden entgegen.

*

»Ninias, was sagst du da? Der Thronfolger ist zur Jagd ausgeritten?« Theophanu weigerte sich zu begreifen.

Der Junge unterdrückte ein Seufzen. Er hatte gewusst, dass die Prinzessin über seine Nachricht alles andere als glücklich sein würde. Bestimmt würde es sie auch nicht aufheitern, wenn er ihr berichtete, dass alle männlichen Bediensteten in den höchsten Tönen von ihrer Schönheit geschwärmt hatten und keiner verstand, warum Otto nicht sofort in die Heirat eingewilligt hatte.

»Doch, es verhält sich so, wie ich sagte«, versicherte er stattdessen. »Der Thronfolger ist gestern Abend zusammen mit seinen beiden engsten Freunden in die Gegend von Castellana aufgebrochen.«

»Wann wird er zurückerwartet?«

»Das wusste niemand so genau.« Unglücklich trat Ninias von einem Fuß auf den anderen. »Vielleicht in ein paar Tagen. Vielleicht aber auch erst kurz, bevor die Kaiserfamilie in den Norden reist.«

»Es ist gut. Du kannst gehen.« Theophanu erhob sich von der Steinbank. Imiza, die ihr Gesellschaft geleistet hatte, stand ebenfalls auf.

»Lass mich. Ich will allein sein«, wehrte Theophanu schroff ab und hastete einen von blühenden Sträuchern gesäumten Weg entlang, bis sie den abgelegenen Teil des Klostergartens erreicht hatte. Bei einem kleinen Bach kauerte sie sich auf einen gefällten Baumstamm und starrte auf die flirrende Wasseroberfläche.

Hatte sie sich so sehr in Otto getäuscht? War es möglich, dass er tatsächlich nichts für sie empfand? Oder hatte sie ihn mit ihrem wütenden Vorwurf, dass er sich wie ein verzogenes Kind benehme, so brüskiert, dass er nichts mehr mit ihr zu tun haben wollte? Konnte er die Wahrheit so wenig vertragen?

Ein leises Rascheln im welken Laub zu ihren Füßen veranlasste Theophanu, aufzublicken. Ein Eisvogel hüpfte auf der Suche nach Nahrung am Ufer herum. Im Sonnenlicht schimmerte sein Gefieder wie tiefblauer Samt. Die jähe Erinnerung war so unerträglich, dass Theophanu sich entschloss, alles auf eine Karte zu setzen. Entweder Otto würde sich zu ihr bekennen, oder sie würde nach Byzanz zurückkehren. Auch wenn dort ein gewaltsamer Tod auf sie wartete.

*

Otto fluchte vor sich hin. Auch dieser Versuch, mit Hilfe eines Feuersteins und Zunder einen Funken zu schlagen und die dürren Ästchen zu entflammen, war fehlgeschlagen. Sein Freund Otto vom Wormsgau, der auf der anderen Seite des Feuers hockte und ein Rebhuhn rupfte, warf ihm einen entnervten Blick zu, verkniff sich jedoch einen Kommentar.

Verbissen hieb Otto die beiden Teile des Feuersteins erneut gegeneinander. Er war sich bewusst, dass er den ganzen Tag über grauenvolle Laune gehabt und seine Freunde bei jeder Gelegenheit angeblafft hatte. Was die beiden – wie er sich eingestehen musste – mit bewundernswertem Gleichmut ertragen hatten. Jetzt ließ er seine Wut an den Steinen aus. Theophanu hatte unrecht mit ihrer Behauptung, dass er immer das Gegenteil von dem tat, was sein Vater bezweckte, und dass er sie nur aus diesem Grund nicht heiraten wollte. Er würde sie nicht zur Frau nehmen, weil sie ihm gleichgültig war. Jawohl, so war das!

Endlich stieg ein dünner Rauchfaden von dem Zunderstück auf. Otto beugte sich hinab und entfachte den Funken behutsam mit seinem Atem, bis er auf die dünnen, trockenen Äste übergesprungen war. »Gott sei Dank brennt das Feuer nun«, bemerkte der Graf vom Wormsgau vorsichtig.

Otto knurrte eine Antwort und legte weitere Äste in die Glut.

»Heinrich müsste bald zurück sein.«

»Hm …« Otto warf einen flüchtigen Blick zu einer dichten, blühenden Weißdornhecke. Als sie diesen Lagerplatz in der beginnenden Abenddämmerung gewählt hatten, hatten sie in einiger Entfernung jenseits des Strauchwerks ein Gehöft gesehen. Heinrich war dorthin geritten, um ihren Weinschlauch füllen zu lassen. Otto und seine Freunde respektierten die Fastenzeit, indem sie kein Fleisch aßen, aber sie waren nicht bereit, auf Wein zu verzichten.

Während er dem Züngeln der Flammen zusah, regte sich

wieder jene peinigende Stimme. So, dir liegt also nichts an Theophanu?, fragte sie höhnisch. Warum warst du dann völlig außer dir, als sie nicht zur Kapelle gekommen ist? Und warum wolltest du sie gestern unbedingt treffen? Otto hätte sie gern zum Verstummen gebracht. Sie flüsterte ihm lauter unangenehme Dinge zu, mit denen er sich nicht befassen wollte. Wütend über sich selbst stieß er einige Zweige so heftig in die Glut, dass ein Funkenregen aufstob.

»He, pass doch auf!«, stöhnte sein Freund ärgerlich, der am Rand des Feuers gabelförmige Äste in den Boden gesteckt und einen improvisierten Bratspieß mit einem Rebhuhn darauf gelegt hatte. »Willst du unbedingt unser Essen verbrennen?«

Ehe Otto antworten konnte, waren jenseits der Weißdornhecke Stimmen und Gekicher zu hören. Im nächsten Moment kam Heinrich Zolunta um die Sträucher herum. Doch er war nicht allein. Er hatte die Arme um zwei junge Frauen gelegt. Eine dritte folgte ihnen. Im Schein des Feuers erkannte Otto, dass sie die zerlumpten, bunten Gewänder von Zigeunerinnen trugen und mit ihren großen mandelförmigen Augen und den langen dunklen Haaren sehr hübsch waren. Der Graf vom Wormsgau murmelte etwas, das teils wie eine Verwünschung, teils wie ein Seufzen klang.

»Ich habe Besuch mitgebracht.« Heinrich grinste.

»Das ist nicht zu übersehen«, entgegnete Otto bissig.

»Darf ich vorstellen: Silvia, Louisa und Benedetta.« Heinrich hockte sich neben das Feuer und zog einen vollen Weinschlauch aus seinem Bündel.

Silvia setzte sich zu dem Grafen vom Wormsgau. Sie lächelte ihn an und nahm ihm den improvisierten Bratspieß aus der Hand. »Ein Herr sollte so etwas nicht tun. Lasst mich das machen«, sagte sie mit rauchiger Stimme. Louisa kauerte sich so dicht neben Heinrich, dass sich ihre Oberschenkel berührten. Er zog sie an sich und suchte gierig ihren Mund.

Benedetta gesellte sich zu Otto, doch der Thronfolger rückte von ihr ab.

Missbilligend machte Heinrich sich von Louisa los und verzog das Gesicht. »Jetzt zier dich nicht so. Sei froh über die Ablenkung von deinem Liebeskummer.«

»Ich habe keinen Liebeskummer!«, fauchte Otto ihn an.

»Ach ja? Und weshalb benimmst du dich dann so unausstehlich, seit du dich von Theophanu getrennt hast? Langsam habe ich deine schlechte Laune satt. Dann greif eben zu und nimm sie zur Frau, wenn du es ohne sie nicht aushältst.«

»Halt sofort den Mund!« Otto versetzte ihm einen derben Schlag gegen den Arm.

Heinrich sprang auf. Seine Augen glänzten zornig. »Oder willst du Theophanu nicht heiraten, weil du dich vor ihr fürchtest? Die Byzantinerinnen sollen in Liebesdingen sehr geschickt sein. Hast du womöglich Angst, dass du ihr nicht genügen kannst, hm?«

»Halt endlich dein Maul!« Auch Otto sprang nun auf die Füße.

Die beiden jungen Männer belauerten sich.

»Ihr Idioten, jetzt reißt euch doch zusammen!« Der Graf vom Wormsgau wollte zwischen sie treten. Doch es war Benedettas leise Stimme, die Otto davon abhielt, sich auf Heinrich zu stürzen. »Herr, wir möchten keinen Ärger. Wenn Ihr nichts von mir wissen wollt, macht mir das nichts aus«, sagte sie zaghaft. Ihr Gesicht war sehr jung und zart, und ihre blauen Augen bildeten einen eigentümlichen Kontrast zu dem dunklen Haar.

Mit einem gereizten Grunzen ließ Otto sich wieder neben sie ins Gras sinken und starrte wütend ins Feuer. »Es wäre ohnehin vergeudete Zeit, mich mit dem da zu prügeln.«

»Pah, du würdest schon nach meinem ersten Hieb zu Boden gehen«, spottete Heinrich.

»Männer …« Louisa verdrehte die Augen. »Immer müssen sie kämpfen. Lasst uns lieber feiern.« Sie öffnete den Weinschlauch und nahm einen tiefen Schluck, ehe sie ihn an Heinrich weiterreichte. Nachdem auch er getrunken hatte, gab er den ledernen Behälter an Otto weiter.

Während der Schlauch in der Runde am Feuer kreiste, verflüchtigte sich die Spannung zwischen den beiden jungen Männern. Otto fühlte sich immer unbeschwerter. Was scherte ihn Theophanu? Sollte sie doch über ihn denken, was sie wollte! Wer war sie schon? Nichts als eine überhebliche Byzantinerin.

Nach einer Weile war das Rebhuhn gar. Heinrich und Louisa fütterten sich kichernd mit dem Fleisch. Der Graf vom Wormsgau legte linkisch den Arm um Silvia. Otto spülte einen Bissen von dem Geflügel mit einem Schluck Wein hinunter und reichte dann Benedetta den Schlauch. Während sie trank, spritzte ein wenig von der Flüssigkeit aus dem Mundstück und rann an ihrem Kinn hinunter.

Otto beugte sich vor und wischte die Tropfen langsam mit seinem Finger weg. Die junge Frau warf ihm unter gesenkten Lidern einen scheuen Blick zu. »Es stört mich nicht, wenn Ihr nichts von mir wollt«, wiederholte sie flüsternd und wurde rot.

»Vielleicht will ich ja doch etwas von dir.«

Heinrich und seine Gespielin fassten einander bei den Händen und verließen die anderen. Torkelnd liefen sie auf die Weißdornbüsche zu und verschwanden in der Dunkelheit. Der Graf vom Wormsgau merkte nichts davon. Er küsste seine Gefährtin wild und knetete ihre Brüste mit Hingabe.

Otto fuhr die Lippen der jungen Frau mit seinem Finger nach. Aus den Augenwinkeln nahm er wahr, wie auch Otto vom Wormsgau und Silvia sich erhoben und die Feuerstelle verließen.

Benedetta schaute ihn fragend an. Ihre blauen Augen waren so ganz anders als die Theophanus. »Nun sind nur noch Ihr und ich übrig«, stellte sie leise fest.

»Ja«, murmelte er.

Schüchtern legte sie die Arme um ihn. Otto nahm ihr Gesicht in die Hände und begann, sie ungestüm zu küssen.

*

Den Nachmittag hatte Adelheid damit verbracht, vor der Kirche San Lorenzo Almosen an Arme und Kranke zu verteilen. Ein weiteres ihrer vielen guten Werke, die dazu beitragen sollten, ihrem Namen über ihren Tod hinaus Dauer zu verleihen.

Kaum dass sie vor den Stallungen der Pfalz aus dem Sattel glitt, eilte der Hofmeister auf sie zu. »Hoheit, der Kaiser ist aus Salerno zurückgekehrt«, rief er atemlos. »Er wünscht, Euch sofort zu sprechen.«

Adelheid machte sich umgehend auf den Weg.

Sie fand ihren Gatten bäuchlings auf seinem Bett liegend. Ein Diener massierte seinen Rücken mit einem nach Wacholder und Rosmarin duftenden Öl. Das Gesicht halb in die Kissen vergraben, lächelte Otto sie an. »Bei Gott, ich merke, dass ich nicht mehr der Jüngste bin. Früher hat es mir nichts ausgemacht, stundenlang im Sattel zu sitzen.«

»Du wolltest mich sehen?« Adelheid zog sich einen Stuhl heran.

»Ja ...« Otto bedeutete dem Mann, dass es genug sei, und schlug ein Leinentuch um seine Blöße. Seine Schultern und sein Hals waren gerötet und glänzten ölig. Adelheids Mund wurde trocken, und sie wünschte sich, sie würden auf der Stelle übereinander herfallen.

»Pandulf hat die Sarazenen geschlagen.« Otto reckte sich wohlig. »Ich schätze, sie werden sich so schnell nicht mehr nach Kalabrien wagen. Aber deshalb wollte ich nicht mit dir reden.«

»Ach?« Adelheid blickte ihn fragend an.

»Vorhin hat ein Bote eine Nachricht Theophanus überbracht. Sie hat beschlossen, nach Byzanz zurückzukehren.« In seiner Stimme schwang Bedauern mit.

»Tatsächlich?« Adelheid konnte kaum glauben, was Otto da gesagt hatte. Seit ihr Sohn zur Jagd aufgebrochen war, hatte sie ständig die Sorge gequält, dass er es sich anders überlegen und Theophanu doch zur Frau nehmen könnte. Dass dieses Mädchen freiwillig das Feld räumen würde – damit hätte sie niemals gerechnet.

»Wenn Pandulf die Sarazenen geschlagen hat, sind wir nicht länger auf das Wohlwollen von Johannes Tzimiskes angewiesen«, sagte sie langsam und bemühte sich, ihr Triumphgefühl zu verbergen. »Also kann es uns doch nur recht sein, wenn Theophanu von den Heiratsplänen ihres Onkels Abstand nimmt.«

Otto stand auf und schlenderte zu einem Schemel, über den eine Tunika sowie Beinkleider aus feiner rotbrauner Wolle gebreitet waren. »Bevor ich Theophanu kennen gelernt habe, wäre mir das recht gewesen«, sagte er, während er in die Beinkleider schlüpfte, »aber mittlerweile habe ich andere Pläne.«

*

Am nächsten Morgen richtete sich der Sohn des Kaisers stöhnend neben der Feuerstelle auf. Ihm tat jeder Knochen weh, und sein Kopf schmerzte zum Zerspringen. Mühsam blinzelte er aus verquollenen Augen. Er war allein, stellte er fest. Über den Hügeln ging eben die Sonne auf. Da seine Kehle völlig ausgedörrt war, tastete Otto zwischen Sätteln, Decken und Satteltaschen nach einer Wasserflasche. Endlich fand er ein tönernes Behältnis und setzte es an den Mund. Während er gierig trank, tauchte auch die Erinnerung an den vergangenen Abend wieder auf. Er hatte sich wie ein Idiot benommen!

Fröstelnd und beschämt sah er sich um. Neben dem niedergebrannten Feuer lagen noch einige Äste. Otto griff nach einem und zerteilte damit die Asche. Unter der obersten Schicht befand sich ein Glutnest. Flammen züngelten auf und leckten an dem Zweig empor. Otto warf noch weitere Äste in das Feuer und spürte dankbar die Wärme. Wenigstens ist mir in der vergangenen Nacht einiges klar geworden, dachte er grimmig, während er den Umhang enger um sich zog.

Ein Rascheln im Gras störte seine Gedanken. Er sah auf und beobachtete, wie Heinrich Zolunta und Otto vom Wormsgau um die Weißdornhecke geschlichen kamen. Ihre Gesichter waren bleich und übernächtigt, wirkten jedoch sehr zufrieden.

»Dem Himmel sei Dank, ein Feuer.« Otto vom Wormsgau ließ sich neben ihn fallen.

Auch Heinrich gesellte sich dazu und bedachte Otto mit einem süffisanten Grinsen. »Eben im Zigeunerlager ist uns Benedetta begegnet. Du hast der Armen das Herz gebrochen.«

»Das tut mir leid.« Otto sah verlegen zu Boden.

»Das sollte es auch. Was hast du dir eigentlich dabei gedacht? Zuerst küsst du das Mädchen wie ein Wilder. Und dann lässt du einfach von ihr ab, als sei die Kleine aussätzig.« Heinrichs Grinsen wurde breiter. »Oder hast du bemerkt, dass du es nicht so recht bringen würdest, mein Guter, und lieber den Rückzug angetreten?« Heinrich deutete auf Otto vom Wormsgau. »Ich kann dir versichern, dass *wir* keinerlei Probleme hatten.«

Unruhig blickte der Angesprochene zwischen den beiden Streithähnen hin und her. Er erwartete, dass Otto jähzornig auffahren würde. Doch stattdessen lächelte dieser nur und wirkte so sehr mit sich im Reinen wie schon seit Tagen nicht mehr. »Schön, dass ihr eine angenehme Nacht hattet, bevor wir nach Rom zurückkehren«, sagte er freundlich.

»Du willst nach Rom zurückreiten?« Verdutzt musterte ihn Heinrich. »Ich dachte, du wolltest die nächsten Wochen mit uns jagen gehen?«

»Ich habe meine Meinung geändert«, Ottos Lächeln vertiefte sich. »Wenn wir etwas gegessen haben, brechen wir gleich auf.«

Ottos Gemütsruhe sollte jedoch nicht lange währen. Als die drei Freunde in einem nahe gelegenen Dorf Halt machten, um Proviant zu besorgen, erfuhren sie durch Zufall von einem fahrenden Händler, was der Kaiser am vorigen Abend öffentlich hatte verkünden lassen: Dass sein Sohn sich mit der byzantinischen Prinzessin vermählen werde. Und dass die Hochzeit in zwei Wochen stattfinden solle. Otto geriet außer sich. Hatte sein Vater ihm nicht zugesichert, dass er ihm die Entscheidung überlassen würde, ob er Theophanu heiraten wollte oder nicht? Wie konnte er sich erdreisten, seinem Entschluss vorzugreifen?

Nach einem wilden Ritt langten Otto und seine Freunde noch am Spätnachmittag in Rom an. Otto fand den Vater in dessen Gemächern. Der Kaiser stand an einem Stehpult vor einem geöffneten Fenster und ritzte mit Hilfe eines Griffels Notizen in ein Wachstäfelchen. Das tat er häufig, bevor er einem seiner Schreiber Briefe diktierte. Im Sonnenlicht wirkte das Haar des Kaisers grau und schütter, und seine Gestalt war ein wenig gebeugt. Zum ersten Mal registrierte Otto, dass sein Vater alt geworden war. Dieser Eindruck verflüchtigte sich jedoch sofort wieder, als der Kaiser sich umdrehte. Seine blauen Augen blickten wach und durchdringend wie immer.

Das machte es Otto leichter, ihn grob anzugehen. »Wie seid Ihr dazu gekommen, meine Heirat mit Theophanu zu verkünden?«, fuhr er ihn wütend an.

»Deine Art mir gegenüber ist in letzter Zeit etwas respektlos«, entgegnete der Vater ruhig.

»Wenn Ihr Respekt fordert, solltet Ihr Euch auch entsprechend verhalten. Ihr habt mir versprochen, dass ich allein entscheiden darf, ob ich Theophanu heirate oder nicht. Weshalb habt Ihr dann einfach die Hochzeit verkündet – ohne dass Ihr vorher mein Einverständnis eingeholt habt?«

»Bist du in Theophanu verliebt oder nicht?« Der Kaiser konterte mit einer Gegenfrage.

»Was tut das zur Sache?«

»Oh, ich würde sagen, eine ganze Menge. Bitte setz dich und lass uns in Ruhe miteinander reden.«

»Ich sehe nicht ein, wieso …«

»Du verlangst eine Erklärung. Und wirst sie bekommen.«

Otto zögerte, gab aber schließlich nach und ließ sich seinem Vater gegenüber an einem Tisch nieder. Der Kaiser betrachtete ihn mit leisem Spott. »Du hast meine Frage nicht beantwortet«, merkte er sachlich an. »Aber wenn du meine Meinung hören willst, dann sage ich dir ganz klar: Du bist in Theophanu verliebt.«

»So, und wie kommt Ihr darauf?« Otto verschränkte die Arme vor der Brust.

»Weil ich Theophanu und dich bei dem Gastmahl beobachtet habe.«

»Ihr wart doch überhaupt nicht anwesend. Ihr wart auf dem Weg nach Salerno.«

Der Kaiser grinste. »Ich wollte mir ein Bild von euch machen und bin deshalb erst später aufgebrochen.« Er vollführte eine wegwerfende Handbewegung. »Von dem Arkadengang über der Kassettentür hatte ich einen guten Blick.«

Otto benötigte einige Momente, bis er wirklich begriff und wütend aufsprang. »Ihr müsst wohl immer Eure Ränke schmieden?« Er ballte die Hände zu Fäusten und war nahe daran, auf seinen Vater loszugehen. »Begreift endlich: Ich bin keine Schachfigur, die Ihr nach Belieben auf Eurem Spielbrett herumschieben könnt. Bei Gott, macht Euer Spiel ohne mich. Kehrt meinetwegen allein in den Norden zurück. Und von mir aus erklärt Heinrich zu Eurem Nachfolger. Nach Eurem Tod werde ich mir die Herrschaft von ihm zurückholen.«

Er stürzte in Richtung der Tür und hatte sie fast schon erreicht, als ihn die gelassene, beinahe sanfte Stimme seines Vaters einholte. »Du bist in Theophanu verliebt. Gib es doch zu. Die Art, wie du sie während des Gastmahls angesehen hast, wenn du dich unbeobachtet geglaubt hast, hat dich verraten. Und wie du ihr beigesprungen bist, als deine Mutter sie beleidigte … Mir kannst du nichts vormachen, mein Sohn.« Der Kaiser lächelte ihn an. »Und wenn ich etwas von Frauen verstehen sollte, und ich glaube, das tue ich, dann ist Theophanu auch in dich verliebt.«

Langsam wandte sich Otto um. »Warum interessiert Euch auf einmal, was ich fühle?«

Die Miene seines Vaters war undurchdringlich. »Möglicherweise, weil ich Editha geliebt habe und möchte, dass mein einziger Sohn und Erbe mit seiner Gattin ebenfalls glücklich wird.«

»Woher dieser plötzliche Sinneswandel? Ihr habt Euch doch sonst nicht so aufmerksam um mein Wohlergehen gesorgt.« Wieder, wie beim letzten Mal, als das Gespräch auf dieses Thema gekommen war, klang Ottos Stimme bitter.

Der Kaiser schwieg und schaute zu einem der geöffneten Fenster hin. Einige Federwolken standen über den roten Ziegeldächern der Pfalz und hoben sich hauchzart vom sonnigen Himmel ab. Unvermittelt stand er auf und warf seinem Sohn einen raschen Blick zu, ehe er mit langen Schritten in dem Raum auf und ab zu gehen begann. »Ich werde alt«, sagte er schließlich rau. »Deshalb ist es an der Zeit für mich, Rückschau zu halten. Liudolf, mein Sohn, den ich mit Editha hatte, habe ich mir immer als Nachfolger gewünscht.«

Otto saß reglos da. Was ihm sein Vater mitteilte, hatte er immer geahnt. Dennoch schmerzte es ihn, diese Tatsache so klar ausgesprochen zu hören. »Obwohl Liudolf einen Aufstand gegen Euch anzettelte und die Ungarn, Eure größten Feinde, an seine Tafel lud«, stieß er schließlich gepresst hervor.

»Ja, trotzdem.« Der Kaiser nickte und trat näher zu ihm. »Außerdem, wenn du die Möglichkeiten zu einem Aufstand besäßest, wenn du über Ländereien, Soldaten und Geld verfügen würdest ... Ich bin überzeugt, früher oder später würdest auch du dich gegen mich erheben.«

Otto lachte höhnisch auf. »Ja, sehr wahrscheinlich, und zwar ohne Gewissensbisse. Aber ich würde mich – anders als Euer geliebter Liudolf – nicht mit den schlimmsten Feinden des Abendlandes verbünden, nur um Euch zu schaden.«

»Liudolf war tief verletzt, als ich deine Mutter geheiratet habe. Obwohl er nicht den geringsten Grund dazu hatte, sah er seine Nachfolge bedroht.« Die Miene des Kaisers war wehmütig. »Nun, was soll ich sagen? Zwei Jahre nach deiner Geburt starb Liudolf. Im selben Jahr, in dem auch dein leiblicher Bruder Brun starb. Von all meinen Söhnen warst ausgerechnet du mir immer am fremdesten.«

»Es tut mir leid, dass ich nicht viel Ähnlichkeit mit Liudolf habe.«

Der Kaiser ignorierte Ottos Sarkasmus. »Du bist in allem sein Gegenteil. Jähzornig, aufbrausend, schwankend in deinen Stimmungen.«

»Schön, dass Ihr mir meine Charakterschwächen vorhaltet. Habt Ihr Euch etwa mit meinem Beichtvater abgesprochen?«

Noch immer ließ sich sein Vater nicht aus der Ruhe bringen. »Bei all deinen Fehlern bist du jedoch auch ehrlich und großzügig«, entgegnete er sanft. »Das habe ich erst spät begriffen, und das schmerzt mich. Die Menschen vertrauen dir. Das spricht für dich. Und du bist mutig. Auch wenn du manchmal zur Tollkühnheit neigst.«

So anerkennend hatte sich der Vater noch nie über ihn geäußert. Otto fühlte sich hin und her gerissen. Waren seine Worte aufrichtig gemeint, und wollte er die Kluft, die so lange zwischen ihnen bestanden hatte, wirklich überbrücken, oder sagte er das alles nur, um sich ihn geneigt zu machen?

Der Kaiser legte ihm die Hand auf die Schulter. »Vielleicht bist du mir aber auch so fremd, weil du mir in vielem zu ähnlich bist.«

Otto war versucht, die Hand des Vaters wegzustoßen, akzeptierte dann jedoch die Berührung. »So, und das wäre?«, fragte er und starrte ihn trotzig an.

»Wir beide scheren uns nicht groß um den Rest der Welt, sondern tun, was wir tun müssen, wenn wir etwas für richtig befunden haben.« Der Kaiser lächelte. »Außerdem verfügen wir beide über einen ausgeprägten Machtwillen. Wahrscheinlich habe ich dich deshalb so lange von allen Regierungsgeschäften ferngehalten.«

Noch immer wusste Otto nicht, was er von den Geständnissen des Vaters halten sollte. Er flüchtete sich in Spott. »Ihr habt mir immer noch nicht gesagt, warum Ihr die Hochzeit ohne meine Zustimmung verkündet habt. War das etwa auch eine Maßnahme, um meinen Machtwillen einzudämmen?«

Der Kaiser setzte sich wieder an den Tisch. Ihm war nicht anzumerken, ob es ihn verletzte, dass er scheinbar nicht zu seinem Sohn vorgedrungen war. »Ich habe die Hochzeit öffentlich bekanntgemacht, da Theophanu mich hat wissen lassen, dass sie nicht länger auf eine Entscheidung von uns Liudolfingern warten wolle und deshalb nach Byzanz zurückkehren werde. Ich war mir sicher, dass sie es ernst meinte. Was sollte ich deiner Meinung nach denn tun? Ich wusste doch weder, wie lange du wegbleiben würdest, noch wie ich dir eine Botschaft schicken konnte. Und so habe ich beschlossen, Eure Heirat bekanntzugeben.«

Otto bedachte die Worte seines Vaters sorgfältig. Er musste ihm recht geben. »Ja, sie wäre in ihre Heimat zurückgekehrt«, sagte er schließlich rau.

In den Augen seines Vaters tanzten Funken. »Wenn du Theophanu aber wirklich nicht heiraten willst, wird dich niemand zum Altar schleppen, dessen sei versichert, mein Sohn.«

»Ich will sie zur Frau nehmen. Ich hatte mich schon dafür entschieden, bevor ich nach Rom zurückgekehrt bin.«

Das Funkeln in den Augen seines Vaters vertiefte sich. »Du gibst also zu, dass meine Entscheidung, die Heirat ohne deine Zustimmung zu verkünden, richtig war?«

Die beiden musterten einander angespannt. Otto kämpfte mit sich. Doch schließlich siegte seine Ehrlichkeit. »Ja, sie war richtig, und ich bin Euch dankbar dafür. Auch wenn es Euch, gebt es ruhig zu, viel Spaß bereitet hat, die Dinge nach Eurem Willen zu lenken.«

»Das hat es in der Tat.« Um den Mund des Kaisers zuckte es. Er erhob sich. »Gleich nach der Hochzeit brechen wir in den Norden auf. Es wird höchste Zeit, einige Fürsten dort – allen voran Hermann Billung – daran zu erinnern, dass ich zwar alt, aber noch sehr lebendig bin.«

»Sobald sie von Eurem Kommen hören, werden sie sich um Euch scharen.«

»Das hoffe ich. Die Fürsten werden sich aber nicht nur um mich, sondern auch um meinen Sohn und Nachfolger sammeln.« Der Kaiser legte den Arm um die Schultern seines Sohnes. Ottos Augen leuchteten auf, als er mit dem Vater einen Blick stummen Einverständnisses tauschte.

*

Die Gartenwege waren mit brennenden Fackeln gesäumt, und an den Zweigen von Büschen und Bäumen hingen Öllampen. Die Wohngebäude der Pfalz hoben sich hell erleuchtet von dem Nachthimmel ab. Theophanu lauschte dem heiteren Klang von Lauten und Zimbeln, der nach draußen drang. Erzbischof Gero trat zu ihr. Sein Gesicht war gerötet vom Wein und dem guten Essen; das Gastmahl, das der Kaiser anlässlich der Verlobung veranstaltet hatte, war eben erst zu Ende gegangen. »So hat also doch noch alles sein gutes Ende genommen. Ich bin überzeugt, Gottes Segen ruht auf Eurer und Ottos Verbindung«, sagte er herzlich.

»Das hoffe ich.« Theophanu bemühte sich zu lächeln. Sie hätte glücklich oder wenigstens zufrieden sein müssen – aber das Gegenteil war der Fall. Als sie den Metropoliten Stephanos auf sich zueilen sah, stieg kalter Hass in ihr auf. Wie eilfertig er wieder in ihr Gefolge zurückgekehrt war, als der Kaiser die Verlobung verkündet hatte! Sie ertrug es nicht, sich jetzt mit ihm unterhalten zu müssen.

»Wenn Ihr mich bitte entschuldigen würdet«, sagte sie hastig zu Gero und eilte, ohne seine Reaktion abzuwarten, davon.

Im rückwärtigen Teil des Gartens wurden die Fackeln und Öllampen spärlicher. Theophanu überquerte eine Wiese, auf der sie die struppigen Umrisse von Apfelbäumen ausmachen konnte. Die Rasenfläche endete vor einer hohen Mauer. Theophanu wollte schon wieder umkehren, als sie zwischen einigen Büschen eine schmale Treppe entdeckte. Die Stufen mündeten in eine kleine, überdachte Plattform, die wie ein

Nest an der Mauer hing. Eine einzelne, brennende Fackel steckte in einer Halterung zwischen den steinernen Bodenplatten.

Theophanu trat an die Brüstung. Unterhalb von ihr fiel eine felsige Bergflanke steil ab. Flackernde Lichtpunkte markierten die Straßenzüge am Fuße des Hügels.

Sie hatte einen bitteren Geschmack im Mund, als sie an das unangenehme Gespräch mit der Kaiserin dachte. Vor dem Gastmahl hatte Adelheid Theophanu zu sich befohlen und sie gefragt, ob sie schon ihre Monatsblutung habe. Was Theophanu verneinen musste. Kühl hatte ihr die Kaiserin auseinandergesetzt, dass die Hochzeit in der Nacht nach der Eheschließung vollzogen würde. Schließlich sei nur so die Gültigkeit der Vermählung gewährleistet. Otto und Theophanu würden aber erst dann regelmäßig das Bett teilen, wenn ihre Blutung eingesetzt habe. Alles andere sei unschicklich.

Theophanu hatte über diese Dinge schon mit ihrer Mutter gesprochen und war darauf vorbereitet, dass ihre künftige Schwiegermutter sie deswegen zu einem Gespräch einbestellen würde. Aber durch Adelheids kalte Fragen hatte sie sich beschmutzt gefühlt.

Und Otto ... Durch Ninias hatte Theophanu erfahren, dass der Kaiser die Hochzeit ohne die Zustimmung seines Sohnes verkündet hatte. Erzbischof Gero hatte dies bestätigt und Theophanu damit quälende Fragen beschert. Sicher, Otto hatte in die Entscheidung seines Vaters eingewilligt. Aber sie wusste nicht, aus welchen Gründen. Vorhin, während des Gastmahls, war sie Otto zum ersten Mal wiederbegegnet, seit er in dem zerfallenen Gehöft wütend davongestürmt war. Heute hatte er sich ihr gegenüber höflich, aber sehr distanziert verhalten. Hatte sie sich getäuscht und er empfand doch nichts für sie?

Bis vor kurzem wäre sie mehr als glücklich über die bevorstehende Hochzeit gewesen. Sie hatte sich ja auch allerhöchstens Achtung und Respekt erwartet. Aber das genügte ihr nicht mehr, musste sie sich eingestehen. Sie wünschte sich nun auch noch brennend, dass Otto sie ebenfalls liebte.

Hinter ihr erklangen plötzlich Schritte auf den Steinplatten. Hastig fuhr Theophanu herum und sah im Licht der Fackel einen großen Mann, der in ein kostbares nachtblaues Seidengewand und einen dazu passenden Samtumhang gekleidet war. Goldene Stickereien glitzerten am Saum und den Ärmeln. Der Fremde bewegte sich elegant wie ein Fechter, und sein Antlitz war schön wie das einer Ikone.

»Euch gefällt dieser Ort also auch«, sprach er sie an. »Es ist der weitaus angenehmste Platz in dieser ansonsten doch recht barbarischen Pfalz. Jetzt, bei Nacht, ist es möglich, sich von hier aus das alte Rom zu erträumen.« Er vollführte eine weit ausholende Geste, als wollte er die Stadt, die sich unter ihnen ausbreitete, umfassen. »Das Rom der Caesaren und der mächtigen Patriziergeschlechter. Das Rom, das die halbe Welt beherrschte und nicht von den Barbaren aus dem Norden gegängelt wurde.«

Theophanu wusste nicht, was sie erwidern sollte.

»Verzeiht, dass ich Euch angesprochen habe. Ich bin mir darüber im Klaren, dass sich dies nicht schickt.« Der Fremde verbeugte sich, machte jedoch keinerlei Anstalten, sich zurückzuziehen.

Theophanu hatte ihre Fassung wiedergewonnen. »Da Ihr Euch ohnehin schon über die höfischen Regeln hinweggesetzt habt, könntet Ihr mir wenigstens Euren Namen nennen«, sagte sie kühl.

»Crescentius aus dem Geschlecht der Crescentier.« Er machte einen Schritt auf Theophanu zu und deutete erneut eine leichte und, wie es ihr schien, ironische Verbeugung an.

»Ihr habt nicht am Gastmahl teilgenommen.« Sie fühlte sich ein wenig atemlos.

»Entschuldigt, dass ich erst später gekommen bin, aber ich

hatte den Tag auf einem meiner Güter bei Ostia verbracht. Auf dem Rückweg hat leider mein Pferd gelahmt.« Nach einer kurzen Pause, in der er Theophanu lächelnd ansah, fügte er hinzu: »Ich möchte Euch noch einmal gratulieren, wie Ihr die Begegnung mit dem Kaiser für Euch entschieden habt. Wie ich bereits sagte: Euer Auftritt war einer wahren Herrscherin würdig: mutig, entschlossen und klug.«

Der Fremde verwirrte Theophanu immer mehr. Erst jetzt bemerkte sie, dass er Griechisch mit ihr sprach. »Ihr beherrscht meine Muttersprache?«, fragte sie erstaunt.

Crescentius nickte. »Ja, meiner Familie ist nicht nur Reichtum und Macht wichtig. Sie hat auch schon immer Wert auf Bildung und Schönheit gelegt.« Bei den letzten Worten musterte er Theophanu wieder auf diese seltsame, intensive Weise, als wollte er sie mit seinem Blick entkleiden. Sie hörte die Fackel leise knistern. Der harzige Rauch drang tief in ihre Lungen.

»Euch steht es zu, über ein gewaltiges Reich zu gebieten. Wie Kleopatra über Ägypten«, sagte er dann ernst.

»Kleopatra scheiterte.« Weshalb um Himmels willen unterhielt sie sich mit diesem Fremden, statt ihn einfach stehen zu lassen und zu dem Fest zurückzukehren?

»Weil sie mit Mark Anton auf den falschen Mann setzte.« Ein Lächeln erschien um seinen sinnlichen Mund. »Ich muss Euch noch einmal um Verzeihung bitten. Ich hoffe, Ihr seht mir meine Offenheit nach. Euer Haupt ist würdig, die Krone einer Kaiserin zu tragen, und Eure Hand, das Zepter zu halten. Aber dieser sächsische Barbar verdient es nicht, Euer Gatte zu sein. Ihr hättet an die Seite eines Caesar oder eines Augustus gehört.«

Endlich gelang es Theophanu, sich von dem merkwürdigen Bann, in den Crescentius sie geschlagen hatte, zu befreien. »Geht!«, sagte sie scharf und machte eine abwehrende Handbewegung.

»Gewiss, wenn Ihr dies wünscht.« Der Fremde wirkte nicht im mindesten getroffen, sondern eher amüsiert. Er wurde jedoch sofort wieder ernst, was Theophanu noch mehr irritierte. »Falls Ihr einmal in Rom weilen und meine Hilfe benötigen solltet, zögert nicht, sie in Anspruch zu nehmen. Ich verspreche Euch, dass ich Euch beistehen werde – egal, worum Ihr mich bittet.«

»Bei Gott«, versetzte Theophanu schroff, »ich garantiere Euch, dass ich niemals bei Euch Hilfe suchen werde.«

»Wie Ihr meint …« Er neigte höflich den Kopf, ehe er sich umwandte und leichtfüßig die Stufen hinunterschritt.

Auch nachdem Crescentius gegangen war, kam es Theophanu vor, als sei ein Teil von ihm wie ein schweres, betörendes Parfüm immer noch präsent.

Erst als sie überzeugt war, dass sie ihm in dem abgelegenen Teil des Gartens nicht mehr begegnen würde, stieg auch sie die Treppe hinab. Unten atmete sie tief durch. Es tat gut, den frischen Duft von Erde, Gras und Blüten zu riechen. Sie hatte eben den Rand des Obstgartens erreicht, als sie jemand unsanft am Arm packte. Erschrocken und wütend fuhr sie herum. Hatte ihr Crescentius etwa aufgelauert?

Doch der Schein einiger Öllampen zwischen den knorrigen Zweigen fiel auf Otto. Aufgebracht starrte er sie an. »Warum habt Ihr das Fest verlassen? Und was habt Ihr hier zu suchen?«, herrschte er seine Braut an.

Das Zusammentreffen mit Crescentius und Ottos Ärger waren zu viel für Theophanu. Sie schrie ihn an: »Wagt es nicht, so mit mir zu reden! Nach dem Gastmahl habt Ihr mich links liegen lassen und seid mit Euren Freunden verschwunden. Außerdem … Ihr mögt wohl mein zukünftiger Gemahl sein, aber trotzdem gehe ich, wohin es mir passt.«

Theophanu riss sich los. Doch Otto griff nach ihr und hielt sie fest.

»Lasst mich!«

Er zog sie zu sich herum. Überrascht sah Theophanu, dass der Ärger aus seinem Antlitz gewichen war. Zärtlich berührte er ihre Wange. Obwohl sie immer noch außer sich war, durchlief sie ein Schauder. »Wenn Ihr wütend seid, sind Eure Augen ganz dunkel.«

»Was …«, stammelte sie.

»So war es auch, als wir uns das erste Mal begegnet sind. Als Ihr den Wolf mit dem Stein erschlagen wolltet.«

Theophanu war entwaffnet und hob hilflos die Hand.

Otto deutete ihre Geste falsch und grinste schief. »Schlagt mich ruhig. Ich habe es verdient. Mittlerweile ist mir auch klar geworden, wie dumm ich mich verhalten habe. Ich habe mich furchtbar geschämt deswegen und hatte ein wenig Angst, Euch wieder unter die Augen zu kommen. Deshalb bin ich Euch nach dem Essen aus dem Weg gegangen.« Er sah sie eindringlich an. Dann senkte er die Stimme. »Ihr hattet recht: Ich wollte Euch nur deshalb nicht heiraten, weil mein Vater für die Hochzeit war. Ihr hattet auch recht damit, dass ich Euch mag. Ich konnte es bis jetzt nur nicht zugeben.«

Theophanu hatte sich so sehr gewünscht, dass Otto dasselbe fühlte wie sie. Aber nun, da er es ausgesprochen hatte, wusste sie nicht, was sie ihm erwidern sollte.

»Und wie steht es mit Euch?« Otto sah sie herausfordernd an.

»Wie meint Ihr das?«

»Mein Vater ist der Ansicht, dass auch Ihr in mich verliebt wärt.«

»Wie kommt er darauf?«

»Er hat uns während des Gastmahls beobachtet. Vom Arkadengang über der Halle aus.«

»Oh …«

»Und, er hat sich doch nicht geirrt, oder?«

»Ich habe es Euch doch schon einmal gesagt«, Theophanu warf den Kopf in den Nacken, »ich bin nicht zur Kapelle gekommen, weil mir zu viel an Euch lag.«

»Es hätte ja sein können, dass sich Eure Meinung geändert hat, als Ihr entdeckt habt, wer ich wirklich bin. Oder als Ihr bemerkt habt, wie idiotisch ich mich verhalten kann.«

Theophanu blickte zu Boden. »Nein, ich habe meine Meinung nicht geändert«, flüsterte sie.

Statt einer Antwort hob Otto ihr Kinn hoch. Seine Miene war weich und sehnsüchtig. Theophanu konnte nicht anders: Sie schlang die Arme um seinen Hals und küsste ihn. Otto erwiderte ihren Kuss. Vorsichtig und tastend zuerst, als könnte er immer noch nicht richtig glauben, was zwischen ihnen geschehen war, dann immer heftiger.

Stimmen und Lachen von der anderen Seite des Obstgartens ließen die beiden aufschrecken. Hastig und atemlos zogen sie sich in die Schatten zwischen den Apfelbäumen zurück. Die Gäste schlenderten an ihnen vorbei und erklommen die Stufen zu der Aussichtsplattform.

Otto streichelte Theophanu, während er sie wieder an sich zog. »Du weißt wahrscheinlich, dass wir die Nacht nach der Hochzeit miteinander verbringen werden. Damit die Vermählung Gültigkeit erlangt.«

»Deine Mutter hat mit mir darüber gesprochen.« Alles in Theophanu verkrampfte sich, als sie an die Unterhaltung mit Adelheid dachte.

»Ich möchte nicht, dass diese Nacht unser erstes Mal wird.« Otto hörte nicht auf, sie zu streicheln. Seine Stimme klang leise und sanft. »Wenn draußen vor der Tür alle – mein Vater, meine Mutter und die wichtigsten Höflinge – darauf warten, dass wir *es* tun. Allein die Vorstellung, dass sie am Morgen danach die Laken in Augenschein nehmen …« Er schauderte. »Bitte, lass es nicht so ablaufen.«

»Was sollen wir stattdessen tun?«, hörte sich Theophanu fragen.

»Komm!« Otto fasste sie an der Hand und zog sie mit sich fort. Sie ließen den Obstgarten hinter sich und rannten an einer hohen Mauer entlang, bis zu einer Hecke. Dort schlüpften sie durch eine Öffnung. Nachdem sie einen Kräutergarten durchquert hatten, standen sie am Rande des Küchentrakts.

Hand in Hand rannten sie weiter, immer im Schatten der Gebäude. Als sie einen halbrunden Anbau erreicht hatten, öffnete Otto eine schmale Tür. Dahinter wand sich eine Treppe in die Höhe. Mit klopfendem Herzen eilten sie die Stufen hinauf, dann durch von Öllampen erleuchtete Gänge. Einmal waren von einem der unteren Stockwerke Stimmen zu hören, aber sie begegneten niemand.

Nachdem sie durch einen bogenförmigen Durchgang gehetzt waren, erstreckte sich ein breiter Flur vor ihnen. Statt Öllampen brannten hier Wachskerzen in eisernen Haltern. Otto zog Theophanu zu einer Tür aus rötlich schimmerndem Holz, die mit Eisen beschlagen war, und drückte die Klinke hinunter.

Das Gemach, in das er sie einließ, würde Theophanu niemals vergessen. Auf einer wuchtigen Holztruhe brannte ein vierarmiger Leuchter. Der goldgelbe Schein spiegelte sich in den Glassscheiben der Fenster und verlieh dem Holz eines Stehpults einen warmen Schimmer. In einer Zimmerecke stand ein breites Regal, dessen Fächer Bücher und Schriftrollen füllten. Decken aus heller Seide und Wolle waren über das Bett gebreitet. An seinem Fußende glommen Kohlen in einem Bronzebecken.

Otto verriegelte die Tür und kam dann zu ihr. Sanft half er ihr, sich zu entkleiden. Theophanu legte sich auf das Bett. Ihr war ein wenig übel. Hitze durchpulste ihren Körper. Gleichzeitig fröstelte sie. Otto, der dabei war, sein Obergewand auszuziehen, hielt inne. Er setzte sich auf den Bettrand und streichelte ihren nackten Oberkörper.

»Hast du Angst?«

»Ein wenig …« Theophanu versuchte zu lächeln.

»Weil du es für eine Sünde hältst?«

»Nein.« Sie schüttelte den Kopf. »Es ist nur … Es soll wehtun beim ersten Mal.«

»Wir müssen nicht …«

»Doch, ich will.« Sie ergriff sein Obergewand, das in einem unordentlichen Knäuel über seiner Brust hing. Gemeinsam streiften sie es ab. Als Otto sich auch seiner Hose entledigt hatte, legte er sich neben sie. Er küsste ihren Hals und ihre Brüste. Dann ihren Mund. Theophanu öffnete ihre Lippen, und sofort stieß seine Zunge tief in ihren Hals. Die Hitze in ihrem Leib nahm zu und schwemmte die Angst einfach weg. Theophanu klammerte sich mit aller Kraft an ihn, während Ottos Hände ihre Schenkel hinaufwanderten und ihre Scham erforschten. Als er in sie eindrang, durchfuhr sie ein kurzer, scharfer Schmerz. Unwillkürlich schrie sie auf. Doch ihre Begierde war stärker als der Schmerz. Theophanu schlang ihre Beine eng um Otto und drängte sich ihm entgegen.

Nach dem Höhepunkt dämmerte Theophanu kurz weg. Sie kam wieder zu sich, als sich Otto über sie beugte und ihr verschwitztes Gesicht streichelte. Er lächelte sie an. Im Schein der Kerzenflammen wirkten seine Augen hell und strahlend. Sie berührte seine Brust. »Du hast schon mit mehreren Frauen geschlafen, nicht wahr?«, flüsterte sie.

»Ja, mit einigen Dirnen.« Er vollführte eine fast schüchterne Geste. »Aber es war noch nie so …«

Theophanu erwiderte nichts. Während sie ihre Finger über seine Brust wandern ließ, schwor sie sich, dass Otto nie wieder bei einer anderen Frau liegen sollte.

»Auch wenn es mir noch so leid tut«, Otto richtete sich auf, »wir müssen gehen. Sonst fällt es auf.«

»Deine Mutter hat gesagt, dass es nicht schicklich sei, wenn wir nach der Hochzeitsnacht miteinander schlafen, weil ich meine Regel noch nicht habe.« Theophanu schluckte. »Wir werden doch nicht so lange damit warten, bis …?«

»Auf gar keinen Fall!« Otto schüttelte grimmig den Kopf und küsste sie noch einmal.

Hastig zogen sie sich an. An der Tür kehrte Otto noch einmal um und zog das Laken vom Bett.

»Was tust du da?«, fragte Theophanu erstaunt.

»Den Beweis der vollzogenen Ehe für die Hochzeitsnacht sichern.« Otto grinste und zeigte auf einen kleinen Blutfleck auf dem Leinentuch.

Nachdem er es in die Truhe geschoben hatte, schlüpften sie aus dem Zimmer. Es gelang ihnen, unbemerkt die Pfalz zu verlassen und in die Halle zurückzukehren. Doch gerade als sie sich im Festsaal wieder unter die Gäste mischen wollten, begegneten sie Adelheid und dem Kaiser.

»Wo seid ihr gewesen?« Adelheid bedachte die beiden mit einem misstrauischen Blick. »Ihr habt euch doch nicht etwa allein im Garten aufgehalten?«

»Wir sind uns eben zufällig begegnet.« Otto sah seine Mutter unschuldig an.

»Ich bin mit meinen Hofdamen spazieren gegangen.« Theophanu wies auf Imiza und einige andere Frauen ihres Gefolges, die glücklicherweise in diesem Moment die Halle betraten. Dabei hatte sie jedoch das Gefühl, dass Otto und ihr nur zu deutlich anzusehen war, was sie gerade getan hatten.

Adelheid betrachtete sie und ihren Sohn noch immer prüfend.

»Majestät …« Eine Hofdame löste sich aus der Gruppe und trat auf die Kaiserin zu. »Was für ein wunderbares Fest. Schöner als jedes, das ich in Byzanz erlebt habe.«

Adelheids Miene wurde etwas weicher. Theophanu achtete nicht darauf, was sie erwiderte. Stattdessen beobachtete sie, wie Vater und Sohn einen schnellen Blick tauschten.

»Ja, es wäre ganz und gar nicht schicklich gewesen, wenn ihr euch allein im Garten aufgehalten hättet«, sagte der Kaiser gedehnt.

»Wo denkt Ihr hin«, entgegnete Otto mit gespielter Empörung. Vater und Sohn grinsten sich an, ehe der Kaiser seine Gattin am Arm fasste und mit ihr weiterging.

*

Als Theophanu am Sonntag nach Ostern neben Metropolit Stephanos durch das Portal der Peterskirche schritt, war ihr, als schlüge ihr ein Meer aus Licht entgegen: Sonnenschein fiel in breiten Bahnen durch die Fenster, und unzählige brennende Kerzen verströmten ihr warmes Licht im Inneren des gewaltigen Gotteshauses. Das Geschmeide, die Goldstickereien und kostbaren Steine, mit denen die Gewänder der Adeligen bestückt waren, spiegelten die Flammen in unzähligen Facetten.

»Gott, der Herr, möge Theophanu mit seiner mächtigen Rechten immer und überall beschirmen und ihr Schutz und Bollwerk sein.« Gesang, den der Klerus im Altarraum der Kirche intonierte, brandete auf. In der Nacht zuvor hatte Theophanu kaum geschlafen. Sie fühlte sich übermüdet, wenn auch gleichzeitig merkwürdig hellwach, und ihr Magen verkrampfte sich vor Anspannung.

Ob ihre Mutter heute an sie denken würde? Theophanu hoffte es von ganzem Herzen. Sie hatte ihr geschrieben, dass sie glücklich war und dass Otto und sie sich liebten. Aber es würde mehrere Wochen dauern, ehe der Brief Fürstin Sophia erreichte.

»Auf dass Theophanu tapfer über die Nachstellungen des

sichtbaren und unsichtbaren Feindes triumphiere und wie die seligen und verehrungswürdigen Frauen des Alten Testamentes den Segen und die Leibesfrucht sich verdiene, zur Zierde des ganzen Reiches, zu Leitung und Schutz von Gottes Kirche.« Erneut stieg Gesang auf.

Voller Angst fragte sich Theophanu, ob sie dem, was von ihr erwartet wurde, gerecht werden würde. Mittlerweile hatten sie, der Metropolit und ihr Gefolge das Querschiff vor dem Altarraum erreicht. Die kaiserliche Familie hatte bereits vor Theophanu die Kirche betreten und sich auf hochlehnigen, mit rotem Samt bezogenen Stühlen niedergelassen. Adelheids Miene war zu einer starren Maske gefroren. Der Kaiser dagegen nickte ihr aufmunternd zu.

Vor dem Kaiserpaar standen zwei niedrigere, ebenfalls mit Samt bezogene Stühle. Auf einem davon saß Otto. Stephanos führte sie zu ihm. Theophanus Hofdamen machten sich an ihren Gewändern und ihrem langen Schleier zu schaffen, damit auch sie sich niederlassen konnte. Im Kirchenschiff, inmitten der Adeligen, meinte sie, Crescentius' schönes Antlitz zu erblicken. Seine dunklen Augen schienen sie spöttisch zu grüßen.

Sofort jedoch wandte sich Theophanu Otto zu. Aller Übermut war aus seinem Gesicht gewichen. Unter dem rotblonden Haar wirkte es bleich und um Jahre älter. Während sie sich setzte, lächelte er ihr zu. Seine Finger tasteten nach den ihren und umschlangen sie. Für einen Moment nur, aber Theophanus Anspannung legte sich ein wenig.

Wieder setzte Gesang ein, füllte die Kirche bis zur Decke. Die mächtige Tür, die von den päpstlichen Gebäuden in das Querschiff führte, flog auf, und Papst Johannes betrat mit einer großen Schar von Kardinälen und Bischöfen – unter ihnen Erzbischof Gero und Bischof Dietrich – die Kirche. Theophanu und Otto sanken auf die Knie und falteten die Hände.

Die lange und komplizierte Krönungsliturgie sollte Theophanu immer wie ein beängstigender Traum in Erinnerung bleiben. Ein Traum, in dem sich der Weihrauch wie ein dichter Schleier über das Kircheninnere legte und ihr die Luft zum Atmen raubte. Liturgische Gesänge, Gebete und Segensformeln wechselten einander in rascher Folge ab.

Theophanus Erinnerung setzte erst wieder richtig ein, als zwei Kardinäle Otto und sie mit den roten und goldenen Königsgewändern bekleideten. Dietrich von Metz löste sich aus der Schar vor dem Altar. Er hielt ein Samtkissen in den Händen, auf dem die Kaiserkrone, mit der Otto vor vier Jahren gekrönt worden war, ruhte. Ihm folgte Papst Johannes. Otto senkte das Haupt. Theophanu konnte spüren, wie ihn ein Schauder durchlief, während der Papst die alte Kaiserkrone in beide Hände nahm und sie ihm aufsetzte.

Erneute Gesänge. Theophanus Herz klopfte wie zum Zerspringen. Ihre Kehle war trocken, und eine Welle der Übelkeit überschwemmte sie. Jetzt kamen zwei andere Kardinäle auf sie zugeschritten. Der Zeitpunkt ihrer Krönung war gekommen. Während sie sich erhob, suchte sie Ottos Blick. Er war immer noch sehr bleich. In seinen Augen konnte sie lesen, dass er das, was sie fühlte, vier Jahre zuvor auch durchlitten hatte. Er hatte es überstanden, und sie würde auch dazu in der Lage sein.

»Herr, Herr, König, du Herrscher über alles! Deiner Macht ist das All unterworfen, und niemand kann sich dir widersetzen. Denn du hast Himmel und Erde gemacht und alles, was wir unter dem Himmel bestaunen.« Der Gesang brandete über Theophanu hinweg, als die beiden Kardinäle sie die weißen Marmorstufen zum Altar hinauf geleiteten. »Du bist der Herr über alles, und niemand darf es wagen, sich dir, dem Herrn, entgegenzustellen.«

Vor dem Altar kniete Theophanu nieder. Papst Johannes trat vor sie. Zwei hohe kirchliche Würdenträger begleiteten ihn. Einer von ihnen war Erzbischof Gero. Den anderen Mann kannte sie nicht. Gero hielt eine goldene Schale in den Händen, aus der es nach Myrrhe roch. Der Chor stimmte eine neue Litanei an. Doch die Worte vermischten sich in Theophanus Ohren zu einem unverständlichen Brausen.

Eine unvermittelte Stille trat ein. Ihr Herz schlug so laut, dass sie glaubte, jeder der Anwesenden könnte es hören. Sie senkte den Kopf. Die Kardinäle und Bischöfe intonierten ein Gebet. Auch diese Worte verstand sie nicht. Sie spürte, wie die Finger des Papstes über ihre Stirn strichen. Das Salböl war kalt, und sie schauderte.

Dann nahm ihr jemand den Stirnreif ab. Theophanu blickte auf. Papst Johannes hielt die goldene, mit Juwelen besetzte Krone der Kaiserin in seinen Händen. Für einen Moment ließ das Sonnenlicht, das durch die Fenster auf der Stirnseite der Apsis fiel, das Metall aufglühen. Geblendet schloss Theophanu die Augen, und einen Atemzug später berührte die Krone ihren Scheitel. Segensrufe füllten die Kirche wie eine gewaltige Woge.

Theophanu hatte einen Teil der Prophezeiung erfüllt: Es war ihr gelungen, die Krone eines mächtigen Reiches zu erringen. Doch sie fühlte keine Erleichterung. Im Gegenteil überkam sie eine so starke Furcht, dass sie zu zittern begann. Laut der Wahrsagung standen ihr noch viele Kämpfe bevor. Was würde die Zukunft ihr bringen? Würde es ihr gelingen, diese Kämpfe zu bestehen, oder würde sie scheitern?

Die Segensrufe waren verebbt, und Theophanu bemerkte eine plötzliche Spannung, die sich über die Gemeinde legte, als ob die gewaltige Kirche den Atem anhielte. Dann füllte sich die Luft mit aufgeregtem Wispern und Gewänderrascheln. Als sie verwundert den Kopf wandte, glaubte Theophanu zunächst, ein Trugbild zu sehen: Otto war zu ihr gekommen. Gegen alle Regeln des Krönungszeremoniells hatte er nicht darauf gewartet, dass sie zu ihm zurückgeführt wurde. Er kniete neben ihr nieder und ergriff ihre Hand. Seine Augen spiegelten Sorge, eine Tollkühnheit, die sich um Gesetze nicht scherte, und eine tiefe Liebe.

Er braucht mich so wie ich ihn, dachte Theophanu, während sich ihre Hände umklammerten. Ihre Angst legte sich. Ja, gemeinsam würden sie die Zukunft meistern.

## 3.

Der Wind zerrte an Theophanus Umhang. Kalte Regentropfen peitschten ihr ins Gesicht und durchnässten ihre Kleidung. Theophanu hätte auch in einer Sänfte Platz nehmen können, wie es ihre Schwiegermutter Adelheid und die meisten anderen adeligen Damen getan hatten. Aber hier, in den Alpen, mit den schmalen, steinigen Wegen, die oft genug am Rande tiefer Schluchten verliefen, fühlte sie sich auf Myras Rücken sicherer als in einem schaukelnden Holzkasten.

Sechs Tage waren vergangen, seit der Tross des Kaisers die Po-Ebene hinter sich gelassen hatte – eine Gegend, die Theophanu mit ihren fruchtbaren Äckern und Wiesen und den alten, reichen Städten an ihre Heimat erinnert hatte – und in die karge, düstere Welt der Alpen aufgestiegen war. Die Reise wäre auch so schon beschwerlich genug gewesen – Nebel und Regen aber machten sie zur Tortur. Nein, vom Sommer war hier oben nichts zu spüren.

Gegen Abend sollten sie Chur erreichen, hatte man Theophanu erklärt, wo sich der Tross einige Tage von den Strapazen erholen würde. Da sich samt und sonders alle aufsässigen Fürsten wie Hermann Billung schleunigst auf ihre Treueschwüre besonnen hatten, als sie von der Rückkehr des Kaisers hörten, war also keine Eile mehr geboten. Das nächste große Ziel nach Chur sollte das Kloster Sankt Gallen sein, wo die kaiserliche Familie mit ihren Verwandten zusammentreffen würde – mit Ottos Schwester Mathilde, seinem Vetter Heinrich, dem Herzog von Bayern, seiner Base

Hadwig und mit deren Gatten Burchard, dem Herzog von Schwaben.

Theophanu ließ Myras Zügel lang, denn der Pfad führte nun steil bergauf und war zudem vom Regen durchweicht. Deshalb war es am besten, sich die Stute selbst ihren Weg suchen zu lassen. Wie werden mir Ottos Verwandte wohl gegenübertreten?, fragte sie sich. Werden sie mich genauso unnachgiebig ablehnen wie Adelheid? Oder heißen sie mich vielleicht willkommen?

Ein quälendes Heimweh nach Byzanz und ihren Eltern überfiel Theophanu. Nach der Krönung und der Hochzeit waren Metropolit Stephanos samt den anderen Ratgebern sowie ein großer Teil ihres eigenen Gefolges nach Konstantinopel zurückgekehrt. Dass auch ihr Lehrer Jacobus sie verlassen hatte, hatte sie besonders geschmerzt.

Theophanu fröstelte. Während der Reise hatten Otto und sie selten Gelegenheit gehabt, für sich zu sein. Auch jetzt ritt er mit seinen Gefährten und Bediensteten an der Spitze des Zuges. Sie dagegen war von ihren eigenen Leuten und der neuen sächsischen Dienerschaft umgeben. Und selbst nachts war es ihnen nur wenige Male gelungen, zueinander zu schleichen. Es waren kurze, leidenschaftliche Beisammensein gewesen, die Theophanus Sehnsucht nach ihrem jungen Gatten noch mehr gesteigert hatten.

Ein Lächeln huschte über ihr Gesicht, als sie an die Hochzeitsnacht dachte. Ein großes Gefolge hatte Otto und sie in das Schlafgemach begleitet. Im Beisein des Kaiserpaares, des Metropoliten Stephanos sowie des Erzbischofs Gero und Dietrichs von Metz waren Theophanu und ihr Gemahl bis auf das Hemd entkleidet und zu Bett geleitet worden. Erst als sie zwischen den Decken lagen, hatten Diener die Kerzen gelöscht, und die Prozession hatte den Raum verlassen.

Otto und sie hatten aneinander geschmiegt dagelegen und sich flüsternd alles Mögliche erzählt. Wie sie aufgewachsen waren. Welche Dinge ihnen wichtig waren. Dass Otto Bücher ebenso mochte wie sie selbst, hatte Theophanu besonders gefreut. Nach einer Weile hatte er sich auf das Bett gekniet, es mit ruckartigen Bewegungen zum Quietschen gebracht und dabei ein tiefes Stöhnen ausgestoßen. Was sie beide so sehr zum Lachen reizte, dass sie es nur mit Mühe zwischen den Kissen ersticken konnten. Gegen Morgen zeigte ihnen Getuschel und Stühlerücken auf dem Gang endlich an, dass die Zeugen der Hochzeitsnacht ihre Plätze verließen. Als sie sich sicher gewesen waren, dass sie nicht mehr belauscht wurden, liebten sie sich. Inniger und einander mehr gewiss als beim ersten Mal. Anschließend schliefen sie eng umschlungen ein. So lange, bis Stimmen auf dem Flur sie aufschrecken ließen. Mit einem Fluch stürzte Otto aus dem Bett und zerrte das blutbefleckte Laken aus der Truhe. Mit zitternden Händen tauschten sie die beiden Leinentücher aus und schafften es gerade noch, zwischen die Decken zu schlüpfen, als die Prozession der hohen Adeligen und Höflinge, wieder mit dem Kaiserpaar an der Spitze, erneut das Zimmer betrat. Mit züchtig niedergeschlagenen Augen stiegen Otto und Theophanu aus dem Bett. Das Laken wurde sorgfältig inspiziert, und unter dem beifälligen Gemurmel der anwesenden Zeugen verkündeten Metropolit Stephanos und Dietrich von Metz, dass die Ehe vollzogen sei. Theophanu fing einen raschen Blickwechsel zwischen Otto und seinem Vater auf. Ein Lächeln zuckte um den Mund des Kaisers.

Zwei Tage später war die Urkunde, die anlässlich der Heirat angefertigt worden war, in der Apostelkirche öffentlich verlesen worden. Über den Inhalt hatten die Gesandtschaft unter Metropolit Stephanos sowie Beauftragte des Kaisers beraten. Theophanu hatte gewusst, dass sie als Nichte des byzantinischen Kaisers mit einer reichen Morgengabe rechnen konnte. Aber die Königshöfe und Grafschaften, die sie in der Urkunde zugesprochen bekam, waren weit mehr, als sie erwartet hatte. Und dass sie »Teilhaberin am Reich« genannt wurde – was auf Ottos und seines Vaters Betreiben hin geschehen sein musste –, hatte sie mit Stolz und Glück erfüllt.

»Dieser Weg ist immer eine Strafe.« Sächsische Worte drangen an Theophanus Ohr und brachten sie wieder in die Gegenwart zurück. Zwei junge Adelige, die ursprünglich aus dem Gefolge des Kaisers stammten, nun aber zu ihren Höflingen zählten und hinter ihr ritten, tauschten sich über ihre Erfahrungen in den Alpen aus. Mittlerweile verstand Theophanu schon recht viel Sächsisch. Adelheid selbst hatte ihr einen Lehrer zugewiesen – einen alten Mönch, der aus seiner Verachtung für die Dekadenz Konstantinopels keinen Hehl machte. Dieser Unmut gegen Byzanz war sicher der entscheidende Grund für die Wahl der Kaiserin gewesen, vermutete Theophanu. Andererseits konnte der Mönch erstaunlich gut erklären, weshalb sie rasche Fortschritte machte.

Außer Sächsisch musste sie auch noch Alemannisch, Fränkisch und Slawisch lernen. Drei weitere Sprachen, in denen sich die Menschen im nördlichen Teil des Reiches verständigten. Theophanu seufzte. Was war das nur für ein Land, das so vollkommen andere Sitten, Gebräuche und Rechtsvorstellungen hatte? Und das so zerrissen war, dass diese von Gegend zu Gegend variierten? Angesichts der Aufgaben, die vor ihr lagen, wurde Theophanu mutlos. Das Glücksgefühl, das sie eben noch empfunden hatte, als sie sich an die Hochzeitsnacht mit Otto erinnerte, verschwand.

Theophanu versuchte, sich ganz auf Myra zu konzentrieren und alle quälenden Gedanken aus ihrem Kopf zu verbannen. Der Regen prasselte mittlerweile so erbarmungslos auf sie nieder, dass sie es kaum wahrnahm, als der Pfad seinen höchsten Punkt erreichte und anschließend weniger steil abwärtsführte. Als der Tross endlich auf einer Wiese Halt machte, war sie völlig durchgefroren.

Obwohl nun die Sonne aus den Wolken hervorbrach, war es immer noch kalt, denn ein schneidender Wind wehte. Dankbar bemerkte Theophanu, dass Imiza mit einem trockenen Mantel auf sie zugeeilt kam.

»Hoheit, schnell, gebt mir Euren nassen Umhang«, rief sie besorgt und machte sich an der Spange zu schaffen, die den Stoff an Theophanus Schulter zusammenhielt. Dabei schimpfte sie vor sich hin. »Ich bin immer noch der Meinung, dass es Wahnsinn war, Byzanz gegen den barbarischen Norden einzutauschen. Daran ändert es auch nichts, dass ich Euren Gemahl wirklich hübsch finde.«

Dankbar ließ Theophanu sich helfen. Wie gut, dass wenigstens Imiza bei ihr geblieben war.

Bei einer Gruppe verkrüppelter Fichten versuchten einige Diener, Holz und Kohlen in Brand zu stecken. Theophanu und Imiza schlugen den Weg dorthin ein, waren aber noch nicht weit gekommen, als Otto auf sie zugerannt kam und ihnen ein Zeichen machte.

»Endlich finde ich dich.« Er lächelte Theophanu an und ergriff ihre Hand. »Komm mit, ich möchte dir etwas zeigen.« Er wies auf eine Stelle oberhalb des Hangs, wo Büsche zwischen den Felsen wuchsen.

»Meine Herrin sollte sich am Feuer wärmen!«, protestierte Imiza. Auch gegenüber dem künftigen Herrscher eines riesigen Reiches pflegte sie kein Blatt vor den Mund zu nehmen, wenn es um Theophanus Wohl ging.

Otto nickte. »Das wird deine Herrin gleich tun können. Ich sorge dafür.«

»Imiza, es ist gut.« Theophanu war nur zu froh, endlich wieder einige Momente mit Otto allein verbringen zu können.

Rasch sahen sie sich um, und als sie feststellten, dass niemand Notiz von ihnen zu nehmen schien, fassten sie einander an den Händen und rannten den Hang hinauf. Nieselregen sprühte ihnen ins Gesicht, doch langsam kam die Sonne wieder zwischen den Wolken hindurch. Otto half Theophanu um die Büsche herum und geleitete sie vorsichtig über die glitschigen Steine zwischen den Felsen. Zwei mächtige Gesteinsbrocken ragten vor ihnen auf, wie die Pfosten eines urzeitlichen Tores. Als sie hindurchgeschlüpft waren, stockte Theophanu der Atem.

Otto und sie standen auf einem Felsvorsprung. Unter ihnen fielen, von Sonnenlicht übergossen, hintereinander gestaffelte Bergketten ab. Die vorderen Gipfel waren noch klar umrissen, verloren sich jedoch immer mehr und verschwammen in der Ferne in silbrigem Dunst. Zwischen den Bergen schimmerte ein tiefblauer See.

»Meine Heimat«, sagte Otto schlicht und legte den Arm um Theophanus Schultern. Auf seinem Gesicht stritten sich Freude und Sorge. Plötzlich klang seine Stimme beinahe schüchtern. »Du bereust es doch nicht, dass du mich geheiratet hast, oder?«

Theophanu schmiegte sich an ihn, während sie weiter die Aussicht in sich einsog. »Nein, ganz und gar nicht«, murmelte sie.

*

Einige Tage später verließ Theophanu zusammen mit Imiza das Gästehaus des Klosters Sankt Gallen. »Geh schon voraus«, meinte sie zu der Dienerin, »und fangt ruhig schon ohne mich mit dem Ballspiel an. Ich komme gleich nach.«

Imiza wandte sich zum Gehen und bat: »Lasst aber nicht zu lange auf Euch warten. Unsere Gruppe kann Eure Hilfe brauchen.«

Theophanu nickte und bog in den Klosterhof ein. In der Wärme des frühen Nachmittags lag er wie ausgestorben da. Aus den geöffneten Fenstern der Kirche klangen die lateinischen Gesänge der Mönche.

Schnell schlüpfte sie in die Bibliothek und schloss die Tür hinter sich. Auch hier standen die Fenster offen, und trotzdem atmete der Raum den schwachen Geruch von Leder und Tinte. In einer Nische zwischen den hohen Regalen entdeckte sie Otto. In der Hoffnung, eine Weile ungestört sein zu können, hatten sie sich hier für die Gebetszeit der None verabredet. Ihr junger Gatte saß vor einem Tisch, auf dem mehrere Bücher aufgeschlagen waren.

Lächelnd blickte er auf. »Sieh dir das an. Es ist einfach unglaublich, welche Schätze die Sankt Gallener Benediktiner besitzen.«

Theophanu glitt neben ihm auf die schmale Holzbank. Eine der Buchseiten zeigte einen goldfarbenen Himmel, aus dem ein Engel sich herabbeugte und seine Hand segnend über eine Gruppe von Menschen hielt. Auf einer anderen entfaltete sich die Initiale des Buchstabens L, die wie eine Blume gestaltet war, vor einem purpurnen Hintergrund. Wieder eine weitere bildete die Fußwaschung Christi und der Jünger mit fast tänzerischer Anmut ab.

Sie nickte. »Ja, die Bilder sind wunderschön.«

»Ich möchte unbedingt einige dieser Schriften besitzen.« Ottos Stimme klang entschlossen.

Theophanus Blick fiel auf ein Buch, das bei dem 51. Psalm aufgeschlagen war. »Das solltest du lieber nicht«, warnte sie und deutete auf eine Passage. »Sieh doch, vor den Psalmversen steht: ›Keiner soll mir das Buch von seinem Orte verschleppen, wünscht er mit Vater Gall Teil an der Seligkeit.‹«

»Ich habe nicht vor, die Schriften zu stehlen.« Otto beugte sich zu ihr. »Ich werde sie natürlich bezahlen.«

»Wahrscheinlich versteht Vater Gall auch darunter ›verschleppen‹.«

»Nein, ganz sicher nicht.« Ehe Theophanu etwas erwidern konnte, hatte er den Arm um sie gelegt und küsste sie.

»Wir sollten hier nicht ...« Lachend versuchte sie, ihn abzuwehren.

»Alle sind in der Kirche oder im Garten«, murmelte er, während seine Lippen über ihre Wangen strichen. »Außerdem sind in dieser Bibliothek sicher einige Ausgaben des Hohen Liedes zu finden. Ich mache doch nur, was dort steht: ›Mit Küssen seines Mundes bedecke er mich.‹«

»Deine Lippen sind aber nicht wie Lilienblüten.«

»Ach, findest du nicht?« Er drückte sie auf die Bank.

Das Schlagen einer Glocke ließ sie zusammenzucken. Atemlos und erhitzt lösten sie sich voneinander.

»Meine Frauen fragen sich bestimmt schon, wo ich bleibe.« Hastig ordnete Theophanu die Falten des Schleiers, den sie jetzt als verheiratete Frau trug.

»Lass uns in den nächsten Tagen wieder versuchen, eine Zeit lang für uns zu sein.« Bittend sah er sie an.

»Ja.« Sie küsste ihn noch einmal. An der Tür der Bibliothek drehte sich Theophanu rasch um. Otto saß wieder über die Bücher gebeugt. Im Schein eines Sonnenstrahls, der durch eine Ritze zwischen zwei Vorhängen fiel, loderte sein rotblonder Haarschopf wie eine Flamme. Vorsichtig, fast andächtig wendete er die Seiten mit Hilfe eines silbernen Stiftes. Seine Miene spiegelte tiefe Konzentration und Freude. Ein heißes Glücksgefühl stieg in Theophanu auf. Ja, er war der Mann, den sie liebte!

Dieses Glücksgefühl begleitete sie auf ihrem Weg nach draußen. Theophanu wählte den Weg durch den Obstgarten. Als sie die Apfelbäume hinter sich gelassen hatte, entdeckte sie bei den Blumenbeeten, die den Kräutergarten einfassten, eine Frau, die das dunkle Gewand einer Stiftsdame trug. Sie war schlank und ungewöhnlich groß. Träumerisch schritt sie an den Beeten entlang, dann wieder schienen eine Glockenblume oder ein Rittersporn ihre gesamte Aufmerksamkeit auf sich zu ziehen.

Als Theophanu auf einer Höhe mit der eigentümlichen Stiftsdame war, wandte sich diese unvermittelt um. Sie wollte ihr höflich zunicken und weitergehen, blieb jedoch überrascht stehen. Die Fremde war jung – nur wenige Jahre älter als sie selbst. Ihr Antlitz wirkte nicht besonders reizvoll, aber ihr Blick, der eben noch völlig selbstvergessen gewesen war, veränderte sich sofort, als sie Theophanu bemerkte. Ihre Augen glänzten wach, klar und klug, und plötzlich verwandelten sich ihre stumpfen Gesichtszüge und wurden interessant. Rasch legte ihr die Fremde die Hände auf die Schultern und betrachtete sie forschend.

»Du musst die Gemahlin meines Bruders sein«, meinte sie schließlich. Ihre Stimme war angenehm und drückte Autorität aus.

Theophanu lächelte zurückhaltend. Das war also Mathilde, Ottos ältere Schwester, die Äbtissin des Reichsstiftes von Quedlinburg. Durch den Tratsch der Dienerschaft und von Otto selbst wusste Theophanu, dass sich die Geschwister sehr nahestanden.

Mathilde fuhr fort, sie eingehend zu mustern. Dann, unvermittelt, lächelte sie. »Wie schön, dich endlich kennen zu lernen, Schwester. Otto hat mir von dir geschrieben. Er ist sehr glücklich. Was ich verstehen kann. Ich würde sagen, er hat eine gute Wahl getroffen.« Herzlich umarmte sie Theophanu.

»Ich …«, stammelte Theophanu bewegt. Bevor sie noch ausdrücken konnte, wie sehr sie sich über diesen warmherzigen Empfang freute, hörte sie Otto rufen: »Schwester!« Er umarmte Mathilde stürmisch, hob sie hoch und wirbelte sie herum.

»Kleiner Bruder …« Lachend befreite sie sich von ihm, zog ihn dann aber an sich und küsste ihn auf beide Wangen. Die ernste, beinahe streng wirkende Äbtissin war verschwunden und an ihre Stelle eine fröhliche junge Frau getreten. »Ich muss schon sagen, Mutter hat recht«, lachte sie. »Dein Benehmen lässt wirklich sehr zu wünschen übrig.«

»So, findet Mutter das?«

»Ja, zum Beispiel geht es nicht an, während einer Krönung einfach das Zeremoniell zu missachten und an die Seite der Gattin zu treten.«

»Ach, nur weil du seit sechs Jahren Äbtissin bist, musst du jetzt nicht die hoheitsvolle Erzieherin spielen.« Otto grinste Mathilde an. »Wenn ich dich an einige recht würdelose Episoden aus deiner Jugend erinnern dürfte – zum Beispiel, als du mit mir bei Goslar durchgebrannt und auf die Jagd gegangen bist. Dass du dabei auch noch einen Luchs geschossen hast, hat Vater zwar amüsiert, Mutter aber ganz und gar nicht.«

»Jugendsünden. Und zudem auf deinen schlechten Einfluss zurückzuführen«, konterte Mathilde.

Otto knuffte sie liebevoll in die Seite. »Von wegen. Du hast mich geradezu auf Knien angefleht, dass ich dich mitnehme.« Die beiden Geschwister sahen sich voller Zuneigung und liebevollem Spott an. Theophanu hätte sich ausgeschlossen gefühlt, wenn nicht Mathilde den Arm um sie gelegt hätte. »Immer stellt Otto die Dinge so hin, wie es ihm passt. Gib es ruhig zu, dich hat er auch schon zu so manchem verleitet«, sagte sie lachend und drückte sie an sich.

»Nun …« Theophanu musste an die Nacht denken, die sie vor der Hochzeit miteinander verbracht hatten, und errötete. Dass Otto sie ganz offen angrinste, verstärkte ihre Verlegenheit noch. Ein junger Benediktiner, der vom Hauptgebäude des Klosters her auf sie zueilte, rettete sie.

»Hoheit«, der Mönch verbeugte sich hastig vor Otto, »Euer Vetter Heinrich und seine Gemahlin sowie Eure Base Hadwig und ihr Gatte werden in Kürze im Kloster eintreffen. Ein Bote hat sie eben angekündigt.« Die Geschwister tauschten einen langen Blick.

»Oh, unser Vetter.« Otto hob die Augenbrauen. Seine Stimme klang betont gleichmütig.

»Wie schön«, sagte Mathilde ein wenig matt. Sie hakte Theophanu unter. »Wie auch immer, wir sollten unsere Verwandten begrüßen.«

Als Theophanu, Otto und Mathilde vor dem Gästehaus ankamen, ritt bereits ein Trupp prächtig gewandeter Soldaten in den Hof. Theophanu war gespannt. Otto hatte ihr gegenüber keinen Hehl daraus gemacht, dass er seinen Vetter nicht ausstehen konnte. Auch Mathilde schien nicht viel von ihrem Verwandten, dem Bayernherzog, zu halten.

Von Hadwig hatte Theophanu schon als Kind gehört – und nicht das Beste: Hadwigs legendäre Schönheit hatte Kaiser Romanos dazu veranlasst, sie als Braut für einen seiner Söhne auszuwählen. Ein Maler war nach Bayern geschickt worden, um ein Bildnis von ihr anzufertigen. Doch anstatt sich über diese große Ehre zu freuen, hatte Hadwig sich beharrlich geweigert, Modell zu sitzen. Der Künstler musste schließlich unverrichteter Dinge nach Byzanz zurückkehren, und das Heiratsprojekt zerschlug sich selbstverständlich.

Die Soldaten ritten nun zur Seite und stellten sich in einer Reihe vor den Stallungen auf. Hinter ihnen erschien auf einem Apfelschimmel ein großer, um die zwanzig Jahre alter Mann. Er trug ein Obergewand aus heller, feiner Wolle, das am Halsausschnitt und den Armlöchern mit Goldfäden bestickt war. Die Ärmel des Hemdes hatte er, der Wärme wegen, bis zu den Ellbogen hochgekrempelt. Breite Goldreifen schmückten seine Handgelenke. Sein Haupthaar lichtete sich bereits sichtbar, doch mit seinem ebenmäßigen Antlitz, das ein kurz geschnittener rotblonder Bart umrahmte, den vollen Lippen und der kräftigen, geraden Nase war der Herzog schön und seine Ähnlichkeit mit Dietrich von Metz unverkennbar.

Wie bei ihrer ersten Begegnung mit dem Vetter des Kaisers

empfand Theophanu auch Heinrich gegenüber eine jähe, tiefe Abneigung. Seine Gemahlin Gisela, die neben ihm auf einer rotbraunen Stute ritt, hatte ein breites, kindliches Gesicht und wirkte unscheinbar.

Heinrich sprang von seinem Pferd. Während er auf Otto zuging, beäugten sich die beiden jungen Männer misstrauisch, als ob sie die Schwachstelle des Gegners ausloten wollten. Ihre Umarmung wirkte steif und beinahe wie ein Schlagabtausch.

»Mein junger Vetter …« Der Bayernherzog musterte Otto gönnerhaft, nachdem sie sich wieder voneinander gelöst hatten. »Du bist wirklich sehr gewachsen, seitdem wir uns das letzte Mal gesehen haben. Oh, und mittlerweile hast du ja sogar geheiratet!«

»Fand unser letztes Zusammentreffen nicht während eines Turniers statt? Und haben wir dabei nicht gegeneinander gefochten?« Otto schob das Kinn vor und lächelte höhnisch. »Wenn ich mich recht erinnere, habe ich dich dabei besiegt.«

»Ja, ich glaube, so war es.« Heinrich zuckte gleichmütig mit den Schultern. »Aber nur, weil ich meinen Kaiser nicht gegen mich verlieren lassen wollte.«

Gisela, die inzwischen ebenfalls vom Pferd gestiegen war, verbeugte sich schüchtern vor Otto. Aber niemand beachtete sie.

»Ich hatte eher den Eindruck, dass du dich mit deinen letzten Kräften gegen mich zur Wehr gesetzt hast.«

»Mein Lieber, ich kann nur hoffen, dass du in den letzten Jahren gelernt hast, einen Gegner besser einzuschätzen.« Ohne eine Erwiderung Ottos abzuwarten, wandte sich Heinrich an Theophanu. Er taxierte sie unverhohlen, ehe er schließlich den Kopf vor ihr neigte. »Dies ist also deine Gattin, die Nichte des Johannes Tzimiskes«, sagte er und fixierte Otto. »Nun ja, immerhin ist sie schön.«

Theophanu nahm wahr, dass sich Otto straffte, als ob er sich auf seinen Vetter stürzen wollte, und streckte die Hand aus, um ihn zurückzuhalten. Doch eine dunkelhaarige, etwa dreißig Jahre alte Frau, die nun auf Otto zutrat, und ihn mit distanzierter Höflichkeit auf beide Wangen küsste, machte ihr Eingreifen überflüssig.

»Vetter …« Die Stimme der Frau war hell und klang ein wenig rauchig.

»Base Hadwig …« Otto verhielt sich ebenfalls höflich, aber nicht enthusiastisch. Dies also war die eigenwillige Schwester des Bayernherzogs: eine zierliche Frau, die eine große Energie und Willenskraft ausstrahlte. Ihr schmales Gesicht mit den hohen Wangenknochen, der gebogenen Nase und den dunklen Augen und Brauen ähnelte dem ihres Bruders nicht im mindesten, war jedoch auf eine herbe Weise ebenfalls sehr schön. Hadwig bedachte sowohl Otto als auch Heinrich mit einem sarkastischen Blick. »Bitte fangt nicht an, euch zu prügeln. Das würde vor den Bediensteten und Mönchen doch einen gar zu schlechten Eindruck hinterlassen.«

»Dieser Meinung bin ich auch, Base«, ließ sich Mathilde trocken vernehmen.

»Die Manieren meines Bruders lassen des Öfteren zu wünschen übrig. Aber er sagt die Wahrheit. Du bist sehr schön«, sagte Hadwig zu Theophanu und umarmte sie spröde. »Ich hoffe, du bereust es nicht eines Tages, die feinen Sitten deiner Heimat Byzanz gegen die groben Manieren der Liudolfinger eingetauscht zu haben. Ich jedenfalls, für meinen Teil, habe es nie bedauert, auf eine Heirat nach Konstantinopel verzichtet zu haben.«

Theophanu spürte, dass Hadwig sie mit dieser Bemerkung nicht kränken wollte – wie dies bei Adelheid der Fall gewesen wäre –, sondern dass sie einfach nur sagte, was sie dachte. »Ich glaube nicht, dass du dich am byzantinischen Kaiserhof wohlgefühlt hättest«, entgegnete sie deshalb ruhig und lächelte.

»Es freut mich, dass du dies auch so siehst.« Hadwig lächelte zurück.

»Otto hat seine junge Gattin in der Heiratsurkunde ›Mitherrscherin‹ genannt, wie dies anscheinend in Byzanz üblich ist.« Heinrich zog die Augenbrauen hoch. »Hätte dir dies etwa nicht zugesagt, Schwester?«

»Ich herrsche zusammen mit meinem Gemahl über Schwaben, auch ohne dass ich ausdrücklich in einer Urkunde als Regentin genannt werden muss. Nicht wahr, Burchard?« Hadwig wandte sich einem beleibten, kahlköpfigen Mann zu, der mittlerweile neben sie getreten war.

»So ist es.« In der Antwort des Herzogs von Schwaben schwang Anerkennung, aber auch ein leichtes Seufzen mit.

»Ich bin der Ansicht, dass ein Mann seine Herrschaft niemals teilen sollte, vor allem nicht mit seiner Gemahlin.« Heinrichs Stimme klang sarkastisch.

»Einigen deiner Entscheidungen hätte es bestimmt gut getan, wenn du Gisela um Rat gefragt hättest«, versetzte seine Schwester ebenso bissig. Heinrichs Gattin blickte zu Boden. Ihre bleichen Wangen röteten sich.

»Hadwig hat recht«, ließ sich eine tiefe Stimme vernehmen. »Ein Mann sollte auf seine Ehefrau hören. Zumindest dann und wann …« Von allen unbemerkt waren der Kaiser und Adelheid zu ihnen getreten.

»Onkel … Ich würde es niemals wagen, den Ratschlag Eurer Gemahlin in Zweifel zu ziehen.« Galant verbeugte sich Heinrich vor Adelheid, und der Kaiser umarmte seinen Neffen mit einem unergründlichen Lächeln.

*

Das schöne Wetter hielt an. Als Theophanu zusammen mit Imiza und einigen anderen Dienerinnen am nächsten Tag ausritt, umschwirrten Bienen und Hummeln die Blumen, die zwischen den hohen Grashalmen wuchsen. Auf der anderen Seite der Wiese, hinter einer hohen Hecke, drängten sich die strohgedeckten Häuser eines Dorfes. Theophanu hatte eben die Öffnung in der Umfriedung passiert, als sie die Stimme ihrer Schwiegermutter vernahm. Tatsächlich, auf der ausgedehnten Grasfläche, die sich zwischen den Häusern und der Hecke erstreckte, hatte sich ihre Schwiegermutter mit vier ihrer adeligen Hofdamen auf Decken niedergelassen. Vor ihnen standen Schalen mit Himbeeren. Außerdem ein Tonkrug und Becher. Ein Stück entfernt saßen einige einfache Bedienstete im Gras. Die Dorfbewohner hatten sich am Rand der Wiese versammelt und bestaunten die vornehmen Gäste stumm.

Theophanu unterdrückte ein Seufzen und wechselte einen raschen Blick mit Imiza. Einfach mit einem höflichen Gruß an Adelheid vorbeizureiten wäre ein grober Verstoß gegen die guten Sitten gewesen – es ging nicht anders, sie musste sich mit ihrer Schwiegermutter unterhalten. Sie trieb Myra auf Adelheid zu und schwang sich dann aus dem Sattel.

»Ihr habt Euch einen schönen Platz zum Rasten ausgesucht, Schwiegermutter«, bemerkte sie freundlich.

»Bitte, setz dich doch zu uns.« Adelheid antwortete kühl und höflich. Falls sie genauso wenig erbaut war, ihrer Schwiegertochter zu begegnen, so ließ sie es sich nicht anmerken. Theophanu setzte sich neben Adelheid und überlegte, wie lange sie wohl bleiben musste, um den Regeln der Höflichkeit zu genügen. Sie griff eben in eine Schale mit Himbeeren, die eine der Hofdamen ihr reichte, als ihr Blick auf ein Kind fiel, das neben einem von Adelheids Dienern im Gras kauerte. Der Mann hatte es grob am Kragen seines dreckigen, zerrissenen Kittels gepackt. Im dunklen, wild zerzausten Haar des Mädchens hingen Blätter und kleine Zweige. Seine nackten, schmutzigen Arme waren von Striemen übersät und die braunen Augen voller Verzweiflung.

»Was ist das denn für ein Kind?«, fragte Theophanu überrascht.

»Ein slawisches Sklavenmädchen«, erwiderte Adelheid gleichmütig. »Die Kleine ist uns direkt in die Arme gelaufen. Die Dorfbewohner vermuten, dass sie einem Trupp von Händlern davongerannt ist, die ihr Lager etwa eine halbe Wegstunde von hier aufgeschlagen haben. Ein Bauer hat die Kaufleute verständigt. Es müsste jeden Augenblick einer von ihnen kommen.«

Voller Mitleid winkte Theophanu Imiza heran. »Bring dem Mädchen von den Beeren und einen Becher Wasser.«

»Es ist nicht nötig, dass das Kind für seinen Ungehorsam auch noch belohnt wird«, entgegnete Adelheid scharf. Imiza schaute ihre Herrin fragend an. Schweren Herzens schüttelte Theophanu den Kopf. Sie wollte sich nicht schon wieder in aller Öffentlichkeit mit ihrer Schwiegermutter streiten.

Bevor sie sich eine verbindliche Antwort zurechtlegen konnte, drängten sich bereits ein Bauer und ein großer breitschultriger Mann durch die gaffenden Dorfbewohner. Der Breitschultrige musste einer der Kaufleute sein, denn sein Kittel war aus guter Wolle gewebt. Theophanu konnte ihn auf den ersten Blick nicht leiden – seine rotblonden Haare waren zum Zopf geflochten, die Unterarme mit Tätowierungen bedeckt, und sein Gesicht hatte einen harten Ausdruck.

»Ja, es gehört mir.« Er verbeugte sich vor den Damen und nickte zu dem Mädchen hin. Das Kind blickte auf, als es die Stimme des Mannes hörte, und als er sich ihm näherte, stieß es ein jämmerliches Wimmern aus und duckte sich, als wollte es sich unsichtbar machen.

Theophanus Magen verkrampfte sich.

»Gut.« Adelheid winkte den Kaufmann heran. »Dann nimm das Kind mit.«

Der Kaufmann holte einen Strick aus einem Beutel und wollte dem Mädchen gerade die Schlinge über den Kopf streifen, als es sich losriss, zu Theophanu rannte und sich an sie klammerte. Die Hofdamen schrien empört auf, und Theophanu wich instinktiv zurück.

»Verzeiht ihr schlechtes Benehmen.« Der Kaufmann packte das Mädchen am Ausschnitt seines Kittels und zerrte es von Theophanu fort. Grob streifte er ihm dann den Strick über den Kopf und zog die Kleine hinter sich her.

Die Hofdamen drehten sich weg. Eine von ihnen schenkte sich Wasser nach, und Adelheid griff nach einer Beere.

Nur Theophanu konnte den Blick nicht von dem geschundenen Kind wenden. Das Mädchen taumelte über eine Unebenheit auf dem Boden und stürzte weinend. Wütend zog der Kaufmann eine Peitsche aus seinem Gürtel und hieb dem Kind damit über den Rücken. Die Kleine schrie gellend auf und beeilte sich, wieder auf die Füße zu kommen. Als sie weiterhinkte, war alle Verzweiflung aus ihrem Gesicht gewichen – es wirkte völlig leer.

»Warte!«, rief Theophanu scharf. Der Mann drehte sich zu ihr um. Sie bedeutete ihm, zu ihr zu kommen. Adelheid runzelte überrascht die Stirn.

»Ich werde dir das Kind abkaufen.«

»Was soll das!« Adelheid sprang auf. »Ich will kein Heidenmädchen in meinem Tross haben.«

Theophanu versuchte, ruhig zu bleiben. »Ihr seht doch, wie der Besitzer das Kind behandelt.«

»Es ist ungehorsam gewesen und hat seine Strafe verdient.«

»Imiza«, Theophanu ignorierte ihre Schwiegermutter und winkte ihre Dienerin heran. »Gib dem Kaufmann vier Goldstücke.«

Imiza öffnete den kleinen Lederbeutel, den sie an ihrem Gürtel trug.

»Hast du mich nicht verstanden? Ich wünsche nicht, dass du das Kind kaufst!« Adelheids Augen blitzten zornig. »Du hast in der Vergangenheit mehr als genug unverschämtes Benehmen an den Tag gelegt. Du bist jetzt die Gattin meines Sohnes. Ich verlange, dass du mir endlich den gebührenden Respekt erweist. Und dazu gehört, dass du dich nach meinen Wünschen richtest.«

Theophanu zögerte. Wenn sie sich Adelheid vor deren Hofdamen und Dienern widersetzte, würde ihr das die Kaiserin niemals verzeihen. War eine Sklavin das wirklich wert? Andererseits mochte ihre Schwiegermutter sie ohnehin nicht. Nein, sie wollte sich nicht selbst verleugnen.

»Imiza, gib dem Mann die Goldstücke«, wiederholte sie.

»Ich erlaube nicht, dass du das Geld nimmst«, fuhr Adelheid den Kaufmann an. Dieser fuhr sich unschlüssig über das Gesicht.

»Leg noch zwei Goldstücke dazu!« Theophanus Stimme klang sehr hell und klar durch die erschrockene Stille.

Wieder griff Imiza in den Lederbeutel und hielt dann dem Kaufmann die sechs Münzen hin.

»Lass das sein!« Adelheid schlug ihr die Geldstücke aus der Hand. Theophanu sog scharf den Atem ein, die Dorfbewohner keuchten entsetzt auf, und die Hofdamen waren wie erstarrt.

Hastig verbeugte sich der Kaufmann vor der Kaiserin. »Hoheit, verzeiht. Aber mein Leben ist hart. Der Handel läuft zurzeit nicht so, wie er sollte.« Er ließ den Strick los und kniete sich auf den Boden. Nachdem er die Münzen eingesammelt hatte, eilte er davon. Erneut warf sich das Kind Theophanu vor die Füße.

Adelheid funkelte Theophanu an. Sie war außer sich. »Ich

habe dein respektloses Betragen satt!«, schrie sie. »Ich werde meinem Gatten mitteilen, wie du dich verhalten hast!«

*

Imiza löste die langen Haare ihrer Herrin, die im Nacken hochgesteckt waren, und begann, einen Elfenbeinkamm durch die tiefschwarzen Flechten zu ziehen.

Theophanu war bedrückt. Seit der Auseinandersetzung am Dorfrand hatte sie ihre Schwiegermutter nicht mehr zu Gesicht bekommen. Der Abendmahlzeit hatte Adelheid nicht beigewohnt – ebenso wenig wie der Kaiser, der bei der Jagd war. Otto und Theophanu hatten dem Bankett allein vorgestanden. Einerseits war sie dankbar gewesen, ihrer Schwiegermutter aus dem Weg gehen zu können. Andererseits sorgte sie sich aber, dass der Kaiser schlecht über sie denken könnte, wenn sich Adelheid bei ihm über sie beklagte. An seiner guten Meinung war Theophanu viel gelegen.

Otto schien vorhin verstimmt gewesen zu sein. Da Abt Notker ihn nach der Mahlzeit zu sprechen wünschte, hatte Theophanu jedoch keine Gelegenheit gehabt, mit ihrem Gatten über den Streit mit Adelheid zu reden. Sie hoffte, dass er in der Nacht zu ihr kommen könnte, denn sie wollte nicht, dass etwas lange zwischen ihnen stand.

Das Kind hatte sie dem für die Heilkunde zuständigen Benediktiner übergeben, einem älteren, gütigen Mann, der versprochen hatte, sich um die Striemen zu kümmern. Vor der Abendmahlzeit hatte Imiza noch einmal nach dem Mädchen gesehen und Theophanu berichtet, dass die Kleine ruhig und fest in einem Schuppen schliefe.

Erleichtert hörte Theophanu, wie sich die Tür leise öffnete. Tatsächlich, Otto schlüpfte in den Raum und trat hinter sie. Er nahm Imiza den Kamm ab und setzte sich an ihre Stelle. Er kämmte Theophanu gerne. Ihr Herz machte einen

Sprung. Hatte sie sich etwa getäuscht? War er gar nicht böse auf sie? Doch als Imiza das Gemach verlassen hatte, legte er den Kamm beiseite und zog einen Schemel neben den Theophanus. Seine Miene spiegelte eine Mischung aus Ärger und Ungeduld.

»Deine Mutter und ich …«, begann sie.

»Lieber Himmel, war das wirklich nötig?«, fuhr er sie an. »Musstest du sie vor ihren Hofdamen, den Bediensteten und den Bewohnern eines ganzen Dorfes derart brüskieren? Ich weiß, dass es nicht immer einfach ist, mit ihr auszukommen. Aber sie ist nun einmal meine Mutter. Ich liebe sie. Und ich liebe dich. Warum könnt ihr euch nicht endlich einmal zusammenraufen?«

»Ich wollte den Streit nicht«, erwiderte Theophanu unglücklich. »Aber das Kind hat mir so leid getan. Der Kaufmann hat es furchtbar schlecht behandelt.«

»So etwas kommt nun einmal vor.« Otto winkte ungeduldig ab. »Und jetzt erzähl mir nicht, dass ihr in Byzanz besser mit euren Sklaven umgeht.«

»Nein, das tun wir nicht. Es war nur …« Sie suchte nach Worten, um zu ihm durchzudringen. »Die Kleine hat so hoffnungslos gewirkt, als hätte sie sich aufgegeben. *Dich* hätte sie auch gedauert.«

Otto stieß einen gereizten Seufzer aus. Er schob den Schemel zurück und begann, auf dem Teppich auf und ab zu gehen. »Dieser ganze Ärger – und dann ausgerechnet wegen eines Slawenkindes …«

»Was meinst du damit?«

»Die Slawen verursachen ohnehin ständig Probleme. Sie sind Heiden, die immer wieder auf sächsisches Gebiet einfallen.«

»Ich denke, ihr Sachsen seid mit slawischen Fürsten verbündet?«, fragte Theophanu verständnislos.

»Nur mit denen, die sich zum Christentum bekannt haben«, erklärte Otto, und seine Miene verdüsterte sich noch weiter. »Mehr als genug Stämme hängen ihren alten, finsteren Riten an.«

»Vielleicht wären mehr Stämme bereit gewesen, das Christentum anzunehmen, wenn ihr Sachsen ihnen nicht ein allzu schlechtes Beispiel gegeben hättet.« Allmählich wurde auch Theophanu zornig. »Dass euer Markgraf Gero, ein angeblich so guter Christ, damals vor gut dreißig Jahren erst slawische Fürsten zu einem Gastmahl einlud und sie dann alle umbringen ließ, hat das Vertrauen der Heiden in eure Religion sicher nicht gerade verstärkt.«

»Du kennst dich erstaunlich gut mit unserer Geschichte aus.«

»Ich hatte Gelegenheit, mich zu informieren.«

Otto setzte sich wieder. »Was Gero tat, war nicht richtig.«

»Dein Vater hat ihn trotzdem in seinem Amt belassen.« Darin verstand Theophanu den Kaiser nicht, so sehr sie ihn auch sonst schätzte.

»Gero ließ die slawischen Fürsten während der ersten Regierungsjahre meines Vaters ermorden. Mein Vater hatte damals mehr als genug damit zu tun, sich seine Feinde vom Hals zu schaffen. Was Gero tat, hat ihm sicher nicht gefallen. Aber er konnte es sich einfach nicht leisten, sich mit ihm anzulegen.« Als Theophanu schwieg, beugte sich Otto vor und nahm ihr Gesicht in beide Hände. Seine braunen Augen schauten sie eindringlich und ein wenig spöttisch an. »Ich hätte genauso gehandelt wie er. Und du – davon bin ich überzeugt – ebenfalls.«

Theophanu wandte den Blick ab. Die Seherin hatte ihr viele Kämpfe vorausgesagt. Und sie musste sich eingestehen, dass sie, um die Krone zu behalten, auch bereit wäre, offensichtliches Unrecht in Kauf zu nehmen.

»Siehst du …« Otto nickte langsam. Sein Gesicht wirkte

plötzlich älter und ein wenig müde. »Manchmal ist die Macht ein schmutziges Geschäft.«

Seine Worte hallten in ihrem Kopf wider und brachten Theophanu durcheinander. Wie weit würde sie gehen? Würde sie bereit sein, einen Gegner viehisch umbringen zu lassen, wie Johannes Tzimiskes es mit Nikephoros Phokas getan hatte? Sie scheute davor zurück, sich die Frage ehrlich zu beantworten.

Otto streichelte ihre Hände. »Was willst du mit dem Slawenmädchen anfangen?«

»Wie meinst du ...?« Sie schreckte auf. »Oh, ich dachte, ich könnte deine Schwester bitten, es mit einigen Knechten nach Quedlinburg zu schicken.«

»Gut.« Er grinste schief. »Hauptsache, die Kleine kommt meiner Mutter nicht mehr unter die Augen.« Er stand auf und griff wieder nach dem Kamm.

*

Ungeduldig wartete Adelheid darauf, dass ihr Gatte endlich von der Jagd zurückkehrte. Sie trug schon ihr Nachthemd, als ihr ein Diener endlich seine Ankunft meldete. Eilig schlüpfte sie in einen leichten Wollmantel und machte sich auf den Weg zu seinen Gemächern. Als sie den vorderen Raum betrat, saß Otto auf einem Stuhl. Die Riemen seiner ledernen Beinlinge waren geöffnet. Das Obergewand hatte er abgestreift und die Ärmel seines Leinenhemdes bis zu den Ellbogen hochgekrempelt. Er trank Weißwein aus einem Becher aus geschliffenem Glas.

Adelheid setzte sich zu ihrem Gemahl. »Wie war die Jagd?«, fragte sie und griff nach seinem Becher, um einen Schluck zu nehmen.

»Gut. Wenn man davon absieht, dass ich einen Hirsch um mehrere Ellen mit einem Pfeil verfehlt habe.« Otto hob die

Augenbrauen und griff nach einem zweiten Becher, den er mit Wein und Wasser füllte. »Vor einem Jahr wäre mir ein solcher Fehler noch nicht unterlaufen. Ich fürchte, meine Augen oder meine Reaktionsfähigkeit oder beide zusammen lassen nach.«

Seine Stimme klang unbeteiligt, und seiner Miene war nicht zu entnehmen, ob ihn diese Erkenntnis schmerzte. Otto zählte fast sechzig Jahre. Ein solches Alter erreichten die meisten Menschen gar nicht. Bislang war er Adelheid immer als Inbegriff von Gesundheit und Kraft erschienen. Ein tiefer Schmerz durchfuhr sie. Was würde sein, wenn er starb? Schnell schob sie den Gedanken beiseite und konzentrierte sich stattdessen auf den Grund ihres Kommens.

»Theophanu …«, begann sie und schilderte erregt, was sich am Nachmittag auf der Wiese am Dorfrand zugetragen hatte.

Otto lauschte ihr schweigend und trank ab und zu einen Schluck Wein aus seinem Becher. »Auf dem Rückweg habe ich von dem Vorfall gehört«, sagte er, als sie geendet hatte.

»Ist das alles, was du zu Theophanus Betragen zu bemerken hast?« Adelheid konnte seinen Gleichmut nicht fassen.

»Die Leute haben Theophanus Großherzigkeit gerühmt.« Otto wiegte den Kopf. »Es kann nicht schaden, wenn eine Kaiserin in dem Ruf steht, sich der Armen anzunehmen.«

Aus seiner Antwort hörte Adelheid einen unausgesprochenen Vorwurf heraus. »Willst du damit etwa sagen, dass ich mich dieses heidnischen Slawenmädchens hätte annehmen sollen?« Ihre Stimme klang schärfer, als sie beabsichtigt hatte.

»Darf ich dich daran erinnern, dass ich einen illegitimen Sohn mit einer slawischen Fürstentochter hatte?«

»Diese Frau war keine Heidin.«

»Nein, das war sie nicht.« Otto schwenkte den Becher in der Hand und beobachtete die Bewegung der Flüssigkeit an der durchsichtigen Wand.

Er hatte die slawische Prinzessin Adelheid gegenüber so gut wie nie erwähnt. Sie wusste nur, dass Gepa als Geisel an den Hof seines Vaters gekommen und an einem Fieber gestorben war, bevor er Editha kennen lernte. Adelheid war überzeugt, dass er sie längst nicht so sehr geliebt hatte wie seine erste Gattin. Doch Gepa musste sehr schön gewesen sein. Eifersucht regte sich in ihr. »Was gedenkst du wegen Theophanu zu tun?«, fragte sie brüsk.

Wieder schwenkte Otto das Glas. Er zuckte die Schultern. »Nichts, würde ich sagen.«

»Aber sie hat mich beleidigt!«, fuhr Adelheid auf.

»Sie hat getan, was sie für richtig hielt.«

Das war zuviel für Adelheid. Sie verlor die Beherrschung und sprang auf. Außer sich schrie sie: »Gib doch einfach zu, dass Theophanus hübsches Gesicht es dir angetan hat! Deshalb hast du dich auch so sehr dafür eingesetzt, dass sie die Ehefrau unseres Sohnes wird. Weil du selbst am liebsten das Bett mit ihr teilen würdest ...«

Erschrocken hielt sie inne.

Auch Otto war aufgesprungen. Sein Gesicht war weiß vor Zorn. »Ja, bei Gott, ich finde Theophanu hübsch«, herrschte er sie an. »Jedem Mann, der noch einigermaßen Saft in den Knochen hat, gefällt sie. Aber ich habe sie ausschließlich deshalb als Gattin für unseren Sohn ausgewählt, weil sie eine gute Herrscherin sein wird. Sie ist mutig und großherzig und weiß sich gegen Widerstände zu behaupten. Und was dich betrifft ... Vielleicht solltest du lieber weniger Geld an Klöster spenden und dich stattdessen christlicher gegenüber deinen Nächsten verhalten.«

»Wie kannst du es wagen ...«

»Theophanu weiß, was sie will. Und sie bekommt, was sie

will. Wenn die Lombardei ihr Königreich gewesen wäre, hätte sie darum gekämpft.«

»Du hast dich zum Herrscher meines Landes krönen lassen, bevor du überhaupt um meine Hand angehalten hattest.« Adelheids Stimme überschlug sich.

»Ach, tu doch nicht so, als ob ich dir die Lombardei geraubt hätte«, höhnte der Kaiser. »Du warst doch dankbar, dass ich dir diese Entscheidung abgenommen habe und du mit mir wieder einen Gatten hattest, auf den du dich stützen konntest. Jedem anderen, der dir gegen deinen Onkel Berengar zu Hilfe gekommen wäre, wärst du ebenso gern vor den Altar und ins Bett gefolgt.«

Ottos Worte waren wie eine Ohrfeige für Adelheid. Hatte er damals, als er um ihre Hand anhielt, nicht gespürt, dass sie sich in ihn verliebt hatte? Und war ihm entgangen, dass sie ihn all die Jahre geliebt hatte? Adelheid holte aus, um ihn ins Gesicht zu schlagen. Doch Otto fing ihren Arm ab.

»Was fällt dir ein!« Er packte sie grob und wirbelte sie herum.

»Lass mich los!« Vergebens wehrte sich Adelheid gegen seinen Griff. Während ihr Gatte sie durch den Raum stieß, öffnete sich ihr Mantel und rutschte von ihren Schultern. Otto keuchte auf, drückte sie dann gegen die Wand und presste seinen Unterleib gegen ihren. Sie versuchte, sich aufzubäumen. Doch er riss ihr das Hemd von den Schultern. Adelheid hielt den Atem an und leistete keinen Widerstand mehr, als er mit den Händen ihre Schenkel auseinanderdrückte. Stöhnend klammerte sie sich an ihn, doch statt fortzufahren, ließ er sie abrupt los. Verwundert öffnete sie die Augen. Schwer atmend und mit gerötetem Gesicht stand Otto vor ihr. Einen Moment starrte er sie an, ehe er sich brüsk abwandte und aus dem Raum stürmte.

Am ganzen Leib zitternd, rutschte Adelheid an der Wand hinunter und kauerte sich zu Boden. Während sie die Fetzen ihres Hemdes um sich raffte, schüttelte sie ein trockenes Schluchzen. So gedemütigt hatte sie sich noch niemals zuvor gefühlt – und das hatte sie allein Theophanu zu verdanken.

*

Aufgeregt erklomm Theophanu die mit bunten Tüchern und Blumengirlanden geschmückte Tribüne am Rand des Turnierplatzes. Ein wenig atemlos nahm sie an der Seite ihrer Schwägerin Platz und blickte sich um. Auf der anderen Seite der Turnierwiese spiegelte der Bodensee den Sommerhimmel. Vor zwei Tagen hatten Theophanu und die kaiserliche Familie auf der Insel Reichenau Quartier bezogen. Die drückende Hitze der letzten Tage war einer angenehmen Wärme gewichen. Nur tiefe Pfützen auf der Wiese zeugten noch von dem gestrigen Gewitter.

»Kein guter Untergrund für ein Turnier«, sagte Theophanu zu Mathilde.

»Nein, aber die jungen Herren – allen voran mein Bruder und Vetter –wollten ihren Wettkampf ja um keinen Preis verschieben.« Lächelnd zuckte Mathilde die Schultern. Einmal mehr wirkte sie wie eine unbeschwerte junge Frau und nicht wie eine ehrwürdige Stiftsdame.

Noch immer hatte sich Theophanu nicht richtig daran gewöhnt, wie schnell ihre Schwägerin zwischen Fröhlichkeit und Ernst hin und her wechseln konnte. Und noch viel weniger konnte sie sagen, was Mathilde über den Streit mit Adelheid dachte. Sie schien Theophanu die Auseinandersetzung jedenfalls nicht grundsätzlich zu verübeln, denn sie war freundlich wie immer.

Auch Ottos Vater hatte sich jeglichen Kommentars enthalten und benahm sich ihr gegenüber unverändert. Adelheid hingegen ignorierte ihre Schwiegertochter seit dem Zwist weitgehend und wechselte nur noch die allernotwendigsten

Worte mit ihr. Was Theophanu nicht schmerzte. Es tat ihr nur um Ottos willen leid, dass das Verhältnis zwischen der Kaiserin und ihr noch schlechter geworden war.

Am anderen Ende des Turnierplatzes, gegenüber der Tribüne, saßen die Höflinge auf Bänken und Stühlen. Die einfachen Bediensteten drängten sich an den Schmalseiten der Wiese. In einer der ersten Reihen lugte Ninias hervor. Eigentlich hätte er, so viel Theophanu wusste, in der Küche helfen sollen, hatte es aber wieder einmal geschafft, seine eigenen Wege zu gehen. Nun ja, der Junge hatte sich mittlerweile zu einem großen Bewunderer Ottos entwickelt. Verständlich, dass er das Turnier nicht versäumen wollte. Sie lächelte.

Das Getrappel von Pferdehufen ertönte: Die beiden gegnerischen Gruppen, jeweils von Otto und Heinrich angeführt, ritten heran. Drei Dutzend Reiter pro Mannschaft. Theophanu war nicht wohl bei der Vorstellung, dass die beiden gegeneinander antreten würden.

Ottos Mannschaft bezog auf der Seeseite, die von Heinrich auf der Landseite Stellung. Nun lagen etwa zweihundert Fuß Abstand zwischen ihnen. Zu Ottos Leuten gehörten natürlich seine Freunde, der Graf vom Wormsgau und Heinrich Zolunta. Obwohl mit Holzwaffen gefochten wurde, trugen die Männer leichte Kettenhemden und Helme. Bunte Bänder schmückten die Lanzenschäfte – rote für Ottos Gruppe und blaue für Heinrich und seine Leute.

Der Kaiser erhob sich von seinem Sitz. »Auf einen guten und gerechten Wettstreit!«, rief er schallend. Die Zuschauer jubelten. Sie freuten sich auf das Spektakel, wenn die Ritter ihren Gegner mit der Lanze aus dem Sattel zu stoßen versuchten, um sein Schwert an sich zu bringen. Gewonnen hatte die Mannschaft, die die andere zuerst vollständig entwaffnet hatte. Auf einem Tisch vor dem Kaiserpaar lagen goldene Armreifen für die Sieger bereit.

Otto winkte Theophanu zu. Gib auf dich Acht!, dachte sie mit klopfendem Herzen.

Fanfaren ertönten. Die Reiter erhoben ihre Lanzen und bunten Schilde. Nach weiteren Fanfarenklängen gab es kein Halten mehr, und die beiden Haufen donnerten aufeinander zu, allen voran Otto und Heinrich. Die Reiter hatten sich bis auf etwa fünfzig Fuß genähert, als Ottos Fuchs scheute. Er und das Pferd fielen ein wenig zurück. Heinrich Zolunta ritt nun an der Spitze. Die beiden Haufen krachten ineinander. Wiehern, Schreie und das Geräusch splitternder Lanzen füllten die Luft.

In dem Gewühle aus sich aufbäumenden und stürzenden Pferden und Menschen verlor Theophanu Otto aus den Augen. Doch dann sah sie, dass es ihm gelungen war, sich im Sattel zu halten.

»Gut gemacht, kleiner Bruder«, hörte sie Mathilde neben sich murmeln. Auch Heinrich und Otto vom Wormsgau waren nicht zu Boden gegangen. Theophanu zählte zehn Männer mit roten Bändern an den Helmen und zwölf mit blauen auf den Pferderücken. Heinrich Zolunta war von seinem Braunen gestürzt und focht gegen zwei Leute des Bayernherzogs, die heftig auf ihn einhieben. Überall auf der Wiese hatten sich mittlerweile Grüppchen von Kämpfenden gebildet. Einige Ordner, Adelige aus dem Gefolge des Kaisers, die rote Umhänge trugen, dirigierten nun die Streitenden auf den zum See hin gelegenen Teil der Wiese.

Die Reiter formierten sich am Rand der Grasfläche neu und stürmten dann ein weiteres Mal aufeinander zu. Kurz bevor die beiden Haufen aufeinandertrafen, scheute der Hengst des Grafen vom Wormsgau, und dann ging alles ganz schnell: Das Pferd eines anderen Reiters wich zur Seite aus und prallte gegen Ottos Fuchs. Gleichzeitig traf Heinrichs Lanze den Schild des jungen Kaisers. Otto schwankte. Der Schild entglitt seiner Hand. Heinrich stieß noch einmal mit seiner Waffe zu. Otto stürzte aus dem Sattel und zwischen die stampfenden Beine der Pferde.

»Nein!«, Theophanu sprang auf. Ebenso Mathilde. Der Kaiser beugte sich vor.

Das Durcheinander vor der Tribüne lichtete sich. Doch was Theophanu nun sah, erschreckte sie noch mehr. Der Fuchs trabte über die Wiese und zog ihren Gatten hinter sich her, denn Ottos rechter Fuß hatte sich im Steigbügel verfangen. Während er verzweifelt versuchte, frei zu kommen, brüllte er: »Gernot!« Ein stämmiger, schwarzhaariger Mann Mitte zwanzig ließ seinen Gegner stehen und rannte herbei. Er bekam die Zügel zu fassen und brachte den Fuchs zum Stehen.

Aber ehe sich Otto von dem Steigbügel losmachen konnte, preschte Heinrich heran. Gernot versuchte, sich ihm in den Weg zu stellen, doch er wurde von zwei Männern des Bayernherzogs attackiert. Atemlos verfolgte Theophanu, wie Heinrich mit dem Lanzenschaft auf seinen immer noch am Boden liegenden Vetter einhieb – ein grober Verstoß gegen die Regeln der Ritterlichkeit. Die Bediensteten aus dem Tross des Kaisers brüllten und buhten empört.

»Nein!«, hörte sich Theophanu erneut schreien. Mathilde zischte etwas, das wie »Dreckskerl« klang. Hadwigs Miene dagegen wirkte distanziert wie immer, und auch der Kaiser machte einen unbeteiligten Eindruck.

Der Graf vom Wormsgau hatte seinen Hengst wieder unter Kontrolle. Doch die Leute des Bayernherzogs bedrängten ihn und auch Heinrich Zolunta, der Otto ebenfalls zu Hilfe kommen wollte.

Der Fuchs tänzelte einige Schritte vorwärts. Otto hatte seinen Helm verloren. Seine Haare und sein Gesicht waren von Schlamm verschmiert, und Blut sickerte aus einer Stirnwunde. Zwei der Ordner rannten vom anderen Ende der Wiese zu Heinrich und Otto.

Endlich!, dachte Theophanu – und war gleich darauf völlig fassungslos: Denn der Kaiser erhob sich von seinem Platz und bedeutete den beiden Männern, nicht in das Geschehen einzugreifen.

»Vater, was soll das?« Aufgebracht fasste Mathilde ihren Vater am Arm. »Heinrich wird Otto umbringen.«

Der Kaiser schüttelte den Kopf. »Nein, das wird er nicht tun.«

»Brich den Kampf ab«, wandte sich nun auch Adelheid beschwörend an ihren Gatten. Ehe Theophanu ebenfalls ihren Schwiegervater bitten konnte, versperrten ihr wieder Pferde und Reiter den Blick. Sie umklammerte die hölzerne Brüstung. Was war mit Otto? Das Getümmel lichtete sich, und Heinrich wurde auf seinem Apfelschimmel sichtbar.

Plötzlich tauchte Otto neben dem Reittier seines Vetters auf. Unter den Schlammspuren war sein Gesicht bleich vor Wut. Er sprang vor, duckte sich unter einem Lanzenhieb weg, packte Heinrichs Bein und zerrte ihn aus dem Sattel.

»Ja!«

»Gut so!«

»Gebt es ihm!« Die Bediensteten aus dem Haushalt des Kaisers brüllten laut und begeistert.

»Weiter so, Otto«, murmelte Mathilde. Theophanu aber war unfähig, ein Wort hervorzubringen, und zu erschrocken und zu erleichtert, um einen klaren Gedanken zu fassen.

Sofort jedoch kam Heinrich wieder auf die Füße. Seine Lanze ließ er fallen. Brüllend zog er sein Holzschwert und stürzte sich auf Otto. Wütend hieben sie mit den Schwertern aufeinander ein. Nach einigen heftigen Schlägen versuchte Otto, einen Treffer auf Heinrichs Arm zu landen. Doch er rutschte auf dem nassen Gras aus und stürzte. Sofort war der Bayernherzog über ihm und trat ihn in den Bauch. Otto krümmte sich. Sein Schwert glitt ihm aus den Fingern.

Mathilde stöhnte bestürzt auf. Den Kehlen der Bediensteten entrang sich ein lauter Entsetzensschrei.

Theophanu sah ihren Schwiegervater an. Warum erlaubte er das alles? Die Miene des Kaisers war ausdruckslos. Doch seine Hände umklammerten nun ebenfalls die Brüstung. Nein, auch ihn ließ dieser Kampf nicht unberührt. Adelheid hatte die Faust vor den Mund gepresst und Gisela ihren Blick abgewandt. Hadwig wirkte angewidert. Nur ihr Gatte Burchard schien das Geschehen auf der Wiese mit entspanntem Interesse zu verfolgen.

Ninias war ein Stück auf die Wiese gerannt. Seine Augen waren weit aufgerissen und erschrocken.

Jetzt bückte sich Heinrich nach Ottos Waffe. Mathilde fluchte, und die Bediensteten stöhnten gequält auf. Nein, dachte Theophanu, es darf nicht sein, dass Heinrich diesen Kampf gewinnt. In diesem Moment warf sich Otto herum und gegen die Beine seines Vetters. Heinrich schwankte. Sofort stürzte sich Otto auf ihn und warf ihn rücklings ins Gras. Ehe sein Vetter erneut auf die Füße kommen konnte, war er über ihm und schlug ihm die Faust gegen das Kinn. Heinrichs Körper erschlaffte. Taumelnd erhob sich Otto. Er bückte sich nach dem Schwert des Vetters und brach es über dem Knie entzwei. Die beiden Stücke schleuderte er in das Gras, ehe er den Arm mit der erhobenen Faust gen Himmel reckte.

Ein Tumult brach los. Die Bediensteten des kaiserlichen Haushalts brachen in Jubelgeschrei aus. Auch die Höflinge hatten sich von ihren Sitzen erhoben und klatschten. Ninias hüpfte ausgelassen auf und ab. Er schwenkte einen Ginsterzweig, den er irgendwo von den Büschen am Rand der Wiese abgerissen hatte.

Theophanu war zu erleichtert, um ein Wort hervorzubringen. Gisela verließ die Tribüne und rannte zu ihrem Gatten, der sich nun stöhnend im Matsch bewegte, und kauerte sich neben ihn.

Ein rascher Blick zu ihrem Schwiegervater zeigte Theophanu, dass er gelassen wie immer wirkte. Aber seine Augen leuchteten.

»Du solltest dem Geschrei der Dienstleute Einhalt gebieten.« Adelheid wandte sich an ihren Gatten. »Es war schon nicht richtig, dass sie Heinrich ausgebuht haben. Er ist immerhin ein Fürst.«

»Ein Fürst sollte sich auch entsprechend benehmen und die Spielregeln einhalten«, antwortete der Kaiser knapp.

Theophanu schob sich an Mathilde vorbei und neben ihren Schwiegervater. »Ihr habt die Ordner nicht eingreifen lassen, weil Ihr wusstet, dass Otto das nicht gewollt hätte, nicht wahr?«, fragte sie leise.

Der Kaiser nickte. »Ich zumindest hätte keinen Wert darauf gelegt, von meinem Vetter verprügelt zu werden, ohne eine Möglichkeit zu haben, es ihm heimzuzahlen.« Mittlerweile hatten die Männer ihre Kämpfe eingestellt. Ottos Leute umringten und beglückwünschten ihren Herrn. Heinrichs Männer scharten sich um den Bayernherzog, der sich jetzt benommen aufrichtete und Gisela grob abwehrte.

Wieder suchten Theophanus Augen nach Otto. Langsam breitete sich ein Strahlen auf ihrem Gesicht aus. Ninias hatte sich zu ihrem Gatten durchgedrängt und reichte ihm den Ginsterzweig. Er fuhr dem Jungen durch die Haare, ehe er das Grün durch die Glieder seines Kettenhemdes schob und in Richtung der Tribüne stapfte. Er war von Kopf bis Fuß mit Schlamm verschmiert, und Blut tropfte noch immer aus seiner Stirnwunde. Trotzdem wirkte er geradezu unverschämt zufrieden mit sich.

Vor seinem Vater blieb Otto stehen und strich sich das Haar aus dem schmutzigen Gesicht. Die beiden musterten sich. Ein Lächeln zuckte um den Mund des Kaisers. »Ich würde vorschlagen, du nimmst ein Bad.«

»Ja, das sollte ich wohl.« Otto grinste.

Auch Heinrich, um den Gisela herumschwirrte wie eine Henne um ihr verletztes Küken, kam nun mit seinen Männern zur Tribüne.

»Sieh an, da kommt der Hund mit eingezogenem Schwanz«, hörte Theophanu Hadwig sagen. Heinrich bedachte seine Schwester mit einem giftigen Blick.

»Ich hätte fast vergessen, dass ich die Gewinner des Wettkampfes zu verkünden habe.« Ottos Vater breitete die Arme aus. »Die siegreiche Mannschaft« – er betonte das Wort Mannschaft – »ist, laut der Zählung der Ordner, die meines Neffen Heinrich.«

Aus der Reihe der Bediensteten wurden Pfiffe und spöttisches Gelächter laut.

»He, ihr hättet euch schon ein bisschen mehr anstrengen können.« Otto grinste seine Freunde und Waffengefährten an.

»Ich freue mich für meine Leute.« Heinrich verbeugte sich steif vor dem Kaiser.

»Du hast auch allen Grund, stolz auf sie zu sein.« Otto vollführte eine generöse Handbewegung.

Diese Niederlage wird dir Heinrich nicht vergessen, ging es Theophanu durch den Kopf. Ihr Gatte trat vor sie. »Wenn ich schon keinen goldenen Armreif gewonnen habe, einen Kuss hätte ich schon verdient, meinst du nicht auch?«, fragte er herausfordernd.

Sie schob ihre Sorge beiseite und lächelte. »Nur, wenn du dir vorher das Gesicht wäschst.«

*

»Lass mich in Ruhe!« Gereizt wehrte Heinrich Gisela ab, die versuchte, seinen Kopfverband mit einer Salbeitinktur zu betupfen.

»Aber der heilkundige Benediktiner hat doch gesagt, dass

der Verband regelmäßig befeuchtet werden muss«, protestierte sie schüchtern.

»Ich sagte, lass mich in Ruhe!«

»Natürlich, wie du wünschst.« Mit gesenktem Kopf stellte sie Schale und Tuch auf einer Truhe ab und schlüpfte aus dem Zimmer.

»Schenk mir Wein nach!« Heinrich winkte einen Diener herbei. Ungeduldig sah er zu, wie der ältere Mann die dunkelrote Flüssigkeit in einen versilberten Becher goss. Obwohl der Stuhl, auf dem der Bayernherzog saß, mit Kissen gepolstert war, schmerzte ihn sein ganzer Körper. Viel mehr noch als die körperliche Pein quälte ihn jedoch die Tatsache, dass er den Wettkampf gegen seinen Vetter verloren hatte. Diesen vier Jahre jüngeren, grenzenlos eingebildeten Wicht.

Mir hätte die Krone gebührt und nicht ihm, dachte Heinrich voller Wut und Selbstmitleid, während er einige tiefe Schlucke von dem Wein trank. Schließlich wurde mein Vater geboren, als unser gemeinsamer Großvater schon König war. Als Ottos Vater zur Welt kam, war unser Großvater dagegen noch ein gemeiner Fürst.

Auch mit seiner Gattin hatte Otto mehr als Glück gehabt. Von dem Makel, dass sie nicht im Purpur geboren war, redete kaum noch ein Mensch. Wo man auch hinhörte – die Leute sprachen nur davon, dass es den Liudolfingern gelungen war, sich durch diese Heirat mit dem byzantinischen Kaiserhaus zu verbinden. Außerdem war Theophanu schön. Ganz anders als Gisela mit ihrem reizlosen Gesicht, dem dürren Leib und den flachen Brüsten. Ihr beizuwohnen war eine langweilige Pflichtübung und diente nur dazu, Nachkommen zu zeugen. Nein, seine Lust entfachten andere Frauen.

Heinrich stellte sich vor, wie es wäre, Theophanu zu entkleiden. Ihre runden, schön geformten Brüste zu betasten, und er atmete schneller.

Am Abend setzte Imiza ihrer Herrin einen silbernen, mit Edelsteinen verzierten Stirnreif auf und reichte ihr einen Bronzespiegel. Doch Theophanu warf nur einen flüchtigen Blick auf die polierte Metallscheibe. Dann blickte sie zu den geöffneten Fenstern, durch die sie den dämmrigen Abendhimmel sehen konnte. Über den Berggipfeln am anderen Ufer des Sees stieg groß und goldgelb der fast volle Mond auf. Sie wünschte sich, einfach unbeschwert nach draußen laufen zu können, wie damals auf einem der Landgüter ihrer Eltern. Stattdessen musste sie die nächsten Stunden an der Tafel im Speisesaal des Klosters sitzen, wo jede ihrer Regungen beobachtet werden würde.

Eine junge sächsische Dienerin schlüpfte in den Raum. »Herrin, Euer Gatte möchte Euch sehen.«

»Sag ihm, dass ich ihn empfangen kann.«

Als Otto kurz darauf in das Gemach kam, bemerkte Theophanu verwundert, dass er ein Päckchen in der Hand hielt. Nur noch die frisch vernarbte Wunde auf seiner Stirn sowie eine Schramme auf seiner Wange zeugten von dem Kampf.

Die Dienerinnen zogen sich taktvoll zurück, als Otto auf sie zukam und ihr einen züchtigen Kuss gab.

Als sie unbeobachtet waren, legte Otto das Päckchen auf einem runden Tisch in der Zimmermitte ab. Nachdem er die Umhüllung aus Leinen auseinandergeschlagen hatte, kam ein in Leder gebundenes Buch zum Vorschein. Er grinste Theophanu an. »Eigentlich hätte ich von dir ein Siegesgeschenk bekommen sollen, aber stattdessen habe ich dir etwas mitgebracht.« Er klappte das Buch auf. Ein Engel, der sich vor einem goldenen Hintergrund zu einer Menschengruppe hinabbeugte, wurde sichtbar.

»Du hast also dem Kloster tatsächlich Bücher abgekauft!« Teils ärgerlich, teils erfreut schüttelte Theophanu den Kopf. Plötzlich wünschte sie sich so sehr, mit ihm zu schlafen, dass es ihr weh tat.

Otto nickte. »Und sehr gut bezahlt. Ich bin überzeugt, du musst dir um mein Seelenheil keine Sorgen machen.« Zärtlich neigte er den Kopf zu Theophanus Ohr. »Wollen wir uns zur Zeit der Komplet am Seeufer treffen?«, flüsterte er. »Bei dem Bootshaus des Klosters ist eine günstige Stelle.«

Theophanu nickte atemlos.

Hinter dem vom Mond beschienenen Schilfgürtel konnte Theophanu die Umrisse eines niedrigen Daches erkennen. »Hier ist die Stelle.« Zusammen mit Imiza hastete sie auf das Seeufer zu. Im Schilf tat sich ein schmaler Weg auf, der in eine kleine, sandige Bucht mündete. An einem Steg waren einige Kähne festgemacht und trieben im Wasser.

Voller Vorfreude ließ sich Theophanu auf einem Felsbrocken am Ufer nieder. Auf der anderen Seite des Sees hoben sich die Alpenketten scharf umrissen vom Nachthimmel ab, und die Schneefelder funkelten im Mondlicht. Vielleicht können Otto und ich einen Kahn nehmen und auf den See hinausfahren, dachte Theophanu sehnsüchtig und stellte sich vor, wie schön es wäre, sich auf dem Wasser zu lieben.

Zwischen dem Schilf ertönten Schritte.

»Du kannst gehen«, sagte Theophanu zu Imiza, während sie sich hastig erhob und auf das Schilf zulief. Doch der Mann, der zwischen den hohen Pflanzen hervorkam, war nicht Otto, sondern Heinrich. Wie Theophanu an seinem taumelnden Schritt erkannte, war er völlig betrunken. Ein zweiter Mann folgte ihm. Imiza schrie erschrocken auf.

»Also hatte mein Diener recht«, höhnte der Herzog. »Die schöne Byzantinerin hat ein Stelldichein am See. Mit deinem Gatten, will ich hoffen – oder erwartest du einen anderen Liebhaber?«

Wortlos wollte Theophanu an ihm vorbeilaufen, doch Heinrich war schneller. Er packte sie brutal an der Schulter und hielt sie fest. Sein Atem stank nach Wein. »Ihr Byzantinerinnen treibt es doch mit jedem. Also wirst du es auch mit mir machen.«

Mit aller Kraft schlug Theophanu Heinrich ins Gesicht und versuchte, sich von ihm loszureißen. Imiza erschien hinter dem Bayernherzog und trommelte verzweifelt mit ihren Fäusten auf ihn ein. »Lasst meine Herrin in Frieden!«

Heinrich wandte sich an seinen Gefährten. »Kümmere dich um die da«, knurrte er nur. Dann wandte er sich wieder Theophanu zu. Entsetzt nahm sie wahr, wie der Diener Imiza von dem Bayernherzog wegriss und ins Schilf zerrte. Imizas Schreie brachen abrupt ab. Was tat der Mann ihr an?

»Ich mag es, wenn eine Frau wild ist.« Trotz ihrer heftigen Gegenwehr rang Heinrich Theophanu nieder.

»Otto!« Verzweifelt bäumte sie sich auf.

»Halt den Mund!« Heinrich warf sie zurück auf den Boden und kniete sich breitbeinig auf ihre Arme. Mit der einen Hand verschloss er ihren Mund, während er mit der anderen ihr Kleid zerriss. Theophanu versuchte, sich hin und her zu werfen. Doch sie war nur zu einem hilflosen Zappeln imstande. Heinrichs Finger strichen über ihre nackten Brüste. Dann beugte er den Kopf und leckte sie ab. Theophanu kam es vor, als ob sein Speichel ihre Haut versengte. Ihr wurde übel. Hoch über sich am Himmel konnte sie den Mond sehen. Er schien in dem Nachtblau dahinzutreiben. Irgendwo schrie ein Käuzchen. Das alles geschah nicht ihr.

Sie spürte, wie sich Heinrich an seiner Hose zu schaffen machte. Nein, dachte sie. Nicht auch noch das. Erneut versuchte sie, sich herumzuwerfen. Doch es gelang ihr lediglich, den Kopf zu bewegen. Die Hand auf ihrem Mund verrutschte.

»Otto!« Sofort würgte Heinrich ihren Schrei ab, aber wenigstens konnte sie die Zähne in einen seinen Finger schlagen. Sie schmeckte Blut.

»Miststück!« Er knallte ihren Kopf hart auf den Boden. Benommen spürte Theophanu, wie er ihre Röcke hochriss und sich auf sie warf. Sie schloss die Augen, weil sie sein Gesicht nicht über sich sehen wollte. So verbissen sie sich auch wehrte, es gelang ihm schließlich, ihre Beine auseinanderzudrücken.

Und dann – Schritte. Ein wilder Wutschrei. Es war Ottos Stimme. Im nächsten Moment wurde Heinrich von ihr weggerissen.

»Du kannst mir glauben, deine Gattin wollte es mir freiwillig besorgen.«

»Ich bringe dich um!« Theophanu hörte mehr, als dass sie es sah, wie ein Hagel von Hieben und Tritten auf Heinrich niederprasselte. Sie richtete ihren Oberkörper auf und übergab sich in den Sand. Als sie wieder hochschaute, lag der Bayernherzog am Ufer. Otto kniete auf ihm und schlug wie ein Berserker auf ihn ein.

»Herrin.« Schluchzend lief Imiza auf sie zu. Von dem Diener war nichts mehr zu sehen.

»Hat dir der Mann etwas getan?« Auch Theophanu kämpfte mit den Tränen.

»Nein, er hat mich nur festgehalten. Als er Euren Gatten sah, ist er davongerannt.«

Imiza half Theophanu auf die Füße. Auf die Dienerin gestützt, humpelte sie zu Otto. Heinrich bewegte sich nicht mehr. Um seinen Kopf breitete sich eine dunkle Blutlache aus. Plötzlich glaubte Theophanu, Nikephoros Phokas' Leichnam im blutigen Schnee vor sich zu sehen.

»Otto! Hör auf.« Sie kniete sich neben ihn und versuchte, seine Hand zu packen. Doch er prügelte weiter auf seinen Vetter ein.

»Otto!« Mit ihrem ganzen Gewicht fiel Theophanu ihrem Gatten in den Arm. Er hielt inne und schüttelte schwerfällig den Kopf, als ob er mühsam wieder zu sich käme.

»Du bringst ihn um.«

»Er hat es auch nicht besser verdient«, knurrte Otto.

»Er war völlig betrunken. Willst du unsere Ehe mit einem Mord an einem engen Verwandten belasten? Das ist Heinrich nicht wert.« Flehentlich sah Theophanu ihren Gatten an.

Otto nahm ihr Gesicht in beide Hände. »Hat er dich …« Seine Stimme klang rau und zittrig.

»Nein, du bist gerade noch rechtzeitig gekommen.« Theophanu würgte das Schluchzen zurück, das in ihrer Kehle aufsteigen wollte.

»Wenn Heinrich dich … Ich hätte ihn getötet.« Sie zweifelte nicht an seinen Worten. Der Bayernherzog regte sich immer noch nicht.

»Imiza«, bat sie, »kannst du spüren, ob noch Leben in ihm ist?« Die Dienerin legte Heinrich die Hand auf die Brust. In der folgenden Stille hörte Theophanu die Wellen an das Ufer schlagen. Schließlich richtete Imiza sich auf. »Ich kann den Herzschlag fühlen. Aber er ist ganz schwach.«

»Hol meine Schwester. Sag ihr, was geschehen ist«, wandte sich Otto an die Dienerin. »Und du«, er schaute Theophanu an, »gehst am besten mit ihr.«

»Nein, ich bleibe.« Theophanu wollte bei Otto sein, auch wenn dies bedeutete, dass sie Heinrichs Gegenwart ertragen musste. Zu ihrer Erleichterung erhob Otto keine Einwände. Eine Auseinandersetzung mit ihm hätte sie jetzt nicht ertragen.

Während Imiza davonrannte, legte Otto Theophanu seinen Kittel über den nackten Oberkörper. Danach lud er sich Heinrich auf die Schultern. Gemeinsam gingen sie zu dem Bootshaus.

Im Innern der Hütte ließ Otto seinen Vetter wie einen Sack auf die Planken des Steges fallen. Theophanu und er kauerten sich ein Stück entfernt auf die Holzbohlen und klammerten sich aneinander.

»Heinrich wird seine Strafe erhalten, das schwöre ich dir«, flüsterte Otto.

»Nein, ich will, dass du diesen Vorfall vergisst.«

»Wie kommst du darauf? Das werde ich auf gar keinen Fall.«

»Wenn du gegen Heinrich Klage erhebst, dass er mich vergewaltigen wollte, wird er behaupten, dass das alles mit meinem Einverständnis geschehen wäre.« Während der wenigen Schritte zu dem Bootshaus war Theophanu das klar geworden.

»Ich bin Zeuge, was er getan hat«, brauste Otto auf.

»Du bist der betrogene Ehemann, der nicht wahrhaben will, was er sah.«

»Dann fordere ich Heinrich zu einem Gottesurteil heraus.«

»Auch wenn du den Zweikampf gewinnst, bleibt mein Name beschmutzt«, entgegnete Theophanu müde. »Viele Leute halten mich doch ohnehin schon für eine lasterhafte Byzantinerin. In ihren Augen werde ich die Verführerin deines Vetters sein.«

»Aber …«, wandte Otto zornig ein, kam jedoch ins Stocken.

»Du weißt, dass ich recht habe.«

Er schwieg. Theophanu schmiegte sich enger an ihn. Erst jetzt, da das erste Entsetzen allmählich nachließ, spürte sie schmerzhafte Prellungen an ihrem ganzen Körper. Wieder wurde ihr übel, und sie musste all ihre Selbstbeherrschung aufbringen, damit sie nicht haltlos zu weinen begann. Sie wünschte sich, Heinrich ernsthaft verletzt zu haben. Sie wünschte sich, ihn vor Gericht zu sehen, ja, ihn mit ihren eigenen Händen umbringen zu können. Aber sie wusste, dass all dies Otto und ihr letztlich nur schaden würde.

»Lass mich wenigstens mit meinem Vater sprechen.«

»Nein, denn auch er würde deinen Vetter bestrafen wollen.« Theophanu konnte Ottos Widerwillen spüren. »Zu wissen, dass er heute zweimal einen Kampf gegen dich verloren hat, ist für Heinrich Demütigung genug. Mit allem anderen spielst du ihm nur in die Hände.«

Otto schwieg erneut. Schließlich sagte er gepresst: »Eines Tages wird Heinrich für das, was er getan hat, bezahlen. Das schwöre ich.«

Endlich ertönten Schritte auf dem Steg. Ottos Schwester betrat das Bootshaus. Eine andere Frau folgte ihr. Theophanu dachte, dass es sich dabei um Imiza handelte. Doch als die Frau an einer Luke in der Holzwand vorbeiging, sah sie, dass es Hadwig war. Auch Otto bemerkte seine Base. »Mathilde, warum hast du ausgerechnet sie mitgebracht?«, stieß er scharf hervor.

Bevor ihm seine Schwester antworten konnte, fuhr ihn Hadwig an: »Mathilde hat mich gebeten, mitzukommen, weil sie dachte, dass ich helfen könnte. Du brauchst dich also nicht über mich aufzuregen. Ich habe meinen Bruder schon immer für einen Idioten gehalten und bedaure Gisela für jeden Tag, den sie mit ihm verbringen muss. Aber wenn dein Vater und du euch weniger arrogant verhalten hättet, wäre Heinrich vielleicht nicht über Theophanu hergefallen.«

»Also sollen mein Vater und ich schuld sein, dass Heinrich versucht hat, meine Frau zu vergewaltigen?«, fragte Otto so gefährlich leise, dass Theophanu ihm beruhigend die Hand auf den Arm legte.

»Ich sage nicht, dass ihr schuld seid. Ich sage nur, dass ihr beide mit eurer Überheblichkeit manchmal schwer erträglich seid und Menschen mit einem rachsüchtigen Wesen – so wie meinen Bruder – dazu reizt, es euch heimzuzahlen.«

»Ich fürchte mich nicht vor Heinrich.«

»Du musstest auch nicht das Schlimmste ausbaden.« Hadwigs Stimme klang trocken.

Mathilde hatte sich mittlerweile neben Heinrich auf den Bootssteg gekniet und den Schieber einer mitgebrachten Laterne geöffnet. Der Lichtschein fiel auf Heinrichs Kopf und Oberkörper. Sein Gesicht war geschwollen, und die Nase wirkte merkwürdig verrutscht.

»Hadwig und du, Imiza« – die Dienerin war neben der Tür stehen geblieben –, »kommt her«, sagte Mathilde ruhig. »Hadwig, du hältst den Kopf deines Bruders. Und du, Imiza, streichst seine Haare beiseite.« Sie griff in ein Bündel, das neben ihr auf den Holzbohlen lag, und entnahm ihm ein Tonfläschchen, eine Schere sowie Verbandszeug.

Hadwig kauerte sich neben sie. »Sein Schädel ist doch nicht gebrochen?«

»Nein«, Mathilde schüttelte den Kopf, »nur die Nase. Aber am Kopf hat er eine tiefe Fleischwunde.« Ihre Stimme klang nüchtern und ohne Mitleid.

Otto ließ Theophanu los und trat einen Schritt auf seine Base zu. »Sorg dafür, dass dein Bruder bis morgen Abend von hier verschwindet. Falls er bis dahin noch bewusstlos sein sollte, lässt du ihn auf einem Wagen fortschaffen. Andernfalls bringe ich ihn um.«

Hadwig bedachte ihn mit einem ihrer spöttischen Blicke. Schließlich nickte sie jedoch. Sie kannte ihren Vetter gut genug, um zu wissen, dass er nicht scherzte. »Ich werde mich darum kümmern.«

»Dann haben wir uns verstanden.«

»Lass uns gehen.« Theophanu wollte nur noch fort. Heinrichs Anblick war ihr unerträglich. Otto half ihr vorsichtig auf die Beine. Sie fühlte sich plötzlich entsetzlich schwach und musste sich an ihm festklammern, um nicht zu stürzen.

Unvermittelt stand Hadwig auf. Sie ging zu ihr und strich ihr über die Wange. Mit einer Sanftheit, die ihr Theophanu nicht zugetraut hätte, sagte sie: »Es tut mir so leid.«

Theophanu konnte die Tränen nicht länger zurückhalten und begann zu weinen.

»Bei Gott, lass sie in Ruhe!«, herrschte Otto seine Base an. Er hob Theophanu hoch und trug sie aus dem Bootshaus. Durch den Tränenschleier konnte sie sehen, dass sich im Osten über den Alpen ein heller Streifen am Himmel gebildet hatte. Die Morgendämmerung kündigte sich an.

»Gib acht, dass uns niemand sieht«, flüsterte sie. Statt einer Antwort drückte Otto sie nur fest an sich.

*

Gegen Mittag, als Otto den Hof vor den Stallungen überquerte, traf er auf seinen Vater. Der Kaiser saß auf dem Rand eines großen, runden Brunnens und begutachtete einen Falken, den ihm ein Händler auf seiner Faust präsentierte. Der Vogel trug eine Haube über dem Kopf und plusterte gereizt das Gefieder. Zwei weitere Falken ebenfalls mit Hauben über den Köpfen hockten in Käfigen auf einem Karren. Der Kaiser winkte Otto herbei.

»Der Jude Kalymachos rät mir zu diesem Vogel.« Er wies auf den Händler, einen Mann Mitte zwanzig, der dunkles Haar und feine, orientalische Gesichtszüge hatte. »Aber ich weiß nicht recht, immerhin ist eine seiner Klauen verkrüppelt.«

»Hoheit, trotzdem ist der Falke der beste Jäger, den ich je gesehen habe.« Der Händler verbeugte sich und nahm dem Vogel die Haube ab. Der Falke öffnete den Schnabel und stieß ein zorniges, heiseres Krächzen aus. An seinem rechten Fuß waren, wie Otto jetzt sah, zwei der Zehen zusammengewachsen. Er wiegte den Kopf. »Kann er denn damit die Beute packen?«

»Er ist der Beste«, wiederholte der Händler.

Der Kaiser betrachtete weiter den Raubvogel, der gereizt

auf der Faust des Händlers hin und her trippelte. »Heinrich ist übrigens heute Morgen überraschend nach Bayern abgereist.«

»Tatsächlich?« Otto bemühte sich, gleichmütig zu wirken.

»Ja, dringende Geschäfte, irgendwelche Grenzstreitigkeiten wohl, haben ihn abgerufen.« Der Kaiser zog die Augenbrauen hoch, als er fortfuhr: »Er ist wirklich zu bedauern. Gestern Nacht ist er eine Treppe hinuntergestürzt und hat sich dabei den Kopf übel zerschlagen.«

Erneut stiegen Wut und Hass auf den Vetter in Otto auf. Sollte er dem Vater nicht doch mitteilen, was Heinrich Theophanu angetan hatte?

»Fühlt sich deine Gattin nicht wohl? Sonst reitet sie doch morgens gewöhnlich aus. Doch heute hat sie, so viel ich weiß, ihre Gemächer noch nicht verlassen.« Die Stimme des Kaisers klang beiläufig.

»Laut Imiza nur ein leichtes Fieber. Nichts Ernsthaftes.« Otto schüttelte den Kopf. So sehr er diese Einsicht auch verabscheute: Theophanu hatte recht. Wenn er Heinrich anklagte, würde dies letztlich auf sie zurückfallen. Er musste abwarten und eines Tages selbst mit seinem Vetter abrechnen.

Am Himmel erschien ein Schwarm Vögel. Der Falke schlug wütend mit den Flügeln. Nur das Lederband, das um sein Fußgelenk geschlungen und gleichzeitig am Unterarm des Händlers befestigt war, hielt ihn davon ab, sich in die Luft zu schwingen.

Otto lachte trocken auf. »Er scheint wirklich ein guter Jäger zu sein. An Eurer Stelle, Vater, würde ich ihn nehmen.«

Der Kaiser bedachte seinen Sohn mit einem abwägenden Blick. Schließlich nickte er. »Gut, ich werde den Falken kaufen.«

*

Theophanu folgte einem Gartenweg der Ingelheimer Pfalz. Zwei Monate waren seit ihrem Aufenthalt auf der Reichenau vergangen. Doch für einen Oktobertag war das Wetter warm. Der wilde Wein, der an den Mauern der Halle emporrankte, hatte sich rot verfärbt, und auch die Rebstöcke, die auf den steilen Hängen auf der anderen Seite des Rheintals wuchsen, leuchteten bunt im Sonnenlicht.

Sie ging noch ein Stück weiter bis zu einer Steinbank, von der aus sie auf den Strom hinabsehen konnte. Die vergangenen beiden Monate war der Tross des Kaisers dem mächtigen Fluss gefolgt. Otto hatte stets versucht, ihr durch den Wirrwarr der immer neuen Eindrücke zu helfen. Dennoch hatte Theophanu sich häufig verzweifelt gefragt, wie es ihr nur gelingen sollte, dieses große und ihr immer noch so fremde Reich zu regieren. Würde sie in den Kämpfen, die ihr die Seherin vorausgesagt hatte, nicht unweigerlich und vor allem kläglich versagen? Immerhin wäre sie auch Heinrich unterlegen, wenn ihr nicht Otto im letzten Moment zu Hilfe gekommen wäre.

In den letzten Wochen war es Theophanu meist gelungen, nicht an die Augenblicke am Seeufer zu denken. Doch jetzt glaubte sie wieder, Heinrichs Gewicht auf sich zu spüren und seinen weingeschwängerten Atem zu riechen. Sie schauderte, und ihr wurde übel.

Von der Halle her ertönten Schritte und Männerstimmen. Theophanu erhob sich hastig. So durcheinander und verletzlich wie sie sich fühlte, wollte sie von niemandem gesehen werden. Doch es war zu spät. Ihr Schwiegervater war um eine Wegkehre gekommen.

Ihn begleitete ein großer, schwarzhaariger Mann – Willigis, der Kanzler des Reichs und Erzbischof von Mainz, den Theophanu erst am Vorabend kennen gelernt hatte. Sie verbeugte sich vor ihrem Schwiegervater, während der Kanzler ihr gegenüber höflich den Kopf neigte.

Willigis – ein Mann in den Dreißigern – hatte ein knochiges, ansprechendes Gesicht. Seine dunklen Haare und Augen bildeten einen seltsamen Kontrast zu seiner hellen Haut. Er war ein Mann, der große Intelligenz und Tatkraft ausstrahlte. Theophanu wusste, dass er nicht als ein Adeliger geboren war, sondern nur als ein Edelfreier. Sein wacher Geist hatte den Kaiser jedoch so beeindruckt, dass dieser ihn mit immer wichtigeren Aufgaben betraut und schließlich zum Vorsteher seiner Kanzlei und zum Erzbischof gemacht hatte. Ihr Gatte schätzte Willigis ebenfalls. Aber Theophanu war sich nicht sicher, ob sie dem Kanzler wirklich traute. Er erschien ihr irgendwie zu glatt, als dass sie ihm nicht auch das Gegenteil von dem zugetraut hätte, was er sagte oder auszustrahlen versuchte.

»Hoheit, ich hoffe, Euch gefällt diese Gegend«, wandte sich Willigis an sie. »Schließlich gehört der Königshof von Boppard zu Eurer Brautgabe.«

»Ich freue mich schon darauf, meinen Besitz kennen zu lernen«, erwiderte Theophanu höflich. Der Königshof von Boppard war nur zwei Tagesritte von der Ingelheimer Pfalz entfernt und würde die übernächste Station des Trosses bilden. Sie wünschte sich, ihr Schwiegervater und der Kanzler würden endlich weitergehen und sie allein lassen. Irritiert nahm sie wahr, dass ihr Schwiegervater sie aufmerksam betrachtete, und schlug verlegen die Augen nieder.

»Willigis, wenn Ihr bitte schon vorausgehen würdet«, wandte sich der Kaiser an seinen Begleiter.

»Gewiss.« Der Kanzler verbeugte sich.

Theophanus Schwiegervater setzte sich auf die Bank und lud sie mit einer Handbewegung ein, es ihm gleichzutun. Befangen nahm sie neben ihm Platz.

»Die letzten Monate waren nicht einfach für dich, nicht wahr?«, fragte er ruhig.

»Hier ist alles so anders als in meiner Heimat«, sagte sie

zögernd. Ottos Vater sollte nicht denken, dass sie über ihr neues Leben unglücklich war und sich beklagen wollte. »In Byzanz lebt der Hof im Kaiserpalast und zieht nicht ständig durch die Lande.«

»Das heißt, du findest unsere Lebens- und Regierungsweise anstrengend?«

»Nicht das tagelange Reiten.« Noch immer war sie unschlüssig, inwieweit sie sich ihm wirklich anvertrauen sollte.

»Sondern?«

Sie gab sich einen Ruck, während sie einige rot verfärbte Blätter betrachtete, die der Wind über den Weg trieb. »Ständig wechseln die Orte, an denen wir uns aufhalten, und dauernd begegnen wir anderen Menschen. Zu Hause habe ich die Winter mit meinen Eltern im Kaiserpalast verbracht und die Sommer auf einem unserer vier Landgüter. Ich war noch niemals zuvor so viel unterwegs wie in den letzten Monaten. Und immer, wenn ich gerade beginne, mich an einem Ort heimisch zu fühlen, ziehen wir weiter.«

»An viele der Stätten wirst du immer wieder zurückkehren.« Die Stimme ihres Schwiegervaters klang überraschend sanft. »Einige wirst du besonders mögen. Dort kannst du im Verlauf eines Jahres mehrere Wochen oder gar Monate verbringen.«

Theophanu schaute ihn an. »Für Euch ist Magdeburg solch ein Ort, nicht wahr?«

»Ja, außerdem Quedlinburg und Memleben. Es tut gut zu wissen, dass ich im nächsten Frühjahr endlich wieder dort sein werde. Ich war zu lange im Süden.« Ottos Vater schaute einem hoch beladenen Lastkahn nach, der in der Flussmitte stromabwärts fuhr. Er wirkte plötzlich sehr müde. Doch als er sich Theophanu wieder zuwandte, war sein Blick hellwach und klar. »Aber das ist noch nicht alles, was dich beunruhigt, oder?«

»Nein …« Theophanu hatte sich langsam zu dem vorgetastet, was sie am meisten befremdete und beunruhigte. »In Byzanz herrscht allein der Kaiser. Dort gibt es natürlich auch Fürsten und einige von ihnen, wie mein Vater, zählen zum Rat des Herrschers. Manchmal versuchen diese Ratgeber zwar auch, im Hintergrund die Fäden zu ziehen. Aber ein starker Kaiser, wie es Nikephoros Phokas war oder jetzt Johannes Tzimiskes ist, herrscht unangefochten.« Sie wusste auf einmal nicht mehr, wie sie sich weiter erklären sollte.

»Und meine Herrschaft ist angefochten, findest du?« Der Kaiser lachte.

»Ganz und gar nicht.« Theophanu errötete. Tatsächlich hatte ihr Schwiegervater jede Versammlung ganz selbstverständlich dominiert, egal wie viele Adelige ihr auch beiwohnten. »Es ist nur ... In Eurem Herrschaftsgebiet besitzen die Fürsten Ländereien, in denen sie selbst Regenten sind. Ländereien mit ganz eigenen Rechten und Gesetzen. Sie treten Euch sehr selbstbewusst gegenüber. In Byzanz werfen sich selbst die Fürsten vor dem Kaiser nieder und berühren mit der Stirn den Boden«, schloss sie ein wenig hilflos.

»Es wäre sicher ein spaßiger Anblick, wenn sich ein alter Haudegen wie Pandulf Eisenkopf vor mir zu Boden würfe.« Ihr Schwiegervater grinste. »Oder Hermann Billung. Wobei dies eine gute Möglichkeit böte, dem Kerl gewaltig in den Hintern zu treten. Was ich, ehrlich gesagt, nur zu gern täte.«

Theophanu nickte heftig, »Das meine ich ja. Hermann Billung hat in Eurer Abwesenheit die Pfalz von Magdeburg in Besitz genommen und sich dort als Regent aufgespielt.«

»Hermann hatte in gewisser Weise nicht unrecht«, erklärte der Kaiser und wiegte den Kopf. »Ich hätte nicht sechs Jahre im Süden verbringen dürfen. Ich habe eine Verantwortung gegenüber meinem Herrschaftsgebiet nördlich der Alpen und den Menschen, die hier leben.« Das schelmische Grinsen erschien wieder auf seinem Gesicht. »Erfreulicherweise ist mein Ruf immer noch stark genug, dass Hermann sofort den Schwanz eingezogen hat, als ihm zu Ohren kam, dass ich zurückkehre.«

»Natürlich, aber ...«

»Du hast ja recht.« Er wurde ernst. »Die Fürsten sind selbstbewusst und mächtig, und viele von ihnen streben nach noch mehr Macht. Aber die meisten von ihnen würden es nicht wagen, nach der Königskrone zu greifen. Zumindest dann, wenn das Risiko groß für sie ist. Sie fürchten die Kämpfe, die ihnen bevorstehen, den Streit mit den anderen Wölfen im Rudel. Deshalb sind sie bereit, sich einem Stärkeren unterzuordnen.«

Theophanu runzelte die Stirn. »Aber wart Ihr immer so stark?«, fragte sie skeptisch.

»Nein.« Während ihr Schwiegervater den Kopf schüttelte, huschte ein rasches Lächeln über sein Gesicht. »Ich habe mich nur immer bemüht, meine Schwäche nicht zu zeigen. Außerdem bin ich stets darauf bedacht gewesen, schnell auf ein gut gerüstetes Heer zurückgreifen zu können. Darüber hinaus ist es aber auch wichtig, Ausgleich zu finden, wenn es Auseinandersetzungen mit den Fürsten gibt. Als Herrscher muss man ihnen die Möglichkeit eröffnen, das Gesicht zu wahren, und ihnen das Gefühl vermitteln, respektiert zu werden. Das gilt übrigens auch für den Umgang mit Niedrigeren – nichts schafft so viele Probleme, wie wenn Menschen den Eindruck gewinnen, schlecht behandelt und zurückgesetzt zu werden.«

»Aber manchmal fühlen sich Menschen zu Unrecht schlecht behandelt. Wie Euer jüngerer Bruder zum Beispiel«, gab Theophanu zu bedenken.

»Dann ist es, wie gesagt, notwendig, schnell ein gut gerüstetes Herr aufstellen zu können. Und doch immer wieder verhandlungsbereit zu sein – was natürlich leichter fällt, wenn du einen Sieg im Rücken hast.« Der Kaiser umfasste Theophanus Hände. »Die meiste Zeit sind die Fürsten gutwillig und fühlen sich an den Eid gebunden, den sie ihrem König geleistet haben. Gefährlich wird es nur dann, wenn ein Herrscher angeschlagen ist. Dann beginnen einige Wölfe im Rudel Blut zu lecken, und diejenigen, die sich einen Vorteil versprechen, aber zu feige sind, um selbst loszubeißen, schlagen sich auf ihre Seite.«

»So wie vor neunzehn Jahren, als sich Euer Sohn Liudolf gegen Euch erhob?«

»Ja.« Der Kaiser nickte. Ein Schatten fiel auf sein Antlitz.

»Wie habt Ihr diesen Konflikt gelöst?«

»Durch Gottes Hilfe«, lächelte der alte Kaiser. »Und dank der Ungarn, die das Reich von außen bedrohten. Deshalb mussten die Fürsten sich notgedrungen mit mir versöhnen.« Er sah Theophanu voller Wärme an. »Und dann natürlich durch meinen unbedingten Willen, mich als Führer des Rudels zu behaupten.«

»Ich weiß nicht, ob ich diesen Willen besitze.« Theophanus Stimme klang unsicher.

»Oh, deshalb brauchst du dir keine Sorgen zu machen, mein Kind. Du hast denselben starken Willen wie ich – und wie mein Sohn.« Freundschaftlich legte er ihr den Arm um die Schultern.

»Wenn Ihr meint …«, erwiderte Theophanu zögernd. Sie war ihrem Schwiegervater dankbar, dass er so offen mit ihr gesprochen hatte. Aber sie bezweifelte noch immer, dass sie der Aufgabe, die vor ihr lag, wirklich gewachsen war.

»Ja, das meine ich wirklich.« Otto erhob sich und nickte ihr zu. »Wir sollten nach drinnen gehen. Es wird allmählich kühl.« Tatsächlich stand die Sonne mittlerweile tief im Westen.

Sie waren bereits ein Stück in Richtung der Halle gegangen, als sich der Kaiser noch einmal Theophanu zuwandte. »Und was Heinrich betrifft, glaube mir, meine Tochter, auch mit ihm werdet ihr fertig.«

*

Ein Schneeschauer wehte Theophanu ins Gesicht. Vorsichtig dirigierte sie Myra den steilen, von Felsen gesäumten Weg hinab. Dabei verwünschte sie ihren mit kostbaren Steinen und Perlen bestickten, golddurchwirkten Umhang. Die Krone behinderte sie noch zusätzlich.

Am Fuße des Quedlinburger Stiftsbergs konnte sie zwischen den tanzenden Flocken bereits die Kaiserpfalz ausmachen. Weitläufige Wiesen umgaben die aus grauem Stein errichteten Gebäude. Gemäß einer Tradition der Liudolfinger hatten die Damen der Familie während der Ostertage in dem Stift gewohnt, die Männer dagegen in der Pfalz Quartier bezogen. Dort hatte der Kaiser den sächsischen Adel für den Ostermontag zum Hoftag einbestellt. Auch hohe Adelige und Geistliche aus anderen Teilen des Reiches würden anwesend sein. Ebenso der polnische Herzog Miezko und der böhmische Herzog Boleslav.

Obwohl Theophanu mittlerweile viele derartige Versammlungen erlebt hatte, war sie nervös wie nie zuvor. Sachsen war das Stammland der kaiserlichen Familie. Hier wurzelte ihre Macht. Und wenn Liudolfinger diese dauerhaft aufrechterhalten wollten, mussten sie gewährleisten, dass der einheimische Adel hinter ihnen stand. Dass Heinrich ebenfalls an dem Hoftag teilnehmen würde, steigerte Theophanus Beklemmung zusätzlich. Es würde ihr erstes Zusammentreffen seit seinem Vergewaltigungsversuch sein.

Als die Damen der kaiserlichen Familie mit ihrem Gefolge die Wiesen um die Pfalz erreicht hatten, legten sich die Schneeschauer ebenso unvermittelt, wie sie eingesetzt hatten, und die Sonne brach zwischen den Wolken hervor. Adelheid, die an der Spitze des Zuges ritt, trieb ihr Pferd über eine

Brücke, und Mathilde schloss zu Theophanu auf. Aufmunternd lächelte sie ihre Schwägerin an. Ein warmes Gefühl der Dankbarkeit durchströmte Theophanu.

In der Halle vor dem großen Saal hatten sich bereits die Gefolgsleute und Höflinge des Kaisers und des Thronfolgers versammelt. Otto, der ein rotes, mit Goldfäden besticktes Samtgewand und einen pelzbesetzten Umhang trug, scherzte mit Heinrich Zolunta und Otto vom Wormsgau. Doch Theophanu spürte, dass auch er aufgeregt war. Zum ersten Mal seit seiner Kindheit war er wieder nach Sachsen zurückgekehrt. Sein Vater plauderte gut gelaunt mit Kanzler Willigis und Dietrich von Metz. Auch der alte Kaiser war zum ersten Mal seit sechs Jahren wieder im sächsischen Kernland. Ihn schien der bevorstehende Hoftag nicht im Geringsten zu beunruhigen. Selbstsicher wandte er sich seiner Gattin zu und reichte Adelheid seinen Arm.

Otto atmete tief durch und trat neben Theophanu. Während sie ihre Hand auf die seine legte, schlangen sie rasch und verstohlen ihre Finger ineinander. Der kurze Händedruck tat ihr gut. Dietrich von Metz und Mathilde reihten sich hinter ihnen ein. Auch die Höflinge ordneten sich paarweise. Fanfaren ertönten. Das Portal zu dem großen Saal öffnete sich.

Theophanu war es inzwischen gewohnt, dass sich bei derartigen Gelegenheiten unzählige Augenpaare auf sie richteten. Doch während sie an Ottos Seite durch die Versammlung der Adeligen und hohen Geistlichen schritt, klopfte ihr Herz wie wild. Umso mehr freute sie sich, als ein vertrautes Gesicht in der Menge auftauchte: Erzbischof Gero nickte ihr freundlich zu.

Nachdem sie die Stufen in der Apsis des Saals hinaufgeschritten waren, ließen sie sich auf thronartigen Stühlen nieder. Der Kaiser in der Mitte, Otto und Theophanu zu seiner Rechten. Adelheid sowie Mathilde nahmen an seiner Linken

Platz. Die Gefolgsleute und Höflinge stellten sich zu beiden Seiten der Halle auf.

Erneut ertönten Fanfaren, worauf Kanzler Willigis vortrat. Er hielt eine Ansprache, in der er die Erfolge des Kaisers im Süden beredt schilderte – dass es ihm mit Gottes Hilfe gelungen sei, erzählte er, den Anspruch Papst Johannes' XIII. gegen die römischen Adelssippen durchzusetzen und die Sarazenen vernichtend zu schlagen. Außerdem verlieh er der Freude des Kaisers Ausdruck, endlich wieder in seine Heimat Sachsen zurückgekehrt zu sein.

Während der Rede des Kanzlers spürte Theophanu, wie sie von den Anwesenden genauestens taxiert wurde. Sie fühlte sich nackt und hilflos. Zu allem Überfluss entdeckte sie nun auch noch Heinrich in der Menge, der sie scharf beobachtete. Theophanu bemühte sich, an ihm vorbeizublicken, und versuchte, ihre Anspannung und ihren Ekel hinter einer ruhigen und ausdruckslosen Miene zu verbergen.

Nachdem Willigis seine Rede beendet hatte, erschollen zum dritten Mal Fanfarenklänge. Der Haushofmeister schritt zum Rand des Podestes und begann, mit lauter Stimme Namen und Titel von einer Pergamentrolle abzulesen. Die Aufgerufenen traten vor und schritten die Stufen hinauf. Dann beugten sie erst vor dem alten und dann vor dem jungen Kaiser die Knie und hoben die ineinander verschränkten Hände, woraufhin die beiden Herrscher die ihren darüberlegten. Mit dieser Geste erneuerten sie den einmal geleisteten Treueschwur.

Theophanus Schwiegervater plauderte anschließend mit jedem einzelnen Adeligen. Dann und wann steuerte auch Otto etwas zum Gespräch bei. Zu Theophanus Erleichterung verhielten sich die Fürsten und hohen Geistlichen zwar gewohnt selbstbewusst, aber doch so, als ob sie den alten Kaiser und auch Otto ganz selbstverständlich als ihre Regenten akzeptierten.

Nun betraten zwei Männer das Podium. Der ältere war etwa dreißig Jahre alt und hatte ein sensibles, nachdenkliches Gesicht. Der Jüngere machte dagegen einen wesentlich robusteren Eindruck.

»Dietrich, Pfalzgraf in Sachsen, und sein Bruder Siegbert«, vermeldete der Haushofmeister. Theophanu erinnerte sich, dass der Vater der beiden Brüder bei Heinrichs Aufständen auf dessen Seite gestanden hatte.

»Das letzte Mal, als ich Euch sah, war gerade Euer erster Sohn geboren worden.« Der Kaiser beugte sich zu Dietrich vor. »Ezzo war sein Name, glaube ich.«

»Das stimmt.« Dietrich lächelte.

»Dem Jungen geht es gut?«

»In seinem zweiten Lebensjahr hatte er ein schweres Fieber. Aber seitdem gedeiht er prächtig. Und mittlerweile sind noch zwei weitere Buben dazugekommen.«

»Glückwunsch. Und wie steht es bei Euch, Siegbert?« Der Kaiser wandte sich dem jüngeren Bruder zu. Während dieser ebenfalls von der Geburt eines Erben berichtete, erinnerte sich Theophanu an das, was ihr Schwiegervater über Dietrich und Siegbert gesagt hatte. Den Älteren hatte er als treu, aber schwach eingeschätzt, den Jüngeren als einen Wirrkopf, der wahrscheinlich dazu neigte, seinem Vater nachzueifern.

Nach den Brüdern tauchte ein massiger Mann um die fünfzig Jahre auf, mit einem kantigen Schädel, eisgrauem Haar und ungesund roten Wangen. Trotz seiner bulligen Statur schien er unsicher, als er schnaufend die Stufen hinaufging. Ein Mann Mitte zwanzig, der ihm wie aus dem Gesicht geschnitten war, folgte ihm. Der Ähnlichkeit nach offensichtlich sein Sohn – allerdings war sein Körperbau schlanker und sein Blick ruhiger.

»Herzog Hermann Billung und Bernhard, sein Sohn und Erbe«, tönte es durch den Saal. Die Aufmerksamkeit aller

Anwesenden richtete sich auf das Podium. Die Spannung war fast mit Händen zu greifen.

Schwerfällig beugte der Herzog die Knie vor dem Kaiser. Theophanu konnte die Augen ihres Schwiegervaters nicht sehen, doch sie war überzeugt, dass sie funkelten. Äußerlich reglos nahm er das Treuegelöbnis von Hermann Billung und dessen Sohn entgegen. Er wartete, bis die beiden auch vor Otto die Knie gebeugt hatten, ehe er sich an den Herzog wandte. Seine Stimme klang amüsiert. »Hermann, ich hoffe, Ihr hattet einen angenehmen Aufenthalt in meiner Pfalz und habt gut in meinem Bett geschlafen. Die Fußbodenheizung lässt im Winter immer ein wenig zu wünschen übrig. Dafür ist der Weinkeller aber besonders gut.«

»Ich …« Das Rot auf Hermann Billungs Wangen vertiefte sich.

»Teurer Freund, ich bin Euch sehr dankbar. Wer außer Euch hätte es gewagt, zu einem solch deutlichen Mittel zu greifen, um mich daran zu erinnern, dass es höchste Zeit war, in den Norden zurückzukehren? Jeder Mensch, auch jeder Regent, kann irren. Ist es nicht so?« Der Kaiser wandte sich Otto zu.

»Allerdings«, bestätigte dieser ernsthaft. Doch Theophanu kannte ihren Gatten gut genug, um das unterdrückte Lachen in seiner Stimme zu hören.

Die Augenlider des Herzogs klimperten unsicher.

»In einer solchen Lage ist es gut, sich auf mutige Fürsten verlassen zu können. Fürsten, die gewillt sind, sich gegebenenfalls den Zorn ihres Herrschers zuzuziehen und doch nicht von dem abzuweichen, was sie für richtig halten.«

»Gewiss – Ihr könnt jederzeit auf mich zählen …«, stammelte Hermann Billung verlegen.

Der Kaiser erhob sich, trat auf ihn zu und umarmte ihn. »Hermann, ich bin sehr stolz auf Euch.«

»Majestät …« Erleichtert sackte der Herzog in sich zusammen.

Die Spannung im Saal löste sich. Wieder setzte Getuschel ein. Otto vom Wormsgau und Heinrich Zolunta standen dicht unterhalb des Podiums und bemühten sich, ihr Grinsen zu unterdrücken. Mit der Bemerkung, dass er hoffe, im Laufe der nächsten Wochen einmal mit ihnen auf Hirschjagd gehen zu können, entließ der Kaiser die beiden Billunger.

Der Mann, der nach den beiden steifbeinig die Stufen hinaufschritt, unterschied sich hinsichtlich seiner Größe und seiner Ausstrahlung von allen Adeligen, die bisher das Podium betreten hatten: Er war mindestens so groß wie der Kaiser, wenn auch viel hagerer, und obwohl er kostbar gekleidet war, sah er mit seinem strähnigen, graublonden Haar, der schwarzen Augenklappe und den tiefen Narben auf der rechten Gesichtshälfte eher wie ein Pirat als ein Fürst aus.

»Graf Ekbert vom Ambergau«, vermeldete der Haushofmeister. Theophanu erinnerte sich, dass dieser Ekbert, genannt der »Einäugige«, ein Neffe der verstorbenen Mutter des Kaisers und damit ein Vetter ihres Schwiegervaters war. Vor fünf Jahren hatte sich Ekbert mit einem Slawenfürsten verbündet und wegen einer persönlichen Fehde sächsisches Grenzland verwüstet. »Verrückt, völlig unberechenbar und brandgefährlich wie ein dürres Kornfeld«, war Ottos trockener Kommentar gewesen, als er Theophanu von ihm erzählt hatte.

Nun beugte Ekbert die Knie vor dem Kaiser. Allerdings nicht besonders tief. Was nicht unbedingt daran lag, dass sein rechtes Bein verkrüppelt war, davon war Theophanu überzeugt. Auch seine Hände hielt er ihm nur so kurz hin, wie es die Sitte unbedingt erforderte.

»Ekbert, es ist eine Freude, dich wiederzusehen.« Der Spott des Kaisers war unüberhörbar.

»Du hast dich tatsächlich lange Zeit im Süden aufgehalten.« Die Stimme des Adeligen hatte einen rauen, heiseren Klang. »Von mir aus hättest du nicht zurückkehren müssen. Wir kommen hier im Norden sehr gut ohne dich zurecht.«

Ein noch tieferes Schweigen als eben senkte sich über den Saal. Eine Windböe, die Schnee gegen die Fenster trieb, hallte in der Stille wider.

»Dein Verhalten gegen Graf Hammo beweist mir leider das Gegenteil.« Der Kaiser spielte auf die Fehde seines Vetters an, die zur Verwüstung weiter Landstriche in Sachsen geführt hatte. Er sprach sehr ruhig, doch in seinen Worten schwang eine unverkennbare Warnung mit.

Ekbert ignorierte sie. Stattdessen wandte er sich Otto zu. »Sieh an, der junge Hänfling ist flügge geworden«, höhnte er. »Das letzte Mal, als ich dich gesehen habe, warst du noch nicht lange den Windeln entwachsen.«

»Inzwischen bin ich seit gut drei Jahren volljährig und außerdem dein König – falls du so gütig sein und dich daran erinnern willst.« Otto sprach gleichmütig, fast gelangweilt. Aber Theophanu ahnte, dass sich hinter der ruhigen Fassade sein Jähzorn regte. Noch hatte ihm Ekbert nicht das Treuegelöbnis erwiesen.

»Du bist im Süden aufgewachsen und hast obendrein eine Byzantinerin zur Frau gewählt«, ein verächtlicher Blick aus Ekberts gesundem Auge streifte Theophanu, »bist du denn überhaupt noch mit den hiesigen Sitten vertraut, oder hast du dir nicht längst die fremden Gebräuche zu eigen gemacht?«

»Eine Antwort darauf kann ich dir nur geben, wenn du beliebst, mir mitzuteilen, auf welche Sitten du anspielst.«

»Du erwartest doch hoffentlich nicht von deinen Gefolgsleuten, dass sie sich vor dir in den Staub werfen, wie es die Griechen tun?«

»Nein, aber ich erwarte, dass alle Adeligen mir den Respekt erweisen, der mir als ihrem König zukommt.« Noch immer klang Ottos Stimme verdächtig ruhig.

»Oh, verzeih«, höhnte Ekbert und grinste unverhohlen, »aber mein rechtes Bein ist zu steif, um es vor einem Herrscher zu beugen, der die Eierschalen noch nicht vollständig abgestreift hat.«

Ekbert wandte sich ab. Bevor er jedoch auch nur einen einzigen weiteren Schritt getan hatte, war Otto aufgesprungen und trat ihm das linke Bein unter dem Körper weg. Ekbert verlor das Gleichgewicht und stürzte der Länge nach hin. Ehe er sich aufraffen oder nach seinem Schwert greifen konnte, kniete Otto bereits auf ihm. Er packte seinen Kopf und drückte ihn mit dem Gesicht zu Boden. »Wenn du mir schon nicht nach der sächsischen Sitte das Treuegelöbnis leisten willst, dann tu es meinetwegen auf die byzantinische!«, brüllte er. Sein Gesicht war bleich vor Wut.

Unten im Saal fassten Ekberts Gefolgsleute an die Schäfte ihrer Waffen. Otto vom Wormsgau und Heinrich Zolunta schoben sich auf das Podium zu, die Hände griffbereit an ihren Schwertern.

»Schluss!« Der Kaiser erhob sich. »Ihr« – er funkelte Ekberts Gefolgsleute und die Freunde seines Sohnes drohend an – »wagt es ja nicht, Eure Waffen zu ziehen. Und du« – er drehte sich Otto zu – »lass ihn sofort los.«

Otto zögerte, löste dann jedoch seine Hände von Ekberts Kopf und Nacken und sprang auf die Füße. Sogleich war auch sein Gegner auf den Beinen und riss sein Schwert aus der Scheide. Theophanu unterdrückte einen Schrei. Sie hörte Adelheid entsetzt aufkeuchen. Mathilde beugte sich vor, als ob sie ihrem Bruder zu Hilfe kommen wollte.

»Ich sagte: Schluss! Das gilt auch für dich, Ekbert«, donnerte der Kaiser seinen Vetter an. »Wenn du nicht augenblicklich deine Waffe wegsteckst, bekommst du es mit mir zu tun.« So wie er hoch aufgerichtet dastand, den Arm gebieterisch ausgestreckt, mit gefährlich funkelnden Augen, wirkte er tatsächlich wie ein alter, kraftvoller Löwe. Er und Ekbert maßen sich mit Blicken. Schließlich sah sein Vetter zu Boden und stieß mit einer verächtlichen Bewegung das Schwert wieder zurück in die Scheide.

»Und lass dir gesagt sein, Ekbert: Falls du dich noch einmal mit einem slawischen Fürsten zusammentust und sächsisches Gebiet verwüstest, nehme ich dir deinen Besitz weg und stecke dich in Klosterhaft. Hast du mich verstanden?«

Ekbert warf den Kopf in den Nacken. »Ja, ich habe dich verstanden.«

»Gut.« Der Kaiser nickte. »Dann kannst du jetzt meinem Sohn, deinem König, die Treue geloben.«

Ekbert bleckte die Zähne, und Theophanu war überzeugt, dass er sich weigern würde, diesem Befehl nachzukommen. Doch schließlich beugte er die Knie und streckte Otto die ineinander geschlungenen Hände entgegen. Ihr Gatte legte die seinen darüber. Nach einigen Momenten erhob Ekbert sich brüsk und stapfte die Stufen hinunter, während der junge und der alte Kaiser ihre Plätze wieder einnahmen. Das aufgeregte Getuschel im Saal legte sich, und der Haushofmeister rief einen weiteren Namen aus: »Herzog Heinrich von Bayern.« Theophanus Magen verkrampfte sich. Der Vorfall mit Ekbert hatte sie so sehr beschäftigt, dass sie an Heinrich nicht mehr gedacht hatte.

Selbstbewusst, in ein dunkelblaues, am Ausschnitt mit roten Edelsteinen besetztes Samtgewand gekleidet, schritt der Neffe des Kaisers auf das Podest zu. Nichts an seiner Haltung und seiner entspannten Miene erinnerte daran, dass Otto ihn während des letzten Turniers gedemütigt und in der Nacht darauf im Zorn fast zu Tode geprügelt hatte.

»Onkel …« Auf dem Podium angelangt, erwies Heinrich dem alten Löwen das Treuegelöbnis.

»Neffe«, der Kaiser musterte ihn durchdringend, »konntest du die Streitigkeiten an der Grenze rasch beilegen?«

Heinrich nickte und lächelte verbindlich. »Ja, ich bedaure

es wirklich sehr, dass ich Euren Hof wegen dieser Sache vorzeitig verlassen musste.«

Auf einen Wink des Kaisers hin erhob sich Heinrich und beugte die Knie vor Otto. Theophanu nahm wahr, wie ihr Gatte erstarrte. Lass dir nichts anmerken, bitte, beschwor sie ihn im Stillen. Gib Heinrich nicht die Genugtuung, dass er dich vor allen Anwesenden aus der Fassung bringt.

Sehr langsam hob Otto die Hände. Sie zitterten ein wenig. Doch es gelang ihm, sie über die seines Vetters zu legen. Währenddessen glaubte Theophanu den Hass, der zwischen den beiden Männern herrschte, beinahe körperlich zu spüren.

*

»Ekbert, es war ausgesprochen dumm von dir, dass du dich mit unserem lieben Vetter angelegt hast.« Am Abend, in den Gemächern des Einäugigen, streckte Heinrich die Beine lässig von sich.

»Diese kleine Ratte …« Der Graf bedachte den Bayernherzog mit einem bösen Blick.

Heinrich ließ sich nicht einschüchtern. »Und noch dümmer war es, dass du dich von Otto hast niederschlagen lassen. Dadurch hat unser Vetter viel Respekt und Ansehen gewonnen.«

»Du kannst dir deine klugen Ratschläge wirklich sparen.« Ekbert lachte höhnisch auf. »Schließlich hat Otto dich bei eurem letzten Turnier besiegt.«

Nachdenklich betrachtete Heinrich das Schwert, das vor Ekbert auf dem Tisch lag. Dass er gegen seinen Vetter verloren hatte, nagte immer noch an ihm. Ganz zu schweigen davon, dass es Otto gelungen war, ihn in der darauf folgenden Nacht bewusstlos zu prügeln. An den Kampf hatte er nur schemenhafte Erinnerungen. Wie sich Theophanu voller Angst und Abscheu unter ihm gewunden hatte, war ihm dagegen deutlich im Gedächtnis geblieben. Allein der Gedanke daran erregte ihn wieder zutiefst.

»Bei dem Turnier hatte ich einfach Pech.« Er vollführte eine wegwerfende Handbewegung. »Du weißt doch, wie das geht. Ein Moment der Unaufmerksamkeit. Ein Pferd, das einem Befehl nicht gehorcht ...«

Ekbert schnaubte verächtlich.

Heinrichs Blick wanderte wieder zu dem Schwert. Plötzlich begriff er und erschrak. »Du hast doch nicht etwa vor, Otto niederzustechen?«

»Was geht dich das an?«

Bei Gott, dieser Wahnsinnige! Er spielte anscheinend tatsächlich mit dem Gedanken, einen von Gott gesalbten König hinterrücks umzubringen. Heinrich lächelte. »Glaub mir, es gibt andere Wege, mit Otto fertig zu werden. Wege, die dich nicht in die Vogelfreiheit treiben und deinen Besitz kosten werden, sondern die dir im Gegenteil völlig neue Möglichkeiten eröffnen werden: Wege, die dir im Gegenteil zu Reichtum und einer höheren Stellung verhelfen werden.«

»Planst du etwa einen Aufstand?« Wieder lachte Ekbert höhnisch auf. »Du scheinst ein schlechtes Gedächtnis zu haben. Wie oft hat sich dein Vater gegen den Kaiser erhoben? Dreimal, oder? Und jedes Mal ist er gescheitert.«

»Die Zeiten ändern sich«, entgegnete Heinrich leichthin.

»Das bezweifle ich.«

»Der alte Löwe wird nicht ewig leben. Ich habe Verbindungen geknüpft.«

»Das tat dein Vater ebenfalls.« Ekberts Stimme klang spöttisch. Und doch wusste Heinrich, dass er seine Aufmerksamkeit gewonnen hatte.

*

Theophanu ritt an Ottos Seite den Waldweg hinauf. Ihr Gatte trug auf der behandschuhten Faust einen Falken. Es war ein schönes Tier, fand sie und betrachtete den Vogel, der mit der Lederhaube über dem Kopf reglos, fast wie aus Stein gemeißelt, dahockte. Drei Tage waren mittlerweile seit der großen Versammlung verstrichen. Zu Theophanus Erleichterung hatte Heinrich Quedlinburg bereits am Tag danach verlassen. Auch Ekbert war inzwischen abgereist. Doch einige der hohen Gäste waren geblieben, unter ihnen Boleslav, der Herzog von Böhmen, sowie Miezko, der polnische Herzog.

Dicht unterhalb des Hügelgrates schwenkte die Jagdgesellschaft in eine Lichtung ein. Der Kaiser und Adelheid, die an der Spitze des Zuges ritten, brachten ihre Pferde am Rand der Wiese zum Halten. Boleslav und Miezko gesellten sich zu ihnen. Miezko war ein gut aussehender, schlanker Mann Mitte vierzig, belesen und von ausnehmend guten Manieren. Er war Theophanus Tischnachbar gewesen und hatte ihr auf dezente, charmante Weise den Hof gemacht. Boleslav war um die fünfzig. Er war stämmig von Körperbau und zurückhaltend in seinem Wesen und schien sich nur dann in Gesellschaft wirklich zu entspannen, wenn er sich über Waffen und Pferde unterhalten konnte.

»Komm, lass uns von hier verschwinden«, hörte Theophanu Otto sagen. Sie wandte sich ihm zu und lachte. »Willst du mich etwa von Boleslav fernhalten?« Ihm hatte es nicht im Geringsten behagt, wie der polnische Herzog mit ihr getändelt hatte. Auch dass er mit Dubrawka, Miezkos junger Gattin, eine hübsche Tischdame gehabt hatte, hatte nichts an seiner Eifersucht geändert. Otto warf dem Herzog einen gereizten Blick zu, grinste dann jedoch. »Ich möchte einfach mit dir allein sein.«

Seit sie in Quedlinburg eingetroffen waren, war es ihnen noch nicht gelungen, ein paar Momente für sich zu sein. Theophanu wendete Myra und folgte Otto auf einen Pfad, der sich zwischen Bäumen unterhalb des Hügelkammes entlangzog. Sie ritten bis zu einer kleinen Lichtung. Dort löste Otto die Kappe vom Kopf des Falken. Der Vogel öffnete den Schnabel und stieß einen heiseren Schrei aus. Erst jetzt bemerkte Theophanu, dass zwei seiner Zehen an der rechten Klaue ineinander verwachsen waren. »Du jagst mit einem verkrüppelten Falken?«, fragte sie verwundert.

»Er ist der beste, den ich je hatte. Kalymachos, der jüdische Händler, der ihn mir verkauft hat, hatte recht.« Er schleuderte den Vogel in die Luft. Während sich der Falke hoch und höher schraubte, blickte Otto Theophanu besorgt an. »Du machst mir keine Vorhaltungen, weil ich Ekbert den Staub am Boden des Podiums habe schlucken lassen?«

»Nein, war dir denn dein Vater deswegen böse?«, fragte sie verwundert. Sie hatte den Eindruck gehabt, dass Ottos Wutanfall ihrem Schwiegervater, ebenso wie den meisten Fürsten, durchaus gefallen hatte.

»Nein, aber meine Mutter. Sie war der Meinung, dass ich mich unmöglich benommen hätte. Wenigstens stand Mathilde aber auf meiner Seite.« Er sah zu seinem Falken hoch, der nun der Erde zustürzte. »Was hältst du von Boleslav und Miezko?«

»Ich weiß nicht recht.« Theophanu zuckte mit den Schultern. Es war nichts Bestimmtes, eher ein Gefühl, das sie veranlasste zu sagen: »Ich halte Miezko für fähig, Ränke zu schmieden. Und Boleslav ... Meiner Meinung nach ist er kein Mensch, der selbst Pläne ausheckt. Aber auch niemand, auf dessen Treue man sich verlassen kann. Er hängt sein Fähnlein nach dem Wind, würde ich sagen.«

Der Falke, dessen Schwingen im Sonnenlicht glänzten, kam wieder auf sie zugeflogen. In seinen Fängen baumelte ein Hase.

»Mein Vater teilt deine Meinung. Und zwar in Bezug auf beide Männer.« Otto wiegte den Kopf. »Ich würde übrigens auch nicht unbedingt auf Miezkos Treue bauen. Aber ich halte ihn eigentlich für zu bequem, um Intrigen zu spinnen.«

Theophanu überlegte kurz, ob Ottos Eifersucht vielleicht sein Urteilsvermögen trübte. Aber sie war sich auch ihrer Einschätzung nicht völlig sicher. Ihr Gatte nahm dem Falken nun die Beute ab und hielt dem Vogel ein rohes Fleischstück zur Belohnung hin.

»Miezko ...«, begann Otto. Doch eine Bewegung zwischen den Bäumen ganz in ihrer Nähe ließ ihn innehalten. Zwei junge Frauen – ihren dunklen Gewändern aus feinem Stoff nach zu schließen Stiftsdamen – traten aus dem Wald. Eine von ihnen trug einen Korb am Arm, in dem büschelweise getrocknete Kräuter lagen.

Ein vielleicht acht Jahre altes Mädchen lief hinter ihnen her. Als das Kind in Theophanus Richtung sah, weiteten sich seine Augen. Dann stürzte es los und rannte ungestüm auf sie zu. Durch die plötzliche Bewegung aufgeschreckt, flatterte der Falke von Ottos Faust hoch und ließ sich krächzend auf dem Ast einer Buche nieder. Otto fluchte.

»Was ...?«, stieß Theophanu erschrocken aus. Als das Mädchen sich vor ihr auf die Knie fallen ließ, ihren Mantelsaum umklammerte und in einer fremdländischen Sprache zu stammeln begann, erkannte sie die Kleine: Es war das Sklavenmädchen, das sie dem Händler in der Nähe des Klosters Sankt Gallen abgekauft und mit Mathildes Einwilligung nach Quedlinburg geschickt hatte. Sein abgehärmtes kleines Gesicht hatte sich mittlerweile gerundet und wirkte richtiggehend hübsch.

Die beiden Stiftsdamen eilten auf Theophanu zu und verbeugten sich ehrerbietig. »Verzeiht, dass das Kind Euch gestört hat«, sagte diejenige mit dem Korb am Arm. »Aber es wollte Euch danken.« Sie berührte das Mädchen an der Schulter und sagte freundlich: »Nun komm, wir müssen weiter.«

Nach einem letzten Blick auf Theophanu ließ das Kind den Mantelsaum los und folgte den beiden Stiftsfrauen.

»Es tut mir leid.« Sie drehte sich zu Otto um. Zu ihrer Erleichterung war es ihm, dank eines weiteren Fleischstücks, mittlerweile geglückt, den Falken wieder auf seine Hand zu locken.

»Schon gut.« Er lächelte sie an. »Du hast wirklich recht gehabt, dem Mädchen zu helfen.«

*

»Herr, Euer Gast ist gekommen.« Während der Regen gegen die Fensterläden des abgelegenen Jagdhauses prasselte, verbeugte sich der Diener vor Heinrich und zog sich sachte zurück, als ein großer, vollkommen durchnässter Mann den niedrigen Raum betrat.

»Was für ein grauenhaftes Wetter«, sagte der polnische Herzog Miezko missmutig und schlug die Kapuze seines Umhangs zurück.

»Ihr hattet einen schlimmen Ritt?«, fragte Heinrich freundlich und ging auf Miezko zu. Die beiden Männer umarmten sich.

»Das kann man wohl sagen. Richtig unangenehm wurde es am Nachmittag, als wir die Gegend von Kronach erreichten.« Miezko dehnte seinen steifen Körper.

»Umso dankbarer bin ich Euch, dass Ihr einem Treffen zugestimmt habt.« Heinrichs Stimme klang samtweich. »Ich hoffe, dass Euch das gute Essen, das schon auf Euch wartet, für all Eure Unannehmlichkeiten entschädigen kann.« Er wies zu einem Tisch, der vor einem lodernden Feuer stand und mit vielen Schüsseln gedeckt war.

»Eine gute Mahlzeit ist allemal einen anstrengenden Ritt wert.« Lächelnd nahm Miezko Platz. Heinrich hob die Deckel von den Schüsseln und legte seinem Gast die gebratenen

Bruststücke einer Ente sowie die einer Gans vor, außerdem einige Stücke vom Hirsch. Erst nachdem er Miezko Wein eingeschenkt hatte, setzte er sich und bediente sich selbst von den Speisen.

»Ich habe den Aufenthalt in Quedlinburg sehr genossen.« Der Herzog aß einige Bissen von dem Geflügel. »Es war schön, Euren Onkel einmal wieder zu sehen. Wirklich bewundernswert, welch guter Gesundheit er sich trotz seines hohen Alters erfreut.«

»Ja, in der Tat erstaunlich.« Heinrich trank einen Schluck Wein. »Mein Vater verstarb leider recht jung. Aber meine Großmutter Mathilde, die Mutter des Kaisers, erreichte ebenfalls ein stattliches Alter.«

»Die lange Regierungszeit Eures Oheims ist wirklich ein Segen. Sie hat dem Reich Stabilität gebracht. Niemand würde es wagen, gegen den alten Löwen aufzubegehren.«

»Nein, das würde keiner tun.« Heinrich nickte zustimmend.

Der polnische Herzog aß zur Abwechslung von dem Fleisch, ehe er erneut das Wort ergriff. »Die Speisen sind vorzüglich zubereitet. Ihr könnt Eurem Koch mein Kompliment übermitteln.«

»Mit Vergnügen.«

»Euer Vetter scheint die Tatkraft seines Vaters geerbt zu haben. Die Fürsten äußerten sich anerkennend über ihn. Wir beide wissen, dass es gut ist, wenn sich ein Mann mit seiner Faust Respekt verschaffen kann.« Miezko schaute nachdenklich in das Feuer. Als er sich Heinrich wieder zuwandte, war seine Miene undurchdringlich. »Dennoch glaube ich, dass die Anerkennung, die Euer Vetter zurzeit genießt, noch nicht wirklich gefestigt ist.«

»Ich bin ganz Eurer Ansicht.«

»Demselben Banner zu folgen, gemeinsam kämpfen und Siege erringen – das sind die Dinge, die wirklich zusammenschweißen.« Miezkos Antlitz nahm einen träumerischen Ausdruck an. »Ich hätte viel dafür gegeben, an der großen Schlacht auf dem Lechfeld teilgenommen zu haben. Aber wir beide sind dafür leider zu spät geboren.«

Heinrich beugte sich vor, fasste den polnischen Herzog bei der Schulter und sagte eindringlich: »Große Kämpfe wird es immer geben. Man muss sie nur führen wollen.«

»Ihr schlagt mir also vor, dass wir unter derselben Fahne reiten sollten?« Miezko lächelte schwach.

»Es wäre mir eine Ehre, Euch an meiner Seite zu wissen.«

»Und Euer Feldzug würde – ich deute Eure Absichten doch richtig – gegen Euren jungen Vetter gerichtet sein? Korrigiert mich, wenn ich mich täusche. Aber so weit ich unterrichtet bin, soll Euer Verhältnis nicht das herzlichste sein.«

»Die Kaiserkrone hätte allein meinem Vater zugestanden – und damit nun mir.«

»Ich weiß, dass manche der Fürsten dies ähnlich sehen.«

»Mein Onkel wird nicht ewig leben. Gewiss, er wirkt noch sehr rüstig. Aber ich habe in Erfahrung bringen können, dass ihn dann und wann die Kräfte verlassen.«

»Ja, der alte Löwe ist sterblich wie wir alle.« Miezko nickte versonnen.

»Ich gebe ihm noch ein oder zwei, vielleicht drei Jahre. Das ist genau die Zeit, die wir brauchen, um einen Feldzug vorzubereiten.«

»Und was macht Euch so sicher, dass Ihr gegen Otto den Sieg davontragt?«

»Die Bundesgenossen, die ich bereits gewonnen habe. Außerdem kann mein Vetter nicht auf eine feste Anhängerschaft zurückgreifen. Das habt Ihr eben ja auch ganz richtig bemerkt. Mich dagegen kennen und schätzen die Fürsten.«

»Möglicherweise war es ein Fehler, dass der Kaiser seinen Sohn im Süden hat aufwachsen lassen.« Miezko trank einen Schluck Wein und dachte nach. Dann blickte er seinem Gegenüber direkt in die Augen. »Falls ich mich entscheiden sollte, mich Eurem Aufstand anzuschließen, was hätte ich davon?«

Heinrich lächelte. »Die Stifte Gandersheim und Quedlinburg. Außerdem die Mark Lausitz.«

»Ein Angebot, das es sich durchaus zu überdenken lohnt.« Miezko wiegte den Kopf.

»Um Euch die Bedenkzeit zu verkürzen, biete ich Euch außerdem die Mark Meißen.« Heinrichs Lächeln vertiefte sich.

Der Herzog keuchte kurz auf. Doch sofort hatte er sich wieder gefasst. »Ein fürstliches Versprechen«, sagte er dann vorsichtig. »Aber zuerst müsst Ihr Euren Vetter besiegen.«

»Was mir, davon bin ich überzeugt, mit Eurer Hilfe gelingen wird.« Heinrich lehnte sich wieder in seinem Stuhl zurück und bemühte sich, seine Erleichterung zu verbergen. Noch zierte sich der Herzog. Aber Heinrich war überzeugt, dass Miezko den Köder geschluckt hatte.

*

Theophanu blickte in den Garten der Memlebener Pfalz und beobachtete ihren Schwiegervater. Gemächlich schlenderte der alte Löwe die Wege entlang und blieb da und dort bei einem zart belaubten Baum oder Strauch stehen. Vor vier Tagen, Anfang Mai, war der Tross in Memleben eingetroffen. Fast gleichzeitig war, nach einem kalten und windigen April, endlich der Frühling angebrochen.

Der Aufenthalt in Quedlinburg lag nun über einen Monat zurück. Während des Hoftages hatte der alte Löwe auch Gesandte des Kalifen Al Muzzin aus Nordafrika empfangen. Die in farbenprächtige, kostbare Gewänder gekleideten Männer hatten beteuert, wie sehr ihrem Herrn der Frieden in Apulien und Kalabrien am Herzen liege. Der Kaiser hatte bewegt versichert, wie dankbar er für die Botschaft sei, und seinen Friedenswillen hervorgehoben.

Doch nach dem Empfang hatte er gegenüber seinem Sohn und Theophanu trocken erklärt, dass er dem Kalifen nicht über den Weg traue – genauso wenig wie Al Muzzin umgekehrt seinen Worten glaube.

Der alte Kaiser war nun vor einer mächtigen, noch weitgehend kahlen Rotbuche stehen geblieben, in deren Stamm ein Blitz eine klaffende Wunde gerissen hatte. Sanft strich er über das blanke Holz und lehnte dann seinen Kopf gegen den Stamm.

Zuneigung und Dankbarkeit durchfluteten Theophanu. So lange mein Schwiegervater lebt, dachte sie, sind Otto und ich sicher.

Der Ausritt hatte Theophanu gutgetan. Gerade war sie in Begleitung von Imiza und einigen Damen ihres Gefolges in den Hof bei den Stallungen eingebogen, als Otto lächelnd auf sie zulief. Verwundert und erfreut zügelte Theophanu ihre Stute.

»Komm mit, ich möchte dir etwas zeigen.« Ihr Gatte streckte die Arme aus, um ihr aus dem Sattel zu helfen. Rasch und verstohlen küsste sie ihn und schmiegte sich an ihn, bis er sie – viel zu schnell, wie ihr schien – auf dem Boden absetzte.

»Wie geht es deinem Vater?«, fragte Theophanu, während sie auf die Pfalz zugingen. An der gestrigen Abendmahlzeit hatte der Kaiser nicht teilgenommen, da er ein leichtes Fieber gehabt hatte.

»Ich bin eben erst zurückgekommen und habe ihn noch nicht aufgesucht.« Otto hatte seinen Vater in einer Gerichtssache im Umland von Memleben vertreten. »Aber laut der Bediensteten hat sich sein Zustand nicht verschlechtert. Du wirst sehen – in ein, zwei Tagen ist er wieder völlig hergestellt.«

»Was willst du mir eigentlich zeigen?«, fragte Theophanu, während sie einen Korridor im ersten Stockwerk der Pfalz entlanggingen. Da keiner der Bediensteten zu sehen war, fasste sie ihn an der Hand.

»Warte es ab!«

»Du hast hoffentlich nicht schon wieder ein Kloster um Bücher erleichtert.«

»Nicht direkt.« Er grinste sie an.

»Aber …«

»Warte!« Er stieß die Tür zu einem Gemach auf, in dem sonst sein Vater zu arbeiten pflegte. Auf einigen Regalen lagen Bücher und Schriftrollen. Vor einem geöffneten Fenster stand ein Schreibpult aus dunklem Holz. Otto zog Theophanu in den Raum hinein und auf den großen Tisch in der Zimmermitte zu.

Und dann sah sie es: Leuchtendes Gold und Purpurrot sprangen Theophanu entgegen. Unwillkürlich hielt sie den Atem an. Das Pergament war etwa eine Elle breit und fünf Ellen lang. Von einem dunkelblauen Hintergrund hoben sich sechzehn purpurfarbene Medaillons ab, die jeweils paarweise angeordnet waren und dem Betrachter je ein Tierpaar darboten. Ein Greif und ein Lamm, ein Löwe und ein Rind waren in feinen goldenen Strichen darauf gemalt. Die Tiere kämpften miteinander, aber so, dass es beinahe wie ein zärtlicher Tanz wirkte. Quer über die Medaillons verliefen mit goldenen Lettern geschriebene Worte. Sie füllten die gesamte Länge und Breite des Schriftstücks.

Theophanu war so überwältigt von der Schönheit der Urkunde, dass sie nur einzelne Worte wahrnahm: *Die Königshöfe Boppard am Rhein und Tiel am Waal … Die Grafschaft Istrien und Pecara … Gattin und Teilhaberin am Reich …* Erst jetzt begriff sie. Sie wandte sich zu Otto um, der sie lächelnd beobachtete. »Das ist eine Abschrift meiner Heiratsurkunde, nicht wahr?«

»Ja, ich dachte, der Text sollte doch eine ihm angemessene Form finden. Ich habe das Schriftstück in einem Kloster bei Trier in Auftrag gegeben. Heute Morgen haben es Mönche hierher gebracht.«

»Du hast die Farben und Bilder selbst ausgewählt?«

»Ja. Die Mönche dachten bei den Tieren natürlich an Herrschaftssymbole. Aber ich hatte etwas andere Assoziationen.« Er grinste, wirkte jedoch plötzlich unsicher. »Gefällt dir die Urkunde?«

Theophanu wollte Otto sagen, wie viel sie für ihn empfand und wie dankbar sie ihm war. Doch sie konnte nur stammeln: »Das ist das schönste Schriftstück, das ich je gesehen habe.«

Sein Gesicht wurde weich. Wieder einmal schien er zu verstehen, was sie sagen wollte, ohne dass sie es direkt ausgedrückt hätte. Er umarmte sie. Eine Weile standen sie einfach still da, während Theophanu den schwachen Duft der Farbe roch, Ottos Atem hörte und seine Nähe mit jeder Faser ihres Körpers spürte.

Eilige Schritte draußen auf dem Gang ließen sie auseinanderfahren. Theophanu hoffte, dass, wer auch immer dort draußen entlangrannte, sie ungestört lassen würde. Doch schon flog die Tür auf. Ein ältlicher Diener lugte nach drinnen. Erleichterung breitete sich auf seinem faltigen Gesicht aus, als er Otto sah.

»Dem Himmel sei Dank, Hoheit! Endlich habe ich Euch gefunden. Euer Vater bittet Euch und Eure Gattin, sofort zu ihm zu kommen.«

Erst jetzt bemerkte Theophanu, dass der Mann verstört wirkte. Auch Otto schien dies wahrzunehmen, denn er fragte hastig: »Meinem Vater geht es doch nicht schlechter?«

Der Diener wischte sich über die Augen und antwortete nur: »Ich bitte Euch, kommt rasch.«

Als Theophanu und Otto das Schlafgemach des Kaisers betraten, saß dieser, von Kissen gestützt, in seinem Bett. Sein Atem ging schwer, und auf seiner Stirn glänzten Schweißperlen. Die blauen Augen lagen tief in den Höhlen. Der alte Löwe sah aus, als sei er der Welt bereits vollkommen entrückt. Theophanu wusste, dass ihre schlimmsten Befürchtungen eingetreten waren.

Adelheid kniete neben dem Lager und weinte. Der Kaiser berührte sie an der Schulter. Eine Geste, die ihm schwerzufallen schien. »Wenn du uns bitte allein lassen würdest.« Seine Stimme war leise, aber klar.

»Wie du wünschst.« Adelheid erhob sich und eilte mit gesenktem Haupt aus dem Zimmer.

Theophanu und Otto nahmen ihren Platz ein.

»Langes Herumreden ist überflüssig, ihr seid beide intelligent.« Ein schwaches Lächeln spielte um den Mund des Kaisers. »Ihr werdet bemerkt haben, dass es mit mir zu Ende geht.«

»Nein, Ihr irrt Euch«, presste Otto hervor. »Ihr werdet wieder gesund werden.« Hilflos griff er nach der Hand des Vaters und umklammerte sie.

»Das werde ich nicht.«

»Woher wollt Ihr das wissen?« Ottos Stimme klang zornig.

»Ich wünschte, du würdest mir wenigstens auf dem Sterbebett nicht widersprechen. Ich dachte, über unsere ständigen Streitereien seien wir hinaus. Nein, schon gut ...« Ein Funkeln, das gleichzeitig amüsiert und zärtlich war, erschien in seinen Augen. Er drückte Ottos Hand, als dieser auffahren wollte. »Ich habe schon seit ein paar Tagen geahnt, dass der Tod nicht mehr weit ist. Trotzdem habe ich gehofft, dass ich das Fieber irgendwie überstehen würde. Aber dann habe ich den Schatten des Todesvogels durch das Zimmer huschen sehen. Da hatte ich Gewissheit. Anscheinend liegt den meisten von uns Liudolfingern dieses Zeichen im Blut.«

Ein Schauder durchlief Theophanu. Unwillkürlich fragte sie sich, ob ihr Gatte diesen Schatten eines Tages ebenfalls sehen würde. Die Worte ihres Schwiegervaters waren so klar und entschieden gewesen, dass auch Otto nicht länger aufbegehrte. Stumm, mit blassem, hartem Gesicht kniete er neben dem Bett.

Der Kaiser wandte sich Theophanu zu. »Ich möchte kurz mit meinem Sohn sprechen. Unter vier Augen. Danach möchte ich auch noch mit dir reden. Wenn du bitte so lange draußen warten würdest?«

»Gewiss.« Theophanu nickte stumm.

Mit dem Gefühl, dass ihr Körper ihr nicht wirklich gehörte, dass nicht sie es war, die über die Steinplatten schritt, verließ sie das Zimmer. Im Vorraum mit der gewölbten Decke saß Adelheid auf einer Bank. Sie hatte den Kopf in den Nacken gelegt. Tränen rannen langsam ihre Wangen hinab. Doch sie kümmerte sich nicht darum und reagierte auch nicht, als Theophanu sich still niederließ. Honorius, der Priester, der der Pfalzkapelle vorstand, ein ruhiger, bescheidener Mann in den Vierzigern, wartete ebenfalls. Er saß vornübergebeugt und sprach leise lateinische Gebete vor sich hin.

Theophanu lauschte dem eintönigen Gemurmel und verfolgte, wie die breiten Bahnen aus Sonnenlicht, die durch die beiden Fenster auf den Steinboden fielen, immer wieder von jagenden Wolkenschatten durchbrochen wurden. Sie konnte nicht weinen. Noch immer hoffte ein Teil von ihr, dass das alles nur ein schlechter Traum sei, aus dem sie bald erwachen würde. Sicher, der Kaiser musste irgendwann sterben – so wie alle Menschen. Aber doch nicht jetzt. In vier, fünf Jahren vielleicht, wenn Otto und sie älter und erfahrener und ihren Aufgaben deshalb besser gewachsen sein würden. Sie war noch nicht einmal ein Jahr lang hier im Norden, und sie fühlte sich noch so wenig heimisch.

Leise öffnete sich die Tür des Schlafgemachs, und Otto trat heraus. Während er seine junge Frau umarmte, schluchzte er kurz und trocken auf.

Zurück in dem Zimmer, kniete Theophanu sich wieder neben das breite Bett. Vom Garten her war Vogelgezwitscher zu hören. Der Kaiser schwieg. In sich versunken lauschte er den Vögeln. Theophanu erschien der Gesang so lieblich, dass er sie schmerzte. Die Kehle wurde ihr eng. Nach einer Weile strich ihr Schwiegervater ihr über die Wange. Seine Hand fühlte sich heiß und trocken an.

»Es war gut, dass du dich mir in Rom in den Weg gestellt hast.«

»Es freut mich, dass Ihr dies so seht.« Nun schluchzte auch sie.

»In den kommenden Jahren werdet Otto und du euch gegenseitig brauchen. Ich bin meinem Sohn lange Zeit nicht gerecht geworden. Ich habe seinen Mut nicht gesehen und auch seine Tatkraft nicht. Und mir ist entgangen, dass er Menschen für seine Sache begeistern kann. Aber er hat auch seine Fehler. Dieser Jähzorn. Diese Ungeduld. Und diese Waghalsigkeit. Er neigt dazu, zu sehr aus dem Augenblick heraus zu handeln. Ich weiß, dass er auf dich hört und dir vertraut. Versprich mir, dass du ihn mäßigst, wenn dir dies notwendig erscheint.«

»Ich werde es versuchen.«

Der Kaiser schwieg. Sein Atem ging schwer und keuchend. Unverwandt blickte er zu den Fenstern hinüber. Die Sonne brach orangerot zwischen den Wolken hervor und übergoss die bemalten Zimmerwände und den steinernen Fußboden mit ihrem Glanz. Für Momente war er so intensiv, dass er wie der Widerschein eines lodernden Feuers wirkte.

»Da ist noch etwas ...«, flüsterte der Sterbende. »Wir Liudolfinger neigen dazu, uns mit unseren Vätern zu messen. Mein Vater hat mehr erreicht als sein Vater und ich mehr als mein Vater. Für Otto dürfte es schwer werden, mich zu übertreffen. Wobei es Gott gebe, dass nicht noch einmal ein mächtiges Volk den Bestand unseres Reiches bedroht. Gott möge verhindern, dass er mit der Lanze des heiligen Mauritius dem Heer voranreiten muss. Auch wenn er sich dies wie die meisten jungen Männer manchmal wünschen wird.« Ein Funkeln, das spöttisch und selbstironisch zugleich war, glomm in seinen tief liegenden Augen auf. Dann fuhr er fort: »Wie auch immer ... Ich schätze, dass Otto irgendwann, wahrscheinlich noch bevor er das dreißigste Lebensjahr erreicht hat, von dem Wunsch getrieben wird, mehr zu vollbringen, als mir das jemals vergönnt gewesen ist. Dann musst du ihm klarmachen, dass er damit einem Trugbild nachjagt und dass es völlig ausreichend – und auch schwierig genug – ist, die Grenzen des Reiches zu sichern, es in seiner jetzigen Gestalt zu bewahren und an euren Sohn zu übergeben.«

»Ich werde tun, worum Ihr mich bittet«, sagte Theophanu mit zitternder Stimme. Dann verlor sie endgültig die Fassung und weinte laut auf.

»Schhh ...« Wieder strich ihr der Kaiser über die Wange. »Wenn ich etwas nicht ertragen kann, dann sind es klagende Frauen. Ich möchte meine letzten Stunden nicht in einem Meer von Tränen verbringen. Ich hatte ein gutes Leben und habe einmal eine Frau wirklich geliebt. Ich verscheide nicht schwer verwundet und schreiend vor Schmerzen auf einem Schlachtfeld oder gedemütigt in der Hand meiner Feinde. Also gibt es keinen Grund, traurig zu sein. Ich wäre nur noch einmal gern ausgeritten und hätte einen Falken zum Himmel aufsteigen sehen. Und danach hätte ich gerne mit Kerlen wie Pandulf einen guten Wein getrunken.«

Seine Miene spiegelte Wehmut und Sarkasmus. Er sank wieder in die Kissen zurück und schloss die Augen. Die Schatten im Zimmer wurden länger. Theophanu dachte schon, ihr Schwiegervater sei eingeschlafen, als er sich plötzlich überraschend kraftvoll aufrichtete und ihr Gesicht in beide Hände nahm. Er küsste sie auf die Stirn und sah ihr liebevoll in die Augen. »Gott segne und behüte dich, Tochter.«

Verzweifelt bemühte sich Theophanu, die Tränen, die ihr schon wieder die Kehle zuschnürten, zurückzudrängen. »Euch möge Er ebenfalls behüten und in Sein Reich aufnehmen«, flüsterte sie.

»Nun, Gott ist den Sündern gnädig.« Er lächelte. »Darum bin ich zuversichtlich. Bitte, rufe jetzt Wilhelm und Ansgar.«

An der Tür wandte sich Theophanu noch einmal um. Ihr Schwiegervater hatte sich wieder in die Kissen zurücksinken lassen und betrachtete abwesend den Abendhimmel, wo zwischen dunkelgrauen, schnell dahinfliegenden Wolken ein gleißender, goldgelber Lichtstreifen glänzte. Aus dem Garten war das Rauschen der Bäume zu hören.

Im Vorraum und dem angrenzenden breiten Gang hatte sich mittlerweile eine große Anzahl von Menschen zusammengefunden. Neben Höflingen von vornehmer Geburt und einfachen Dienern standen Adelige und Geistliche aus dem Umland der Pfalz – betend, flüsternd, schluchzend. Andere starrten nur stumm vor sich hin.

Jeder spürt, dass eine Zeit zu Ende geht, dachte Theophanu. Mit dem Tod des alten Löwen wird nichts mehr so sein, wie es war. Ein Herrscher, der es vermocht hatte, das Glück auf seine Seite zu ziehen, verschied – ein Garant des Friedens und der Sicherheit. Ein Regent, der die Menschen gemocht hatte und dem sie umgekehrt vertraut hatten. Die Würfel würden neu geworfen werden. Ob Otto und sie das

Spiel beherrschten, ob sie das Vertrauen ihrer Untertanen erringen konnten, musste sich erst noch zeigen. Wie würde die Meldung vom Tod des Kaisers aufgenommen werden? Wie würde Heinrich reagieren? Würde ihn die Nachricht zur Rebellion aufstacheln oder war der Bann des alten Löwen noch stark genug, so dass er davon Abstand nahm?

Theophanu straffte sich. Sie war es ihrem sterbenden Schwiegervater und ihrer Würde als Herrscherin schuldig, nicht noch einmal die Fassung zu verlieren. Sie teilte Wilhelm und Ansgar, zwei Rittern und alten Waffengefährten des Kaisers, mit, dass ihr Herr sie zu sehen wünsche. Danach wandte sie sich an einen der Diener und fragte ihn, wo sie ihren Gatten finden könne.

Otto hielt sich in dem Gemach auf, in dem er Theophanu mit seinem Geschenk überrascht hatte. Doch die Heiratsurkunde war inzwischen von dem Tisch entfernt worden, stattdessen benutzten ihn die Schreiber, denen ihr junger Gatte Briefe diktierte, als Unterlage. Als Otto Theophanu bemerkte, unterbrach er sich kurz und lächelte ihr zu – nur um sofort wieder angespannt weiterzusprechen. Es schien ihr kaum vorstellbar, dass sie sich noch vor wenigen Stunden glücklich und unbeschwert gefühlt hatten.

Theophanu zog sich in einen Winkel zurück. Höflinge kamen und gingen. Irgendwann nach Einbruch der Nacht betrat ein Diener das Gemach und verkündete, dass der Kaiser nun alle seine Verwandten und Getreuen um sich zu versammeln wünsche, denn er beabsichtige zu beichten und die letzte Ölung zu empfangen.

An den Wänden beiderseits des Bettes brannten Öllampen. Adelheid hatte bereits am Fußende Platz genommen. Sie weinte nicht mehr, sondern saß ruhig, fast starr da. Otto ließ sich zu ihrer Rechten, Theophanu zu ihrer Linken nieder.

Leise füllten die Mitglieder der Hofgesellschaft die Reihen hinter ihnen.

Der Kaiser lag mit geschlossenen Augen da. Im unsteten Schein der Lampen wirkte sein Gesicht grau und eingefallen. Nur schwach hob und senkte sich sein Brustkorb. Die goldenen Ringe an seinen Fingern schienen zu groß und zu schwer für seine kraftlosen Hände geworden zu sein.

Hinter den geschlossenen Fenstern war dumpf das Wehen des Windes zu hören. Theophanu zwang sich, sehr aufrecht und scheinbar gefasst dazusitzen. Auch ihr Gatte hatte diese Haltung eingenommen. Nur ein verbissener Zug um seinen Kiefer verriet seinen Schmerz.

Als sich die Tür des Gemachs öffnete, erklang leise eine Glocke. Ein großer schlanker Benediktiner-Abt in den Dreißigern und Honorius kamen in das Gemach geschritten. Ihnen folgte eine lange Reihe von Mönchen. Einer der Brüder schwenkte ein Weihrauchfass. Ein anderer trug eine vergoldete Schale in den Händen, aus der es süßlich nach Balsam roch. Die übrigen Benediktiner hielten brennende Kerzen, von deren Schäften schwarze Tücher herabhingen.

Nachdem sich die Mönche zu beiden Seiten des Bettes aufgestellt hatten, trat der Abt an das Lager. Honorius blieb in respektvollem Abstand zu ihm.

»Ah, Einhard«, der Kaiser öffnete die Augen und schaute den Abt an, »ich bin Euch dankbar, dass Ihr gekommen seid, um mir in meiner Sterbestunde beizustehen. Aber die Beichte möchte ich lieber, wie schon oft, bei Honorius ablegen. Die letzte Ölung könnt dann meinetwegen Ihr vornehmen.«

»Selbstverständlich, wenn Ihr es so wünscht.« Ein wenig steif wich Einhard zurück und machte Honorius Platz.

»Mein Lieber, dann werden wir beide diese Angelegenheit also ein letztes Mal gemeinsam hinter uns bringen.« In der schwachen Stimme des Kaisers schwang ein sanfter Ton mit.

»Majestät ...« Honorius begann Gebete aufzusagen. In seine lateinischen Worte mischte sich dann und wann ein unterdrücktes Schluchzen. Wie von ferne verfolgte Theophanu das Sündenbekenntnis des Sterbenden. Es war eine umfassende Beichte, bei der er noch einmal Rückschau auf sein gesamtes Leben hielt. Das Sprechen fiel ihm zunehmend schwer, so dass manchmal nur der Priester seine Worte verstehen konnte.

Nachdem Honorius mit zittriger Stimme die Lossprechung verkündet hatte, trat Einhard wieder an das Lager. Er hatte eben begonnen, die Augen des Kaisers mit Balsam zu salben, als Mathilde in den Raum eilte und nach wenigen Schritten mit einem unterdrückten Weinen auf die Knie sank. Die Salbung an den Handflächen, den Lippen, den Nasenlöchern, Ohren, Augen und auf der Stirn ließ der Sterbende reglos und mit geschlossenen Lidern über sich ergehen.

Erst bei der Spendung der Heiligen Kommunion öffnete der Kaiser wieder die Augen und hob den Kopf ein wenig aus den Kissen. Nachdem Einhard ihm die Hostie zwischen die Lippen geschoben hatte, stimmten die Mönche einen Gesang an, der vom Sieg des Lichts über das Dunkel und der Hoffnung auf die Auferstehung handelte. Doch Theophanu empfand nichts als eine bleierne Leere.

Kaum hatte der Gesang geendet, hastete Mathilde zum Bett und kniete dort nieder. »Vater ...«, schluchzte sie. Ein Lächeln glitt über das Gesicht des Kaisers. Langsam, mit einer Geste, die ihn unendlich viel Kraft zu kosten schien, hob der Kaiser die Hand und ließ sie auf den Scheitel seiner Tochter sinken. Mathilde ergriff die Hand und küsste sie, ehe sie sich leise weinend erhob und sich neben ihren Bruder setzte.

Mit gesenkter Stimme, in Wechselrede, sagten die Mönche Psalmen und Gebete auf.

Der Wind fuhr durch die Ritzen zwischen den Fensterscheiben, ließ die Flammen der Öllampen aufflackern und zerteilte die Weihrauchschwaden, die schwer in dem Gemach hingen. Seit seinem Abschied von Mathilde hatte der Kaiser die Augen nicht mehr aufgeschlagen. Manchmal lief ein Zucken durch seinen Körper, und seine Finger verkrampften sich, doch sonst bewegte er sich nicht mehr.

Theophanu hatte jedes Zeitgefühl verloren. Sie betete darum, dass ihr Schwiegervater endlich in Frieden sterben könnte, und fürchtete doch den unwiderruflichen Abschied.

Der Wind hatte noch an Intensität zugenommen, als vom Garten her das Krachen splitternder Äste ertönte. Aus einem Impuls heraus schaute Theophanu Otto an. Er hatte den Kopf erhoben, als ob er auf etwas lauschte. Plötzlich stand er auf, lief zum Bett, legte die Arme um den Oberkörper seines Vaters und richtete ihn auf. Noch einmal öffnete der Sterbende die Augen. Er wandte den Kopf zu den Fenstern auf der Ostseite des Raums, die in diesem Moment, im Licht der ersten Sonnenstrahlen, goldgelb aufglühten. Ein Lachen, das triumphierend, ja fast wild war, erschien auf seinem Gesicht. Ein letztes Mal durchlief ihn ein Zucken. Dann brach der Kaiser in den Armen seines Sohnes zusammen. Der alte Löwe war tot.

Theophanu lag auf ihrem Bett und starrte in die Dunkelheit. Sie fühlte sich wie gerädert und innerlich leer. Der vergangene Tag war mit den Vorbereitungen des Begräbnisses angefüllt gewesen. Auch hatten Gäste begrüßt werden müssen.

Ihre Schwiegermutter war völlig in ihrer Trauer versunken gewesen. Otto hatte überraschend gefasst gewirkt. Nur ein gelegentliches Zittern seiner Hände oder ein rauer Klang, der sich in seine Stimme stahl, hatten seine Trauer verraten. Mathilde war sehr ernst und gesammelt gewesen und schien zu ihrer üblichen Gelassenheit zurückgefunden zu haben. Theophanu für ihren Teil war dankbar gewesen, dass sie ab und zu einen Blick oder einen raschen Händedruck mit Otto hatte tauschen können. Dies hatte ihr geholfen, den Tag zu überstehen.

Theophanu dämmerte ein, und ihr Traum führte sie zurück in ihre alte Heimat und zu dem schlimmsten Moment ihres Lebens: Sie befand sich wieder im verschneiten Innenhof des Kaiserpalastes und kniete neben der blutüberströmten Leiche des Nikephoros Phokas. Plötzlich fiel ein dichter Schleier aus Flocken auf sie herab, verklebte ihre Augen und raubte ihr fast den Atem. Als sie wieder sehen konnte, war der Leichnam des Kaisers verschwunden. Dafür lag aber sie selbst im Schnee. Nackt und geschändet. Ottos Körper war neben dem ihren hingestreckt. Sein ebenfalls unbekleideter Leib war von Wunden übersät. Sie schrie auf, wollte sich über die Leiche ihres Gatten werfen und konnte sich doch nicht bewegen.

»Was hast du?« Ottos erschrockene Stimme weckte sie. Theophanu benötigte einen Moment, um zu sich zu kommen und zu begreifen, dass sie beide am Leben waren und ihr Gatte sie festhielt.

Sie schreckte davor zurück, das Grauen, das sie empfand, auszusprechen. »Ich habe schlecht geträumt«, sagte sie stattdessen nur, während sie sich an ihn klammerte. »Du hättest nicht herkommen sollen. Die Pfalz ist voller Gäste«, fügte sie nach einer kurzen Pause hinzu, als sie sich wieder etwas beruhigt hatte.

»Ich musste bei dir sein.«

Mit einer ihr fremden Wildheit begann Theophanu Otto zu küssen. Sie zerrte ihm das Übergewand und das Hemd vom Leib, biss ihn keuchend in den Hals und in die Brust, während sie ihre Finger in seinen Rücken krallte. Im ersten Moment war er überrumpelt. Dann warf er sie jedoch behende auf das Laken, riss ihr Nachtgewand entzwei und drang gleich darauf mit einem harten Stoß in sie ein, so dass sie vor Begierde aufstöhnte. Einen Moment lang hielt er inne und biss sanft in ihre Brüste. Als Theophanus Körper vor Lust unter ihm zuckte, stieß er erneut zu. Und noch einmal und noch einmal. Theophanu ließ sich in ihn fallen und gab sich ihrem Gatten mit jeder Faser hin. So lange, bis sie endlich nichts mehr fühlte als ihn und ihre Furcht vor der Zukunft ausgelöscht war.

*

Am Morgen des darauf folgenden Tages schritt Theophanu neben Otto den Mittelgang der Pfalzkapelle entlang. Adelheid und Mathilde folgten ihnen. Das Vergessen hatte nur kurz gewährt. Schon mit dem Aufwachen waren Theophanus Sorgen und ihre Trauer zurückgekehrt. Es erschien ihr wie Hohn, dass der Kirchenraum nun mit strahlendstem Sonnenlicht gefüllt war.

Der Leichnam des Kaisers war vor dem Altar aufgebahrt. Er war kostbar gekleidet und das Haupt gekrönt. Die starren Finger umschlossen den Schaft des Reichszepters. Das wächserne Gesicht wirkte abweisend, ganz anders als Theophanu es zu seinen Lebzeiten gekannt hatte. Das Herz war dem Verstorbenen mittlerweile entnommen worden und würde im Anschluss an die Totenmesse in der Memlebener Marienkirche beigesetzt werden. Theophanu wusste, dass sich nur die sterbliche Hülle in der Kapelle befand. Trotzdem bedrückte sie die Fremdheit, die sie gegenüber dem Toten empfand.

Sie kniete neben Otto auf den Stufen vor dem Altar nieder. Adelheid nahm den Platz zu ihrer Linken ein, als nächste in der Reihe kam Mathilde. Die Liturgie begann, doch Theophanu konnte sich nicht konzentrieren. Abwesend lauschte sie den lateinischen Formeln.

Plötzlich hörte sie Adelheid aufschluchzen. Das Schluchzen der Kaiserwitwe steigerte sich zu einem klagenden Weinen. Aus den Augenwinkeln beobachtete Theophanu, wie

Mathilde nach der Hand ihrer Mutter griff und sie festhielt. Ihr selbst schossen nun auch die Tränen in die Augen.

Theophanu zögerte, doch dann überwand sie sich und tastete ebenfalls nach Adelheids Hand. Ihre Finger berührten einander. Sie rechnete damit, dass ihre Schwiegermutter sie zurückstoßen würde. Doch stattdessen umschlossen Adelheids Finger die ihren. Zum ersten Mal fühlte sich Theophanu ihr nahe, und sie empfand beinahe so etwas wie Trost.

Der Tross, der den Leichnam des Kaisers nach Magdeburg begleitete, bewegte sich auf ein Dorf zu. Theophanu freute sich auf die Rast. Das gute Wetter, das mit den ersten Maitagen eingesetzt hatte, dauerte an. Die Obstbäume hatten ihre Blütenkelche geöffnet, und die junge Gerste stand grün und saftig auf den Feldern. Dass sich überall in der Natur Leben regte, verstärkte Theophanus gedrückte Stimmung zusätzlich.

Die Reiter an der Spitze des Zuges schwenkten in eine Wiese ein. Schon kurz nach Tagesbeginn war der Tross in Halberstadt aufgebrochen. Inzwischen stand die Sonne fast in ihrem Zenit. Theophanu ließ sich von einem Diener aus dem Sattel helfen. Erschöpft beobachtete sie, wie der Wagen mit dem bleiverkleideten Sarg nun auf eine Gruppe von Eichen zurumpelte. Noch immer quälte es sie, dass die Verbindung zwischen ihr und ihrem Schwiegervater abgerissen war.

Mittlerweile waren Decken auf dem Gras ausgebreitet worden. Adelheid, Mathilde und Dietrich von Metz ließen sich im Schatten der Eichen nieder. Am Vortag war der Bischof zu dem Trauerzug gestoßen. Er behandelte Theophanu nach wie vor mit blanker Verachtung. Auch die Wärme, die sie in der Pfalzkapelle gegenüber ihrer Schwiegermutter empfunden hatte, war nur von kurzer Dauer gewesen. Denn bereits nach der Messe war Adelheid zu ihrer üblichen kalten Höflichkeit zurückgekehrt.

Und wo war Otto? Theophanu entdeckte ihren Gatten bei einer Gruppe von Höflingen, denen er Anweisungen erteilte. Seit dem Tod seines Vaters war er ernst und in sich gekehrt, übte seine neue Rolle jedoch mit Autorität aus. Kaum noch etwas erinnerte an den unbekümmerten Jüngling, in den sie sich verliebt hatte. Sie liebte auch den Mann, der sich seiner Herrscherwürde bewusst war. Dennoch fragte sie sich unwillkürlich: Wird uns die Macht entfremden?

Vom Dorf her kamen Menschen angelaufen. Überall, wo der Trauerzug bisher Halt gemacht hatte, waren Leute zusammengeströmt, um von dem toten Kaiser Abschied zu nehmen.

Das Gewese wurde Theophanu zu viel. Suchend schaute sie sich um. Neben den Eichen wuchs eine Gruppe von Sträuchern. Hinter ihnen machte der Bach eine Biegung. Theophanu atmete auf. Sie ging um die Büsche herum, kniete sich nieder und tauchte ihre Hände in das angenehm kühle Wasser. Eine Weile blieb sie so an dem Ufer hocken.

Theophanu war eben wieder auf die Wiese zurückgekehrt, als sich eine Gruppe ärmlich gekleideter Leute dem Sarg näherte. Ein dünnes Weib, das seinem runzeligen, verwitterten Gesicht nach zu schließen sehr alt sein musste, aber dennoch eine kerzengerade Haltung hatte und sich fast leichtfüßig auf seinen nackten Fußsohlen bewegte, schritt voran. Einige jüngere Frauen und Männer sowie drei Kinder folgten ihm. Sie redeten in einer Sprache miteinander, die Theophanu nicht verstand, aber mittlerweile als Slawisch identifizieren konnte. Ein schäbiger Planwagen am Rand der Wiese deutete darauf hin, dass die Trauergäste zum fahrenden Volk gehörten.

Dietrich von Metz bedachte die Gruppe der Slawen mit einem unwilligen Blick und vollführte eine abwehrende

Handbewegung. »Mir gefällt es gar nicht, dass dieses Heidenpack dem Sarg meines Vetters nahe kommt«, sagte er schneidend.

Die Leute waren stehen geblieben. Die alte Frau schaute den Bischof aufmerksam an und getraute sich offensichtlich nicht weiterzugehen. Theophanu bezweifelte, ob die Slawen Dietrichs Worte hatten verstehen können, aber seine Gestik war eindeutig gewesen. Rasch ging sie einige Schritte auf den Bischof zu. »Wenn sich diese Menschen vom Kaiser verabschieden wollen, dann dürfen sie dies auch. Ich bin überzeugt, er hätte es gutgeheißen.«

»Ach ja, meine Schwiegertochter, die Fürsprecherin der Heiden …« Adelheid verzog spöttisch den Mund.

»Mutter«, Mathilde seufzte und sah Theophanu entschuldigend an.

»Verzeiht, Majestät«, antwortete die Alte auf Sächsisch und verbeugte sich. Ihre Stimme klang rau und kehlig. »Aber wir sind keine Heiden, sondern getaufte Leute. Ganz abgesehen davon, dass die Taufe nicht immer die besseren Menschen aus den Heiden macht …«

»Wie kannst du es wagen, der Kaiserin zu widersprechen und außerdem derartig ketzerische Gedanken von dir zu geben.« Außer sich winkte Dietrich von Metz einige Bedienstete herbei. »Schafft dieses Pack weg.«

»Mutter, Dietrich, bitte«, versuchte Mathilde zu vermitteln.

Theophanu wandte sich den Dienern zu. »Lasst die Leute in Ruhe!«, befahl sie scharf. Die Knechte wirkten unschlüssig.

»Was gibt es?« Otto war zu ihnen gekommen.

»Dieses Gesindel wagt es, sich dem Sarg deines Vaters zu nähern«, erregte sich Adelheid.

»Außerdem hat es sich ungebührlich gegenüber deiner Mutter verhalten«, unterstützte sie Dietrich.

»Diese Leute haben nichts Böses getan«, schaltete sich Theophanu ein. »Alles, was sie möchten, ist, von ihrem Kaiser Abschied zu nehmen.« Zu ihrer Verwunderung verfolgte die alte Frau den Wortwechsel ungerührt, beinahe erheitert. Ihre Begleiter warfen sich fragende Blicke zu und tuschelten miteinander, machten jedoch auch keinen verschreckten Eindruck.

»Theophanu hat recht.« Mathilde nickte ihr zu. »Die Slawen haben sich nicht ungebührlich verhalten.«

Otto machte sich keine Mühe, seine Ungeduld zu verbergen. Gereizt wandte er sich an die Bediensteten. »Lasst diese Leute zum Sarg«, befahl er und ignorierte den Protest seiner Mutter. Stattdessen ging er wieder zu seinen Höflingen zurück.

Dietrich schaute Adelheid an und schüttelte den Kopf. »Es ist unfassbar ...«, murmelte er.

»Wenn Ihr mich bitte zu den Pferden begleiten würdet.« Adelheid raffte den Saum ihres Kleides hoch. Ohne ein weiteres Wort kehrte sie Theophanu den Rücken und schritt von dannen. Mathilde bedachte ihre Schwägerin noch einmal mit einem um Verzeihung bittenden Blick, ehe sie ihrer Mutter und dem Bischof folgte.

Theophanu, die ein erneutes Zusammentreffen mit ihrer Schwiegermutter vermeiden wollte, ging ein Stück beiseite in den Schatten der Bäume. Unterdessen war die alte Frau zum Wagen mit dem Sarg getreten. Sie kniete sich nieder und bekreuzigte sich. Anschließend nahm sie den schwarzen Stoff, der den Sarg bedeckte, in die Hand und küsste ihn. Ihre Begleiter taten es ihr nach.

Adelheid und Dietrich hatten sich nun in die Sättel geschwungen und machten sich bereit aufzubrechen. Theophanu schickte sich an, die Wiese zu überqueren, doch die Alte trat ihr in den Weg. »Verzeiht, ich will Euch nicht belästigen«, sprach sie die junge Kaiserin an. »Ich möchte Euch nur danken, dass Ihr Euch für uns eingesetzt habt. Im Laufe meines Lebens habe ich den alten Kaiser einige Male gesehen, und ich habe ihn gemocht. Deshalb war es mir wichtig, ihm die letzte Ehre zu erweisen.«

Sie kicherte ein wenig, und ihr runzeliges Gesicht wirkte plötzlich viel jünger. »Er war, weiß Gott, ein stattlicher Mann. Und ein Herrscher, der sich um seine Untertanen gekümmert hat. Einmal, vor vielleicht fünfunddreißig Jahren, haben meine Sippe und ich um Weihnachten herum bei dem Stift Gandersheim Schutz vor der Kälte gesucht. So lange der Kaiser und sein Tross sich dort aufhielten, hat er die Reste der Mahlzeiten an uns verteilen lassen. Ein paar Jahre später kamen meine Leute und ich durch ein Dorf, in dem er Gericht hielt. Da wies er seine Bewaffneten an, uns niederes Volk zu ihm durchzulassen. Als ich ihm den Ring küsste, machte er mir ein Kompliment über meine schönen braunen Augen.«

Ehe Theophanu reagieren konnte, hatte die Alte ihre Hand ergriffen und presste ihre Lippen auf ihren Handrücken. »Glaubt mir, Ihr werdet eine gute Herrscherin sein.« Einen Moment sah die Slawin sie eindringlich an. Dann fügte sie mit einem leisen, kehligen Lachen hinzu: »Und zu Eurem hübschen jungen Gatten kann man Euch nur beglückwünschen.« Mit einer Verneigung verabschiedete sie sich und ging zu ihrer Sippe, die neben dem Planwagen wartete.

Während Theophanu über die Wiese schritt, erfüllten sie Wärme und Zuversicht.

Sie hatte die Pferde fast erreicht, als Otto auf sie zukam. »Was hatte das alte Weib denn noch mit dir zu reden?«

»Du bist mir nicht böse, weil ich deiner Mutter widersprochen habe?«

»Nein, mein Vater wäre ganz deiner Ansicht gewesen.« Er hob die Augenbrauen. »Also, was hatte dir die Alte zu sagen?«

Theophanu wiederholte es. Als sie geendet hatte, legte ihr Otto den Arm um die Schultern. Zum ersten Mal, seit sein Vater gestorben war, lachte er. »So, die Alte hat also gemeint, ich sei hübsch und du würdest eine gute Herrscherin abgeben. Bei Gott, ich würde mich mehr geschmeichelt fühlen, wenn sie das umgekehrt gesagt hätte.«

*

»Imiza, wenn du mir bitte Badewasser bringen würdest«, wandte sich Theophanu an ihre Dienerin und richtete sich von den Kissen auf. »Ich denke, ich werde heute an der Abendmahlzeit teilnehmen.«

»Seid Ihr sicher, dass Ihr Euch dafür schon wohl genug fühlt?« Imiza, die in einer Zimmerecke saß und mit einer Stickerei beschäftigt war, ließ ihre Arbeit sinken.

»Ja«, antwortete Theophanu entschlossen, »außerdem wird es Zeit, dass ich wieder am Leben teilnehme. Ich habe lange genug hier gelegen.«

Während Imiza aus dem Raum eilte, blickte Theophanu zu den geöffneten Fenstern hinüber. Vor einem blauen Junihimmel ragten die Dächer des Magdeburger Domes auf. Von jenseits der Mauern, die das Areal der Pfalz umgaben, war das Getriebe der Stadt zu hören – Rufen, das Rumpeln von Karren und Pferdewiehern.

Drei Wochen waren jetzt seit der Beisetzung des Kaisers in dem Dom vergangen. Eine stundenlange Feier voll düsterer Pracht, die, wie so vieles seit dem Tod des Schwiegervaters, nur nebelhaft in Theophanus Erinnerung geblieben war. Fürsten, Bischöfe und mächtige Äbte aus allen Teilen des Reiches waren erschienen – unter ihnen natürlich auch Heinrich. Er hatte sich Otto und ihr gegenüber ernst, zurückhaltend und würdevoll benommen, ganz so, wie es die Situation erforderte. Nichts in seinem Verhalten hatte darauf hingedeutet, dass es den Vorfall am Ufer des Bodensees jemals gegeben hatte. Doch Theophanu war klar, dass Heinrich etwas im Schilde führte. Er würde Otto niemals vergessen, was er ihm angetan hatte.

Sie fröstelte bei dem Gedanken, was die Zukunft für Otto und sie bereithielt. Glomm das Feuer künftiger Aufstände bereits in den Volksstämmen, die dem alten Löwen noch vor kurzem die Treue geschworen hatten?

Wenige Tage nach der Beisetzung war Otto zusammen mit Heinrich Zolunta, Otto vom Wormsgau und anderen Männern zur ostsächsischen Grenze aufgebrochen, um die Burgen und Wallanlagen dort zu inspizieren. Eigentlich hatte Theophanu ihn begleiten wollen. Doch ein heftiges Fieber hatte dies verhindert. Wenigstens war Otto wohlauf und mit dem Zustand der Befestigungen zufrieden. Das besagten zumindest die Nachrichten, die er ihr regelmäßig zukommen ließ.

Theophanu schlüpfte aus ihrem feuchten Hemd und raffte eine der dünnen Seidendecken um sich. Noch nie seit ihrer Heirat waren Otto und sie so lange getrennt gewesen. Sie hatte ihn ständig vermisst und dankte dem Himmel, dass er jeden Tag zurückerwartet wurde.

Imiza und einige andere Dienerinnen kamen und brachten ein Bronzebecken. Theophanu ließ sich die Haare waschen und genoss es, Wasser und Seife auf ihrer verschwitzten Haut zu fühlen.

Als Theophanu schließlich ein schwarzes Seidengewand angelegt hatte, war es Zeit, ihre Damen und Dienerinnen zusammenzurufen und zur Halle hinunterzugehen.

Froh, endlich ihrem Krankenlager entronnen zu sein, betrat sie den großen Raum mit der gewölbten Decke. Sie fühlte sich kräftig und fähig, ihre neue Rolle als Kaiserin einzunehmen. Doch bereits nach wenigen Schritten in Richtung des Podestes an der Stirnseite sah sie, dass Adelheid den Platz an der Tafelmitte eingenommen hatte – den Platz, der Theophanu als Gattin des Regenten zugestanden hätte.

Brüsk drehte sie sich zu Imiza um. »Hast du meiner Schwiegermutter nicht ausgerichtet, dass ich an der Mahlzeit teilnehmen werde?«, fragte sie leise.

»Doch, Hoheit, natürlich habe ich das.«

Ärger und Überdruss stiegen in Theophanu auf. Würden ihre Auseinandersetzungen mit ihrer Schwiegermutter denn nie ein Ende finden? Sollte sie die Sache für heute auf sich beruhen lassen und ein andermal ausfechten? Sie entschied sich dagegen. Es war besser, wenn sich ihr Verhältnis ein für alle Mal klärte. Nachdem sie ihren Damen bedeutet hatte, ihr zu folgen, schritt sie hoch erhobenen Hauptes durch die Halle und die Stufen zu dem Podium hinauf. Wenigstens ist Dietrich von Metz inzwischen wieder in seine Heimat zurückgekehrt, dachte sie bitter, und ich muss mich nicht auch noch mit ihm streiten.

»Ich fürchte, meine Dienerin hat sich nicht klar ausgedrückt«, wandte Theophanu sich an Adelheid, »aber ich beabsichtige, *heute* an der Abendmahlzeit teilzunehmen.« Sie war sich nur allzu bewusst, dass die Blicke der Menschen unten in der Halle teils schadenfroh, teils neugierig auf ihr ruhten.

Bis jetzt hatte ihre Schwiegermutter sie ignoriert. Erst im letzten Moment, als Theophanu sie direkt angesprochen hatte, schaute Adelheid sie an. »Wie schön, dass es dir wieder besser geht.« Der Spott in ihrer Stimme war nicht zu überhören. »Aber sorge dich nicht – ich habe deine Nachricht durchaus richtig verstanden.« Adelheid wies auf einen vergoldeten Weinkelch und einen Teller, der, wie Theophanu jetzt sah, rechts neben ihr auf dem Tisch stand. »Hier ist für dich gedeckt.«

Während sich die beiden Frauen musterten, vertiefte sich das spöttische Funkeln in Adelheids Augen. »Ich bin durchaus bereit, dir zusammen mit meinem Sohn den Vorsitz an der Tafel zu überlassen. Aber nicht dir allein.« Sie blickte Theophanu triumphierend an. »Denn du bist ja noch ein Kind, beileibe keine erwachsene Frau.«

Theophanu war klar, dass ihre Schwiegermutter auf ihre Menstruation anspielte, die immer noch nicht eingesetzt hatte. Gegen ihren Willen errötete sie. »Solange Ihr mir nicht den Platz einräumt, der mir zusteht, werde ich nicht mehr an den Mahlzeiten in der Halle teilnehmen«, sagte sie kalt und verließ, ohne eine Reaktion Adelheids abzuwarten, das Podest.

Als sie wieder zurück in ihren Räumen war, bat Theophanu Imiza, ihr in der Küche etwas zu essen zu besorgen. Die Dienerin verschwand gehorsam und brachte ihrer Herrin wenig später Hühnchenstücke in einer hellen Soße, außerdem gedünstetes Gemüse und Brot. Doch Theophanu setzte sich ohne Appetit zu Tisch. Mittlerweile war ihr nämlich übel geworden, und ein schmerzhaftes Ziehen breitete sich in ihrem Unterleib aus – was sie auf ihre Auseinandersetzung mit Adelheid und die gerade überstandene Krankheit zurückführte. Nachdem sie ein paar Bissen Brot zu sich genommen hatte, wollte sie zu Bett gehen.

Als sie gerade begonnen hatte, sich mit Imizas Hilfe auszukleiden, öffnete sich die Tür ihres Gemachs, und feste Schritte ertönten. Sehr vertraute Schritte.

Theophanu wirbelte herum. Tatsächlich, Otto war zurückgekehrt! Staub bedeckte seine Haare und seine Kleidung. Er wirkte müde und dünner als vor seinem Aufbruch an die Grenze. Aber er lächelte sie an.

Sie lief ihm entgegen und warf ihre Arme um seinen Hals. Er strich langsam und zärtlich über ihr Gesicht, so als müsse er sich ihrer Gegenwart erst vergewissern. Dann aber erwiderte er ihre Umarmung und begann sie leidenschaftlich zu küssen. Ihr Körper entflammte. Doch als er den Ausschnitt ihres Hemdes zurückschlug und ihre Brüste liebkoste, wurde Theophanu bewusst, was sie da gerade taten. Sie wich zurück. »Es ist noch nicht einmal Nacht … Wir können nicht …«

Otto stöhnte. »Ich habe diese Heimlichtuerei allmählich wirklich satt.«

»Komm später wieder«, flüsterte Theophanu eindringlich. Sie waren so lange getrennt gewesen – und sie wünschte sich nichts so sehr, als die Nacht mit ihm zu verbringen.

Er zögerte.

»Außerdem hast du wieder einmal ein Bad nötig«, neckte sie ihn.

Otto sah an sich hinab und grinste. »Stimmt. Du hast einen sauberen Bettgefährten verdient.« Er küsste sie noch einmal, löste sich dann jedoch von ihr. »Ich dachte eigentlich, dass ich dich nach meiner Ankunft in der Halle finden würde. Aber meine Mutter hat mir mitteilen lassen, dass du dich nicht wohl gefühlt hättest. Von den Dienern wiederum erfahre ich aber, dass du in die Halle gekommen wärst und dich mit meiner Mutter gestritten hättest. Welche Version trifft nun zu?«

Theophanu schaute zu Boden. »Die Diener sagen die Wahrheit.«

»Warum könnt ihr beide nicht endlich einmal versuchen, miteinander auszukommen?« Ottos Stimme klang ungehalten.

»Deine Mutter benimmt sich, als sei immer noch sie die Gattin des Herrschers. Sie hat sich geweigert, mir den Vorsitz an der Tafel zu überlassen. Hätte ich dies etwa hinnehmen sollen?«

»Nein, natürlich nicht.« Otto stieß einen Seufzer aus, der wie ein Fluch klang. »Ich spreche gleich mit meiner Mutter.«

*

»Warum habt Ihr mich angelogen?« Ottos Stimme klang ruhig, aber unter der Sonnenbräune war seine Haut blass, und seine Augen leuchteten gefährlich. Adelheid wäre es lieber gewesen, wenn er sie angeschrien hätte. Die Zornesausbrüche ihres Sohnes waren wie Strohfeuer. Schnell entflammt und ebenso rasch wieder niedergebrannt. Aber wenn er auf diese kalte Art wütend war, würde er nicht so schnell verzeihen. So gut kannte sie ihn.

Adelheid schob das Schiffchen mit dem roten Seidengarn durch die Kette des Webstuhls. Danach drückte sie den feinen Faden sorgfältig mit dem Kamm gegen den Rand des bereits gewebten Stoffstücks. Sie hatte es mittlerweile schon bereut, dass sie den Streit mit Theophanu vom Zaun gebrochen hatte. Aber sie hatte es einfach nicht ertragen, der ungeliebten Schwiegertochter den Ehrenplatz an der Tafel zu überlassen. Jenen Platz, den sie über zwanzig Jahre lang als Gattin des Herrschers innegehabt hatte.

»Mutter, ich habe Euch etwas gefragt!« Otto war an den Webstuhl getreten und lehnte sich gegen das Gestänge. Er benahm sich nicht wie ein respektvoller Sohn, sondern wie ein selbstbewusster Herrscher, der Rechenschaft forderte.

Adelheid beschloss einzulenken. Sie legte das Schiffchen auf dem Warenbaum ab und schaute ihn an. »Du warst gerade von einem anstrengenden Ritt zurückgekommen. Ich wollte dich nicht mit unseren Streitereien behelligen.«

»Sehr rücksichtsvoll von Euch ...« Er hob sarkastisch die Augenbrauen. »Ich erwarte, dass Ihr meiner Gattin künftig mit der Achtung begegnet, die ihr zukommt.«

Adelheid betätigte die Tritte unter dem Webstuhl und wechselte das Fach. Erneut schob sie das Schiffchen durch die Kettfäden. Nein, sie wollte ihren Sohn nicht völlig verlieren. »Ich werde mich bemühen«, sagte sie schließlich gepresst. »Aber du musst zugeben, dass Theophanu noch sehr unreif ist. Immerhin ist sie fast noch ein Kind.«

»Ich bin nur drei Jahre älter als sie. Haltet Ihr mich etwa auch für unreif?« Ottos Stimme klang wieder sehr ruhig. Doch der warnende Unterton, der darin mitschwang, war nicht zu überhören.

Das war ihre Gelegenheit, und Adelheid ergriff sie. »Allerdings halte ich dich für unreif«, sagte sie scharf. »Du lümmelst dich gegen den Webstuhl, wie du es schon immer als Kind getan hast. Damals hast du mir auch schon andauernd die Kettfäden durcheinandergebracht.«

Otto starrte seine Mutter ärgerlich an, doch schließlich warf er den Kopf in den Nacken und lachte. Adelheid atmete auf. Sie hatte seine Reaktion richtig eingeschätzt. Also war er ihr doch noch nicht ganz entglitten. Sie widmete sich wieder dem Webstück und versuchte, ihre Erleichterung zu verbergen.

Otto zog sich einen Stuhl heran und setzte sich neben sie. Die Heiterkeit in seinen Augen wich einem plötzlichen Ernst. »Heute hat mich die Nachricht erreicht, dass Burchard von Schwaben gestorben ist.« Unter seiner scheinbaren Gelassenheit konnte sie seine Sorge spüren. Was Adelheid gut verstehen konnte, denn mit dem Tod des mächtigen Herzogs würde sich das Machtgefüge im Süden des Reichs vollständig verändern.

»Was willst du jetzt tun? Das Herzogtum Hadwig überlassen?«

Otto schüttelte nachdenklich den Kopf. »Ich habe mich noch nicht entschieden.«

»Heinrich wird es nicht billigen, wenn du seiner Schwester das Land wegnimmst.«

»Wie ich eben schon sagte … ich weiß noch nicht, was ich tun werde.«

»Hadwig ist eine tatkräftige Frau. Sie wird das Herzogtum klug verwalten.«

»Ich zweifle nicht an der Tatkraft meiner Base.« Versonnen betrachtete Otto die Anordnung der Kettfäden auf dem Webstuhl. Schließlich erhob er sich und küsste Adelheid auf die Wange. »Schlaft gut, Mutter.«

Sie schaute ihm nach, während er den Raum verließ. Er hatte mit ihr über das, was ihn beschäftigte, gesprochen. Vielleicht würde es ihr ja doch gelingen, ihren Einfluss auf ihn im Laufe der Zeit zurückzugewinnen. Immerhin war sie seine Mutter.

*

Während Theophanu auf Otto wartete, ging sie unruhig in ihrem Schlafraum auf und ab. Dann und wann machte ihr ein schmerzhaftes Ziehen in der Bauchgegend so zu schaffen, dass sie ihre Hände auf ihren Leib presste. Da die Luft im Zimmer heiß und stickig war, trat Theophanu an eines der Fenster. Ein Windstoß wehte den brackigen Geruch der Elbe zu ihr herüber. Beklommen fragte sie sich, ob ihr ganzes Leben nur aus Kämpfen bestehen würde.

»Du holst dir noch den Tod, wenn du im Hemd am offenen Fenster stehst.« Als Theophanu Ottos besorgte Stimme hörte, stürzte sie ihm entgegen und klammerte sich wie eine Ertrinkende an ihn. Er ist all die Kämpfe mehr als wert, schoss es ihr durch den Kopf, während sie ihn leidenschaftlich küsste.

Er nahm sie in die Arme und hob sie hoch. Verwundert registrierte sie, dass er zur Tür ging. »Was tust du?«, flüsterte sie.

»Ich habe es wirklich satt, dass ich mit dir nicht schlafen kann, wann ich will.«

»Aber …«, protestierte sie und versuchte, sich von ihm zu lösen. Lachend hielt er sie nur umso fester. »Einen Vorteil muss ich doch davon haben, dass ich nun der Regent bin. Außerdem befinden wir uns ohnehin schon längst im Stand der Sünde.«

»Deine Mutter … Und die Dienstboten …«

»… sind mir völlig gleichgültig.« Während er mit ihr auf den breiten Flur hinaustrat, küsste er sie. Erst zart, dann immer heftiger, bis Theophanu ihren Widerstand aufgab.

Es war das erste Mal seit dem Begräbnis des alten Kaisers, dass sie miteinander schliefen. Vor der Bestattung waren die wenigen Nächte, die sie miteinander hatten verbringen können, von einer wilden, schmerzhaften Intensität erfüllt gewesen. Nun war ihr Beisammensein wieder gelassener und zärtlicher geworden. Nachdem sie sich gegenseitig Befriedigung geschenkt hatten, lagen sie verschwitzt und aneinandergeschmiegt zwischen den Laken. Otto strich über Theophanus Haar.

Der Schein eines Kerzenleuchters fiel auf sein Gesicht. Es wirkte weich und gelöst, und doch konnte Theophanu fühlen, dass ihn etwas bedrückte. Sie ließ ihre Hand über seinen Rücken wandern. »War etwas an der Grenze nicht so, wie es hätte sein sollen?«, fragte sie leise.

Otto schüttelte den Kopf. »An der Grenze ist alles in Ordnung.« Wie zuvor seiner Mutter, berichtete er nun Theophanu von Herzog Burchards Tod. »Ich habe mich noch nicht entschieden. Aber ich neige dazu, Hadwig das Herzogtum wegzunehmen und es meinem Freund Otto zu übertragen«, schloss er seinen Bericht.

»Deine Base Hadwig wäre sicher eine gute Regentin.«

»Dieser Meinung war meine Mutter ebenfalls.« Er grinste schief. »Ich zweifle ihre Fähigkeiten auch überhaupt nicht an. Meine liebe Base würde sicher einen besseren Herrscher abgeben als mancher der Fürsten. Aber mir behagt die Vorstellung nicht, dass sie und ihr Bruder zwei große, reiche und vor allem aneinander angrenzende Ländereien im Süden besitzen. Burchard hatte zwar ein phlegmatisches Gemüt – anders hätte er es mit Hadwig auch kaum ausgehalten … Aber er war entschieden zu klug und auch zu rechtschaffen, um sich mit Heinrich auf irgendwelche unlauteren Händel einzulassen.«

Theophanu strich mit ihrer Hand weiter über Ottos Rücken bis zu seinem Gesäß hinab. »Hadwig hält nicht viel von ihrem Bruder.«

Otto lächelte. »Nein, wahrhaftig nicht. Aber uns Liudolfinger, vor allem mich, schätzt sie auch nicht besonders. Du bist ihr, glaube ich, allerdings ganz sympathisch. Aber das wird sie nicht davon abhalten, mir Ärger zu bereiten.«

Theophanu wiegte den Kopf. »Gehst du wirklich davon aus, dass sie sich einem Aufstand Heinrichs anschließen würde?«

Otto sah sie nachdenklich an. »Wenn sie glaubt, dass ihr daraus ein Gewinn erwachsen kann, ja ... Sie gehört zu den Menschen, die unbedingt nach der Macht streben, und ich danke dem Himmel, dass sie nicht zu den männlichen Fürsten zählt. Sie wäre kein leichter Gegner.«

»Wenn du Hadwig Schwaben wegnimmst, lieferst du Heinrich einen willkommenen Vorwand, sich gegen dich zu erheben.«

Otto winkte ab. »Früher oder später wird er das ohnehin tun.«

In der Stille, die sich über den Raum senkte, war nur das Knistern der Kerzenflammen zu hören. Theophanu wünschte sich, dass sie diesen Moment bewahren könnte. Otto und sie waren einander so nah. Noch gab es keine kriegerischen Auseinandersetzungen, in die sie verstrickt waren. Doch sie wusste, dass sich dies nur allzu bald ändern würde. Ein Falter flog durch eines der offen stehenden Fenster. Ein großes Insekt mit schön gemusterten Flügeln. Ungeschickt flatterte er durch den Raum. Theophanu machte eine Bewegung, um ihn von dem Kerzenhalter wegzuscheuchen. Doch sie war zu spät. Zischend versengten die Flammen das Tier, und es segelte verbrannt zu Boden.

»Du zitterst ja, und das in einer warmen Sommernacht.« Ottos Stimme klang teils belustigt, teils besorgt.

»Halt mich fest«, flüsterte Theophanu und schlang sich eng um ihren Gatten. Wortlos glitt er auf sie. Während ihr Körper seinem antwortete, vergaß sie ihre Ängste.

*

Stimmen weckten Theophanu. Verschlafen öffnete sie die Augen. Ein Diener mit einer Kerze in der Hand stand im Raum. Otto hatte sich neben ihr aufgerichtet.

»... ein Bote«, hörte sie den Diener sagen, und unmittelbar darauf – ohne die Erlaubnis abzuwarten – betrat ein anderer Mann mit staubbedeckter Kleidung das Gemach. Er bewegte sich schwerfällig, als habe er einen langen, anstrengenden Ritt hinter sich.

Kämpfe an der Grenze ... Herzog Heinrich, Herzog Miezko und Herzog Boleslav ... Befestigungen angegriffen und überrannt... Die Worte des Boten drangen in Theophanus Bewusstsein. Sie verstand ihre Bedeutung und wollte sie doch nicht wahrhaben. Otto saß wie erstarrt.

Wieder eine Bewegung an der Tür. Adelheid erschien im Zimmer. Nachlässig hatte sie einen Samtumhang über ihr Nachthemd geworfen. »Ein Bote mitten in der Nacht ... Was hat das zu bedeuten?«, wandte sie sich an ihren Sohn. Ehe Otto etwas erwidern konnte, fiel ihr Blick auf Theophanu. »Aber ...«, keuchte sie.

»Heinrich hat sich entschlossen, seinem Vater nachzueifern.« Otto hatte seine Fassung wiedergewonnen. »Mutter, wenn du bitte nebenan warten würdest. Und du draußen auf dem Gang.« Er nickte dem Boten zu. »Ich werde gleich noch mit dir reden.«

Immer noch seltsam benommen verfolgte Theophanu, wie Adelheid sie entrüstet musterte, ehe sie, wie gebeten, ins Nebenzimmer schritt. Während auch die beiden Männer den Raum verließen, griff Otto nach Hose und Hemd und streifte sich hastig die Kleidungsstücke über.

»Also hat Heinrich sich entschieden, die Sache gleich auszufechten.« Seine Stimme klang grimmig. »Das soll mir nur recht sein.«

Theophanu kleidete sich ebenfalls rasch an. Der Brand, der so lange untergründig geschwelt hatte, war nun also ausgebrochen.

Als Theophanu mit Otto den Nebenraum betrat, ging Adelheid dort nervös auf und ab. Dennoch wirkte sie gefasst. Hastig wandte sie sich ihrem Sohn zu: »Wo genau haben Heinrich, Boleslav und Miezko die Befestigungen überrannt?«

Otto schluckte hart, bevor er antwortete: »Heinrich bei Saalfeld. Boleslav und Miezko sind bis Merseburg ins Landesinnere vorgedrungen.« Seine Stimme klang nüchtern. Doch Theophanu wusste, dass vor allem Boleslavs und Miezkos Vorstoß eine Katastrophe darstellte.

»Sächsische Adelige wie Hermann Billung werden sicher nicht abgeneigt sein, sich ihnen anzuschließen«, bemerkte Adelheid sachlich.

»Davon gehe ich aus …« Ein bitteres Lächeln huschte über Ottos Gesicht. »Wahrscheinlich haben sie das mittlerweile bereits getan.«

»Auch wenn es dir noch so sehr zuwider ist – du musst dich mit Heinrich einigen und Frieden mit ihm schließen. Du hast keine andere Wahl.« Adelheid fasste ihn beschwörend an den Schultern. »Gegen diese Übermacht kannst du nicht gewinnen.«

»Mutter, was redest du da? Auf gar keinen Fall werde ich den Aufrührern ein Friedensangebot unterbreiten.«

»Du weißt, es war unter den Fürsten nicht unumstritten,

dass dein und nicht Heinrichs Vater König wurde. Nicht wenige Fürsten und niedrigere Adelige haben deshalb Verständnis dafür, dass dein Vetter nach der Krone greift. Sie werden einem Friedensschluss wohlwollend gegenüberstehen. Wenn du nun mit aller Härte gegen Heinrich vorgehst, ziehst du nur ihren Zorn auf dich.«

»Mein Vater hat seinen Bruder besiegt, danach erst war er bereit, mit ihm Frieden zu schließen«, entgegnete Otto heftig. »Er hat sich nicht um die Ansichten der Fürsten geschert.«

»Als dein Vater zum Regenten wurde, war er sieben Jahre älter als du. Ihn haben sie gekannt. Du dagegen hast viele Jahre im Süden verbracht«, gab Adelheid ebenso erregt zurück. »Seit du erwachsen wurdest, hat dich der Adel nur beim Osterfest in Quedlinburg zu Gesicht bekommen und dann während der Bestattungsfeierlichkeiten. Du kannst nicht erwarten, dass die Fürsten dir vertrauen oder dass sie dir großen Respekt entgegenbringen, obwohl sie so gut wie nichts über dich wissen.«

Theophanu hatte die Auseinandersetzung zwischen Otto und seiner Mutter bislang schweigend verfolgt und sich an die Unterhaltung mit ihrem verstorbenen Schwiegervater im Garten der Ingelheimer Pfalz erinnert. Wenn zwei Wölfe um die Vorrangstellung im Rudel kämpften, hatte er gesagt, sei es entscheidend, keine Schwäche zu zeigen. Otto durfte seinem Vetter keinesfalls nachgeben. Andernfalls würde er die Meute gegen sich haben.

Nun mischte Theophanu sich ein. »Falls die Fürsten Otto noch nicht respektieren sollten, dann werden sie diesen Respekt eben jetzt lernen«, rief sie leidenschaftlich und griff nach Ottos Hand.

Adelheid schenkte ihr einen ungeduldigen Blick, ehe sie sich wieder ihrem Sohn zuwandte. »Einige dich mit Heinrich. Belehne ihn meinetwegen mit Schwaben.«

Otto hob die Augenbrauen. »Gestern hast du noch gesagt, Hadwig würde eine gute Regentin abgeben.«

»Dieser Meinung bin ich immer noch. Aber es ist wichtiger, deinen Vetter zu befrieden, als die Gefühle deiner Base nicht zu verletzen.«

»Ich habe mich bereits entschieden.« Otto schüttelte den Kopf. »Mein Freund Otto, der Graf vom Wormsgau, erhält Schwaben. Hadwig mag meinetwegen den Besitz direkt am Bodensee als Witwengut behalten.«

»Das kannst du unmöglich tun!« Adelheids Stimme überschlug sich. »Damit bringst du Heinrich erst recht gegen dich auf.«

»Meine Entscheidung steht fest.«

»Du handelst dumm und unverantwortlich. Wie kannst du deine Herrschaft nur so leichtfertig aufs Spiel setzen?«

Bevor Otto etwas entgegnen konnte, schaltete sich Theophanu ein. »Otto würde leichtfertig handeln, wenn er Eurem Rat folgen würde«, ergriff sie Partei für ihren Gatten. »Außerdem … Warum seid Ihr so fest davon überzeugt, dass sich Otto nicht gegen seine Gegner durchsetzen kann?«

Adelheid fuhr zu ihr herum, sprach jedoch ihren Sohn an: »Hat *sie* dich dazu aufgestachelt, unbedingt Krieg gegen deinen Vetter führen zu wollen?« Anklagend deutete sie auf Theophanu. »Dieses schamlose Geschöpf, das sich gegen jede Sitte und jeden Anstand in dein Bett gedrängt hat, obwohl sie immer noch keine Frau ist?«

»Mutter …« Ottos Augen leuchteten wütend.

Doch Adelheid ließ sich nicht unterbrechen. »Dein Weib ist eine verderbte Byzantinerin, die schon deinem Vater den Kopf verdreht hat.« Ihre Augen flammten, und ihre Stimme wurde schrill. »Ein dummes, verzogenes Kind ist sie, dem es immer nur darum geht, den eigenen Willen durchzusetzen, und das sich um die Folgen nicht schert. Willst du ihretwegen wirklich dein Reich verlieren? Bei Gott, ich verstehe euch Männer nicht! Oder schaltet eure Gier euren Verstand immer völlig aus?«

Sie stand hoch aufgerichtet vor dem jungen Paar. Ihr langes, dunkles Haar floss ihren Rücken hinab. Mit den blitzenden Augen und dem versteinerten Gesicht wirkte sie wie eine Rachegöttin.

Erst jetzt begriff Theophanu das ganze Ausmaß von Adelheids Hass, und ihr verschlug es die Sprache. Auch Otto schien ratlos angesichts des Zornausbruchs seiner Mutter. Ein lastendes Schweigen breitete sich in dem Raum aus.

Schließlich warf Adelheid den Kopf in den Nacken. »Wenn du unbedingt auf deine Gemahlin hören willst, werde ich deinen Hof verlassen und nicht mehr zurückkehren«, drohte sie und wandte sich brüsk ab.

»Mutter, ich bin erwachsen. Es ist meine Entscheidung, gegen Heinrich zu kämpfen. Und nicht Theophanus«, versuchte Otto zu vermitteln, doch seine Worte prallten von ihr ab. »Wirst du versuchen, dich mit Heinrich zu einigen, oder wirst du es nicht tun?« Kühl und herausfordernd sah sie ihn an.

»Mutter …«

»Ja oder nein?« Adelheids Miene war immer noch starr. Doch hinter der bleichen, harten Maske konnte Theophanu ihren Schmerz erfühlen. Wie tief und eifersüchtig sie ihren Sohn lieben musste, diese harte starrsinnige Frau.

Otto zögerte, und das Schweigen dehnte sich noch bedrückender aus. Theophanu glaubte zu ahnen, was in ihm vorging. Vor kurzem hatte er seinen Vater verloren. Und in dem Moment, in dem er sich am schwächsten fühlte, wo seine Herrschaft zutiefst gefährdet war, drohte auch noch seine Mutter, ihn zu verlassen – eine welterfahrene Frau, die an der Seite seines Vaters über zwanzig Jahre lang geherrscht hatte. Mit ihr würde er eine Beraterin verlieren, die mit den Verhältnissen im Reich vertraut war und die nicht nur von den weltlichen und kirchlichen Fürsten respektiert wurde, sondern auch von den einfachen Menschen. Außerdem war sich Theophanu darüber im Klaren: Auch wenn ihre Beziehung oft schwierig war – Otto liebte seine Mutter.

Sie bemühte sich, ihre eigenen Gefühle gegenüber Adelheid zurückzustellen und auch ihrem Hass auf Heinrich keinen Raum zu geben. Aber nein, auch wenn sie versuchte, die Situation vorurteilslos zu sehen, kam sie zu keinem anderen Schluss: Otto würde einen schwerwiegenden Fehler begehen, wenn er dem Bayernherzog mit einem Friedensangebot entgegenkäme. Da sie die Situation nicht noch mehr verschärfen wollte, schwieg sie jedoch und verlegte sich auf das stumme Bitten: Tu es nicht!, beschwor sie ihren Gatten inständig in Gedanken.

»Nun?«, forderte Adelheid schneidend.

Otto antwortete ruhig und gefasst: »Ich bedaure es zutiefst, wenn Ihr glaubt, meinen Hof verlassen zu müssen. Aber ich werde keinen Frieden mit Heinrich schließen.«

Adelheid atmete scharf aus und wandte sich dann wortlos ab. Theophanu hörte das Öffnen und Schlagen der Tür. Dann die Schritte ihrer Schwiegermutter, die sich auf dem Gang entfernten.

Otto stand einfach nur reglos da.

Theophanu wollte ihn berühren, ihm sagen, dass er sich richtig entschieden hatte, und wagte es doch nicht. Schließlich ging er zu einem der Fenster, legte die Arme auf die Brüstung und ließ den Kopf sinken. Sein starrer Rücken drückte Abwehr aus.

Sie musste versuchen, zu ihm durchzudringen! Nachdem sie zu ihm getreten war, nahm sie all ihren Mut zusammen und legte ihm vorsichtig die Hand auf die Schulter.

Ottos Muskeln versteiften sich, doch er schüttelte ihre Hand nicht ab. Während Theophanu darauf wartete, dass er mit ihr redete, dass er irgendetwas sagte, um den Bann zwischen ihnen zu brechen, sah sie, wie im Osten über den Dächern der Stadt die Morgendämmerung anbrach.

»Otto, bitte …«, sagte sie nach einer Weile leise. Sie fürchtete schon, er würde nicht reagieren. Doch er drehte sich zu ihr um.

»Erst hat Heinrich versucht, dich mir wegzunehmen. Und jetzt bringt er auch noch meine Mutter und mich auseinander.«

»Du hast dich richtig entschieden.«

»Ja, ich weiß. Ich werde niemals nach den Regeln meines Vetters spielen und mir von ihm einen Frieden aufzwingen lassen.« Abscheu schwang in Ottos Stimme mit. Er straffte sich, und zu Theophanus Erleichterung erschien die Andeutung eines Lächelns auf seinem Gesicht. »Ich habe Heinrich bei dem Turnier besiegt und, bei Gott, ich schwöre, dass es ich ihn auch in diesem Kampf besiegen werde.«

*

Der folgende Morgen glich gespenstisch demjenigen, als der alte Kaiser gestorben war. Ein nicht abreißender Strom von Boten kam und ging. Otto hatte die Krise der vergangenen Nacht überwunden. Er wirkte gefasst, ja beinahe gelassen.

Gegen Mittag – die Schwüle hatte noch zugenommen – traten zwei schmutzige, schwer bewaffnete Männer in die Halle. Otto, der zusammen mit einigen wettergegerbten, vierschrötigen Offizieren über einer Wachstafel-Skizze von der Grenzregion bei Meißen brütete, schaute auf. Ein Grinsen erschien auf seinem Gesicht.

»Es war doch klar, dass deinem Vetter, dieser falschen Kröte, nicht zu trauen ist.« Heinrich Zolunta nahm seinen Helm ab und verneigte sich vor Theophanu. Danach ließ er sich auf einen Stuhl fallen und fächelte sich Luft zu. »Verdammt, er hätte sich wenigstens ein anderes Wetter für seinen Angriff aussuchen können als diese Bullenhitze.«

Sein Begleiter, Otto vom Wormsgau, hatte inzwischen ebenfalls seinen Helm abgelegt und sich vor Theophanu verneigt. Er umarmte Otto herzlich. »Schade, dass du dich gleich zu Beginn deiner Regierungszeit mit einem Aufstand herumschlagen musst.«

»Wie Heinrich gerade sagte ... Es war davon auszugehen, dass mein Vetter für Ärger sorgen würde.« Otto winkte beinahe lässig ab, und für einen Moment wirkte er wie jener unbekümmerte junge Mann, der damals am Bach den Wolf erlegt hatte. Theophanu hatte ihn in den vergangenen Wochen selten so erlebt, und erneut flog ihm ihr Herz zu. Gleichzeitig fragte sie sich wieder einmal, ob und wie sehr die Bürde des Herrschens sie beide verändern würde.

Ihr Gatte wandte sich Otto vom Wormsgau zu. »Otto, bist du damit einverstanden, dass ich dich mit dem Herzogtum Schwaben belehne?«

»Wie meinst du das?« Der Freund starrte ihn verdutzt an.

»Wie ich das meine?« Otto verdrehte die Augen. »Ich biete dir Schwaben als Lehen und die Herzogswürde obendrein an. Aber du musst beides nicht annehmen. Ich finde sicher noch einen anderen Anwärter.«

»Aber natürlich, ich ...« Otto vom Wormsgau griff sich an die Brust.

»So, er erhält also Schwaben. Und was bekomme ich?« Heinrich Zolunta spielte den Gekränkten. »Wie wäre es mit Bayern, wenn wir deinen Vetter besiegen?«

»Mit dir käme ich doch nur vom Regen in die Traufe.« Otto wehrte lachend ab.

»Hoheit, wollt Ihr nicht für mich Partei ergreifen?« Heinrich Zolunta wandte sich Theophanu zu. Auch Otto und der Graf vom Wormsgau drehten sich zu ihr herum.

»Sicher ...«, begann Theophanu. Doch ein schmerzhafter

Krampf in ihrem Leib ließ sie verstummen. Sie biss die Lippen zusammen, legte die Hand auf ihren Bauch und fühlte, wie sämtliche Farbe aus ihrem Gesicht wich.

»Was hast du?« Ihr Gatte sprang erschrocken auf und legte besorgt den Arm um ihre Schultern.

Theophanu rang sich ein Lächeln ab. »Bestimmt nur einen verdorbenen Magen …«, versuchte sie, ihn zu beruhigen. Doch sie ahnte, dass das nicht stimmte.

Otto drängte darauf, dass Imiza gerufen wurde und Theophanu auf ihr Zimmer begleitete. Da Theophanu seine Freunde bei ihm wusste, gab sie nach.

Imiza breitete heiße, feuchte Tücher über Theophanus schmerzenden Leib. Anschließend schlug sie eine dünne Seidendecke um ihre Herrin und schloss die hölzernen Läden.

Theophanu fiel in einen unruhigen Schlaf, wurde jedoch bald wieder von einem Donnerschlag geweckt. Ein Krampf schüttelte ihren Unterleib. Benommen spürte sie, dass etwas Feuchtes zwischen ihren Beinen herabrann. Entsetzt zerrte sie die Decke von sich. Tatsächlich, ein Blutfaden rann über die Innenseite ihres Oberschenkels, und auf dem Laken unter ihr hatte sich ein dunkler Fleck gebildet. Im ersten Moment erschrak Theophanu heftig. Dann begriff sie jedoch, dass endlich ihre erste Monatsblutung eingesetzt hatte.

Freude, endlich zur Frau geworden zu sein, durchpulste sie. Gleichzeitig bedauerte sie es, dass dies ausgerechnet unter so schwierigen und bedrohlichen Umständen geschehen war.

»Herrin …« Imiza war mit einem Becken voll frischem Wasser zurückgekehrt und eilte erschrocken zu ihr.

»Es ist alles in Ordnung«, beruhigte Theophanu ihre Dienerin.

Endlich verstand Imiza nun. »Wie dumm von mir, nicht

gleich daran zu denken, als Ihr von Übelkeit und Krämpfen gesprochen habt. Aber an Tagen wie heute …« Sie seufzte. Die Anspannung der letzten Stunden hatte auch in Imizas sonst so unbeschwertem Gesicht Spuren hinterlassen.

»Weißt du, ob meine Schwiegermutter die Pfalz schon verlassen hat?«

»Ja, eine Weile, bevor das Gewitter ausgebrochen ist.« Die beiden Frauen tauschten einen langen Blick. Es tat Theophanu leid für Otto, dass Adelheid ihn im Streit verlassen hatte. Sie selbst aber war einfach nur froh, ihre Gegenwart nicht mehr länger ertragen zu müssen.

»Hält sich mein Gatte noch in der Halle auf?«

Imiza schüttelte den Kopf. »So viel ich weiß, ist er vor einer Weile zusammen mit Otto vom Wormsgau und Heinrich Zolunta zu dem Lager vor der Stadt geritten.«

Otto wollte sein Heer so bald wie möglich gegen Heinrich führen. Theophanus Herz schlug schneller. Sie musste unter allen Umständen zu ihm.

*

Das Lager befand sich am Elbufer, nahe der Stadtmauer. Das Gewitter war kurz, aber heftig gewesen. Die Wasser des Flusses waren gestiegen und bräunlich verfärbt. Abgerissene Äste und Unrat trieben in der reißenden Flut. Die Männer, die Theophanus Tragsessel geschultert hatten, bahnten sich ihren Weg durch tiefe Pfützen.

Theophanu fand Otto vor seinem Zelt, wo er sich mit seinen Freunden und einigen Offizieren unterhielt. Nachdem er sich bei den Männern entschuldigt hatte, eilte er auf sie zu und hob sie von dem Tragsessel. »Was soll das? Warum kommst du hierher?«, fragte er besorgt und gleichzeitig vorwurfsvoll.

»Mir geht es gut.« Die Krämpfe machten Theophanu immer noch zu schaffen, aber da sie nun die Ursache wusste, ertrug sie die Schmerzen gern. »Hast du neue Nachrichten erhalten?«

»Ja, allem Anschein nach wollen Heinrich, Boleslav und Miezko ihre Heere vereinen und gemeinsam gegen Magdeburg ziehen.« Ottos Stirn furchte sich. »Wenigstens hat sich Hermann Billung den Aufrührern bislang noch nicht angeschlossen. Zumindest nicht offen. Dafür ist jedoch Ekbert an die Seite meines Vetters gewechselt.«

»Wann wirst du aufbrechen?«

»Übermorgen. Ich lasse dir aber genug Soldaten zurück, damit du sicher bist.«

»Ich komme mit dir!«, erklärte Theophanu entschieden.

Otto schüttelte den Kopf. »Auf keinen Fall. Du weißt nicht, was ein Feldzug bedeutet.« Der Ton seiner Stimme ließ keinen Zweifel daran, dass er es ernst meinte.

»Mein Vater ist ein hoher Offizier im Heer Johannes Tzimiskes'. Andere meiner Verwandten waren und sind ebenfalls Feldherren. Ich habe Dinge gehört …«

»Das ist nicht das Gleiche.« Er sah Theophanu eindringlich an. »Ich will nicht, dass du verstümmelte Körper sehen musst und die Schreie von Sterbenden oder Verwundeten hörst.«

»Wenn du es ertragen kannst, kann ich es auch.«

»Nein. Ich werde dich nicht mitnehmen. Und das ist mein letztes Wort.«

Theophanu starrte auf das durchweichte Gras. Noch nie zuvor hatte sie mit jemandem über ihr Erlebnis an jenem Wintermorgen im Innenhof des Kaiserpalastes gesprochen.

»Also, du bleibst in Magdeburg.« Otto deutete ihr Schweigen als Einwilligung.

»Ich habe einmal einen verstümmelten, geschändeten Toten gesehen«, hörte sich Theophanu plötzlich sagen.

»Was?« Ihr Gatte fuhr zusammen.

»Den Leichnam des Nikephoros Phokas«, erzählte Theophanu tonlos und wich seinem Blick aus. »Ich habe ihn im Schnee gefunden. Am Morgen, nachdem der Kaiser ermordet worden war.« Noch immer kam es Theophanu vor, als ob nicht sie selbst spräche. Auf die gleiche seltsam distanzierte Weise fuhr sie fort, den Zustand des toten Körpers zu beschreiben, mit allen Einzelheiten, die sich in ihr Gedächtnis eingebrannt hatten: die Striemen. Den blutüberströmten Leib. Das verdrehte Auge. Das abgetrennte Glied.

Wortlos nahm Otto sie in die Arme und hielt sie fest. Theophanu begann haltlos zu zittern. »Was auch geschieht, ich will bei dir sein«, flüsterte sie, und Tränen traten in ihre Augen. »Verstehst du das denn nicht? Ich ertrage es nicht, wenn dir etwas geschieht und ich nicht bei dir bin.«

Otto zögerte und kämpfte mit sich, bis er schließlich leise, aber entschlossen sagte: »Gut, ich nehme dich mit.«

# 4.

In der Halle der Pfalz von Tilleda lehnte sich Theophanu auf einer Bank vor der Feuerstelle tiefer in die Kissen und strich versonnen über ihren hoch gewölbten Leib. In wenigen Wochen würde sie ihr zweites Kind gebären.

Drei Jahre waren mittlerweile vergangen, seit sich Heinrich zusammen mit Miezko und Boleslav gegen Otto erhoben hatte. Die Kämpfe hatten sich wechselvoll gestaltet. Im Vorjahr war es ihrem Gatten endlich gelungen, seinen Vetter zu besiegen und in Ingelheim gefangen zu setzen. Mit den anderen beiden Gegnern und ihren sächsischen Anhängern hatte er Frieden geschlossen.

Vor wenigen Wochen war es Heinrich jedoch gelungen, aus der Haft zu fliehen. Erneut hatten sich Miezko und Boleslav auf ein Bündnis mit ihm eingelassen. Auch Ekbert, der sich nach der Niederlage des Bayernherzogs auf slawisches Gebiet abgesetzt hatte, war zu ihm zurückgekehrt.

Theophanu verbot sich, darüber nachzugrübeln, wie anders Ottos und ihr Leben aussehen könnte, wenn Heinrich nicht wäre. Immerhin ruhten jetzt im Winter die kriegerischen Auseinandersetzungen. Somit war Otto und ihr eine Atempause vergönnt.

Wenigstens hatte sie vor ihrer Schwiegermutter Ruhe. Nach dem Streit mit ihrem Sohn war Adelheid in ihr Königreich, die Lombardei, zurückgereist und hielt sich seitdem dort auf. Laut Ottos Spähern hatte die alte Kaiserin Kontakt zu Heinrich aufgenommen. Es gab sogar Gerüchte, dass sie den Bayernherzog mit Geld unterstützte. Aber diese Gerüchte waren nicht bewiesen. Otto sprach nicht darüber, aber Theophanu ahnte, dass ihn der Bruch noch immer belastete.

Während sie wieder über ihren Leib strich, spürte sie, wie sich das Kind in ihr bewegte. Vor einem Jahr hatte sie einer Tochter das Leben geschenkt. Otto und sie hatten beschlossen, das Kind nach Theophanus Mutter Sophia taufen zu lassen.

Einen Monat lang, während sie sich von der Geburt erholte, hatte sie den Säugling bei sich gehabt. Otto war von dem winzigen Wesen mit dem dunklen Haarschopf hingerissen, und er hatte sich immer wieder davongestohlen, um möglichst oft bei ihr und dem Kind zu sein. Als sie die kleine Sophia nach Quedlinburg brachten, damit sie dort in der Obhut ihrer Tante Mathilde an einem sicheren Ort aufwachsen konnte, ohne den Härten des ständigen Reiselebens ausgesetzt zu sein, war Otto bei der Trennung ebenso bedrückt gewesen wie sie. Und doch hoffte er jetzt sehnlichst auf einen Thronfolger.

Den würde sie ihm nun schenken. Das Kind wird ein Junge. Ich spüre es, dachte Theophanu. Und noch etwas nährte ihre Sehnsucht, dass sie einen Thronfolger gebären würde. Einen Knaben würde sie bei sich behalten können – denn dieses Kind würde viel zu wichtig sein, um es abseits des kaiserlichen Hofes aufwachsen zu lassen. Zu leicht konnten sich feindliche Fürsten seiner bemächtigen.

Ein kalter Luftzug streifte Theophanus Wange. Sie hob den Kopf und sah Otto auf sich zukommen. Es hatte sich nichts verändert zwischen ihnen – sie war immer noch glücklich, wenn sie mit ihm zusammen sein konnte, und vermisste ihn schmerzlich, wenn sie getrennt voneinander waren.

Er ließ seinen Umhang von den Schultern gleiten und setzte sich neben sie.

»Hattest du eine gute Jagd?«, fragte sie schläfrig und schmiegte sich an ihn.

Otto legte den Arm um sie. »Leidlich. Ein Eber hat einen der Jagdknechte schlimm am Bein verletzt. Ich bin bei ihm geblieben, bis ihn der Medikus versorgt hatte.«

»Das tut mir leid.«

»Der Medikus ist zuversichtlich, dass sich die Wunde nicht entzünden wird.« Otto beugte sich vor und strich langsam und zärtlich über ihren gerundeten Leib. Erneut bewegte sich das Kind in ihr, als ob es die Berührung spüren könnte. Theophanu legte ihre Hand auf seine.

Ein tiefes Glücksgefühl erfasste Otto. »Ich …«, begann er rau, doch plötzliches Geschrei draußen vor der Halle ließ ihn innehalten. Gleich darauf flog die Tür auf, und Heinrich Zolunta stürzte herein. »Soldaten ziehen auf die Burg zu!«, keuchte er.

»Was?« Otto sprang auf.

»Sieh es dir selbst an.«

In dem von Fackeln erhellten Hof der Pfalz drängten sich Knechte und Bewaffnete. Weitere Männer führten hastig Pferde von den Stallungen herbei. Imiza rannte auf Theophanu zu. »Herrin …«. stammelte sie, und die Panik stand ihr im Gesicht geschrieben.

»Schnell, hol mir meinen Mantel!«, befahl Theophanu und sah angstvoll nach Otto. Imiza nickte wortlos und verschwand in dem Gewühle aus Menschen und Pferden. Heinrich und Otto hatten bereits die Holztreppe erklommen, die zu dem Wehrgang rund um die Befestigung führte. Sie sprachen mit einem großen, dunkelhaarigen Mann um die vierzig, Adalbert, dem Verwalter der Pfalz. Gemeinsam spähten sie durch die Schlitze in den behauenen Stämmen.

Theophanu raffte ihre Röcke und folgte ihnen. Als sie neben Otto durch eines der schmalen Löcher blickte, konnte sie zuerst nur die schneebedeckten Umrisse von Bäumen und Sträuchern erkennen. Doch dann sah sie all die schattenhaften Gestalten, die sich über die verschneiten Felder auf die Pfalz zu bewegten. Sie kamen von überall her. Und sie waren so viele, dass Theophanu leise aufschrie. Sie spürte, wie sich Ottos Körper anspannte. Instinktiv wusste sie, dass sie beide dasselbe dachten: Es waren zu viele. Sie würden es niemals schaffen, sich zu behaupten. Heinrich würde die Pfalz überrennen, ehe sie Hilfe holen konnten. Und wenn es ihm gelang, Otto und sie gefangen zu nehmen, war es um ihre Herrschaft und wahrscheinlich auch um ihr Leben geschehen. Stand ihr der gewaltsame Tod, von dem die alte Seherin gesprochen hatte, nun tatsächlich bevor?

»Auch wenn ich es hasse, vor meinem Vetter klein beizugeben, wir müssen versuchen zu entkommen«, hörte sie Otto sagen. »Das ist unsere einzige Möglichkeit.«

»Auf der Westseite der Pfalz rücken noch keine Soldaten heran«, schaltete sich Heinrich Zolunta ein.

»Gut.« Otto wandte sich an Adalbert. »Deckt sie mit einem Hagel an Pfeilen ein und lenkt sie ab, solange Ihr könnt.«

»Das werden wir tun, Hoheit.« Die Stimme des Verwalters klang grimmig und entschlossen.

Otto fasste Theophanu an der Hand und führte sie die Treppe hinunter. Unten im Burghof tauchte zwischen den Dienern und Bewaffneten Ninias auf. Er hatte sich zu einem hübschen, kräftigen Jüngling entwickelt.

»Gib auf deine Herrin Acht.« Otto wandte sich ihm zu, während er Theophanu auf Myra half.

»Bei meinem Leben, das werde ich.« Ninias nickte.

Imiza erschien in dem Gedränge und reichte Otto Theophanus Mantel. Er hängte ihn ihr um, ehe er sich selbst in den Sattel schwang. Heinrich Zolunta tat es ihm gleich, und auch Imiza und Ninias, die anderen Diener und die Bewaffneten saßen auf.

»Los.« Otto gab ein Zeichen. Während sie zur Pforte auf der Rückseite der Befestigungsanlage ritten, sah Theophanu, wie die Burgbesatzung die Stufen zu dem Wehrgang hinaufstürmte. Gleich darauf übertönte das Sirren von Pfeilen das Hufgetrappel. Von den Feldern auf der anderen Seite der Burg erklangen Schmerzensschreie.

»Ich hoffe, einer der Pfeile hat deinen Vetter erwischt.« Heinrich Zolunta lachte zornig auf.

»Schön wäre es.« Otto stimmte in das wütende Lachen mit ein. »Aber wie ich meinen Vetter kenne, hält er sich geschickt im Hintergrund.«

Sie hatten die Pforte hinter sich gelassen. Vor ihnen breiteten sich verschneite Wiesen aus. Mit der linken Hand ergriff Otto Myras Zügel, gleichzeitig stieß er seinem Hengst die Fersen in die Flanken. Die beiden Pferde galoppierten los. Sie waren noch nicht weit gekommen, als Theophanu Heinrich Zolunta einen alarmierenden Schrei ausstoßen hörte. Von einer Baumgruppe strebte ein Trupp Reiter auf sie zu.

Otto fluchte. Im rasenden Lauf der Pferde drehte er sich zu ihren Begleitern um und schrie: »Lasst uns ihnen ausweichen!« Er lenkte seinen Hengst und Myra von der Baumgruppe weg und auf eine Brache zu. Doch auch von dort galoppierten nun feindliche Soldaten heran.

Ein schneidender Schmerz durchfuhr Theophanu. Sie krümmte sich und biss die Zähne zusammen, um nicht zu schreien. Die Geschwindigkeit der Pferde verlangsamte sich. Als sie wieder imstande war aufzublicken, sah sie, dass Heinrich Zolunta mit den Bewaffneten einen Ring um Otto und sie gebildet hatte. Gleichzeitig sah sie aber auch, dass die Soldaten des Bayernherzogs von allen Seiten auf sie eindrangen und dass Heinrich Zolunta einem der Angreifer sein Schwert in die Brust rammte. Zwei Soldaten bedrängten ihren Gatten.

Er hatte Myras Zügel losgelassen und versuchte mit Schwert und Dolch sich zu verteidigen.

Erneut durchfuhr Theophanu ein so heftiger Schmerz, dass sie fast die Besinnung verlor. Als sie wieder die Kraft hatte, um sich zu blicken, war Otto verschwunden. Stattdessen war Ninias an ihre Seite gerückt und focht erbittert gegen einen Soldaten. War ihr Gatte etwa überwältigt oder gar getötet worden?

Plötzlich übertönte ein triumphierender Schrei das Kampfgetöse: »Ich habe die Kaiserin!« Jemand fasste nach Myras Zügeln, und Theophanu fuhr panisch herum. Der Angreifer hatte bereits die Arme ausgestreckt, um sie aus dem Sattel und auf sein Pferd zu ziehen.

Nein!, dachte Theophanu. Während sie sich in Myras Mähne festklammerte, stieß sie der Stute heftig die Fersen in die Flanken. Myra bäumte sich auf. Dem Angreifer wurden die Zügel aus der Hand gerissen. Sein Pferd scheute, und er wich zurück.

Ohne zu überlegen, trieb Theophanu Myra auf ihren Gegner zu und ließ die Stute springen. Der Zusammenprall schleuderte den Mann aus dem Sattel und zu Boden, wo er reglos liegen blieb. Die Stute strauchelte, als sie auf dem verschneiten Grund landete. Doch Theophanu gelang es, sie hochzureißen und vor einem Sturz zu bewahren.

»Verdammtes Biest!« Ein weiterer Soldat erschien neben ihr, um sie zu fassen.

»Wag es ja nicht!« Noch ehe sie reagieren konnte, hörte sie Ottos wütenden Schrei. Metall blitzte auf, und der Mann sank in sich zusammen.

Theophanu nahm wahr, wie Otto Myras Zügel ergriff. Eine neue Schmerzwelle überrollte sie und ließ sie beinahe ohnmächtig werden. Instinktiv krallte sie ihre Hände in die Mähne der Stute und schloss die Augen. Undeutlich hörte sie Schreie und Waffengeklirr und spürte, wie sich der Leib ihres

Pferdes rhythmisch unter ihr bewegte. Die Kampfgeräusche wurden leiser, verebbten schließlich ganz.

Als Myra stehen blieb, hob Theophanu benommen den Kopf. Otto hatte die Reittiere am Rand eines Waldes zum Halten gebracht. Er stand neben der Stute und streckte die Arme aus, um ihr von Myra herunterzuhelfen.

»Heinrichs Männer ...«, stammelte sie, während sie sich ihm entgegengleiten ließ.

Otto stützte sie vorsichtig. »Es ist alles in Ordnung«, murmelte er dann beruhigend und nahm sie in die Arme. »Wir haben sie abgehängt.« Nachdem er sie auf den Rücken des Hengstes gehoben hatte, schwang er sich hinter sie in den Sattel. »Glaubst du, dass du noch einen weiteren Galopp aushalten kannst?« Seine Stimme klang tief besorgt und rau vor Zärtlichkeit.

»Ja«, flüsterte sie. Irgendwie würde sie diesen Ritt überstehen – es gab keine andere Möglichkeit. Schließlich waren sie noch nicht wirklich in Sicherheit.

Otto legte den Arm um sie. »Gut, gegen Morgen müssten wir die Pfalz Allstedt erreichen.«

Den Ritt verbrachte Theophanu in einem ohnmachtsähnlichen Zustand, aus dem sie dann und wann heftige Schmerzen rissen. Als sie wieder einmal zu sich kam, sah sie vor sich den Wall einer Burg. Wenig später sprang Otto von seinem Pferd. Sie hatte nicht mehr die Kraft, sich auf dem Rücken des Tiers zu halten, und rutschte ihm entgegen. Er fing sie auf. Erst jetzt spürte sie, dass ihr Gewand von Blut durchnässt war. Myras Wiehern war das Letzte, das sie hörte, ehe sie erneut das Bewusstsein verlor.

Theophanu fühlte, dass sie auf weichen Kissen lag. Der Geruch von Kräutern hing in der Luft. Ihr Unterleib schmerzte. Der dumpfe, pochende Schmerz war anders als die weiß glühende Pein, die sie während der Flucht vor Heinrichs Soldaten gequält hatte – aber trotzdem so stark, dass sie die Zähne zusammenbeißen musste, um nicht laut aufzustöhnen.

Sie wünschte sich, einfach nur wieder in die Bewusstlosigkeit zurücksinken zu können. Das leise Knarren eines Stuhls ließ sie jedoch die Augen öffnen.

Matt sah Theophanu sich um. Sie befand sich in einem großen Raum mit weiß gekalkten Wänden. Durch zwei verglaste Fenster fiel graues Tageslicht. Als sie den Kopf ein wenig weiter drehte, sah sie, dass Otto auf einem Stuhl aus dunklem Eichenholz neben ihrem Bett saß. Er sah erschöpft und übermüdet aus. Ein rötlicher Bartflaum bedeckte seine Wangen. Sein Kopf war ihm im Schlaf auf die Brust gesunken.

Als hätte er ihren Blick gespürt, schlug auch er nun die Lider auf. Ein zögerliches Lächeln erhellte sein Gesicht, während er nach ihrer Hand griff. Theophanu war froh, ihn bei sich zu haben. Gleichzeitig wünschte sie sich aber auch, allein zu sein, denn sie wusste, was geschehen war.

»Das Kind«, zwang sie sich schließlich zu fragen, »es war ein Junge, nicht wahr?«

»Ja.« Er nickte. Sie fühlte seine Trauer. Doch dies tröstete sie nicht, sondern verstärkte nur ihren eigenen Schmerz.

»Wie lange war ich ohne Bewusstsein?« Es interessierte sie nicht wirklich.

»Zwei Tage.«

»Und Imiza? Und Ninias? Und all die anderen …? Konnten sie auch entkommen?«

Otto streichelte ihre Hand. »Imiza und Ninias geht es gut. Heinrich Zolunta konnte sie und die meisten unserer Leute hierher bringen. Zwei der Bewaffneten und drei Diener sind aber umgekommen.«

Fünf tote Männer. Und auch ihr ungeborener Sohn war dem Machtwillen des Bayernherzogs zum Opfer gefallen. Theophanu starrte vor sich hin. Unwillkürlich erinnerte sie sich daran, wie sich ihr Kind in ihr bewegt hatte. Wie abwesend schlug sie die Wolldecke zurück und ließ ihre Finger über ihren Leib wandern. Was sich noch vor zwei Tagen hoch gewölbt hatte, war nun eingesunken und flach. Tränen rannen über ihre Wangen.

Grob packte Otto ihre Hand, zerrte sie von ihrem Körper und hielt sie fest. »Hör auf zu weinen!«, fuhr er sie an. »Ich bin froh, dass wenigstens du noch am Leben bist.«

Sie drehte den Kopf zur Wand. Als Otto sie hochzog, wollte sie ihn wegstoßen, ließ es dann aber doch zu, dass er sie in den Arm nahm.

*

In der Halle der Magdeburger Pfalz hatte sich der gesamte sächsische Adel versammelt. Zum ersten Mal seit dem Treffen in Quedlinburg vor mehr als vier Jahren waren die Fürsten, die Grafen und Barone zusammengekommen. Unter den festlich gekleideten Anwesenden befanden sich auch Herzog Hermann Billung und sein Sohn Bernhard, die beiden Pfalzgrafen Siegbert und Dietrich sowie der Kanzler Willigis.

Ansonsten war aber nichts wie damals: Der alte Löwe war tot. Adelheid weilte noch immer in der Lombardei. Und wenn Theophanu ehrlich mit sich war, hatten auch Otto und sie sich verändert. Sie war kein junges, unerfahrenes Mädchen mehr. Demgegenüber hatte Otto viel von seiner unbekümmerten Sorglosigkeit verloren. Nur noch selten blitzten sein alter Übermut und sein Jähzorn in ihm auf. Er war ruhiger, besonnener, aber auch freudloser geworden – was Theophanu schmerzte.

Vor wenigen Monaten, im Spätsommer dieses Jahres, war es Otto endlich gelungen, Heinrich nach einer langen, verlustreichen Belagerung in Passau erneut zu besiegen und gefangen zu nehmen. Damit waren die Heere des Bayernherzogs und seiner Verbündeten Miezko von Polen und Boleslav von Böhmen aufgerieben. In der nahen Zukunft mussten Otto und sie keinen Aufstand mehr fürchten. Die Herrschaft ihres Gatten war gefestigt.

Der nunmehr anberaumte Hoftag diente einerseits dazu, die Versöhnung ihres Gatten mit dem polnischen und dem böhmischen Herzog öffentlich zu vollziehen und andererseits das Urteil über Heinrich und Ekbert zu sprechen.

Doch kein Funke der Freude oder gar des Triumphes regte sich in Theophanu. Die Kämpfe der vergangenen Jahre hatten zu viele Tote auf beiden Seiten gefordert.

Auch Menschen, die ihr nahe standen, waren gestorben: Ihre Mutter im letzten Frühjahr und wenige Wochen später Erzbischof Gero, dem sich Theophanu, vom ersten Moment an seit er als Gesandter ihres Schwiegervaters an den byzantinischen Hof gekommen war, freundschaftlich verbunden gefühlt hatte.

Von irgendwoher aus der Pfalz erklang nun das hungrige Schreien eines Säuglings. Theophanu horchte auf und war erleichtert, als das Weinen gleich wieder abbrach. Die Amme hatte also dem Kind die Brust gegeben. Vor drei Wochen hatte sie einem gesunden Mädchen das Leben geschenkt. Die Kleine war robust und pflegte ihren Willen durchdringend kundzutun. Otto hatte sich auch über seine zweite Tochter gefreut. Aber Theophanu wusste nur allzu gut, dass er sich mehr denn je nach einem Jungen und Erben sehnte. Deshalb war sie auch bereit gewesen, das Mädchen auf den Namen Adelheid taufen zu lassen. Denn nach dem Sieg über seine Gegner wünschte Otto, dass auch seine Mutter zu einer Aussöhnung bereit wäre.

Theophanu trauerte immer noch um ihren tot geborenen Sohn. Da das Kind nicht hatte getauft werden können, war es außerhalb des Allstedter Friedhofs bestattet worden. Und schlimmer noch: Die Kirche sagte, dass ihr kleiner Sohn niemals des ewigen Lebens teilhaftig werden würde. Was Theophanu zusätzlich bedrückte.

Das Portal wurde nun feierlich geöffnet, und Theophanu richtete ihre Aufmerksamkeit wieder auf die Halle. Unbewaffnet, aber begleitet von einer großen Zahl Gefolgsleute, betraten Miezko und Boleslav den Versammlungsort. Während sie zwischen den sächsischen Adeligen hindurch und auf das Podium zuschritten, vermochten es die beiden, sowohl herrscherliches Selbstbewusstsein als auch die nötige Zerknirschung zur Schau zu tragen. Mit gesenkten Häuptern knieten sie vor Otto nieder.

Willigis trat vor die Versammlung und hob seine Arme in einer weit ausgreifenden Geste. »Wir haben uns hier zusammengefunden, um ein freudiges Ereignis zu feiern«, sagte er mit fester Stimme, in der tiefe Zufriedenheit mitschwang. »Ein Streit, der Leid und Tod über viele Völker brachte, ist befriedet. Miezko und Boleslav haben diesen Hoftag aufgesucht, um im Angesicht der erlauchten Kaiserin Theophanu, vor der gesegneten Fürstäbtissin Mathilde und dem sächsischen Adel von Otto, dem von Gott auserwählten Herrscher, Versöhnung zu erbitten.«

Beredt und farbig schilderte Willigis in einer pathetischen Rede den Verlauf der Kämpfe, wobei er geschickt Heinrich als den eigentlichen Initiator des Aufstandes darstellte, der »böses Gift in die Herzen Miezkos und Boleslavs träufelte« – und die beiden dazu bewegte, ihm zu folgen. Er beendete seine Ausführungen mit der Phrase, dass sich in Ottos Siegen Gottes Wille manifestiert habe. Denn auf diese Weise, so Willigis, habe der Allmächtige zeigen wollen, dass der Kaiser der rechtmäßige Herrscher sei – und nicht sein verblendeter Vetter Heinrich.

Aus den Augenwinkeln warf Theophanu ihrem Gatten einen raschen Blick zu. Mit unbewegter Miene lauschte der junge Kaiser Willigis' blumigen Sätzen.

Früher hätte ich hinter Ottos ernstem Gesichtsausdruck ein unterdrücktes Lachen wahrnehmen können, dachte sie traurig. Nun jedoch war dieses Lachen verschwunden. Wollte er etwa gar den Worten des Kanzlers glauben?

Es waren doch ausschließlich nüchterne, irdische Überlegungen gewesen und nicht göttliche Ratschlüsse, die in diese Aussöhnung gemündet hatten. Miezko und Boleslav hatten eingesehen, dass Heinrichs Sache verloren war und sie durch weitere Kämpfe nichts gewinnen, sondern nur verlieren konnten.

Otto wiederum war sich im Klaren darüber gewesen, dass er die Territorien der beiden nur unter großen Mühen würde erobern können – ganz zu schweigen davon, sie dauerhaft zu besitzen. Schließlich war es schon schwierig genug, die slawischen Gebiete jenseits der Elbe unter sächsischer Herrschaft zu halten. Außerdem war Ottos Verhältnis zu Miezko und Boleslav – anders als das zu seinem Vetter – nicht von Hass bestimmt. Sie waren einfach nur Gegner, die versucht hatten, aus dem Zwist zwischen ihm und Heinrich Profit zu schlagen.

»So lasst uns denn unter den Augen aller in diesem Saal Versammelten die Aussöhnung vollziehen.« Willigis hob beschwörend die Stimme.

Nachdem sich der polnische und der böhmische Herzog in einer Geste der Reue mehrmals an die Brust geschlagen hatten, erhoben sie sich. Dann traten sie vor Otto, knieten erneut nieder und küssten seinen Herrscherring. Daraufhin stand Otto auf, wie es das Zeremoniell erforderte, und half beiden Fürsten auf die Füße. Unter dem lauten Applaus des anwesenden Adels umarmte er sie brüderlich und küsste sie auf die Wangen. Miezko und Boleslav erwiderten den Kuss und besiegelten so die Versöhnung. Von Mathilde fing Theophanu einen spöttischen Blick auf – ihre Schwägerin zweifelte die ehrliche Reue der beiden also auch an. Ottos Miene war nach wie vor ausdruckslos. Früher hätte wenigstens ein rasches Funkeln in seinen Augen verraten, was er von der Versöhnungszeremonie in Wahrheit hielt, dachte Theophanu wieder bedrückt.

Nachdem Miezko und Boleslav das Podium verlassen hatten, trat erneut Willigis vor und sagte ernst: »Eben schenkte unser Herrscher Versöhnung. Doch nun ist es an ihm zu strafen. Dies trifft ihn umso mehr, da er die Strafe an seinem eigenen Stamm, ja seinem eigenen Blut vollziehen muss.«

Theophanu wusste, was nun kommen würde: Erneut öffnete sich das Portal. Während der Wind einen Schneeschauer nach drinnen wehte, brachten zwei Bewaffnete Ekbert in die Halle. Bis zuletzt hatte er mit Heinrich in Passau ausgeharrt. Dann und wann war er auf der Wehrmauer erschienen und hatte Otto und sein Heer mit wüsten Beschimpfungen bedacht. Während ihn die beiden Soldaten durch die Halle führten, ignorierte er den sächsischen Adel. Sein unverletztes Auge sprühte vor Zorn und war voller Verachtung auf Otto gerichtet.

Nachdem ihn die Bewaffneten die Stufen hinaufgestoßen hatten, blieb Ekbert hoch aufgerichtet vor seinem jüngeren Verwandten stehen. Willigis bedachte ihn mit einem Blick, in den sich Abscheu und Trauer mischten. »So ist es nun an mir, das Urteil zu verlesen, das mein Herr über seinen verräterischen Verwandten gefällt hat: Wir, Otto, Kaiser von Gottes Gnaden, erkennen Graf Ekbert vom Ambergau für immer seinen Titel und alle seine Ländereien ab. Auch wenn es Uns schwerfällt, dies gegen einen Angehörigen Unseres eigenen Blutes auszusprechen, so verfügen Wir weiter, dass Ekbert bis zum Ende seines Lebens unter der Obhut von Bischof Folkmar in Utrecht in Haft gehalten werden soll. Sollte es Ekbert gelingen, aus seiner Haft zu fliehen – was Gott, der Herr, verhüten möge –, so hat er als vogelfrei zu gelten, und jedem ist es erlaubt, ungestraft Hand an ihn zu legen.«

Ein Raunen lief durch die Menge der Adeligen. Theophanu bemerkte, dass Hermann Billung und sein Sohn Bernhard einen überraschten Blick wechselten. Ein so hartes Urteil hatte niemand erwartet. Schließlich war Heinrich – und nicht Ekbert – der Initiator des Aufstandes gewesen.

Theophanu hatte Otto geraten, sich Ekbert gegenüber großzügig zu erweisen, die Dauer seiner Haft zu begrenzen und ihm auch seinen Titel und die Ländereien nicht für immer abzuerkennen. Doch in Ottos Augen hatte Ekbert zu eng mit Heinrich paktiert, als dass er gewillt war, sich generös zu verhalten.

Offensichtlich hatte auch Ekbert nicht mit einem derartigen Urteil gerechnet. Für einen Moment spiegelte sein hageres, vernarbtes Gesicht Fassungslosigkeit. »Was fällt dir ein, du verdammter Junge?«, begann er dann zu brüllen, während er versuchte, sich von den Bewaffneten loszureißen und auf Otto zuzustürmen. »Du Bastard! Mögest du in der Hölle schmoren, samt deinem Weib, dieser Hure, und deinem verfluchten Vater. Ich schwöre dir, eines Tages werde ich dich mit meinen eigenen Händen umbringen. Ich ...«

»Schafft ihn weg!« Ottos klare, schneidende Stimme übertönte Ekberts Toben. Die Bewaffneten zerrten den sich heftig Wehrenden vom Podium hinunter und durch die Halle. Seine wilden Flüche waren noch lange zu hören, ehe sie in den Tiefen der Pfalz verklangen.

Während betretenes Schweigen die Halle füllte, versuchte Theophanu, ihre Gedanken zu ordnen. Zugegeben, Otto hatte sich richtig verhalten. So wie es der Würde seines hohen Amtes angemessen war. Und doch wünschte sich Theophanu, dass während Ekberts Tirade ein Funke seines alten Jähzornes in ihm aufgelodert wäre oder er die wüsten Verwünschungen seines Verwandten mit einer schlagfertigen Bemerkung pariert hätte – anstatt nur kühle Selbstbeherrschung zu zeigen.

Nachdem Ekberts Flüche endgültig verhallt waren und sich wieder Ruhe über die Halle gesenkt hatte, straffte Willigis seinen hoch gewachsenen Körper. Seine Miene wurde noch bekümmerter. »Leider ist es meine traurige Pflicht, ein weiteres Urteil zu verlesen«, begann er. »Ein Urteil gegen einen Mann, der dem Kaiser noch näher steht als Ekbert, der Verräter. Ich spreche von Heinrich, des Kaisers eigenem Vetter. Heinrich ist der Sohn eines Mannes, dem der Vater des Kaisers wieder und wieder verzieh. Der Sohn eines Mannes, der schließlich das Falsche seines Tuns einsah und dem alten Löwen bis zum Ende seines Lebens die Treue hielt.«

Willigis' Stimme schwoll an, als er zum Höhepunkt seiner Rede kam. »Aber der Sohn dieses Mannes nahm sich kein Beispiel an seinem Vater. Stattdessen erhob sich Heinrich heimtückisch gegen seinen Vetter und rechtmäßigen Herrn. Doch steht nicht schon in der Schrift: ›Der Herr vollbringt Taten des Heiles. Recht verschafft er allen Bedrängten.‹ Und wahrlich sage ich euch: Genauso hat er auch Otto, dem von Ihm Erwählten, beigestanden und zum Sieg über den Empörer verholfen.«

Die pompösen Worte des Kanzlers berührten Theophanu nicht. Sie empfand nur Trauer darüber, was Heinrichs Aufruhr Otto und sie während der vergangenen Jahre an Kraft und Glück gekostet hatte.

Unaufhaltsam nahm das Zeremoniell seinen Lauf, und Bewaffnete brachten den Bayernherzog herein.

Theophanu war auf diesen Moment vorbereitet gewesen, und doch wurde ihr bei Heinrichs Anblick übel. Seit ihrer letzten Begegnung hatten sich ein paar Falten mehr in sein Gesicht eingegraben. Ansonsten hatte er sich jedoch nicht verändert.

Während Ekbert seine Wut und seine Verachtung offen zur Schau getragen hatte, wirkte Heinrich vollkommen gleichgültig.

Theophanu spürte, wie sich Otto anspannte. Sie musste ihren Gatten nicht ansehen, um zu wissen, dass ihn in diesem Augenblick brennender Hass und tiefer Triumph gleichermaßen erfüllten.

Als die Soldaten Heinrich zwangen, vor seinen Vetter hinzutreten, blickte der Gefangene demonstrativ an seinem Kaiser vorbei und schien ebenso desinteressiert zu verfolgen, wie Willigis nun das Urteil gegen ihn verlas. Ein Urteil, das ebenso hart war wie das gegen Ekbert: Heinrich verlor alle seine Ländereien und Titel und wurde ebenfalls zu ewiger Haft in Utrecht verurteilt. Falls es ihm noch einmal gelänge, aus der Gefangenschaft zu fliehen, sollte auch er vogelfrei sein.

Die anwesenden Adeligen nahmen das Urteil reglos hin. Doch nicht wenige von ihnen, darüber war sich Theophanu im Klaren, hatten mit Heinrich und seinem Aufstand sympathisiert. Otto hatte mit dem Gedanken gespielt, Heinrich vor aller Augen die Haare scheren zu lassen und mit dieser schlimmsten öffentlichen Demütigung die Ehre seines Vetters auf immer zu zerstören. Erst auf Theophanus Zureden hin hatte er eingesehen, dass die Fürsten es nicht akzeptiert hätten, wenn er einen Mächtigen aus ihren Reihen so tief demütigte, und schließlich Abstand von diesem Racheplan genommen.

Nachdem Willigis das Urteil verlesen hatte, beugte sich Mathilde zu ihrem Bruder und sagte leise etwas zu ihm. In diesem unbeobachteten Moment kreuzten sich Theophanus und Heinrichs Blicke. Ein Lächeln spielte um seinen Mund, als er sie ansah. Ein Lächeln, das ihr sagte: Ich weiß, was zwischen uns am Ufer des Bodensees war und wie knapp du mir entkommen bist. Ich weiß, dass du während deiner Flucht vor meinen Soldaten deinen ungeborenen Sohn und Ottos Erben verloren hast. Und genauso wie ich mich darüber freue, genauso hasse ich dich.

Theophanu fröstelte und wandte den Blick ab. Es war, als

habe Heinrich einen Sieg über sie davongetragen, auch wenn er gerade alles verloren hatte.

Den Rest des Hoftages nahm Theophanu wie durch einen Nebel wahr: Als auch Heinrich aus der Halle gebracht worden war, rief Willigis die anwesenden Fürsten dazu auf, ihre Treueschwüre gegenüber Otto zu erneuern, und wie damals in Quedlinburg knieten sie alle einer nach dem anderen vor ihm nieder und hoben dem jungen Kaiser ihre ineinander verschränkten Hände entgegen.

Theophanu hätte glücklich und stolz sein müssen, das wusste sie: Otto hatte seine Gegner besiegt und nun wirklich die Stellung seines Vaters eingenommen. Und trotzdem war sie erleichtert, als endlich Fanfarenklänge das Ende des Hoftages verkündeten.

Ihr Gatte und sie erhoben sich und stiegen, gefolgt von Mathilde, die Stufen des Podiums hinunter. Gemessenen Schrittes, wie es der Anlass erforderte, durchquerte das Kaiserpaar die Gasse der Adeligen. Als Theophanu und Otto durch das Portal in den Hof hinaustraten, schien die Sonne zwischen den Wolken hervor, und ein dünner Schneeschleier wehte ihnen entgegen.

Otto atmete tief durch, als sei eine Last von ihm abgefallen. Er legte Theophanu seine Hand auf den Arm und lächelte sie an. »Heinrich wird uns keine Schwierigkeiten mehr bereiten.«

Theophanu fühlte die Kälte der Flocken auf ihrem Gesicht. Nur zu gern wollte sie Ottos Worten glauben. Doch Heinrichs hasserfüllter Blick hatte sich ihr zu tief eingeprägt. Eine Ahnung sagte ihr, dass die Kämpfe mit ihm noch lange nicht zu Ende waren.

*

Theophanus Rücken schmerzte, und sie war völlig erschöpft. Die schwüle Hitze des Julitages intensivierte alle Gerüche, und die Ausdünstungen des Klever Reichsforstes verursachten ihr Übelkeit.

Sie war zum fünften Mal schwanger. Erst im Vorjahr hatte sie einer weiteren Tochter, die auf den Namen Mathilde getauft worden war, das Leben geschenkt. Eigentlich hätte sie mittlerweile an Schwangerschaften gewöhnt sein müssen, doch noch keine hatte ihr derart zugesetzt. Wochenlang hatte sie sich übergeben müssen, und ihr Leib war so dick angeschwollen wie sonst erst kurz vor der Niederkunft.

Am Morgen hatte sie sich noch so gut gefühlt wie schon lange nicht mehr. Sonst wäre sie auch nicht aus Kleve aufgebrochen, um mit ihrem Tross zur Pfalz von Nimwegen zu reiten. Doch gegen Mittag, mit der zunehmenden Schwüle, hatte sich ihr Zustand immer weiter verschlechtert.

Bis nach Nimwegen sind es nur noch drei oder vier Wegstunden, redete sich Theophanu Mut zu. So lange werde ich mich noch auf Myra halten können. In Nimwegen würde sie in einigen Tagen mit Otto zusammentreffen, der während der letzten Wochen die Pfalzen zwischen Worms und Xanten bereist hatte.

Müde betrachtete Theophanu den Waldweg, der sich wie ein grüner, feuchter Gang vor ihr erstreckte. Sicher, die Schwangerschaft hatte ihr sehr zu schaffen gemacht. Trotzdem hätte sie früher nichts und niemand davon abgehalten, ihren Gatten zu begleiten. Oder Otto hätte Mittel und Wege gefunden, sie in Kleve zu besuchen.

Was Theophanu nach dem Tod ihres Schwiegervaters befürchtet hatte, war eingetreten: Die Last der Regentschaft hatte Otto und sie einander mehr und mehr entfremdet. Eine Rastlosigkeit trieb ihren Gatten an, gegen die sie nichts ausrichten konnte. So hatte er im Vorjahr – nachdem der westfränkische König Lothar bei Aachen in ostfränkisches Gebiet eingefallen war – einen Krieg gegen ihn geführt, bei dem er bis Paris vorgedrungen war. Und was hatte es ihm genutzt? Der Krieg hatte unentschieden geendet. Theophanus Rat, den Streit diplomatisch beizulegen, hatte er in den Wind geschlagen.

Zwischen ihnen stand jedoch mehr als Ottos Unnachgiebigkeit. Bis jetzt war es ihr noch nicht gelungen, ihrem Gatten einen Sohn und Thronfolger zu gebären. Nach Mathildes Geburt hatte er sich kaum die Mühe gemacht, seine Enttäuschung über die dritte Tochter zu verbergen – was Theophanu tief verletzt hatte. Mathilde, ein hübsches, freundliches Kind, befand sich mittlerweile wie seine älteren Schwestern in der Obhut ihrer Tante.

Warum können wir Frauen nicht genauso Erben und Herrscher sein wie die Männer?, dachte Theophanu. Während ihrer jetzigen Schwangerschaft hatten Otto und sie so gut wie nie über einen Sohn gesprochen, und anders als sonst hatte er auch ihren schwangeren Leib kaum einmal zärtlich berührt.

»Herrin«, Imiza, die neben ihr ritt, warf ihr einen besorgten Blick zu, »wollt Ihr nicht doch lieber in der Sänfte weiterreisen?«

Theophanu schüttelte den Kopf. »Du weißt, wie sehr ich diese schaukelnden Dinger hasse. Sag den Bediensteten, dass wir an der nächsten Lichtung Rast machen.«

»Wie Ihr wünscht.« Imiza nickte und lenkte ihre graue Stute zur Spitze des Trosses.

Wenig später hatten sie eine Lichtung erreicht, durch die ein Bach floss. Ninias und Imiza halfen ihrer Herrin, von Myra abzusteigen. Während Theophanu zu dem Lager aus Kissen und Decken ging, das unter einer alten Buche für sie bereitet worden war, verursachte ihr jeder Schritt Mühe. Die Hitze war noch drückender geworden. Selbst das Wasser, das ihr

Imiza in einem Holzbecher reichte, schmeckte schal und abgestanden.

»Mir setzt nur das Wetter zu«, versuchte Theophanu, die Dienerin zu beruhigen. »Ich ...« Sie wollte ihr versichern, dass sie den Ritt nach Nimwegen durchstehen würde. Doch eine Wehe, die plötzlich durch ihren Leib schnitt, ließ sie aufstöhnen.

»O nein.« Imiza presste die Hand auf den Mund. »Und Marinus begleitet uns nicht.« Theophanu hatte dem alten Medikus erlaubt, in Kleve zu bleiben, da er an einem Fieber litt.

»Ich stehe noch nicht kurz vor der Niederkunft.« Theophanu schüttelte ungeduldig den Kopf. »Sicher vergehen die Wehen bald wieder.«

»Wie auch immer ...« Die Dienerin straffte sich. »Ihr könnt auf gar keinen Fall weiterreiten – ganz abgesehen davon, dass früher oder später ein Gewitter losbrechen wird. Tadelt mich, wenn Ihr wollt. Aber ich werde nicht zulassen, dass Ihr Euer Leben oder das Eures Kindes aufs Spiel setzt. Das bin ich Euch und Eurem Gatten schuldig.«

Ehe Theophanu antworten konnte, wurde sie von einer neuen Wehe überrollt. Otto interessiert doch nur, ob ich endlich einen Jungen zur Welt bringe, dachte sie bitter, während sie ihre Finger in die Samtkissen krallte und zu dem grünen Dach aus Blättern hinaufstarrte. Benommen hörte sie, dass einer der Bediensteten Imiza von einem Gehöft berichtete, das eine Wegstunde entfernt läge, und dass ihre Dienerin Anweisung gab, sie dorthin zu bringen.

Erschöpft ließ Theophanu sich in eine Sänfte heben. Was, wenn sie tatsächlich in dieser Einöde, ohne die Hilfe eines Medikus oder einer Hebamme, niederkommen sollte? Keine ihrer bisherigen Geburten war leicht gewesen. Mit aller Kraft kämpfte Theophanu gegen die Panik an, die in ihr aufzusteigen drohte.

Theophanu schien es endlos zu dauern, bis die Träger die Sänfte am Waldrand vor einem kleinen Fachwerkhaus mit weit heruntergezogenem Grasdach abstellten. Den Rücken gegen die Holzwand gelehnt, verfolgte sie, wie Imiza ins Innere des Hauses eilte und den Bewohnern in ihrem gebrochenen Fränkisch energisch klarmachte, dass sie ihr Heim sofort räumen müssten – für ihre Herrscherin.

Eine schüchterne Frauenstimme antwortete.

Herrscherin …, dachte Theophanu müde. Als ihr Leib sich unter einer neuerlichen Wehe krümmte, schloss sie die Augen. Trotz ihres hohen Ranges war sie nun in derselben Situation wie alle Gebärenden: Sie war hilflos und allein mit ihren Schmerzen.

»Herrin …« Imiza hatte die Tür der Sänfte geöffnet und streckte ihr die Hände entgegen. »Es ist alles für Euch bereit.«

Während Theophanu, auf Imiza und Ninias gestützt, die wenigen Schritte zu dem Haus zurücklegte, fielen die ersten Regentropfen. Die Bäuerin und ein halbes Dutzend Kinder hatten sich vor den ärmlichen Ställen versammelt. Stumm und mit weit aufgerissenen Augen beobachteten sie Theophanu. Ihre geflickten Leinenkittel wirkten ebenso ärmlich wie das gesamte Gehöft.

»Du sorgst dafür, dass sie angemessen entlohnt werden.« Theophanu sah Imiza an.

»Gewiss.« Die Dienerin nickte beruhigend. Vorsichtig halfen sie und Ninias Theophanu über die Schwelle.

Die Luft im Inneren war stickig und verraucht. Das Haus bestand aus einem Raum, der von einer großen Feuerstelle beherrscht wurde. Das einzige Tageslicht kam durch den Rauchabzug im Strohdach. Eilig waren einige Strohsäcke, ein grober Tisch und zwei Holzbänke beiseite geschoben worden, um einem mit feinen Leinenlaken und Wolldecken ausgestatteten Lager Platz zu machen.

Nachdem sich Theophanu niedergelegt hatte, befahl Imiza Ninias, draußen zu warten, und half dann ihrer Herrin aus dem dünnen Seidenkleid. Während sie ihr durchgeschwitztes Hemd gegen ein frisches tauschte, murmelte sie auf Griechisch leise und tröstend vor sich hin. Theophanu wollte protestieren und Imiza sagen, dass sie kein Kind mehr sei, doch die neue Wehe raubte ihr die Kraft.

Imiza hielt die Hand ihrer Herrin, bis der Schmerz abgeebbt war. Danach sagte sie sanft, sie wolle nur rasch frisches Wasser holen gehen, und versprach, gleich wieder zurück zu sein.

Vor dem Haus atmete die Dienerin tief durch. Es stand schlecht um ihre Herrin. Sie musste schnell Hilfe holen und den Kaiser verständigen lassen.

*

Imizas Stimme war immer um Theophanu. Sanft erzählte sie ihr in der vertrauten Sprache ihrer Kindheit vom byzantinischen Kaiserpalast und von den Landgütern, auf denen Theophanu zusammen mit ihren Eltern die Sommer verbracht hatte.

Auch Imizas Hände waren immer gegenwärtig. Sie wischten ihr den Schweiß mit einem kühlen, feuchten Tuch vom Gesicht und beträufelten ihre aufgesprungenen Lippen mit Wasser. Und vor allem konnte sich Theophanu an ihnen festklammern, wenn der Wehenschmerz übermächtig wurde.

In den Abständen zwischen den Wehen bemerkte Theophanu, wie das Gewitter über dem Gehöft niederging – Windböen wehten Tropfen durch den Rauchabzug bis zu ihrem Lager – und schließlich weiterzog. Später sah sie, dass Imiza Kerzen anzündete. Dann wieder füllte Tageslicht den ärmlichen Raum.

Sie versuchte Imiza begreiflich zu machen, dass sie sich

am falschen Ort befand. Eine Kaiserin musste ihre Kinder in dem Gemach mit den Wänden aus purpurrotem Marmor zur Welt bringen. Andernfalls waren ihre Nachkommen mit einem Makel behaftet – so wie sie selbst. Doch alles, was über ihre Lippen kam, war ein Stammeln.

»Ruhig, mein Täubchen, ruhig«, sagte Imizas Stimme.

Sie lag im Sand am Seeufer. Heinrich drückte sie nieder. Verzweifelt bäumte sie sich auf. Doch je mehr sie sich gegen ihn wehrte, desto mehr Schmerz fügte er ihr zu. Wieder brachte Imizas Stimme sie zu sich.

Sie befand sich im dämmrigen Innenhof des Kaiserpalastes. Die Mörder des Nikephoros Phokas fielen über sie her und hackten ihren Körper in Stücke.

Eine Stimme rief ihren Namen. Eine andere als die Imizas und doch so vertraut. Es war nicht möglich ... Sie riss die verquollenen Augen auf. Ihr Gatte stand neben ihrem Lager. Seine Kleidung war lehmbespritzt und sein Gesicht grau und voller Angst.

Otto, wollte Theophanu flüstern. Die ganze Zeit hatte sie sich nach ihm gesehnt. Doch ein neuer, glühender Schmerz durchfuhr ihren Unterleib, und sie stieß ein Wimmern aus. Ehe sich eine kurze Ohnmacht über sie senkte, sah sie noch, dass sich der Medikus an ihr zu schaffen machte.

Als sie wieder die Augen öffnete, waren Otto und Marinus aus dem Raum verschwunden. Nur Imiza saß bei ihr. Tiefe Gleichgültigkeit erfüllte Theophanu. Sie hatte bloß geträumt, dass Otto bei ihr gewesen war. Es war sinnlos, dass sie sich noch weiter quälte.

*

Als Otto und Marinus vor das Haus traten, näherte sich ihnen die Bäuerin. Hinter ihr lief eine ältere Frau, die ebenfalls ärmlich gekleidet war. Die Bäuerin verbeugte sich demütig vor Otto. »Herr ...«, begann sie leise.

»Verschwinde!«, fuhr er sie an. Er fasste Marinus am Arm und zog ihn ein Stück beiseite. »Wie steht es um Theophanu? Macht keine Ausflüchte! Ich will die Wahrheit wissen.«

Der Medikus räusperte sich. »Leider nicht gut.«

»Tatsächlich?« Otto lachte bitter auf. »Ich bin kein Arzt. Aber das habe sogar ich erkannt.«

»Das Kind liegt nicht mit dem Kopf voran, wie es eigentlich sollte. Es hat sich im Leib Eurer Gattin falsch gedreht. Die Wehen pressen es gegen den Geburtskanal, aber es kann nicht hinaus.«

Otto wandte den Kopf und blickte hinüber zu dem Weizenfeld. Ein blauer Sommerhimmel wölbte sich darüber, als sei nichts geschehen. Als er wieder den Medikus anschaute, waren seine braunen Augen hart und schmal geworden. »Das bedeutet, Theophanu und das Kind werden sterben?«

»Nicht unbedingt.« Marinus seufzte. »Vielleicht kann ich Eure Gemahlin oder das Kind am Leben erhalten. Aber keinesfalls beide. Ihr müsst Euch entscheiden.«

»Los, sagt schon, was Ihr zu sagen habt. Ich kann es aushalten.«

»Es gibt eine Operation ... Caesar, so sagt man, ist auf diese Weise zur Welt gekommen«, begann er unsicher. »Dabei wird der Leib einer Gebärenden, der das Kind nicht hergeben kann, aufgeschnitten. Vor vielen Jahren habe ich eine derartige Operation durchgeführt. Der Säugling hat überlebt.«

»Aber die Mutter nicht ...«, vollendete Otto tonlos den Satz.

Marinus senkte das Haupt. Leise sagte er: »Sie ist verblutet.«

»Nein.« Otto schüttelte benommen den Kopf.

»Bedenkt, das Ungeborene könnte ein gesunder Junge sein.«

»Nein!« Er schrie den Medikus an.

Der alte Arzt wiegte bedächtig den Kopf. »Dann gibt es noch die Möglichkeit – aber die Kirche heißt sie nicht gut –, dass ich durch den Geburtskanal Instrumente in den Leib Eurer Gattin einführe, das Ungeborene zerstückle und versuche, die einzelnen Teile aus ihr herauszuholen.« Seine Stimme war monoton, und er wich Ottos Blick aus. »Aber diese Methode wird sehr schmerzhaft für Eure Gattin sein, so wund und aufgerissen, wie ihre Scheide ist. Und wenn es mir nicht gelingt, wirklich alle Körperteile des Säuglings herauszuschneiden, wofür es leider keine Gewähr gibt, wird sie das tote Gewebe vergiften.«

Im Haus schrie Theophanu. Es war ein lang anhaltender, immer lauter werdender Schrei, der kaum noch etwas Menschliches an sich hatte. Otto ließ sich auf einen Hackklotz sinken, der vor der Fachwerkwand stand, und vergrub seinen Kopf in beiden Händen. Als er wieder aufschaute, schimmerten Tränen in seinen Augen. Aber seine Stimme klang fest. »Ich will nur, dass meine Gattin nicht mehr leiden muss.«

Marinus seufzte erneut. »Ich könnte ihr ein Mittel geben, das ihr die Schmerzen nimmt und sie einschlafen lässt. Aber Ihr wisst, dass dies eine schwere Sünde darstellt.«

»Wenn Ihr Euch vor der Hölle fürchtet, verabreiche ich ihr das Mittel selbst.« Otto stand auf. In sein zerquältes Gesicht war ein entschlossener Zug getreten.

»Herr ...« Wieder versuchte die Bäuerin schüchtern, sich ihm zu nähern. Ohne sie zu beachten, ging Otto auf die Haustür zu.

»Herr, Berchta versteht sich auf Geburten. Vielleicht könnte sie etwas für Eure Gattin tun.« Befangen wies die Bäuerin auf die ältere Frau neben sich.

Ungeduldig blieb Otto stehen und wandte sich zu den beiden um. »Meiner Gattin ist nicht mehr zu helfen.«

»Warum lasst Ihr mich nicht einfach einmal einen Blick auf Eure Gemahlin werfen?« Zum ersten Mal ergriff die Ältere das Wort. Ihre Stimme klang gelassen. »Ein Blick schadet niemandem und kostet nicht viel Zeit.«

»Verschwinde!«, herrschte Marinus die Frau an. »Du hast gehört, was der Kaiser gesagt hat. Glaubst du ernsthaft, du kannst etwas tun, wozu ich nicht imstande bin?«

Wieder schrie Theophanu, als ob sie gefoltert würde. Otto musterte das faltige Antlitz der Frau. Ihre hellen Augen versprachen nichts, sie wirkten einfach nur ruhig und abwartend.

Schließlich nickte er: »Komm mit.«

Als Otto zusammen mit der Hebamme und Marinus die Stube betrat, ging Theophanus Atem flach. Unter den geschlossenen Lidern waren ihre Augen tief in die Höhlen gesunken. Sie schien nicht mehr zu bemerken, was um sie vor sich ging. Imiza, deren Gesicht völlig verweint war, erhob sich von dem Schemel vor dem Lager ihrer Herrin und sah Otto bittend an. »Es gibt noch Rettung, nicht wahr?«, schluchzte sie. »Meine Herrin muss doch nicht sterben, oder?«

Er wich ihrem Blick aus. »Beeil dich«, sagte er stattdessen barsch zu der Hebamme.

»Gewiss.« Die Alte trat an das Lager. Nachdem sie Theophanus entblößten Unterleib eingehend betrachtet hatte, wandte sie sich wieder Otto zu. »Erlaubt Ihr, dass ich Eure Gattin berühre?«

Er zögerte, nickte dann jedoch. Sanft tastete Berchta den Bauch ab, ehe sie ihre Hände zwischen Theophanus Schenkel und zu ihrer Scheide wandern ließ. Theophanu stöhnte unter der Berührung auf, und ihre Lider flatterten.

»Lass sie in Ruhe.« Otto packte die Hebamme grob an der Schulter und zog sie von Theophanu weg. Doch die Frau schüttelte seine Hand ab. »Es gibt eine Aussicht, Mutter und Kind zu retten. Ich könnte versuchen, das Ungeborene im

Leib Eurer Gattin zu drehen, so dass es mit dem Kopf voran zu liegen kommt.«

»Dazu ist es längst zu spät«, mischte sich Marinus heftig ein.

»Aber im Prinzip besteht diese Möglichkeit?« Otto schaute ihn unter gerunzelten Brauen fragend an.

»Vor einigen Stunden wäre dies vielleicht noch durchführbar gewesen.« Der Medikus vollführte eine wegwerfende Handbewegung. »Aber so wund und geschwollen, wie das Fleisch nun ist, kann niemand mehr die Hand durch den Geburtskanal schieben. Ganz zu schweigen davon, dass es nicht einfach ist, ein Kind im Mutterleib zu drehen.«

»Ich bin sicher, ich bekäme meine Hand in den Leib Eurer Gattin«, erklärte die Hebamme ruhig.

Otto ignorierte Marinus. »Aber dies würde Theophanu große Schmerzen bereiten, oder?«

»Ja, das würde es.« Sie nickte.

»Könnt Ihr mir versprechen, dass es Euch gelingt, das Kind zu drehen?«

»Nein, das kann ich nicht. Aber ich bin überzeugt, dass es einen Versuch wert ist«, entgegnete die Hebamme fest.

»Hört nicht auf dieses Weib.« Marinus' Stimme überschlug sich. »Sie wird Eurer Gattin nur neue Qualen zufügen. Und wofür? Für nichts, versichere ich Euch. Es wird ihr niemals gelingen, die Mutter oder das Ungeborene zu retten.«

»Herr …« Imiza hatte das Zwiegespräch bislang stumm verfolgt. »Ich kenne meine Herrin. Ich weiß, dass sie bereit wäre, die Schmerzen zu ertragen.«

Otto dachte kurz nach. Dann nickte er. »Ja, du und ich, wir beide kennen deine Herrin. Theophanu möchte, dass wir den Versuch wagen«, sagte er entschlossen.

*

Theophanu schrie. Sie versuchte, die Hände zu heben. Doch jemand hielt ihre Arme eisern umklammert und drückte sie nieder. Auch ihre Beine konnte sie nicht bewegen.

Der Schmerz umgab sie wie ein riesiges Meer. Reglos trieb sie in ihm dahin. Eine rot glühende Woge erhob sich vor ihr. Wenn diese Welle über ihr zusammenbrach, würde sie sterben.

Laute drangen zu ihr durch. Die Stimme einer Frau, die sanft auf sie einredete wie zuvor Imiza. Jemand weinte.

Otto ... Irgendetwas hatte sie von ihrem Gatten entfremdet. Doch sie konnte sich nicht mehr besinnen, was dies gewesen war. Während sich die Welle auf sie hinabsenkte, schrie sie seinen Namen.

»Ich bin bei dir.« Seine Stimme ertönte ganz nah. Aber Otto war nicht hier. Schon einmal hatte sie dies nur geträumt. Sie wimmerte.

»Ich bin bei dir.« Wieder seine Stimme. Es gelang ihr, die Augen zu öffnen. Otto beugte sich über sie. Sein Antlitz zeigte einen seltsamen Ausdruck. So, als ob ihm etwas seelische Pein bereitete. Zweimal schon hatte sie diesen Ausdruck bei ihm wahrgenommen. Doch sie konnte sich nicht mehr daran erinnern, wann das gewesen sein sollte. Während sie eine Woge von Schmerz in die Tiefe zu reißen drohte, hielt sie sich mit ihrem Blick an Otto fest. Endlich ließ die Qual nach.

Die Fremde rief: »Ich habe das Kind gedreht.«

Eine Wehe erfasste ihren Körper. Erneut durchflutete sie der Schmerz, und erneut gab Theophanu der Anblick ihres Gatten Halt. Während sie wild und verzweifelt schrie, spürte sie, wie das Kind aus ihrem Körper glitt.

Sie hörte Imiza jubeln. Doch der freudige Ausruf erstarb.

»Das Kind ist tot«, sagte die unbekannte Frau.

»Etwas anderes war auch nicht zu erwarten«, bemerkte der Medikus.

Stöhnend versuchte Theophanu, sich aufzurichten, doch sie war zu schwach. Flüchtig nahm sie einen blutigen Säuglingskörper wahr, den eine ärmlich gekleidete ältere Frau in den Armen trug. Sie bewegte die Lippen, wollte fragen, ob das Kind ein Junge gewesen war, doch sie brachte nur ein unverständliches Flüstern zustande.

Stattdessen hörte sie die Fremde nun leise zu Otto sagen: »Ein Mädchen. Gott sei seiner armen Seele gnädig.«

Ihr toter Junge hatte ein Geschwisterchen bekommen. Nun waren es bereits zwei Seelen, die das Paradies nicht betreten durften. Dunkelheit senkte sich über Theophanu, aus der sie nach einigen Momenten die Pein einer neuerlichen Wehe riss. Wieder fühlte sie, wie etwas aus ihrem Leib glitt. Auch dies war abgestorbenes Fleisch. Die Nachgeburt. Sie wünschte sich, weinen zu können. Doch auch dazu war sie zu erschöpft.

Während Theophanu wieder wegdämmerte, hörte sie einen Säugling weinen. Wie war das möglich?, fragte sie sich benommen. Ihr Kind war doch tot.

»Das … Das kann doch gar nicht sein …«, keuchte der Medikus.

Dann hörte Theophanu Otto aufschreien. »Mein Gott …«

Als sie die Lider hob, sah sie ihren Gatten neben ihrem Lager knien. Die unterschiedlichsten Emotionen – Staunen, Fassungslosigkeit und Glück – stritten in seiner Miene. Otto streckte ihr die Hände entgegen. In ihnen barg er einen Säugling. Das winzige Wesen hatte die Augen geschlossen, doch seine kleine Brust dehnte sich, als die Lungen einen kräftigen Schrei formten.

»Du hast Zwillinge in dir getragen.« Otto strahlte sie an, während ihm gleichzeitig Tränen über die Wangen liefen. »Das zweite Kind hat überlebt. Du hast einen gesunden Jungen geboren.«

*

Im Garten der Aachener Pfalz beobachtete Theophanu ihren Sohn, der neben Imiza im Gras unter einem Ahorn saß. Sonnenlicht fiel durch die Blätter und tanzte über seine kleine Gestalt. Knapp zwei Jahre war er mittlerweile alt und nach Vater und Großvater auf den Namen Otto getauft. Noch immer erschien es ihr wie ein Wunder, dass er die schwere Geburt überlebt hatte.

»Sieh mal.« Aus den Falten ihres Kleides zog Imiza ein kleines Holzpferd.

Eifrig griff das Kind danach und ließ es zwischen den Grashalmen herumhopsen. Theophanu war gerne bereit einzuräumen, dass sie, wie wahrscheinlich alle Mütter, voreingenommen war – jedenfalls fand sie ihren Sohn ausgesprochen hübsch. Er hatte ihren zierlichen Körperbau geerbt und dazu ihr dunkles Haar sowie die großen braunen Augen mit den langen Wimpern. Von seinem Vater hatte der Kleine die hohen Wangenknochen, die gerade Nase und den großzügig geschwungenen Mund.

Otto schaute hoch und ließ das Spielzeug sinken. Ein Ahornsame, der spiralförmig durch die Luft schwebte, hatte seine Aufmerksamkeit erregt. Gebannt und mit leicht geöffneten Lippen verfolgte er, wie der Same langsam zu Boden sank.

Es ist, als wollte er alles, was um ihn herum vor sich geht, in sich hineinsaugen, dachte Theophanu zärtlich. Sie hatte noch kein Kind erlebt, das die Welt so intensiv wahrnahm. Ein Sonnenfleck, der über eine Wand tanzte, das Rücken eines Stuhls oder ein anderes Geräusch – alles konnte ein tiefes, freudiges Staunen in Otto auslösen. Was ihn zudem liebenswert machte, war, dass der Junge sich Fremden ohne Scheu näherte. Diesen Wesenszug hatte er mit seinem Vater gemein – oder wenigstens mit dem Mann, den Theophanu während der ersten Jahre ihrer Ehe leidenschaftlich geliebt hatte.

Langsam strich sie über die raue Oberfläche der Steinbank, auf der sie saß. In den Wochen nach der Geburt ihres Sohnes waren Otto und sie sich sehr nahe gewesen. Die Niederkunft hatte sie so geschwächt, dass sie in der Pfalz von Nimwegen lange das Bett hatte hüten müssen. Damals hatte er jede freie Stunde mit ihr und seinem neugeborenen Sohn verbracht. Wie sehr hatte sie gehofft, dass sie sich diese wieder gewonnene Vertrautheit bewahren könnten!

Doch dann hatte ihn ein Kriegszug in den Norden gerufen, und als Theophanu ihren Gatten nach über einem Vierteljahr in Magdeburg wiedertraf, war die alte Schranke erneut zwischen ihnen gewesen. Höher noch als zuvor. Otto setzte nun nur noch auf den Rat hoch gestellter Männer; mit ihr besprach er sich überhaupt nicht mehr. Besonders verletzte sie, dass er ausgerechnet Dietrich von Metz in seinen engsten Kreis berufen hatte.

Zu einer Begegnung zwischen Otto und seiner Mutter war es bislang noch nicht gekommen. Aber die beiden hatten versöhnliche Briefe miteinander gewechselt. Theophanu hoffte aus ganzem Herzen, dass Adelheid ihrem Hof noch möglichst lange fernbleiben würde. Denn ihre Schwiegermutter würde sicher versuchen, die Kluft zwischen Otto und ihr noch zu vertiefen.

Wenigstens war Heinrich immer noch in Utrecht in sicherem Gewahrsam. Während der letzten Jahre hatte Otto zwar an den Rändern des Reichs Kriege führen müssen, aber in den Kerngebieten war es friedlich geblieben. Vielleicht habe ich mich bei jenem Hoftag in Magdeburg ja getäuscht, dachte Theophanu, und Heinrich wird uns nie wieder bedrohen.

Das Kind ließ das Spielzeug sinken und drehte lauschend den Kopf. Auf dem Kiesweg, der von der Pfalz in den Garten führte, erklangen rasche Schritte. Zwischen den Büschen konnte Theophanu den rotblonden Haarschopf ihres Gatten erkennen. Überrascht fragte sie sich, was Otto schon so bald nach Aachen geführt hatte.

Nun entdeckte ihn auch sein Sohn. Der Kleine ignorierte Imizas Hand und rannte auf seinen Vater zu. Ottos angespannte Miene wurde weich. Er bückte sich und hob das Kind hoch.

Der Junge wand sich im Griff seines Vaters. Energisch deutete er auf die vergoldete Dolchscheide, die im Sonnenlicht glänzte.

»He, wolltest du etwa gar nicht mich begrüßen, sondern hattest es nur auf meinen Dolch abgesehen?« Otto lachte und küsste das Kind auf die Wange.

»Ich hatte dich noch nicht erwartet.« Theophanu erhob sich und zwang sich zu einem Lächeln. Selbst in ihren eigenen Ohren klang ihre Stimme spröde.

Otto küsste nun auch sie auf die Wange. Eher eine höfliche als eine zärtliche oder gar leidenschaftliche Berührung.

Theophanu wurde schmerzlich bewusst, wie anders früher ihre Wiedersehen gewesen waren. Bedrückt fragte sie sich, ob Otto dasselbe empfand oder ob er die Veränderung in ihrem Umgang miteinander vielleicht überhaupt nicht bemerkte. Schweigend verfolgte sie, wie er seinen Sohn im Gras absetzte. Nachdem er den Dolch aus der Scheide genommen hatte, legte er die Metallhülle neben das Kind ins Gras. Der Junge griff neugierig danach und begann, die unebene Oberfläche mit seinen Händen abzutasten.

Otto betrachtete seinen Sohn versonnen und zärtlich, ehe er sich Theophanu zuwandte. »Unser Sohn scheint früh sein Interesse für Waffen zu entdecken«, sagte er und grinste.

»Ich hoffe doch sehr, dass er sich auch noch für anderes interessieren wird«, erwiderte sie heftig. Warum musste ihr auch ausgerechnet jetzt einfallen, wie Otto und sie sich früher zusammen für Bücher und Schriften begeistert hatten? Auch diese Gemeinsamkeit teilten sie nicht mehr.

»Du klingst, als wäre der Umgang mit Waffen etwas Minderwertiges.« Eine gewisse Schärfe schwang in seiner Stimme mit.

»Ich wünsche unserem Sohn, dass ihm noch für andere Dinge Zeit bleibt, als Kriege zu führen.«

»Als Herrscher wird ihm das nicht erspart bleiben. Das weißt du so gut wie ich.« Gereizt starrte Otto sie an. »Ich bin früher zurückgekommen, als ich eigentlich vorhatte, weil wir in einigen Tagen in den Süden aufbrechen müssen. Der römische Adel hat sich gegen Papst Benedikt erhoben und ihn aus der Stadt vertrieben. Benedikt hat mich um Unterstützung gebeten – die ich ihm selbstverständlich gewähren werde.«

Theophanu benötigte einige Momente, um zu verstehen, was ihr Gatte da gesagt hatte. Als sie das volle Ausmaß begriffen hatte, fuhr sie ihn erregt an: »Erst seit fünf Jahren sind die Kerngebiete deines Reiches befriedet. Wie kannst du das alles aufs Spiel setzen?«

Otto zog spöttisch die Augenbrauen hoch. »Darf ich dich daran erinnern, dass wir Kaiser die Schutzmacht der Päpste sind? Schon seit Karl dem Großen? Als der römische Adel Papst Johannes bedrängte, hat mein Vater ihm ebenfalls beigestanden.«

Theophanu schüttelte ungläubig den Kopf. »Dein Vater hat es bereut, sich jahrelang im Süden aufgehalten zu haben. Du kannst doch nicht vergessen haben, wie Hermann Billung die Magdeburger Pfalz in Besitz genommen hat.«

»Und wenn schon …« Otto zuckte die Schultern. »Sobald klar war, dass mein Vater in den Norden zurückkehren würde, haben die murrenden Fürsten – allen voran Hermann – eiligst wieder die Herrschaft meines Vaters akzeptiert.«

»Dein Vater hatte die Schlacht auf dem Lechfeld gewonnen.«

Das eben noch aufgebrachte Antlitz ihres Gatten wurde völlig ausdruckslos, und Theophanu erkannte, dass ihr Schwiegervater recht gehabt hatte mit dem, was er auf dem Sterbebett zu ihr gesagt hatte: Otto sehnte sich danach, ihn zu übertrumpfen oder es ihm zumindest gleichzutun.

»Otto …«, begann sie und berührte seinen Arm. Er schüttelte ihre Hand jedoch ab und stand auf. »Ich erwarte, dass du und deine Frauen in fünf Tagen reisefertig seid«, befahl er kalt. »Übrigens werden wir über Pavia ziehen. Dort werde ich mich mit meiner Mutter treffen.«

Er bückte sich und hob die Scheide seines Dolches auf. Das Kind, das der harsche Tonfall seiner Eltern bereits verstört hatte, begann nun zu weinen. Otto strich seinem Sohn über den Rücken, ehe er, ohne sich noch einmal nach Theophanu umzudrehen, durch den Garten davonging.

Theophanu kniete sich neben das Kind ins Gras und nahm es in den Arm. »Es ist alles gut. Du brauchst nicht weinen«, murmelte sie. Doch sie hatte selbst Mühe, die Tränen zurückzuhalten.

*

Theophanu verlagerte vorsichtig ihr Gewicht, denn sie wollte ihren Sohn nicht wecken, der friedlich auf ihrem Schoß schlief. Da sie dem Jungen nahe sein wollte, hatte sie sich entschlossen, bei der Reise in den Süden ihre Abneigung gegen Sänften zu überwinden und nicht wie sonst zu reiten.

Während der vergangenen Wochen hatte sich herausgestellt, dass ihr Sohn den schaukelnden Kasten ebenso tief verabscheute wie sie selbst. Und so mussten Imiza und sie ihren ganzen Erfindungsreichtum aufbieten, um Otto abzulenken. Wenn ihnen das nicht gelang, kam es vor, dass der ganze Tross eine zusätzliche Rast einlegen musste, um dem Kind Auslauf zu geben. Theophanu war jede Verzögerung nur recht gewesen, denn es drängte sie ganz und gar nicht in den Süden. An diesem Abend – viel zu bald, wie es ihr schien – würden sie den Malojapass erreichen und am nächsten Tag dann mit dem Alpenabstieg beginnen.

Behutsam strich Theophanu eine Strähne aus der Stirn des Kindes. Die langen Wimpern bildeten Schatten auf den Wangen ihres Sohnes, und seine Lippen waren im Schlaf leicht geöffnet. Bald wirst du dein erstes Pony bekommen und eine Weile neben mir herreiten können, dachte sie zärtlich. Dann haben wir wieder Luft zum Atmen und müssen nicht mehr in diesem Kasten sitzen.

»Wenn er schläft, wirkt er wie ein Engel«, sagte Imiza trocken, bückte sich und begann, Holztiere und Lederbälle einzusammeln.

»Ja, aber wirklich nur wenn er schläft.« Theophanu lächelte. Während der letzten Wochen hatte sie sich ab und zu bei der Frage ertappt, ob es sich gelohnt hatte, der Weissagung der Seherin zu folgen. Doch sie musste nur ihren kleinen Sohn ansehen, um zu wissen, dass sie sich richtig entschieden hatte.

Draußen ertönten Rufe. Die Sänfte wurde auf dem Boden abgestellt. Gleich darauf beugte sich einer der Träger respektvoll zur Fensteröffnung herein. »Hoheit, wir machen Rast«, verkündete er.

Die Lider des Jungen flatterten, doch er schlief weiter. »Was meint Ihr, sollen wir ihn wecken?« Imiza schaute ihre Herrin fragend an. »Vielleicht würde es ihm guttun, ein wenig herumrennen zu können.«

Theophanu schüttelte den Kopf. »Er soll noch eine Weile schlafen. Letzte Nacht ist er wegen der Mücken ständig aufgewacht.« Nachdem sie Imiza vorsichtig das Kind gereicht hatte, bückte sie sich unter der Tür der Sänfte hindurch. Kaum hatte sie einen Fuß in das Gras gesetzt, eilte eine rundliche Frau Anfang zwanzig, die Grübchen in den Wangen und haselnussbraune Augen hatte, auf sie zu: Ada, die heiß geliebte Amme des Jungen. Theophanu bedachte

Adas Reittier, eine kräftige, gescheckte Stute, mit einem neidischen Blick.

»Geht es meinem kleinen Prinzen gut?« Die Amme nahm Imiza, die nun ebenfalls aus der Sänfte stieg, den Jungen ab.

»Ihm geht es ausgezeichnet, aber Imiza und ich sind erschöpft.« Theophanu lächelte.

»Herrin, soll ich Euch etwas zu essen und trinken holen?«, erbot sich Imiza.

Theophanu nickte dankbar und schaute Imiza gedankenverloren nach, die hinüber zu den Packpferden ging, die bei einer Reihe von verkrüppelten Fichten standen. Ein Stück oberhalb am Hang befand sich eine Felsgruppe. Sie beugte sich in die Sänfte und nahm eine Samtdecke für das Kind heraus. Obwohl es sonnig war, blies hier oben ein kalter Wind.

Erst als Theophanu der Amme die Decke reichte, erkannte sie, dass sie genau an diesem Platz schon einmal Rast gemacht hatte: damals, als sie nach ihrer Hochzeit mit Otto und seinen Eltern in den Norden gezogen war. Hier hatte ihr Otto seine Heimat gezeigt. Wie glücklich und zuversichtlich sie zu jener Zeit gewesen war.

»Ich bin gleich wieder hier«, sagte Theophanu hastig zu Ada. Ohne eine Reaktion der Amme abzuwarten, eilte sie den Hang hinab. Auf einem Felsblock, außer Sicht des Lagers, kauerte sie sich nieder und vergrub das Gesicht in den Händen.

Der Hufschlag von Pferden ließ sie aufblicken. Ein Reiter kam den schmalen Weg entlang, der dicht unterhalb des Felsens verlief. Offensichtlich ein Händler, denn er hielt ein zweites, hoch beladenes Pferd am Halfter. Theophanu wollte sich hastig verbergen, doch als sie die Melodie hörte, die der Mann vor sich hin pfiff – ein Lied, das ihr aus der Kindheit vertraut war –, blieb sie unwillkürlich stehen.

Als der Mann sie bemerkte, brachte er die Pferde zum Halten und neigte höflich den Kopf, »Könnt Ihr mir sagen, ob sich der Tross des Kaisers hier in der Nähe befindet?«, fragte er freundlich.

»Ja, er lagert ein Stück oberhalb am Hang.« Theophanu zögerte, fragte dann aber trotzdem: »Kommt Ihr aus Byzanz?«

Der Händler lachte und ließ sich vom Rücken seines Pferdes gleiten. Er war um die dreißig, groß und schlaksig und hatte schöne, feingliedrige Hände. Sein schmales Gesicht mit den dunklen Augen war eher unscheinbar, aber es wirkte klug und warmherzig. »Weshalb glaubt Ihr, dass ich etwas mit Byzanz zu tun habe?« Er sprach Fränkisch ohne griechischen Akzent.

»Wegen der Melodie, die Ihr gepfiffen habt. Ich habe sie in meiner Kindheit oft gehört.«

»Dann zählt Ihr wahrscheinlich zu den Hofdamen der Kaiserin?«

»Ja …« Theophanu stand der Sinn nicht danach, sich weiter zu erklären.

Der Kaufmann verneigte sich erneut, respektvoll, aber nicht unterwürfig. »Ich habe meine Kindheit in Konstantinopel verbracht«, erzählte er. »Als ich acht Jahre alt war, sind meine Eltern mit meinen Geschwistern und mir nach Mainz gezogen. Verwandte von uns lebten bereits dort. Juden wie wir.«

»Vermisst Ihr Konstantinopel nicht manchmal?«, fragte Theophanu und klang – gegen ihren Willen – plötzlich ein wenig traurig.

»Ich bin glücklich in Mainz. Aber hin und wieder … ja, dann vermisse ich die Stadt. Das Meer. All die vielen Lichter …«

Einige Male war Theophanu zusammen mit ihren Eltern nachts in Konstantinopel unterwegs gewesen. Damals war es ihr völlig selbstverständlich erschienen, dass die Straßen von Lampen erleuchtet waren. Seit sie ihre Heimat jedoch verlassen hatte, war ihr ein solcher Luxus nie wieder begegnet. Im Norden und in den Städten des Südens, ja selbst in Rom, blieben die Gassen und Plätze während der Nachtstunden stets dunkel.

»Im Rückblick erscheint es mir wie ein Wunder, dass eine Stadt nachts erhellt ist«, sprach der Fremde ihre Gedanken aus. »Niemand, dem ich im Norden davon erzähle, will mir glauben, dass das nicht eine verrückte Fantasie, sondern in Byzanz ganz normal ist.«

»Ja, in der Erinnerung ist es wie ein Wunder«, bestätigte Theophanu leise. Unvermittelt überfiel sie eine so heftige Sehnsucht nach den Orten, an denen sie ihre Kindheit verbracht hatte, dass sie ihre Gefühle nicht verbergen konnte. Der Kaufmann warf ihr einen raschen, verständnisvollen Blick zu. Hinter seiner klugen Freundlichkeit glaubte Theophanu plötzlich, einen tiefen Kummer wahrzunehmen.

»Wenn Ihr einen Augenblick warten mögt«, sagte er schnell, ehe er sich an einem der Packen, die auf das Beipferd geschnallt waren, zu schaffen machte. Schließlich nahm er einen kleinen Gegenstand heraus und reichte ihn ihr: Es war eine kleine Tonlampe mit zwei Schnäbeln, wie sie Theophanu aus ihrer Kindheit vertraut war.

»In Ravenna habe ich einen Händler gefunden, der diese Lampen verkauft. Vielleicht hilft Euch diese Lampe ja, glückliche Tage heraufzubeschwören.« Seine Stimme klang warm.

»Macht die Erinnerung an gute Zeiten die Gegenwart nicht erst recht schmerzlich?«, brach es aus Theophanu heraus, und sie spürte, wie Tränen in ihr aufstiegen.

»Eine ganze Weile war ich auch dieser Ansicht. Aber mittlerweile bin ich dankbar für die glückliche Vergangenheit.« Er sah sie aufmerksam an, als versuchte er, ihre Gedanken zu lesen. »Und manchmal wendet sich ja auch die Zukunft zum Guten.«

»Ihr wirkt nicht so, als ob diese Zukunft für Euch schon wirklich begonnen hätte.«

»Nein, aber ich hoffe, dass es irgendwann einmal der Fall sein wird.«

»Hoheit ...« Imizas Stimme ertönte oben am Hang.

Theophanu fuhr herum.

Die Dienerin stand neben einer Lärche und winkte ihr zu. »Gut, dass ich Euch gefunden habe. Wir werden bald aufbrechen.«

Der Kaufmann schaute von Imiza zu Theophanu und begriff. »Verzeiht«, sagte er erschrocken und verbeugte sich tief, »ich hatte nicht geahnt, dass Ihr ...«

»Es war sehr liebenswürdig von Euch, mir die Lampe zu schenken.« Theophanu nickte ihm zu. Während sie den Hang hinaufkletterte, schob sie die Leuchte in eine Tasche ihres Umhangs.

Als sie das Lager erreichte, waren schon die ersten Bewaffneten und Diener aufgesessen. Ihr Sohn rannte fröhlich kreischend um die Sänfte herum und spielte mit Ada Fangen. Ihren Gatten entdeckte die Kaiserin bei Heinrich Zolunta und dem Herzog von Schwaben. Die Freunde hatten beschlossen, ihn in den Süden zu begleiten.

»Ich kriege dich!« Theophanu stellte sich ihrem Sohn in den Weg und breitete die Arme aus. Als er ihr ausweichen wollte, passte sie ihn ab und schwang ihn sich auf die Hüfte. Sein Protestgeschrei erstickte sie im Keim, indem sie ihn am Bauch kitzelte, bis er in Kichern ausbrach.

»Hat er sich ausgetobt?« Otto war zu ihnen getreten.

»Ich denke, ja.«

»Gut.« Er nickte ihr kurz zu, ehe er zu seinen Freunden zurückkehrte.

Mit dem Kind auf der Hüfte bestieg sie die Sänfte. Imiza

folgte ihr und reichte dem Jungen rasch ein Holzpferdchen, um ihn abzulenken. Ein letztes Mal blickte Theophanu durch das Fenster direkt auf die Felsen.

Ob sich Otto auch daran erinnert hat, wie wir hier gestanden und auf das Land nördlich der Alpen hinabgesehen haben?, fragte sie sich. Oder ob er dies völlig vergessen hat?

Am Abend, im Zimmer der Herberge auf dem Malojapass, nahm Theophanu die tönerne Öllampe aus der Tasche ihres Umhangs und hielt sie nachdenklich in der Hand. Schließlich jedoch stellte sie das Geschenk des jüdischen Händlers auf eine Truhe. Nachdem sie die Lampe mit Öl befüllt und an einer brennenden Kerze entzündet hatte, betrachtete sie versonnen die beiden kleinen Flammen, die aus den Schnäbeln züngelten. Theophanu seufzte. Sie benahm sich wirklich völlig unvernünftig! Ihr Brautschatz hatte so viele und unendlich kostbarere Leuchten enthalten. Einige davon hatte sie immer in Gebrauch. Und doch war es ausgerechnet diese unscheinbare kleine Öllampe, die sie ein wenig tröstete.

*

Die Menschenmenge vor der Stadtmauer Pavias lenkte den kleinen Otto ab. Er blieb stehen und betrachtete all die vielen fremden Leute, die sich zusammengefunden hatten, um der öffentlichen Versöhnung zwischen seinem Vater und seiner Großmutter beizuwohnen, mit großen Augen. Theophanu beugte sich zu ihrem Sohn hinunter. »Komm weiter!«, raunte sie ihm zu.

Otto wandte sich ungeduldig zu ihnen um.

»Komm«, drängte Theophanu wieder sanft und drückte die kleine Hand des Jungen. Endlich riss sich das Kind von dem faszinierenden Anblick los und ließ sich zu dem Podest führen, das direkt an der Mauer errichtet worden war.

Theophanu spürte den frischen Wind auf ihren Wangen – mittlerweile war es Dezember geworden – und bedachte ihren Gatten mit einem raschen Seitenblick. Seine Miene war ausdruckslos. Sie war überzeugt, dass er während der ersten Jahre seiner Herrschaft sehr unter dem Zerwürfnis mit seiner Mutter gelitten hatte. Doch sie wusste nicht, ob ihn der Zwist immer noch schmerzte und ob es ihm ein wirkliches Anliegen war, sich mit Adelheid auszusöhnen, oder ob er dies nur für politisch opportun hielt.

Bei Gott – sie liebte ihre Schwiegermutter nicht. Und doch wünschte sie plötzlich von ganzem Herzen für Otto, dass ihn nicht nur Kalkül zu dieser Geste getrieben hatte …

Vor dem breiten Stadttor wich die Menge auseinander, um Adelheid und ihrem Gefolge Platz zu machen. Die alte Kaiserin war wie zu allen feierlichen Anlässen in ein Gewand aus dunkelrotem Samt gekleidet, das ihre vornehme Blässe betonte. Um den Hals trug sie eine dreireihige Goldkette, die mit roten Juwelen besetzt war, und auf dem Haupt die Krone der Lombardei. Ihr Gang war unverändert stolz. Das Gerede der Menschen verstummte respektvoll. Nur da und dort war noch Gewisper zu hören.

Nachdem Adelheid das Podium bestiegen hatte, musterte sie ihren Sohn und ihre Schwiegertochter. Nur ein kurzer Blick galt ihrem Enkel. Adelheids Miene war ebenso reglos wie die Ottos, ihr Antlitz immer noch schön. Nur um den Mund und in den Augenwinkeln hatten sich im Lauf der Jahre einige tiefere Falten eingegraben.

Dietrich von Metz löste sich aus Ottos und Theophanus Gefolge und trat vor die Menge.

Theophanu hatte Willigis nie besonders gemocht. Doch nun, beim Anblick von Dietrichs hagerer Gestalt, wünschte sie sich inständig, der Kanzler würde das Versöhnungszeremoniell leiten und nicht der Bischof von Metz, wie Otto dies vorgesehen hatte.

Dietrich breitete seine Arme aus und ließ seinen Blick zwischen Otto, Adelheid und Theophanu hin und her wandern. Als er sich gewiss war, die Aufmerksamkeit aller gewonnen zu haben, rief er betrübt: »So spricht der Herr: Du sollst Vater und Mutter ehren. Schon die Heiden hielten den Respekt vor den Eltern hoch und erachteten es als erste Pflicht eines jeden Kindes, ihnen mit Liebe und Demut zu begegnen. Umso schwerer wiegt eine Verletzung dieses Gesetzes, denn es beleidigt nicht nur die Menschen, sondern auch Gott.« Er legte eine Pause ein, um seine Worte wirken zu lassen. Dann fuhr er fort:

»Häufig sind Hochmut und Hoffart der Ursprung allen Übels. So war es leider auch in diesem Fall, denn der Sohn öffnete sein Ohr falschen Einflüsterungen und hörte auf falschen Rat.« Dietrich sprach Theophanus Namen nicht aus, doch sie wusste genau, dass er von ihr sprach. Und auch den Zuhörern war dies nicht entgangen, denn Hunderte von Augenpaaren waren plötzlich auf die junge Kaiserin gerichtet.

Theophanu straffte sich und zwang sich, ruhig und gelassen zu wirken. Nein, schwor sie sich, niemand soll glauben, dass mich Dietrichs Tirade trifft. Um sich abzulenken, ließ sie ihren Blick über das Gefolge ihrer Schwiegermutter schweifen. Die meisten ihrer Damen kannte sie noch aus der Zeit, als Adelheid zu Ottos und ihrem Hof gehört hatte. Einer jungen Frau allerdings, die ganz in der Nähe ihrer Schwiegermutter stand, war sie noch nie begegnet. Die Frau mochte in Theophanus Alter sein. Mit ihren rosigen Wangen, den großen blauen Augen und dem üppigen Mund war sie auffallend hübsch.

In gewundenen Worten deutete Dietrich nun an, dass auch Adelheid nicht richtig gehandelt habe, als sie sich am Hof Heinrichs aufgehalten habe – der leider der erklärte Feind ihres Sohnes sei. Er führte diesen Punkt nur kurz aus, ehe er mit offenkundiger Erleichterung verkündete: »Unser Herr Jesus sagt, dass ein reuiger Sünder dem Herrn mehr wert ist als tausend Gerechte. Mutter und Sohn haben ihr falsches Tun erkannt und sind willens umzukehren.« Er wandte sich Adelheid und Otto zu und rief mit erhobener Stimme: »So zeigt denn, dass Ihr bereit seid, Euch zu versöhnen und Euch in Liebe anzunehmen, so wie es Mutter und Sohn in den Augen des Herrn geziemt.«

Unter dem Jubel der Menge traten Adelheid und Otto aufeinander zu. Wie es das Zeremoniell vorschrieb, umarmten sie sich und küssten sich auf die Wangen.

Nachdem sie sich wieder voneinander gelöst hatten, wirkte Otto befreit. Es war ihm also tatsächlich eine Herzensangelegenheit gewesen, sich mit seiner Mutter zu versöhnen, dachte Theophanu. Völlig hatte er sich also doch nicht verändert. Nur Adelheids Gesichtszüge waren nach wie vor starr.

Als der Jubel verebbte, erhob Dietrich erneut die Stimme: »Wohl dem Mann, der den Herrn fürchtet und ehrt und sich herzlich freut an seinen Geboten«, rief er in die Menge. »Seine Nachkommen werden mächtig im Land, das Geschlecht des Redlichen wird gesegnet.«

Plötzlich riss sich der Junge von Theophanus Hand los und rannte auf seine Großmutter zu. Ob ihr geheimnisvoll glitzerndes Geschmeide seine Aufmerksamkeit erregt hatte oder ob es wirklich so etwas wie eine tiefe, innere Verbundenheit zwischen zwei Menschen gab und er dieses geheime Band gespürt hatte, sollte sich Theophanu immer fragen. Ehe jemand eingreifen konnte, klammerte der Kleine sich an die Falten von Adelheids Gewand und strahlte sie an.

Irritiert unterbrach Dietrich seine Rede, und Otto stöhnte gereizt auf.

Unwillig blickte Adelheid auf ihren Enkel hinab. Doch das Kind hörte einfach nicht auf, sie mit seinen großen, leuchtenden Augen anzulachen.

Plötzlich seufzte Adelheid tief und hörbar. Es klang wie ein Keuchen. Unvermittelt zerbrach ihre maskenhafte Starre, und ihr Gesicht wurde weich und verletzlich. Sie hob ihren Enkel hoch und drückte ihn an sich. Während sie ihn auf die Stirn küsste, traten ihr Tränen in die Augen. Zum zweiten Mal, seit sie ihre Schwiegermutter kannte, fühlte Theophanu sich ihr einen Moment lang nahe.

*

In ihren Räumen im Bischofspalast von Pavia hielt Theophanu den kleinen Samtumhang ein Stück von sich weg. Prüfend betrachtete sie die rotgoldene Stickerei an den Säumen. Die Verzierung war ihr gelungen. Noch war der Umhang ein wenig zu groß, aber im Laufe des Winters würde ihr Sohn hineinwachsen.

Anscheinend hatte der Junge Adelheids Herz ein für alle Mal erobert. Während des Banketts, das sich an die Versöhnungszeremonie anschloss, hatte sie mit ihrem Enkel gelacht und gescherzt. Ja, sie hatte es dem Kind – im Gegensatz zu Dietrich von Metz – noch nicht einmal übel genommen, als es ausgerechnet während der Lesung laut vor sich hin plapperte. Auf ihre Beziehung zu Theophanu hatte sich dies jedoch nicht ausgewirkt: Das Verhältnis zwischen Schwiegermutter und Schwiegertochter war frostig wie eh und je.

Wenigstens werden wir nicht lange in Pavia bleiben, dachte Theophanu dankbar, während sie den Faden abschnitt. Otto drängte es weiter nach Rom.

»Hoheit«, eine junge Dienerin trat in den Raum und verneigte sich, »Herzog Otto von Schwaben bittet, Euch sprechen zu dürfen.«

»Er soll hereinkommen.« Theophanu warf Imiza, die ihr gegenüber in dem Erker saß und ebenfalls mit einer Stickerei beschäftigt war, einen überraschten Blick zu. Sie mochte Otto von Schwaben und Heinrich Zolunta, die beiden engsten Freunde ihres Gatten. Normalerweise hatte sie jedoch wenig mit ihnen zu tun.

»Es ist sehr freundlich von Euch, dass Ihr mich empfangt.« Otto von Schwaben eilte auf sie zu. Theophanu erhob sich, um ihn zu begrüßen, und lächelte. Die Herzogswürde hatte diesen Mann nicht verändert. Während der letzten Jahre hatte er an Gewicht zugelegt, aber er war immer noch ruhig, bedächtig und bescheiden.

»Ich freue mich, Euch zu sehen«, erwiderte Theophanu höflich.

»Ich bin mir darüber im Klaren, dass es nicht schicklich ist …« Der Herzog stockte und schaute zu Imiza. »Aber könnten wir vielleicht unter vier Augen miteinander sprechen?«

Theophanu nickte und bedeutete der Dienerin, sich zu entfernen. »So, und was habt Ihr nun so Hochgeheimes mit mir zu bereden?«, fragte sie lächelnd, nachdem sie sich in dem Erker niedergelassen hatten. »Wärt Ihr Heinrich Zolunta, dann würde ich nicht ausschließen, dass Ihr mir ein unanständiges Angebot machen wollt. Aber von Euch fürchte ich nichts Derartiges.«

»Nein, gewiss nicht.« Zu Theophanus Erheiterung errötete der Herzog ein wenig. Bei seinen nächsten Worten wurde sie jedoch schlagartig ernst. »Ihr wisst sicher, dass Otto plant, mit einer großen Streitmacht nach Kalabrien zu ziehen, um dort das Heer des Emirs Abdul Qasim zu bekämpfen?«

»Kalabrien?«, fragte sie erstaunt. »Ich denke, das Ziel seines Heerzuges ist Rom?«

»Das war es auch.« Der Herzog seufzte. »Aber nun beabsichtigt Otto, nicht nur Papst Benedikt wieder in seine Rechte einzusetzen – er ist zudem fest entschlossen, die Araber aus Süditalien zu vertreiben. Vorhin hat er Heinrich und mir gegenüber erwähnt, dass er Gesandtschaften in den Norden entsenden will, um ein großes Heer zusammenzurufen.«

»Aber …« Theophanu sprang auf und ging erregt auf und ab. Sie wusste, dass sich die Situation in Süditalien während der letzten Jahre grundlegend verändert hatte. Nach dem Tod Pandulf Eisenkopfs, der die Fürstentümer von Spoleto, Capua, Benevent und Salerno unter sich vereint hatte, bekämpften sich seine Nachfolger nunmehr bitter. Dabei waren sie auch in Konflikte mit den benachbarten byzantinischen Stadtstaaten geraten.

Die Situation am Kaiserhof ihrer Heimat war ebenfalls verworren: Seit Johannes Tzimiskes vor sechs Jahren gestorben war, intrigierten der mächtige Eunuch Basileios Parakoimommos und der junge, unerfahrene Kaiser Basileios II. gegeneinander. Trotzdem funktionierten Regierung und Heer immer noch, hörte man – und die Befehlshaber würden nicht tatenlos zusehen, wie byzantinische Interessen verletzt wurden.

Zudem hatte sich der arabische Druck auf Kalabrien und die langobardischen Gebiete immer mehr erhöht. Emir Abdul Qazim hatte Tarent und Otranto erobert und sich Cosenza tributpflichtig gemacht.

Erst allmählich begriff Theophanu das ganze Ausmaß dessen, was Ottos Feldzug bedeutete. Heftig drehte sie sich zu seinem Freund um. »Der Kaiser, seine Ratgeber und auch der Eunuch Basileios Parakoimommos werden annehmen, dass Otto nicht nur die Araber aus Kalabrien und den angrenzenden Gebieten vertreiben, sondern auch die byzantinische Herrschaft beenden will«, sagte sie erregt. »Und was die Araber betrifft … Sie waren immer schon beachtliche Gegner – Verwandte von mir haben gegen sie gekämpft –, dass es ihnen gelungen ist, sich in Kalabrien festzusetzen, macht sie noch gefährlicher.«

»Heinrich und ich sehen das genauso.« Der Herzog nickte. »Falls Otto diesen Feldzug tatsächlich durchführt, wird er es gleich mit zwei mächtigen Gegnern auf einmal zu tun bekommen. Ihr müsst ihm seinen Plan unbedingt ausreden!« Otto von Schwaben sah Theophanu beschwörend an. »Was er da vorhat, ist nicht tollkühn, sondern schlichtweg Wahnsinn.«

Vom Garten drang die helle Stimme ihres Sohnes, der dort mit Ada spielte, in den Raum. Theophanu schaute kurz zu den Fenstern. Als sie sich wieder dem Herzog zuwandte, sagte sie bitter: »Leider kann ich nichts für Euch tun. Otto redet über solche Dinge schon lange nicht mehr mit mir.«

»Wie meint Ihr das?« Der Herzog horchte auf und sah sie verdutzt an.

»Ihm ist nicht mehr an meinem Rat gelegen«, antwortete Theophanu schlicht.

»Aber früher hat er doch alles mit Euch besprochen?«

»Er war schon, was den Heereszug nach Rom betrifft, nicht an meiner Meinung interessiert. Dass er beabsichtigt, nach Kalabrien vorzudringen, hat er mir gegenüber mit keinem Wort erwähnt.« Theophanu sah zu Boden, überwand sich schließlich aber doch, den Freund ihres Gatten zu fragen: »Findet Ihr nicht auch, dass sich Otto in den letzten ein, zwei Jahren sehr verändert hat?«

»Nun ja«, Otto von Schwaben hob verlegen die Hände, »Macht und Verantwortung gehen an keinem Mann spurlos vorbei.«

»Also seid Ihr ebenfalls der Ansicht, er hat sich verändert?«

»Ehrlich gesagt«, der Herzog räusperte sich, »nun, Heinrich ist der Meinung, dass Otto in der letzten Zeit reichlich selbstherrlich und selbstgerecht geworden ist.«

»Tatsächlich?« Theophanu lächelte freudlos. »Ich teile Heinrichs Einschätzung voll und ganz.«

»Ich glaube, Ihr täuscht Euch.« Ihr Besucher sprach leise und eindringlich. »Die jahrelangen Kämpfe mit seinem Vetter haben ihn nach außen hart werden lassen. Aber in seinem Kern ist Otto immer noch der Alte.« Der Herzog beugte sich vor. »Wenn jemand noch auf Otto einwirken kann, dann seid Ihr das, Majestät. Bitte, Ihr müsst versuchen, ihn von seinem Vorhaben abzubringen.«

Theophanu schwieg traurig. Ihr Schwiegervater hatte ihr auf dem Sterbebett das Versprechen abgenommen, mäßigend auf Otto einzuwirken. Bislang hatte sie darin versagt. Sie war es dem alten Löwen schuldig, noch einmal ihr Bestes zu versuchen. Sie straffte sich und nickte. »Ich werde mit Otto reden«, versprach sie.

Sie traf ihren Gatten in seinen Räumen an. Leider war jedoch Dietrich von Metz bei ihm. Als Theophanu sich an Otto wandte, klang ihre Stimme schärfer als beabsichtigt. »Ich möchte mit dir sprechen«, sagte sie und fügte mit einem Seitenblick auf den Bischof hinzu: »Allein.«

Otto warf den Kopf in den Nacken. »Ich habe vor Dietrich keine Geheimnisse.«

Theophanu atmete tief durch. Das war ein denkbar schlechter Beginn. Sie musste sich beherrschen. Sie kehrte dem Bischof den Rücken zu und blickte Otto an. »Dein Freund, der Herzog von Schwaben, hat mir mitgeteilt, dass du beabsichtigst, die Araber aus Süditalien zu vertreiben. Heinrich und er finden, dass dieses Unternehmen Wahnsinn ist. Und ich teile ihre Meinung.«

»Ich hätte mir denken können, dass einer von beiden oder gar alle zwei deswegen zu dir rennen.« Spott und Bitterkeit schwangen in der Stimme ihres Gatten mit. Er lehnte sich gegen einen langen, schweren Holztisch, auf dem beschriebene Pergamentbögen und Papyrusrollen lagen. Herausfordernd verschränkte er die Arme vor der Brust.

»Als der von Gott erwählte und gesalbte Kaiser hat Euer Gatte die Pflicht, die Heiden von christlicher Erde zu verjagen«, mischte sich Dietrich von Metz ein. Verachtung schwang in seiner Stimme mit, als er direkt Theophanu ansprach. »Ihr solltet stolz auf ihn sein und ihn zu seinem Mut beglückwünschen, statt ihm Vorwürfe zu machen.«

Zornig wirbelte die junge Kaiserin zu ihm herum. »Ich wäre stolz auf meinen Gatten, wenn er seine Möglichkeiten realistisch einschätzen würde«, fuhr sie den Bischof an. »Aber er kann nicht gleichzeitig gegen Byzanz und die Araber kämpfen und hoffen, diese Auseinandersetzung auch noch zu gewinnen. Wo bleibt Euer gesunder Menschenverstand, frage ich Euch?«

»Habt Ihr vergessen, dass damals, als Ihr in Italien eintraft«, Dietrich verzog den Mund, als ob ihn die Erinnerung an ihre erste Begegnung immer noch schmerzte, »Pandulf Eisenkopf die Araber vertrieb, ohne dass Byzanz ihn deswegen angriff?«

»Die Araber hatten sich damals noch nicht in Süditalien festgesetzt, was es wesentlich leichter machte, sie zu bekämpfen«, sagte Theophanu kühl. »Außerdem spielten sich die Schlachten am Rand des byzantinischen Gebiets ab, nicht im Kernland. Der Kaiserhof wird es nicht hinnehmen, dass ein fränkisches Heer durch sein Territorium zieht.«

»Spricht hier die Byzantinerin aus Euch?«, höhnte der Bischof. »Fürchtet Ihr mehr um die Interessen Eurer Landsleute als um die Ehre Eures Gatten?« Er lächelte Theophanu herablassend an.

Sie ignorierte ihn und wandte sich stattdessen Otto zu, der den Streit zwischen ihr und seinem Verwandten schweigend verfolgt hatte. Sie musste versuchen, zu ihm durchzudringen. »Es ist wahr, es würde mir weh tun, wenn meine Landsleute und dein Heer sich bekriegten«, sagte sie leise und blickte ihn an. »Aber ich fürchte vor allem um dich. Denn wenn du dich in dieses Abenteuer stürzt, setzt du deine Herrschaft und vielleicht auch dein Leben aufs Spiel.«

Theophanu zögerte. Sie wünschte sich, Dietrich von Metz wäre nicht anwesend. Doch schließlich überwand sie sich weiterzusprechen. »Ein Grund, warum ich mich in dich verliebt habe, war, dass du dich nicht an althergebrachte Regeln gehalten hast«, begann sie stockend und dachte sehnsüchtig an den Nachmittag am Bach, den Kuss, den sie oberhalb des Lagers getauscht und die Nacht, die sie noch vor der Vermählung miteinander verbracht hatten. Sie spürte, wie ihr die Röte in die Wangen stieg. Zu ihrer Erleichterung wurde Ottos abweisende Miene ein wenig weicher – er schien also ihre Erinnerung zu teilen.

»Ich war immer davon überzeugt, dass du dich in den Kämpfen mit deinem Vetter durchsetzen und der unendlich bessere Herrscher sein würdest«, sagte sie beschwörend und ging einen Schritt auf ihren Gatten zu. »Aber wenn du nun nach Süditalien ziehst, ist das nicht tollkühn, sondern einfach nur verantwortungslos und verrückt.«

Otto schüttelte abwehrend den Kopf. »Deine Landsleute in Süditalien leiden unter den Arabern. Um dem Plündern und Morden zu entkommen, haben die Menschen, sofern sie nicht in befestigten Städten leben, die Ebenen verlassen und sich in schwer zugängliche Bergdörfer zurückgezogen. Sie werden mir dankbar sein, wenn ich sie vor den Überfällen schütze.« Brüsk wandte er sich ab.

Doch Theophanu gab nicht auf. »Es ist Sache des Kaiserhofs und seiner Statthalter, sich um die Sicherheit meiner Landsleute zu kümmern«, entgegnete sie fest. »Und nicht deine. Wenn du in das byzantinische Gebiet einziehst, werden Basileios II., der Obereunuch Basileios Parakoimommos und ihre Ratgeber davon ausgehen, dass du diese Provinzen erobern willst. Ich warne dich noch einmal: Sie werden dies nicht hinnehmen.«

»Und wenn es so wäre? Wenn ich das Gebiet tatsächlich erobern wollte?« Otto zuckte die Schultern.

»Wie meinst du das?« Theophanu stockte der Atem.

»Die fränkischen Herrscher, allen voran Karl der Große und auch mein Vetter, haben Süditalien immer als ihr Wirkungsgebiet begriffen«, mischte sich wieder Dietrich von Metz ein. »Jetzt ist es endlich an der Zeit, dieses Gebiet tatsächlich unter fränkische Oberhoheit zu stellen.«

Theophanu schaute Otto an. »Das kannst du nicht tun«, murmelte sie wie betäubt.

Er musterte sie nur gereizt und mit einem Hauch Verachtung.

Dietrich von Metz vollführte eine wegwerfende Handbewegung. »Byzanz hat sich viel zu lange als den wahren Erben des Römischen Weltreichs begriffen und sich den fränkischen Kaisern überlegen gefühlt. Aber dies wird sich ändern.« Der Bischof wies zu dem Tisch, wo, wie Theophanu nun erkannte, eine mit den Siegeln ihres Gatten sowie den Reichssiegeln versehene Urkunde lag. »Euer Gatte beansprucht ab jetzt den Titelzusatz: ›durch die Gunst des himmlischen Willens Imperator Augustus der Römer.‹«

Theophanu wurde schwindelig. Sie glaubte plötzlich, den Boden unter den Füßen zu verlieren. »Kaiser der Römer« hatten sich bislang nur die Herrscher von Byzanz genannt. Mit dieser Bezeichnung unterstrichen sie ihre Vorrangstellung in der Welt. Dass sich Otto nun ebenfalls so nennen wollte, würde der Kaiserhof niemals akzeptieren.

»Du bist größenwahnsinnig geworden«, brach es aus ihr heraus, und sie spürte einen Kloß in ihrem Hals. »Diesen Titel zu führen ist eine Kriegserklärung.«

Otto lachte spöttisch auf. »Ich ängstige mich nicht vor Byzanz.« Der wegwerfende Klang seiner Stimme und sein überheblicher Gesichtsausdruck machten Theophanu endgültig klar, dass sie ihn nicht umstimmen konnte. Sie trat dicht an ihn heran und blickte ihm in die Augen. »Es ist die Schlacht auf dem Lechfeld, die dich umtreibt, nicht wahr? Die eine große Schlacht, die du nicht schlagen kannst und für die du nun unbedingt einen Ersatz suchst.«

Otto fuhr auf. »Was für ein Unsinn!«

»Du erinnerst dich doch sicher, dass dein Vater mit mir allein sprechen wollte, ehe er starb?« Zornig funkelte sie ihn an. »Und weißt du auch, warum? Er fürchtete, dass du darunter leiden würdest, ihn nicht übertrumpfen zu können. Außerdem meinte er, dass du mit deiner Sehnsucht nach Ruhm einem Trugbild nachjagen würdest. Es sei völlig ausreichend und schwierig genug, die Grenzen des Reiches zu sichern, hat er mir gesagt. Es zu bewahren sei deine vornehmliche Aufgabe und dieses Erbe an den Sohn, den wir später einmal miteinander haben würden, zu übergeben.«

»Ich kann mir nicht vorstellen, dass mein Vetter ausgerechnet Euch etwas Derartiges anvertraut hat.« Dietrich von Metz bedachte sie mit einem verächtlichen Blick.

»Ach, haltet endlich den Mund«, herrschte Theophanu ihn an und wandte sich erneut Otto zu. »Dein Vater meinte, dass deine Fehler Jähzorn, Ungeduld und Waghalsigkeit seien. Er hatte eine hohe Meinung von dir. Ich bin nämlich mittlerweile der Ansicht, dass es Dummheit, Verbohrtheit und maßlose Selbstüberschätzung sind. Dein Vater war ein großer und guter Herrscher. Du aber bist nichts weiter als ein unreifer Junge, der sich der Wirklichkeit nicht stellen will.«

Ehe sie sich abwandte und aus dem Gemach stürmte, erkannte sie an dem kurzen Aufflackern in Ottos Augen, dass sie ihn getroffen hatte.

*

Theophanus Worte nagten immer noch an ihm. Ob sie etwa doch recht hatte und er sich selbst maßlos überschätzte? Wegen ihrer Vorwürfe hatte er sich die halbe Nacht schlaflos im Bett herumgewälzt. Ärgerlich schritt Otto schneller aus. Irgendwo im Palastgarten musste seine Mutter sein. Eine von Adelheids Hofdamen hatte ihm beschrieben, wo er sie finden würde.

Nein, dachte Otto zornig, ich kann es nicht hinnehmen, dass Araber fränkische Stellungen in Süditalien bedrohen. Die Fürsten würden mir das als Zeichen der Schwäche auslegen. Außerdem, wenn es je eine gute Möglichkeit gegeben hat, Byzanz aus Süditalien zu vertreiben, dann jetzt. Ich darf diese Gelegenheit auf keinen Fall ungenutzt verstreichen lassen. Und Theophanu? Sie verkennt mich.

Ich bin der Spross eines mächtigen Geschlechts und der Herrscher eines großen Reiches – weshalb sollte es mir also nicht zustehen, den gleichen Rang wie die oströmischen Kaiser zu beanspruchen?

Otto ging um eine hoch gewachsene immergrüne Hecke herum und sah sich um. Vor ihm tat sich nun ein kleiner, abgeschiedener Platz auf, den nach Süden eine mit kahlen Reben berankte Pergola und auf den anderen Seiten Oliven- und Feigenbäume begrenzten. In der Mitte des von einer milden Wintersonne beschienenen Rasenstücks befand sich ein großer, marmorner Brunnen. Auf einer der Bänke, die um den Brunnen gruppiert waren, stand ein Korb mit Stickzeug. Von seiner Mutter und ihren Damen war jedoch nichts zu sehen.

Unschlüssig schaute Otto sich um. In der Pergola hielt sich auch niemand auf. Er erwog, kehrtzumachen – denn eigentlich hatte er keinen bestimmten Grund, seine Mutter zu sehen. Nach dem Streit mit Theophanu hatte er einfach das unbestimmte Bedürfnis gehabt, mit Adelheid zu reden. Wenn er jedoch ganz ehrlich mit sich war, hatte er schon bessere Ideen gehabt, immerhin war ihr Verhältnis nach wie vor alles andere als innig.

Otto trat den Rückweg an und hoffte, dass er niemandem begegnen würde. Doch bereits nach wenigen Schritten kam ihm eine junge Frau entgegen. Ihrer kostbaren Kleidung nach zu schließen war sie eine von Adelheids Hofdamen. Sie steuerte auf den Korb zu, bemerkte dann jedoch Otto und verneigte sich. Er nickte ihr zu und wollte an ihr vorbeigehen.

Aber sie sprach ihn an. »Hoheit …«

»Ja?« Unwillig blieb er stehen.

»Verzeiht, dass ich einfach das Wort an Euch richte«, ihre Stimme klang sehr selbstsicher, »aber ich möchte Euch fragen, ob Ihr Euch vielleicht noch an mich erinnert?« Die Fremde lächelte ihn an.

Verwundert musterte Otto die Hofdame. Plötzlich erinnerte er sich. Natürlich! Sie war ihm schon während der Versöhnungsfeierlichkeiten aufgefallen. Schließlich besaß sie ein Antlitz, das jeden Sänger zu Vergleichen mit der Gottesmutter oder einem Engel inspiriert hätte. Am auffälligsten waren ihre großen blauen Augen, die das perfekte, klare Oval ihres Gesichtes dominierten. Und beim Anblick ihrer Haut dachte man unweigerlich an Rosenblüten oder Pfirsiche. Nur ihr Blick war entschieden zu direkt für einen Engel oder gar eine Madonna.

Ja, Otto fand diese Hofdame ausgesprochen anziehend. Er lächelte sie an. »Ich habe Euch während der Feierlichkeiten unter den Damen meiner Mutter gesehen.«

»Oh, Ihr kennt mich schon viel länger.« Funken tanzten in ihren Augen.

Otto schüttelte den Kopf. »Nein, es tut mir leid. Aber das kann nicht sein.«

»Mein Name ist Willa. Als Kind habe ich schon einmal zum Hof Eurer Mutter gehört. Sie hatte mich bei sich aufgenommen, nachdem meine Eltern gestorben waren.«

»Willa …«, murmelte Otto nachdenklich. Eine vage Erinnerung an ein dünnes, schlaksiges Mädchen mit langen blonden Zöpfen und einer großen Zahnlücke im Oberkiefer regte sich in ihm.

»Gebt es ruhig zu, Ihr erinnert Euch nicht mehr.« Das Funkeln in ihren Augen vertiefte sich.

»Doch!«, protestierte er und stockte kurz. »Aber Ihr habt Euch seit Eurer Kindheit sehr verändert. Ihr wart damals, nun ja ... viel unscheinbarer«, schloss er verlegen.

»Ihr habt mich ja auch nie beachtet.« Willa lachte. »Und das, obwohl ich mir so viel Mühe gegeben habe, Eure Aufmerksamkeit zu erregen. Damals, als ich acht oder neun war, habe ich mich immer in Eurer Nähe herumgedrückt – oder wenigstens, wenn das möglich war. Mit Euren dreizehn Jahren wart Ihr ja fast schon ein richtiger Mann.«

»Mittlerweile würde ich Euch beachten. Das garantiere ich Euch.« Otto erwiderte ihr Lachen.

Willa stellte den Korb ab und schlenderte zum Brunnen. »Ich weiß noch, wie ich einmal auf Eurem Pferd reiten durfte«, sagte sie. Ihre Stimme wurde ganz sanft. »Es war ein brauner Hengst mit einer Blesse. Ihr habt ihn am Zügel um den Hof der Pfalz von Rom herumgeführt.«

»Ihr habt ein erstaunlich gutes Gedächtnis.« Otto konnte sich noch gut an den Hengst erinnern. Er war ein temperamentvolles Tier gewesen. Aber die Begebenheit, die ihm Willa erzählte, war ihm völlig entfallen.

»Für mich war es ein Glückstag. Ich habe jahrelang davon gezehrt.« Grübchen erschienen in ihren Wangen und machten sie noch hübscher. Otto nahm wahr, dass sich unter ihrem blauen Seidenkleid üppige Brüste abzeichneten.

»Ein andermal habt Ihr meinen Kater gerettet. Irgendein Jagdhund hatte ihn eine hohe Tanne hinaufgejagt, und da saß er nun, getraute sich nicht mehr herunter und miaute kläglich. Die anderen Knappen haben sich nur königlich amüsiert. Aber Ihr seid den Baum hinaufgeklettert und habt ihn wieder heruntergeholt.«

»Ach ja, jetzt entsinne ich mich.« Otto nickte. »Zum Dank hat mir das Vieh die Hände und die Brust zerkratzt.«

»Wunden, die Ihr für mich davongetragen hattet.« Sie seufzte theatralisch, während ein schelmisches Lächeln um ihren Mund spielte. »Ach Majestät, Ihr wart mein Ritter, mein Held … Ich war so in Euch verliebt.«

Otto lachte und stützte seinen Arm neben sie auf den Brunnenrand. Willa war wirklich sehr anziehend. »Ich bedaure zutiefst, dass mir das damals nicht klar war. Aber ich bin überzeugt, dass andere Ritter nicht so töricht waren wie ich und dass Ihr später zahllose Herzen gebrochen habt.«

»Ja, einige.«

»Verheiratet seid Ihr sicher auch.«

»Ich war es.« Willa tauchte ihre Hand in das Brunnenbecken. Sie hob ein welkes Weinlaubblatt aus dem Wasser und sah zu, wie die Tropfen daran herabrannen. »Ich war mit Bardo vermählt, einem Grafen aus der Nähe von Speyer. Ihr kanntet ihn sicher.«

»Flüchtig.« Otto nickte. »Er war viel älter als Ihr, nicht wahr?«

»Dreißig Jahre.« Wieder widmete sie ihre Aufmerksamkeit den fallenden Tropfen. Es dauerte einen Moment, bis sie weiter sprach. »Auf seine Weise war er kein schlechter Ehemann. Vor anderthalb Jahren ist er gestorben.«

»Das tut mir leid.«

Willa zuckte mit den Schultern. »Ich habe ihn nicht geliebt«, sagte sie nüchtern. »Aber ich habe keinen Grund, mich zu beklagen. Obwohl ich ihm keine Kinder schenken konnte und ein Teil seines Besitzes an seinen jüngeren Bruder fiel, bin ich gut versorgt. Außerdem gründen ja die wenigsten Ehen auf Liebe.«

Bei Theophanu und mir war das anders, schoss es Otto durch den Kopf. Doch er schob den Gedanken sofort beiseite.

Willa starrte auf die kleinen Wellen, die sich in dem Becken ausbreiteten und an die Ränder des Brunnens schlugen. Schließlich hob sie den Kopf und schaute Otto an. Das Funkeln war aus ihren Augen gewichen. Sie wirkten ernst, wenn auch ein wenig spöttisch. »Vor einigen Monaten bin ich an den Hof Eurer Mutter zurückgekehrt, weil ich erfuhr, dass Ihr nach Pavia kommen würdet. Ich wollte Euch wiedersehen und herausfinden, ob so etwas Törichtes wie eine Kindheitsliebe Bestand haben kann.« Sie lächelte unergründlich.

»Und, was glaubt Ihr?« Ottos Stimme klang rau.

»Ich weiß nicht, ob ich Euch noch liebe«, sagte sie herausfordernd und trat nahe an ihn heran. »Aber ich weiß, dass ich Euch begehre. Mehr als jemals einen anderen Mann zuvor.«

Als Otto schwieg, schob Willa das Kinn vor. »Ich will damit sagen, dass Ihr mich haben könnt, wenn Ihr wollt. Allerdings mache ich Euch dieses Angebot nur ein einziges Mal.«

Ehe Otto etwas erwidern konnte, hörten sie Frauenstimmen und stoben auseinander. Keinen Augenblick zu früh, denn gleich darauf trat Adelheid mit einigen ihrer Hofdamen zwischen den Olivenbäumen hervor. Die Kaiserin blickte überrascht zwischen ihrem Sohn und der jungen Frau hin und her. »Nun, Willa, ich habe mich schon gewundert, wo Ihr mit meinem Stickkorb bleibt«, bemerkte sie endlich.

»Verzeiht«, Willa verneigte sich, »ich war Eurem Sohn so lange nicht mehr begegnet. Ich musste ihn einfach begrüßen. Dann kam eines zum anderen, und wir haben Kindheitserinnerungen ausgetauscht.«

»Reizend.« Adelheid hob die Augenbrauen und wandte sich dann an Otto. »Wie schön, dich hier anzutreffen.«

Otto rang sich ein Lächeln ab. »Mutter, ich dachte einfach,

dass wir beide so viel nachzuholen hätten. Schließlich haben wir uns neun Jahre nicht mehr gesehen.«

»Waren es tatsächlich neun Jahre?«, sagte Adelheid leichthin und bedeutete Otto, sich neben sie zu setzen. Während ihre Hofdamen sich entfernten, sah die Kaiserin Willa versonnen nach. Die Verlegenheit der jungen Frau war ihr nicht entgangen.

*

In der kommenden Nacht schlüpfte Otto hinter einer Dienerin durch eine Seitentür in den Palast seiner Mutter. Während er seiner Führerin durch lange, dunkle Flure folgte, suchte ihn unwillkürlich die Erinnerung heim, wie er sich mit Theophanu in der Nacht vor der Hochzeit zu seinem Zimmer geschlichen hatte. Es berührte ihn eigentümlich, wie verliebt er damals gewesen war. Für einige Momente sehnte er sich danach, wieder der Mann zu sein, der er einmal gewesen war: jung, leidenschaftlich und voller Begeisterung. Und nicht erfüllt von diesem ständigen Überdruss.

Diese Gedanken verschwanden jedoch sofort, als die Dienerin vor einer Tür Halt machte und sie einen Spalt breit öffnete. Otto zog die Tür vollends auf. Der dahinter liegende Raum war nicht erleuchtet, doch durch eine weitere Türöffnung fiel Kerzenschein. Er folgte dem Licht. Auf der Schwelle des angrenzenden Zimmers blieb er abrupt stehen und keuchte auf.

Willa lag nackt auf einem breiten Bett. Kerzenlicht umfloss die Rundungen ihres Körpers und ließ ihr hüftlanges blondes Haar wie eine goldene Aureole erglänzen. Sie sah ihm abwartend und mit leicht geöffneten Lippen entgegen.

»Nun, Hoheit, habt Ihr es Euch doch anders überlegt?« Ihre Stimme war nur ein Flüstern, hatte aber wieder jenen spöttischen Beiklang, der Otto bereits am Nachmittag so zugesetzt hatte. Sie richtete sich auf, stützte sich nach hinten auf die Ellbogen und schüttelte ihr Haar mit einer aufreizenden Geste aus dem Gesicht. Zwischen ihren gespreizten Beinen bildete das blonde Schamhaar ein hell schimmerndes Dreieck.

Im nächsten Augenblick war Otto bei ihr. Er warf sich auf sie und zerrte sich die Kleider vom Leib. Während er mit einem Stöhnen, das mehr einem Schluchzen glich, in sie eindrang, fühlte er sich zum ersten Mal seit langem wieder lebendig.

*

»Es ist gut, du kannst gehen.« Adelheid nickte der Dienerin zu. Danach trat sie an den Tisch, auf dem sich ihre Handarbeit befand – eine Kappe aus roter Seide für ihren Enkel, die sie mit goldenen Blättern bestickte. Sie nahm die Stickerei kurz in die Hand, nur um sie gleich darauf wieder wegzulegen. Nachdenklich begann sie, in dem großen, hellen Gemach auf und ab zu gehen. Ihr Instinkt hatte sie also doch nicht getrogen, als sie Willa und ihrem Sohn am Vortag im Garten begegnet war. Die beiden waren füreinander entflammt, und zwar lichterloh. Eben hatte ihre Dienerin berichtet, dass sich Otto noch in derselben Nacht zu der Hofdame geschlichen hatte. Also hatte sie schließlich doch noch bekommen, was sie schon als kleines Mädchen unter allen Umständen gewollt hatte.

Adelheid war auch damals nicht entgangen, wie Willa ihren Sohn angebetet hatte. Nicht, dass sie es gutgeheißen hätte, wenn Otto die Schwärmerei des Mädchens erwidert hätte. Gott behüte! Ein Kaisersohn und eine Grafentochter. Sie war froh gewesen, dass ihr Sohn überhaupt nicht bemerkt hatte, wie das Kind im Laufe der Jahre immer mehr aufgeblüht und schließlich zu einer Schönheit geworden war.

Aber nun … Ein bitteres Lächeln spielte um Adelheids Mund. Sie musste Willa dankbar sein, denn sie hatte ihr einen großen Gefallen erwiesen. Endlich besaß sie eine Waffe, mit der sie Theophanu wirklich treffen konnte.

*

Theophanu war eben erst von ihrem Ausritt zurückgekehrt, als sie bereits zu ihrer Schwiegermutter gerufen wurde. Lustlos folgte sie dem Diener zu der Wiese, auf der ihr Sohn, Adelheid und Ada unter einer Gruppe von Steineichen lagerten. Ada besserte ein Wäschestück aus, und Adelheid spielte fröhlich mit ihrem Enkel. Sie rollte einen Lederball auf den Kleinen zu, den Otto quietschend aufhob und ihn dann mit seiner ganzen Kraft zu seiner Großmutter zurückwarf. Adelheid gab vor, nach dem Spielzeug zu springen, doch der Ball segelte mehrere Ellen an ihren ausgestreckten Händen vorbei, woraufhin Otto in ein stolzes Lachen ausbrach.

»Du bist einfach zu gut für mich!« Adelheid umarmte den Kleinen und zog ihn an sich.

Wieder fiel Theophanu auf, dass ihr sonst so strenges Antlitz völlig gelöst war.

Wie viel einfacher meine ersten Ehejahre doch verlaufen wären, wenn ich eine ähnliche Wirkung auf meine Schwiegermutter gehabt hätte wie mein Sohn, dachte sie sarkastisch, während sie rasch auf die kleine Gruppe zuging. Sie wollte das Gespräch möglichst schnell hinter sich bringen.

»Mutter ...« Sie verbeugte sich höflich. »Ich hoffe, Ihr habt nicht zu lange auf mich warten müssen.«

»Ich habe mich gut mit meinem Enkel unterhalten«, antwortete Adelheid steif.

»Das freut mich.« Theophanu winkte Ada herbei, damit sie das Kind ablenkte. Danach gingen Adelheid und sie schweigend nebeneinander über den Rasen und um die Steineichen herum. Auf einer Grasbank außer Sichtweite Ottos setzten sie sich. Durch die Bäume war das Kichern des Jungen zu hören.

»Meine Liebe, ich bin mir darüber im Klaren, dass jede Ehe ihre schwierigen Zeiten hat«, begann Adelheid teilnahmsvoll.

»Das mag sein«, erwiderte Theophanu ausweichend. Hatte ihre Schwiegermutter durch den Tratsch der Dienerschaft erfahren, dass es zwischen Otto und ihr zurzeit alles andere als gut stand, und war sie gekommen, um sich an ihrem Unglück zu weiden? Nein, schwor sich Theophanu, ich werde mir gegenüber Adelheid nicht anmerken lassen, was ich fühle.

»Männer sind nun einmal anders als wir Frauen. Triebgesteuerter«, redete Adelheid weiter und seufzte.

»Ach ja ...?« Theophanu bemühte sich, ihre Stimme gelangweilt klingen zu lassen. Doch ein Verdacht glomm in ihr auf.

»Bei Gott, ich weiß, wovon ich rede«, fuhr ihre Schwiegermutter bedeutungsvoll fort und beugte sich näher zu ihr. »Schließlich nahm es mein Gatte mit der Treue auch nicht immer so genau.«

»Tatsächlich?«, brachte Theophanu hervor. Ihr Mund war wie ausgedörrt.

»Es tut mir leid.« Adelheid ergriff Theophanus Hand. »Aber eine Dienerin hat Otto heute Morgen aus den Räumen einer meiner Hofdamen kommen sehen.« Sie machte eine kleine Pause und fügte dann viel sagend hinzu: »Natürlich werde ich Willa nicht länger unter meinem Gefolge dulden.«

Das ist nicht wahr! Ihr lügt!, wollte Theophanu aufschreien. Aber tief in ihrem Innern ahnte sie, dass Adelheid wahrscheinlich die Wahrheit sprach. Was sollte Otto davon abhalten, sie zu betrügen? Zwischen ihnen herrschte schon lange keine Leidenschaft mehr.

Hastig schaute Theophanu zu Boden, denn sie wollte vermeiden, dass Adelheid in ihrer Miene las. Das Rotbraun eines Ahornblatts verschwamm mit dem gelblichen Grün der Grashalme.

Als Theophanu aufblickte, hatte sie sich wieder in der Gewalt. Sie zuckte mit den Schultern und sagte gleichmütig: »Otto und ich haben uns im Lauf der Jahre auseinandergelebt. Mir ist es, ehrlich gesagt, völlig gleichgültig, was er tut und mit wem er es treibt, Mutter.«

Von der anderen Seite der Steineichen erklang jetzt lautes Weinen. »Wenn Ihr mich bitte entschuldigen würdet.« Froh darüber, ihrer Schwiegermutter entkommen zu können, sprang Theophanu auf und rannte zu ihrem Sohn.

Das Kind war auf einen spitzen Stein gefallen und hatte sich das Knie aufgeschlagen. Den Kleinen gemeinsam mit Ada zu trösten, ihn in den Palast zu bringen und die Wunde zu versorgen lenkte Theophanu erst einmal ab. Doch als der Junge schließlich auf dem Schoß seiner Amme saß und zufrieden an einem Honigkuchen lutschte, überfielen Adelheids Worte sie wieder mit aller Macht.

Um ihre Emotionen vor dem Kind und Ada zu verbergen, zog Theophanu sich in eine Zimmerecke zurück und begann Spielzeug, das dort auf dem Steinboden verstreut war, in eine Kiste zu räumen. Es überraschte sie selbst, wie sehr sie Ottos Treuebruch verletzte. Sie hatte angenommen, dass er sie betrog, seit es mit ihrer Ehe nicht mehr zum Besten stand. Aber etwas Derartiges zu vermuten war eine Sache. Den Verdacht bestätigt zu bekommen eine ganz andere.

Selbst in letzter Zeit hatten Otto und sie ab und zu miteinander geschlafen. Und es gelang ihnen immer noch, sich gegenseitig zu befriedigen. Obwohl der Akt selbst eine weitgehend mechanische Angelegenheit zwischen ihnen geworden war, ohne Leidenschaft und Freude. Genau diese leidenschaftliche Lust findet er nun bei einer anderen Frau, flüsterte Theophanu eine quälende innere Stimme zu. Und wenn deine Schwiegermutter dich angelogen hat?, fragte eine andere. Was wäre, wenn Otto dich gar nicht mit dieser Willa betrügt?

»Mutter!« Die Stimme ihres Sohnes schreckte sie auf. Er deutete auf das Spielzeug in ihrer Hand, doch Theophanu hatte keine Kraft, mit dem Kind zu scherzen.

Sie musste mit Otto reden und die Wahrheit herausfinden. »Ich bin gleich wieder bei dir«, sagte sie zerstreut, reichte dem Kind den Ball, den sie gerade hatte aufräumen wollen, und küsste ihren Sohn zärtlich auf die Wange. Dann eilte sie aus dem Raum, ohne den lautstarken Protest des Kleinen weiter zu beachten.

Theophanu fand Otto in dem Zimmer, in dem sie ihn zuletzt mit Dietrich von Metz angetroffen hatte. Nun hielt sich ein junger sächsischer Schreiber bei ihm auf, dem ihr Gatte einen Brief diktierte. »Ordnen wir an, dass eine Anzahl von Bewaffneten ...« Otto brach ab, als er Theophanus gewahr wurde. Bitter stellte sie fest, dass seine Gesichtshaut unter der Bräune blass wirkte. Wie immer, wenn er übernächtigt war.

»Lass uns allein!«, herrschte sie den Schreiber an.

»Was fällt dir ein! Ich habe zu tun.« Unwillig fuhr Otto sie an. Doch er wich ihrem Blick aus, und seine Stimme klang halbherzig. Unsicher schaute der junge stupsnasige Mann von seinem Herrn zu Theophanu.

»Hinaus! Sofort«, befahl sie nachdrücklich. Der Angesprochene blickte noch einmal zu Otto, doch als dieser keine Anstalten mehr machte, ihn zurückzuhalten, legte er rasch Griffel und Wachstafel auf dem Tisch ab und hastete aus dem Raum.

»Und, was hat dieser dramatische Auftritt zu bedeuten?« Wie vor zwei Tagen lehnte sich Otto gegen die Tischkante und verschränkte die Arme vor der Brust. »Sind Heinrich oder der Herzog von Schwaben wieder zu dir gerannt und haben dir von irgendwelchen Feldzügen berichtet, die ich zu unternehmen gedenke?«

Theophanu sah ihm in die Augen. »Deine Mutter hat mich aufgesucht. Sie hat behauptet, du hättest mit einer ihrer Hofdamen geschlafen. Ich will wissen, ob sie mich angelogen hat oder nicht.« Ihre Stimme klang hart und kalt. Doch ihr war übel, und ihr Herz klopfte zum Zerspringen.

Otto drehte den Kopf weg und betrachtete die Wachstafel, auf der sich die eingeritzten Worte gelb von dem dunklen Untergrund abhoben. Schließlich nickte er. »Ja, es stimmt. Ich habe mit Willa geschlafen.«

Bis zu diesem Moment hatte ein Teil von Theophanu immer noch gehofft, dass Adelheid sie belogen hatte. »Hast du vergessen, dass du mir die Treue geschworen hast? Oder zählen Schwüre plötzlich nicht mehr für dich?« Es kam ihr vor, als ob eine andere Person und nicht sie selbst redete. Sie empfand weder Schmerz noch Wut, sondern nur eine grenzenlose Leere.

»Bei Gott, tu doch nicht so gutgläubig.« Otto verzog sarkastisch den Mund. »Du weißt ebenso gut wie ich, dass für uns Männer andere Regeln gelten als für euch Frauen.«

Theophanu lachte rau. »Tatsächlich? Das war mir nicht bekannt. Und wenn du schon Gott, den Herrn, bemühen musst … Vor Ihm ist Ehebruch immer noch eine Sünde. Und es ist Ihm gleichgültig, wer ihn begeht, der Mann oder die Frau.« Theophanus Erstarrung fiel allmählich von ihr ab. Stattdessen glomm Wut in ihr auf.

»Und wenn schon? Wozu gibt es die Beichte? Eine reiche Stiftung hilft auch, die Dinge wieder gerade zu rücken.« Otto zuckte die Schultern. »Ich nehme mir die Frau, die ich will. Das ist zurzeit nun einmal Willa – und nicht du.«

Theophanu starrte Otto an. Er stand völlig ungerührt vor

ihr, den Kopf herausfordernd in den Nacken geworfen. Das war der Mann, den sie einmal geliebt und dem sie bedingungslos vertraut hatte.

»Du selbstgerechtes, heuchlerisches Schwein.« Die Worte kamen ruhig und beherrscht aus ihrem Mund. Sie trat einen Schritt auf ihn zu. »Früher hättest du für eine Sünde wenigstens geradegestanden, anstatt zu einem Priester zu rennen oder dich einfach klammheimlich loszukaufen.« Mit aller Kraft, deren sie fähig war, schlug sie ihm ins Gesicht.

# 5.

Theophanu schritt durch das Halbdunkel der Kirche Santa Constanza. Das kreisrunde Gotteshaus vor den Toren Roms war der Tochter Kaiser Konstantins geweiht, einer Frau, die aus Byzanz stammte und der sich Theophanu deshalb nahe fühlte. Vor einem Seitenaltar, über dem sich ein Mosaik der Heiligen Jungfrau befand, kniete sie nieder.

Langsam hob sie den Blick und betrachtete das Gesicht der Gottesmutter. Im Schein der Kerzen wirkte es alterslos schön und gelassen, beinahe heiter. Ihre eigene Stimmung war eine ganz andere: Noch nie hatte sie sich so traurig und mutlos gefühlt wie in den letzten Wochen. Vor ungefähr einem Monat war Otto mit seinem Heer vor Rom angelangt und hatte einen ersten Erfolg errungen: Angesichts der überwältigenden Zahl der Bewaffneten hatte sich die aufrührerische Adelspartei untereinander zerstritten. Schließlich setzten sich die gemäßigteren der Männer durch und ließen für Otto die Tore der Stadt öffnen. Diejenigen, die nicht bereit waren, Frieden mit dem Kaiser zu schließen, flohen.

In einer feierlichen Prozession geleitete Otto dann Papst Benedikt durch die Stadt und setzte ihn im Petersdom wieder in seine Rechte ein. Ein prunkvoller Dankgottesdienst schloss die Zeremonie ab.

Der rasche Erfolg hatte Otto darin bestärkt, den beschrittenen Kurs fortzusetzen und es mit den Arabern und Byzanz gleichzeitig aufzunehmen. Woche für Woche trafen neue Scharen Bewaffneter aus dem Norden vor der Stadt ein und vereinigten sich mit Ottos Heer.

»Heilige Mutter Gottes …« Während Theophanu in die Kerzenflammen schaute und versuchte, ein wenig innere Ruhe und Frieden zu finden, durchlebte sie noch einmal die letzte Auseinandersetzung mit Otto.

Nachdem sie ihn ins Gesicht geschlagen hatte, waren sie beide wie erstarrt gewesen. Aus dem Gesicht ihres Gatten war alle Farbe gewichen. Dann hatte Otto die Hände zu Fäusten geballt. Theophanu erinnerte sich, dass sie damit gerechnet hatte, dass er sich auf sie stürzen würde – und dass sie sich das beinahe gewünscht hatte. So zornig, wie sie war, hätte sie ihm mit Freuden das Antlitz zerkratzt, hätte auf ihn eingeschlagen und nach ihm getreten. Aber er hatte sich nur wortlos abgewandt und den Raum verlassen.

Erst nach einer ganzen Weile war es ihr gelungen, zu Ada und ihrem Sohn zurückzukehren und vorzugeben, es sei nichts geschehen, doch innerlich hatte sie sich wie tot gefühlt.

Seit dem Streit gingen Otto und sie sich noch mehr aus dem Weg als zuvor. Was ihnen während der Reise nach Rom auch nicht schwergefallen war. So ritt jeder von ihnen in einem anderen Teil des Trosses und lebte in seinen eigenen Zelten. Als sich die Lage in Rom beruhigt hatte, veranstaltete ihr Gatte große Gastmähler. Doch Theophanu fand immer einen Vorwand, um sich zu entschuldigen. Meist ließ sie ausrichten, dass sie krank sei. Nur einem einzigen Gastmahl – demjenigen, das sich an den Festgottesdienst in der Peterskirche anschloss – hatte sie nicht fernbleiben können. Es hatte sie ihre gesamte Selbstbeherrschung gekostet, neben Otto an der Tafel zu sitzen und den Schein zu wahren.

Theophanu fröstelte. Wenigstens ist Otto so rücksichtsvoll gewesen, Willa an jenem Abend nicht einzuladen, dachte sie bitter, während sie vergebens versuchte, sich in das gelassene Antlitz der Gottesmutter zu versenken. Dank dem Tratsch der Dienerschaft wusste sie, dass sich die Geliebte ihres Mannes ansonsten häufig unter den Gästen befand. Und dass Otto sie auf dem Aventin untergebracht hatte, im Palast eines der geflohenen Adeligen.

Bitte, sag mir, wie es mit mir weitergehen soll, betete Theophanu verzweifelt, während ihr Blick weiterhin auf dem Bild der Madonna ruhte. Ich halte es nicht aus, neben Otto her zu leben und so zu tun, als sei nichts geschehen.

Doch Theophanu empfing keinen Trost.

Plötzlich wünschte sie sich, dass sie der Weissagung der Seherin nicht gefolgt wäre. Vielleicht wäre es besser gewesen, jenen gewaltsamen Tod zu sterben, von dem die Alte gesprochen hat, anstatt nur noch dahinzuvegetieren, schoss es ihr durch den Kopf. Gleich darauf erschrak sie über sich selbst. Was sie da gerade gedacht hatte, war eine Todsünde.

Theophanu versuchte noch einmal erfolglos zu beten, doch Schritte, die sich dem Seitenaltar näherten, lenkten sie ab. Ein hoch gewachsener Mönch, der eine Kapuze über den Kopf gezogen hatte, trat vor das Mosaik und steckte frische Wachskerzen auf die eisernen Halterungen. Danach kniete er sich neben Theophanu und faltete die Hände ebenfalls zum Gebet.

»Ihr seid noch schöner geworden, als Ihr es bei unserer ersten Begegnung wart.« Geflüsterte Worte, von einer Männerstimme auf Griechisch gesprochen, die weich wie Samt und unergründlich wie ein tiefes Gewässer war. Theophanu fühlte, wie ihr ein Schauder über den Rücken jagte. Sie kannte diese Stimme von irgendwoher und konnte sie doch nicht zuordnen. Verstohlen blickte sie sich um. Nein, nur Imiza, der Mönch und sie selbst befanden sich in der Kirche.

Gerade, als Theophanu schon dachte, sie hätte sich die Worte nur eingebildet, wandte ihr der Mönch seinen Kopf zu, und der Schein der Kerzen fiel auf sein Antlitz. Es besaß das Ebenmaß einer griechischen Ikone und die Sinnlichkeit eines heidnischen Gottes. Nun erkannte sie, wer sich in Wahrheit hinter dem Mönch verbarg: Neben ihr kniete Crescentius, der Adelige aus uraltem römischen Geschlecht, der ihr in der Nacht vor ihrer Hochzeit auf die Aussichtsterrasse im Garten der Kaiserpfalz gefolgt war. Wie damals beunruhigte und verwirrte er sie zutiefst. Als würde er ihre Gefühle erahnen, lächelte er sie an. »Ich bitte Euch um die Gunst eines Gesprächs. Ihr findet mich draußen im Garten vor der Kirche, bei der Statue des heiligen Stephanus.«

*

Ich bin verrückt! Was tue ich eigentlich?, dachte Theophanu, als sie Imiza im Garten der Kirche bedeutete, zurückzubleiben.

Crescentius erwartete sie bereits auf einer sonnigen Bank vor der Heiligenstatue. Er hatte die Kapuze weit ins Gesicht gezogen und die Hände fromm gefaltet. Perfekt ausgearbeitet, wie der muskulöse Körper des Heiligen war, war die Statue eindeutig heidnischen Ursprungs und erst später zu einem christlichen Heiligen umgedeutet worden. Eine Tatsache, die, wie Theophanu vermutete, Crescentius sehr wohl bekannt war und die ihn amüsierte. In einigem Abstand ließ sie sich neben ihm nieder.

»Ich habe gewusst, dass Ihr kommen würdet.« Wieder jagte ihr seine Stimme einen Schauder über den Rücken.

»Ihr seid sehr von Euch eingenommen.«

Crescentius lachte leise. »Oh, ich bin darüber im Bilde, dass es zwischen Euch und Eurem Gatten nicht zum Besten steht.«

»Wie könnt Ihr es wagen!«

»Ich bitte Euch, lauft nicht davon.« Erneut lachte er leise und entwaffnete sie mit seiner Heiterkeit. »Es hat mich einige Mühen gekostet, Diener an Eurem Hof zu bestechen, und weitere Mühen, Euch bis hierher verfolgen zu lassen.«

»Es gibt Gerüchte, dass Ihr der Drahtzieher hinter dem Aufstand wart.« Theophanu hatte nicht vor, mit sich spielen zu lassen. Sie sah Crescentius prüfend an. Seine Augen waren unter den Schatten der Kapuze verborgen.

»Tatsächlich? Es gibt Gerede?« Er vollführte eine wegwerfende Handbewegung. Dabei rutschte der Ärmel seiner Kutte zurück und gab seinen schlanken, sehnigen Unterarm frei. »Mich interessiert der Papst ebenso wenig wie der Kaiser. Wenn Ihr mir diese Bemerkung gestattet.«

»Bei unserer letzten Begegnung habt Ihr mir von der vergangenen Größe des Römischen Weltreichs vorgeschwärmt.«

»Ihr habt also unser nächtliches Gespräch nicht vergessen.« Ein Lächeln schwang in seiner Stimme mit, und Theophanu konnte sich des Gefühls nicht erwehren, ihm in die Falle gegangen zu sein. Doch sie hatte keine Zeit, sich zu ärgern, denn er fuhr gleichmütig fort: »Gelegentlich bin ich ein Anhänger der stoischen Philosophie. Ich habe mich damit abgefunden, dass es mit der Größe Roms vorbei ist. Wichtiger als alle vergangene Herrlichkeit ist mir, dass ich Euch wiedersehe.« Nach einer kurzen Pause stellte er beinahe beiläufig fest: »Ich sage es noch einmal: Ihr seid schöner als je zuvor.«

Noch immer waren seine Augen von der Kapuze überschattet. Doch Theophanu war überzeugt, dass er sie mit seinem Blick abtastete und langsam entkleidete. Ihre Haut begann zu glühen, und ihr Atem ging rascher. Sie wusste, dass sie nur aufzustehen und zu gehen brauchte. Aber sie wollte es nicht.

»Als Anhänger der Stoa dürfte Euch Schönheit nicht berühren«, murmelte sie matt.

»Die meiste Zeit bin ich ein Anhänger des Dionysos.« Als

Crescentius weiterredete, war seine Stimme weich und zart wie ein Streicheln. »Ich hatte übrigens recht: Der sächsische Barbar ist nicht gut genug für Euch. Ihr seid nicht glücklich mit ihm geworden.«

»Das ist nicht wahr!«, protestierte Theophanu verzweifelt.

»Vergesst nicht: Ich habe Diener an Eurem Hof bestochen. Ich weiß, dass Euer Gatte eine Geliebte hat. Und ich weiß ebenfalls, dass Ihr seit über zwei Monaten nicht mehr das Bett geteilt habt.«

Das war zu viel! Doch ehe Theophanu aufspringen konnte, legte ihr Crescentius seine Hand auf den Arm. Die Berührung ließ sie zittern. »Ich erwarte Euch in meinem Landhaus in den Albaner Bergen. Ich garantiere Euch: Ich werde Eure Schönheit und Euren Geist wahrhaft zu würdigen wissen.«

»Ich werde nicht kommen.« Theophanu bemühte sich, fest zu klingen.

Crescentius schenkte ihr ein gelassenes Lächeln. »Ich werde auf Euch warten.«

Ein Benediktiner kam in den Garten und schaute neugierig zu ihnen hinüber. Crescentius erhob sich geschmeidig und nickte dem Mönch würdevoll zu, ehe er gemessenen Schrittes davonging.

Eine Marmortreppe zog sich den Hang hinauf. Die niedrige Einfassungsmauer schmückten antike Statuen. Die tief stehende Wintersonne überzog die steinernen Bildnisse mit einem goldgelben Schimmer, ebenso wie die Villa in klassischem, römischem Stil am Ende der Stufen.

»Hoheit, verzeiht. Es ist Eure Sache. Aber ich an Eurer Stelle würde es nicht tun«, warnte Imiza ihre Herrin.

Theophanu wandte sich zu ihr um. »Du hast recht, es geht dich nichts an«, bemerkte sie kühl. Ihr Entschluss, Crescentius aufzusuchen, war gefallen. Sie würde sich davon nicht mehr abbringen lassen.

Ohne sich darum zu kümmern, ob Imiza ihr folgte, ging sie die Treppe hinauf. Der Hang war felsig und mit Zypressen, Wacholder- und Ginsterbüschen bewachsen. Auf den ersten Blick wirkten sie wie natürlicher Bewuchs. Doch als Theophanu höher kam, bemerkte sie, dass Bäume und Sträucher so harmonisch angeordnet waren, dass sie das Werk eines raffinierten Gärtners sein mussten.

Ehe Theophanu das Portal erreicht hatte, schwangen die beiden mächtigen, mit Kupfer beschlagenen Flügel schon auf. Ein Diener trat auf sie zu und verbeugte sich tief. »Hoheit, mein Herr erwartet Euch.« Sie hatte Crescentius nicht mitgeteilt, dass sie zu kommen beabsichtigte. Wahrscheinlich war ihr einer seiner Spitzel vorausgeeilt.

Hinter dem Portal befand sich ein Atrium, wie es Theophanu von Landhäusern aus ihrer Heimat kannte. Angenehm überrascht blickte sie sich um. Ein eleganter Delfin aus schwarzem Marmor sprühte eine Fontäne in ein quadratisches Becken. Ein zweiter Diener erschien, verbeugte sich ebenfalls tief vor Theophanu und bedeutete Imiza, ihn zu begleiten, und nachdem sie ihrer Herrin einen besorgten und vorwurfsvollen Blick zugeworfen hatte, folgte sie ihm.

»Hoheit«, der Bedienstete, der Theophanu zuerst begrüßt hatte, wies auf eine hohe Kassettentür, die sich dem Portal gegenüber auf der anderen Seite des Wasserbeckens befand.

»Wenn Ihr Euch bitte einen Augenblick gedulden würdet«, murmelte er, als sie den angrenzenden Raum betreten hatten. »Mein Herr wird sofort bei Euch sein.«

Gemälde, die Szenen aus der antiken Mythologie zeigten, schmückten die Wände. Den Boden bedeckte ein kostbares Pflanzenmosaik. Auf einem Tisch aus schwarzglänzendem Holz standen dünnwandige, gläserne Karaffen und Becher, und auf goldenen und silbernen Platten waren Granatäpfel,

Nüsse und Birnen sowie diverse kleine Kuchen angerichtet. Aus den hohen Fenstern konnte Theophanu direkt auf die Hügel Roms blicken. Eine Wand des Raums wurde fast vollständig von einer Reihe hoher Fenster eingenommen. Tief im Westen, von den orangeroten Strahlen der Abendsonne übergossen, glitzerte das Meer.

»Ein grandioser Ausblick, nicht wahr?« Ohne dass Theophanu seine Schritte wahrgenommen hatte, war Crescentius hinter sie getreten. Erschrocken fuhr sie zu ihm herum. Er trug ein weinrotes Samtgewand und als einzigen Schmuck einen breiten goldenen Armreif. Seine dunklen, fast schwarzen Augen ruhten unergründlich auf ihrem Antlitz.

»Wegen dieser Aussicht hat einer meiner Ahnen das Anwesen an genau dieser Stelle errichten lassen. Wofür ich ihm sehr dankbar bin«, sagte er und lächelte.

Ich hätte nicht herkommen sollen, schoss es Theophanu durch den Kopf. Gleichzeitig brannte ihr Körper vor Begierde nach diesem Mann.

»Kommt mit. Ich möchte Euch etwas zeigen, das ich ebenso sehr liebe wie diesen Ausblick.« Crescentius griff nach ihrer Hand und führte sie in ein halbrundes Nebenzimmer, dessen Fenster mit Läden verschlossen waren. Darunter war ein breiter Diwan eingepasst, auf dem seidene Kissen und Decken lagen. In der Mitte des Raums, beschienen vom Licht einer vielarmigen, vergoldeten Deckenlampe, stand die antike Marmorstatue einer Frau. Ihr Antlitz war klassisch schön. Langes Haar floss ihr den Rücken hinab. Sie war nackt bis auf ein Tuch, das sie nachlässig um ihre Hüften geschlungen hatte und das ihre Blöße mehr betonte als verdeckte. Die Brüste waren klein und schön geformt, ihr Körperbau grazil. Der Schein der Lampe spielte über die Statue und verlieh der marmornen Haut einen warmen, lebendigen Ton.

»Sie ist schön wie Ihr.« Crescentius fuhr mit einem Finger leicht über Brüste und Bauch der Statue und ließ ihn dann hinab zur Scham wandern. Theophanu erschien es, als ob er sie selbst berührte. Sie stöhnte auf. Sofort war er bei ihr. »Steht einfach nur still.« Auch seine leise Stimme war wie eine Liebkosung.

Sanft nahm er ihr den Schleier ab, löste die Nadeln aus ihrem hochgesteckten Haar und die beiden schweren goldenen Broschen, die ihr Gewand an der Schulter zusammenhielten. Danach half er ihr aus dem Hemd und ihrem Brustband. Seine ruhigen, geschickten Bewegungen entfachten ihre Begierde immer mehr. Als Theophanu nackt vor ihm stand, hob er sie hoch und trug sie zum Diwan.

*

Theophanu dirigierte Myra zwischen zwei Trittsteinen hindurch, die in das Straßenpflaster eingelassen waren. Vor ihr, auf einem kleinen kastanienbraunen Pony, ritt ihr Sohn. Der alte Pferdeknecht Rainald, der bereits ihrem Gatten das Reiten beigebracht hatte, hielt das Tier am Halfter. Für richtigen Reitunterricht war Otto noch zu klein. Aber er liebte sein Pony heiß und innig und stimmte meist ein Protestgebrüll an, wenn er absteigen sollte.

»Euer Sohn hat einen ausgezeichneten Sitz.« Rainald wandte sich zu ihr um. »Genau wie sein Vater damals. Aus ihm wird bestimmt einmal ein ebenso guter Reiter werden.«

»Wenn du das sagst.« Theophanu rang sich ein Lächeln ab. Otto saß tatsächlich ausnehmend aufrecht und passte sich instinktiv den Bewegungen des Tiers an. Aber sie wollte nicht an ihren Gatten denken. Wann immer es ihr möglich war, verließ sie die Pfalz. Zu glückliche Erinnerungen verbanden sich mit diesem Ort.

Die Straße weitete sich nun zu einem kleinen Platz. Vor einigen der niedrigen Häuser hatten Händler ihre Waren auf Tischen ausgebreitet. Während sie langsam daran vorbeiritten, entdeckte Theophanu auf einer der Auslagen zwischen Stoffen und Töpferwaren ein paar schön geschnitzte Spielzeugtiere. Sie brachte Myra zum Stehen und wählte einen Löwen, einen Bären sowie einen Elefanten aus. Nachdem Imiza auf ihr Geheiß die Tiere bezahlt und an sich genommen hatte, ritten sie weiter.

Zwei Tage waren vergangen, seit Theophanu Crescentius in seinem Landhaus aufgesucht hatte. Seither verhielt sich Imiza ihr gegenüber pflichtbewusst wie immer. Aber zum ersten Mal in all den Jahren stand etwas zwischen ihnen – Theophanu spürte, dass Imiza ihr Verhalten zutiefst missbilligte.

Und wenn schon, dachte Theophanu zornig. Crescentius mochte ein undurchschaubarer, ja zwielichtiger Mann sein. Doch allein die Erinnerung an ihr Beisammensein erregte sie zutiefst. Nachdem er sie zu dem Diwan getragen hatte, hatte er ihr befohlen, still zu liegen und ihn nicht zu berühren. Dann hatte er seinerseits begonnen, sie mit großer Kunstfertigkeit zu ertasten. Mit Fingern, Lippen und Zunge hatte Crescentius ihren Körper nicht einfach nur gestreichelt und liebkost, nein, er hatte ihre Lust langsam und kundig immer weiter zu einer wonnevollen Qual entfacht.

Erst als sie gefleht hatte, dass sie es keinen Augenblick länger aushalten könne und vor Begierde schier wahnsinnig werde, hatte er sie genommen.

Niemals zuvor hatte Theophanu einen Beischlaf derart intensiv erlebt. Aber mit Crescentius zu schlafen hatte sie – anders als früher, wenn Otto das Lager mit ihr geteilt hatte – nicht glücklich gemacht. Ein schaler Beigeschmack war geblieben, als ob sie einen besonders kostbaren Wein genossen hätte und am nächsten Morgen mit schwerem Kopf erwacht wäre. Dennoch wusste Theophanu, dass sie Crescentius an ihren nächsten unfruchtbaren Tagen wieder aufsuchen würde.

Mittlerweile hatten sie die dichte Bebauung der inneren Stadt hinter sich gelassen, und die Häuser waren nun von Gärten und Wiesen umgeben. Einige Reiter und Karren, die hoch mit Säcken, Fässern und Holz beladen waren, zogen an ihnen vorbei. Wieder einmal warf Theophanu einen besorgten Blick auf ihren Sohn. Doch das Pony schritt gemächlich am Halfter vor sich hin und ließ sich durch nichts aus der Ruhe bringen.

Hinter dem letzten Karren entstand jetzt eine Lücke, als ein einzelner Reiter sich ihnen näherte. Als er auf einer Höhe mit ihnen war, neigte er ehrerbietig den Kopf. Theophanu erwiderte den Gruß, stutzte dann jedoch. Nun erst erkannte sie den Mann.

»Der Händler aus Mainz!«, rief sie erstaunt und erfreut. »Ich hatte nicht damit gerechnet, Euch jemals wieder zu treffen.«

»Hoffentlich ist das keine unangenehme Überraschung.« Um seinen Mund zuckte es.

»Ganz im Gegenteil.« Theophanu lächelte und deutete auf die Wiese am Straßenrand, auf der die Reste eines antiken Tempels standen. Vor der teilweise eingestürzten Fassade lag eine Säule im Gras. »Würdet Ihr mir Gesellschaft leisten?«

»Sehr gern.«

»Ich weiß noch immer nicht Euren Namen.«

»Ich heiße Isai.« Der Händler verbeugte sich erneut.

Theophanu lenkte Myra in die Wiese. Nachdem sie Isai noch einmal ausdrücklich dazu aufgefordert hatte, setzte er sich neben sie auf die Säule. Währenddessen versuchte Rainald, Otto aus dem Sattel zu heben. Doch wie nicht anders zu erwarten, brach das Kind in lautes Protestgeschrei aus und durfte sitzen bleiben. Rainald führte das Pony gleichmütig am Halfter zwischen den Bruchstücken des Tempels herum, und Imiza leistete ihm und dem Kind Gesellschaft.

»Wie kommt es, dass Ihr Euch so weit im Süden aufhaltet?« Theophanu war durch ihren Sohn abgelenkt gewesen, doch nun wandte sie sich wieder dem Händler zu.

»Ihr wisst ja, dass ich Kaufmann bin«, entgegnete Isai. »Mein Bruder und ich haben Euren Tross von Pavia bis nach Rom begleitet. Wir versorgen die Bediensteten und die Soldaten, die dem Heerbann Eures Gatten folgen, mit Waren aus dem Norden – mit Bier, Wollstoffen, Fellen oder auch Leder. Auf dem Rückweg transportieren unsere Knechte Dinge aus dem Süden über die Alpen. Gewürze, Wein, Öle und kostbare Seide sind besonders begehrt. Der Tross eines Herrschers – vor allem natürlich der eines Kaisers – ist immer eine gute Einnahmequelle.«

Wie bei ihrem letzten Zusammentreffen waren sie, ohne dass ihnen dies bewusst gewesen wäre, ins Griechische gewechselt.

Otto alberte nun auf dem Rücken des Ponys herum und wollte sich von Imiza und Rainald nicht beruhigen lassen. Theophanu bemerkte, dass Isais Blick ihrem Sohn folgte. Er lächelte.

»Habt Ihr Kinder?«, fragte sie unvermittelt.

Isai nickte. »Eine Tochter. Sie ist fünf Jahre alt und lebt bei der Familie meiner Schwester in Mainz.« Sein Antlitz verdüsterte sich, während er zur Straße hinüberschaute, wo einige Karren, die hoch mit roh behauenen Steinblöcken beladen waren, entlang rumpelten. Schließlich sah er Theophanu wieder an. »Meine Frau und unser jüngeres Kind – ein kleines Mädchen – starben vor zwei Jahren an einem Fieber.«

»Das tut mir leid«, sagte Theophanu voller Mitgefühl. Also hatte sie mit ihrer Vermutung doch recht gehabt, dass Isai an einem Kummer litt.

»Hin und wieder ertappe ich mich immer noch dabei, dass ich denke, Dinah würde mich zu Hause erwarten.«

Theophanu spürte, dass er nicht weiter über den Tod seiner Gattin und des Kindes reden wollte. »Sehr häufig seht

Ihr Eure Tochter wahrscheinlich nicht«, bemerkte sie stattdessen.

»Das letzte Mal vor über einem halben Jahr.« Er hob in einer Mischung aus Bedauern und Resignation die Schultern. »Als ich von meiner letzten Reise nach Hause kam, erkannte mich Judith nicht einmal wieder. Ich fürchte, bei meiner nächsten Heimkehr wird das nicht anders sein.«

Inzwischen lag es auch mehr als ein Jahr zurück, dass Theophanu ihre Töchter gesehen hatte. Mathilde hatte die Kinder nach Ingelheim gebracht, als sich der Hof dort mehrere Wochen aufgehalten hatte. Sophia hatte ihre Scheu der Mutter gegenüber nie ganz abgelegt, und Adelheid war erst am Ende der beiden Wochen – als sie schon wieder nach Quedlinburg zurückkehren mussten – aufgetaut. Nur die kleine Mathilde, die wie ihr jüngerer Bruder ein sonniges Gemüt besaß, hatte sich Theophanu unbefangen genähert.

Wenn der Feldzug vorbei ist, muss ich mich mehr um meine Töchter kümmern, dachte sie sehnsüchtig. Plötzlich bemerkte sie, dass die Sonne schon tief im Westen stand und die Ruine lange Schatten warf. Es war an der Zeit, dass sie in die Pfalz zurückkehrten.

Einem Einfall folgend, winkte Theophanu Imiza heran und ließ sich von ihr die drei Holztiere geben. Nebeneinander stellte sie den Bären, den Löwen sowie den Elefanten auf die Säule.

»Welches Tier, glaubt Ihr, würde Eurer Tochter am besten gefallen?« Fragend sah sie Isai an.

»Wie meint Ihr das?«

»Ihr habt mir etwas geschenkt. Nun möchte ich Eurer Tochter etwas schenken. Also sagt schon.«

»Ich glaube, der Löwe.« Isai strich über die Mähne des Tieres. »Als ich Judith einmal die Geschichte von Daniel in der Löwengrube erzählt habe, konnte sie vom schaurigen Gebrüll der wilden Tiere nicht genug bekommen.«

»Ich bin sicher, Ihr habt es gut imitiert.« Theophanu lachte, wurde jedoch sofort wieder ernst. »Wartet nicht zu lange damit, ihr das Spielzeug zu geben«, sagte sie dann eindringlich. »Kehrt bald nach Hause zurück.«

Während sie zu Rainald und ihrem Sohn ging, um ihnen zu sagen, dass sie aufbrechen mussten, fühlte sie sich, wie nach ihrer letzten Begegnung mit Isai, getröstet.

Am späten Abend in ihrem Schlafgemach – Theophanu trug schon ihr Nachthemd – holte sie die Öllampe, die ihr Isai geschenkt hatte, aus einer Truhe. Sie füllte sie wieder mit Öl und entzündete sie. Nachdem sie alle Kerzen im Raum gelöscht hatte, ging sie zu Bett. Eine Weile lag sie mit halb geschlossenen Augen da und beobachtete den Schein der kleinen Lampe, der über die bemalten Wände spielte.

Ein Geräusch weckte sie. Als Theophanu schlaftrunken die Augen öffnete, sah sie ihren Gatten neben dem Bett stehen. Benommen, wie sie war, verwischten sich Traum und Realität. Einen Moment glaubte sie, dass diese Nacht einer früheren Zeit ihres Lebens angehörte und ihr Zerwürfnis mit Otto nur eine schlimme Illusion gewesen sei. Freude regte sich in ihr. Doch als er sich über sie beugte, roch sie das Parfüm einer anderen Frau und den Wein in seinem Atem.

»Nein!« Instinktiv rutschte sie von ihm weg.

»Du bist meine Gemahlin, und ich habe ein Recht auf dich.« Seine Stimme schwankte.

»Dieses Recht hast du verspielt.« Theophanu wollte aus dem Bett springen, doch Otto warf sich auf sie und drückte sie in die Kissen.

»Ich sagte: Nein!« Verzweifelt setzte sie sich zur Wehr, aber sie kam nicht gegen ihn an. Im unsteten Licht der Öllampe wirkte sein Gesicht wie eine Fratze. Er riss die Decke weg und zerrte ihr Hemd hoch.

»Du verdammtes Schwein!« Außer sich vor Wut, Ekel und Furcht spie Theophanu ihm ins Gesicht. »Du bist genauso wie dein Vetter.«

Ottos glasige Augen wurden plötzlich klar und sein Gesicht aschfahl. Augenblicklich rollte er sich von ihr.

Theophanu stürzte aus dem Bett.

Auf der Türschwelle kam ihr Imiza entgegen gerannt. »Um Himmels willen, Herrin, was ist geschehen?«

Schluchzend klammerte sich Theophanu an ihre Dienerin. Ehe Imiza sie wegführte, erhaschte sie noch einen Blick auf Otto. Er kauerte auf der Bettkante und hatte das Gesicht in den Händen vergraben.

*

»Verzeih, was hast du eben gesagt?« Otto wandte sich Dietrich von Metz zu. Sie standen am Rande des Heerlagers. Auf der Wiese übten sich junge Soldaten im Schwertkampf.

»Ich meinte, Bernhard Billungs Männer sind gute Kämpfer.« Dietrich bedachte ihn mit einem irritierten Blick. »Vielleicht ein wenig ungestüm und leichtsinnig. Aber das wird sich im Laufe der Zeit noch richten.«

»Gewiss.« Otto stellte fest, dass er von dem Übungskampf so gut wie nichts mitbekommen hatte. Den ganzen Morgen über ging das nun schon so: Er konnte sich auf nichts wirklich konzentrieren. »Bitte, entschuldige mich«, sagte er abrupt und ließ Dietrich einfach stehen.

Ziellos schlug er einen lehmigen, zertretenen Weg ein, der zwischen den Zeltreihen hindurchführte. Noch immer konnte er nicht fassen, wozu er sich in der vergangenen Nacht beinahe hätte hinreißen lassen. Lust und eine unbestimmte Sehnsucht hatten ihn zu Theophanu getrieben. Als sie sich ihm dann aber verweigert hatte … Ihr entsetzter, wütender Schrei gellte ihm in den Ohren. Sie hatte ja recht, er war nicht besser als sein Vetter, den er so sehr hasste und verachtete. Zu was für einem Menschen war er nur geworden? Ihm graute vor sich selbst.

Ein Banner mit roten und weißen Balken und Eichenblättern, das heftig im Wind flatterte und einem von Bernhards Gefolgsleuten gehörte, brachte Otto schließlich wieder zu sich. Während er an dem Zelt vorbeiging, wurden die Bahnen vor dem Eingang zurückgeschoben. Ein dunkelhaariger Mann mit feinen orientalischen Gesichtszügen trat heraus. Seine Kleidung war gut, aber nicht kostbar. Zwei Bedienstete, von denen einer Wollballen und der andere einen großen, eckigen und mit einem Deckel versehenen Korb trug, folgten ihm. Otto erkannte ihn sofort: Es war Kalymachos, der Händler, der ihm vor Jahren auf der Reichenau den verkrüppelten Falken verkauft hatte. Damals, als Theophanu und er jung verheiratet und sehr verliebt gewesen waren.

Die Erinnerung an seine Jugend und an den Mann, der er einmal gewesen war, veranlassten Otto, den Händler anzusprechen. »Kalymachos …«

Auch dieser erkannte ihn nun und verbeugte sich. »Hoheit …«

»Ich habe einmal einen Falken von Euch erworben. Erinnert Ihr Euch noch?«

»Gewiss.« Kalymachos lächelte. »Ich hoffe, der Vogel hat Euch gute Dienste geleistet?«

»Er war der beste Jagdvogel, den ich je hatte. Vor einem Jahr ist er leider verendet. Meine anderen Falken sind gut, reichen aber nicht wirklich an ihn heran. Also, wenn Ihr wieder einmal einen Falken anzubieten habt, kommt damit zu mir.«

»Verzeiht, aber vorerst kann ich Euch nur mit anderen Dingen dienen.« Der Händler neigte den Kopf. »Mit Woll- und Seidenstoffen, Schmuck, Waffen und einigen schönen Büchern.«

»Zeigt mir demnächst einmal die Bücher.« Otto nickte ihm zu, ehe er seinen planlosen Weg durch das Lager fortsetzte.

Theophanu hatte gerade ein Bad genommen und trocknete sich neben der Bronzewanne ab, als Otto ihren Schlafraum betrat. Hastig schlang sie das Leinentuch um sich und wich zu dem kleinen Tisch zurück, auf dem ihre Haarnadeln lagen. Rasch ergriff sie eine davon und hielt sie wie eine Waffe vor sich. »Wie kannst du es wagen, hierher zu kommen?«, herrschte Theophanu ihren Gatten an.

»Das brauchst du nicht.« Otto blieb an der Türschwelle stehen und wies auf die Nadel. Seine Stimme klang gepresst. »Ich wollte mich nur für gestern Nacht bei dir entschuldigen. Ich weiß selbst nicht, was in mich gefahren ist.«

Er schaute sie offen an. In seinen Augen konnte sie aufrichtiges Bedauern lesen. Zum ersten Mal seit langem begegnete er ihr wieder unverstellt. Ohne die Abwehr und Härte, die er sich im Umgang mit ihr und anderen zugelegt hatte.

Wasserdampf stieg von der Wanne auf. Der Geruch von Myrrhe brannte in Theophanus Lungen. Sie wollte nichts mehr für Otto empfinden. Es machte sie zu verletzlich.

»Geh doch zu deiner Dirne! Du widerst mich an!«, schrie sie außer sich. »Ich wünschte, dass die Gesandtschaft deines Vaters nie nach Konstantinopel gekommen wäre. Dann wären wir einander nie begegnet, und ich wäre niemals deine Frau geworden. Ich bedaure jeden Tag und jede Nacht, die ich mit dir verbracht habe. Und du kannst mir glauben: Wenn es unseren Sohn nicht gäbe, hätte ich dich schon längst verlassen, ganz gleich, was die Kirche und der Adel dazu sagen würden.«

Theophanu wandte sich heftig ab und ging zu einem der Fenster. Mit beiden Händen hielt sie sich am Sims fest, um das Gleichgewicht nicht zu verlieren. Ihr war schwindelig und gleichzeitig übel.

Einen Augenblick blieb es still in dem Zimmer, bis auf das leise Knacken der Kohlen, die in dem Becken neben der Wanne brannten. Dann schlug die Tür zu, und sie hörte, wie sich Ottos Schritte auf dem Flur entfernten. Theophanu lehnte den Kopf gegen die Scheibe. Sie wünschte sich, weinen zu können. Aber es kamen ihr nicht einmal mehr Tränen, so leer fühlte sie sich.

*

In Begleitung von Imiza und einigen anderen Bediensteten ritt Theophanu den steilen Weg zu der Stadt Rossano hinauf. Obwohl sich das Meer in Sichtweite befand – Rossano lag an der südlichsten Spitze des italienischen Festlandes – war es drückend heiß. Ein glasiger Dunst überzog den Himmel. Mittlerweile war es Juli geworden. Über ein halbes Jahr war vergangen, seitdem Otto mit seinem Heer von Rom aufgebrochen war.

Sein Vorhaben stand unter einem guten Stern, denn er hatte nicht nur Salerno zurückerobert, das von einem byzantinischen Statthalter besetzt gewesen war, sondern auch Tarent. Seit diesen militärischen Auseinandersetzungen schien es Byzanz nicht mehr auf eine Machtprobe mit Otto ankommen lassen zu wollen, denn die Armeen der oströmischen Stadtstaaten wichen dem fränkischen Heer aus.

Auch die ersten Kämpfe mit Soldaten des Emirs Abdul Qazim hatte Otto schnell für sich entscheiden können. Das eigentliche Zusammentreffen mit den Arabern stand jedoch noch aus.

Die Stimmung unter Ottos Soldaten war gut, teilweise sogar euphorisch. Auch die meisten seiner Ratgeber, allen voran Dietrich von Metz, waren überzeugt, dass Otto die entscheidende Schlacht mit den Sarazenen gewinnen würde. Dennoch empfand Theophanu eine unbestimmte Angst, wenn sie an den bevorstehenden Kampf dachte.

Seitdem Otto sie in ihrem Schlafraum aufgesucht und um Verzeihung gebeten hatte, hatte sie nicht mehr unter vier Augen mit ihm gesprochen. Sie hatten einfach weitergemacht wie zuvor: Jeder war seiner eigenen Wege gegangen, und nur wenn es unumgänglich war, traten sie noch zusammen auf – bei großen Gastmählern, Siegesfeiern, oder wenn es galt, Gesandtschaften zu empfangen.

Der Weg machte nun eine Kehre. Dahinter ragte die Stadtmauer auf. Eine Schar bewaffneter Reiter – Sachsen, wie Theophanu ihrer Sprache entnahm – kam ihnen entgegen und wich seitlich aus, so dass sie einen flüchtigen Blick auf das riesige Heerlager am Fuße des Hügels erhaschen konnte. Die Zelte und Standarten wirkten unter der Staubdecke, die alles überzog, so grau wie die ausgedörrte Landschaft. Während sie und ihre Leute auf das Stadttor zuritten, machte die heiße, staubige Luft Theophanu das Atmen schwer.

Wie sollte es mit Otto und ihr nur weitergehen, wenn die Schlacht gegen das Heer des Emirs erst einmal geschlagen war? Wieder wie so häufig in den letzten Monaten stellte sich Theophanu diese Frage, und wie immer fand sie keine Antwort. Sie hatte überlegt, sich mit dem Jungen auf eines ihrer Güter in den Norden zurückzuziehen. Doch sie glaubte nicht, dass Otto das gutheißen würde.

Und selbst wenn er ihr erlauben sollte, sich von seinem Hof zu entfernen, würde er seinen Sohn sicher nicht mit ihr gehen lassen. Denn er hing sehr an dem Kind. So sehr, dass er sogar während des Feldzugs immer wieder Zeit gefunden hatte, den Kleinen zu sich zu holen. Mal durfte der Junge vor ihm im Sattel mitreiten. Dann wieder brachte er ihm bei einem Bad im Fluss die ersten Schwimmbewegungen bei, spielte mit ihm oder ließ den Kleinen seine Waffen bestaunen. Was auch immer Otto mit seinem Sohn unternahm – der Junge kam stets mit leuchtenden Augen zu Theophanu zurück und wurde nicht müde, ihr begeistert von seinem Vater und den Abenteuern zu erzählen, die sie gemeinsam erlebt hatten. Manchmal ertappte sie sich dann dabei, dass sie auf Otto ein wenig eifersüchtig war.

Wenigstens hatte ihr Gatte darauf verzichtet, Willa auf den Feldzug mitzunehmen. Vielleicht war das ein Zeichen seiner Reue. Aber eigentlich vermutete Theophanu eher, dass Otto der Hofdame überdrüssig geworden war und sich eine andere Geliebte gesucht hatte, von der sie nur noch nichts wusste. Es ist mir völlig gleichgültig, was er tut, dachte sie zornig, während sie durch das Tor ritt. Ich gehe einfach meiner eigenen Wege!

Theophanu hatte Crescentius noch zweimal in seinem Landhaus aufgesucht. Beide Male war es ihm wieder gelungen, ihre Lust auf höchst raffinierte Weise bis zur völligen Ekstase zu steigern. Und doch war ihr ein schaler Nachgeschmack geblieben. Mit ihm zu schlafen hatte sie über den Augenblick hinaus nicht glücklich gemacht.

Nachdem Theophanu und ihre Leute das Stadttor passiert hatten, kam ihnen von der Burg her ein weiterer Trupp Bewaffneter entgegen. Die beiden Männer an der Spitze waren Otto von Schwaben und Heinrich Zolunta.

Als der Herzog Theophanu bemerkte, winkte er ihr zu und ließ sein Pferd in einen leichten Trab fallen. Heinrich Zolunta schloss sich ihm an. Theophanu bedeutete ihren Bediensteten und Imiza, ihren Weg fortzusetzen, und ritt mit Myra in die Mitte eines gepflasterten Platzes, der an die Straße grenzte. Dort zügelte sie die Stute.

»Gibt es Neuigkeiten?«, fragte sie besorgt, als die beiden Männer sie erreicht hatten.

»Allerdings«, der Herzog nickte, »Otto hat gerade eben beschlossen, übermorgen gegen die Sarazenen zu Felde zu ziehen.«

»Übermorgen schon …«, murmelte Theophanu tonlos. Sie hatte zwar gewusst, dass die Schlacht bald bevorstehen würde, aber trotzdem erschrak sie zutiefst.

»Otto wird die Araber schlagen.« Heinrich lächelte ihr aufmunternd zu. »Ihr wisst, dass ich diesen Feldzug zuerst für völlig größenwahnsinnig gehalten habe. Aber inzwischen habe ich meine Meinung geändert. Bislang hatte Otto das Glück immer auf seiner Seite, und ich bin mir sicher, dass es ihn auch jetzt nicht verlassen wird.«

Die Bewaffneten hatten ihre Pferde vor dem Stadttor zum Halten gebracht. Einer der Männer, seinem fein geschmiedeten Kettenhemd und dem guten Pferd nach zu schließen ein Adeliger, rief Heinrich etwas zu.

»Bitte, entschuldigt mich …« Mit einer Verbeugung verabschiedete Zolunta sich von Theophanu und ritt zu den Soldaten.

»Und Ihr?« Sie sah Otto von Schwaben prüfend an. »Teilt Ihr die Meinung Eures Freundes?«

»Ich hoffe natürlich, dass Heinrich recht behalten wird.« Otto von Schwaben wiegte den Kopf. »Sicher, bislang ist alles gut für Euren Gatten verlaufen. Doch die eine große, die wichtige und alles entscheidende Schlacht hat er eben noch nicht geschlagen. Vor allem die Kämpfe mit den Sarazenen waren bislang nur Geplänkel.«

Theophanu nickte. »Ich bin Eurer Meinung.«

»Aber andererseits …«, der Herzog bemühte sich, wieder zuversichtlich zu klingen, »… Otto ist es bislang wirklich noch immer gelungen, das Glück auf seine Seite zu ziehen. Sein Vetter war kein leichterer Gegner als die Sarazenen, und selbst ihn hat er letzten Endes besiegt. Die Späher berichten, dass unser Heer den Arabern zahlenmäßig überlegen ist. Außerdem sind unsere Soldaten gut ausgerüstet und fiebern der Schlacht regelrecht entgegen. Nein, Majestät, Ihr braucht Euch keine Sorgen zu machen. Otto wird siegen.«

»Ich hoffe es.« Theophanu senkte den Kopf. Was wäre, wenn er die Schlacht verlor? Oder wenn er gar in den Kämpfen getötet würde? Der Gedanke schmerzte zu sehr. Schnell schob sie ihn beiseite und konzentrierte sich auf das, was der Herzog gerade gesagt hatte. Er hatte recht: Bislang hatte Otto noch jeden Kampf überstanden.

Unvermittelt wandte Theophanu sich wieder dem Herzog zu. »Warum seid Heinrich und Ihr bei meinem Gatten geblieben, obwohl Ihr beide den Feldzug für aussichtslos gehalten habt?«, fragte sie und fügte hinzu: »Aber beruft Euch jetzt nicht auf Euren Treueschwur. Ich weiß, dass das nicht der eigentliche Grund ist.«

Der Herzog lächelte schief. »Heinrich würde Euch wahrscheinlich antworten, dass wir Otto nicht allein in sein Unglück rennen lassen konnten.«

»Und weshalb seid Ihr bei ihm geblieben, Otto von Schwaben? Ich möchte eine ernsthafte Antwort.«

»Heinrich würde diese Aussage durchaus ernst meinen – sofern er überhaupt etwas ernst nimmt.« Der Herzog seufzte. »Nun, weshalb ich bei Otto geblieben bin … Vielleicht weil er uns auch nicht unserem Schicksal überlassen hätte. Vielleicht weil er selbst im Scheitern immer noch mehr Größe besitzen würde als viele andere, wenn sie siegen.« Nach einer kurzen Pause sah er Theophanu forschend an. »Und Ihr? Warum habt Ihr Otto nicht verlassen?«

»Ich bin seine Gattin. Wir haben einen Sohn«, entgegnete Theophanu überrascht.

»Und Ihr glaubt tatsächlich, dass das Euer wirkliches Motiv war?« Der Herzog bedachte sie mit einem Lächeln. »Ich habe Euch immer für eine kluge Frau gehalten. Aber in diesem Fall, verzeiht meine Offenheit, belügt Ihr Euch selbst.«

*

Theophanu konnte nicht schlafen. Die Luft war stickig und heiß, und das dünne Nachthemd klebte an ihrem Körper. Von draußen aus dem Heerlager drangen Geräusche zu ihr herauf, die sie von den vielen Feldzügen kannte, auf denen sie Otto begleitet hatte. Kurze, energisch gerufene Befehle, in die sich Pferdewiehern, Klirren von Metall und das dumpfe Rumpeln von Karren mischten, kündigten den baldigen Abmarsch an. Otto hatte sie von der bevorstehenden Schlacht nicht selbst unterrichtet, sondern einen Diener mit der Nachricht zu ihr geschickt.

Nach einer Weile fiel sie in einen unruhigen Schlaf. Ihr vertrauter Alptraum suchte sie heim. Sie fand sich neben der Leiche Nikephoros Phokas' im Innenhof des Kaiserpalastes wieder.

Doch etwas war anders. Der Schnee schmolz um den Toten herum, und plötzlich weitete sich der verschneite Hof zu einem Schlachtfeld unter einem bleichen, vor Hitze flirrenden Himmel. In der Ferne gleißte das Meer. Theophanu roch Blut und Schweiß, hörte Verwundete stöhnen und blickte auf Scharen von Kriegern, die zu Pferde aufeinander einstürmten. Die Männer trugen abendländische und arabische Tracht.

Die stechende Sonne blendete Theophanu. Jubelgeschrei aus Tausenden sächsischer und fränkischer Kehlen drang an ihr Ohr, doch sie konnte nicht erkunden, was der Anlass zum Triumph der Soldaten war. Undeutlich sah sie, wie sich an den Rändern der Ebene eine riesige dunkle Wolke zusammenzog. Nun erhob sich die Wolke, raste auf die jubelnden Soldaten zu und verschlang sie. Theophanu hörte sich schreien. Erfüllt von lähmendem Entsetzen schreckte sie aus dem Schlaf hoch.

Erschöpft trat sie ans Bett ihres Sohnes und strich ihm eine Haarsträhne aus der verschwitzten Stirn. Im Kerzenlicht warfen seine Wimpern Schatten auf die Wangen. Sein

Körper wirkte unter der dünnen Decke sehr klein und zerbrechlich. In elf Jahren würde er alt genug sein, um in den Kampf zu ziehen. Sie wusste, sie würde es nicht ertragen, wenn er getötet würde.

Soll ich Otto von dem Alptraum erzählen?, fragte sich Theophanu am nächsten Morgen beim Ankleiden. Der schreckliche Traum hatte sich nicht wiederholt. Doch das Entsetzen, das sie beim Aufwachen empfunden hatte, war ihr immer noch gegenwärtig. Es war doch nur ein Traum, versuchte sie sich zu sagen. Beruhige dich – du hast noch nie die Gabe des zweiten Gesichts besessen. Außerdem ... Falls Otto überhaupt bereit sein sollte, dich anzuhören, wird er dich nicht ernst nehmen oder glauben, du lügst ihn an. Und überhaupt: Warum soll ausgerechnet im Augenblick des Sieges eine Katastrophe über das fränkische Heer hereinbrechen?

Dennoch blieb Theophanu unschlüssig, was sie tun sollte. Als sie kurz darauf zusammen mit ihrem Sohn die Burgkapelle zur Morgenandacht betrat, schaute sie sich nach Otto um. Doch er befand sich nicht unter den Anwesenden.

Karlmann, der Hofkapellan – ein gut aussehender Mann in den Dreißigern, der Theophanu mit seinem geschmeidigen Benehmen immer an Erzbischof Willigis erinnerte und dem sie ebenfalls nicht wirklich vertraute –, schritt zu dem mit Schnitzereien verzierten Stehpult und begann, die Lesung vorzutragen. Nach den ersten Sätzen öffnete sich die Tür der Kapelle noch einmal, und Theophanu wandte hastig den Kopf. Sie hoffte, Otto zu sehen. Doch es war Dietrich von Metz, der hereineilte und sich neben ihr niederließ.

Müde lauschte Theophanu dem Text. Die Luft in der Kapelle war ebenso stickig wie in ihrem Zimmer. Je weiter die Andacht fortschritt, desto mehr wuchs ihre Beklemmung. Dieses unbestimmte Gefühl der Angst schien sich auch auf das Kind zu übertragen. Anders als sonst musste Theophanu ihren Sohn nicht davon abhalten, von seinem Stuhl aufzuspringen und nach einem Sonnenflecken auf dem Boden zu jagen oder laut vor sich hin zu plappern. Heute saß er still neben ihr. Als Karlmann endlich den Segen sprach, stand ihr Entschluss fest: Sie würde Otto aufsuchen und ihm von dem Traum berichten.

Theophanu hatte eben mit dem Kind die Kapelle verlassen, als ihr Dietrich von Metz in den Weg trat und sich höflich verneigte. »Wenn Ihr mir einen Moment Gehör schenken würdet …«, sagte er mit Nachdruck.

»Sprecht«, erwiderte sie kurz angebunden. Wie immer empfand sie eine heftige Abneigung gegenüber dem Bischof.

»Wie Ihr wisst, wird Euer Gatte morgen zu seinem Feldzug gegen die Sarazenen aufbrechen.« Dietrichs Stimme klang liebenswürdig, und seine Miene trug, anders als sonst, wenn er mit ihr sprach, keinen leidenden Ausdruck. Im Gegenteil, er wirkte ausgesprochen zufrieden.

Während sich Theophanu noch fragte, was dies wohl zu bedeuten hatte, redete er schon weiter: »Ich dachte, es würde Euch interessieren zu erfahren, dass mir Otto für die Zeit seiner Abwesenheit den Befehl über die in Rossano verbleibenden Soldaten übergeben hat. Was, wie Ihr richtig annehmt, bedeutet, dass ich für Eure Sicherheit und die Eures Sohnes verantwortlich sein werde. Natürlich werde ich mich bemühen, diese Aufgabe nach meinen besten Kräften zu erfüllen.« Ehe er sich noch einmal verbeugte, bedachte er Theophanu und den Jungen, der an ihrer Hand zog und endlich weiterwollte, mit einem falschen Lächeln.

Fassungslos starrte Theophanu Dietrich nach, der sich gemessenen Schrittes entfernte. Wie konnte Otto ihr das nur antun? Das Kind und sie ausgerechnet in die Obhut des Bischofs zu geben, wo er doch wusste, was sie von Dietrich hielt?

Lieber würde ich völlig schutzlos auf der Burg bleiben, dachte sie zornig. Nein, es war völlig sinnlos, dass sie Otto aufsuchte und mit ihm über ihren Traum sprach. Er würde sie ohnehin nicht verstehen.

*

Am Abend, nachdem Otto zusammen mit Dietrich von Metz, Bernhard Billung und seinen Freunden Heinrich Zolunta und Otto von Schwaben noch einmal einen Rundgang durch das Lager gemacht hatte, verabschiedete er sich unter einem Vorwand. Jetzt, da ihn nur noch eine Nacht von dem Abmarsch trennte, wollte er endlich allein sein.

Während die Dämmerung hereinbrach, ließ der Kaiser die letzten Zeltreihen hinter sich und ging ans Meer. Nachdem er eine Weile am Strand entlanggelaufen war, hockte er sich auf einen angeschwemmten Baumstamm und beobachtete mit nachdenklich zusammengekniffenen Augen, wie die Wellen gegen das Land anbrandeten und wieder verebbten.

Die Sonne – eine goldene Scheibe – stand tief im Westen. Sie erschien ihm wie ein Schicksalsrad.

Während Otto zusah, wie sich die untergehende Sonne rötete und dem Wasser entgegensank, fragte er sich, wie es um sein eigenes Geschick bestellt sein mochte. War er noch vom Zenit seines Lebens entfernt? Würde ihm die bevorstehende Schlacht zu wahrer Größe verhelfen, oder hatte er, ohne es zu wissen, den Höhepunkt seines Lebens bereits überschritten? Eigentlich hatte er nicht erst während der letzten Monate auf die eine entscheidende kriegerische Auseinandersetzung hingelebt, sondern schon seit dem Tod seines Vaters. Die Ungewissheit schmerzte ihn beinahe körperlich. Was würde die Zukunft bringen? Würde es ihm gelingen, einen triumphalen Sieg zu erringen, oder würde er scheitern?

Erst einige Zeit, nachdem die Sonne untergegangen war, machte sich Otto auf den Rückweg ins Lager. Da mit Beginn der Dunkelheit ein kühler Wind vom Meer aufs Land blies, zog er die Kapuze seines Leinenkittels über den Kopf. Er hatte gehofft, dass Theophanu zu ihm kommen würde, sobald sie durch den Diener von dem Abmarsch erfahren hatte. Doch sie hatte sich ihm weiterhin entzogen. Verabscheute sie ihn immer noch so sehr? Noch nie zuvor war er, ohne sich von ihr zu verabschieden, in die Schlacht gezogen, wenn sie ihn auf einem Feldzug begleitete. Wenigstens wusste er sie und seinen Sohn bei Dietrich von Metz in guter Obhut. Sein Verwandter war ein erfahrener Kämpfer.

Mittlerweile hatte Otto den Rand des Lagers erreicht und war in einen der Gänge zwischen den Zelten eingebogen, als er laute, aufgebrachte Stimmen hörte. Ein Stück von ihm entfernt standen einige Männer, die sich stritten.

»Dein Bastard von einem Diener hat mir überhaupt nichts verkauft!«, schrie einer, dessen Stimme vom Alkohol schwankte.

»Allerdings hat er das!«, erwiderte der andere ruhig. »Und zwar schon vor vier Wochen. Ein Paar Stiefel. Einen Ballen guter Wolle und ein halbes Pfund Salz.« Diese Stimme war nüchtern und kam Otto vertraut vor. »Ich möchte endlich mein Geld von dir haben. Zwei Gulden.«

Als der Betrunkene Anstalten machte, auf seinen Kontrahenten loszugehen, fiel der Schein einer Fackel auf die beiden Männer. Nun erkannte Otto, dass einer von ihnen Kalymachos war. Drei Soldaten umringten ihn. Die Übermacht seiner Gegner schüchterte den Händler jedoch nicht ein. Seine Miene war zornig und entschlossen.

»Verdammter Jude, du lügst!« Ein stämmiger, rotblonder Sachse, der Stimme nach der Angetrunkene, spuckte vor ihm auf den Boden. »Verschwinde endlich, sonst beziehst du Prügel.«

Kalymachos schnellte vor und versetzte dem Sachsen einen so heftigen Fausthieb auf das Kinn, dass er in die Knie ging und zu Boden sackte. Sofort warfen sich die anderen beiden Männer – ein breitschultriger Dunkelhaariger und ein hoch aufgeschossener Blonder – auf den Händler und drehten ihm die Arme auf den Rücken. Unterdessen rappelte sich der Sachse fluchend auf. »Du Scheißkerl, das wird dir noch leid tun!«, brüllte er, und unter dem Gejohle der beiden anderen stieß er Kalymachos mit aller Kraft die Faust in den Leib.

Der Händler krümmte sich vor Schmerzen.

»Aufhören! Sofort!« Otto rannte los. Als der Sachse zum zweiten Hieb ausholte, hatte er die Gruppe erreicht. »Was geht hier vor?«, herrschte er die Männer an.

Der Betrunkene drehte sich zu ihm um. »Kümmere dich um deinen eigenen Kram und verzieh dich«, grölte er. Ehe er noch einmal zuschlagen konnte, warf sich Otto auf ihn und riss ihn um. Er kam oben zu liegen, fasste den Kopf seines Gegners mit beiden Händen und stieß ihn mit aller Kraft auf den Boden.

Der Sachse blieb reglos liegen.

Doch nun wurde Otto von einem so heftigen Schlag am Schädel getroffen, dass ihm schwindelte. Benommen rollte er sich zur Seite. Als er aufblickte, sah er den Dunkelhaarigen vor sich aufragen. Einige Schritte entfernt rang Kalymachos mit dem Blonden. Im letzten Moment konnte Otto einem weiteren Hieb ausweichen. Taumelnd erhob er sich. Der Dunkelhaarige versuchte, gegen ihn anzurennen, doch Otto gelang es, sich wegzuducken. Von seinem eigenen Schwung vorwärtsgerissen krachte der Soldat fluchend in eines der Zelte und stürzte in einem Gewirr aus Haltestangen und Stoffbahnen nieder.

Kalymachos hatte sich inzwischen von seinem Gegner losreißen können. Er versetzte ihm einen Tritt gegen die Beine, der den Mann ebenfalls zu Boden streckte.

Fragende und rufende Stimmen wurden laut. Weitere

Männer kamen aus den umliegenden Zelten angelaufen und umringten die Kämpfenden.

»Die beiden haben uns grundlos angegriffen. Zahlt es ihnen heim!« Der Dunkelhaarige richtete sich mühsam auf und deutete anklagend auf Otto und den Händler.

Drohend rückten die anderen Soldaten näher.

Otto riss seinen Dolch aus der Scheide. »Wagt es ja nicht!«, brüllte er wütend und mit so viel Autorität, dass die Männer stehen blieben oder sogar zurückwichen.

»Lasst mich durch!« Eine befehlsgewohnte Stimme ertönte. Bernhard Billung drängte sich durch die Umstehenden.

»Die beiden haben …«, setzte der Dunkelhaarige wieder an. Doch er brach ab und erbleichte. Im Laufe des Handgemenges war Otto die Kapuze vom Kopf gerutscht. Das Licht der Fackel fiel nun voll auf sein Gesicht.

»Otto …« Bernhard starrte ihn verdutzt an. »Was, bei Gott, ist hier vorgefallen?«

Der Sachse kam stöhnend zu sich. Otto packte ihn am Ausschnitt seines Kittels und zerrte ihn auf die Knie. Der Mann erkannte ihn jetzt ebenfalls und sank vor Angst bebend in sich zusammen.

»Dieser Kerl hat den Händler der Lüge bezichtigt«, sagte Otto und schüttelte den Sachsen. »Ich habe Kalymachos bisher immer als ehrlich und ehrenhaft erlebt. Also, Bursche, wer hat hier gelogen?«

»Hoheit, verzeiht.« Der Mann schluchzte fast. »Ich habe die Unwahrheit gesagt. Der Diener des Händlers hat mir die Schuhe, den Stoff und das Salz tatsächlich übergeben.«

»Also, dann bezahle endlich deine Schulden«, knurrte Otto und stieß den Mann von sich.

Zitternd öffnete der Sachse den Lederbeutel an seinem Gürtel, entnahm ihm zwei Gulden und reichte sie Kalymachos.

Bernhard Billung hatte ihm finster zugesehen. Nun wandte er sich an Otto. »Welche Strafe fordert Ihr für die Männer?«

Der Kaiser sah den Händler fragend an. »Kalymachos, habt Ihr noch eine Rechnung mit ihnen offen?«

»Meine Schulden sind alle beglichen.« Er schüttelte den Kopf.

»Dann sollen die drei verschwinden und sich schlafen legen. Dasselbe gilt für euch.« Otto ließ seinen Blick über die Soldaten wandern. Während Kalymachos' Gegner davonhasteten und die anderen Männer sich ebenfalls rasch zerstreuten, klopfte er Bernhard Billung auf den Rücken. »Wir sehen uns vor Anbruch der Morgendämmerung. Seht zu, dass Ihr auch noch ein wenig Schlaf findet.«

»Das wünsche ich Euch ebenfalls.« Bernhard Billung grinste. »Vor allem Ihr braucht während der nächsten Tage einen klaren Kopf.«

»Mir ist eher nach etwas zu trinken.« Otto erwiderte das Grinsen und wandte sich dann zu Kalymachos um. »Sagtet Ihr nicht, dass Ihr auch mit Wein handelt?«

Der Händler verneigte sich. »Wenn Ihr mir die Ehre erweisen und mich zu meinem Zelt begleiten wollt, dann biete ich Euch mit Freuden einen an.«

Bernhard Billung hatte sich bereits einige Schritte entfernt, drehte sich jedoch noch einmal um. »Warum, Otto, habt Ihr den Kerlen eigentlich nicht einfach gesagt, wer Ihr seid?«

»Weshalb?« Verdutzt runzelte Otto die Stirn. »Ich habe es einfach vergessen.«

Otto duckte sich hinter Kalymachos durch den Zelteingang. Eine Öllampe, die an einer Zeltstange befestigt war, erhellte das Innere und beleuchtete den bunten Teppich auf dem Boden und die Lager aus Decken an den beiden Längsseiten. Direkt gegenüber dem Eingang stand eine Truhe aus dunklem Holz. Daneben waren einige Holzschüsseln und -teller sowie ein Krug und Becher aus Ton aufgereiht.

»Mein Bruder reist mit mir.« Kalymachos, der Ottos Blick bemerkt hatte, deutete auf die Schlafstatt rechts von ihnen. »Er ist noch im Lager unterwegs. Entschuldigt, dass ich Euch keine würdige Sitzgelegenheit anbieten kann, aber wir haben die Waren und das meiste unserer Habe schon auf Karren verladen.« Er lächelte. »Aber wenigstens kann ich Euch einen ausgezeichneten Wein anbieten.«

»Ich wäre auch mit dem blanken Boden zufrieden.« Otto setzte sich auf eines der Betten und streckte die Beine aus.

Inzwischen hatte Kalymachos der Truhe einen Weinschlauch entnommen und einen Krug befüllt. Diesen trug er zusammen mit einem Becher zu seinem Gast. Er schenkte dem Kaiser ein. Auf dessen Wink hin holte er sich ebenfalls einen Becher, nahm sich von dem Wein und ließ sich neben ihm nieder. »Ich weiß nicht, wie ich Euch danken soll«, sagte der Händler und blickte Otto in die Augen. »Wenn Ihr nicht gewesen wärt, hätten mich die Soldaten vielleicht getötet.«

Otto wehrte ab und stieß mit ihm an. »Euer Bruder und Ihr kehrt in den Norden zurück?«

»Nein, wir haben beide beschlossen, uns Eurem Heer anzuschließen und mit Euch gegen die Sarazenen zu ziehen.«

»Das freut mich. Aber was treibt einen Händler dazu, sich einer Schlacht auszusetzen?«

»Mein Bruder und ich können gut mit Waffen umgehen. Wir mussten uns oft genug gegen Wegelagerer verteidigen.«

»Ihr habt vorhin bewiesen, dass Ihr kämpfen könnt.« Otto nickte und trank einen Schluck von dem Wein. »Aber das ist kein ausreichender Grund.«

»Nun es ist wohl auch der Wunsch, wichtige Kunden zu beschützen.« Kalymachos lächelte.

»Ein sehr edles Motiv.« Otto lachte.

Der Händler wurde wieder ernst. »Vielleicht ist es aber

auch die Abenteuerlust, die uns antreibt – das geht vor allem mir so –, und damit der Wunsch, an einem großen Ereignis teilzuhaben. Ich kann es selbst nicht genau erklären. Aber wenn es je einen Herrscher gegeben hat, der es wert ist, dass man mit ihm in den Kampf zieht, dann seid Ihr das. Davon war ich übrigens schon überzeugt, bevor Ihr mir vorhin zu Hilfe gekommen seid.«

»Ihr ehrt mich.« Otto nickte ihm zu. Es war ihm anzusehen, dass ihn die Worte des Händlers berührten. Doch dann spielte ein Lächeln um seinen Mund. »Aber meine Hilfe war nicht nur uneigennützig … Ich habe mich seit dem Tod meines Vaters nicht mehr geprügelt, und ich muss zugeben, dass ich viel Spaß dabei hatte.«

Kurz darauf verabschiedete er sich und machte sich auf den Weg zu seinem Zelt.

Bis zum Abmarsch blieben ihm nur noch wenige Stunden. Wie immer vor einer Schlacht schlief Otto schnell ein. Er fühlte sich ausgeruht, als ihn sein Diener weckte, und wusch sich rasch mit kaltem Wasser.

Nachdem er hastig die Morgensuppe gegessen hatte, ging er in den Nebenraum seines Zeltes, wo auf einem Tisch schon sein Kettenhemd, der Helm, die Beinschienen und seine Waffen bereit lagen. Der Diener hob das Kettenhemd hoch, um ihm hineinzuhelfen. Doch Otto trat stattdessen an eine Truhe. Er entnahm ihr eine Kette, an der ein Ring hing, und wog beides einige Momente in der Hand. Schließlich schloss er die Finger darum, sagte zu dem Diener, dass er bald zurückkäme, und ging in die Nacht hinaus.

*

Theophanu schlief unruhig. Als sie wieder einmal aus einem Traum hochschreckte, bemerkte sie, dass sich die Tür des

Raums leise öffnete. Otto schlüpfte herein. Unwillkürlich spannte sie sich an, denn sie erinnerte sich daran, wie er sie das letzte Mal nachts aufgesucht hatte. Doch statt zu ihr ging er zum Bett seines Sohnes und kniete daneben nieder. Unter halb geschlossenen Lidern beobachtete sie ihren Gatten. Seine Miene war weich und wehmütig.

Nach einer Weile beugte Otto sich vor und küsste das Kind. Dabei glitt etwas aus dem Ausschnitt seines Kittels und glitzerte im Kerzenschein. Es war eine Kette, an der ein Ring hing. Trug er das Geschenk einer anderen Frau am Leib? Theophanu empfand einen schmerzhaften Stich der Eifersucht. Gleichzeitig trauerte sie um die Liebe, die ihren Gatten und sie einmal verbunden hatte.

Otto stand auf und blickte noch einmal auf seinen Sohn hinab. Theophanu erwartete, dass er das Zimmer nun verlassen würde. Aber nach einem kurzen Zögern trat er auch an ihr Lager. Sie schloss die Augen und bewegte sich nicht. Langsam strich er über ihre Stirn, ihre Wangen und ihr Kinn, als wollte er sich die Form ihres Gesichts für immer einprägen. Dann spürte sie seine Lippen auf ihrem Mund. Ihre Lider zitterten. Der Ring schwang vor ihren Augen hin und her. Nun erkannte sie das Schmuckstück. Es war der Ring, den sie Otto an dem Tag ihrer ersten Begegnung am Bach geschenkt hatte. Sie schlug die Augen auf und sah ihn an.

Otto fuhr zurück. »Es tut mir leid«, sagte er hastig. »Ich habe dich nicht wecken wollen.«

»Ich habe gar nicht geschlafen.« Sie streckte den Arm aus und berührte den Ring. »Ich hatte ganz vergessen, dass ich ihn dir geschenkt hatte.«

»Ich nie.« Er lächelte schwach.

Impulsiv richtete Theophanu sich auf, griff nach seiner Hand und zog ihn neben sich aufs Bett. »Gestern Nacht hatte ich einen Alptraum. Ich habe fränkische und sächsische Soldaten gesehen, die auf einem Schlachtfeld irgendeinen Sieg bejubelten. Doch dann erhob sich am Rand des Schlachtfeldes eine dunkle Wolke und raste auf die Männer zu. In diesem Augenblick bin ich aufgewacht. Otto, ich flehe dich an: Zieh nicht in diesen Kampf. Kehr mit dem Heer nach Rom zurück.«

»Du weißt, dass ich das nicht kann.« Seine Stimme klang sanft. »Selbst wenn ich den Rückzug befehlen würde, würden die Sarazenen das Heer verfolgen und uns die Schlacht aufzwingen.«

»Diese Wolke wird dein Heer vernichten. Ich ahne es.« Sie kämpfte mit den Tränen.

»Es war doch nur ein Traum.«

»Manchmal spiegelt sich in Träumen die Zukunft. Hat deinem Vater nicht der Schatten eines Vogels angezeigt, dass er bald sterben würde?«

»Das ist ein Omen unserer Familie.« Ein schiefes Lächeln spielte um Ottos Mund. »Wenn es dich beruhigt … Ich habe diesen Schatten bislang noch nicht gesehen.« Noch einmal strich er über Theophanus Wange. »Ich muss jetzt gehen.«

Sie nickte stumm.

An der Tür wandte er sich noch einmal zu ihr um. »Falls wir uns nicht wiedersehen sollten … Ich möchte, dass du eines weißt: Geliebt habe ich immer nur dich.«

*

Theophanu drückte ihren Sohn eng an sich und hastete zwischen den Zelten hindurch. Sie musste Otto noch einmal sehen, bevor er in die Schlacht zog. Die Sonne war noch nicht aufgegangen, doch ein bleiches Zwielicht lag über der Gegend. Die Luft war kühl und staubig.

Am Ausgang des Lagers blieb sie atemlos stehen. Auch andere Frauen und Kinder sowie Schaulustige aus der Stadt hatten sich bereits auf der Wiese versammelt.

Nun kündigte das dumpfe Schlagen von Hufen die Vorhut an. Die ersten Reiterreihen erschienen zwischen den Zelten und zogen an Theophanu und der Menge vorbei. Fahnen und Standarten bauschten sich im Wind, Waffen rieben klirrend gegen Kettenhemden, und Zaumzeug knirschte. Aus der Menge ertönten Lachen und Anfeuerungsrufe. Doch viele – vor allem die Frauen – blieben stumm. Wer von den Bewaffneten wird wohl nach Rossano zurückkehren?, fragte sich Theophanu und zog ihren kleinen Sohn fest an sich.

Das Kind spürte, dass etwas Besonderes vor sich ging, und betrachtete still und mit großen Augen den Heereszug. Wieder näherte sich eine Gruppe von Fahnenträgern, gefolgt von Hornbläsern. Dahinter ritt Otto auf seinem Hengst.

Theophanu trat einen Schritt vor.

Er bemerkte sie. Trotz des unsteten Lichts konnte sie erkennen, dass sein Gesicht aufleuchtete. Als er an ihr vorbeigeritten war, wandte er den Kopf. Sie schauten sich an, bis ihnen die Soldaten, die hinter ihm ritten, die Sicht verdeckten.

Als Theophanu in die Burg zurückgekehrt war, übergab sie Imiza ihren Sohn und lief in den Garten der Wehranlage. Von hier aus konnte sie den riesigen Heereszug sehen, der sich in Richtung Süden bewegte. Nur die vordersten Reihen waren klar zu erkennen. Den Rest des Heeres hüllte eine Staubwolke ein. Mittlerweile war die Sonne aufgegangen und färbte den Staub fahlgelb.

Während Theophanu beobachtete, wie die Heerschlange länger und länger wurde, bis ihr vorderes Drittel – dort, wo ihr Gatte ritt – hinter einer Hügelkette verschwand, bedrückten sie wieder düstere Vorahnungen. Otto hatte den Schatten des Todesvogels nicht gesehen. Aber wenn er die Schlacht doch nicht überlebte oder in Gefangenschaft geriet? Warum nur war es ihr erst an diesem Morgen klar geworden, dass sie ihn immer noch liebte?

*

Früh am nächsten Morgen stand Otto zusammen mit dem Herzog von Schwaben, Bernhard Billung und Heinrich Zolunta auf einem niedrigen Hügel und verfolgte angespannt, wie sein Heer und das der Sarazenen auf einer weiten sandigen Ebene aufeinander zu zogen. Seine Späher hatten sich nicht getäuscht: Die Truppen der Araber waren den seinen zahlenmäßig weit unterlegen.

Otto schirmte seine Augen gegen das Meer ab, das im Osten flirrte. Mittlerweile hatte er aufgehört, die Schlachten zu zählen, die er seit dem Tod seines Vaters geschlagen hatte. Am unerträglichsten waren für ihn aber immer noch die Stunden vor dem eigentlichen Kampf – untätig zusehen zu müssen, wie sich zwei Heere langsam und Tod bringend aufeinander zu bewegten, und die bedrückende Ungewissheit, wie die Schlacht ausgehen würde – all das kostete ihn ebenso viel Kraft wie das Gefecht selbst. Er spürte den heißen Wind auf seinem Gesicht, roch den Schweiß der Männer und die Ausdünstungen der Pferde. In der Ferne sah er auf einer anderen Erhebung eine helle Fahne im Wind wehen. Das Zeichen des Emirs Abdul Qazim. Würde sein Gegner ihm zuvorkommen und zuerst das Zeichen zum Kampf geben?

Otto schloss die Augen und horchte in sich hinein.

Als die beiden Heere bis auf hundert Pferdelängen aneinander herangerückt waren, riss er den Arm hoch, und die Hornbläser stießen das verabredete Signal aus. Sehr hell erklangen die Töne. Ein letztes Mal fasste Otto sich an die Brust, an die Stelle, wo er unter dem Kettenhemd Theophanus Ring trug. Dann ergriff er den Schaft einer Fahne, rammte seinem Hengst die Fersen in die Flanke und raste den Hügel hinunter. Im wilden Galopp folgte ihm der Mittelteil seines Heeres.

*

Unruhig ging Theophanu in ihrem Schlafraum auf und ab. Im Burginnern war es stickig und heiß, aber draußen im Garten war die Hitze noch unerträglicher. Ihr Sohn saß am Boden und stapelte Holzklötze zu einem Turm. Sonst war das Kind meist ausgeglichen und gut gelaunt. Doch an diesem Vormittag brach es schon bei geringstem Anlass in Tränen aus.

In diesen Augenblicken musste die Schlacht eröffnet werden. Wie würde der Kampf ausgehen? Theophanu rief sich ins Gedächtnis, dass Ottos Heer den Arabern zahlenmäßig überlegen war. Außerdem war ihr Gatte ein geschickter Stratege – das hatte er in den letzten Gefechten bewiesen. Aber trotzdem wurde ihre Sorge nicht kleiner.

Klappernd fielen einige Bauklötze, mit denen der Junge gespielt hatte, zu Boden. Sofort begann er laut zu weinen. Theophanu eilte zu ihrem Sohn und nahm ihn tröstend in den Arm.

*

Otto riss sich die Kapuze des Kettenhemdes und den Helm vom Kopf und fuhr sich über das schweißüberströmte Gesicht. Es war alles gut gegangen: Sein Heer hatte die Truppen der Sarazenen überrannt. Ihre Reihen lösten sich auf, und die Gegner flohen scharenweise. Neben ihm reckte Heinrich Zolunta, der aus einer Kopfwunde blutete, triumphierend den Arm gen Himmel. Der Herzog von Schwaben tat es ihm gleich. Auch die anderen Männer um Otto jubelten laut, und das freudige Geschrei setzte sich wie eine große Welle über das Schlachtfeld fort.

Bernhard Billung lenkte sein Ross durch das Getümmel auf Otto zu. Sein Antlitz unter dem Helm war von einer

Kruste aus Schweiß und Staub überzogen. Lachend schrie er: »Wir haben gesiegt, und zwar endgültig! Der Emir ist im Kampf gefallen.« Hände hieben Otto auf den Rücken.

»Bringt mich zu seiner Leiche.« Der Kaiser wendete sein Pferd und folgte Bernhard. Seine Freunde und weitere Männer schlossen sich ihm an, und die Schar ritt Bernhard Billung hinterher. Die sächsischen und fränkischen Soldaten wichen vor ihnen zurück und zerrten Tote und Verwundete aus dem Weg. Wieder erscholl lauter Jubel, und Hände streckten sich aus, um Otto oder wenigstens sein Pferd zu berühren.

Die Stelle, wo der Emir ums Leben gekommen war, wurde von einem dichten Ring von Männern umgeben. Während sich eine Gasse zwischen ihnen bildete, blickten erschöpfte und lachende Gesichter zu Otto auf. Abdul Qazim – zu erkennen an seiner kostbaren Bewaffnung – lag inmitten anderer sarazenischer Gefallener.

Otto sprang von seinem Hengst und bahnte sich zwischen den Leichen den Weg zu seinem toten Gegner. Der Emir war ein dunkelhaariger Mann mittleren Alters mit markanten Gesichtszügen. In seinem Kettenhemd klaffte genau über dem Herzen ein Loch. Der Lanzen- oder Schwertstich musste ihn sofort getötet haben. Sein Antlitz trug einen überraschten, ja fast friedlichen Ausdruck.

»Schlagt dem Heiden den Kopf ab!«

»Ja, er soll auf eine Lanze gespießt werden.«

Erst jetzt registrierte Otto die Schreie. Er blickte auf. »Nein«, erklärte er entschieden. »Der Emir soll ein würdiges Begräbnis haben.«

Sein Gegner war tot, das feindliche Heer geschlagen, und doch wollte sich keine wirkliche Erleichterung bei Otto einstellen. Im Gegenteil – etwas beunruhigte ihn: Theophanus Traum. Aber wer konnte ihm den Sieg jetzt noch entreißen? Mit den Augen suchte er die in der Hitze flirrende Ebene ab.

Fränkische und sächsische Soldaten eilten umher, versorgten Verwundete und plünderten Sarazenen aus.

»Bringt den Emir weg.« Er winkte einige Soldaten herbei. »Und dass sich niemand an seinen Waffen vergreift.«

Bernhard Billung umarmte Otto lachend. »Ein großer Sieg. Ein Sieg, der dem Eures Vaters auf dem Lechfeld gleichkommt.« Auch Otto von Schwaben und Heinrich Zolunta fielen ihm um den Hals.

Während sich Otto die Umarmungen gefallen ließ, wuchs seine Unruhe. Nein, irgendetwas stimmte nicht. Er schob die Männer, die sich um ihn drängten, zur Seite. »Zu den Pferden!«, rief er. »Schnell, seht zu, dass Ihr zu den Pferden kommt.«

Seine Freunde starrten ihn ratlos an. Fragende und überraschte Stimmen wurden laut.

»Wie meint Ihr das?«

»Aus welchem Grund?«

»Die Sarazenen sind doch geschlagen.«

Doch Otto war nicht mehr zu halten. »Los, beeilt Euch!«, schrie er ungeduldig. Zögernd liefen die Männer zu ihren Rössern.

In diesem Augenblick sah Otto, wie von den Rändern der Ebene etwas Schwarzes auf sein Heer zuraste. Die Sonne blendete, und er musste die Augen zusammenkneifen, um zu erkennen, worum es sich handelte. Zuerst hielt er es für eine dunkle Wolke. Doch dann, während er noch verzweifelt versuchte, seine Männer um sich zu scharen, erkannte er, dass ein riesiger Trupp sarazenischer Reiter auf sie zugaloppierte.

*

»Hoheit, Zeugen der Schlacht sind gekommen.« Imiza stürzte in das Zimmer.

Theophanu legte die Handschrift, in der sie gelesen hatte,

zur Seite und sprang auf. Nachdem sie sich überzeugt hatte, dass ihr Sohn ruhig schlief, rannte sie zusammen mit Imiza zur Halle der Burg.

Drei Männer hielten sich zusammen mit Dietrich von Metz an der Stirnseite des von Fackeln erhellten Raums auf. Einer von ihnen war ein älterer, hakennasiger Mönch. Die anderen beiden, ihrer guten Kleidung nach zu schließen, Kaufleute.

Während Theophanu durch die Halle eilte, hörte sie den Mönch sagen: »Mit meinen eigenen Augen habe ich gesehen, wie die Sarazenen scharenweise die Flucht ergriffen haben.«

»Ja, sie rannten davon wie die Hasen«, bestätigte einer der Kaufleute. »Und was den Kaiser betrifft ... Ich habe gesehen, wie er nach dem Ende des Gefechts inmitten einer Schar Adeliger wohlbehalten über das Schlachtfeld geritten ist.«

»Gott sei gedankt, dass er meinen Verwandten beschützte und ihm den Sieg schenkte.« Dietrich breitete die Hände aus und sah zufrieden in die Runde. »Der Herr ist auf der Seite der Rechtgläubigen.«

Theophanu jubelte innerlich auf. Otto hatte die Schlacht gewonnen! Er lebte! Und doch konnte sie sich nicht wirklich von dem Schrecken des Traums lösen. »Seid Ihr sicher, dass Ihr wirklich Zeugen eines Sieges wart?«, wandte sie sich erregt an die Männer.

»Verzeiht, aber ich verstehe Eure Frage nicht.« Der Mönch schaute sie irritiert an.

»Die Kaiserin hat nie wirklich an einen Sieg des fränkischen Heeres geglaubt.« Dietrich verzog verächtlich den Mund. »Deshalb zweifelt sie jetzt an Euren Worten.«

Theophanu ignorierte ihn und blickte stattdessen die drei Männer an. »Ich meinte mit meiner Frage: Wie lange seid Ihr auf dem Schlachtfeld gewesen? Seid Ihr ganz sicher, dass sich das Blatt für das Heer meines Gatten nicht noch einmal gewendet hat und die Sarazenen ein zweites Mal angriffen?«

Der zweite Kaufmann schüttelte selbstsicher den Kopf. »Auf gar keinen Fall. Die Truppen der Araber waren völlig aufgerieben.«

Der Mönch nickte bekräftigend. »Ich bin noch eine ganze Weile am Schlachtfeld entlanggeritten. Da gab es keinen zweiten Angriff der Ungläubigen.«

»Gebt es doch endlich zu«, fuhr Dietrich von Metz Theophanu an, »Ihr habt Euch gründlich getäuscht, was den Feldzug betrifft. Entgegen Eurer Voraussage eilt Euer Gemahl nämlich von Sieg zu Sieg, anstatt erbärmlich zu scheitern. Noch nicht einmal jetzt, da es glaubhafte Zeugen gibt, wollt Ihr seinen Triumph anerkennen. Was seid Ihr nur für eine Gattin?«

»Euch bin ich keine Rechenschaft über meine Gedanken und Gefühle schuldig«, entgegnete Theophanu kalt und bedeutete Imiza, mit ihr die Halle zu verlassen.

»Herrin, verzeiht«, sagte Imiza, als sie in dem Vorraum angelangt waren, »Ihr wisst, dass ich den Bischof nicht leiden kann. Aber ich muss ihm recht geben. Ihr wirkt wirklich nicht so, als ob Ihr Euch über den Sieg freuen würdet.«

»Das ist nicht wahr.« Theophanu schüttelte den Kopf. »Ich freue mich sehr.« Sie sagte sich, dass sie den Traum endlich als das betrachten musste, was er war – nämlich ein Trugbild. Doch trotz dieses Vorsatzes plagte sie weiterhin eine unterschwellige Angst um ihren Gatten und seine Leute.

*

Otto ließ sein blutiges Schwert sinken. Erschöpft starrte er den Sarazenen nach, die geordnet davon galoppierten. Ihr Angriff war wie eine tödliche Woge über sein Heer hinweggegangen. Im letzten Augenblick hatte Otto einige Dutzend Männer um sich sammeln können. Zu strategischen Überlegungen oder gar dazu, die Soldaten, die sich plündernd über das Schlachtfeld verteilt hatten, zu einer festen Phalanx zusammenzurufen, war keine Zeit geblieben. Jeder einzelne Mann hatte nur noch um das nackte Überleben gekämpft.

In Ottos nächster Umgebung war kaum ein Soldat imstande, aufrecht zu stehen. Tote und Verwundete bedeckten das Schlachtfeld. Ihr Schreien und Stöhnen erfüllte die Luft. Verendende Pferde wieherten schrill in Todesqual. Ottos Hengst, den ein Lanzenstich in die Flanke getroffen hatte, mühte sich verzweifelt, auf die Beine zu kommen. Otto stieß dem Tier das Schwert tief in die Kehle, um seinen Qualen ein Ende zu bereiten.

Danach stolperte er weiter. Pilgrim, ein sächsischer Adeliger, der ihn vorhin zur Leiche des Emirs begleitet hatte, lag mit gespaltenem Schädel am Boden. Unter den Toten befanden sich auch Adaldag und Raimund, ein Brüderpaar, mit denen er eben noch Seite an Seite gekämpft hatte.

Schweiß und Tränen rannen über Ottos Gesicht. Neben einem verendeten Schlachtross bewegte sich ein Ritter, in dessen Unterleib eine breite Wunde klaffte. Otto taumelte auf ihn zu. Als der Mann stöhnend versuchte, sich aufzurichten, erkannte er ihn. Der Verwundete war Otto von Schwaben. Mit einem Schluchzen sank der Kaiser neben seinem Freund in die Knie.

»Otto …« Der Herzog von Schwaben bewegte mühsam die Lippen.

»Ich bringe dich hier weg.«

»Du weißt genauso gut wie ich, dass es mit mir vorbei ist.«

Otto griff dem Herzog unter die Achseln und versuchte vorsichtig, ihn hochzuheben. Doch der Freund stieß einen gepeinigten Schrei aus, so dass er ihn behutsam wieder auf den sandigen Boden gleiten ließ und stattdessen den Kopf des Verletzten in seinen Schoß bettete.

»Du musst das Schlachtfeld verlassen, bevor die Sarazenen zurückkommen.« Der Herzog bewegte mühsam die Lippen und berührte Ottos Hand.

»Nein, ich bleibe bei dir«, sagte er sanft und fügte mit einem schiefen Lächeln hinzu: »Du weißt doch ... Sonst dürfte ich Heinrich nie wieder unter die Augen kommen.«

Nach kurzer Zeit verlor der Herzog das Bewusstsein. Nur das schwache Heben und Senken seines Brustkorbes zeigte, dass er noch lebte. Noch immer drang das Schreien und Wimmern der Verwundeten und Sterbenden an Ottos Ohr und mischte sich mit dem Gesumm der Fliegen, die nun in dichten Trauben über das Schlachtfeld herfielen. Die Sonne brannte vom Himmel, und süßlicher Verwesungsgeruch stieg von den Leichen auf.

Der Herzog regte sich in Ottos Schoß. Flüsternd bat er ihn um Wasser. Aber kaum war die Flüssigkeit seine Kehle hinuntergeronnen, spie er sie schon wieder aus. Als er die Lider schloss, dachte Otto, er sei erneut ohnmächtig geworden, und legte die Kalebasse mit Wasser weg, doch sein Freund griff unerwartet kraftvoll nach seinem Arm, öffnete die Augen und suchte Ottos Blick, als wollte er sich daran festhalten. Ein letztes Mal atmete der Herzog von Schwaben stöhnend aus, dann wurde sein Körper schlaff.

Eine Weile saß Otto einfach nur da und hielt den toten Freund in den Armen. Dann schob er die Lider über dessen starre Augen und stand schwankend auf. So weit sein Blick reichte, konnte er nur Tote und Sterbende sehen. Erschöpft versuchte er, sich am Stand der Sonne zu orientieren, ehe er in die Richtung davonstolperte, in der er Rossano vermutete.

*

Kalymachos war an der Seite seines Bruders in die Schlacht gezogen und wie der Rest des Heeres von dem Überraschungsangriff der Sarazenen völlig überrumpelt worden. Obwohl er versucht hatte, während des Kampfes in der Nähe seines Bruders zu bleiben, war ihm dies nicht gelungen: Als er sich zweier Araber gleichzeitig hatte erwehren müssen, hatte er im Getümmel die Orientierung verloren und sich inmitten einer Schar ihm unbekannter fränkischer Soldaten wiedergefunden.

Jetzt, nach dem Gefecht, blutete Kalymachos aus einer Wunde am Oberschenkel. Stöhnend entledigte er sich seines Obergewandes und seines Hemdes und riss beides in Streifen. Nachdem er die Wunde notdürftig verbunden hatte, hinkte er zwischen den Leibern umher, die überall auf dem Schlachtfeld lagen, und suchte nach seinem Bruder. Einmal glaubte Kalymachos, ihn unter den Toten entdeckt zu haben. Doch als er sich über den Leichnam beugte, erkannte er zu seiner grenzenlosen Erleichterung, dass er sich getäuscht hatte.

Ein dumpfer Schmerz pulsierte durch Kalymachos' Bein, und er litt brennenden Durst. Seine Wasserflasche hatte er irgendwann während des Kampfes verloren. Einige Male begegnete er Soldaten, die wie er herumirrten. Doch wem er auch seinen Bruder beschrieb, niemand hatte ihn gesehen.

Schließlich sprengte ein herrenloses Pferd hinter einigen Sträuchern hervor, und Kalymachos rannte stolpernd auf den kräftigen Fuchs zu. Doch das Pferd wich ihm aus und trabte weiter.

Entmutigt blieb Kalymachos stehen. Vor Erschöpfung und Schmerz traten ihm die Tränen in die Augen. Ein ängstliches Wiehern ließ ihn aufhorchen. Als er den Kopf wandte, sah er, dass der Fuchs nicht weiter floh. Die am Boden schleifenden Zügel hatten sich in einem Leichnam verheddert. Voller Angst, das Tier könnte sich doch noch losreißen, ehe er es erreicht hatte, humpelte Kalymachos los. Zu seiner grenzenlosen Erleichterung gelang es ihm, sich in den Sattel zu ziehen.

*

Otto hatte sich seines Helmes und seines Kettenhemdes schon vor einer ganzen Weile entledigt, denn das Metall hatte sich unerträglich aufgeheizt. Erschöpft zwang er sich, einen Schritt vor den anderen zu setzen. Er musste Rossano erreichen, ehe die Sarazenen möglicherweise die Stadt angriffen. Er musste zu Theophanu und zu seinem Sohn zurückkehren.

Hufgetrappel schreckte ihn auf. Hinter einer Felsformation sprengten einige Reiter hervor. Geistesgegenwärtig warf Otto sich hinter einem verendeten Pferd zu Boden. Als er vorsichtig über den Kadaver spähte, sah er, dass die Männer fränkische Tracht trugen. Er sprang auf, winkte und schrie. Doch sie hatten die Pferde schon gewendet, ohne ihn zu bemerken, und ritten davon.

Otto stolperte weiter. Die Zunge klebte an seinem Gaumen, und ein verzehrender Durst quälte ihn. Rote Punkte tanzten vor seinen Augen. Plötzlich flog ein riesiger, unheilvoller Vogel durch das Rot direkt auf ihn zu. War das der Todesvogel, der auch seinem Vater erschienen war?

Der Kaiser riss seine zugeschwollenen Augen auf. Ein einzelner Reiter näherte sich ihm, der die Sonne im Rücken hatte und von dem nur die Umrisse zu erkennen waren. Otto zerrte sein Schwert aus der Scheide. Theophanu ... Das Kind ... Er musste sie wieder sehen.

»Lass gut sein, Freund«, klang es an sein Ohr. »Ich gehöre zu den Unsrigen.« Fränkische Worte. Eine vertraute Stimme. Otto ließ die Waffe sinken. Der Reiter war nun ganz dicht herangekommen und hatte die Sonne nicht mehr im Rücken, so dass Otto ihn sehen konnte. Vor ihm stand ein dunkelhaariger, feingliedriger Mann, dessen nackter Oberkörper staubverkrustet und dessen Gesicht von Erschöpfung gezeichnet war. Es war Kalymachos.

Auch der Händler erkannte den Kaiser und ließ sich von dem Rücken des Pferdes gleiten. »Hoheit, nehmt den Fuchs«, sagte er und verneigte sich.

»Ich musste schon einen Freund auf dem Schlachtfeld zurücklassen.« Otto schüttelte den Kopf. »Das Pferd kann uns beide tragen. Los, steigt mit auf.«

Kalymachos zögerte, gab dann jedoch nach.

Die Gruppen von plündernden Sarazenen wurden nun immer zahlreicher. Häufig mussten Otto und Kalymachos von dem Pferd springen und sich zwischen Leichen oder hinter Strauchwerk und Fels verbergen. Bei einigen Toten fanden sie mit Wasser gefüllte Kalebassen und teilten sich den Inhalt. Ohne es zu bemerken, näherten sie sich der Küste. Die Luft wurde angenehmer, und es wehte ein leichter Wind. Erleichtert atmeten die beiden Männer auf. Kalymachos, der vor Otto auf dem Fuchs saß, bemerkte es zuerst: »Herr, seht, Schiffe!«, rief er überrascht und wandte sich um.

Erst jetzt registrierte Otto, dass sie sich auf einer Landzunge befanden. Weniger als zwanzig Pferdelängen entfernt schlugen Wellen an den steinigen Strand. In Sichtweite der Küste ruderten gemächlich zwei Dromonen. Allem Anschein nach hatten byzantinische Statthalter die Kriegsschiffe geschickt, um die Schlacht beobachten zu lassen.

Otto überlegte rasch. Je länger Kalymachos und er sich in der Nähe des Schlachtfeldes aufhielten, desto größer wurde die Gefahr, dass sie den Sarazenen in die Arme liefen. Überleben würden sie eine solche Begegnung kaum, auch das war klar. Andererseits existierte mittlerweile ein Waffenstillstand zwischen den byzantinischen Städten in Süditalien und den Franken. Einfachen fränkischen oder sächsischen Soldaten würden die Seeleute voraussichtlich nichts tun, und so abgekämpft, wie er aussah, würde ihn sicher niemand auf den Schiffen erkennen.

»Wir müssen es wagen, zu den Dromonen hinauszuschwimmen. Beeilt Euch«, drängte er, während er begann, seine Kleidung und seine kostbaren Waffen, die ihn hätten verraten können, abzulegen.

Der Händler schüttelte den Kopf. »Ich würde Euch gern begleiten. Aber ich kann nicht schwimmen.«

»Ich lasse Euch nicht zurück.«

»Ihr müsst Euer Glück versuchen. Allein komme ich mit dem Pferd schneller voran.«

»Einer sarazenischen Reitergruppe werdet Ihr trotzdem nicht entkommen. Ich werde auf dem Rücken schwimmen und Euch hinter mir herziehen.«

»Hoheit, bei allem Respekt vor Euren Schwimmkünsten«, Kalymachos lächelte schwach. »Ihr werdet genug damit zu tun haben, es allein zu den Schiffen zu schaffen. Zusammen gehen wir nur unter.«

Otto zögerte. Auch wenn er es nicht wahrhaben wollte, hatte Kalymachos womöglich recht. Die Brandung war stark, und er war ohnehin geschwächt.

»Je eher Ihr losschwimmt, desto eher kann ich weiterreiten«, drängte der Händler. »Außerdem bin ich Euch ohnehin noch etwas schuldig. Wenn Ihr nicht gewesen wäret, hätten mich die Soldaten im Zeltlager vielleicht totgeprügelt. Niemand hätte sich groß um einen erschlagenen jüdischen Händler gekümmert.«

Otto war jedoch noch immer unentschieden.

»Denkt an Eure Frau und an Euren Sohn.« Kalymachos' Stimme klang sanft. »Sie brauchen Euch.«

Das gab den Ausschlag. Otto umarmte den Händler impulsiv. »Wir sehen uns in Rossano«, sagte er eindringlich.

»Ja, das werden wir.« Der Händler nickte.

Ohne noch länger zu zögern, rannte Otto zum Meer und stürzte sich in die Wellen. Im ersten Augenblick war die Kälte des Wassers ein Schock. Sie raubte ihm fast den Atem und lähmte seine Glieder. Wie Kalymachos vorausgesagt hatte, kostete es ihn all seine Kraft, gegen die Brandung anzuschwimmen. Erst als er sich ein Stück von der Küste entfernt hatte, ließ die Wucht der Wellen nach, und es fiel ihm leichter voranzukommen.

Otto wandte den Kopf. Er war sich nicht ganz sicher, aber er glaubte über einen Wellenkamm hinweg den Händler noch immer am Ufer stehen zu sehen.

Die erste Dromone war inzwischen zu weit entfernt. Deshalb hielt Otto auf die zweite zu. Als er so weit an das Schiff herangekommen war, dass er das Klatschen der Ruder über dem Geräusch der Brandung hören konnte, begann er zwischen einzelnen Schwimmzügen zu winken und laut zu schreien. Einmal glaubte er zu sehen, dass sich ein Seemann über die Reling beugte, weil er ihn bemerkt hatte. Wieder rief und winkte er. Doch das Schiff glitt gleichmäßig weiter und verlangsamte seine Fahrt nicht. Allmählich wurden Ottos Glieder schwer, und ein schmerzhaftes Ziehen machte sich in seiner Seite breit.

Während er sich eisern zwang weiterzuschwimmen, zog die Dromone gemächlich an ihm vorbei. Gedanken wirbelten durch seinen Kopf. Er würde es nicht mehr zur Küste schaffen ... Theophanu und sein Sohn ... Was für ein erbärmlicher Tod, im Meer zu ertrinken ...

Noch einmal raffte er all seine Kräfte zusammen und schrie gleichzeitig, so laut er konnte. Er war nun auf einer Höhe mit dem Heck und bis auf wenige Pferdelängen an die Ruder herangekommen. Wasser, das von ihnen hochgewirbelt wurde, schwappte ihm in die Augen.

Verdammte Bastarde ... Während Otto noch darum kämpfte, wieder klar sehen zu können, bemerkte er, dass sich etwas verändert hatte. Das Geräusch der Ruderschläge war verstummt. Er blinzelte und fürchtete, dass er einem Wunschtraum aufgesessen sein könnte. Aber er hatte sich nicht getäuscht: Das Schiff fuhr nicht mehr weiter, sondern trieb mit eingezogenen Rudern vor ihm im Wasser. Am Heck wurde ein Tau herabgelassen. So schnell er konnte, schwamm Otto darauf zu.

Zuerst wollten ihm seine klammen Hände nicht gehorchen, und er konnte das Tau nicht greifen. Doch schließlich gelang es ihm, sich daran festzuhalten und emporzuziehen. Als er die Reling fast erreicht hatte, hob er den Kopf. Einige Seeleute beugten sich zu ihm hinunter und streckten die Arme aus, um ihm an Deck zu helfen. Eine vertraute Gestalt befand sich unter ihnen, die ihn erleichtert angrinste: Es war Heinrich Zolunta.

*

Während der Nacht schreckte Theophanu immer wieder aus Alpträumen hoch. Als ein neuer Tag heraufdämmerte, redete sie sich wieder ein, dass sie sich grundlos Sorgen machte. Otto würde bald wohlbehalten zu ihr zurückkehren.

Nach einer schnellen Morgenmahlzeit ging sie mit ihrem Sohn zu den Stallungen. Das Kind wollte unbedingt reiten, und sie beabsichtigte, den noch einigermaßen kühlen Morgen dazu zu nutzen. Ohne Rainalds Hilfe half sie ihrem Kind in den Sattel und führte das Pony zum Burghof.

Sie hatten das Geviert eben einmal umschritten, als ein halbes Dutzend Soldaten in den Hof geritten kam. Ihre Kleidung war zerrissen und schmutzig, und einige von ihnen trugen blutige Verbände – an sich nichts Ungewöhnliches nach einer Schlacht. Doch die Männer strahlten etwas aus, das Theophanu erschreckte. Sie zog das Pony neben sich her und rannte zu ihnen.

Bevor sie die Soldaten etwas fragen konnte, wandte sich

Gernoth, ein sächsischer Adeliger, an sie. »Hoheit«, er starrte sie aus vor Müdigkeit und Staub geröteten Augen an, »ist Euer Gatte nach Rossano zurückgekehrt?«

Theophanus Herz setzte für einen Schlag aus. Wo war Otto? »Nein«, erwiderte sie beklommen. »Hält sich mein Gemahl denn nicht bei seinem Heer auf?«

»Habt Ihr noch gar nichts von unserer Niederlage erfahren?«, fragte Gernoth zurück und begriff nun. Rasch schilderte er ihr, was sich auf dem Schlachtfeld ereignet hatte. »Nachdem die Sarazenen davongeritten waren, haben wir überall nach Eurem Gatten gesucht, doch wir konnten ihn nicht finden«, sagte er und zögerte einen Moment, ehe er fortfuhr: »Wir fürchten, dass ihn die Araber gefangen genommen oder seinen Leichnam weggeschafft haben.«

Mittlerweile hatte sich eine Reihe von Bediensteten um sie versammelt. Ungeduldig drängte sich Dietrich von Metz nach vorne. »Was geht hier vor?«, fragte er scharf.

Während Gernoth wiederholte, was er Theophanu gerade mitgeteilt hatte, hob sie ihren Sohn vom Pony und drückte ihn an sich. Das Kind verstand, dass etwas Schlimmes vorgefallen sein musste. Es schmiegte seinen Kopf an ihre Brust und begann leise zu weinen. Sie fühlte sich wie betäubt. Es durfte nicht sein, dass Otto tot war.

»Wir werden Rossano sofort verlassen.« Dietrichs Worte brachten Theophanu wieder zu sich. Der Bischof hatte einen Offizier der Burgbesatzung – einen rundlichen Mann in seinen Vierzigern – heranbefohlen. »Sagt Euren Leuten, sie sollen sich bereit machen. In zwei, drei Stunden reiten wir ab.«

»Nein!«, fuhr Theophanu auf. Sie musste wissen, was wirklich mit Otto geschehen war.

»Verzeiht, aber ich verstehe nicht, was Ihr mir sagen wollt.« Dietrich von Metz bedachte sie mit einem unwilligen Blick.

»Ihr habt mich sehr gut verstanden«, entgegnete sie bestimmt. »Wir werden bleiben.«

»Euer Gatte hat Euren Sohn und Euch meiner Obhut anvertraut. Ihr werdet tun, was ich anordne.«

»Ihr vergesst Eure Stellung, Dietrich.« Theophanu hob den Kopf und sah ihn verächtlich an. »Ich bin die Gattin des Kaisers, die gesalbte Mitregentin. Ihr habt meinen Befehlen zu gehorchen und nicht ich den Euren.«

»Verzeiht, Hoheit.« Gernoth räusperte sich verlegen. »Aber der Bischof hat nicht ganz unrecht. Was, wenn sich die Sarazenen gegen Rossano wenden? Euer Gatte würde sicher nicht wollen, dass Ihr und das Kind in die Hände der Heiden fallt.«

»Ich habe ganz und gar nicht die Absicht, meinen Sohn und mich von den Arabern gefangen nehmen zu lassen«, entgegnete Theophanu und wandte sich an den Offizier. »Schickt Kundschafter aus und postiert Wachen rund um die Stadt. Falls die Sarazenen Rossano tatsächlich angreifen sollten, werden wir das rechtzeitig erfahren und können noch fliehen. Aber dann – und nur dann – werde ich die Stadt verlassen. Habt Ihr mich nicht verstanden?«, fuhr sie den Offizier an, als dieser wie angewurzelt stehen blieb und sie verblüfft anstarrte.

»Sicher, Hoheit.« Der verwirrte Mann verbeugte sich und rannte zu dem Steingebäude, in dem die Soldaten untergebracht waren.

»Wenn Ihr immer noch aus der Stadt fortwollt, ist das Eure Sache.« Theophanu schaute Dietrich von Metz an. »Ich werde nicht versuchen, Euch umzustimmen.« Einige Momente maßen sie sich mit Blicken, dann schlug der Bischof die Augen nieder und neigte den Kopf vor ihr. »Euer Gatte bat mich, bei Euch zu bleiben. Ich werde tun, was Otto verlangte«, sagte er gepresst.

*

Nachdem Otto von Heinrich an Bord der Dromone gezogen worden war, sah er sich von byzantinischen Seeleuten umringt. Einer von ihnen, ein großer, breitschultriger und kostbar gekleideter Mann mit schwarzem Vollbart, trat auf ihn zu. Er verbeugte sich und grinste. »Es ist mir eine Ehre, einen weiteren Kämpfer des Kaisers auf meinem Schiff begrüßen zu dürfen. Nicht, dass ich ein Freund der Sarazenen wäre. Aber es freut mich, dass sie Eurem Sachsenkaiser gehörig Prügel verabreicht haben.«

»Allerdings, das haben sie getan.« Otto spürte einen bitteren Geschmack im Mund.

»Ihr seid jedenfalls unsere Gäste.« Der Kapitän nickte Heinrich zu. »Wie ich ihm schon sagte, könnt Ihr in Saverato an Land gehen, wenn Ihr wollt.«

Saverato … Otto war erleichtert. Der Ort war nur wenige Stunden entfernt, und wenn er mit Heinrich die Nacht durchreiten würde, konnten sie wahrscheinlich gegen Mittag des nächsten Tages in Rossano sein. »Ihr seid zu freundlich.« Otto zwang sich zu einer höflichen Verbeugung.

»Ein geschlagener Gegner hat Milde verdient.« Der Kapitän lachte. Er winkte einen Seemann heran, der Otto eine Hose und einen groben Kittel reichte. Anschließend ging er aufs Vorderdeck. Die Seeleute zerstreuten sich und begaben sich auf ihre jeweiligen Posten. Das Schiff nahm wieder Fahrt auf.

Gereizt starrte Heinrich dem Kapitän hinterher. »Bei Gott, ich wünschte, ich könnte diesem Kerl endlich das Maul stopfen. Zu schade, dass wir auf diesen Anastasios angewiesen sind.«

Während sich Otto rasch die Kleidung überstreifte, bedachte er den Freund mit einem Lächeln. »Dem Himmel sei Dank, dass du mich entdeckt und diesen Kahn zum Halten gebracht hast.«

Heinrich zuckte die Schultern. »Ich habe mich selbst so

vom Schlachtfeld gerettet. Weil ich mir gedacht habe, dass es anderen ähnlich ergehen könnte, habe ich das Meer im Auge behalten. Allerdings hätte ich nicht damit gerechnet, dass wir ausgerechnet dich aus dem Wasser fischen würden.«

»Ein Mann namens Kalymachos hat mich auf dem Schlachtfeld aufgesammelt. Ich musste ihn an der Küste zurücklassen. Konntest du sehen, ob er den Sarazenen entkommen ist?«

Heinrich runzelte die Stirn. »Ein Dunkelhaariger, der einen Fuchs bei sich hatte?«

»Ja.« Otto nickte.

»Vier oder fünf Araber haben sich auf ihn gestürzt und ihn niedergemacht.« Heinrich schüttelte bedauernd den Kopf. »Sie haben ihn direkt an der Küste erwischt. Einige der Seeleute und ich haben das Treiben beobachtet. Deshalb habe ich dich auch erst so spät entdeckt.«

Trauer schnürte Otto die Kehle zu. Kalymachos hatte den Strand also gar nicht verlassen. Und dass der jüdische Händler hatte abwarten wollen, ob er das Schiff auch tatsächlich erreichte, hatte ihn sein Leben gekostet.

Nach einer Weile berührte Heinrich ihn am Arm. »Weißt du, was aus unserem Freund, dem Herzog, geworden ist? Ich würde lachen, wenn wir ihn auch noch aus dem Meer fischten.«

»Das wird nicht der Fall sein.« Ottos Stimme brach. »Ich war bei ihm, als er starb.« Heinrich erwiderte nichts. Aber sein sonst so lebhaftes Gesicht wurde starr und grau. Schweigend hockten sie sich nebeneinander auf die Bootsplanken.

Einer der Seeleute brachte Otto Brot und einen Krug Wasser. Er trank gierig, die Speise rührte er jedoch nicht an. Müde starrte er die Sonne an, die als goldgelbe Scheibe tief im Westen stand. Genau wie vor zwei Abenden. Sein Stern war bereits damals im Sinken begriffen gewesen. Und er hatte Tausende von Menschen mit sich gerissen.

»Otto …« Heinrich stieß ihn vorsichtig in die Seite und deutete verstohlen mit dem Kopf in Richtung des Vorschiffs – der Kapitän kam in Begleitung einiger Seeleute auf sie zu. Der gönnerhafte Spott war aus seiner Miene gewichen. Stattdessen war sie hart und lauernd geworden. Das hatte nichts Gutes zu bedeuten, und die nächsten Worte des Kapitäns bestätigten Ottos Befürchtung.

»Dieser Mann«, Anastasios deutete auf einen muskulösen, kahlköpfigen Matrosen mittleren Alters, dessen braungebrannte Brust und Arme unzählige Tätowierungen bedeckten, »schwört, dass er Euch kennt.«

»Das glaube ich nicht.« Otto und Heinrich erhoben sich langsam.

»Ich gehörte zu dem Tross, der Eure Gattin vor elf Jahren von Benevent nach Rom begleitete.« Der Matrose sprach gelassen und war sich seiner Sache sicher. »Am Abend Eurer Hochzeit wart Ihr so freundlich, mit Eurer Gattin zu uns Bediensteten zu kommen. Ihr habt mit meinem Tischnachbarn über Pferderennen im Hippodrom geredet, und später habt Ihr und die Prinzessin noch zusammen mit den Knechten und Mägden getanzt. Es kommt nicht häufig vor, dass einer wie ich einen Kaiser aus nächster Nähe sieht. Deshalb hat sich mir Euer Antlitz eingeprägt.«

Eine nebelhafte Erinnerung tauchte in Ottos Gedächtnis auf. Ja, der Matrose hatte recht. Damals hatte er mit Theophanu die Scheune der Pfalz aufgesucht, wo die Tische für die Bediensteten gedeckt gewesen waren.

Scheinbar gleichmütig zuckte Otto mit den Schultern. »Freund, es ist schmeichelhaft für mich, dass du mich für den Kaiser hältst. Aber du täuschst dich.«

»Ach wirklich?«, spottete Anastasios. Auf eine rasche Handbewegung von ihm hin stürzten sich vier Seeleute auf Heinrich und hinderten ihn daran, sein Schwert zu ziehen. Zwei andere hielten Otto fest.

»Ich wende ungern Gewalt an.« Der Kapitän schenkte Otto ein kaltes Lächeln. »Aber wenn Ihr nicht sofort zugebt, dass Ihr der Kaiser seid, wird Euer Freund das büßen müssen – ein Finger von ihm für jede Lüge von Euch.« Die Seeleute zwangen Heinrichs rechte Hand hoch und pressten sie auf die Reling. Einer von ihnen zückte seinen Dolch.

»Meinetwegen könnt ihr mir alle zehn Finger abschneiden«, fuhr Heinrich den Kapitän an. »Aber dieser Mann ist nicht der Kaiser. Er ist ein einfacher sächsischer Landedelmann, genau wie ich.«

»Heinrich, lass gut sein.« Otto war überzeugt, dass Anastasios seine Drohung wahr machen würde. »Euer Seemann sagt die Wahrheit.«

»Euer Gnaden.« Der Kapitän verbeugte sich übertrieben tief. »Ihr versteht sicher, dass dies eine Änderung unserer Reiseroute bedeutet und wir nun nicht mehr bei Saverato vor Anker gehen können. Stattdessen werden wir direkt nach Konstantinopel weiterfahren. Ich bin sicher, dass Basileios entzückt sein wird, Euch kennen zu lernen.«

Ottos Gedanken überschlugen sich. Wenn sie erst einmal auf dem Mittelmeer waren, würden Heinrich und er keine Gelegenheit mehr haben zu fliehen. Und der Kapitän hatte recht: Basileios würde höchst erfreut sein, ihn als Gefangenen vorgeführt zu bekommen. Wenn er ihn überhaupt wieder ziehen lassen würde, dann nur gegen ein hohes Lösegeld. Nein, er durfte dem byzantinischen Herrscher unter gar keinen Umständen in die Hände fallen! Er musste Anastasios dazu bewegen, irgendwo in der Nähe einen Hafen anzulaufen.

Langsam formte sich eine Idee in Ottos Kopf.

»Ich würde mich meinerseits freuen, endlich Kaiser Basileios zu treffen«, entgegnete er höflich. »Und nicht nur ich. Auch meine Gattin wäre glücklich, nach so langer Zeit ihre Heimat wieder zu sehen. Sie und mein Sohn halten sich derzeit in Rossano auf. Warum fahrt Ihr nicht dorthin und nehmt sie und mein Kind mit an Bord?«

»Ihr könnt mich nicht übertölpeln.« Anastasios lachte spöttisch.

»Nichts liegt mir ferner, als Euch zu täuschen«, beteuerte Otto. »Ich möchte nur nicht monatelang ohne meine Gattin sein. Ihr seid ein Seemann. Ihr wisst doch, wie das ist ... Lange Zeit ohne eine Frau.« Er zwinkerte ihm zu.

Der Kapitän zögerte, und Otto hoffte schon, dass er ihn für sich gewonnen hätte. Doch schließlich schüttelte Anastasios den Kopf. »Es bleibt dabei. Wir schlagen den direkten Weg nach Byzanz ein.«

Bedächtig spielte Otto einen weiteren Trumpf aus. »In der Burg von Rossano befindet sich der Reichsschatz«, sagte er langsam. »Glaubt mir, Basileios wird es ganz und gar nicht gefallen, wenn er erfährt, dass Ihr ihn um diesen Schatz gebracht habt. Außerdem wird er es sicher nicht gutheißen, dass sich ein einfacher Schiffskapitän erdreistet, einer byzantinischen Prinzessin die Heimkehr zu verweigern.«

Dieses Argument verfehlte seine Wirkung nicht. Es war Anastasios anzusehen, wie es fieberhaft in ihm arbeitete. Otto spürte, dass Heinrich vor Anspannung kaum zu atmen wagte, und warf seinen letzten Trumpf ins Spiel.

»Der Reichsschatz ist groß«, ergänzte er sanft. »Wenn Ihr es meiner Gattin und mir ermöglicht, zusammen zu sein, dann verspreche ich Euch, dass dies Euer Schaden nicht sein wird.«

Gier loderte in den Augen des Kapitäns auf. Noch einmal kämpfte er mit sich. Endlich jedoch nickte er: »Gut, ich werde Eure Gattin in Rossano an Bord nehmen«, sagte er knapp. »Aber ich garantiere Euch: Wenn Ihr versuchen solltet, mich zu hintergehen, werdet Ihr es bereuen.«

*

Während der folgenden Stunden waren immer wieder Bewaffnete in der Burg eingetroffen – gewöhnliche Soldaten, aber auch Adelige –, die völlig Widersprüchliches über Ottos Schicksal berichteten. Manche wollten seinen Leichnam gesehen haben, andere behaupteten, Zeugen geworden sein, wie Sarazenen den Kaiser verschleppt hatten. Theophanu hingegen klammerte sich verzweifelt an die Hoffnung, Otto sei noch am Leben und käme zu ihr zurück.

Als ihr Imiza am nächsten Morgen mitteilte, dass ein byzantinischer Seemann sie zu sprechen wünsche, weil er wichtige Nachrichten von ihrem Gatten zu überbringen habe, glaubte sie zunächst nur an ein weiteres Gerücht. Was sollte ausgerechnet ein Matrose aus ihrer Heimat über Otto wissen?

Niedergeschlagen suchte sie die Halle der Burg auf, wo sie schon von Dietrich von Metz erwartet wurde und einige Soldaten misstrauisch einen massigen, kahlschädeligen Seemann beäugten.

»Hoheit …« Der Matrose beugte die Knie und überreichte ihr einen Brief. Theophanus Augen weiteten sich. Das Schreiben trug Ottos Siegel. Hastig erbrach sie es und las die Zeilen.

»Nun, was gibt es?« Dietrich von Metz gab sich keine Mühe, seine Ungeduld zu verbergen.

»Otto befindet sich an Bord einer byzantinischen Dromone«, sagte Theophanu nüchtern und zwang sich, ihren Gefühlsaufruhr vor dem Bischof zu verbergen. »Der Kapitän beabsichtigt, ihn zu Kaiser Basileios zu bringen. Mein Gatte wünscht, dass ich mich mit unserem Sohn und dem Reichsschatz an Bord begebe und ihn nach Konstantinopel begleite.«

Dietrich zog hörbar die Luft ein. »So etwas würde Otto niemals verlangen. Der Brief ist eine Fälschung.«

»Er trägt sein Siegel.«

Gereizt hob der Bischof die Hände. »Der Himmel allein weiß, wie diese byzantinischen Banditen an seinen Siegelring gelangt sind.«

Der Matrose trat einen Schritt auf Theophanu zu und verbeugte sich erneut. »Euer Gatte bat mich, Euch noch etwas zu übergeben«, sagte er und zog etwas aus dem Lederbeutel an seinem Gürtel – eine Kette, an der ein Ring hing. Theophanus Herz klopfte rascher. Wie aus weiter Ferne hörte sie die Stimme des Seemanns: »Ich soll Euch von Eurem Gatten sagen, dass Ihr ihm den Ring einmal als Belohnung gegeben hättet.«

Also stammte die Botschaft wirklich von Otto. Er lebte! Und befand sich in byzantinischer Gefangenschaft. Theophanu schloss die Finger um Ring und Kette und wandte sich wieder dem Seemann zu: »Du kannst meinem Gatten ausrichten, dass ich mich selbstverständlich nach seinen Wünschen richte. Allerdings benötige ich Zeit, um das Kind und mich bereitzumachen und den Schatz verladen zu lassen. Um die vierte Nachmittagsstunde werden wir dann am Hafen sein.« Auf einen Wink von ihr geleiteten die Soldaten den Matrosen aus der Halle.

Dietrich von Metz hatte ihr mit wachsendem Zorn und Unverständnis zugehört. Kaum, dass die Tür hinter dem Seemann zugefallen war, herrschte er Theophanu an: »Ich hoffe, Ihr seid nicht so dumm, tatsächlich auf dieses Schreiben zu reagieren. Ich bin überzeugt, dass es sich dabei um eine Falle handelt.«

Theophanu schüttelte den Kopf. »Das stimmt nicht. Der Ring und die Kette gehören Otto.«

Dietrich von Metz schnaubte verächtlich. »Beides können ihm diese byzantinischen Schurken abgenommen haben.«

»Nur mein Gatte weiß, dass ich ihm den Ring einmal als Belohnung gegeben habe.«

»Die Byzantiner haben ihm die Aussage abgepresst.«

Theophanu lächelte nur. »Niemand hätte Otto dazu gebracht, ausgerechnet dieses Geheimnis zu verraten.«

»Trotzdem ... Ihr könnt Euch, den Thronerben und den Reichsschatz unmöglich Euren Landsleuten ausliefern.«

Wieder lächelte sie. »Ich versichere Euch, dass weder ich noch mein Sohn noch eine einzige Truhe an Bord dieses Schiffes gelangen werden.«

*

Der Kapitän hatte den Kaiser in einen Verschlag unter dem Deck sperren lassen. Otto war beinahe dankbar für seine missliche Lage, denn sie half ihm, sich von der Niederlage und ihren Schrecken abzulenken.

Mondlicht schimmerte durch eine Luke in der Bordwand. Während er zwischen Kornsäcken und Weinamphoren hin und her wanderte, fragte er sich, ob Theophanu überhaupt in Rossano geblieben war. Und wenn dies zutraf – würde sie seine verschlüsselte Botschaft verstehen? Würde sie begreifen, dass er mit ihrer Hilfe fliehen wollte und sie auf keinen Fall an Bord kommen durfte? Was sollte er tun, wenn sie sich entschied, überhaupt nicht zum Hafen zu kommen und ihn seinem Schicksal zu überlassen? So wie er sich ihr gegenüber während der letzten Jahre verhalten hatte, hatte er eigentlich auch nichts anderes verdient.

Andererseits: Hätte sie ihn so beschworen, die Schlacht gegen die Sarazenen nicht zu schlagen, wenn er ihr gleichgültig gewesen wäre? Außerdem hatte sie mit dem Kind den Auszug des Heeres verfolgt.

Otto sah Theophanu vor sich, wie sie unter den Zuschauern gestanden hatte. Als sich ihre Blicke getroffen hatten, war ihr Gesicht sehr bleich gewesen, voller Sorge und wunderschön, und sein Sohn hatte so klein und zerbrechlich gewirkt. Ja, für diese beiden Menschen lohnte es sich, weiter um seine Herrschaft zu kämpfen.

Allmählich wurde der Schein des Mondlichts blasser. Kurz nach Morgenanbruch drangen scharfe Befehle zu ihm hinab. Der Takt der Ruderschläge verlangsamte sich, und aus dem Schaukeln, das bis ins Innere des Schiffsbauchs zu spüren war, schloss Otto, dass die Dromone im Hafen anlegte. Tatsächlich hörte er wenig später, wie ein Reep auf die Uferbefestigung hinabgelassen wurde. Dann ertönte der Klang von Hufschlägen auf Holz. Ein einzelner Reiter schien davonzugaloppieren.

Die Zeit dehnte sich.

Nervös verfolgte Otto, wie der Lichtkeil, der durch die Luke fiel, über die Säcke und Amphoren wanderte. Gegen Mittag brachte ihm ein Matrose Brot, Fleisch und einen Krug mit Wasser. Wieder rührte er die Nahrung nicht an, sondern trank nur. Endlich, am Nachmittag, übertönten laute, gebieterische Rufe das Getriebe im Hafen. »Platz da! Macht Platz für die Kaiserin!«

Theophanu war gekommen! Angespannt lauschte Otto. Würde sie im Hafen warten, oder würde sie sich dazu verleiten lassen, das Schiff zu betreten? Nein, niemand schritt über das Reep. Stattdessen erklang Dietrich von Metz' Stimme: »Die Kaiserin hat Eure Botschaft empfangen. Doch ehe sie sich dazu entschließen wird, an Bord zu gehen, verlangt sie eine Bestätigung, dass Eure Nachricht wirklich wahr ist. Bringt den Kaiser an Deck, so dass sie ihn mit eigenen Augen sehen kann.«

Gut so … Unwillkürlich lächelte Otto. Die Antwort des Kapitäns ging im Wiehern eines Pferdes unter. Würde sich Anastasios auf Theophanus Forderung einlassen?

Einige Zeit verstrich.

Schließlich ertönten Schritte auf dem Gang vor dem Verschlag, und die Tür wurde aufgerissen. Der Kapitän und zwei Matrosen drängten in den engen Raum.

»Bringt ihn nach oben.« Der Kapitän deutete mit dem Kinn

auf Otto. »Und dass Ihr mir keine Dummheiten macht.« Die beiden Matrosen fassten ihn an den Armen, führten ihn an Deck und bis zu einem mannshohen hölzernen Aufbau mittschiffs. Zu Ottos Erleichterung hatte der Kapitän auch Heinrich auf die Plattform schaffen lassen. Seinem Freund waren die Waffen abgenommen worden, aber ansonsten schien er wohlauf. Otto hatte Heinrich nicht in seinen Plan einweihen können. Er wusste jedoch, dass der Freund ebenso wie er auf eine Gelegenheit zur Flucht lauern würde.

Anastasios trat an das Geländer der Plattform, verbeugte sich und deutete dann auf seinen Gefangenen. »Majestät, seht hier Euren Gatten!«, rief er mit schallender Stimme. Otto beachtete den Kapitän kaum, stattdessen blickte er sich hastig nach Theophanu um. Gemeinsam mit Dietrich von Metz, einer Schar Bediensteter und einer Eskorte von Soldaten stand sie im Hafen. Sie hatte ihre prächtigsten Gewänder und ein mit Edelsteinen besetztes goldenes Diadem angelegt. Weitere Soldaten bewachten eine große Zahl hoch beladener Karren. Erleichtert registrierte Otto, dass sie so klug gewesen waren, sich außerhalb der Reichweite des Flammenwerfers zu halten, der sich auf dem Vorderdeck der Dromone befand.

Nun beugte sich Theophanu zu Dietrich von Metz und sprach leise mit ihm. Ihre Miene war gefasst und stolz. Einige Schritte hinter ihr stand Ada, die seinen Sohn an der Hand hielt. Fasziniert betrachtete das Kind die Dromone und die anderen Schiffe im Hafen. Als der Junge zum Aufbau blickte, erkannte er seinen Vater und lachte ihn an. Otto ballte die Hände zu Fäusten. Es musste ihm gelingen, zu Theophanu und seinem Sohn zurückzukehren!

Dietrich von Metz ging ein paar Schritte auf die Dromone zu. »Die Kaiserin ist glücklich, Ihren Gatten zu sehen«, sagte er mit lauter, klarer Stimme. »Doch es betrübt sie, dass er nicht die Gewänder trägt, die einem Herrscher gebühren, sondern wie ein Bettler gekleidet ist. Sie wünscht, dass die Würde ihres Gatten wiederhergestellt wird, ehe sie das Schiff betritt. Wenn Ihr erlaubt, werde ich nun angemessene Kleidung für den Kaiser an Bord bringen.«

Gut so, dachte Otto erneut und unterdrückte ein Lächeln.

»Verzeiht, aber das kommt überhaupt nicht in Frage«, wehrte Anastasios ab. »Der Kaiser kann Gewänder von mir bekommen.«

Nein, dumm war der Kapitän nicht. Otto beschloss, alles auf eine Karte zu setzen. Der Griff der Seeleute um seine Arme hatte sich gelockert, spürte er, und mit einem kräftigen Ruck riss er sich los. Bevor sie sich von ihrer Überraschung erholt hatten, war er schon bei Anastasios und versetzte ihm eine schallende Ohrfeige.

»Elender Wurm«, fuhr er ihn an. »Es wird Zeit, dass du dich darauf besinnst, wer du bist und wo du herkommst. Wie kannst du es wagen, auch nur daran zu denken, dass ich Kleidung von einem Wicht wie dir anlegen würde? Ich bin überzeugt, Basileios wird nicht hinnehmen, dass du einen Herrscher derart beleidigst.«

Im ersten Moment war der Kapitän überrumpelt gewesen, doch nun blitzte Wut in seinen Augen auf.

Die Matrosen fassten an die Griffe ihrer Dolche.

Aus den Augenwinkeln nahm Otto wahr, wie sich Heinrich zwischen seinen Bewachern anspannte. War er mit seiner Ohrfeige womöglich doch zu weit gegangen? Was sollten sie tun, wenn die Situation an Bord außer Kontrolle geriet?

Doch nun erklang Theophanus Stimme vom Ufer her. »Ja, mein Gatte hat recht«, rief sie schneidend, »wie kann ein einfacher Kapitän sich erdreisten, einem von Gott gesalbten Kaiser Vorschriften zu machen? Ich selbst werde Basileios von deinem respektlosen Betragen erzählen. Ich werde ihn bitten, dich öffentlich auszupeitschen und dich deines Rangs zu entheben. Und du kannst versichert sein – einer Prinzessin aus fürstlichem, byzantinischem Stamm wird er Glauben schenken, und er wird nicht zögern, ihre Wünsche zu erfüllen.« An Theophanus kalter Entschlossenheit war nicht zu zweifeln. Eingeschüchtert senkte Anastasios den Kopf und wies auf Dietrich von Metz. »Gut, er darf an Bord kommen. Aber nur er allein.«

Auf ein Zeichen Theophanus eilten Bedienstete zu dem Bischof und überreichten ihm einen länglichen Weidenkorb, der Gewänder für Otto enthielt.

Was bezweckte Theophanu mit dem Wechseln der Kleider?, ging es Otto durch den Kopf. Ob sie eine Waffe dazwischen hatte verbergen lassen? Mittlerweile war Dietrich von Metz das Reep heraufgestiegen und betrat die Plattform. Nachdem er den Korb auf dem Boden abgestellt hatte, umarmte er seinen Verwandten. »Was für ein Glück, dich lebend wiederzusehen«, rief er freudig.

»Ganz meinerseits. Allerdings könnten die Umstände besser sein – verzeiht mir, Anastasios, wenn ich das so offen sage.« Otto grinste und bückte sich zum Korb. Während er vorgab, ein dunkelgrünes, seidenes Obergewand herauszunehmen, suchte er hastig zwischen dem Stoff nach einer Waffe. Und tatsächlich: Plötzlich berührten seine Finger Metall und umfingen den Griff eines Dolches. Schnell griff er zu und sprang hoch. Gleichzeitig riss Dietrich ein Messer zwischen den Falten seines Gewandes hervor und rammte es einem Seemann in den Leib, der mit gezückter Waffe auf ihn zusetzte. Heinrich entwand sich seinen Bewachern.

Anastasios zog fluchend sein Schwert. »Lasst sie nicht entkommen!«, gellte seine Stimme über das Deck. Weiter kam er jedoch nicht mit seinen Befehlen, denn Heinrich verpasste ihm einen schnellen Tritt in den Unterleib, der ihn röchelnd zusammensacken ließ, und entriss dem Kapitän die Waffe.

»Los, mir nach!« Otto stieß einen Matrosen zur Seite, sprang über die Brüstung und hinunter auf das Deck. Es gelang ihm, sich unter zwei Seeleuten, die ihn festhalten wollten, wegzuducken. Dann waren Heinrich und Dietrich von Metz neben ihm. Sie deckten einander gegenseitig und kämpften sich Rücken an Rücken zur Reling vor. Als sie sich daraufschwangen, sah Otto Anastasios mit vor Wut verzerrtem Gesicht die Treppe herunterhetzen. Noch im Sprung winkte Heinrich ihm einen spöttischen Abschiedsgruß zu. Im nächsten Augenblick spritzte Wasser um sie auf.

Wir müssen Acht geben, dass uns die Byzantiner nicht noch mit ihren Pfeilen erwischen, dachte Otto, während er vorwärts tauchte. Als sie dicht vor der Kaimauer wieder an die Oberfläche schwammen, schaute er rasch zurück und stellte verwundert fest, dass die Reling verwaist war.

Vom Ufer her ertönte ein Zischen. Pfeile flogen über sie hinweg und bohrten sich in den Schiffsrumpf. Die Fensterluken der Häuser rund um den Hafen waren alle geöffnet, und aus jeder einzelnen beugte sich ein Bogenschütze. Weitere Bewaffnete hatten sich oben an der Kaimauer versammelt.

Noch während Otto eines der Taue ergriff, die an der Mauer herabhingen, hörte er, wie sich die Ruder der Dromone schmatzend ins Wasser senkten. Als er und seine Gefährten von den Bewaffneten auf den Kai gezogen wurden, steuerte das Schiff bereits den Ausgang des Hafens an.

*

Angespannt hatte Theophanu die Vorgänge auf der Dromone verfolgt und gehofft und gebetet, dass ihrem Gatten nichts geschah. Als die Bewaffneten Otto endlich auf die Kaimauer halfen, gab es für sie kein Halten mehr. Sie nahm ihren Sohn bei der Hand und rannte auf ihn zu. Wie bei ihrer allerersten

Begegnung troffen sein Haar und seine Kleidung von Wasser. Doch als Otto sie anlächelte, lag eine Trauer in seinen Augen, die Theophanu nicht an ihm kannte. Plötzlich wusste sie nicht mehr, was sie zu ihm sagen sollte, und blieb befangen vor ihm stehen.

Schließlich war es Otto, der den Bann brach, indem er das Kind hochhob und nach ihrer Hand fasste. »Es ist gut, wieder bei euch zu sein«, sagte er leise.

Theophanu begriff, dass er damit viel mehr meinte als nur die wiedergewonnene Freiheit, und erwiderte ruhig: »Es ist gut, dich wieder bei uns zu haben.«

In der Burg von Rossano ließ Theophanu ein Bronzebecken und heißes Wasser in ihre Gemächer bringen. Während sie Otto badete, saß er einfach nur still da. Er hatte den Nacken auf den Rand der Wanne gelegt und die Augen geschlossen. Auch als sie die Prellungen an seinem Körper versorgte und die Stellen, wo ihn sein Kettenhemd wund gescheuert hatte, regte er sich kaum und sprach kein Wort.

Erst als sie ihn abgetrocknet, zu ihrem Bett geführt und in die Arme genommen hatte, begann er zu reden. Er erzählte vom Tod Ottos von Schwaben und den Verwundeten auf dem Schlachtfeld. Vom Verwesungsgestank und den Schreien. Davon, wie ihn Kalymachos gerettet und mit seinem Leben dafür bezahlt hatte. Zwischendurch schüttelte ihn immer wieder ein Schluchzen.

Als sein Weinen nachließ, drückte sie ihn sanft aufs Laken. Dann zog sie sich aus und setzte sich auf ihn.

Nachdem sie gekommen waren, nahm Theophanu Otto wieder in die Arme. Gleich darauf hörte sie ihn ruhig und tief atmen. Er war eingeschlafen.

Mittlerweile war es Abend geworden, und Dämmerlicht füllte das Zimmer. Sie starrte auf die schattige Wand gegenüber. Wie würde es nun weitergehen? Die Schlacht gegen die

Sarazenen war verloren und das Heer aufgerieben. Würde Ottos Herrschaft diesen Schlag verkraften?

Nach einer Weile bewegte er sich im Schlaf und schmiegte sich enger an sie. Theophanu richtete sich vorsichtig auf und betrachtete ihn versonnen. Zum ersten Mal seit langem war sie glücklich. Otto war zu ihr zurückgekehrt. Gemeinsam würden sie diese neue Herausforderung meistern.

# 6.

Hoheit, die Fürstäbtissin Mathilde ist eben eingetroffen.« Im Garten der Pfalz von Verona verneigte sich Imiza vor ihrer Herrin.

Erfreut legte Theophanu ihren Stickrahmen auf die Steinbank und eilte zum Hauptgebäude.

Vier Monate waren seit der Schlacht von Cotrone vergangen, und die Ereignisse hatten sich überschlagen: Kurz nach der Niederlage hatten byzantinische Truppen fränkische Städte in Apulien und Kalabrien angegriffen. Zudem war Papst Benedikt gestorben und der Stuhl Petri vakant. Deshalb hatte Otto nicht mit den Resten des Heers weiter in den Norden ziehen und in Aachen einen Hoftag abhalten können, um seinen Sohn zum König wählen und krönen zu lassen.

Auch wenn die Krone seit nunmehr drei Generationen immer vom Vater auf den Sohn übergegangen war, musste doch eine Fürstenversammlung den neuen König bestimmen. Otto wollte die Königswahl so schnell wie möglich stattfinden lassen. Da viele Bischöfe und Adelige ohnehin noch im Süden weilten, hatte der Kaiser den Hoftag kurzerhand nach Verona einberufen. Die eigentliche Krönung würde dann in Aachen stattfinden. Wie die Fürsten war auch Mathilde Ottos Aufforderung gefolgt.

In der Halle der Pfalz kam Mathilde mit ausgebreiteten Armen auf Theophanu zu. »Schwester, wie schön, dich endlich wiederzusehen«, rief sie lächelnd.

Seit ihrer allerersten Begegnung vor zehn Jahren war ihr Gesicht voller geworden. Aber an der Intensität, mit der sie ihrem Gegenüber begegnete, und an ihrer Gelassenheit – beides Eigenschaften, die Theophanu so sehr an ihren verstorbenen Schwiegervater erinnerten – hatte sich nichts geändert.

Die beiden Frauen umarmten einander herzlich, dann hakte sich Mathilde bei Theophanu unter und ging mit ihr in Richtung Garten. »Du willst sicher wissen, wie es deinen Töchtern geht?«, fragte sie warm.

»Allerdings.« Theophanu lachte.

»Alle drei entwickeln sich gut. Sie sind kluge Mädchen. Sophia besitzt allerdings eine gewisse Launenhaftigkeit und einen Hang zur Hoffart, die sie, fürchte ich, von meiner Mutter geerbt hat.« Mathilde lächelte ein wenig. »Adelheid hat ihre frühere Schüchternheit mittlerweile abgelegt. Sie ist sehr wissbegierig und macht ihren Lehrerinnen mit ihren Fragen das Leben schwer. Und Mathilde ist nach wie vor ein kleiner Sonnenschein. Wie ihr Vater kann sie jeden mit ihrem Charme um den Finger wickeln.« Mathilde wurde ernst. »Aber sag: Wie geht es meinem Bruder? Ich habe von meiner Mutter erfahren, dass er sich die Malaria eingefangen hat.«

»Leider ja.« Theophanu nickte bedrückt. Einige Wochen nach Cotrone hatten sich bei Otto erstmals Symptome der tückischen Krankheit gezeigt. »Im Sommer hatte er einen heftigen Anfall. Aber mittlerweile ist seine Gesundheit wieder stabil.«

»Und sonst?« Mathilde blickte Theophanu forschend an. Sie hatten sich inzwischen auf einer sonnigen Bank bei einem Rosenbeet niedergelassen. »Vor einigen Wochen habe ich einen Brief von ihm erhalten. Darin klang er sehr zuversichtlich.«

Theophanu hörte die unausgesprochene Frage aus Mathildes Worten heraus. »Otto hat nicht versucht, dir etwas vorzumachen«, sagte sie. »Trotz der Niederlage und trotz der Schwierigkeiten, die ihm die byzantinischen Städte bereiten, lässt er sich nicht niederdrücken. Dafür bewundere ich ihn sehr.«

Mathilde nickte nachdenklich. »Stimmen die Gerüchte, dass sich die Sarazenen aus Süditalien zurückgezogen haben, obwohl sie das sächsisch-fränkische Heer besiegt haben?«, erkundigte sie sich dann.

»Ja, der Tod des Emirs Abdul Qasim hat sie anscheinend sehr verunsichert. Wenigstens war die Schlacht mit all ihren Toten und Verwundeten nicht ganz vergebens. Auch wenn sich Otto noch immer Vorwürfe macht, dass er die Taktik der Sarazenen, ihre gesamte Reiterei erst so spät in das Gefecht zu werfen, nicht rechtzeitig durchschaut hat. Manchmal redet er sogar im Schlaf davon.«

»Ihr teilt also das Bett. Ich bin sehr froh, dass ihr wieder zueinander gefunden habt.«

»Woher hast du gewusst, dass …?« Theophanu errötete.

»Nun, ich habe Augen im Kopf.« Mathildes Stimme klang trocken. »Als ich euch vor zwei Jahren das letzte Mal getroffen habe, seid ihr wie Fremde miteinander umgegangen. Außerdem hat mir meine Mutter von Willa erzählt. Trotz ihrer zur Schau getragenen Entrüstung glaube ich, dass ihr der Ehebruch Ottos nicht ganz ungelegen kam.«

»Wahrscheinlich irrst du dich nicht.« Theophanu richtete ihre Aufmerksamkeit auf das Rosenbeet. Die meisten der weißen Blumen hatten ihre Blütenblätter schon verloren. Wie Schneeflocken lagen sie auf den dunklen Erdkrumen. Seit sie mit Otto und dem Heer in den Süden gezogen war, hatte sie Crescentius nicht mehr getroffen. Und sie wollte ihn auch nie wieder sehen. Mittlerweile war er zu einer zwar berauschenden, aber auch verstörenden Erinnerung für sie geworden. Als sie mit ihm geschlafen hatte, war sie nicht wirklich sie selbst gewesen.

Inzwischen hatte Crescentius bestimmt erfahren, dass Otto und sie wieder miteinander im Reinen waren. Ob er sich irgendwann dafür rächen würde, dass sie jeglichen Kontakt zu ihm abgebrochen hatte?

Als Theophanu wieder aufsah, ruhte Mathildes durchdringender Blick auf ihr, und sie vermutete, dass die kluge und lebenserfahrene Schwägerin etwas von ihrem Treuebruch ahnte. Taktvoll, wie Mathilde jedoch war, stellte sie keine Fragen.

Noch eine andere Sache brannte Theophanu auf der Seele. Sie schluckte, ehe sie leise fragte: »Wie hat Heinrich Ottos Niederlage aufgenommen?«

»Leider habe ich keinen Zeugenbericht darüber gehört.« Mathilde lächelte grimmig. »Aber ich schätze, er wird in seiner Zelle einen Freudentanz aufgeführt und sich als Ottos Nachfolger auf dem Thron gesehen haben.« Impulsiv griff sie nach Theophanus Hand. »Du musst dir aber keine Sorgen machen«, sagte sie sanft. »Unser geliebter Vetter ist bei Bischof Folkmar in sicherem Gewahrsam. Außerdem sind alle Fürsten Ottos Aufruf zum Hoftag gefolgt – trotz der Niederlage. Es gibt also keinerlei Hinweise, dass Heinrich Verbündete für einen neuen Aufstand haben könnte.«

Theophanu hoffte aus ganzem Herzen, dass Mathilde recht hatte. Trotzdem kam es ihr plötzlich vor, als sei ein Schatten über den Tag gefallen.

»Mathilde!« Otto, der seinen Sohn auf den Schultern trug, kam um eine Weißdornhecke gebogen. Mit wenigen Schritten war er bei seiner Schwester. Er ließ das Kind von seinem Rücken und in Theophanus Arme gleiten, fasste seine Schwester bei den Händen und zog sie auf die Füße. Ehe Mathilde reagieren konnte, hatte er sie bereits um die Hüfte gepackt, sie hochgehoben und wirbelte sie im Kreis herum.

»He, du sollst nicht ... Hast du immer noch kein Benehmen gelernt?«, protestierte die Äbtissin lachend.

»Vater, ich will auch!«, trompetete der Junge.

»Lass mich sofort runter!« Mathilde versetzte ihrem Bruder einen Klaps. Als sie wieder auf dem Boden stand, wandte sie sich ihrem Neffen zu. »Mein Kleiner, was bist du gewachsen, seit ich dich das letzte Mal gesehen habe. Na, komm zu deiner Tante.«

Der Junge zierte sich zuerst. Schließlich ließ er sich aber von Mathilde hochheben und kreischte begeistert, als sie ihn durch die Luft schwenkte.

»Siehst du, ihm macht das Spaß.« Otto grinste seine Schwester an.

»Er ist auch bedeutend jünger als ich.« Ein wenig außer Atem stellte Mathilde das Kind auf seine Füße. »Ich habe ein Geschenk für dich, von deinen Schwestern. Ein Holzpferd. Sollen wir es zusammen holen?« Auf sein eifriges Nicken hin fasste sie ihren Neffen an der Hand und ging mit ihm in Richtung der Pfalz.

Lächelnd schaute Otto den beiden nach. »Ein Pferd für einen zukünftigen kleinen König.«

Theophanu konnte sich nicht erklären, warum sie plötzlich so fühlte. Vielleicht hing es damit zusammen, dass sie mit Mathilde über Heinrich gesprochen hatte. Doch plötzlich packte sie eine heftige Angst um ihren kleinen Sohn.

»Was hast du?«, fragte Otto, der ihren Stimmungsumschwung bemerkt hatte, erstaunt. »Ist es wegen der Königswahl?«

»Ich weiß selbst nicht ...« Sie suchte nach Worten. »Ja, die Wahl. Das ist eine so große Würde für ein so kleines Kind ...«

»Ich kann dich verstehen.« Er legte den Arm um sie und zog sie an sich. »Ich war ja nur drei Jahre älter, als mein Vater mich zum König hat krönen lassen. Aber uns vermeintlich Mächtigen bleibt nichts anderes übrig, als unsere zerbrechliche Macht zu sichern, so gut es eben geht. Sonst gehen wir unter.«

Theophanu nickte. »Dein Vater hat es so ausgedrückt: Die Wölfe lauern auf eine Schwäche des Rudelführers.«

»Er wusste, wovon er sprach.« Otto lächelte, und trotzdem schien in seinen Augen wieder jene Trauer auf, die Theophanu seit der verlorenen Schlacht immer öfter bei ihm bemerkt hatte. Sachte strich er über ihre Wange. »Ich bin froh, dass du das alles mit mir trägst.«

Theophanu schloss die Augen und lehnte ihren Kopf an seine Schulter.

»Meine Güte, ihr seid doch kein frisch verheiratetes Ehepaar!«, ertönte Mathildes belustigte Stimme. Die Äbtissin war auf den breiten Stufen, die zu dem Hauptgebäude der Pfalz führten, stehen geblieben und betrachtete sie amüsiert. Lachend fasste sich das Kaiserpaar an den Händen und rannte zu ihr und dem Kind.

An diesen Moment sollte Theophanu sich noch oft erinnern. Er stand für eine der letzten unbeschwerten Stunden, die sie zusammen mit ihrem Gatten und ihrem Sohn erlebt hatte.

*

»Wirst du dich sofort wieder hinlegen!« Aufgebracht eilte Theophanu zu Otto, der mit schweißüberströmtem Gesicht auf der Bettkante hockte und seine Beinkleider anzog.

»Hast du etwa meine Gattin gerufen?« Otto bedachte Ninias, der sehr unglücklich wirkte, mit einem grimmigen Blick. »Dass ich dich zu meinem Diener ernannt habe, bedeutet noch lange nicht, dass du dir solche Freiheiten herausnehmen kannst.« Frowin, Ottos langjähriger Diener, war bei Cotrone umgekommen und Ninias sein Nachfolger geworden.

»Da du ja noch nicht einmal auf deinen Arzt hörst, hatte er vollkommen recht, mich zu verständigen«, entgegnete Theophanu erregt.

»Ach, dieser Quacksalber«, Otto machte eine wegwerfende Handbewegung. »Ich habe doch nur ein bisschen Fieber. Das ist alles.«

Empört starrte Theophanu ihren Gatten an. »Von wegen! Du hast einen schweren Malariaanfall.«

»Unsinn. Was sollen die Fürsten von mir denken, wenn ich der Abendmahlzeit nicht vorstehen kann?« Otto griff nach seinem Obergewand.

Theophanu zog es ihm energisch aus der Hand. »Ich werde sie darüber informieren, dass du krank bist. Es wäre viel bedauerlicher, wenn du dem Hoftag nicht vorstehen könntest. Und dazu wirst du ganz sicher nicht in der Lage sein, wenn du dich jetzt nicht schonst.« Sie beugte sich zu ihm vor und flüsterte ihm ins Ohr: »Wenn du nicht augenblicklich Vernunft annimmst, werde ich einen Monat lang nicht das Bett mit dir teilen.«

»Das kannst du nicht tun.«

»Natürlich kann ich das«, erwiderte sie fest und versuchte, nicht daran zu denken, wie viel sie dieser Verzicht selbst kosten würde.

Mit einem resignierten Seufzer ließ Otto sich zurück in die Kissen sinken. »Glaub mir«, er schaute Ninias an, »Frauen haben immer irgendwelche Waffen in der Hinterhand.«

»Das glaube ich auch«, grinste Ninias.

»Ich möchte nicht wissen, wie viele Mägde deinetwegen nachts in ihre Kissen weinen. Und jetzt geh und bring frisches Wasser.« Nachdem Theophanu Ninias davongescheucht hatte, setzte sie sich zu Otto aufs Bett. »Gibt es Nachrichten von Odilo von Cluny?«

»Vorhin ist ein Brief von ihm eingetroffen.« Ihr Gatte wies auf ein Pergament, das auf einem Tisch lag. »Odilo dankt mir sehr für die Ehre, lehnt es aber ab, der neue Papst zu werden.«

»Was für ihn spricht«, meinte Theophanu nachdenklich.

Sie hatte den stämmigen, geradlinigen Benediktiner immer geschätzt.

»Allerdings.« Otto grinste. »Umso mehr bedaure ich seine Entscheidung. Was hältst du stattdessen von Petrus von Pavia? Könnte der einen guten Papst abgeben?«

Petrus von Pavia, Ottos Kanzler in Italien, war ein frommer Mann, aber die meisten römischen Adelsgeschlechter verachteten ihn. Auch Crescentius hatte sich einige Male mit unverhohlenem Spott über ihn geäußert. »Ich glaube nicht, dass der römische Adel ihn akzeptieren wird«, sagte Theophanu vorsichtig.

»Ach, die Römer wollen doch niemanden als Papst anerkennen.« Otto winkte ab. »Zumindest nicht freiwillig. Aber wenn ihnen Johannes mit dem nötigen Nachdruck als Papst präsentiert wird, werden sie sich schon an ihn gewöhnen.«

Was wieder einen längeren Aufenthalt Ottos in der Stadt erforderlich machen würde. Warum nur, dachte Theophanu resigniert, haben die fränkischen Kaiser das Papsttum nicht einfach sich selbst überlassen?

*

Tatsächlich war Ottos Malariaanfall bis zum Hoftag wieder abgeklungen. Unter Fanfarenklängen zog Theophanu zusammen mit ihm und Mathilde in die Halle der Pfalz ein. Mittlerweile hatte sie schon so viele derartige Versammlungen erlebt – und doch war es dieses Mal anders. Vielleicht, weil sie noch nie zuvor einen Hoftag im Süden erlebt hatte. Oder vielleicht, weil während dieser Versammlung ihr Sohn zum König gewählt werden sollte. Sie sagte sich, dass alles gut verlaufen würde. Es gab keinen Grund zur Sorge. Und doch war sie nervös.

Als das Kaiserpaar über das Podest und zu seinen thronartigen Stühlen schritt, waren etwa zweihundert Fürsten,

Grafen und Bischöfe in der Halle versammelt. Bernhard Billung, der die Schlacht mit leichteren Verletzungen überstanden hatte, war anwesend. Ebenso die Pfalzgrafen Dietrich und Siegbert, die Theophanu schon von ihrem allerersten Hoftag in Quedlinburg kannte. Sie sah viele weitere vertraute Gesichter. So etwa Dietrich von Metz und Kanzler Willigis. Andere, die während der Schlacht den Tod gefunden hatten, fehlten. Besonders vermisste Theophanu den Herzog von Schwaben. Sie wusste, dass Otto genauso empfand.

Wie immer bei derartigen Anlässen begrüßte Willigis die Versammlung in Ottos Namen und hielt im Anschluss eine rhetorisch brillante Rede. Er legte den Schwerpunkt auf Ottos wundersame Flucht von der Dromone und die Tatsache, dass sich die Sarazenen aus Süditalien zurückgezogen hatten. Die Niederlage bei Cotrone war reine Nebensache in seinen Ausführungen.

»Die Errettung des Kaisers aus Feindeshand ist ein Zeichen, dass der Segen Gottes nach wie vor auf Otto und seinem Stamme ruht.« Willigis legte eine Pause ein und schien jeden Einzelnen der Anwesenden anzusehen. »Es ist Gottes Wille, dass das Amt des Herrschers vom Vater an den Sohn weitergegeben wird. Euch obliegt es nun, dem göttlichen Willen Geltung zu verschaffen, indem ihr den Sohn des Kaisers hier und heute zum König erwählt.«

Nachdem Willigis geendet hatte, stand Otto auf und dankte den Fürsten, dass sie alle nach Verona gekommen waren, und denen, die ihn in die Schlacht begleitet hatten, für ihre treue Gefolgschaft.

»Ihr wisst ebenso gut wie ich, dass ich den Sieg wollte«, sagte er eindringlich. »Weshalb Gott ihn mir verwehrt hat, weiß nur Er selbst. Vielleicht meiner vielen Sünden wegen. Aber trotzdem vertraue ich darauf, dass Er den glimmenden Docht nicht auslöscht und das geknickte Rohr nicht umbricht und ich meine Regentschaft mit Seiner Hilfe gut und sicher ausüben kann. Immerhin hat Er gnädigerweise geruht, mich aus der byzantinischen Gefangenschaft zu befreien. Dafür bin ich dem Herrn, unserem Gott, sehr dankbar, denn ich hätte ungern die nächsten vierzig Jahre in einer Art babylonischem Exil am Kaiserhof in Konstantinopel verbracht.«

Otto grinste. »Auch wenn es, zugegeben, etwas für sich gehabt hätte, nachts durch hell erleuchtete Straßen zu gehen, die eigenen Fäkalien in einer Kanalisation weggespült zu bekommen und von Eunuchen bedient zu werden.«

Die Fürsten und Bischöfe lachten. Dietrich stieß seinen Bruder Siegbert in die Seite. »Was wäre dir wohl lieber gewesen – die Kanalisation oder der Eunuch?«

Otto wartete, bis das Lachen verebbte. Dann fuhr er fort: »Natürlich weiß Gott allein, wann Er jeden Menschen zu sich ruft. Ich aber weiß zumindest, dass Nachfolgestreitigkeiten für ein Land verheerend sein können. Aus diesem Grund hat mich mein Vater frühzeitig zum König krönen lassen – weil er dem Reich unnötige Kämpfe, Leid und Blutvergießen ersparen wollte. Das möchte auch ich, und deshalb bitte ich Euch, meinen einzigen Sohn zum König zu wählen – damit er in Aachen gekrönt werden kann.«

Auf eine Handbewegung Ottos hin öffneten sich die beiden schweren Türflügel der Halle. Unwillkürlich hielt Theophanu den Atem an. In Begleitung von Gefolgsleuten aus den kaiserlichen Reihen schritt ihr Sohn herein. Neben all den Erwachsenen wirkte er besonders klein und zart. Er war in ein mit Goldfäden und kostbaren Steinen besticktes Gewand gehüllt und trug zum ersten Mal einen goldenen Stirnreif. Obwohl das Gewicht der Gewänder und der Kopfschmuck ungewohnt für ihn waren, hielt der Junge sich erstaunlich aufrecht und schaute die fremden Männer vor ihm neugierig, aber furchtlos aus seinen großen Augen an.

Bisher war alles gut verlaufen. Ottos Rede hatte die Fürsten und hohen geistlichen Herren berührt, hatte Theophanu festgestellt. Und doch wünschte sie sich plötzlich, ihren Sohn an der Hand fassen und mit ihm aus der Halle laufen zu können. Stattdessen nahmen Otto und sie das Kind in ihre Mitte – Mathilde stand einen Schritt hinter ihnen – und präsentierten sich so der Versammlung.

Nun trat Bernhard Billung vor und verneigte sich. »Ich teile Eure Ansicht, dass es gut für ein Reich ist, wenn die Nachfolge frühzeitig geregelt wird«, sagte er mit klarer Stimme, so dass ihn auch die Fürsten im hinteren Teil der Halle deutlich verstehen konnten. Er schaute zuerst Otto an, ehe er sich zu der Versammlung umwandte. Beifälliges Gemurmel und Nicken setzten ein. Ernst hob Bernhard die Hand und gebot Ruhe. »Allerdings bin ich auch der Meinung, dass ein König in dem Teil des Reiches erzogen werden soll, aus dem seine Ahnen stammen und auf den sich der größte Teil seiner Macht stützt.«

Stille breitete sich in der Halle aus. Vor einem der Fenster, die dem Podium gegenüberlagen, bewegte sich Weinlaub im Wind, das im Sonnenlicht tiefrot leuchtete.

Das Kind spürte die plötzliche Anspannung, die sich der Versammlung bemächtigt hatte. Eingeschüchtert tastete es nach Theophanus Hand.

»Bernhard, worauf wollt Ihr hinaus?«, fragte Otto schließlich ruhig.

»Ich will damit sagen, dass ich Euren Sohn mit Freuden zum König wählen werde. Aber nur unter der Bedingung, dass er nach dem Hoftag zusammen mit den anderen Fürsten und mir in den Norden zieht und dort erzogen wird. Verzeiht, wenn ich das so offen sage, aber Euer Vater hat sich in seinen letzten Lebensjahren zu lange im Süden aufgehalten. Und Ihr mit ihm.«

»Bernhard hat recht.«

»Ja, der alte Löwe hat sich am Ende zu wenig um sein Land nördlich der Alpen gekümmert.«

»Erinnert Ihr Euch noch, wie das einfache Volk schon geglaubt hat, dass er gar nicht mehr am Leben sei?«

»Ach, das habe ich doch selbst befürchtet.«

Immer mehr Stimmen pflichteten dem Herzog bei. Dietrich von Metz und Willigis, deren Standpunkt durchaus Gewicht gehabt hätte, enthielten sich zu Theophanus Ärger jeglicher Stellungnahme zugunsten ihres Sohnes.

»Bernhard, ich billige Eure Meinung«, ergriff Otto wieder das Wort. »Aber Eure Sorge, dass mein Sohn im Süden aufwachsen wird, ist unberechtigt. Ich beabsichtige, im nächsten Frühjahr, spätestens im Sommer, mit meiner Gattin und dem Kind in den Norden zurückzukehren.«

»Ich glaube Euch gern, dass Ihr das plant.« Bernhard neigte höflich den Kopf. Aber seine Stimme klang unnachgiebig. »Ihr wisst jedoch ebenso gut wie ich, wie häufig sich Pläne zerschlagen. Was ist, wenn sich die römischen Adelssippen wieder erheben? Wenn sich die Kämpfe mit den byzantinischen Städten länger hinziehen oder wenn die Sarazenen womöglich erneut in großen Scharen nach Süditalien einfallen? Dann werdet Ihr hier noch lange beschäftigt sein. Ich bin überzeugt, dass auch Euer Vater dem Norden lieber weniger als sechs Jahre ferngeblieben wäre. Aber bei ihm kam eben eines zum anderen. Und Euch kann es leicht ähnlich ergehen, das dürft Ihr nicht vergessen.«

»Rom ist ein Wespennest.«

»Wisst Ihr noch, wie Pandulf Eisenkopf gegen die Sarazenen zu Felde gezogen ist?«

»Araber und byzantinische Städte – der Süden kommt ohnehin nie zur Ruhe.« Wieder drückten die Fürsten und hohen Geistlichen lautstark ihre Zustimmung aus und bestärkten Bernhard in seiner Argumentation.

Theophanu erinnerte sich nur allzu deutlich, wie sie ihr

Schwiegervater im Garten der Ingelheimer Pfalz, hoch über dem Rhein, vor dem Selbstbewusstsein des Adels gewarnt hatte. Mit aller Macht wünschte sie sich in ihre Heimat zurück, wo die Fürsten sich niemals erdreistet hätten, dem Kaiser zu widersprechen. Sie wollte zornig auffahren und den Männern klarmachen, dass sie ihren Sohn auf keinen Fall mit ihnen ziehen lassen würde. Doch Mathilde, die ihre Absicht erahnte, berührte sie warnend am Arm.

»Zugegeben, ich habe vier Jahre meiner Jugend im Süden verbracht.« Otto blickte die Versammlung herausfordernd an. »Aber bin ich Euch dadurch fremd geblieben? Oder bin ich womöglich sogar ein schlechterer König geworden? Ich denke, nein. Falls jemand von Euch das anders sehen sollte, fordere ich ihn auf, vorzutreten und mir das offen ins Gesicht zu sagen.«

Einige der Fürsten und Bischöfe wirkten verunsichert, und Theophanu hoffte bereits, dass sich die Stimmung doch noch gegen Bernhard Billung wenden würde. Doch sie hatte dessen Standhaftigkeit und Beredsamkeit unterschätzt.

»Niemand in diesem Saal, schon gar nicht ich selbst, zweifelt an Euren Fähigkeiten als Herrscher.« Der Herzog schüttelte den Kopf. »Aber Ihr wurdet im Norden erzogen, bis Ihr zwölf Jahre alt wart. Ihr kanntet uns, und wir kannten Euch. Bei den Älteren von uns seid Ihr als kleines Kind auf den Knien geritten …«

»Ja, und habt mich dabei vollgepinkelt«, dröhnte es aus einer hinteren Ecke. Gelächter brandete auf.

»… mit den Gleichaltrigen – wie mit mir – habt Ihr Ball gespielt, seid Ihr ausgeritten und später zur Jagd gegangen.« Bernhard Billung sprach unbeirrt weiter. »Ich werde keinen König wählen und ihm die Treue schwören, der mir völlig fremd ist. Was soll ich mit einem König, der möglicherweise beschließt, das gesamte Reich vom Süden aus zu regieren, weil er hier ohnehin den größten Teil seines Lebens verbracht hat? Nein, Majestät, das haben wir Fürsten nicht nötig. In diesem Fall – ich bitte Euch noch einmal, mir meine offenen Worte zu verzeihen – täten wir besser daran, einen Herrscher aus unseren eigenen Reihen zu erwählen.«

»Ich verspreche Euch, dass mein Sohn Euch niemals fremd sein wird«, erklärte Otto fest.

»Dann lasst ihn mit uns ziehen«, gab der Herzog ebenso unnachgiebig zurück. »Ich schwöre Euch, jeder, der hier anwesend ist, allen voran ich selbst, wird sich für Euer Kind verbürgen. Wir werden ihn behandeln, als wäre er unser eigener Sohn.« Er hob die rechte Hand zum Schwur, und jeder der Fürsten und hohen Geistlichen tat es ihm nach.

Theophanu wusste, dass es diesem Zeichen nichts mehr entgegenzusetzen gab. Wenn Otto die Forderung der Fürsten nicht akzeptierte, würden sie ihren Sohn nicht zum König wählen. Außerdem würden die Männer ihrem Gatten ein derartiges Misstrauen kaum verzeihen. Der alte Löwe hatte sie gelehrt, dass Zeiten kommen würden, in denen es wichtig wäre, den Fürsten nachzugeben. Diese Situation schien eine solche zu sein.

Otto zögerte kurz, doch schließlich hob er seinen Sohn hoch und zeigte ihn der Versammlung. »Ich vertraue Eurem Schwur«, rief er fest. »Deshalb stimme ich Eurer Forderung zu. Mein Sohn wird mit Euch in den Norden ziehen.«

Noch während die Fürsten applaudierten und in lauten Jubel ausbrachen, wünschte sich Theophanu, wider besseres Wissen, dass Otto auf die Königswahl verzichtet hätte.

Spät am Abend suchte Otto Theophanu in ihren Räumen auf. Sie trug bereits ihr Nachthemd und einen Umhang. »Du bist böse auf mich, weil ich der Forderung der Fürsten nachgegeben habe, nicht wahr?«, fragte er und setzte sich neben sie.

Sie hatten den ganzen Tag lang noch keine Gelegenheit gehabt, allein zu sein und über die Ereignisse zu sprechen. Heftig wandte sich Theophanu zu ihm um. »Ja, ich bin wütend auf dich. An deiner Stelle hätte ich nicht nachgegeben. Lieber hätte ich auf die Königswahl verzichtet.«

»Nein, das hättest du nicht.«

»Doch, allerdings.«

»Du machst dir etwas vor.« Er schüttelte ruhig den Kopf, was Theophanu nur noch mehr aufbrachte. »Meistens handelst doch gerade du viel umsichtiger als ich. Was wäre denn gewesen, wenn ich den Wunsch der Fürsten nicht respektiert hätte? Die meisten von ihnen hätten mir die Gefolgschaft verweigert. Und das zu Recht. Ihre Argumente waren vernünftig, und das weißt du so gut wie ich. Wir Herrscher im Westen haben es nun einmal mit einem starken, eigenwilligen Adel zu tun, und wir müssen uns mit ihm einigen. Ob uns das passt oder nicht.«

»Ach, ich habe dieses Taktieren um die Macht so satt«, fuhr sie Otto an.

»Wir sind nun einmal Teil eines großen Spiels. Wir können hinter unseren Rang nicht zurücktreten. Ich gebe zu, nach Cotrone habe ich mir einige Male gewünscht, zusammen mit dir und unseren Kindern auf einer abgelegenen Pfalz das Leben eines einfachen Edelmannes zu führen. Aber ganz abgesehen davon, dass ich mich mittlerweile viel zu sehr an die Macht gewöhnt habe, als dass ich sie freiwillig aufgeben würde – ich will auch vor keinem anderen Mann das Knie beugen. Wie hat mein Vater gesagt? Entweder man nimmt seinen Platz im Rudel ein, oder man wird totgebissen. Für jeden König, außer unserem Sohn, wäre die bloße Tatsache, dass wir leben, viel zu gefährlich. Mit einigem Glück würden wir in einem Kloster enden. Wahrscheinlicher ist jedoch, dass wir alle umgebracht würden.«

Gegen ihren Willen sah Theophanu wieder einmal Nikephoros Phokas' geschundenen Leichnam im Schnee. Als sie weiterhin schwieg, fügte Otto leise hinzu: »Manchmal bleibt nur die Wahl zwischen einem größeren und einem kleineren Übel. Dann ist es wichtig, sich für das kleinere Übel zu entscheiden und zu versuchen, das Beste daraus zu machen. Außerdem darfst du nicht vergessen: Die Salbung, die Krönung und der Treueschwur stellen auch einen mächtigen Schutz für das Kind dar.«

»Schwüre werden oft genug gebrochen«, sagte Theophanu scharf.

»Das stimmt«, gab Otto zu. »Aber meistens erst nach reiflicher Überlegung. Und einem von Gott Gesalbten ein Leid anzutun erfordert viel Mut und Skrupellosigkeit.«

Theophanu starrte vor sich hin. Im Grunde genommen hat mir das Schicksal keine wirkliche Wahl gelassen, dachte sie bitter. Ich konnte mich zwischen einem baldigen gewaltsamen Tod und der Krone eines mächtigen Reiches entscheiden. Ich habe die Krone gewählt und bin noch immer von einem brutalen Tod bedroht und mit mir die Menschen, die ich liebe.

Otto griff nach ihren Händen und streichelte sie. »Willst du mit unserem Sohn in den Norden gehen?«

Theophanu überlegte lange, doch schließlich schüttelte sie den Kopf. Krank und unvernünftig wie Otto nun einmal war, brauchte er sie. »Ich bleibe bei dir«, sagte sie und verschränkte ihre Finger mit seinen.

»Wollen wir uns auf einen Kompromiss einigen?«, schlug Otto vor. »Du verbringst den Winter im Süden. Und wenn ich im Frühjahr immer noch nicht weg kann von hier, dann reist du unserem Sohn alleine nach.«

»Gut«, lenkte Theophanu ein.

»Ich habe mit Heinrich Zolunta gesprochen. Er wird das Kind in den Norden begleiten.« Bittend schaute Otto Theophanu an. »Kannst du mir verzeihen?«

Sie seufzte. »Du hattest recht. Wenn ich während der Versammlung zu entscheiden gehabt hätte, hätte ich nicht anders gehandelt als du.«

Später in der Nacht lag Theophanu mit offenen Augen da, den Kopf an Ottos Brust geschmiegt. Sie spürte den Schweiß auf seiner Haut. Sein Körper roch sehr vertraut. Salzig, nach Pferd und nach Leder. Vielleicht würde sie irgendwann eines gewaltsamen Todes sterben. Aber sie hatte wenigstens mit dem Mann leben können, den sie liebte. Ich habe mich getäuscht, dachte sie, während ihr die Augen zufielen, ich habe doch eine Wahl gehabt. Und ich habe richtig gewählt.

*

»Komm, es ist Zeit.« Otto berührte Theophanu an der Schulter. Der lange Tross, mit dem Bernhard Billung und einige andere Fürsten in den Norden ziehen würden, hatte sich vor der Pfalz versammelt.

Theophanu löste sich nur widerwillig von ihrem Kind. »Im Frühjahr bin ich wieder bei dir«, flüsterte sie dem Jungen zu und kämpfte mit den Tränen. Noch ein letztes Mal küsste sie ihren Sohn und drückte ihn fest an sich.

»Ja, Mutter.« Im Gegensatz zu seinen Eltern fand der Junge die Aussicht, einen weiten Ausflug in den Norden unternehmen zu dürfen, sehr aufregend. Seit sie die Pfalz verlassen hatten, beobachtete er das Getriebe ringsum mit leuchtenden Augen: die Männer in ihren Kettenhemden und den bunten Mänteln, die sich im schneidenden Novemberwind bauschten. Die mächtigen Rösser mit ihrem knarrenden Zaumzeug. Oder die Bediensteten, von denen einige noch im letzten Moment mit Truhen und Packen zu den Wagen eilten.

»Mein Kleiner …« Auch Mathilde zog den Jungen an sich. Unwillig befreite er sich aus ihrer Umarmung.

»Ach, mein Prinz …« Imiza wischte sich über die Augen.

»Frauen und Abschiede ...« Heinrich Zolunta, der zu ihnen getreten war, stöhnte. »Wenn es nach ihnen ginge, würde jeder Geleitzug, der am Morgen aufbrechen soll, erst am Abend loskommen.«

»Ja, der Tross kann nicht ewig warten«, stimmte Otto ihm zu. Er hob seinen Sohn hoch, um ihn auf den Rücken des Ponys zu setzen. Im letzten Moment drückte aber auch er den Jungen mit geschlossenen Augen an sich – so, als wollte er ihn nie wieder loslassen.

»Versprecht mir, dass Ihr gut auf meinen Sohn Acht gebt«, wandte sich Theophanu an Heinrich. Sie konnte nicht verhindern, dass ihre Stimme zitterte.

»Keine Sorge, ich werde ihn beschützen. Notfalls mit meinem Leben«, Heinrich grinste. »Allerdings gehe ich davon aus, dass das nicht nötig sein wird.«

Nachdem Otto und er sich umarmt hatten, schwang sich auch Heinrich in den Sattel seines Pferdes und klopfte dem Jungen auf den Rücken. »Wir beide werden eine gute Zeit miteinander haben. Weit weg von all den überängstlichen Frauen.«

»Glaubt das ja nicht«, protestierte Ada lachend und zog dem Jungen die Kapuze seines blauen Samtumhangs über den Kopf.

Auf den Befehl Bernhard Billungs hin setzte sich der Tross in Bewegung. Otto legte den Arm um Theophanus Schultern. Während der Wind dem Kind die Kapuze vom Kopf wehte, drehte es sich zu ihnen um und winkte ihnen lachend zu.

Es sind ja nur ein paar Monate, versuchte Theophanu sich zu trösten. Und trotzdem wünschte sie sich einmal mehr, dass Otto und sie ihren Sohn nicht mit den Fürsten hätten ziehen lassen.

*

Einige Wochen später ritt Theophanu zusammen mit Imiza und anderen Bediensteten die Straße zur römischen Kaiserpfalz hinauf. Da es zum ersten Mal seit Tagen nicht regnete, hatte sie die Gelegenheit zu einem Ausritt genutzt.

Die politischen Verhältnisse waren wieder stabiler: Otto hatte mit den byzantinischen Städten einen Waffenstillstand aushandeln können, und Petrus von Pavia hatte als Johannes XIV. den Papstthron bestiegen. Die Lage in Rom war ruhig – was wohl dem Heer zu verdanken war, das vor der Pfalz stand.

Am Vortag war ein Brief Adas in der Pfalz eingetroffen – einer von Willigis' Leuten hatte ihn niedergeschrieben. Zu Theophanus großer Erleichterung war das Kind, abgesehen von einem leichten Husten, wohlauf. Das stundenlange Reiten verkraftete der Junge nicht nur gut, es schien ihm laut Ada Freude zu bereiten. Während der Tross durch die Lande zog, brachte ihm ein Priester aus Willigis' Kanzlei die ersten lateinischen Worte bei, und an den Abenden lehrte Heinrich Zolunta den Jungen, mit einem Holzschwert zu kämpfen.

Nein, nur Ottos Krankheit beunruhigte Theophanu wirklich. In der vorigen Woche hatte ihn wieder ein heftiger Malariaanfall heimgesucht und für einige Tage ans Bett gefesselt. Wenigstens war es ihm am Morgen endlich besser gegangen, und der Medikus hatte ihm erlaubt, aufzustehen.

Vor Theophanu und ihren Begleitern tat sich nun das Tor in der Umfriedungsmauer der Pfalz auf. Kaum waren sie hindurchgeritten, als ein Diener auf Theophanu zugerannt kam. »Hoheit, dem Himmel sei Dank, dass Ihr endlich da seid!«, stieß er hervor. »Euer Gatte hat schon einige Male nach Euch fragen lassen.«

»Geht es ihm wieder schlechter?« Erschrocken sprang Theophanu aus dem Sattel.

»Nein, mit ihm ist alles in Ordnung. Vorhin kam ein Bote …«

O Gott, das Kind!, durchfuhr es Theophanu. Sie raffte ihre Röcke und stürzte zum Hauptgebäude. Sie fand Otto in der Halle. Schon auf den ersten Blick sah sie, dass etwas Furchtbares geschehen sein musste. Er war totenbleich und verstört. Sie stürmte auf ihn zu und hämmerte mit den Fäusten gegen seine Brust. »Was ist unserem Sohn zugestoßen?«, schrie sie außer sich vor Angst. »Sag es mir!«

»Wovon redest du?« Otto fasste sie an den Handgelenken und schob sie ein Stück von sich weg. »Dem Kind ist nichts geschehen.«

»Aber …«

»Die Slawen haben sich erhoben. Sie haben alle sächsischen Gebiete jenseits der Elbe überrannt, die Dörfer und Kirchen zerstört und die meisten Siedler getötet oder verschleppt. Nur wenige haben entkommen können. Danach haben die Slawen den Fluss überquert und sind gegen Magdeburg gezogen.«

Erst jetzt bemerkte Theophanu die Schreiber und Offiziere, die sich im Hintergrund der Halle aufhielten. Zuerst war sie einfach nur erleichtert, dass ihrem Sohn nichts zugestoßen war. Doch dann begriff sie die ganze Tragweite dessen, was Otto gerade gesagt hatte. Bernhard Billung und viele andere Adelige waren noch nicht nach Sachsen zurückgekehrt, und das Heer war nach der Niederlage von Cotrone so sehr geschwächt, dass es den Angriffen der Slawen möglicherweise nicht standhalten konnte. Der Aufstand konnte das Ende von Ottos Herrschaft bedeuten.

Theophanu straffte sich. »Konnten die Slawen Magdeburg einnehmen?«

»Als Bischof Giselher den Brief abgefasst hat, war ihnen das noch nicht gelungen.« Ein grimmiges Lächeln erschien auf Ottos Gesicht.

»Du wirst so bald wie möglich in den Norden aufbrechen?« Es war eine Feststellung, keine Frage.

»Ja, schon in den nächsten Tagen.«

»Gut«, Theophanu nickte, »dann werde ich mich mit dem Haushofmeister um die Reisevorbereitungen kümmern.«

Die nächsten Tage vergingen mit Beratungen. Otto wollte die Situation in Rom geordnet hinterlassen. Deshalb traf er sich mehrmals mit Gangolf und Willibald, zwei sächsischen Adeligen, die die Sicherheit des Papstes gewährleisten sollten. Außerdem empfing der Kaiser Gesandte der byzantinischen Stadtstaaten, um noch einmal den Waffenstillstand zu besiegeln. Immer wieder trafen Boten aus dem Norden ein, und ihre Nachrichten waren durchweg schlecht. Ottos einziger Trost war, dass sich wenigstens Magdeburg hatte halten können. Theophanu nahm häufig an den Beratungen teil. Zu ihrer Erleichterung hatte Otto diesen erneuten Schicksalsschlag mittlerweile verwunden und seine übliche Zuversicht wiedergewonnen. In den Gesprächen verhielt er sich klug und bedächtig.

Auch um seine Gesundheit stand es gut: Bislang hatte ihn kein neuer Malariaanfall heimgesucht. Im Gegenteil hatte Otto sich sogar von seinem letzten Rückfall erstaunlich rasch erholt. Das ließ Theophanu hoffen, dass er während des langen und anstrengenden Zuges in den Norden keinen Rückschlag erleiden würde.

Sie überwachte das Verpacken ihrer Schmuckstücke und der kostbaren Gewänder, um die rasche Abreise sicherzustellen, als Imiza zu ihr trat. »Herrin, in einer Truhe habe ich diese Öllampe gefunden«, sagte sie und zeigte Theophanu die kleine Tonlampe, die Isai ihr geschenkt hatte. »Wollt Ihr sie mitnehmen?«

Seit der Niederlage von Cotrone war so viel geschehen, dass Theophanu nicht mehr an den Händler gedacht hatte.

Behutsam nahm sie Imiza die Leuchte ab. »Lass nur«, sagte sie warm, »ich mache das selbst.«

Während sie die Lampe in ein Leintuch einschlug, fragte sie sich, wie es Isai wohl gehen mochte. Ob er inzwischen nach Hause zurückgekehrt war und seiner Tochter den Spielzeuglöwen geschenkt hatte? Sie ertappte sich bei der Hoffnung, dass sie ihm eines Tages wieder begegnen würde.

Nachdem die Abenddämmerung eingesetzt hatte, betrat Theophanu die Halle der Pfalz. Sie war auf dem Weg zu den Stallungen, denn Myra hatte am Vortag einen vereiterten Huf gehabt. Die Tische waren bereits für das Mahl hergerichtet, aber die Kerzen an den Wänden noch nicht entzündet.

Theophanu hatte den großen Raum schon zur Hälfte durchquert, als sie im Halbdunkel Otto entdeckte. Er stand vor einem der Fenster, hatte die Arme auf das Sims gestützt und starrte nach draußen. Verwundert ging sie zu ihm und legte ihren Arm um ihn. »War in dem Heerlager alles in Ordnung?«

Otto hatte sie nicht bemerkt und fuhr zu ihr herum. »Ja, es ist alles, wie es sein soll.« Im Dämmerlicht konnte sie sein Gesicht nicht richtig sehen. Aber etwas an ihm war anders als sonst. Seine nächsten Worte steigerten ihre Verwirrung noch.

»Ich werde die Nacht in dem Benediktinerkloster auf dem Aventin verbringen«, sagte er. »Ich möchte für eine gute Reise und einen siegreichen Feldzug gegen die Slawen beten.«

Otto hatte zwar stets die Gottesdienste besucht, die ein fester Bestandteil des höfischen Lebens waren, und zahlreiche kirchliche Stiftungen getätigt, wie er das als christlicher Herrscher eben tun musste. Aber anders als seine Mutter war er nie übermäßig fromm gewesen.

»Soll ich dich begleiten?«, fragte Theophanu ratlos.

»Verzeih, aber ich möchte das Kloster allein aufsuchen«, wehrte ihr Gatte ab. Er schwieg einen Moment. »Ist eine Nachricht von Mathilde eingetroffen?« Seine Schwester war, ehe die Nachricht von dem Slawenaufstand die Pfalz erreicht hatte, nach Mantua gereist, um eine befreundete Äbtissin zu besuchen.

»Nein, ich habe leider noch nichts von ihr gehört.« Theophanu schüttelte den Kopf.

»Sie wird hoffentlich noch rechtzeitig in Rom eintreffen.« Otto beugte sich zu Theophanu und küsste sie seltsam abwesend auf die Wange, ehe er sich, ohne eine weitere Reaktion von ihr abzuwarten, wegdrehte. Sein Benehmen ängstigte sie.

»Otto ...« Sie hielt ihn am Arm fest.

»Bitte, lass mich einfach gehen.« Seine Stimme klang plötzlich so gequält, dass Theophanu erschrocken die Hand wegzog.

»Sag mir doch, was du hast«, bat sie.

»Es ist nichts. Ich bin nur müde, und mir steckt die Krankheit noch in den Knochen.« Otto hatte sich wieder in der Gewalt und bemühte sich, unbeschwert zu klingen.

Das stimmt nicht, dachte Theophanu. Irgendetwas treibt dich um, und zwar nicht die bevorstehende Reise oder der Feldzug gegen die Slawen. Doch sie kannte ihn gut genug, um zu wissen, dass es sinnlos war, noch weiter in ihn zu dringen.

»Spätestens morgen Abend bin ich wieder zurück.« Er klang ungeduldig.

»Gut«, Theophanu nickte. Während sie ihm nachsah, wie er die dämmrige Halle durchschritt, erfasste sie wieder Angst. Hatte er sie gerade angelogen? Wollte er die Nacht womöglich gar nicht im Benediktinerkloster verbringen, sondern mit einer anderen Frau? Vielleicht mit Willa?

Sie versuchte, sich zusammenzunehmen. Es konnte einfach nicht sein, dass ihr Otto während der letzten Monate nur etwas vorgemacht hatte. Sie musste ihm vertrauen.

*

Theophanu sah Otto erst am nächsten Tag wieder, als sich die Hofgesellschaft bereits zur Abendmahlzeit versammelt hatte. Er ließ sich neben ihr an der Tafel nieder, lächelte ihr zu und begann eine gut gelaunte Unterhaltung mit seinem anderen Tischnachbarn, dem Bischof Adalbert von Ravenna.

Es ist alles wie immer, versuchte Theophanu sich einzureden. Trotzdem peinigte sie erneut eine unbestimmte Angst. Die Mahlzeit schritt voran. Einmal, als der Fleischgang serviert wurde, zitterte Ottos Hand, als er nach seinem Kelch griff, und er verschüttete Wein über den Tisch.

Machte sich die Krankheit doch wieder bemerkbar? Forschend betrachtete Theophanu ihn von der Seite, konnte allerdings nichts Auffälliges entdecken. Im Gegenteil: Otto prostete nun dem Bischof zu und lachte über eine Bemerkung des älteren Mannes. Nein, sie sorgte sich völlig unnötig.

Nachdem zum Abschluss des Mahls kandierte Fruchtstücke und Nüsse gereicht worden waren und sie sich von der Tafel erhoben, beugte sich Otto zu Theophanu und raunte ihr zu: »Lass uns in meine Räume gehen.« Seine Heiterkeit war verschwunden. Dieselbe Fremdheit, die sie schon am Abend zuvor so irritiert hatte, umgab ihn erneut.

Plötzlich erkannte sie, dass Otto sich vor etwas fürchtete. Im nächsten Moment, als er sich dem Bischof und der Hofgesellschaft zuwandte, trug er jedoch wieder seine gut gelaunte Maske.

Als sie in seinem Schlafraum angekommen waren, ließ Otto sich auf einen Stuhl fallen und vergrub sein Gesicht in den

Händen. Theophanu kniete sich neben ihn. »Sag mir sofort, was du hast!«, befahl sie.

Endlich sah Otto sie an. Sein Blick war verzweifelt. »Gestern Nachmittag, als ich vom Lager zur Pfalz geritten bin, habe ich das Zeichen der Liudolfinger gesehen. Den Todesvogel«, flüsterte er.

»Nein.« Theophanu schüttelte den Kopf. Sie konnte nicht glauben, was er gesagt hatte. »Du irrst dich. Du hast irgendeinen Vogel gesehen.«

»Es war unser Zeichen. Ich weiß es. Ich werde sterben.«

»Nein, das wirst du nicht. Nicht jetzt.«

»Bitte, mach es mir nicht schwerer, als es ohnehin schon ist.« Seine Stimme klang rau.

»Und selbst wenn es tatsächlich euer Zeichen war, das du gesehen haben willst …«, Theophanu sprang auf und schrie ihn an, »wie kannst du dich dann einfach in dein Schicksal ergeben? Warum kämpfst du nicht dagegen?«

»Weil ich weiß, dass es zwecklos ist. Gestern im Benediktinerkloster habe ich die ganze Nacht Gott angefleht, mich um deinet- und um unseres Sohnes willen am Leben zu lassen. Ich habe Ihm alles mögliche dafür angeboten, aber Er hat mich nicht erhört. Selbst mein Angebot, die Krone unserem Sohn zu übergeben und mich für den Rest meines Lebens als einfacher Mönch in ein Kloster zurückzuziehen, konnte Ihn nicht umstimmen. Nun ja, ich wäre wahrscheinlich auch kein sehr würdiger Klosterbruder geworden.« Ein schiefes Lächeln huschte über Ottos Gesicht, das Theophanu fast das Herz brach. Aber gerade durch seinen Spott begriff sie, wie ernst es um ihn stand. Trotzdem weigerte sie sich, das Unvorstellbare zu akzeptieren.

»Du musst nach Lucian rufen«, drängte sie. »Der Medikus kann dir bestimmt helfen.«

»Nein, das wird er nicht.«

In ihrer Verzweiflung wünschte Theophanu sich, auf Otto

einzuschlagen, stattdessen schrie sie ihn wieder an: »Wenn du so sicher bist, dass der Arzt nichts mehr ausrichten kann, dann solltest du wenigstens einen Priester kommen lassen!«

Otto versuchte, sie an sich zu ziehen, aber sie stieß ihn weg und sprang auf. Als sie schon fast bei der Tür war, hielt Ottos Stimme sie zurück. »Bitte, bleib. Ich brauche dich. Ich stehe das nicht alleine durch.«

Langsam drehte sie sich zu ihm um. Er war totenbleich, und Theophanu erkannte, dass es ihn all seine Selbstbeherrschung kostete, nicht zu zittern. Sie blickten sich in die Augen.

Erneut lächelte Otto schief. »Mein Vater hat es geschafft, dem Tod gefasst entgegenzusehen. Das gelingt mir aber nicht, fürchte ich. Ich habe so viel Angst wie noch nie zuvor in meinem Leben.«

»Dein Vater war mehr als doppelt so alt wie du.« Zornig wischte Theophanu die Tränen weg, die ihr in die Augen schossen, und ging zu ihm. Mit einem Seufzer ließ sich Otto in ihre Arme sinken. Eine Weile hielten sie einander einfach nur fest. Schließlich sagte Theophanu leise: »Du brauchst einen Priester, der dir die Beichte abnimmt und dir die letzte Ölung spendet.«

»Nein. Bitte, hör mir zu«, wehrte Otto ihren Protest ab. »Mir ist es schon gegen Morgen sehr schlecht gegangen. Ich hatte einen neuen Malariaanfall und habe die Benediktiner gebeten, mir einen guten Arzt zu holen. Ich habe ihnen nur von der Malaria erzählt, aber nicht von dem Todeszeichen. Und die Mönche sollten dem Medikus wiederum nicht sagen, wer ich bin. Daran haben sie sich auch gehalten. Dem alten griechischen Arzt, der wahrscheinlich schon alles auf der Welt gesehen hat, habe ich dann gestanden, dass ich den Tod erwarte. Ich habe ihn um ein Mittel gebeten, das die Malaria für einige Stunden dämpft. Er hat mir eines gegeben, aber gleichzeitig hat er mich auch gewarnt, dass die Krankheit danach umso stärker zurückkehren würde. Wie auch immer … Ich habe das Mittel genommen, und es wird nicht mehr lange wirken.«

»Wie konntest du nur …«, rief Theophanu verzweifelt.

Otto zog sie enger an sich. »In zwanzig Tagen, an Weihnachten, wird unser Sohn in Aachen zum König gekrönt«, sagte er. »Ein schneller Bote braucht ungefähr genauso lange, um von Rom dorthin zu reiten. Sobald in der Pfalz bekannt wird, dass ich im Sterben liege, schickt ganz gewiss irgendjemand aus der Hofgesellschaft eine Nachricht nach Aachen. Wenn diese Botschaft dort aber vor der Krönung eintrifft, wird die Zeremonie wahrscheinlich abgesagt.«

Er sah Theophanu eindringlich an. »Deshalb ist es wichtig, dass niemand erfährt, wie es um mich steht. Und auch meinen Tod musst du so lange wie möglich verheimlichen. Lass unter den Höflingen verbreiten, dass ich mich nicht wohlfühle – sag irgendetwas von einem leichten Fieber und dass ich ein paar Tage Ruhe brauche, bevor wir in den Norden aufbrechen. Lucian habe ich vorhin unter dem Vorwand weggeschickt, dass er den Benediktinern auf ihrer Krankenstation helfen soll. Nur Imiza und Ninias dürfen Bescheid wissen.«

Seine Stimme war schwach geworden, und Schweißtropfen erschienen auf seiner Stirn.

Theophanu wollte schreien: Du wirst nicht sterben! Aber es gelang ihr, sich zu beherrschen, und sie sagte nur: »Trotzdem, du brauchst einen Priester. Soll ich nicht Karlmann rufen?«

Otto schüttelte den Kopf. »Ich habe ihn zum Leiter der Hofkapelle gemacht, aber ich traue ihm nicht wirklich. Ich fürchte, dass er etwas ausplaudert.«

»Dann nimm einen anderen Geistlichen.«

»Nein, wenn meine Seele ohne Beichte und letzte Ölung in die Hölle fahren sollte, dann erhalte ich eben die gerechte

Strafe für alle meine Sünden. Der Schutz unseres Sohnes ist mir das wert.«

Erneut hielten sie sich aneinander fest.

Schließlich sagte Otto: »Rufe jetzt bitte Imiza und Ninias.«

Theophanu nickte. Im Vorzimmer unterrichtete sie die beiden darüber, wie es um Otto stand. Sie war ihnen dankbar, dass sie gefasst reagierten und nicht in Klagen ausbrachen. Denn das hätte sie nicht ertragen.

Als Theophanu in den Schlafraum zurückkehrte, hatte sich Otto bereits auf das Bett gelegt. So sehr sie noch immer gehofft hatte, dass er sich irrte und dass er nicht sterben müsse, so machte sein Anblick jede Illusion zunichte: In der kurzen Zeit, in der sie ihn allein gelassen hatte, hatte sich Ottos Zustand weiter verschlechtert, und er litt an hohem Fieber. Theophanu wusste nicht, wie sie die nächsten Stunden überstehen sollte. Doch um seinetwillen musste sie stark sein.

Schmerzlich erinnerte sie sich an das Sterben ihres Schwiegervaters. Er hatte sich von den Menschen, die ihm nahe standen, verabschieden können und war im Kreise seiner Familie, versehen mit den Sakramenten der Kirche, aus dem Leben geschieden. Sein Tod war ein öffentliches Ereignis gewesen, und die Nachricht davon hatten Boten in alle Lande verbreitet. Und Otto? Ihr Gatte dagegen starb allein, wie ein Aussätziger oder ein schwerer Sünder. Noch nicht einmal seine Mutter wusste von seinem nahen Tod.

Theophanu konnte die Tränen nicht länger zurückhalten.

Otto war kurz eingeschlafen. Jetzt öffnete er die Augen. »Ich halte es nicht aus, wenn du weinst«, flüsterte er.

»Und ich ertrage es nicht, dass du so stirbst …«

»Versteh doch, es gibt keine andere Möglichkeit.« Schüttelfrost erfasste ihn, und er zitterte so heftig, dass seine Zähne aufeinanderschlugen. Als der Anfall nachließ, lächelte er

Theophanu an. »Weißt du noch, wie wir uns das erste Mal begegnet sind?«

»Ich habe es nicht vergessen, und ich werde es nie vergessen«, erwiderte sie leidenschaftlich.

»Damals war ich allen Ernstes der Überzeugung, dass die Sachsen und ich gut auf eine byzantinische Prinzessin verzichten könnten. Was eine der dümmsten Bemerkungen war, die ich je in meinem Leben gemacht habe.« Ein Abglanz seines alten, freimütigen Grinsens huschte über sein Gesicht und brach Theophanu wieder fast das Herz. »Die Sachsen und ich können froh sein, dass du dich damals nicht von mir hast verschrecken lassen. Du bist das Beste, was uns je widerfahren konnte.«

»Ich wusste ja nicht, wer du wirklich bist. Ich wollte den sächsischen Thronfolger unbedingt heiraten, weil mir andernfalls ein gewaltsamer Tod gedroht hätte.« Nur mit Mühe konnte Theophanu ein Schluchzen zurückhalten.

»Wie meinst du das?«

So sehr Theophanu Otto auch liebte – sie hatte ihn in all den Jahren nie in die Weissagung der Seherin eingeweiht. Jenes Gespräch hatte sie immer als eine Abmachung zwischen sich und dem Schicksal gewertet. Aber nun, da Otto starb, fühlte sie sich an diesen Pakt nicht länger gebunden und begann, ihm von der Begegnung mit der Alten zu erzählen.

Als sie geendet hatte, lächelte er sie an. »Ich versichere dir, dass es dir gelingen wird, die Krone festzuhalten und sie für unseren Sohn zu bewahren.«

»Wie willst du das wissen?«, fragte Theophanu verwundert.

»Weil ich dich kenne.«

Ein neuer Fieberanfall schüttelte ihn. »Kalymachos«, flüsterte er irgendwann.

»Ja?«, Theophanu beugte sich zu ihm.

»Da ich es nicht mehr tun kann … Versprich mir, dass du

seine Familie aufsuchst und dass du ihnen in meinem Namen für sein Opfer dankst ...«

»Natürlich.« Sie streichelte seine Hand.

Schließlich fiel Otto in einen unruhigen Schlaf. Sein Körper glühte, und sein Atem ging flach und stoßweise. Die Krämpfe kamen in immer kürzeren Abständen und schüttelten seinen geschwächten Körper. Theophanu hatte das Gefühl, wahnsinnig zu werden, da sie nichts weiter tun konnte, als seinen Leib mit feuchten, nassen Tüchern zu kühlen.

Bei Tagesanbruch war Otto so schwach, dass er den Trinkbecher nicht mehr allein zum Mund führen konnte. Theophanu musste seinen Arm stützen. Sie hatte den Becher kaum abgesetzt, als Imiza in das Zimmer schlüpfte. »Hoheit, verzeiht, aber der Haushofmeister will Euch unbedingt sprechen«, sagte sie leise.

Theophanu schüttelte unwillig den Kopf. »Weise ihn ab!«

»Du musst gehen.« Mühsam bewegte Otto seine Lippen. »Denk daran, ich bin nicht schwer krank.«

Theophanu bat Imiza, bei ihm zu bleiben, und traf sich mit Basilius in ihren Räumen. Ungeduldig hörte sie seine umständliche Schilderung an, dass der Tross nicht wie geplant reisen könne, da die Wege wegen eines Unwetters unpassierbar seien. Es schien ihr endlos zu dauern, bis sie wieder zu Otto zurückkehren konnte.

Tatsächlich hatte sich sein Befinden mittlerweile noch verschlimmert. Sein Atem ging mühsam und keuchend. Als Theophanu und Imiza zusätzliche Kissen unter seinen Rücken schoben, um seinen Oberkörper aufzurichten und ihm so ein wenig Erleichterung zu verschaffen, wachte er nicht einmal mehr auf.

Der Tag schleppte sich dahin. Fieberanfälle, Krämpfe und Schüttelfrost wechselten in rascher Folge. Aber immer noch kämpfte Ottos Körper gegen den Tod. Irgendwann hoffte

Theophanu nur noch, dass sein Leiden endlich ein Ende nähme.

Schließlich wurde es wieder Abend, und Dämmerung senkte sich über den Raum. Plötzlich hörte Theophanu, wie Otto etwas flüsterte. Sie beugte sich zu ihm hinunter und strich ihm zärtlich über die Stirn. »Was willst du mir sagen?«

»Vater Gall ... Die Klosterbibliothek in Sankt Gallen. Erinnerst du dich noch?«

»Natürlich ...«

»Das Buch ... das Buch mit dem Engel auf dem Vorsatzblatt. Du hattest recht – ich hätte es nicht mitnehmen sollen.«

Theophanu glaubte, Otto würde fantasieren. »Ich habe dieses Buch sehr geliebt«, sagte sie sanft.

»Keiner soll mir das Buch von dem Orte verschleppen, wünscht er mit Vater Gall Teil an der Seligkeit«, brachte Otto mühsam hervor. Die Ahnung eines bitteren Lachens schwang in seiner Stimme mit. »Ich schätze, ich werde keinen Anteil daran haben.«

Zorn stieg in Theophanu auf. »Doch, das wirst du«, entgegnete sie heftig. »Und wenn ich den ganzen Reichsschatz darauf verwenden muss, um deine Seele durch Messen und Stiftungen aus der Hölle zurückzukaufen, oder wenn ich als Nonne ins Kloster gehen und dich durch meine Buße erlösen muss!«

Otto hatte schon wieder die Besinnung verloren, aber er atmete noch. Theophanu hielt es in dem düsteren Raum nicht länger aus. Otto sollte nicht im Dunkeln sterben. Hastig stürzte sie zur Tür. »Imiza, Ninias«, rief sie. »Beeilt euch, bringt so viele Lampen und Kerzen her, wie ihr finden könnt.«

Wenig später war das Zimmer von zahllosen Lichtern taghell erleuchtet. Otto wehrte sich immer noch gegen den Tod. Aber es war offensichtlich, dass er diesen Kampf bald verlieren würde. Sein Gesicht war eingefallen, und sein Atem ging nur noch ganz schwach.

Ein Zittern durchlief ihn. Noch einmal öffnete er die Augen und lächelte Theophanu an. Sie beugte sich zu ihm, nahm sein Gesicht in beide Hände und küsste ihn leidenschaftlich. Seine Lippen antworteten ihr. Er seufzte leise. Dann wurde sein Körper schlaff. Theophanu ließ seinen Kopf behutsam auf die Kissen zurückgleiten und schloss seine Lider.

Eine Weile blieb sie reglos neben ihm sitzen. Schließlich stand sie auf, zog sich nackt aus und schlüpfte zu Otto unter die Decke. Eng an ihn geschmiegt, blieb sie bei ihm liegen, während sein Körper allmählich kalt und starr wurde und die Kälte auch von ihr Besitz ergriff und die Flammen nach und nach erloschen.

*

»Herrin, bitte, steht doch auf.« Von irgendwoher erklang Imizas Stimme. »Ihr könnt hier nicht liegen bleiben.« Ohne die Augen zu öffnen, presste Theophanu sich enger an Ottos Leichnam.

»Herrin …«, versuchte die Dienerin es noch einmal. Ein Schluchzen schwang in ihrer Stimme mit.

Geh weg, dachte Theophanu. Verschwinde und lass Otto und mich allein.

Eine Tür scharrte über den Steinboden. Schritte. Warum konnten Otto und sie nicht ungestört bleiben? Theophanus Geist und ihre Seele wollten sich erneut in das Dämmerreich zurückziehen, in dem sie seit Ottos Tod verharrt hatten. Doch etwas hielt sie im Jetzt. Gegen ihren Willen lauschte sie. Ein lang gezogener Jammerlaut ertönte. Kleider raschelten, während sich jemand neben dem Bett auf die Knie sinken ließ. Nach einer kurzen Stille hörte sie Mathilde erstickt flüstern: »Mein kleiner Bruder …«

Theophanu hatte geglaubt, nach Ottos Tod könnte sie nichts mehr empfinden. Aber Mathildes Worte weckten in ihr den Wunsch, zu schreien und nie wieder damit aufzuhören. Eine innere Stimme sagte ihr, dass sie dem Schmerz keinen Raum geben durfte, wenn sie nicht wahnsinnig werden wollte.

Langsam öffnete sie die Augen. Trübes Licht füllte das Zimmer. Es gelang ihr, die Arme von Ottos Leib zu lösen und sich aufzurichten. Mathilde hatte die rechte Hand ihres Bruders ergriffen und streichelte sie. Ihr sonst so gelassenes Gesicht war zerquält. Theophanus Nacktheit und die Tatsache, dass sie bei einem Toten gelegen hatte, schien sie nicht zu stören. Stattdessen sagte sie mühsam gefasst: »Unter den Höflingen und der Dienerschaft gibt es Gerede. Wir können Ottos Tod nicht mehr lange verheimlichen.«

»Welcher Tag ist heute?«

»Der Tag der heiligen Leokadia.«

Theophanus Gedanken wollten ihr nicht richtig gehorchen. Schließlich konnte sie sich aber doch erinnern: Otto war am Fest des heiligen Ambrosius gestorben. Also waren seitdem ein Tag und eine Nacht vergangen.

Die Krönung ihres Sohnes in Aachen ... Otto hatte recht gehabt. Ein Bote würde etwa zwanzig Tage benötigen, um die Strecke zurückzulegen. Und ein schneller Reiter, der weder sich noch sein Pferd schonte, würde wahrscheinlich sogar noch vor der Zeremonie in der Stadt eintreffen. Die Gedanken machten Theophanu beinahe schwindelig. Aber selbst wenn die Krönung vollzogen würde ... Heinrich und seine Anhänger würden gewiss versuchen, die verworrene Situation nach Ottos Tod für sich zu nutzen. Panik stieg in ihr auf.

»Mein Bruder ist gestorben, ohne die heiligen Sakramente zu empfangen, nicht wahr?« Mathildes ruhige Frage half Theophanu, ihre Furcht zurückzudrängen und sich auf die

Gegenwart zu konzentrieren. Niemand durfte erfahren, dass ihr Gatte den Tod eines Verdammten gestorben war.

»Glaubst du, wir können vor den Höflingen noch eine Weile vertuschen, dass Otto …« Theophanus Stimme brach.

»Ich denke, ja.« Mathilde nickte. »Was hast du vor?«

»Papst Johannes aufsuchen und ihn dazu bewegen, dass er mit mir vor die Hofgesellschaft tritt. Er soll im Angesicht aller erklären, Otto habe bei ihm die Beichte abgelegt und von ihm die Sterbesakramente empfangen.«

»Was ebenfalls eine schwere Sünde darstellt.« Mathildes Blick war undurchdringlich.

»Willst du damit sagen, dass ich es nicht tun soll?«, fuhr Theophanu ihre Schwägerin an. »Ich werde nicht zulassen, dass Otto als gottlos und unser Sohn als Kind eines Mannes gilt, der im Stande der Todsünde aus der Welt gegangen ist.«

Ein grimmiges Lächeln erschien auf Mathildes Antlitz und überdeckte für einen Augenblick ihre Trauer. »Wenn du nicht selbst um Ottos Ruf kämpfen würdest, würde ich es für dich tun.« Wieder streichelte sie die Hand des toten Kaisers. »Mein kleiner Bruder …«, murmelte sie. »Du warst immer verrückt – aber ich hätte nie gedacht, dass du dich einmal sogar mit dem Himmel anlegen würdest.« Doch sofort hatte sie sich wieder in der Gewalt. »Wahrscheinlich brechen Unruhen aus, wenn sich die Nachricht von Ottos Tod in der Stadt verbreitet«, sagte sie sachlich.

»Sobald wir die Hofgesellschaft unterrichtet haben, möchte ich in den Norden aufbrechen. Würdest du …«, Theophanu holte tief Atem, und ihre Finger krallten sich in das Laken. »Würdest du dich um Ottos Begräbnis kümmern?«

»Natürlich.« Mathilde nickte, während ihr nun doch Tränen über die Wangen rannen.

Theophanu blickte auf Otto hinab. Sein Gesicht wirkte entspannt und friedlich, als ob er schliefe. Aber der wächserne Ton seiner Haut zeigte, dass er tot war, und mittlerweile hatten sich dunkle Flecken auf der Unterseite seines Körpers gebildet. Nie mehr würde sie seine Stimme und sein Lachen hören. Nie mehr sehen, wie sein Antlitz Freude, Zorn oder Schmerz spiegelte. Niemals wieder seine Berührung spüren. Erneut drohte der Schmerz sie zu überwältigen. Aber es gelang ihr, aufzustehen und nach Imiza zu rufen.

Gegen Mittag folgte Theophanu einem hageren, gebeugten Geistlichen durch einen der langen Flure des Lateranpalastes. Sie hatte ein Kleid aus leuchtend rotem Samt angelegt – eine Farbe, die ihr obszön vorkam. Aber sie hatte vor den Höflingen und Dienstboten den Schein wahren müssen. Und sie war sich nur allzu bewusst, dass viele Augen sie beobachteten.

Der Geistliche verbeugte sich und öffnete eine hohe, zweiflügelige Tür, die in einen weitläufigen Raum führte, dessen Wände mit Fresken bemalt waren. Brennende Kerzen auf einem mannshohen Bronzeleuchter stritten gegen das Dämmerlicht des Wintertages. Papst Johannes saß neben einem Becken glimmender Kohlen. Er war klein von Wuchs, und seine schweren, purpurfarbenen Gewänder ließen seine Gestalt noch schmächtiger wirken. Obwohl er noch nicht viel älter als vierzig Jahre war, zerfurchten bereits tiefe Falten sein Gesicht. Aus wässrigen Augen blinzelte er der Kaiserin kurzsichtig entgegen.

Theophanu wusste, dass der Papst weitaus weniger zerbrechlich war, als der erste Eindruck glauben machte. Schließlich hatte sich Johannes viele Jahre als Kanzler Italiens behauptet. Anders als ihr Gatte hatte sie ihn nie wirklich gemocht. Nein, er war sicher kein Mann, der nur um einer Freundschaft willen bereit sein würde, gegen die Gebote der Kirche zu verstoßen.

»Meine Tochter.« Er streckte ihr die rechte Hand entgegen und ließ sie den goldenen Bischofsring küssen. »Ihr habt mir ausrichten lassen, dass Ihr bei mir die Beichte ablegen wollt.«

»Ja, ich muss Euch etwas beichten, und ich muss Euch um etwas bitten.« Theophanu versuchte, das Zittern in ihrer Stimme zu unterdrücken. »Mein Gatte ist vor anderthalb Tagen gestorben.«

»Ihr macht einen schlechten Scherz.« Johannes schüttelte verständnislos den Kopf. »Das ist unmöglich.«

»Bitte, glaubt mir. Ich sage die Wahrheit. Mein Gatte wollte seinen Tod so lange wie möglich verheimlichen, um unseren Sohn zu schützen.«

Der Papst betrachtete sie forschend, dann murmelte er: »Nein, ich kann nicht annehmen, dass Ihr mit derlei Dingen Euren Spaß treibt. So ist es also wirklich wahr, dass Euer Gatte gestorben ist?«

»Ja, an einem Malariaanfall.«

»Welcher Priester hat ihm beigestanden?«

Theophanu holte tief Atem. »Mein Gatte hat sich geweigert, einen Geistlichen zu sich zu rufen. Er hat unter allen Umständen verhindern wollen, dass der Hof etwas von seinem Sterben erfährt.«

»Ein Kaiser, der ohne den Segen der Kirche aus dem Leben geschieden ist«, die Miene des Papstes spiegelte blankes Entsetzen, »wie konnte er nur so handeln? Er und seine Regentschaft werden als von Gott verflucht gelten.«

Theophanu blickte ihn fest an. »Ich wünsche, dass Ihr vor die Höflinge tretet und erklärt, meinem Gatten die Beichte abgenommen und ihm die letzte Ölung gespendet zu haben.«

»Niemals!« Johannes prallte zurück. »Derartiges auch nur zu denken ist gotteslästerlich. Euer Gatte ist im Stande der Sünde gestorben – und nichts und niemand kann das rückgängig machen.«

»Darüber war sich Otto im Klaren. Und mehr noch: Er war bereit, die Folgen seines Handelns zu tragen. Ihm ging es allein um unseren Sohn. Wollt Ihr wirklich zulassen, dass sein Erbe mit einem Stigma behaftet ist? Einem Stigma, das die Fürsten möglicherweise sogar dazu veranlasst, sich von dem Jungen abzuwenden? Wollt Ihr tatsächlich die Verantwortung dafür tragen, dass das Reich im Chaos versinkt?«

»In gewisser Weise verstehe ich die Beweggründe Eures Gatten«, räumte Johannes ein. »Aber ich kann sie ganz und gar nicht billigen, geschweige denn, vor der Welt ein falsches Zeugnis ablegen. Das wäre eine schwere Sünde.«

»Ihr sprecht von Sünde«, entgegnete Theophanu ruhig. »Aber hat nicht Christus gelehrt, dass der Mensch letztlich wichtiger ist als das Gesetz? Hat Er sich nicht immer wieder über die Gebote der Schrift hinweggesetzt, um den Menschen zu helfen? Und hat Er nicht auch gesagt, dass einem Menschen, der viel geliebt hat, vergeben wird?« Sie stockte. Konnte sie darauf wirklich vertrauen? Würde Gott Otto gnädig sein und anerkennen, dass er um seines Kindes willen nicht anders hatte handeln können?

Der Papst vollführte eine ungeduldige Handbewegung. »Majestät, verzeiht, aber Ihr verdreht die Aussagen der Schrift.«

»Das tue ich nicht. Ihr hingegen versteckt Euch hinter dem Gesetz, weil Ihr feige seid.«

Johannes keuchte entrüstet auf, doch sie ließ ihn nicht zu Wort kommen. »Ihr verweigert einem Bedürftigen Eure Hilfe, weil Ihr Angst habt, eine Sünde zu begehen. Aber damit seid Ihr nicht besser als der Pharisäer, der den Mann, der unter die Räuber gefallen war, am Straßenrand liegen ließ und seines Weges ging.«

Der Papst sprang auf. »Was erlaubt Ihr Euch?«, herrschte er sie an. »Ihr seid nur ein Weib, und es steht Euch nicht zu, die Heilige Schrift zu deuten, geschweige denn, den Nachfolger Petri zu beleidigen. Verlasst sofort meine Räume und kommt mir nicht mehr unter die Augen!«

Nun war es um Theophanus Geduld geschehen. »Ich mag ein Weib sein«, erwiderte sie kalt. »Aber ich bin auch Kaiserin – vergesst das nicht. Mein Gatte, der Euch zum Papst gemacht hat, hat mich zu seiner Mitherrscherin ernannt. Ihr verdankt Eure Stellung ebenso mir wie ihm. Wenn ich Otto ausgeredet hätte, Euch zum Nachfolger Benedikts zu machen – und ihr könnt mir glauben, dass ich es sehr bereue, mich nicht gegen Euch ausgesprochen zu haben –, wärt Ihr niemals Papst geworden.«

»Es war Gottes Wille und nicht der Eures Gatten«, rief Johannes entrüstet.

»Es ist nicht nötig, in diesem Zusammenhang von Gott zu sprechen. Noch steht das Heer vor den Toren – und ich garantiere Euch, wenn Ihr mich nicht sofort zur Pfalz begleitet und Ottos Wunsch erfüllt, werde ich Euch aus der Stadt jagen lassen.«

»Das wagt Ihr nicht.« Johannes' Stimme überschlug sich.

»O doch, das tue ich.« Theophanus harter Tonfall ließ keinen Zweifel daran, dass sie ihren Worten Taten folgen lassen würde. »Außerdem ist es mir völlig gleichgültig, wie viele Sünden ich noch auf mich lade. Aber ich lasse Ottos Andenken und die Zukunft meines Sohnes nicht ungestraft zerstören.«

Johannes ließ seine schmächtigen Schultern hängen. Theophanu ahnte, was in ihm vorging: Er wusste, dass er sich ohne den Schutz des Heeres nicht in der Stadt würde halten können, weil alle mächtigen Adelsgeschlechter gegen ihn waren und nur auf eine günstige Gelegenheit warteten, um sich seiner zu entledigen. Johannes war Machtmensch genug, um auf den Stuhl Petri Anspruch zu erheben. Andererseits konnte er ihr aber nicht allzu schnell nachgeben, wenn er sein Gesicht nicht verlieren wollte.

Deshalb versuchte Theophanu es nun mit Güte. »Otto hat Euch für einen Freund gehalten und Euch vertraut«, sagte sie und gab ihrer Stimme einen freundlicheren Klang. »Ich bin sicher, er hätte jede Sünde auf sich geladen, um Euch zu helfen, wenn Ihr in Not gewesen wäret.«

Johannes kämpfte noch einige Momente mit sich, doch schließlich nickte er. »Gut, ich werde Eurem Gatten diesen letzten Dienst nicht verweigern.«

Brüsk wandte er sich zum Gehen, doch Theophanu machte keine Anstalten, ihm zu folgen. »Schwört Ihr mir bei der Heiligen Schrift und beim ewigen Leben Eurer Seele, dass Ihr niemandem die Wahrheit verraten werdet?«

Sie maßen einander mit Blicken. Doch schließlich ging der Papst zu einem Tisch, auf dem eine mit Goldblech beschlagene und mit Edelsteinen verzierte Bibel lag, berührte das Buch und sprach den Schwur.

*

Ich weiß nicht, woher ich die Kraft nehmen soll, dich in Rom zurückzulassen. Unverwandt blickte Theophanu auf Ottos Leichnam. Im Schlafgemach duftete es intensiv nach Zimt, Kardamom und Nelken. Die den glimmenden Kohlen beigegebenen Gewürze sollten den süßlichen Verwesungsgeruch, den der tote Körper ihres Gatten mittlerweile verströmte, überdecken. Dennoch hätte sie sich am liebsten wieder zu ihm gelegt und ihn in ihre Arme genommen.

Nachdem der Papst und Theophanu in der Pfalz angekommen waren, hatten sie sofort Ottos Gemächer aufgesucht. Eine Weile hatte Johannes neben dem Leichnam gekniet und gebetet. Anschließend waren sie zusammen mit Mathilde vor die Höflinge getreten und hatten Ottos überraschenden Tod verkündet. Wie vereinbart, hatte Johannes versichert, dass dem verstorbenen Kaiser noch die Segnungen der Kirche zuteil geworden waren.

Mathilde hatte es auf sich genommen, das komplizierte Zeremoniell nach dem Tod eines Kaisers zu leiten. Währenddessen war Theophanu rasch in Ottos Räume geschlüpft und hatte sich heimlich zur Abreise bereit gemacht – so wie sie es mit ihrer Schwägerin besprochen hatte. Nur Imiza und Ninias würden sie begleiten. Denn je kleiner ihr Gefolge war, desto unauffälliger konnte sie reisen.

Mein Geliebter, dachte Theophanu, ich verspreche dir, dass ich unseren Sohn schützen und seine Herrschaft sichern werde. Und ich verspreche dir auch, dass ich alles tun werde, damit deine Seele das ewige Leben erhält. Und wenn Gott nicht barmherzig sein sollte und dir das Paradies verwehrt, werde ich am Ende meiner Tage trotzdem zu dir kommen.

Mathilde, die leise hereingekommen war, berührte sie an der Schulter. »Es ist Zeit. Du musst gehen. Die Stadttore werden bald geschlossen.«

»Ich wünschte, ich könnte die nächsten Tage bei Otto sein. Bis er bestattet wird …« Für einen Moment drohte der Schmerz, Theophanu zu überwältigen. Aber es gelang ihr wieder, ihre Gefühle zurückzudrängen.

»Er würde wollen, dass du in den Norden aufbrichst.« Mathilde lächelte schwach. »Glaub mir, ich werde gut auf ihn Acht geben.«

Nachdem Theophanu Otto noch einmal geküsst hatte, eilten die beiden Frauen durch abgelegene Gänge und Flure bis zur Seitentür, wo Imiza und Ninias bereits mit den Pferden warteten. Theophanu umarmte ihre Schwägerin. »Gott behüte dich.«

»Dich und das Kind ebenfalls.« Mathilde drückte sie fest an sich. »Ich werde zu Gott, der Heiligen Jungfrau und allen Heiligen beten, dass kein Bote vor der Krönung in Aachen eintrifft.«

»Ich hoffe auf die Kraft deiner Gebete.« Theophanu schwang sich auf Myra. Doch während sie zusammen mit Ninias und Imiza den dunklen Weg zwischen den Scheunen entlangritt, stieg eine jähe Angst in ihr auf.

# 7.

Heinrich Zolunta vergrub seinen Kopf in den Händen. Müde registrierte er die Geräusche, die aus dem Nebenraum der Aachener Pfalz zu ihm drangen – Adas gedämpfte Stimme und die hellere des Kindes. Was sich im Laufe des Tages ereignet hatte, erschien ihm wie ein wirrer, böser Traum. Ein Traum, der umso schlimmer endete, da alles so glücklich begonnen hatte.

Am Vormittag war Ottos und Theophanus Sohn von Willigis und dem Kölner Erzbischof Warin feierlich zum König gesalbt und gekrönt worden. Sehr klein und zart hatte der Junge auf dem Marmorthron gewirkt. Als ihm das Reichszepter übergeben worden war, hatte Willigis mit zugreifen müssen, denn allein hätte das Kind es nicht halten können. Trotz aller Zerbrechlichkeit hatte der Junge aber eine ganz eigene Würde ausgestrahlt. Als die Fürsten einer nach dem anderen vor ihm niedergekniet waren und ihre großen, schwieligen Hände in seine kleinen gelegt und ihm die Treue geschworen hatten, hatte nicht nur Heinrich die Rührung übermannt.

Doch dann, einige Stunden später, noch während des Festmahls, hatte sich alles gewendet: Ein Bote war in die Versammlung geplatzt und hatte den Tod Ottos verkündet. Zunächst hatten seine Worte das schiere Unglauben hervorgerufen – das sich sehr schnell in Entsetzen und Ratlosigkeit verwandelt hatte.

Heinrich konnte es immer noch nicht fassen, dass der Freund nicht mehr am Leben war. Verdammt, Otto, dachte er wütend und traurig, du hättest bestimmt an der ganzen Aufregung deinen Spaß gehabt. Aber du hättest dir wirklich keinen schlechteren Zeitpunkt aussuchen können, um abzutreten. Jetzt beratschlagen deine Gefolgsleute bestimmt schon, ob sie deinem Sohn die Treue halten sollen oder nicht. Und überhaupt finde ich es verdammt ungerecht, dass nach Otto von Schwaben nun auch du dich davongemacht hast. Zornig wischte er die Tränen ab, die ihm in die Augen traten.

Eine sachte Berührung an seinem Bein ließ ihn aufschrecken. Der Junge stand vor ihm und sah ihn still an. Sein Blick ging Heinrich durch und durch.

»Du bleibst doch bei mir?« Die Lippen des Kindes zitterten.

»Ja, bei Gott, das werde ich.« Während Heinrich den Jungen auf die Knie hob, versprach er Otto in Gedanken: Ich werde deinen Sohn beschützen.

*

Der Kaiser war tot ... Seine Erschütterung war bereits verebbt, und Dietrich von Metz analysierte kühl die Lage. Er hatte seinen jungen Verwandten nicht verehrt wie so viele andere. Aber er hatte ihn gemocht, und er hatte die Loyalität, die ihm Otto während der letzten Jahre erwiesen hatte, seinerseits mit aufrichtiger Treue erwidert. Seit wenigen Stunden nun war das Kind König eines Reiches, das sich vom Mittelmeer bis zur Nordsee erstreckte. Dietrich war durchaus dafür, dass der Junge eines Tages über dieses Gebiet herrschen sollte. Bis zu seiner Volljährigkeit vergingen jedoch noch elf Jahre. Und für diesen Zeitraum musste jemand anderes die Regentschaft für ihn übernehmen.

Theophanu, davon war Dietrich überzeugt, würde die Vormundschaft für ihren Sohn und damit die Regierungsgewalt für sich beanspruchen. Anmaßend und überheblich genug war sie dafür. Außerdem hatte Otto seine Gattin ausdrücklich zur Mitkaiserin ernannt, und in Byzanz war es durchaus üblich, dass die Gattin nach dem Tod des Imperators die Herrschaft ausübte.

Doch Theophanu als Herrin akzeptieren? Niemals!, dachte Dietrich. Heinrich kam das Recht zu, der Vormund zu werden. Schließlich war er Ottos nächster männlicher Verwandter und außerdem ein starker Fürst.

Aber was wäre, wenn Heinrich sich nicht damit begnügen würde, nur der Vormund zu sein? Was, wenn er die Gelegenheit auszunutzen versuchte, um nach der Macht und der Krone zu greifen? Immerhin hatte er Otto jahrelang erbittert bekämpft.

Nun, es würde nötig sein, Heinrich schwören zu lassen, dass er die Regierungsgewalt nur für die Interimszeit und zum Wohle seines kleinen Verwandten ausüben würde. Außerdem ... Wenn Otto klug gewesen wäre, hätte er seinem Vetter ein großes Lehen angeboten und damit bewirkt, dass ein Friedensschluss zwischen ihm und Heinrich möglich gewesen wäre. Adelheid hatte das genauso gesehen und ihren Neffen unterstützt.

Ja, ganz gewiss handelte er auch in ihrem Interesse, wenn er Bischof Folkmar aufsuchte und die Freilassung Heinrichs betrieb.

*

»Wer hätte gedacht, dass die Würfel so schnell und ganz neu fallen würden?« Erzbischof Willigis schüttelte seufzend den Kopf.

»Wie kommt Ihr darauf, dass sie neu gefallen sind?« Bernhard Billung, der ihm an einem niedrigen Tisch gegenüber saß, hob die Augenbrauen. »Ottos Sohn ist der neue König, und für mich wird er das auch bleiben, egal, was geschieht.«

»Sicher, auch für mich steht das nicht in Frage.« Willigis

nickte. »Dennoch muss nun möglichst schnell geklärt werden, wer bis zur Volljährigkeit des Kindes die Regentschaft innehat.«

»Otto hat Theophanu zur Mitkaiserin ernannt. Deshalb hat sie meine Unterstützung.«

»Unbestreitbar ist sie eine kluge Frau.« Der Erzbischof wiegte den Kopf. »Aber selbst wenn es in ihrer Heimat durchaus üblich sein mag, dass ein Weib sich als Herrscher aufspielt – für uns im Westen ist es ungewohnt, und ich wage zu bezweifeln, dass sich die Mehrheit der Fürsten einer Frau beugen wird. Noch dazu einer Fremden. Außerdem verlangt der Überfall der Slawen ein starkes, entschlossenes Durchgreifen.«

»Ich bin überzeugt, dass Theophanu dazu im Stande ist«, erklärte Bernhard fest. »Darf ich Euch daran erinnern, dass sie als eine der wenigen den Mut hatte, Otto vor einer Auseinandersetzung mit den Sarazenen zu warnen? Leider hatte sie damit ja nur zu recht.«

Willigis hob seinen vergoldeten Weinkelch und trank einen Schluck. »Wie ich eben schon sagte, ich stelle ihre Klugheit keineswegs in Abrede.«

»Worauf wollt Ihr hinaus? Etwa, dass Heinrich die Vormundschaft übernehmen sollte?« Bernhard Billung schnaubte verächtlich. »Diesem selbstverliebten Unruhestifter würde ich niemals folgen.«

»Heinrich stellt auch für mich keine Option dar.« Willigis lächelte. »Theophanu besitzt meinen ganzen Beistand, dessen könnt Ihr versichert sein. Ich wollte Euch nur darauf hinweisen, dass bei weitem nicht alle Fürsten unsere Meinung teilen werden. Nicht wenige Adelige, vor allem auch aus Sachsen, haben Heinrichs Aufstand unterstützt. Auch jetzt werden ihm wieder viele Sympathien zufliegen.«

»Dann ist es an uns, dem entgegenzusteuern«, knurrte der Herzog.

»Ich bin völlig Eurer Ansicht.« Willigis erhob sich geschmeidig. »Wenn Ihr mich nun bitte entschuldigen würdet? Der Tag war lang und hart, und der morgige wird ebenfalls anstrengend werden.«

Während Bernhard Billung dem Erzbischof mit zusammengekniffenen Augen nachschaute, wie dieser zur Tür schritt, wünschte er plötzlich, dass er nicht darauf bestanden hätte, das Kind im Norden erziehen zu lassen.

*

»Ich verstehe ja, dass Ihr nicht als Kaiserin reisen wollt, gerade jetzt, wo in Rom wieder Aufstände ausgebrochen sind«, jammerte Imiza. »Aber ich wünschte trotzdem, dass Ihr in einer weniger schäbigen Umgebung untergebracht wäret.« Unglücklich stellte die Dienerin einen Teller Gerstensuppe vor ihrer Herrin ab.

Theophanu schaute auf. Seit sie Rom verlassen hatte, hatte sie kaum darauf geachtet, wo sie sich befand. Erst jetzt registrierte sie, dass das Zimmer, das die Mönche von Cremona ihr zugewiesen hatten, klein und die Wände unverputzt waren und abgenutzte Wolldecken auf der Bettstatt lagen. Doch das war ihr vollkommen gleichgültig. Wie ihr überhaupt alles gleichgültig war – sie wollte nur eines: möglichst bald den Norden erreichen.

»Ich habe keinen Hunger.« Sie schob den Teller weg.

»Ihr habt den ganzen Tag noch nichts zu Euch genommen. Ihr müsst etwas essen.« Unter Imizas strengem Blick zwang Theophanu sich, einige Löffel von der Suppe hinunterzuwürgen. Seit dem Morgen plagten sie Kopfschmerzen. Ihr Hals war wund, und die Flüssigkeit brannte in ihrer Kehle.

»Ich bin bald wieder zurück«, sagte sie rasch. Als sie aufstand und nach ihrem Umhang griff, wurde ihr einen Moment schwindelig, und sie musste sich an der Stuhllehne festhalten, um nicht zu fallen. Doch wenigstens bemerkte Imiza, die den Teller abräumte, nichts davon.

Als Theophanu in den nächtlichen Klosterhof trat, wirbelten ihr Flocken entgegen. Eine dünne Schneeschicht bedeckte bereits den Boden. Sie erschrak. Wie das Wetter in den Alpen wohl sein mochte? Würden die Pässe überhaupt noch gangbar sein? Nein, es durfte nicht sein, dass sie die nächsten Monate im Süden gefangen war. Wieder überfiel sie ein Schwindel. Doch sie zwang sich, einen Fuß vor den anderen zu setzen, bis sie endlich die Klosterkirche erreicht hatte.

Drinnen war es dunkel – nur die Kerze auf dem Tabernakel verströmte ein wenig Licht. Vor dem Bild der Heiligen Jungfrau kniete Theophanu nieder. Ihr Kopf hämmerte zum Zerspringen.

Du hattest doch auch einen Sohn, betete sie. Wenn jemand versteht, was Otto getan hat, dann du. Ich flehe dich an, bitte für ihn! Doch die Augen der Madonna blickten ihr hart und mitleidlos entgegen.

Bitte!, dachte Theophanu noch einmal. In dem unsteten Licht der flackernden Kerzen verzerrte sich das Antlitz der Gottesmutter zu einer hässlichen Fratze.

Als sie sich schaudernd erhob, wurde ihr schwarz vor Augen.

Der Schnee … Sie durfte nicht krank werden. Ihr Sohn brauchte sie. Theophanu gelang es noch, die Kirche zu verlassen und auf das erleuchtete Gästehaus zuzustolpern. Doch bereits nach wenigen Schritten brach sie in dem verschneiten Klosterhof ohnmächtig zusammen.

*

»Nicht schlecht, Kleiner. Nur die Fersen ein bisschen tiefer!«, rief Heinrich Zolunta. Im Stallhof des Kölner erzbischöflichen Palastes begutachtete er, wie Ottos Sohn mit seinem Pony über ein niedriges Hindernis setzte. Ada, die sich gegen die eisige Kälte des klaren Wintertages bis zur Nasenspitze in ein Wolltuch gemummt hatte, winkte ihrem Schützling aufmunternd zu.

Während Heinrich beobachtete, wie das Kind sein Reittier geschickt wendete und erneut auf das Hindernis zugaloppierte, sah er, wie Erzbischof Warin zusammen mit einigen Dienern in den Hof kam. Vor acht Tagen waren Ada, das Kind und er gemeinsam mit den Leuten des Erzbischofs in Köln eingetroffen. Zu Heinrichs Erleichterung stand Bernhard Billung fest zu seinem Schwur, und auch die anderen Fürsten schienen bereit zu sein, dem Kind die Treue zu halten. So hatte sich der dickliche, vierschrötige Warin sehr loyal verhalten und den Sohn des verstorbenen Kaisers mit großer Ehrerbietung und Zuvorkommenheit behandelt.

Inwieweit das Kind wirklich begriff, dass sein Vater gestorben war, konnte Heinrich nicht beurteilen. Derartige Dinge waren ohnehin Frauensache. Ada hatte gemeint, der Junge sei weinerlicher als sonst und schrecke nachts aus Alpträumen hoch. Ihm selbst machte der Tod des Freundes noch immer schwer zu schaffen, und auch seine häufigen Besuche in den Kölner Hurenhäusern halfen ihm nicht über seine Trauer hinweg.

»Heinrich, sieh nur!«, jauchzte der Junge und verlagerte sein Gewicht nach vorn, damit das Pony von dem hart gefrorenen Boden absprang. Geschmeidig flogen sie über das Hindernis und setzten elegant auf der anderen Seite auf.

»Gut gemacht!« Heinrich eilte zu dem Pony. Mit der einen Hand fasste er es am Zügel und klopfte mit der anderen dem Kind auf den Rücken. »Du hast wirklich schnell begriffen, wie es geht.« Die von der Kälte geröteten Wangen des Kindes färbten sich vor Freude noch tiefer. Stolz wandte sich der Junge zu seiner Amme um.

»Der Kleine hat es tatsächlich im Blut.« Zusammen mit seinen Dienern hatte sich Warin zu Heinrich gesellt. »Sein Vater war ebenfalls ein begnadeter Reiter.«

»Ja, das war er«, bestätigte Heinrich, während ihm die Kehle eng wurde. »Genug für heute.« Er hob das Kind aus dem Sattel und winkte einen Stallknecht herbei, damit das Pony versorgt wurde. »Wenn du willst, üben wir ein bisschen Schwertkampf«, bog er den Protest des Jungen ab.

»Das Kind liegt Euch wirklich am Herzen.« Warin bedachte Heinrich mit einem strahlenden Lächeln.

»Allerdings, das tut es.« Dieser nickte knapp.

»Ihr wäret doch sicher auch bereit, dem Jungen unter veränderten Umständen treu zu dienen?«

»Was meint Ihr damit?« Ein jähes Misstrauen glomm in Heinrich auf.

»Wir wollen doch alle nur das Beste für das Kind.« Warin breitete die Arme aus. »Es braucht einen starken Beschützer.«

»Ich denke, den hat der Junge in Euch?«

»Jetzt komm doch!« Das Kind zog an Heinrichs Hand, doch er ignorierte es. Plötzlich fiel ihm auf, dass er die Diener, die Warin umgaben, noch nie zuvor unter den Leuten des Erzbischofs gesehen hatte.

»Selbstverständlich werde ich den Jungen behüten. Schließlich habe ich seinem Vater und ihm die Treue geschworen.« Warin nickte hastig. »Ich hatte jedoch noch einen weiteren Beschützer im Sinn. Einen Mann, der ihm blutsmäßig näher steht.«

Nein, dachte Heinrich voller Entsetzen, nein. Gleichzeitig riss er sein Schwert aus der Scheide und brüllte den Erzbischof an: »Verdammter Verräter!«

»Heinrich, so nehmt doch Vernunft an«, versuchte Warin ihn zu beruhigen und schob sich zwischen ihn und die vermeintlichen Diener. »Der Vetter unseres verstorbenen Kaisers hat nichts dagegen, dass Ihr bei dem Jungen bleibt, ja er wünscht es sogar. Ihm geht es doch nur um das Wohl des Kindes.«

»Nehmt den Jungen und lauft!« Heinrich drehte sich zu Ada um, während er Warin einen Tritt versetzte, so dass dieser einige Schritte zur Seite taumelte. Dem ersten der Diener, der auf ihn zusprang, rammte er sein Schwert in den Leib. Doch es glitt an einem Kettenhemd, das unter dem Mantel verborgen gewesen war, ab.

Sie haben mich übertölpelt, fuhr es Heinrich durch den Kopf. Wie einen Anfänger haben sie mich übertölpelt ... Zorn über sich selbst erfüllte ihn. Es gelang ihm, dem Schwerthieb seines Gegners auszuweichen und ihm die eigene Waffe über dem Rand des Kettenhemdes in den Hals zu stoßen. Doch sofort drangen zwei andere Soldaten auf ihn ein. Ihre Hiebe trafen ihn in die Brust und in die Seite. Heinrich sackte in die Knie. Ihm wurde dunkel vor Augen. Wie aus weiter Ferne hörte er Ada schreien, das Kind weinen und Warin entsetzt aufkeuchen. Er hatte dem Freund versprochen, seinen Sohn zu schützen ...

Stöhnend versuchte Heinrich, auf die Beine zu kommen. Doch ein weiterer Schwerthieb spaltete ihm den Schädel und ließ ihn zusammenbrechen. Das Letzte, was er sah, ehe er starb, war, wie zwei Soldaten Ada und das Kind quer über den sonnigen Hof zerrten – zu einem Torbogen, durch den nun Ottos Vetter und Ekbert der Einäugige traten.

*

Theophanu hatte das Gefühl, innerlich zu verglühen. Gleich darauf überfiel sie ein Kälteschauder, der ihre Zähne aufeinanderschlagen ließ. Sie war nackt und stand im Schnee, und sie wusste, dass sie nun wieder Nikephoros Phokas' geschändete Leiche sehen würde. Instinktiv versuchte sie, sich gegen das Entsetzen zu wappnen. Aber als sie langsam den Kopf hob, erblickte sie ihren Sohn im Innenhof des Palastes. Er weinte und streckte die Arme nach ihr aus.

»Mein Liebling, ich bin gleich bei dir!«, rief sie und rannte auf ihn zu. Doch es war, als hätten der Schnee und die Mauern ihre Stimme verschluckt, denn in der Stille war kein Laut außer dem Schluchzen des Kindes zu hören. So sehr sie sich auch bemühte – sie kam dem Jungen keinen Schritt näher.

Aus den Augenwinkeln nahm Theophanu eine Bewegung in den Schatten des Hofes wahr. Ein Mann trat daraus hervor und ging auf ihren Sohn zu. Entsetzen durchflutete sie. Der Mann war Ottos Vetter Heinrich. Sie schrie. Doch obwohl der Schrei wiederum nicht zu hören war, drehte sich Heinrich zu ihr um. Eingehend musterte er ihren nackten Körper. Dann lächelte er unvermittelt, hob den Jungen hoch und ging mit ihm davon.

»Mutter!«, schluchzte das Kind. Sein kleines Gesicht war von Panik verzerrt. Schweiß rann über Theophanus Leib, während sie sich abkämpfte, um Heinrich zu folgen. Aber sie kam nicht von der Stelle. Ohnmächtig musste sie verfolgen, wie der Bayernherzog mit ihrem Sohn verschwand.

*

»Bei Gott, es war wirklich nicht nötig, dass du Heinrich Zolunta töten lässt.« In einem vornehm ausgestatteten Zimmer des Kölner erzbischöflichen Palastes fuhr Dietrich von Metz den Bayernherzog erregt an. »Zolunta war ein enger und treuer Freund des Kaisers, und auch ich habe ihn geschätzt. Wir haben uns Seite an Seite von der byzantinischen Dromone freigekämpft.«

»Ich bedaure zutiefst, was geschehen ist.« Heinrich seufzte. »Aber Zolunta hat sich seinen Tod leider selbst zuzuschreiben. Er hätte einfach nicht wie ein Wilder auf meine Männer losgehen dürfen. Sie waren gezwungen, sich zu verteidigen.«

»Acht Mann gegen einen.« Dietrich lachte höhnisch. »Eine derartige Übermacht sollte doch wohl in der Lage sein, einen Einzelnen ohne Schwierigkeiten zu entwaffnen.« Er warf seinem Verwandten einen durchdringenden Blick zu. »Vergiss nicht, dass du mir geschworen hast, dass dem Kind kein Leid geschieht. Und vergiss vor allem nicht, dass du außerdem geschworen hast, nur sein Vormund zu sein. Nur wenn du diese Bedingung erfüllst – und nur dann –, hast du meine Unterstützung. Das gilt auch für die meisten anderen Fürsten. Warin war übrigens ebenfalls entsetzt von der Tat – darüber bist du dir wohl hoffentlich im Klaren.«

»Ich weiß, er hat es mir deutlich zu verstehen gegeben. Ich kann nur noch einmal beteuern, dass ich Zolunta gern zu meinem Gefolge gezählt hätte.« Nein, dachte Heinrich, während er sich bemühte, aufrichtig zerknirscht zu wirken, Zolunta wäre niemals bereit gewesen, sich mir anzuschließen. Er hatte seinen Soldaten zwar nicht ausdrücklich den Befehl gegeben, ihn umzubringen, hatte es ihnen aber auch nicht verboten. Zoluntas Tod hatte ihm viele Probleme erspart. Außerdem hatte er ihn wegen seiner Freundschaft zu Otto gehasst.

»Ich hoffe, ich kann dir meinen guten Willen beweisen.« Heinrich schenkte Dietrich ein Lächeln. Dann winkte er einen Diener heran, der vor einem der bogenförmigen Fenster gewartet hatte, und trug ihm auf, Meinhard, den Anführer der Soldaten, zu ihm zu bringen.

»Hat der Junge sich denn inzwischen wieder beruhigt?« Dietrich lehnte sich auf seinem Stuhl zurück.

»Ja, der Amme ist es gelungen, ihn zu trösten.« Heinrich seufzte wieder. »Es tut mir sehr leid, dass das Kind mit ansehen musste, wie Zolunta getötet wurde. Aber bekanntlich vergessen Kinder ja schnell. Bei meinem kleinen Verwandten wird das bestimmt nicht anders sein.«

»Herr …« Der Diener war wieder zurückgekehrt. In seiner Begleitung befand sich ein athletischer Mann in den Zwanzigern.

»Meinhard!« Heinrich bedeutete ihm, vor ihn zu treten, und sagte streng: »Die beiden Soldaten, die Zolunta umgebracht haben, sollen jeweils dreißig Peitschenhiebe erhalten und für eine Woche auf Wasser und Brot gesetzt werden.«

»Wie Ihr wünscht, Herr.« Meinhard neigte den Kopf.

Nachdem Heinrich dem Mann bedeutet hatte, sich zu entfernen, schaute er den Bischof mit erhobenen Augenbrauen an. »Bist du nun mit mir zufrieden?«

»Ja, durchaus.« Dietrich nickte. »Und ich bin überzeugt, dass die Fürsten das auch sein werden.«

Als der Bischof sich endlich verabschiedet hatte, ging Heinrich in einen Nebenraum. Sein Herz klopfte schneller, als er die Reichsinsignien sah, die dort auf einem blauen Samttuch ausgebreitet waren. Die Fürsten hatten sie Erzbischof Warin zusammen mit dem Kind anvertraut. Ebenso rasch wie den kleinen König hatte der Erzbischof auch die Zeichen der Macht an Heinrich ausgehändigt: die beiden Schwerter in ihren kunstvoll ziselierten Scheiden. Die Heilige Lanze, mit der sein Onkel in der Schlacht auf dem Lechfeld gegen die Ungarn angestürmt war, das Zepter und die Reichskrone mit ihrem Schmuck aus Emaille und Edelsteinen.

Langsam, beinahe andächtig strich Heinrich über das Zepter, ehe er die Krone in beide Hände nahm. Zuletzt hatte er sie auf Ottos Haupt gesehen – während des Reichstages in Magdeburg, bei dem sein Vetter ihn zu ewiger Haft verurteilt hatte. Ein triumphierendes Lächeln huschte über Heinrichs Antlitz. Er war frei und am Leben. Otto dagegen vermoderte in irgendeinem Grab.

Endlich würde die Krone ihm gehören! So wie sie ihm

schon lange zustand und auch seinem Vater gebührt hätte. Ottos Sohn würde sie niemals bekommen. Mochten Dietrich, Warin und die anderen Fürsten das auch nur allzu gern glauben. Wenn er erst einmal über eine starke Anhängerschaft verfügte, würde sich niemand mehr von ihnen für das Kind einsetzen. Aber solange er seine Macht noch festigen musste, wollte er gerne den besorgten Verwandten spielen und vorgeben, mit der Vormundschaft zufrieden zu sein.

Heinrichs Gedanken wanderten zu dem Moment, als er dem Jungen vor wenigen Stunden erstmals bei den Stallungen des erzbischöflichen Palastes begegnet war. Die Gesichtszüge des Kindes waren die Ottos, aber die mandelförmigen braunen Augen hatte es von seiner Mutter geerbt.

In den langen Jahren seiner Gefangenschaft hatte Heinrich sich oft ausgemalt, wie er Rache an seinem Vetter nehmen würde. Ein Teil dieser Vergeltung hatte in seinen Fantasien immer darin bestanden, ihm Reich und Krone wegzunehmen. Aber er wusste, dass er Otto am tiefsten träfe, wenn er Theophanu besäße.

Behutsam stellte Heinrich die Krone wieder an ihren Platz. Er hatte das Kind in seiner Gewalt. Es würde einen guten Köder für Theophanu abgeben. Laut dem Gerede der Dienerschaft liebte sie ihren Sohn tief. Wie weit sie wohl gehen würde, um ihn zurückzubekommen? Das herauszufinden würde sehr reizvoll werden.

*

Theophanus Geist mühte sich, aus den Tiefen der Ohnmacht herauszufinden. Das Erste, was sie spürte, war, dass ihr Hals und ihr Kopf immer noch schmerzten. Als sie schließlich die Augen öffnete, blendete sie Sonnenlicht, das durch die Ritze zwischen zwei dunkelroten Vorhängen fiel. Das Fenster, das sie verhüllten, musste groß sein.

Dunkelrote Vorhänge vor einem großen Fenster? Nun bemerkte sie, dass Malereien die Wände zierten. Gemälde, die es in ihrer Feinheit mit denen in byzantinischen Palästen aufnehmen konnten.

Verwundert runzelte Theophanu die Stirn. Waren Imiza, Ninias und sie nicht in einem karg eingerichteten Klosterzimmer untergekommen? Sie versuchte, sich aufzurichten, was jedoch ein so heftiges Schwindelgefühl hervorrief, dass sie sich sofort wieder auf die Kissen zurücksinken ließ. Vorsichtig drehte sie den Kopf. Ein kostbares Mosaik, das aus schwarzen und weißen Steinchen gefertigt war und Vögel zwischen ineinander verschlungenen Ornamenten zeigte, schmückte den Boden. Gegenüber dem Bett stand eine Truhe mit silbernen Beschlägen, und die Decken, unter denen sie lag, waren seiden. Weshalb war ihr das erst jetzt aufgefallen?

»Imiza!« Krächzend drang das Wort aus ihrem Mund und verursachte heftige Schmerzen in ihrem Hals.

»Ihr seid also endlich zu Euch gekommen.« Aus den Tiefen des Zimmers drang eine unergründliche Männerstimme zu ihr. Eine Stimme, von der sie gehofft hatte, sie niemals wieder zu hören. Schrecken und Unglaube durchfuhren Theophanu. Noch während sie sich abmühte, sich aufzusetzen, trat Crescentius in ihr Blickfeld. Nachdem er sich vor ihr verneigt hatte, ließ er sich auf einem Lehnstuhl neben dem Bett nieder.

Plötzlich wurde ihr bewusst, dass der Ausschnitt ihres Hemdes verrutscht war und ihre Brüste entblößte. Sie errötete und raffte hastig die Decken um sich.

»Meine Liebe«, Crescentius lächelte, »über derlei Schamgefühle sollten wir beide wirklich hinaus sein, meint Ihr nicht?«

»Wo bin ich?«, stammelte sie. »Habt Ihr mich als Geisel genommen?« Das Denken fiel ihr entsetzlich schwer.

»Um Eure zweite Frage zuerst zu beantworten.« Er beugte sich zu ihr vor. Trotz ihrer Benommenheit und ihres schmerzenden Kopfes spürte Theophanu seine Präsenz nur allzu deutlich. »Ich schätze, Ihr spielt auf die Revolten diverser römischer Adelsfamilien gegen Euren Gatten und die Päpste an. Aber ich kann Euch beruhigen: Wie ich bei einer anderen Gelegenheit bereits sagte: Obwohl ich weder Sympathie für Euren verstorbenen Gatten noch für das Papsttum hege, habe ich mich damit abgefunden, dass es mit der Größe Roms ein für alle Mal vorbei ist. Außerdem paktiere ich nicht mit Stümpern. Ich garantiere Euch, wenn ich mich an den bisherigen Aufständen beteiligt hätte, wären sie erfolgreicher verlaufen. Und was Eure zweite Frage betrifft: Ihr befindet Euch als mein Gast in meinem Landhaus bei Brescia. Als ich von Eurem Zusammenbruch erfuhr, ließ ich Euch hierher bringen. Ich war nämlich der festen Überzeugung, dass mein Medikus Euch eher würde heilen können als die Mönche.«

»Woher wusstet Ihr …?«

»Ich hege nun einmal ein gewisses Interesse für Euch. Deshalb habe ich Euch nach Eurer Flucht aus der Pfalz beobachten lassen. Wobei es einiges an Überredungskunst bedurfte, damit Imiza Euch mir anvertraute. Ja, sie und der Diener sind hier«, beantwortete Crescentius Theophanus unausgesprochene Frage.

Dunkel erinnerte sie sich an das Rumpeln von Wagenrädern und daran, dass sie dann und wann durch einen Spalt zwischen Planen eine winterliche Landschaft an sich vorbeiziehen gesehen hatte. Doch sie hatte alles für eine Fieberfantasie gehalten.

»Wie lange war ich krank?«

»Etwa einen Monat.«

»Das kann nicht sein!«, fuhr sie entsetzt auf.

»Mein Arzt hat einige Male befürchtet, Euch nicht mehr retten zu können«, erwiderte Crescentius ernst.

Gedanken wirbelten durch Theophanus Kopf. Inzwischen war es also Mitte Januar, und der Krönungstag ihres Sohnes lag mehr als drei Wochen zurück. »Sind Nachrichten aus dem Norden eingetroffen?«, fragte sie hastig.

»Mein Arzt wird nach Euch sehen. Danach solltet Ihr etwas essen.«

»Ihr verheimlicht mir doch etwas. Was wisst Ihr?«

»Nichts, das nicht warten könnte.«

»Wenn Ihr es mir nicht sagen wollt, werde ich es eben auf andere Weise erfahren.« Theophanu sprang aus dem Bett. Doch kaum berührten ihre Füße den Boden, wurde ihr schwarz vor Augen. Sie wäre gestürzt, wenn nicht Crescentius von seinem Stuhl geschnellt wäre und sie aufgefangen hätte. »Bei Gott! Seid doch vernünftig«, rief er erschrocken.

»Ich muss wissen, was mit meinem Sohn ist. Versteht Ihr das denn nicht?« Sie fühlte sich lächerlich schwach, und zu ihrer Beschämung traten ihr die Tränen in die Augen.

»Euer Sohn lebt.« Sanft legte Crescentius sie wieder auf das Bett und breitete die Decken über sie. »Ich verspreche Euch, dass Ihr alles Weitere erfahren werdet, sobald der Medikus Euch gesehen hat und Ihr etwas Nahrung zu Euch genommen habt.«

Theophanu forschte in seinem Gesicht. Er hielt ihrem Blick stand. Schließlich nickte sie. »Gut, Euer Medikus soll kommen.«

Abwesend ließ sie die Untersuchung des Arztes – eines älteren Mannes, der ein hässliches Pferdegesicht, aber schöne Augen und zarte, geschickte Hände hatte – über sich ergehen. Während sie etwas Hühnersuppe aß, grübelte sie angespannt vor sich hin. Ihr Sohn lebte. Aber wenn die Nachrichten aus dem Norden gut gewesen wären, hätte Crescentius sie ihr sofort mitgeteilt, davon war sie überzeugt.

Als er wieder zu ihr kam und sich neben ihr Bett setzte, fragte sie hastig: »Was habt Ihr zu sagen?« Dass Theophanus Stimme sehr rau klang, lag nicht nur an ihrem wunden Hals.

»Euer Sohn wurde in Aachen zum König gekrönt.« Crescentius stockte und musterte sie rasch. Nicht mit jenem glühenden Blick wie früher, der sie zu entkleiden schien, sondern besorgt und teilnahmsvoll.

Ihr Herz hämmerte zum Zerspringen. »Aber das ist nicht das, was Ihr mir eigentlich mitteilen wollt«, flüsterte sie.

»Nein.« Er seufzte. »Erzbischof Warin hat Euren Sohn und die Reichsinsignien an den Vetter Eures verstorbenen Gatten ausgeliefert. Allem Anschein nach hat Dietrich von Metz seine Freilassung betrieben. Der Herzog beansprucht nun die Vormundschaft für den Jungen. So viel ich weiß, hat der Freund Eures Gatten, Heinrich Zolunta, noch versucht, das Kind zu schützen, aber er wurde getötet.«

Theophanu schwindelte es. Seit jenem Reichstag in Magdeburg hatte sie gefürchtet, dass der Herzog noch nicht wirklich besiegt war, und seit Ottos Tod geahnt, dass es zwischen Heinrich und ihr zum Kampf kommen würde. Aber sie hatte nicht damit gerechnet, dass es ihm gelingen würde, sich ihres Kindes zu bemächtigen.

»Fühlt Ihr Euch stark genug, um noch eine schlechte Nachricht zu verkraften?«, hörte sie Crescentius leise fragen.

»Ja.« Sie nickte stumpf. Was konnte es schon Schlimmeres geben, als dass Heinrich ihren Sohn in seine Gewalt gebracht hatte?

»Kurz nach der Bestattung Eures Gatten ist es den Adelssippen der Frangipani und der Anicii gelungen, Eure Schwägerin Mathilde und Papst Johannes gefangen zu nehmen. Daraufhin hat sich das Heer Eures verstorbenen Gemahls in alle Winde zerstreut.«

Theophanu benötigte einige Momente, um das ganze Ausmaß dessen zu begreifen, was geschehen war. Sie war allein.

Es gab niemanden mehr, auf den sie sich bei ihrem Kampf gegen Heinrich wirklich verlassen konnte. Sie fühlte sich ohnmächtig und ausgeliefert wie damals, als er am Ufer des Bodensees auf ihr gekniet und ihr die Kleider vom Leib gerissen hatte. Dann stieg Zorn in ihr auf und vertrieb das Gefühl der Ohnmacht. Heinrich war schuld daran, dass ihr erster Sohn tot geboren worden war. Durch seine Aufstände hatte er Ottos erste Regierungsjahre zur Hölle gemacht und mit dazu beigetragen, dass sie sich entfremdet hatten. Nein, niemals würde sie zulassen, dass er ihrem Sohn Krone und Herrschaft raubte!

»Was Eure Schwägerin und den Papst betrifft, kann ich Euch helfen«, hörte Theophanu Crescentius sagen. Erst jetzt nahm sie ihn wieder wahr. Er blickte sie aufmerksam an. »Bis in den Norden reicht mein Einfluss aber leider nicht. Was wollt Ihr tun? Glaubt Ihr, dass Ihr den Fürsten vertrauen könnt?«

Theophanu schüttelte den Kopf. »Vermutlich werden die meisten schnell auf Heinrichs Seite schwenken.« Warum nur fiel ihr das Denken immer noch so schwer? Langsam begann sich eine Idee in ihr zu formen. Vielleicht gab es doch noch jemanden, auf den sie bauen konnte!

»Wisst Ihr, wo sich meine Schwiegermutter aufhält?«, wandte sie sich wieder an Crescentius.

»In Pavia.«

»Ich muss so schnell wie möglich zu ihr.«

»Ihr seid noch viel zu schwach, um zu reisen.«

»Ihr konntet mich von Cremona bis nach Brescia bringen«, sagte Theophanu ungeduldig. »Also wird sich auch eine Möglichkeit finden, wie ich nach Pavia reisen kann.«

»Verzeiht mir meine Offenheit.« Das vertraute ironische Lächeln erschien um Crescentius' Mund. »So viel ich weiß, steht es zwischen Adelheid und Euch nicht zum Besten. Deshalb kann ich mir nicht vorstellen, dass Ihr ausgerechnet bei ihr Hilfe finden werdet – ganz zu schweigen davon, dass sie den Bischof von Metz sehr schätzt, der sich für Heinrichs Freilassung eingesetzt hat.«

»Ihr habt recht, um meinetwillen würde Adelheid mir sicher nicht beistehen.« Theophanu nickte. »Aber sie liebt ihren Enkel.«

*

Vier Tage später, an einem klaren, kalten Nachmittag, erreichte Theophanu zusammen mit Crescentius und seinem Gefolge Adelheids Palast. Den Großteil der Reise war es ihr so schlecht gegangen, dass sie in einer Sänfte hatte reisen müssen. Doch seit dem vorigen Tag war sie wieder imstande zu reiten. Nun lenkte sie Myra ein Stück von den Bediensteten weg und bedeutete Crescentius, ihr zu folgen.

Gemeinsam ritten sie über die Wiese vor den Mauern des Palastes und umrundeten eine Gruppe struppiger Pinien. Als sie außer Sichtweite des Gefolges waren, saßen sie ab.

»Ich weiß nicht, wie ich Euch danken soll«, begann Theophanu verlegen. Seit sie in seinem Landhaus zu sich gekommen war, hatte sich Crescentius sehr ritterlich verhalten und nicht versucht, ihre frühere Beziehung wieder aufleben zu lassen. Dennoch verunsicherte er sie. »Nach allem, was zwischen uns war, hätte ich nicht gedacht, dass ausgerechnet Ihr mir zu Hilfe kommen würdet.«

»Meine Liebe, ich fürchte, Ihr habt mich immer sträflich unterschätzt.«

»Warum habt Ihr es getan?«

»Ich bewundere nun einmal Eure Schönheit und Euren Mut.« Er verneigte sich vor ihr. Als er sich wieder aufrichtete, war das ironische Lächeln aus seinem Gesicht verschwunden, und seine Miene war undurchdringlich. »Bevor wir uns trennen, möchte ich Euch zwei Fragen stellen.«

»Was wollt Ihr wissen?«

»Zum einen ...« Er betrachtete einen Buchfinken, der zwischen den Grashalmen herumhüpfte. »Mein Spitzel in Eurem Gefolge hat mir berichtet, wie Otto und Ihr Euch zwei Tage vor seinem Tod in seine Gemächer zurückgezogen habt und nicht mehr gesehen wurdet – von dem kurzen Gespräch mit dem Haushofmeister einmal abgesehen. Dann seid Ihr plötzlich zum Lateran aufgebrochen und mit dem Papst zurückgekehrt. Mein Spitzel sagt weiter, dass Ihr sofort in den Gemächern Eures Gatten verschwunden seid, nur um gleich darauf mit Johannes und Eurer Schwägerin den Tod Ottos zu verkünden – der wundersamerweise gerade noch rechtzeitig alle Segnungen der Kirche erhalten hat.«

»Warum erzählt Ihr mir das?« Theophanus Mund fühlte sich trocken an.

Crescentius' Aufmerksamkeit war immer noch auf den Vogel gerichtet, der nun im Erdreich herumpickte. »Verständlicherweise hat mich das neugierig gemacht. Wie Ihr wisst, verfüge ich über gewisse Verbindungen. Und so habe ich schnell herausgefunden, dass Euer Gatte die Nacht und fast den gesamten nächsten Tag, ehe Ihr und er verschwunden seid, bei den Benediktinern zugebracht hat. Außerdem habe ich gehört, dass er einen sehr fähigen griechischen Medikus zu sich hat kommen lassen. Um die Sache abzukürzen: Jener Medikus hat meinem Spitzel gegen eine nicht unbeträchtliche Geldsumme verraten, dass ihn ein schwer kranker sächsischer Herr konsultiert habe – und zwar ein Mann, der nach seiner Einschätzung nicht mehr länger als einen Tag zu leben hatte.«

Theophanu spürte die kalte Winterluft auf ihren Wangen. Der Buchfink schlug mit seinen Flügeln, plumpste noch einmal in das Gras und flog dann davon.

Crescentius blickte sie forschend an. »Euer Gatte war schon tot, als Ihr mit dem Papst in die Pfalz gekommen seid, nicht wahr?«

»Selbstverständlich war er noch am Leben!«, fuhr sie ihn an.

Er lächelte nur. »Meine Teure, zu Euren wenigen Fehlern zählt, dass Ihr nicht sonderlich gut lügen könnt.«

Es war sinnlos, dass sie ihm noch länger etwas vorspielte. »Was wollt Ihr mit Eurem Wissen anfangen?«, fragte sie zornig. »Überall verkünden, dass mein Gatte im Stande der Sünde gestorben ist? Das werde ich nicht zulassen.«

Crescentius lachte leise. »Ihr braucht Euch keine Gedanken zu machen, wie Ihr mich nötigenfalls beseitigen könnt. Ich werde niemandem mitteilen, was ich weiß. Ich wollte nur Klarheit haben. Jedenfalls hatte Euer Gatte mehr Mut, als ich dachte.«

»Ihr hattet zwei Fragen. Was war die andere?«

Er zögerte, und seine Miene wirkte plötzlich ernst und beinahe verletzlich. »Wenn es Euren Sohn nicht gäbe ... Hättet Ihr dann in Erwägung gezogen, zu mir zurückzukommen?«

»Nein, denn ich war nicht glücklich mit Euch.«

»Aber mit Eurem Gatten wart Ihr es?«

Theophanus Kehle wurde eng. Sie konnte nur nicken.

Nach einem kurzen Schweigen sagte Crescentius – wobei wieder der übliche Spott in seiner Stimme mitschwang: »Ich habe Ehrlichkeit immer geschätzt. Und ich hoffe, dass Ihr mir diese letzte Freiheit verzeiht.« Er zog sie an sich und küsste sie leidenschaftlich.

Theophanu duldete es einige Augenblicke, befreite sich dann jedoch von ihm. »Ich werde Euch immer für Eure Hilfe dankbar sein. Aber wir werden uns nicht mehr wiedersehen«, sagte sie leise.

*

Die Wachen am Tor in der Palastmauer erkannten Theophanu und ließen sie ungehindert passieren. Auch die beiden

Soldaten, die neben dem breiten Portal des Hauptgebäudes postiert waren, hielten sie nicht auf. In der Vorhalle mit der gewölbten Decke und den bunt bemalten Wänden schaute sie sich unsicher um und versuchte sich zu vergegenwärtigen, wo genau Adelheids Räume lagen. Sie wollte sich schon an die Soldaten wenden und sie bitten, sie zu ihrer Schwiegermutter zu führen, als sie eine Frauenstimme in ihrem Rücken scharf fragen hörte: »Du da, was hast du hier verloren?«

Sie drehte sich um und erkannte eine von Adelheids Dienerinnen, die auf sie zugeeilt kam.

»Bring mich zu meiner Schwiegermutter«, befahl Theophanu knapp.

Nun erkannte sie die junge Sächsin. Statt sich vor ihr zu verneigen, musterte sie jedoch nur missbilligend Theophanus einfaches Kleid aus dunkler Wolle. »Ich werde meiner Herrin Eure Ankunft melden.« Ihr Ton war unverändert hochmütig. »Wenn Ihr hier bitte warten würdet.«

Theophanu ließ sich auf einer Steinbank nieder, die in eine der Wände eingelassen war. Wieder wanderten ihre Gedanken zu ihrem Sohn, und sie fragte sich – so wie ständig während der letzten Tage –, wie es ihm wohl ergehen mochte. Ob Heinrich wenigstens Ada bei ihm gelassen hatte? Sie wusste, dass es furchtbar für das Kind wäre, gleichzeitig mit seinem Gefährten Heinrich Zolunta auch seine geliebte Amme zu verlieren.

Solange sich der Herzog der Unterstützung der Fürsten nicht sicher sein konnte, würde er es nicht wagen, dem Kind etwas anzutun. Doch das Blatt konnte sich nur allzu schnell zu seinen Gunsten wenden. Es musste ihr einfach gelingen, Adelheid auf ihre Seite zu ziehen!

Die Stimme der Dienerin riss Theophanu aus ihren Gedanken: »Ihrer Hoheit geht es nicht gut. Sie bedauert, Euch nicht empfangen zu können.«

Ottos Tod hatte also nichts geändert – Adelheid verhielt

sich ihr gegenüber immer noch unversöhnlich. Wenn es nur um sie selbst gegangen wäre, hätte Theophanu das auch akzeptiert. Doch nicht für ihren Sohn.

Sie stand auf. »Auf der Stelle führst du mich zu deiner Herrin!«

»Das werde ich nicht.«

»Wag es ja nicht, mir zu widersprechen!«, fuhr Theophanu sie an und hob die Hand. »Oder muss ich dich erst schlagen?«

Die Dienerin duckte sich unter ihrem Zorn sprühenden Blick. »Verzeiht, aber meine Herrin will Euch nicht sehen«, stammelte sie.

»Das ist mir gleichgültig!«

Nach einem kurzen Zögern verbeugte sich die Frau und geleitete sie die Stufen hinauf.

Adelheid saß in einem großen, prächtigen Raum im Obergeschoss des Palastes vor einem Stickrahmen und war ganz in Schwarz gekleidet. Statt sich ihrer Handarbeit zu widmen, starrte sie stumpf vor sich hin. Ihr Gesicht unter dem dunklen Schleier wirkte blass und verhärmt. Seit ihrem letzten Zusammentreffen schien sie Theophanu um Jahre gealtert zu sein. Mitleid regte sich in ihr. Adelheid hatte Otto geliebt und trauerte sicher tief um ihn – genau wie sie selbst.

Als Adelheid Theophanus Schritte hörte, blickte sie hoch. Augenblicklich verhärtete sich ihre Miene, und sie sprang auf. »Was fällt dir ein!«, stieß sie hervor. »Ich will dich nicht sehen.«

»Ich muss mit Euch reden«, sagte Theophanu ruhig.

»Ich habe nichts mehr mit dir zu besprechen. Mein Sohn ist tot.«

»Ich bin um *meines* Sohnes, um Eures Enkels willen zu Euch gekommen. Ich nehme an, Ihr wisst, dass Heinrich ihn in seine Gewalt gebracht hat?«

»Ich habe nichts dagegen einzuwenden. Ihm steht die Vormundschaft zu und nicht dir.«

Die Selbstverständlichkeit, mit der Adelheid das feststellte, machte Theophanu kurz sprachlos. Zorn flammte in ihr auf, doch sie zwang sich, ihn zurückzudrängen. »Ich weiß, dass Ihr mich hasst, und es wäre gelogen, wenn ich behaupten würde, große Zuneigung für Euch zu empfinden. Trotzdem halte ich Euch für klug und in allen Machtdingen erfahren. Ihr könnt nicht ernsthaft annehmen, dass Heinrich sich mit der Vormundschaft zufrieden geben wird. Er will die Macht für sich und seinen Sohn. Sein ganzes Leben lang hat er auf diese Möglichkeit gewartet. Niemals wird er sie sich entgehen lassen.«

»Er hat Dietrich geschworen, die Macht nur bis zur Volljährigkeit des Kindes auszuüben.«

»Wie könnt Ihr nur etwas auf seinen Eid geben?« Theophanu lachte bitter auf. »Heinrich hat Otto mehrmals die Treue geschworen und sie immer wieder gebrochen. Warum sollte er sich seinem Sohn gegenüber plötzlich anders verhalten? Ihr habt Euch schon einmal auf Heinrichs Seite gestellt und Otto damit tief getroffen. Aber Otto konnte sich wenigstens gegen seinen Vetter wehren. Begreift Ihr denn nicht? Das Kind ist Heinrich völlig ausgeliefert.«

»Er wird ihm nichts tun.« Adelheids Stimme klang trotzig.

»Ihr lügt Euch etwas vor«, beharrte Theophanu. »Wenn Heinrichs Macht gefestigt ist, wird er den Jungen töten lassen oder ihm sonst etwas antun. Vielleicht lässt er ihn ja auch blenden oder auf eine andere Weise verstümmeln, denn als Krüppel kann er das Königsamt ja nicht ausüben. Wollt Ihr wirklich, dass Eurem Enkel die Augen ausgestochen oder die Hände abgehackt werden?« Tränen begannen, über Theophanus Wangen zu rinnen. Sie glaubte, eine Regung in dem versteinerten Gesicht ihrer Schwiegermutter wahrzunehmen, und kniete vor ihr nieder.

»Auch wenn Ihr mich hasst, flehe ich Euch um des Kindes willen an, mir zu helfen. Ich will die Macht doch nicht für mich zurückgewinnen, sondern für Ottos Sohn! Ihr seid bei den Fürsten angesehen. Sie hören auf Euch.«

Adelheid blieb stumm.

»Erinnert Ihr Euch noch, wie Ihr Eurem Enkel das erste Mal begegnet seid?«, versuchte Theophanu noch einmal, zu ihrer Schwiegermutter durchzudringen. »Damals, vor den Mauern dieser Stadt. Der Junge hat Euch angelacht und ist auf Euch zugerannt. Er hat Euch vertraut. Immer hat er gestrahlt, wenn er Euch gesehen hat. Er liebt Euch. Wie könnt Ihr diese Liebe nur so enttäuschen?«

Doch Adelheid reagierte nicht, sondern blickte nur starr über Theophanu hinweg. Sie begriff, dass alles Reden sinnlos war. Niemals würde sie diese Frau erweichen. Als sie sich wieder erhob, erfüllte sie eine kalte Entschlossenheit.

»Ich werde in den Norden gehen, um meinen Sohn zu retten«, sagte sie mit harter Stimme. »Für den Fall, dass Heinrich ihm ein Leid zufügen sollte, verfluche ich Euch. Und ich bin überzeugt, Euer eigener Sohn und Euer Gatte werden Euch dann aus ihren Gräbern heraus ebenfalls verfluchen. Möge Eure Verblendung und Eure Lieb- und Mitleidlosigkeit auf Euch selbst zurückfallen.« Ohne Adelheid noch eines weiteren Blickes zu würdigen, drehte sich Theophanu um und verließ den Raum.

*

Adelheid blieb reglos stehen und starrte ihrer Schwiegertochter hinterher. Theophanus harte Worte hallten in ihr nach. Ich bin nicht lieblos, protestierte alles in ihr. Ich habe Mitleid, und ich liebe meinen Enkelsohn innig. Heinrich ist ein Mann und ein starker Fürst. Er ist der bessere Vormund und wird gut für den Jungen sorgen.

Eine innere Stimme meldete sich in Adelheid zu Wort, die

sie nicht länger unterdrücken konnte: Heinrich hat Zolunta vor den Augen des Kindes töten lassen, flüsterte sie ihr zu. Zolunta war ein enger und getreuer Freund deines Sohnes. Er wäre für Otto durch die Hölle gegangen, und er hat deinen Enkel geliebt. Wenn Heinrich wirklich daran gelegen gewesen wäre, dass Zolunta als Gefährte bei dem Kind bleibt, hätte er seinen Soldaten den ausdrücklichen Befehl erteilt, nicht die Waffe gegen ihn zu erheben.

Adelheid erwachte aus ihrer Starre. Angespannt begann sie, im Raum auf und ab zu laufen. Heinrich hatte Dietrich – und damit auch ihr selbst – geschworen, die Macht wieder abzugeben, sobald der Junge volljährig war. Ja, Theophanu hatte die Wahrheit gesagt – sie hatte Heinrich während seines ersten Aufstandes gegen Otto unterstützt. Damit stand der Herzog in ihrer Schuld. Ein Grund mehr, warum er seinem Schwur treu bleiben würde.

Plötzlich erinnerte sich die alte Kaiserin beinahe schmerzhaft, wie sehr sie Otto geliebt hatte, als er ein Kind gewesen war, und wie sehr sie sich gewünscht hatte, dass er eines Tages die Nachfolge seines Vaters anträte. Sie hielt inne. Wenn es einen anderen Anwärter auf die Krone gegeben hätte – einen Knaben, für den sie die Vormundschaft übernommen hätte –, wäre sie dann bereit gewesen, um dieses Jungen willen die Macht wieder abzugeben und Otto leer ausgehen zu lassen?

Unwillkürlich stöhnte Adelheid auf, als sie begriff, dass sie die Frage nicht unumwunden mit »Ja« beantworten konnte.

Plötzlich sah sie die Szene vor sich, die Theophanu heraufbeschworen hatte: ihren Enkel, der beim Versöhnungsfest strahlend auf sie zurannte und der Otto so sehr ähnelte. Ja, sie liebte den Jungen innig. Aber sie konnte es nicht zulassen, dass Theophanu in seinem Namen herrschte.

*

Da es zum Weiterreisen zu spät war, hatte Theophanu zusammen mit Imiza und Ninias im Gästehaus des Benediktinerklosters Unterkunft genommen. Sie fühlte sich schwach und krank und entsetzlich einsam. Otto fehlte ihr wie noch nie zuvor. Andere Menschen erzählten davon, dass ihnen ein geliebter Toter nahe war. Aber in ihrem Herzen waren nur Leere und Traurigkeit.

Erst im Nachhinein begriff Theophanu, wie sehr sie auf die Unterstützung ihrer Schwiegermutter gehofft hatte. Während der vergangenen Jahre hatte sie zu den meisten Fürsten ein gutes Verhältnis entwickeln können. Doch sie wusste, dass sie trotzdem für die Männer eine Fremde geblieben war und viele von ihnen schon allein deswegen Heinrich für den besseren Vormund hielten.

Durch die Türritzen konnte Theophanu den eisigen Wind spüren. Der Winter war für den Süden des Reichs ungewöhnlich kalt. Im Laufe des Nachmittags waren dunkle Wolken aufgezogen, und vorhin hatte es wieder geschneit. Wenn nur die Pässe noch gangbar waren! Sie verzweifelte schier bei dem Gedanken, wie viel Zeit sie durch ihre Krankheit verloren hatte.

Als sich die Tür öffnete, glaubte Theophanu, Imiza käme herein. Doch die Schritte waren nicht die der Dienerin. Verwundert wandte sie sich um – und erstarrte.

Mit hoch erhobenem Kopf stand Adelheid vor ihr. »Ich werde dir helfen.« Ihre Stimme war ebenso kühl wie ihre Miene. »Aber nicht um deinetwillen, sondern allein wegen des Kindes.«

Theophanu konnte die Worte ihrer Schwiegermutter zuerst kaum fassen. Dann sank sie vor Adelheid auf die Knie und küsste ihre Hand. »Ich danke Euch«, sagte sie bewegt. »Und Otto wäre Euch ebenfalls aus ganzem Herzen dankbar.«

»Ich wünschte, ich hätte ihn nach der Schlacht von Cotrone noch einmal gesehen.« Tränen schossen in Adelheids Augen.

»Ich wünschte, ich wäre bei ihm gewesen, als er starb und als er begraben wurde.«

»Das hätte er sich auch gewünscht.« Tränen schnürten Theophanu die Kehle zu, und ihre Stimme zitterte. Zu ihrer Überraschung kniete Adelheid sich neben sie und nahm sie in die Arme. Die Erstarrung, die Theophanu seit Ottos Tod befallen hatte, löste sich. Während Adelheid und sie sich aneinander festhielten, begann sie hemmungslos zu weinen.

*

In seiner Zelle in der Engelsburg wälzte sich Papst Johannes auf dem fauligen Stroh. Er hatte Hunger und fror erbärmlich. Mittlerweile war er schon die dritte Woche in dieses Verlies gesperrt. All sein Bitten und sein Drohen mit irdischen und himmlischen Strafen hatte nichts genutzt; genauso wenig wie sein Versuch, den Aufrührern ein fürstliches Lösegeld zu zahlen. Sie hatten Pietro und Francesco, die beiden Oberhäupter der Familien Frangipani und Anicii, völlig gleichgültig gelassen.

Ob die beiden beabsichtigten, ihn zu töten? Johannes wusste, dass ihn der Tod nicht schrecken durfte, dass gerade er – der Nachfolger Petri – auf das ewige Leben vertrauen musste. Doch immer, wenn er an das Sterben dachte, überfiel ihn ein namenloses Grauen.

Bislang war er davor zurückgeschreckt, den einzigen Trumpf, den er noch besaß, auszuspielen. Sein Wissen nämlich, dass der Kaiser im Stande der Sünde gestorben war. Schließlich hatte er bei der Unsterblichkeit seiner Seele geschworen, dieses Geheimnis niemals preiszugeben.

Aber, wenn ihm wirklich der Tod drohte? Sind nicht ein paar Jahre irdischen Lebens mehr wert als die ewige Seligkeit?, flüsterte ihm ein innerer Dämon zu.

»Herr, hilf mir!«, stöhnte Johannes. Doch er wusste, dass

er nicht mehr lange die Kraft haben würde, dem Dämon zu widerstehen.

*

Im erzbischöflichen Palast zu Mainz schaute Willigis versonnen auf den Brief, den ihm ein Bote des Dietrich von Metz überbracht hatte. Er war fest davon überzeugt gewesen, dass Heinrich nach Ottos Tod nicht mehr lange in Gefangenschaft bleiben würde. Dazu verfügte er über eine viel zu große Anhängerschaft. Und Willigis hatte ebenfalls fest damit gerechnet, dass Heinrich sofort wieder versuchen würde, die Macht an sich zu reißen. Das entsprach einfach seinem Naturell. Dass Dietrich sich aber ganz offen auf die Seite des Herzogs stellen würde, hatte er allerdings nicht erwartet und genauso wenig, dass Warin den Jungen und die Throninsignien ohne zu zögern an Heinrich ausliefern würde.

Und nun schrieb ihm Dietrich, dass auch der Trierer Erzbischof Egbert zu Heinrich übergelaufen war, und buhlte ganz unverhohlen um seine – Willigis' – Unterstützung.

Während Willigis immer noch die in kunstvoller Schrift ausgeführten Zeilen betrachtete, spielte er in Gedanken die verschiedenen Machtkonstellationen durch. Mit dem Jungen und den Reichsinsignien besaß Heinrich ein äußerst wichtiges Faustpfand. Theophanu hielt sich vermutlich immer noch im Süden des Reiches auf. Das letzte, was Willigis von dort gehört hatte, war, dass sie seit ihrer Flucht aus Rom verschollen war. Wenn man einkalkulierte, dass das Heer sich aufgelöst hatte und Mathilde in der Engelsburg eingekerkert war, blieb der kaiserlichen Familie wenig Spielraum. Hinzu kam, dass die Einzige, die noch über genug Einfluss auf die Fürsten und vor allem über genügend Mittel verfügte, um Heinrich zu bekämpfen – Adelheid nämlich –, sich ebenfalls auf dessen Seite geschlagen hatte.

In Heinrichs Ränkespiel fügten sich zusätzlich noch zwei weitere mächtige Figuren: der polnische Herzog Miezko und der böhmische Herzog Boleslav. Ihr Beistand würde angesichts des Slaweneinfalls umso wichtiger für Heinrich sein.

Nein, wenn er es sich recht überlegte, standen wahrscheinlich nur noch Bernhard Billung und Teile des sächsischen Adels zwischen Heinrich und der Königskrone. Bernhard war ein integrer Mann. Aber Willigis bezweifelte, ob er sich Heinrich dauerhaft verweigern konnte. Alles sprach dafür, dass sich die Machtfrage früher oder später zugunsten des Bayernherzogs entscheiden würde. Noch war es zu früh, sich eindeutig festzulegen. Aber für Willigis war klar, dass er in dem großen Machtspiel auf der Seite des Gewinners stehen wollte.

*

Am Ufer des Bodensees drehte Ninias sich im Sattel um und bedachte die Alpen, deren Gipfel graue Wolken verdeckten, mit einem langen, düsteren Blick. »Herrin, ich hoffe, Ihr entschließt Euch niemals wieder, das Gebirge im Winter zu überqueren«, sagte er dann inbrünstig zu Theophanu.

»Als ob sie es freiwillig getan hätte«, fuhr Imiza ihn an.

»Lass nur. Er hat ja recht«, griff Theophanu beschwichtigend ein. »Ich hoffe auch, dass ich nie mehr um diese Jahreszeit einen Pass queren muss.«

Sie war zu Tode erschöpft. Noch immer erschien es ihr wie ein Wunder, dass sie alle drei samt der Pferde lebendig und mit heilen Gliedern die Bodenseegegend erreicht hatten. Es war eine Qual gewesen, sich in dem manchmal mehr als kniehohen Schnee vorwärts zu kämpfen und gegen den eisigen Wind zu bestehen. Als sie schließlich das Kloster am Bernardino-Pass erreicht hatten, waren sie am Rande ihrer Kräfte gewesen.

Der Abstieg hatte sich leider ebenso beschwerlich gestaltet wie der Aufstieg. Dabei hatten sie noch Glück gehabt, denn erst als sie mildere Höhen erreicht hatten, waren neue Schneefälle niedergegangen. Hätten sie den Pass einige Tage später erreicht, wäre er nicht mehr gangbar gewesen.

Müde ließ Theophanu die Zügel hängen und Myra ihren Weg am verschneiten Ufer entlang suchen. Das Wasser war ebenso grau wie der Himmel, und am Rand hatte sich eine dünne Eisschicht gebildet. Rings um den See erstreckte sich eine unendliche weißgraue Fläche. Bäume und Häuser waren darunter nur zu erahnen.

Wie anders sich die Landschaft im Sommer nach ihrer Hochzeit gezeigt hatte – damals, als sie zusammen mit Otto durch das Voralpenland geritten war. Alles war so grün und üppig gewesen und so voller Verheißung.

Auf einem der Hänge am Seeufer entdeckte Theophanu einen dunklen, wuchtigen Umriss. Das musste der Hohentwiel sein, der Sitz Hadwigs, der Herzogin von Schwaben, und das Ziel ihres Rittes.

Die Wache am Burgtor war zuerst nicht gewillt, die drei abgerissenen Gestalten einzulassen, geschweige denn, sie zu Hadwig zu führen. Doch nachdem Theophanu den beiden Männern je ein Goldstück gegeben und ihnen aufgetragen hatte, Hadwig eine Botschaft zu überbringen, trollte sich einer von ihnen. Er sollte der Herzogin mitteilen, dass jemand sie zu sprechen wünsche, der mit ihr über den Sommer vor elf Jahren auf der Reichenau reden müsse.

Wenig später kehrte der Wächter zurück und geleitete Theophanu über einen engen Hof, auf dem einige Schweine im schmutzigen Schnee scharrten. Die meisten Häuser um das Geviert waren aus Fachwerk errichtet, eines jedoch aus Stein. Es war drei Stockwerke hoch und besaß Fenster aus Glas. Der Mann steuerte auf einen Treppenturm zu und führte Theophanu eine gewundene, steinerne Stiege hinauf. Auf einem Absatz, vor einer hohen, mit Eisen beschlagenen Tür, machte er schließlich Halt und klopfte.

Ein barsches: »Sie kann hereinkommen!« ertönte von drinnen. Nachdem der Mann einen der Flügel aufgezogen hatte, ließ er Theophanu eintreten.

Erschöpft sah sie sich um. Kerzen erleuchteten ein großes Gemach, dessen Mauern Wandteppiche schmückten. Vor einer Feuerstelle waren mit Schnitzereien verzierte Stühle um einen wuchtigen Tisch gruppiert. Am anderen Ende des Raums führten zwei Stufen zu einem Erker. Dort stand Hadwig vor einer Reihe rundbogiger Fenster. Sie trug ein Gewand aus rostbraunem Samt und kostbaren Schmuck. Die Jahre hatten das Raubvogelhafte ihres Gesichtes noch deutlicher hervortreten lassen, und ihr Blick war stolz und herrisch wie immer. Erst als Theophanu sie fast schon erreicht hatte, ging sie ihr entgegen. »Du bist es also tatsächlich, Base«, bemerkte sie gleichmütig.

Wie bei ihrer allerersten Begegnung im Klosterhof von Sankt Gallen fasste sie Theophanu unter das Kinn, hob ihr Gesicht hoch und musterte sie eingehend. »Du siehst erbärmlich aus«, stellte sie schließlich fest.

»Ich war krank, und die Alpen zu überqueren war kein Spaziergang, wie du dir sicher vorstellen kannst.«

Hadwig schnaubte, und es war unklar, ob sie Theophanu zustimmte oder nicht. Nach einer kurzen Pause sagte sie dann spröde: »Du möchtest also über jenen Sommer mit mir reden …«

»Ja, in gewisser Weise.« Theophanu nickte. »Denn damals hat doch alles angefangen.«

»Falls du auf die Feindschaft zwischen Otto und Heinrich anspielst – die beiden haben sich auch vorher nicht gerade geliebt.« Hadwig winkte ab.

»Aber der tiefe Hass …?«

»Mag sein, dass der erst damals richtig begann.« Hadwig bedachte sie mit einem langen, abwägenden Blick. »Und nun hat also Heinrich euren Sohn in seiner Gewalt.«

»Adelheid hat mir geraten, deswegen zu dir zu kommen.« Theophanu sah Hadwig in die Augen.

»Soll das etwa heißen, dass du und deine Schwiegermutter plötzlich Frieden miteinander gemacht habt?« Hadwig lachte trocken auf. »Ich kann es nicht glauben.«

Friede, dachte Theophanu müde, umschreibt unser neues Verhältnis nicht zutreffend – wir haben einen Waffenstillstand geschlossen. Vielleicht würde irgendwann wirklich ein Friede daraus werden, aber das war noch nicht abzusehen. Doch wichtig war zurzeit nur, dass ihre Schwiegermutter auf ihrer Seite stand. »Wir sind beide der Ansicht, dass die Vormundschaft mir zusteht und dass Heinrich das Kind so bald wie möglich an mich übergeben muss«, antwortete sie knapp.

»Und was habe ich damit zu schaffen?«

»Wir bitten dich, uns zu helfen.«

»So, und warum sollte ich das tun?« Hadwig warf den Kopf in den Nacken und funkelte Theophanu spöttisch an. »Darf ich dich daran erinnern, dass mir dein Gatte nach dem Tod Burchards das Herzogtum Schwaben weggenommen und mir nur meinen Witwenbesitz gelassen hat? Ich fühle mich ihm und seiner ganzen Sippe wahrhaftig alles andere als zu Dank verpflichtet.«

»Ich verstehe, dass du noch immer zornig auf Otto bist. Er hat das Herzogtum an Otto vom Wormsgau übergeben, weil er fürchten musste, dass du möglicherweise mit Heinrich paktieren würdest.«

»Damit hatte er nicht so ganz unrecht.« Wieder stieß Hadwig ein trockenes Lachen aus. »Und deshalb frage ich dich: Wenn ich mich damals auf die Seite meines Bruders geschlagen hätte, warum sollte ich es dann heute nicht auch tun?

Vielleicht wäre Heinrich ja bereit, mir das Herzogtum zurückzugeben?«

»Ich glaube nicht, dass du dich mit deinem Bruder verbünden wirst«, entgegnete Theophanu fest.

»Tatsächlich?« Hadwig hob die Augenbrauen. »Und weshalb glaubst du das?«

»Weil mein Sohn noch ein Kind und kein ebenbürtiger Gegner für Heinrich ist. Und weil ich dich für gerechtigkeitsliebend halte.«

»Überschätzt du mich damit nicht, Base?«

»Nein, denn ich bin überzeugt davon, dass Heinrich nicht davor zurückschrecken wird, dem Jungen etwas anzutun, um die Macht für sich und seinen Erben zu gewinnen. Das kannst du nicht gutheißen.«

Hadwig erwiderte nichts.

»Erinnerst du dich an die Nacht, als Heinrich versucht hat, mich zu vergewaltigen?« Theophanu konnte nicht verhindern, dass ihre Stimme zitterte. »Du bist so zornig gewesen, als du mit Mathilde in das Bootshaus gekommen bist und erfahren hast, was geschehen war.«

Noch immer blieb Hadwig stumm.

Theophanu musterte sie verzweifelt. Sollte sie sich so sehr in ihr getäuscht haben? War ihr wirklich gleichgültig, was mit dem Kind geschah, nur weil Heinrich ihr Versprechungen gemacht hatte?

Der Raum begann sich um Theophanu zu drehen. Vergebens tastete sie nach einem Halt.

Als sie wieder zu sich kam, war ihr Kopf auf ein Kissen gebettet, und Hadwig kniete neben ihr. »Die Alpen im Winter zu überqueren. Was für ein Unsinn«, sagte sie schroff. »Du bist genauso verrückt wie dein verstorbener Gatte.«

»Ich musste es tun …«, flüsterte Theophanu.

»Ich weiß.« Hadwig seufzte. Dann jedoch erhellte ein Lächeln ihr Gesicht. »Ja, ich werde dir gegen meinen Bruder beistehen.«

*

Während die Tür hinter ihm zufiel und der Riegel vorgeschoben wurde, taumelte Papst Johannes durch die Zelle. Zitternd ließ er sich auf das Stroh sinken. Sein ganzer Körper schmerzte, wie immer, nachdem die Soldaten ihn auf die Wachstube geholt hatten. Vorhin hatten sie ihn gezwungen, auf allen vieren auf dem Boden zu kriechen und Brotkrumen aufzulecken. Anschließend hatten sie ihn geschlagen.

Johannes schluchzte und kauerte sich auf sein Lager. Nein, er hielt diese Qualen nicht mehr aus. Die Unsterblichkeit seiner Seele war ihm gleichgültig. Alles, was er wollte, war leben und frei sein. Vor allem aber wollte er nicht mehr leiden müssen.

Keuchend schleppte der Papst sich zurück zur Tür und schlug dagegen, bis das Licht einer Fackel durch das kleine vergitterte Fenster fiel. Sein Entschluss stand fest, und er würde sich nicht mehr davon abbringen lassen.

Eine mürrische Stimme herrschte ihn an, dass er gefälligst aufhören solle, solch einen Lärm zu veranstalten.

»Bring mich zu Pietro und Francesco!«, flehte Johannes. »Ich muss ihnen etwas Wichtiges mitteilen. Etwas, das ihnen Macht über die Kaiser aus dem Norden verleihen wird. Bitte, führ mich zu ihnen.«

Statt einer Antwort hörte der Papst das Klacken genagelter Schuhe, das sich entfernte. Lange blieb es finster und still im Gang, und Johannes fürchtete schon, die Wache habe seine Bitte einfach vergessen. Doch schließlich hörte er erneut Schritte, die sich näherten. Ein Lichtschein zuckte über den Boden der Zelle, und die barsche Stimme bellte, dass die beiden ihn in dieser Nacht nicht mehr sehen wollten. Aber am Morgen würde er zu ihnen gebracht werden.

Nur noch wenige Stunden ... Nur noch kurze Zeit musste er ausharren ... Johannes klammerte sich an den Gedanken.

Nachdem er wieder zu dem fauligen Strohlager gekrochen war, fiel er in einen unruhigen Schlaf.

Das Quietschen der Tür weckte ihn. Er fuhr hoch. War es schon Morgen? Zu seiner Enttäuschung wurden ihm jedoch nur eine Schüssel mit klumpigem Getreidebrei und ein Krug Wasser durch den Spalt geschoben. Der Papst setzte sich auf. Hungrig war er nicht, aber durstig. Vorsichtig tastete er sich durch die Dunkelheit, die nun wieder die Zelle füllte, zu dem Krug, setzte ihn an seine Lippen und trank gierig. Doch bereits im nächsten Augenblick durchfuhr ein brennender Schmerz seine Eingeweide und breitete sich wie ein Feuer in seinem Körper aus. Schreiend brach er zusammen und wand sich auf dem Boden.

*

Etwa zur selben Zeit ging Mathilde in ihrer Zelle auf und ab und zählte die Schritte. Es waren genau acht von einer Wand zur anderen. Die ständige Dunkelheit machte ihr am meisten zu schaffen. Auch der Hunger und die Kälte setzten ihr zu. Doch Schlimmeres hatte sie nicht zu erdulden. Offensichtlich schreckten die Aufrührer davor zurück, eine Frau aus der kaiserlichen Familie zu quälen, da sie die Rache ihrer Verwandten fürchteten.

Nein, ihre eigentliche Folter bestand darin, dass sie in dieser Zelle festsaß, während Heinrich ihren Neffen in seine Gewalt gebracht hatte. Ohnmächtig schlug Mathilde mit der Faust gegen die Wand. Theophanu war verschollen, und sie konnte absolut nichts gegen ihren Vetter unternehmen.

Verfluchte Feiglinge!, wieder einmal verwünschte die Äbtissin die Bewaffneten, die die Pfalz hatten schützen sollen und von den Leuten der Aufrührer so spielend leicht überwältigt worden waren.

Als die Tür plötzlich aufgestoßen wurde, fuhr Mathilde herum. Das Licht einer Fackel blendete sie. Verschwommen sah sie, dass drei Soldaten in die Zelle drängten. Instinktiv wich sie zurück. Bevor sie reagieren konnte, hatte ihr einer der Männer bereits die Arme auf den Rücken gedreht und mit einem Strick zusammengebunden. Wütend und erschrocken schrie sie auf, doch der Knebel, der in ihren Mund geschoben wurde, erstickte jeden weiteren Laut. Eine Binde legte sich über ihre Augen. Grobe Hände packten sie und zerrten sie vorwärts. Sie versuchte, sich zu wehren, doch gegen die Männer kam sie nicht an.

Als sich ihre erste Panik gelegt hatte, nahm Mathilde das Geräusch der Schritte wahr, die auf dem Steinboden widerhallten. Dann und wann wurden Türen geöffnet und wieder geschlossen. Was hatten die Aufrührer mit ihr vor? Planten sie nun doch, sie zu foltern? Manchmal waren Johannes' Schreie bis zu ihr in die Zelle gedrungen. Oder beabsichtigten sie gar, sie zu töten?

Wut und Stolz flammten in Mathilde auf. Sie war die Tochter und die Schwester eines Kaisers. Nein, sie würde ihren Peinigern keine Angst zeigen. Was auch immer sie mit ihr anstellten.

Wieder wurde eine Tür geöffnet. Mathilde atmete frische Luft ein. Der Untergrund wechselte von Stein zu Gras, und das Rauschen des Tibers drang an ihr Ohr. Was hatten die Männer mit ihr vor? Wollte man sie womöglich am Flussufer hinrichten?

Unvermittelt standen die Soldaten still. O Gott, gib mir Kraft!, betete sie. Knebel und Augenbinde wurden ihr abgenommen und, während sie noch in das Licht einer Fackel blinzelte, auch die Armfesseln.

Vor ihr ragte ein Reiter auf. Der Schein der Fackel fiel auf sein Gesicht. Ein Antlitz, schön wie das eines Heiligen auf einer Ikone und doch sinnlich, als stünde Dionysos selbst vor ihr. Sie kannte den Mann von zahlreichen Festen und Empfängen.

»Crescentius …«, sagte sie langsam.

»Verzeiht die unsanfte Behandlung.« Höflich neigte er den Kopf. »Aber um Euch zu befreien, mussten wir Euch wie eine Gefangene aus der Engelsburg schaffen, und für Erklärungen blieb keine Zeit.«

»Ihr seid nicht gerade als Freund der Sachsen bekannt.«

»Ich schulde Eurer Schwägerin einen Gefallen.« Er lächelte. »Wenn Ihr nun bitte aufsitzen würdet? Wir werden die Wachen nicht mehr sehr lange täuschen können.«

Erst jetzt registrierte Mathilde, dass hinter Crescentius noch ein weiteres Dutzend Männer versammelt war. Einer der Soldaten, die sie aus dem Gefängnis geholt hatten, führte ein Pferd heran.

»Und was ist mit Papst Johannes? Wollt Ihr ihm nicht auch helfen?« Sie ließ Crescentius nicht aus den Augen.

»Leider kamen wir, was den Papst betrifft, zu spät.« Er seufzte. »Er ist vor kurzem in seiner Zelle gestorben. An Gift, wie man sagt.«

*

Begleitet von zehn kostbar gewandeten Bediensteten ritt Hadwig in den Burghof. In der Mitte des Gevierts zügelte sie ihre Stute und schaute sich um. Die Anlage strahlte Reichtum aus. Alle Gebäude waren aus Stein erbaut, und die Treppe, die zum Portal führte, war breit und prächtig. Die Sonne spiegelte sich in den Fensterscheiben der Halle. Im Stockwerk darüber befand sich ein Arkadengang, den Säulen mit schön behauenen Kapitellen schmückten. Wenn Otto nicht gewesen wäre, könnte ich jetzt hier residieren, dachte sie grimmig. Es war überflüssig, sich darüber zu grämen. Sie hatte ihre Entscheidung getroffen, und sie stand dazu.

Die beiden Flügel des Portals öffneten sich nun. Ein breitschultriger, rotbärtiger Mann Ende zwanzig kam herausgeeilt. Sieh an, Konrad selbst kommt mir entgegen, um mich zu begrüßen, dachte Hadwig spöttisch. Otto hatte ihn auf dem Hoftag von Verona zum Nachfolger seines toten Freundes bestellt. Konrad galt als ein Mann, der zu seinem Wort stand. Zudem hatte er ihren Bruder nie gemocht, wie sie wusste. Deshalb glaubte sie, ihm trauen zu können.

»Hadwig, welche Überraschung.« Der Herzog wirkte aufrichtig verblüfft.

»Ich musste mir doch einmal ansehen, was mir entgangen ist«, konnte sich Hadwig nicht verkneifen zu sagen. Amüsiert konstatierte sie Konrads Verlegenheit und reichte ihm ihre Hand. »Ihr dürft mir trotzdem aus dem Sattel helfen.« Anmutig sprang sie von ihrer Stute.

Während sie höfliche Belanglosigkeiten austauschten, geleitete Konrad sie über den Hof und in die Halle. Vor der großen Feuerstelle rückte er ihr einen Stuhl zurecht und schickte einen Diener nach warmem Würzwein und süßem Gebäck. Erst dann nahm er Platz und sah sie forschend an.

Hadwig ließ sich Zeit, ehe sie zur Sache kam. Sie kostete von dem Wein, der vor ihr abgestellt wurde, und knabberte an dem Backwerk, ehe sie sich zurücklehnte und Konrad nachdenklich betrachtete. »Ihr seid ein Gefolgsmann meines verstorbenen Vetters«, stellte sie dann ruhig fest.

»Allerdings.« Der Herzog runzelte die Brauen.

»Nein, nein, ich bin nicht hier, um Euch zu einem Pakt mit meinem Bruder zu überreden. Ganz im Gegenteil.« Hadwig winkte ab. »Ich habe Euch aufgesucht, weil ich annehme, dass es Euch interessiert, was mein Bruder vorhat. In etwa zwei Wochen plant er, sich mit dem westfränkischen König Lothar in Breisach zu treffen.«

»Mit Lothar? Woher wisst Ihr …?« Konrad horchte auf.

»Ein Besuch bei meiner Schwägerin.« Hadwig deutete ein Lächeln an. Die arme, unscheinbare Gisela liebte Heinrich immer noch treu, obwohl er sie nach seiner Freilassung genauso schlecht behandelte wie früher. Wie stolz hatte sie ihr von seinen Plänen berichtet … Gelassen sprach sie weiter: »Außerdem dürfte es Euch und die anderen Fürsten interessieren, dass mein Bruder beabsichtigt, Lothar im Austausch für seine Unterstützung Lotharingien abzutreten.«

»Aber das ist Verrat«, fuhr Konrad auf.

»Genau.« Wieder trank Hadwig einen Schluck Wein. »Und deshalb schlage ich Euch zweierlei vor: Ihr verhindert, dass Lothar in Breisach eintrifft. Im Gegenzug sorge ich dann dafür, dass Heinrichs Verrat öffentlich wird.«

*

Zusammen mit Imiza ging Theophanu eine Gasse in der Nähe des Doms entlang. Über den niedrigen, schmalen Fachwerkhäusern lastete ein grauer Himmel, und die feuchte Kälte drang ihr durch die Kleider bis auf die Haut. Sie waren am Vortag in Mainz angekommen. Ninias hatte versucht herauszufinden, wie sie am besten mit Erzbischof Willigis sprechen könnte. Ihn in seinem Palast aufzusuchen, wagte Theophanu nämlich nicht. Die Gefahr, dass irgendein Höfling Heinrich davon unterrichtete, war zu groß.

Ninias hatte nicht lange gebraucht, um zu erfahren, dass Willigis in der Stadt weilte und nach der Sonntagsmesse vor dem Dom Almosen an die Armen verteilen würde. Theophanu hatte aufgeatmet. Es würde ein Leichtes sein, sich unter die Bettelnden zu mischen. Doch zuvor wollte sie noch eine Pflicht erfüllen, die ihr sehr am Herzen lag – Kalymachos' Familie aufsuchen und seinen Verwandten in Ottos Namen danken. Sie wäre gerne schon am Vortag zu ihnen gegangen.

Doch wegen des Sabbats waren die Türen des Hauses verschlossen gewesen. Suchend ließ sie ihren Blick über die Gebäude wandern.

»Dort drüben ist es!«, Imiza deutete auf ein Haus, in dessen hölzernen Türsturz Blätter geschnitzt waren. Das Muster wirkte in seiner eleganten Stilisierung beinahe byzantinisch und berührte Theophanu eigentümlich.

Neugierig schritt sie durch die nun weit offen stehende Tür. Ein breiter Gang führte in einen Innenhof. Unter dem Schnee waren Beete zu erahnen, an der Südseite wuchsen Rosensträucher, und an einer der Hauswände rankte ein Weinstock empor.

Im Sommer ist der Garten bestimmt sehr schön, ging es Theophanu durch den Kopf. Ein leises Geräusch in ihrem Rücken ließ die beiden Frauen herumfahren. Am Eingang zum Hof stand ein zierliches, vielleicht fünf Jahre altes Mädchen und blickte sie aus großen dunklen Augen an. Die Hände hatte es schüchtern hinter dem Rücken versteckt.

»Wer bist du denn?« Lächelnd ging Imiza auf das Kind zu. Doch statt zu antworten, wich es einen Schritt zurück.

Eine heftige Sehnsucht nach ihren eigenen Kindern erfasste Theophanu. »Ja, sag uns doch deinen Namen«, lockte sie. Langsam ging sie auf die Kleine zu und kniete sich neben sie in den Schnee. »Ich habe selbst einen kleinen Sohn und drei Töchter. Meine jüngste Tochter ist wahrscheinlich so alt wie du. Sie heißt Mathilde.«

Das Mädchen betrachtete Theophanu forschend. Dann, einem plötzlichen Entschluss folgend, zog es eine Hand hinter dem Rücken hervor. Mit einem scheuen Lächeln reichte es ihr ein Spielzeug. »Das ist Rufus.«

Das Spielzeug war – wie Theophanu nun erkannte – ein geschnitzter Löwe. Seine leuchtenden Farben waren an vielen Stellen abgegriffen. Das Kind schien seinen Löwen sehr zu lieben. »Ich habe meinem Sohn und meiner jüngsten Tochter einmal ähnliches Spielzeug geschenkt«, sagte Theophanu nachdenklich. »Einen Elefanten und einen Bären.«

»Ich habe den Löwen von meinem Vater bekommen.« Das Kind war plötzlich aufgetaut und strahlte Theophanu an. »Er hat ihn mir aus dem Süden mitgebracht. Weil ich die Geschichte vom Pharao, der Daniel zu den Löwen werfen lässt, so gern mag.«

Theophanu starrte das Mädchen an. Konnte das wirklich sein? Sie erinnerte sich genau, dass sie damals in Rom nicht nur den Elefanten und den Bären gekauft hatte, sondern auch noch einen Löwen, der diesem hier verblüffend ähnelte.

»Sag, wie heißt dein Vater?«, fragte sie langsam, doch noch ehe die Kleine ihr antworten konnte, vernahm Theophanu eine vertraute Stimme.

»Judith, hast du Gesellschaft bekommen?« Ein Mann war von der Straße in den Gang getreten und hatte sich zu dem Kind gesellt. Theophanu schaute auf. Es war Isai.

»Kann ich Euch helfen? Wollt Ihr zu mir?« Sein Blick wanderte zwischen den beiden Frauen hin und her.

»Seid Ihr mit einem Mann namens Kalymachos verwandt?«, hörte Theophanu Imiza fragen.

»Ja, Kalymachos war mein Bruder. Aber ...« Isai stockte, und seine Augen weiteten sich, als er Theophanu erkannte.

»Wenn Kalymachos Euer Bruder war, möchte ich tatsächlich zu Euch.« Sie erhob sich aus dem Schnee. »Kann ich irgendwo ungestört mit Euch reden?«

»Gewiss.« Er nickte.

Theophanu bat Imiza, bei dem Mädchen zu bleiben, und ließ sich von Isai in ein Zimmer im Obergeschoss des Hauses führen, wo in einem Bronzebecken ein Kohlenfeuer brannte. Neben einem Tisch und einigen Stühlen stand ein Schreibpult, auf dem ein Papyrus ausgebreitet war.

»Ich freue mich mehr, als ich sagen kann, Euch wiederzusehen«, erklärte Isai, nachdem er die Tür geschlossen hatte, »und es ist eine große Ehre für meine Familie und mich, Euch hier begrüßen zu dürfen. Aber, verzeiht, ich bin völlig überrascht. Es heißt, Ihr seid verschollen, und Herzog Heinrich soll Euren Sohn in seine Gewalt gebracht haben. Ist das wahr?«

»Ja, ich bin in den Norden gekommen, um die Fürsten auf meine Seite zu ziehen und meinen Sohn von Heinrich zurückzubekommen.« Theophanu trat an das Pult und legte ihre Hand auf das rötliche Holz. »Ich bin aber auch nach Mainz gekommen, um Kalymachos' Familie dafür zu danken, dass er sich für meinen Gatten geopfert hat. Auch wenn Worte viel zu wenig für das sind, was er getan hat.«

»Euer Gemahl war ein guter Herrscher, und mein Bruder hat ihn verehrt«, sagte Isai sanft. »Nachdem sich die Sarazenen endgültig zurückgezogen hatten, habe ich einen ganzen Tag lang das Schlachtfeld nach ihm abgesucht. Ich habe seine Leiche schließlich in einer Kirche gefunden. Einige fränkische Soldaten hatten aus der Ferne beobachtet, was sich am Strand zugetragen hatte, und haben den Leichnam dorthin gebracht.« Er lächelte. »Meinem Bruder hätte es nicht unbedingt gefallen, in einer Kirche aufgebahrt zu werden, aber ich weiß, dass er sein Leben gern für Euren Gatten gegeben hat.«

Theophanu senkte den Kopf. »Es ist sehr freundlich, dass Ihr das sagt.«

»Ich meine es ehrlich. Kalymachos und ich hatten uns damals entschieden, mit dem Heer Eures Gatten in die Schlacht zu ziehen, und es war uns beiden klar, dass wir im Kampf sterben konnten. Als ich dann erfuhr, was geschehen war, hat mich das in meiner Trauer um meinen Bruder immer getröstet. Auf diese Weise war sein Tod wenigstens sinnvoller, als wenn ihn nur ein Pfeil oder ein Schwerthieb getötet hätte.«

Theophanu schaute auf den Papyrus, der mit hebräischen Buchstaben beschrieben war. »Otto und ich … Wir hatten einige Jahre lang Schwierigkeiten«, erzählte sie stockend. »Erst in der Nacht, bevor er mit dem Heer nach Cotrone aufbrach, sind wir uns wieder nähergekommen. Es ist furchtbar, ohne ihn leben zu müssen. Aber ich bin sehr dankbar, dass wir nach der Schlacht noch einige gute Monate miteinander hatten.«

»Die beiden Male, als wir uns trafen, habt Ihr nicht glücklich gewirkt.« Als sie aufblickte, sah Isai sie ruhig und aufmerksam an.

»Die kleine Öllampe, die Ihr mir geschenkt habt, als wir uns zum ersten Mal begegnet sind – erinnert Ihr Euch noch? –, sie hat mich in dieser Zeit öfter getröstet.«

»Das ist schön.«

Sie schwiegen. Durch die beiden Fenster, die mit geöltem Pergament verschlossen waren, waren Judiths und Imizas Stimmen zu hören.

Schließlich brach Isai das Schweigen. »In der letzten Nacht, die das Heer im Lager verbrachte, hat sich Euer Gatte für meinen Bruder geschlagen.«

»Das wusste ich nicht«, sagte Theophanu überrascht.

»Einige sächsische Soldaten, die Schulden bei uns hatten, wollten Kalymachos verprügeln, als er das Geld zurückgefordert hat. Drei Mann gegen einen! Nachdem der Kampf zu Ende war, hat sich Euer Gatte von meinem Bruder auf einen Becher Wein in unser Zelt einladen lassen. Wisst Ihr, was er damals gesagt hat?« Isai lachte leise. »Er meinte, dass er sich schon lange nicht mehr geschlagen hätte und dass es ihm viel Spaß gemacht hätte.«

Otto, der sich hitzköpfig prügelte, weil sein Gerechtigkeitssinn verletzt war. Tränen schossen in Theophanus Augen. Gleichzeitig musste sie lächeln. Sie meinte, Ottos Gegenwart körperlich spüren zu können. »Genauso hätte er sich auch als ganz junger Mann verhalten«, sagte sie leise, »damals, als ich mich in ihn verliebt habe.«

»Wenn es sich je gelohnt hat, für einen Herrscher zu sterben, dann für Euren Gatten«, erwiderte Isai warm.

Aus dem Garten ertönte Lachen. Theophanu wünschte sich plötzlich, noch eine Weile bei Isai und dem Mädchen bleiben zu können. Doch die gleichmäßigen Schläge der Domglocke ließen sie erschrocken zusammenfahren. Die Wandlung hatte begonnen. Das bedeutete, dass die Messe bald zu Ende sein würde. Sie durfte Willigis auf keinen Fall verfehlen.

»Ich muss gehen«, sagte sie rasch. »Sobald mein Sohn wieder bei mir ist, suche ich Euch noch einmal auf. Otto hat mir nämlich aufgetragen, gut für die Familie seines Retters zu sorgen.«

»Lasst mich mit Euch kommen.« Isai trat auf sie zu.

Überraschung und Freude durchfluteten Theophanu, und sie sehnte sich danach, ihn als Begleiter haben zu können. Doch sie schüttelte den Kopf. »Ihr müsst Euch um Eure Tochter kümmern.«

»Judith ist bei der Familie meiner Schwester gut aufgehoben.«

»Trotzdem … Ich weiß nicht, wie meine Auseinandersetzung mit Heinrich enden wird. Er ist rachsüchtig. Wenn ich den Kampf verliere, werde ich Euch und Eure Familie nicht schützen können.«

»Wir haben die Möglichkeit, nach Byzanz zurückzukehren«, beharrte Isai. »Bis dorthin reicht sein Einfluss nicht.«

»Heinrich könnte Euch töten lassen.«

»Mein Bruder hat sein Leben für Euren Gatten gegeben. Ich würde nicht zögern, das Gleiche für Euch zu tun.« Isai lächelte. Doch seine Augen waren sehr ernst.

»Ich danke Euch für Euer Angebot. Aber ich will Eure Hilfe nicht.« Noch ehe Isai etwas erwidern konnte, schlüpfte Theophanu aus dem Zimmer.

*

Das Portal des Mainzer Domes öffnete sich, und Erzbischof Willigis trat in Begleitung einiger Domherren und einfacher Priester heraus. Leutselig lächelte er in die Runde. Die dichte Menge um Theophanu und Imiza schob sich vorwärts. Während sie sich auf das Portal zu bewegten, roch Theophanu die Ausdünstungen schmutziger Leiber. Die Gliedmaßen der meisten Almosenempfänger waren von Frostbeulen überzogen, andere waren verkrüppelt oder ausgezehrt. Fast alle trugen Lumpen, und Theophanu nahm den scharfen Kontrast zu den kostbaren Gewändern von Willigis und den Domherren überdeutlich wahr.

Sie hatte selbst oft genug Almosen verteilt, und sie schämte sich, wenn sie daran dachte, welch tiefer Graben sonst zwischen ihr und den Armen lag. Als der Erzbischof und die anderen hohen Geistlichen begannen, Münzen und Brot zu verteilen, entstand ein lebhaftes Gerangel. Vergebens versuchten die einfachen Priester, die Leute so zu dirigieren, dass jeder zu seinem Recht kam.

Theophanu hatte es sich leichter vorgestellt, zum Erzbischof vorzudringen. Was, wenn Willigis den Platz vor dem Dom wieder verließ, ehe sie ihn erreicht hatte?

»Komm, wir müssen uns beeilen.« Theophanu nickte Imiza zu, und gemeinsam kämpften sie darum, vorwärts zu gelangen. Sie waren noch nicht weit gekommen, als plötzlich hinter ihnen ein ganzer Pulk Leute nach vorn drängte. Andere wichen zur Seite aus, wieder andere rempelten rücksichtslos und versuchten ebenfalls aufzuschließen. In dem Hin und Her hatte Theophanu Mühe, sich auf den Beinen zu halten, noch dazu wurde sie von Imiza getrennt.

Ein weiterer Schub von hinten drückte sie unsanft zur Seite. Sie taumelte, geriet ins Stolpern – und fand sich unvermittelt vor Willigis wieder, der einem alten pockennarbigen Mann neben ihr eben ein Geldstück reichte. Bittend streckte auch sie ihm die Hände entgegen.

»Gute Frau …« Sein Ton war liebenswürdig und herablassend zugleich. Theophanu hob den Kopf und schlug den Schleier zurück. Willigis erstarrte, als er sie erkannte. Sie bückte sich und griff nach dem Saum seines Mantels, als ob sie ihn küssen wollte. Der Erzbischof begriff und beugte sich zu ihr hinab.

»Ich muss Euch dringend sprechen«, raunte sie ihm zu.

Willigis zögerte kurz. »Kommt in die Sakristei«, murmelte er dann. Während er sich dem nächsten Bittsteller zuwandte, erschien wieder das leutselige Lächeln auf seinem Gesicht.

Im Inneren des Doms roch es nach verbranntem Bienenwachs und Weihrauch. Während Theophanu eilig durch das Mittelschiff in Richtung Sakristei ging, fragte sie sich, ob es die richtige Entscheidung gewesen war, Willigis aufzusuchen. Er hatte alles andere als erfreut gewirkt, als er ihr plötzlich gegenüberstand. Andererseits … Willigis war der Kanzler des Reiches und der Inhaber des wichtigsten Bischofssitzes neben Köln. Die Fürsten respektierten ihn. Ihn auf ihrer Seite zu wissen würde ihr einen entscheidenden Vorteil gegenüber Heinrich verschaffen.

Dass sie ihn nie wirklich gemocht hatte, war jetzt unwichtig – was zählte, war allein, dass ihr Schwiegervater ihn, einen einfachen Edelfreien, zum Leiter der Hofkanzlei und zum Erzbischof bestellt hatte. Willigis verdankte dem alten Löwen alles, was er war. Deshalb schuldete er dem Enkel seines Wohltäters auch die Treue. Außerdem hatte er sich gegenüber ihrem Gatten nie illoyal verhalten. Nein, es war richtig, ihn aufzusuchen. Theophanu öffnete die Sakristeitür und trat ein.

Willigis wandte ihr den Rücken zu. Er stützte sich auf einen hüfthohen, mit Schnitzereien verzierten Schrank und sah aus, als ginge er mit sich zu Rate. Als er ihre Schritte hörte, drehte er sich um. Einen Lidschlag lang war seine Miene ausdruckslos, dann lächelte er traurig und kam ihr mit ausgestreckten Armen entgegen. »Ich kann Euch nicht sagen, wie tief mich der Tod Eures Gatten getroffen hat«, sagte er. »Dass Gott einen so tapferen, großherzigen und klugen Herrscher so früh zu sich gerufen hat, war eine tiefe Anfechtung für mich. Trotzdem sei dem Allmächtigen Dank, denn Er hat unsere Gebete erhört und wenigstens Euch beschützt. Wir hier im Norden – die Fürsten, die anderen Bischöfe und ich, ja auch die einfachen Menschen – waren in großer Sorge, als es so lange keine Nachricht von Euch gab. Es ist schrecklich, dass unser Allerheiligster Vater und Eure liebe Schwägerin die Gefangenschaft erdulden müssen. Ich bete jeden Tag für sie. Aber Gottes Wege sind wunderbar, und ich vertraue darauf, dass Er sie erretten wird, genauso wie Er Euch errettet hat.«

Willigis spricht nicht die Wahrheit, dachte Theophanu unwillkürlich. Er ist viel zu salbungsvoll, als dass ich ihm glauben könnte. »Ich danke Euch für Eure Gebete«, antwortete sie. »Aber ich vertraue nicht nur auf Gottes Hilfe, sondern auch auf die von Menschen.«

Ihre Stimme hatte spröde geklungen. Sofort verschwand das traurige Lächeln von Willigis' Antlitz und machte einem geschäftsmäßigen Ausdruck Platz. »Ist es wirklich nötig, dass Ihr ein derartiges Versteckspiel treibt?«, fragte er vorwurfsvoll. »Ich wollte vor dem Dom kein Aufsehen erregen. Aber Ihr hättet mich ebenso gut in meinem Palast aufsuchen können. Dort wäre ich wenigstens in der Lage gewesen, Euch angemessen zu begrüßen.«

Theophanu schüttelte den Kopf. »Heinrich darf nicht wissen, dass ich mich im Norden aufhalte.«

Willigis seufzte. »Ich verstehe, dass Ihr zornig auf den Vetter Eures Gatten seid …«

»Zornig? Er hat meinen Sohn geraubt.«

Er überging ihren fassungslosen Aufschrei. »Ihr müsst

Nachsicht mit Heinrich haben. Das Verhältnis zwischen ihm und Otto war … nun ja, nicht gerade einfach. Otto hat ihn mehrmals tief gedemütigt.«

»Was sich Heinrich völlig selbst zuzuschreiben hatte.«

»Gewiss …« Erneut seufzte Willigis. »Aber Heinrich hat sich nun einmal im Recht geglaubt mit seinem Anspruch auf den Thron. Die Liudolfinger sind alle sehr stolz, wie Ihr wisst. Und Ihr dürft nicht vergessen, dass Heinrich der nächste männliche Verwandte Eures Sohnes ist. Nach sächsischem Herkommen steht ihm die Vormundschaft zu. Viele Fürsten werden das ähnlich sehen.«

»Otto hätte niemals zugelassen, dass Heinrich die Vormundschaft für unseren Sohn übernimmt«, erwiderte Theophanu entschieden. »Er hat seinen Vetter verachtet und verabscheut, und er hatte auch allen Grund dazu.«

»Euer Gatte, so sehr ich ihn auch schätzte und verehrte und so tief ich seinen viel zu frühen Tod bedaure, hatte einen großen Fehler. Er ließ sich manchmal zu stark von seinen Emotionen leiten.«

»Ihr wisst genau, dass es Heinrich um die Macht und nicht um die Vormundschaft geht.«

»Ihr übertreibt.« Willigis schüttelte bekümmert den Kopf. »Ich will nicht ausschließen, dass Heinrich nicht versucht sein könnte, die Macht behalten zu wollen, auch nachdem Euer Sohn die Volljährigkeit erreicht hat. Dieser Versuchung könnten wahrscheinlich die wenigsten widerstehen, nehme ich an. Aber was soll er ausrichten? Euer Sohn ist nun einmal der von Gott erwählte und gesalbte König. Die Fürsten haben ihm in Aachen die Treue geschworen. Heinrich kann nicht gegen den Willen der Fürsten herrschen. Glaubt mir, er muss und wird die Macht abgeben, sobald Euer Sohn alt genug ist!«

»Schwüre werden oft genug gebrochen«, versetzte Theophanu verächtlich. »Um nur Warin als Beispiel zu nennen.«

»Warin wollte nur das Beste für den kleinen König, seinen Herrscher.«

Spätestens jetzt begriff Theophanu, dass dieses Gespräch sie nicht weiterführte. Kalt sagte sie: »Ich will meinen Sohn von Heinrich zurück. Werdet Ihr mir dabei helfen, ja oder nein? Ich erwarte, dass Ihr mir endlich eine klare Antwort gebt, statt noch länger nach Ausflüchten zu suchen.«

Willigis faltete die Hände wie im Gebet und ging einige Schritte auf und ab, ehe er sich ihr wieder zuwandte. »Ich werde Euch dabei unterstützen, dass das Kind bei Euch leben darf. Allerdings unter der Bedingung: Heinrich behält die Vormundschaft und regiert in den nächsten Jahren im Namen Eures Sohnes.«

»Das werde ich niemals hinnehmen!«, fuhr Theophanu auf.

»Ihr seid eine Frau.« Willigis zuckte gleichmütig mit den Schultern. »Die Fürsten werden Euch nicht als Regentin akzeptieren. Oder seid Ihr etwa in der Lage, ein Schwert zu führen? Reitet Ihr, wenn es sein muss, an der Spitze eines Heeres in die Schlacht? Wir wissen beide, dass Ihr das nicht könnt.« Willigis lächelte herablassend, was in Theophanu den Wunsch weckte, ihm ins Gesicht zu schlagen. Um ihres Sohnes willen beherrschte sie sich jedoch.

»Einen guten Herrscher zeichnen noch andere Dinge aus, als mit einem Heer in den Kampf zu ziehen«, versetzte sie brüsk. »Klugheit und Umsicht zum Beispiel. Oder Mitgefühl. Diese Eigenschaften halte ich für wesentlicher, als ein Schwert führen zu können. Deshalb frage ich Euch noch einmal: Werdet Ihr mir helfen, die Vormundschaft für mein Kind zu erlangen? Und bedenkt bei Eurer Entscheidung auch, dass mein Schwiegervater Euch zu dem gemacht hat, der Ihr jetzt seid, und dass mein Gatte Euch in dieser Position belassen hat. Ihr schuldet beiden viel.«

Zum ersten Mal glaubte Theophanu, einen Anflug von

Unsicherheit an Willigis zu bemerken. Doch er hatte sich sofort wieder gefasst und sagte ebenso salbungsvoll wie zuvor: »Ich bin überzeugt, dem alten Löwen und Eurem verstorbenen Gatten am besten zu dienen, wenn ich die Vormundschaft Heinrichs unterstütze.«

»Meinem Schwiegervater und Otto?« Verächtlich warf Theophanu den Kopf in den Nacken. Wie hatte sie nur jemals Hilfe von Willigis erwarten können? »Euch geht es doch ausschließlich um Euch selbst. Um Euren Ehrgeiz und Euer Machtstreben. Aber lasst Euch gesagt sein: Ich werde um meinen Sohn kämpfen – Otto hätte es so gewollt.«

»Ihr handelt töricht und unbesonnen. Wie Euer Gatte das gelegentlich auch getan hat.«

»Wagt es nicht, schlecht über Otto zu reden!«, herrschte Theophanu Willigis an. »Mag sein, dass er hin und wieder unbedacht gehandelt hat. Er hatte seine Fehler wie jeder Mensch. Aber er war niemals feige – so wie Ihr und Warin und all die anderen Fürsten, die sich nicht schnell genug auf Heinrichs Seite schlagen konnten. Ich kann Euch gar nicht sagen, wie sehr ich Euch verachte!«

Nachdem Theophanu die Sakristei verlassen hatte, fiel die Maske der Gelassenheit von Willigis ab. Bebend vor Zorn blieb er zurück. Wie konnte sie sich erdreisten, so mit ihm zu reden? Dietrich von Metz hatte mit seinen Klagen nur allzu recht gehabt. Die Kaiserin war eine eitle, hochfahrende Person, die sich maßlos überschätzte. Nein, unmöglich konnte sie die Vormundschaft für den Kind-König übernehmen – sie würde das gesamte Reich ins Verderben stürzen.

Willigis war Realist genug, um in seine Überlegungen einzukalkulieren, dass Heinrich möglicherweise auf seiner Machtposition beharren könnte, wenn Ottos Sohn erwachsen und damit fähig war, die Regentschaft zu übernehmen. Und wenn schon, dachte er und unterdrückte die Gewissensbisse, die sich in ihm zu regen begannen. Die Macht ist nun einmal ein hartes Geschäft. Nur die Stärksten setzen sich durch. Sein eigener Aufstieg war dornenreich genug gewesen. Sicher, der alte Löwe hatte ihn immer gefördert und unterstützt. Aber es hatte genug Neider gegeben, die ihm das Leben schwer gemacht und versucht hatten, ihn bei dem Kaiser in Misskredit zu bringen. Einige Male hatte er sogar seinerseits zu Intrigen greifen müssen, um seine Widersacher loszuwerden. Nein, dachte er entschlossen, solange Heinrichs Herrschaft dem Reich nicht schadete – und er war überzeugt, dass dies nicht der Fall sein würde –, konnte er gut mit ihm als Regenten leben.

Und der Junge?, meldete sich wieder Willigis' Gewissen. Nun, er würde natürlich in ein Kloster abgeschoben werden müssen. Aber es gab weitaus schlechtere Alternativen, das eigene Leben zu fristen. Nicht wenige Menschen fanden im Kloster ihr Glück. Vielleicht bewahrte er den Jungen so davor, jung in einer Schlacht zu fallen oder eine schwere Sünde zu begehen. Schließlich war das Leben eines Herrschers vielen Versuchungen ausgesetzt. Letztlich handelte er also nur zum Wohl des Kindes.

Willigis seufzte. Heinrich musste natürlich erfahren, dass sich Theophanu im Norden aufhielt. Es konnte nicht sein, dass sie ihre Umtriebe ungehindert fortsetzte. Außerdem schadete es nicht, wenn er sich so den Herzog zu Dank verpflichtete.

*

»So ist das mit den Frauen. Sie versprechen viel und halten nichts«, sagte Ninias und warf Theophanu einen gespielt vorwurfsvollen Blick zu, während er den Sattelgurt enger um den Pferdeleib schnallte. »Ihr habt mir hoch und heilig zugesichert, dass ich die Alpen nicht so bald wieder überqueren müsste.«

»Jetzt werde nicht frech!« Imiza versetzte ihm einen Klaps auf den Arm.

»Gott behüte dich.« Theophanu zog Ninias an sich und küsste ihn auf die Stirn. »Ich bin dir sehr dankbar.«

Ninias verneigte sich übertrieben tief und errötete bis unter den Rand seiner braunen Wollmütze. »Immer Euer ergebener Diener, meine Dame.« Nach einer weiteren Verbeugung schwang er sich in den Sattel und ritt aus dem Stallhof des Mainzer Benediktinerklosters.

»Er ändert sich nie.« Imiza schüttelte lächelnd den Kopf.

»Ich wünschte, ich hätte ihn nicht zu Adelheid schicken müssen«, sagte Theophanu leise. Aber sie hatte keine andere Wahl gehabt: Ihre Schwiegermutter musste unbedingt erfahren, dass Willigis seine Unterstützung verweigert hatte.

»Macht Euch um Ninias keine Sorgen. Er kommt immer und überall durch. Falls ihn eine Lawine verschütten sollte, gräbt er sich mit bloßen Händen wieder aus dem Schnee.« Doch Imizas Stimme zitterte ein wenig und strafte ihre Worte Lügen.

Theophanu berührte sie am Arm. »Ist dir klar, dass wir beide Heinrich und seinen Anhängern jetzt ganz allein gegenüberstehen?«

Ein grimmiger Zug trat um Imizas Mund. »Judith und ihre Dienerin sind dem Holofernes und seinem Heer auch nur zu zweit entgegengezogen und haben ihn besiegt.«

Ja, dachte Theophanu. Judith hatte dem Holofernes den Kopf abgeschlagen. Aber vorher hatte sie einige Male das Lager mit ihm teilen müssen. Ihr wurde plötzlich übel.

»Herrin«, hörte sie Imiza erschrocken sagen.

»Es ist nichts«, erwiderte Theophanu hastig. »Lass uns unsere Sachen holen. Wir müssen weiter.«

Abends beugte sich Theophanu im niedrigen, rauchgeschwängerten Gästespeisesaal tief über ihre Schüssel. Sie hatten das Kloster Eberbach mit dem Hereinbrechen der Dämmerung erreicht. Theophanu kannte das Kloster nicht, denn bei früheren Aufenthalten am Rhein hatte der Hof hier nie Unterkunft genommen. Außerdem hatten Imiza und sie, bald nachdem sie Mainz verlassen hatten, ihre Gewänder gegen Männerkleider getauscht. Trotzdem wollte sie so wenig wie möglich gesehen werden.

Während Theophanu von dem sämigen Gemüseeintopf aß, hing sie ihren Gedanken nach. Sie wünschte, das Jahr wäre bereits weiter fortgeschritten, damit es möglich wäre, im Freien zu übernachten. Weshalb nur hatte sie ihre Zweifel ignoriert und Willigis aufgesucht? Er hatte Heinrich bestimmt schon darüber in Kenntnis gesetzt, dass sie sich im Norden aufhielt, und dieser wiederum würde nichts unversucht lassen, auch sie in seine Gewalt zu bringen.

Ihr Magen verkrampfte sich. Um nicht aufzufallen, zwang sie sich, noch etwas von dem Eintopf zu essen. Doch nachdem sie einige Löffel davon hinuntergewürgt hatte, rebellierte ihr Magen endgültig, und sie hielt es in dem stickigen Raum nicht mehr aus.

»Ich gehe kurz nach draußen«, flüsterte sie hastig Imiza zu, die neben ihr im hinteren Teil der Stube auf einer Holzbank saß. »Und nein, es ist nicht nötig, dass du mich begleitest.«

Vor dem Gästehaus atmete Theophanu tief durch und verkroch sich in ihren Umhang. Mittlerweile war es Nacht geworden. Der Himmel war sternenklar und die Kälte schneidend. Einige Fackeln erhellten den Hof.

Als Wagenräder auf dem Schnee knirschten, trat Theophanu rasch in den Schatten zurück. Ein Pferd zog einen hoch beladenen Karren durch den Torbogen, der den Haupthof des Klosters mit dem des Gästehauses und den Stallungen verband. Ein Mann führte das Tier am Halfter. Neben ihm ging der rundliche Mönch, der für die Gäste zuständig war.

Einen Lidschlag später durchquerten die beiden Männer den Lichtkreis, den eine der Fackeln auf den Schnee warf. Der neue Gast war Isai. Theophanu empfand eine jähe Freude, gleichzeitig ärgerte sie sich jedoch. Wie konnte er sich einfach über ihren Befehl hinwegsetzen und ihr folgen?

Der Mönch öffnete das Scheunentor und ging mit Isai nach drinnen. Theophanu hörte, wie er den Händler anwies, wo er den Karren abstellen könne. Ungeduldig wartete sie, bis er die Scheune wieder verlassen hatte und durch den Torbogen in Richtung des Haupthauses verschwunden war.

Als sie die Scheune betrat, war Isai damit beschäftigt, das Pferd, einen kräftigen Braunen, abzuschirren. Der Schein einer Fackel, die an der Außenwand neben einer schmalen Fensteröffnung brannte, fiel auf ihn. Seine Bewegungen waren ruhig und sicher. Ja, Isais Gesichtszüge sind eigentlich unscheinbar, dachte Theophanu. Aber die Lebendigkeit und die ganz eigene Würde, die er ausstrahlt, machen sie anziehend. Nein, auf gar keinen Fall durfte er sie begleiten!

»Ich nehme an, es ist kein Zufall, dass Ihr ausgerechnet dieses Kloster aufgesucht habt?«, fragte sie gereizt.

Isai wandte sich zu ihr um. »Nein, ich hatte einem Diener befohlen, vor dem Tor des Benediktinerklosters zu warten und Euch und Eurer Dienerin zu folgen«, gab er zu und fuhr fort: »Als Ihr die Stadt durch das nördliche Tor verlassen habt und dann über den Fluss gesetzt seid, war klar, dass Ihr die Nacht hier verbringen würdet. Eine andere Unterkunft hättet Ihr schließlich vor Anbruch der Nacht nicht mehr erreichen können.«

Erst hatte Crescentius sie durch seine Spitzel überwachen lassen und nun Isai. »Dieses Versteckspiel hättet Ihr Euch sparen können«, sagte sie scharf. »Begreift endlich: Ich will nicht, dass Ihr mit mir kommt. Außerdem schätze ich es ganz und gar nicht, wenn meine Befehle missachtet werden.«

Falls sie Isai verletzt haben sollte, ließ er es sich nicht anmerken. Gelassen antwortete er: »Ihr habt mich bislang nie wie einen Untergebenen behandelt, der Euren Anordnungen gehorchen muss.«

»Dann tue ich es jetzt!«

Isai legte seine Hand auf den Hals des Pferdes. »Ich werde Eurem Wunsch gehorchen und nach Mainz zurückkehren. Aber erst, wenn Ihr mich angehört habt.«

Theophanu zögerte.

»Ist es nicht die Pflicht eines Herrschers, den Untertanen gegenüber großherzig zu sein?« Er lächelte. »Bitte, gewährt mir diese eine Gunst.«

»Redet, wenn Ihr unbedingt wollt. Aber mein Entschluss steht fest«, sagte sie knapp.

»Zwei Frauen, die allein reisen, fallen auf. Ja, ich sehe, Ihr habt Euch als Mann verkleidet«, wehrte er Theophanus Einwand ab. »Und tatsächlich könntet Ihr auch als Jüngling durchgehen. Aber nur so lange, bis Ihr und Eure Dienerin in eine Gruppe junger Männer geratet. Ihr wisst doch gar nicht, wie Männer sich untereinander verhalten. Früher oder später werdet Ihr Euch verraten oder zumindest Argwohn auf Euch ziehen.«

Theophanu hatte das alles auch schon bedacht, jedoch keine andere Möglichkeit gesehen und deshalb beschlossen, dass sie dieses Risiko eingehen musste.

»Ich bin ein Händler«, redete Isai eindringlich weiter. »Ich komme überall hin, ohne Verdacht zu erregen. Die Leute sprechen mit mir über alles Mögliche und achten nicht besonders darauf, was sie in meiner Gegenwart zu anderen sagen. Denn ich bin nicht wichtig.«

Theophanu schwieg.

»Ihr und Eure Dienerin könntet als meine Schwestern

mit mir kommen. Außerdem weiß ich Wege, die Ihr nicht kennt.«

Sie schüttelte ungeduldig den Kopf. »Ich bin während der vergangenen zwölf Jahre oft genug durch den Norden des Reichs gezogen.«

»Ja, aber nur auf den großen Straßen«, gab Isai ruhig zu bedenken. »Wie alle Händler kenne ich Nebenwege. Falls Heinrich erfahren sollte, dass Ihr nicht mehr im Süden seid, wird er an den großen Straßen seine Späher postieren.«

Wieder verwünschte Theophanu sich dafür, dass sie Willigis aufgesucht hatte. Gegen ihren Willen musste sie zugeben, dass Isai recht hatte. Doch noch immer konnte sie sich nicht entschließen, ihm nachzugeben.

»Ich versichere Euch noch einmal, dass meine Tochter bei der Familie meiner Schwester in guten Händen ist«, fuhr Isai fort. »Ja, möglicherweise riskiere ich mein Leben, wenn ich Euch begleite. Aber Judith soll mich nicht eines Tages für einen Feigling halten müssen. In meinen Augen ist Euer Sohn der rechtmäßige Herrscher, und ich bin fest davon überzeugt, dass Ihr das Land in seinem Namen gut und gerecht regieren werdet. Ich will nicht, dass Heinrich die Krone an sich reißt, er hat schon genug Unrecht begangen. Und als Herrscher wird er dieses Unrecht sicher fortsetzen. Ich will meinen Teil dazu beitragen, dass er nicht der Nachfolger Eures Gatten wird. Könnt Ihr das denn nicht verstehen?«

Theophanu wandte Isai den Rücken zu und trat an den Karren. Aus den Kisten stieg ihr der schwache Duft von Zimt, Muskat und Nelken entgegen. »Was für Waren habt Ihr geladen?«, fragte sie, ohne ihn anzusehen.

»Gewürze«, sagte Isai überrascht. »Außerdem Stoffe und Felle, einiges an Geschirr und Lampen.«

»Lampen?«

»Ja, darunter auch ein Polykandelon.«

»Zeigt Ihr es mir?« Sie drehte sich zu ihm um, vermied es jedoch, ihn anzusehen.

»Sicher.« Isai hob einige Kisten vom Karren und stapelte sie auf dem gestampften Lehmboden. Behutsam hob er dann eine mittelgroße Kiste herunter, öffnete sie und entnahm ihr einen Gegenstand, der in mehrere Leinentücher eingeschlagen war. Nachdem er die Tücher beiseite geschlagen hatte, kam ein Bronzekreuz zum Vorschein, an dem etliche feine Ketten befestigt waren. Diese Ketten hielten einen Bronzering, in den zwölf Öffnungen eingelassen waren, die als Halterungen für Glasschalen dienten. Isai hielt die Lampe hoch. Der Schein der Fackel spielte über das goldgelbe Metall, und der Schatten von Kreuz und Ring glitt über den Lehmboden.

Behutsam berührte Theophanu das Metall. Das letzte Mal hatte sie das Licht einer solchen Lampe in jener Nacht gesehen, als Otto starb. Der Schmerz drohte, sie zu überwältigen. Doch plötzlich glaubte sie, Otto sagen zu hören: »Isai ist ein guter Mann. Er weiß, was er tut. Warum erfüllst du ihm nicht seinen Wunsch?«

Langsam hob sie den Kopf und blickte Isai an. »Ich bin froh, dass Ihr mich begleiten wollt.«

*

»Wie gefällt Euch dieses Tuch?« Vom hinteren Ende des Planwagens aus beobachtete Theophanu, wie Imiza einer älteren Frau einen braunen Wollstoff präsentierte. Gegen Mittag hatten Imiza, Isai und sie endlich die Pfalz Nordhausen an der sächsischen Grenze erreicht.

Sie waren gut zwei Wochen unterwegs gewesen. Eine Zeit, die Theophanu seltsamer als alles erschien, was sie je erlebt hatte. Noch am Rhein hatte Isai seinen Karren gegen den Wagen eingetauscht, mit dem sie schmale und allzu oft schlecht gebahnte Wege entlanggerumpelt waren. Wege, die – wie Theophanu hatte zugeben müssen – Imiza und sie allein niemals ausfindig gemacht hätten. Häufig hatten sie im Wagen genächtigt, die Dienerin und sie eng aneinandergeschmiegt, um sich gegen die Kälte zu schützen. Und oft hatten sie zu dritt im Freien gekocht und gegessen.

Das Leben als fahrende Händler war hart, vor allem, wenn die Kälte gar zu beißend wurde. Aber trotzdem hätte Theophanu diesem Dasein etwas abgewinnen können, wenn sie sich nicht so sehr um ihren Sohn gesorgt hätte. Denn zum ersten Mal in ihrem Leben war sie frei von höfischen Zeremoniellen und Verpflichtungen, die ihre Stellung mit sich brachte.

Otto hätte seinen Spaß an diesem Leben gehabt, dachte sie zärtlich und wehmütig, während sie einige Wollstränge in einem Korb sortierte. Mit seinem Charme hätte er den Leuten alles Mögliche aufgeschwatzt.

Imiza hatte inzwischen zwei weitere Stoffe vor der Frau ausgebreitet und beriet sie fachkundig. Isai war vor einiger Zeit mit einer Auswahl von teuren Tüchern und Schmuck zur Pfalz gegangen und noch nicht wieder zurückgekehrt. Außer dass er versteckte Wege kannte und ihnen eine ausgezeichnete Tarnung bot, war es in jeder Hinsicht gut, ihn als Begleiter zu haben. Theophanu hätte nicht sagen können, warum, aber seine ruhige Gegenwart tröstete sie in ihrer Trauer.

Während der letzten Tage hatte sie immer wieder Gerüchte gehört, dass Heinrich entschlossen sei, das Gebiet Lotharingien an den westfränkischen König Lothar abzutreten, wenn er dadurch dessen Unterstützung gewinnen könne. Theophanu war empört über Heinrichs Verrat gewesen, und die Möglichkeiten, die ihm aus dem Bündnis mit dem mächtigen König erwuchsen, hatten ihr Angst gemacht.

Mittlerweile hatte sich die ältere Frau für den hellsten der Wollstoffe entschieden.

»Ich bin sicher, Ihr werdet Euren Kauf nicht bereuen.« Imiza nickte ihr freundlich zu. Nachdem sie sich die Münzen hatte geben lassen, schlüpfte sie in den hinteren Teil des Wagens und hockte sich neben ihre Herrin.

»Du hast Talent fürs Verkaufen.« Theophanu lächelte ihr zu.

»Wenn Ihr Euch jemals entscheiden solltet, mich aus Eurem Dienst zu entlassen, weiß ich ja, wie ich mich ernähren kann.« Imiza erwiderte ihr Lächeln.

»Das wird niemals geschehen«, sagte Theophanu entschieden. Doch plötzlich musste sie denken: Außer, wenn mich Heinrich dazu zwingen sollte. Der unbeschwerte Moment war vorbei. Schweigend beschäftigte sie sich wieder mit der Wolle.

Als Isai auf die Deichsel sprang und sich von dort in das Innere schwang, erzitterte der ganze Wagen.

»Habt Ihr mehr über die Gerüchte erfahren?« Angespannt wandte Theophanu sich ihm zu.

»Allerdings!« Spöttische Genugtuung blitzte in Isais Augen auf. »In der Pfalz habe ich einen Schreiber aus Lüttich getroffen. Der lotharingische Adel sei außer sich, hat mir der Mann erzählt. Die hohen Herren haben nicht vor, den Landesherrn zu wechseln, und stellen sich strikt gegen Heinrich. Außerdem, hat der Schreiber erzählt, habe Notger, der Bischof von Lüttich, einen Brief von Gerbert von Aurillac, dem Leiter der Reimser Domschule, erhalten. Darin habe Gerbert Heinrich ganz offen als Verräter bezeichnet. Und weil Bischof Notger diese Meinung ganz offensichtlich teilt, hat er seinerseits die ostfränkischen Fürsten von Heinrichs Plänen informiert.«

Isai grinste zufrieden. »Jedenfalls sind die Leute überall am Rätseln, wie Heinrichs geheimes Bündnis mit Lothar so schnell bekannt werden konnte.«

»Hadwig …«, sagte Theophanu nachdenklich. »So viel

ich weiß, korrespondiert sie seit langem regelmäßig mit Gerbert. Ich glaube, er hat es von ihr erfahren.« Sie empfand tiefe Dankbarkeit gegenüber der stolzen, eigenwilligen Frau. »Und wie verhält sich Heinrich zu den Vorwürfen?«

»Er streitet alles ab – was ja auch nicht anders zu erwarten war.« Isais Grinsen wurde breiter. »Aber als König Lothar mit einer großen Zahl von Bewaffneten nach Breisach gezogen kam – wo Heinrich sich mit ihm treffen wollte – und dort statt seines Verbündeten auf Konrad von Schwaben gestoßen ist, der ihm den Einzug in die Stadt verwehrte, hat seine Glaubwürdigkeit doch sehr gelitten. Und das ist noch nicht alles: Konrads Soldaten sollen Lothar und seinem Gefolge in der Eifel aufgelauert und ihnen schwere Verluste zugefügt haben. Ich schätze, der westfränkische König dürfte nicht so bald wieder an einem Bündnis mit Heinrich interessiert sein.«

Imiza stieß einen unterdrückten Jubellaut aus.

Theophanu sagte nichts. Doch zum ersten Mal, seit sie in den Norden gekommen war, glaubte sie, in dem Streit mit Heinrich einen entscheidenden Vorteil errungen zu haben.

Nach einer kurzen Pause fragte sie: »Konntet Ihr etwas über Mathilde erfahren?«

»Leider nein.« Isai schüttelte bedauernd den Kopf. »Aber der Schreiber hat erzählt, dass Papst Johannes vor kurzem verstorben ist.«

Theophanu wurde erst klar, dass sie totenblass geworden sein musste, als Isai erschrocken sagte: »Es tut mir leid. Ich habe vergessen, dass Ihr den Papst sicher gut gekannt habt.«

»Es ist nichts …« Sie vermied es, Imiza anzusehen. »Hat dieser Schreiber sonst noch etwas im Zusammenhang mit seinem Tod gesagt?«

»Ja.« Isai sah sie mitleidig an.

O Gott, durchfuhr es Theophanu. Hatte Johannes etwa

seinen Schwur gebrochen und öffentlich gemacht, dass Otto den Tod eines Verdammten gestorben war?

»Es gehen Gerüchte um, dass der Papst keines natürlichen Todes gestorben ist«, sagte Isai bedauernd. »Er soll vergiftet worden sein.«

Theophanu starrte auf ihre Hände. Crescentius hatte gesagt, dass er ihr, was den Papst beträfe, helfen könne. Ob er hinter dem Mord steckte? Sie traute es ihm ohne Weiteres zu.

»Andere Gerüchte gab es nicht?«, flüsterte sie.

»Nein.« Isai schüttelte den Kopf.

*

»Mach dir wegen Dietrich keine Gedanken.« In der Halle der Pfalz von Wahlbeck lehnte sich Ekbert tiefer in dem Lehnstuhl zurück und streckte seine Beine dem Feuer entgegen. »Er beruhigt sich schon wieder.«

»Dietrich ist mir gleichgültig.« Gereizt wandte Heinrich sich zu ihm um. Er hatte gerade eine heftige Auseinandersetzung mit dem Bischof hinter sich gebracht, und seine Nerven waren bis zum Zerreißen gespannt. Wegen seines Bündnisses mit Lothar hatte ihn sein Verwandter mit Ausdrücken wie »bodenlos leichtsinnig« und »völlig wahnsinnig« bedacht. Ja, natürlich würde Dietrich sich bald mäßigen. Spätestens dann, wenn er – Heinrich – wieder das Glück auf seiner Seite haben würde. Was ihm allerdings wirklich Sorge bereitete, war die Reaktion des lotharingischen Adels und der anderen Fürsten auf seinen Schachzug. Bernhard Billung etwa hatte ihm in einem Brief, der nichts an Deutlichkeit zu wünschen übrig ließ, mitgeteilt, dass er ihn für einen Verräter hielt. Diesen Makel, wusste Heinrich, würde er nur schwer wieder loswerden.

»Glaubst du, dass wir diesen Fehlschlag der Gattin unseres

lieben Otto zu verdanken haben?«, ließ sich Ekbert spöttisch vernehmen.

Heinrich starrte düster in die Flammen. »Es kann kein Zufall sein, dass wir ausgerechnet jetzt in Schwierigkeiten geraten, wo Theophanu im Norden aufgetaucht ist«, knurrte er. Er hatte lange gezweifelt, ob der geschmeidige Kanzler sich auf seine Seite schlagen würde, aber Willigis' Nachricht war ein eindeutiger Treuebeweis gewesen.

»Ich hätte der hübschen Larve nicht zugetraut, dass sie uns ernsthaft Ärger bereiten würde.« Ekbert trank einen Schluck Wein und leckte sich einen Tropfen von den Lippen. »Aber so wie es aussieht, könnte sie uns genauso lästig werden wie Otto, die kleine Kröte.«

Heinrich konnte seine Wut kaum zügeln. Er war felsenfest davon überzeugt gewesen, dass Theophanu gedemütigt in den Norden kommen und ihren Sohn kniefällig von ihm zurückerbitten würde. Er hatte sich darauf gefreut, mit ihr zu spielen. Nie hätte er damit gerechnet, dass sie den Kampf mit ihm aufnehmen und dass sie sich noch dazu als ernsthafte Gegnerin herausstellen würde. Es musste ihm schleunigst gelingen, sie zu ergreifen und ihr endlich seinen Willen aufzuzwingen. Er wandte sich zu Ekbert um. »Zugegeben, der lotharingische Adel tobt. Aber Egbert, der Trierer Erzbischof, ist auf unserer Seite. Und Warin ebenfalls. So lange sich Miezko und Boleslav nicht gegen uns entscheiden, ist noch nichts wirklich verloren.«

Als Heinrich wieder in die Flammen sah, stellte er sich vor, wie Theophanu sich unter ihm wand und schrie. Sein Atem ging schneller, und sein Mund wurde trocken vor Erregung.

*

Einige Tage zuvor hatte Hadwig amüsiert Ninias betrachtet, der ihr gegenübersaß und große Mengen Eintopf in sich hineinschaufelte. Was für ein hübscher junger Mann mit seinen langen Wimpern über den braunen, frechen Augen und den vom Feuer geröteten Wangen!

Sie hatte Willigis immer für einen aalglatten Opportunisten gehalten, und es befriedigte sie zutiefst, dass sie mit ihrer Einschätzung recht gehabt hatte. Natürlich war es bedauerlich, dass mit ihm ein mächtiger, einflussreicher Kirchenfürst auf Heinrichs Seite geschwenkt war, aber immerhin hatte sich Konrad von Schwaben als fähig erwiesen und ihrem Bruder eine beträchtliche Schlappe zugefügt.

Hadwig stellte fest, dass es ihr viel Spaß bereitete, in dem großen machtpolitischen Spiel mitzumischen. Sie hatte sich schon lange nicht mehr so lebendig gefühlt. Ihr Entschluss stand fest. Während sie aufstand, nickte sie Ninias zu. »Mein Junge, ich werde dich zu Adelheid begleiten.«

*

Ada zuckte zusammen, als der Riegel zurückgeschoben wurde und der Schlüssel sich im Schloss drehte. Zu ihrer Erleichterung betrat nur ein Knecht den Raum im Obergeschoss der Pfalz. Der bärtige, vierschrötige Mann trug ein Tablett in den Händen, auf dem ein Tonkrug, eine dampfende Schüssel sowie ein Becher und eine Schale standen.

Wortlos nahm Ada ihm das Tablett ab.

»Du bist aber ein geschickter Baumeister.« Der Knecht beugte sich zu Otto hinab, der in einer Ecke des Raums auf einer Decke saß und bunte Holzklötze zu einem Turm stapelte. Hastig stand das Kind auf, rannte zu Ada und versteckte sich hinter ihr.

»Euer Schützling ist aber scheu«, lachte der massige Kerl.

»Er hat auch allen Grund dazu«, versetzte Ada bissig.

Der Knecht warf ihr einen verlegenen Blick zu, ehe er aus dem Raum verschwand.

Während Ada lauschte, wie die Tür wieder abgesperrt wurde, gab sie etwas von dem Brei in die Schale und füllte Milch aus dem Krug in den Becher.

»Komm her«, lockte sie. Überraschend folgsam kletterte Otto auf einen Stuhl. Nachdem er, wie es ihm seine Amme beigebracht hatte, auf den Brei gepustet hatte, tauchte er seinen Schildpattlöffel hinein und begann zu essen.

Nein, dachte Ada, schlecht behandelt wurden wir bislang nicht. Noch im Kölner erzbischöflichen Palast war der Bayernherzog bei dem Kind und ihr erschienen und hatte ihnen versichert, dass es seinem jungen Verwandten an nichts fehlen würde. Er hatte sogar den Versuch unternommen, Otto auf seinen Knien reiten zu lassen. Aber das Kind hatte sich zu Ada geflüchtet und sich ängstlich an ihr festgeklammert.

Doch Ada war überzeugt, dass diese Freundlichkeit nur vorgetäuscht war und nicht mehr lange anhalten würde. Otto hatte seinen Brei nun mittlerweile fast aufgegessen. Während er mit dem Löffel Gräben durch den verbleibenden Rest zog, sang er leise vor sich hin.

Adas Kehle wurde eng. Sie hatte ihn gestillt, hatte ihm die ersten Worte beigebracht, und an ihrer Hand war er die ersten Schritte gelaufen. Sie hätte ihn nicht mehr lieben können, wenn er ihr leibliches Kind gewesen wäre.

Was soll ich nur tun, um ihn zu schützen?, dachte sie verzweifelt.

Otto kletterte von seinem Stuhl und zog an ihrem Ärmel. »Ich will reiten. Ich will zu Heinrich.«

»Mein Täubchen, du weißt doch, dass das nicht geht.«

»Ich will zu Heinrich.« Seine Stimme zitterte.

»Er kommt nicht wieder«, sagte Ada sanft und kämpfte gegen die Erinnerung an, wie Heinrich blutüberströmt im Schnee zusammengebrochen war. Heinrich, der sie so oft mit seinen zotigen Sprüchen gereizt hatte und den sie jetzt so sehr vermisste.

»Ich will aber, dass er wiederkommt.« Otto begann zu weinen. Sie setzte ihn auf ihren Schoß. Während sie ihn an sich zog und tröstend auf ihn einredete, musste sie jedoch selbst mit den Tränen kämpfen.

*

Heinrich beriet sich gerade mit einigen seiner Offiziere, als Ekbert in die Halle gestürmt kam. Sein zerfurchtes Seeräubergesicht wirkte angespannt und erwartungsvoll. Ihm folgte ein dunkelhaariger Mann, der einen vom Schnee durchnässten Umhang trug und dessen Schritte steif vom Reiten waren.

»Ich bringe dir einen Boten Miezkos«, rief Ekbert, fasste den Mann an den Schultern und schob ihn zu Heinrich.

»Mein Herr entbietet Euch seine Grüße.« Der Bote verbeugte sich und übergab Heinrich einen gesiegelten Brief.

Der Herzog dankte dem Mann und wies ihn und die Offiziere an, den Raum zu verlassen. Einen Moment betrachtete er das zusammengefaltete und gesiegelte Pergament mit unbewegter Miene. Der Inhalt dieses Schreibens konnte entscheidend zum Gelingen seiner Pläne beitragen – oder ihr Scheitern bedeuten. Ob es im Leben meines Vetters auch einmal einen solchen Augenblick gegeben hat, in dem sein Schicksal auf Messers Schneide stand?, schoss es ihm durch den Kopf.

»Nun mach den Brief schon auf!« Ekberts Stimme klang rau.

Sorgfältig erbrach Heinrich das Siegel und faltete das Pergament auseinander. Als er seinen Blick auf die Zeilen richtete, fühlte er sich wie ein Schwimmer, der sich in ein unbekanntes, tiefes Gewässer vorwagte.

»Jetzt rede doch. Wie steht es?«, hörte er Ekbert ungeduldig sagen.

Langsam ließ Heinrich den Brief sinken. Ein zufriedenes Lächeln spielte um seinen Mund. »Miezko und Boleslav sind bereit, sich uns anzuschließen«, sagte er triumphierend.

*

An einem klaren, kalten Märztag etwa eine Woche später zügelte Pfalzgraf Siegbert sein Pferd. Während er wartete, bis sein jüngerer Bruder Dietrich zu ihm aufgeschlossen hatte, hörte er in seinem Rücken den harten Klang von Pferdehufen auf verharschtem Schnee. Hunde bellten, und Männer lachten und redeten.

»Ein gutes Wetter zum Jagen.« Dietrich lachte seinen Bruder an.

»Ich muss mit dir reden«, sagte Siegbert leise. »Gestern Abend habe ich einen Brief von Giselher erhalten.« Langsam ritten sie nebeneinander weiter.

»Sieh an ... Von unserem umtriebigen Magdeburger Kirchenfürsten.« Dietrich hob fragend die Augenbrauen.

»Giselher teilt mir vertraulich mit, dass Miezko und Boleslav Heinrich unterstützen werden. Er rät uns dringend, das Gleiche zu tun.«

Das Bellen der Hunde entfernte sich zwischen den schneebedeckten Bäumen.

»Wir haben uns Heinrich schon einmal angeschlossen und dabei schlechte Erfahrungen gemacht.«

»Gerade weil wir vor acht Jahren sein Lager verlassen haben und auf Ottos Seite gewechselt sind, empfiehlt uns Giselher, Heinrich um Verzeihung zu bitten und ihm die Treue zu schwören«, gab Siegbert zu bedenken. »Er ist überzeugt, dass Heinrich die Herrschaft erringen wird. Du kennst den Herzog und seinen rachsüchtigen Charakter genauso gut wie ich. Wenn er erst einmal die Macht in den Händen hält, wird er mit seinen Gegnern abrechnen. Ich möchte nicht, dass wir unseren Besitz verlieren, geschweige denn als Vogelfreie durch die Lande fliehen oder gar von einem Galgen baumeln.«

»Es ist nicht gesagt, dass Heinrich den Kampf um die Herrschaft gewinnen wird.« Dietrich wiegte den Kopf. »Noch hat er starke Gegner: den lotharingischen Adel, Konrad von Schwaben oder Bernhard Billung, um nur einige zu nennen. Vor allem Bernhard Billung wird ihn niemals unterstützen.«

Siegbert winkte ab. »Dafür hat er die Kirchenfürsten Willigis und Dietrich auf seiner Seite. Außerdem Giselher, Warin und Egbert von Trier. Durch das Bündnis mit Miezko und Boleslav neigt sich die Waage eindeutig zu Heinrichs Gunsten. Laut Giselher gibt es Gerüchte, dass sich der Slawenfürst Mstivoy Heinrich ebenfalls anzuschließen gedenkt.«

»Wir könnten die Slawen aus dem Land jagen.«

»Aber ohne sie entscheidend zu schwächen«, antwortete Siegbert eindringlich. »Falls sie zusammen mit Miezkos und Boleslavs Leuten über uns herfallen sollten, sieht es schlecht für uns aus.«

»Otto hat gegen Heinrich und seine Verbündeten gesiegt.«

»Otto ...« Siegbert seufzte. »Er hatte die Gabe, Menschen für sich zu gewinnen. Konrad und Bernhard sind aufrechte, fähige Fürsten – aber keine Männer, die andere wirklich begeistern können.«

»Wir haben Otto bei dem Hoftag in Verona geschworen, seinen Sohn zu beschützen. Erinnerst du dich noch?«, fragte Dietrich heftig.

»Gewiss«, sagte Siegbert leise und schaute zu dem Waldstück, von dem aus sich das Bellen nun wieder näherte.

»Theophanu soll in den Norden gekommen sein, um ihren Sohn von Heinrich zurückzufordern und die Vormundschaft für ihn zu übernehmen.«

»Falls das Gerede stimmt, was ich übrigens bezweifle«, Siegbert lachte bitter auf, »was will sie – eine Frau – denn gegen den Herzog ausrichten? Sie kann froh sein, wenn Heinrich sie nicht gefangen nimmt, sondern sie in den Süden zurückkehren lässt.«

Etwas Rotes huschte durch den Schnee, dicht gefolgt von den Schatten der Hunde. Dietrichs Pferd begann nervös zu tänzeln. Doch er brachte es wieder zur Ruhe. »Es war ein klarer Rechtsbruch, dass Heinrich dem westfränkischen König Lotharingien versprach.«

»Welcher Herrscher ist schon in der Lage, seine Macht ganz ohne Betrug zu erringen?«, fragte Siegbert müde. »Aus Heinrichs Sicht war das ein geschickter Schachzug. Es war Pech, dass der Plan verraten wurde.«

»Der alte Löwe hat die Fürsten nicht getäuscht.«

»Aber auch er hat Gero nicht bestraft, obwohl er slawische Adelige hat heimtückisch umbringen lassen.« Siegbert stutzte. Bei einer mächtigen Buche ganz in ihrer Nähe bildeten die Hunde nun einen wütend kläffenden Haufen. Die beiden Brüder und ihr Gefolge ritten heran. Die Meute hatte den Fuchs gestellt. Das Tier war so mager, dass seine Rippen unter dem rötlichen Fell hervorschauten. Dennoch bleckte er die Zähne und wandte sich gegen die Meute. Als sich die Hunde auf ihn stürzten und ihn in Stücke rissen, wurde Siegbert plötzlich übel.

*

Mit wild klopfendem Herzen erwachte Theophanu aus einem Alptraum. Wie jede Nacht, wenn sie die furchtbaren Bilder heimsuchten, war es ihr nicht gelungen, ihren Sohn zu retten. Neben sich hörte sie Imiza ruhig atmen. Isai hatte sich am anderen Ende des Wagens zusammengerollt. Durch eine Öffnung in der Plane fiel fahles Licht. Theophanu hielt es nicht aus, liegen zu bleiben. Vorsichtig, um die beiden nicht zu wecken, stand sie auf, schlug den fest gewebten Stoff zurück und sprang ins Freie.

Im Osten hellte sich der Himmel bereits auf. Ein feuchtkalter Morgen war angebrochen. Während Theophanu immer noch das Grauen des Alptraums spürte, tappte sie durch den Schnee zu einer Gruppe von Linden. Dort lehnte sie sich gegen einen der Stämme und schlug die Hände vor das Gesicht.

Ein leises Rascheln ließ sie auffahren.

Isai war ihr gefolgt. »Verzeiht, ich wollte Euch nicht stören«, sagte er verlegen. »Ich habe mir nur Sorgen gemacht, als Ihr nicht mehr im Wagen wart.« Er wandte sich ab.

Am Fuße des von Bäumen und Büschen bewachsenen Hanges lag ein kleines Gehöft, bemerkte Theophanu. Rauch quoll aus dem Abzug im Strohdach des Haupthauses. Dort lebten einfache Leute, die ihr Tagwerk begannen und denen kein gewaltsamer Tod drohte.

Isai war bereits einige Schritte in Richtung des Wagens gegangen, als Theophanu ihm nachrief: »Wartet!«

Er kam sofort zu ihr zurück.

»Habt Ihr Euch schon einmal gewünscht, ein anderes Leben zu führen?« Ihre Stimme klang bitter.

»Ihr meint ein anderes als das eines Händlers?« Er lachte. »Manchmal hätte ich nichts dagegen gehabt, reicher oder mächtiger zu sein. Aber im Grunde genommen bin ich mit meinem Leben zufrieden.«

»Ich wünschte mir, mein Gatte und ich hätten einem anderen Stand angehört.«

Isai begriff und wies auf das Gehöft. »Diese Leute fürchten vielleicht um die nächste Ernte. Oder sie haben Angst vor Räubern oder dass sie in einen Krieg hineingeraten, in dessen Verlauf sie erschlagen werden. Ihr wart glücklich mit Eurem Gatten, nicht wahr?«

Theophanu nickte. »Ja, das war ich.«

»Das ist vielleicht mehr, als viele Leute von sich sagen können.«

»Wart Ihr glücklich mit Eurer Frau?«

Isais Gesicht wurde weich. Er lächelte. »Sie war kleiner als Ihr, aber sie konnte lachen wie ein Wagenlenker. Ihr kennt doch das Lied Salomos, oder? Für mich war sie wie der Apfelbaum unter den Waldbäumen, dessen Frucht ich liebte und in dessen Schatten ich gern saß.«

Eine Erinnerung glomm in Theophanu auf. Ein warmer Sommernachmittag. Der Geruch von Staub, Leder und Tinte. Das Spiel von Licht und Schatten über Bücherregalen. Ottos Lachen, als er aus dem Lied Salomos zitierte, und ihre hastigen, atemlosen Zärtlichkeiten.

»Glaubt Ihr, dass Ihr noch einmal eine Frau treffen und heiraten werdet, die Ihr so sehr liebt wie Eure Gattin?«, fragte sie sanft.

Isai schaute hinunter zu dem Gehöft, wo nun ein Windstoß den Rauch auf das Dach drückte. »Nein, das denke ich nicht«, erwiderte er leise.

*

»Was ist da vorne los?« Ärgerlich blickte Heinrich den Waldweg entlang, über dem ein Flockenschleier niederging. Vor einer Kurve waren die Bewaffneten stehen geblieben.

»Verzeiht, Herr.« Einer der Soldaten lenkte sein Pferd zu ihm und Ekbert. »Unsere Leute sind auf ein paar Stiftsdamen gestoßen.«

Heinrich tauschte einen raschen Blick mit Ekbert. Quedlinburg befand sich nur zwei Tagesritte entfernt. Laut den Informationen, die ihm seine Gewährsleute aus dem Süden übermittelten, hatte Mathilde inzwischen aus der Engelsburg fliehen können und hielt sich bei ihrer Mutter in Pavia auf. Andererseits war auch Theophanu heimlich in den Norden gekommen. Es konnte sich also lohnen, sich diese Stiftsdamen einmal anzuschauen.

Auf einer Lichtung trafen Heinrich und Ekbert auf fünf Stiftsdamen, die von einem guten Dutzend Bewaffneter und anderer Bediensteter begleitet wurden. Mathilde befand sich nicht unter den Frauen. »Ihr mögt ein Herzog sein und Euch schon als neuen König sehen, aber das gibt Euch nicht das Recht, uns aufzuhalten«, fuhr eine ältere Stiftsdame Heinrich an. »Befehlt Euren Leuten sofort, dass sie uns den Weg freigeben.«

»Gewiss. Entschuldigt die Unannehmlichkeiten«, erwiderte Heinrich höflich. Er wollte seine Bewaffneten anweisen, sich zurückzuziehen. Doch ein Windstoß ließ die Äste der Bäume erzittern und trieb die dünnen Flocken auseinander. Zwischen den Stämmen sah Heinrich etwas rotgolden aufblitzen. Eine Sänfte. Die Stiftsdame war seinem Blick gefolgt. Obwohl sie sich sofort wieder gefasst hatte, war ihm ihr Schrecken nicht entgangen.

»Ihr werdet mir wahrscheinlich nicht verraten, wer sich in der Sänfte befindet?« Heinrich lächelte sie maliziös an. Die Frau sah zu Boden.

»Lass das bleiben!« Ekbert hatte sein Schwert aus der Scheide gerissen und richtete es auf einen der Knechte, der nach seinem Dolch fingerte. Eingeschüchtert ließ der Mann die Hand sinken.

Nachdem Heinrich seine Leute angewiesen hatte, die Bewaffneten und Knechte im Auge zu behalten und jeden Widerstand sofort zu brechen, ritten Ekbert und er über die Lichtung. Auch die Träger der Sänfte unternahmen keinen Versuch, sich zur Wehr zu setzen.

Heinrich beugte sich vor und zog die Tür auf. Keine große, in die schwarze Tracht der Stiftsdamen gekleidete Frau saß im Inneren, sondern ein vielleicht sechs Jahre altes Mädchen, das ihm ängstlich entgegenblickte. Seine Ähnlichkeit mit dem alten Löwen und dem verhassten Vetter war unübersehbar.

»Nun sag schon, ist uns Mathilde in die Arme gelaufen?«, hörte Heinrich Ekbert hinter sich sagen. Lächelnd wandte er sich um. »Nein, viel besser. Eine von Ottos und Theophanus Töchtern.«

*

Pfalzgraf Dietrich ließ die Lederhandschuhe, die er hatte überstreifen wollen, sinken. Er hatte einen bitteren Geschmack im Mund. Vor vier Tagen hatten Siegbert und er Heinrich in Corvey aufgesucht. Sie hatten sich vor ihm niedergeworfen, ihn angefleht, ihnen ihren Treuebruch zu verzeihen, und ihn demütig gebeten, sie wieder unter seine Gefolgsleute aufzunehmen. Was ihnen Heinrich gnädig gewährt hatte.

Siegbert hat recht, dachte Dietrich, während seine Finger über das glatte Leder strichen, es ist sinnlos, sich gegen das Unabänderliche zu stemmen. Die Macht wird nun einmal an Heinrich übergehen. Und doch verachtete er sich plötzlich selbst.

*

Theophanu zog ihren Umhang enger um sich und lehnte ihren Rücken gegen einen Stoffballen. Vor einer Weile waren Imiza und Isai zu den Wohngebäuden der Pfalz von Frohse gegangen, um dort Waren anzubieten. Da sich Theophanu früher einige Male in der Gegend aufgehalten hatte, war sie bei dem Wagen in der Scheune geblieben. Die Gefahr, erkannt zu werden, war einfach zu groß.

Hier, im sächsischen Kernland des Reiches, würde sich ihr Schicksal und das ihres Sohnes entscheiden. Es musste ihr gelingen, mit mächtigen und einflussreichen Adeligen wie Bernhard Billung und den Pfalzgrafenbrüdern Siegbert und Dietrich in Kontakt zu treten!

Leise wurde die Scheunentür geöffnet, und gleich darauf bewegte sich die Plane vorne am Wagen. Ein rothaariges, sommersprossiges Mädchen, das intensiv nach Rauch und Essensdünsten roch, schob seinen Kopf durch den Spalt. »Hemma, die Köchin, schickt mich, sie braucht dringend Gewürze und Salz.«

»Ich ...«, stammelte Theophanu. »Mein Bruder und meine Schwester sind schon in der Pfalz. Sie werden sicher bald in der Küche sein.«

»Die Köchin sagt, sie braucht die Sachen sofort.« Die Stimme des Kindes ließ keinen Zweifel daran, dass den Befehlen seiner Herrin unbedingt Folge zu leisten war.

Theophanu war versucht, dem Mädchen den ganzen Korb mit den Gewürzen und dem Salz mitzugeben und der Köchin ausrichten zu lassen, dass sie sich nehmen solle, was sie benötigte, und die Dinge später bezahlen solle. Doch ihr fiel gerade noch rechtzeitig ein, dass kein Händler mit derart kostbaren Waren so verfahren würde. Deshalb nahm sie die Sachen an sich und verließ mit dem Kind die Scheune. Auf dem Weg zur Küche hoffte sie, Imiza oder Isai zu begegnen. Aber leider blieben die beiden verschwunden.

Die Küche war ein langer, niedriger Raum, zu dem zwei Stufen hinunterführten. Zu Theophanus Erleichterung hielten sich hier nicht viele Leute auf: Im Schein von Kienspänen saßen vier Männer – wahrscheinlich Knechte – an einem Tisch im vorderen Teil und würfelten.

An einem weiteren Tisch an einer der Längswände stand eine Magd und nahm Fische aus. Während Theophanu die Stufen hinunterging, bückte sich die Frau und warf die Innereien in einen Holzeimer. Als sie sich wieder aufrichtete, blickte sie zur Tür. Sie war etwa zwanzig Jahre alt und hatte ein schönes, herbes Gesicht. Theophanu glaubte wahrzunehmen, dass sich die Augen der Frau verwundert weiteten, als sie auf sie aufmerksam wurde. Hastig schaute sie zu Boden und fürchtete bereits, die Magd ihren Namen rufen zu hören. Doch nichts dergleichen geschah.

»Höchste Zeit, dass Ihr kommt.« Eine drahtige, runzelige Frau eilte ihr und dem Kind entgegen. »Ich will den Herrschaften keine fade Suppe servieren. Gebt mir zuerst das Salz; und du«, wandte sie sich an das Kind, »hilfst Itta mit den Fischen.«

»Reicht Euch ein halbes Pfund?« Theophanu holte einen Beutel Salz aus ihrem Korb. Ungeduldig verfolgte sie, wie Hemma es nachwog, ehe sie davon in eine Kohlsuppe und außerdem in einen Topf voll siedendem Wasser gab. Anschließend verlangte die Köchin Zimt, Muskat, Nelken und Anis. Während Theophanu die entsprechenden Ledersäckchen öffnete, schlenderte einer der Knechte zu der Feuerstelle und schöpfte sich mit einer Kelle eine dampfende, nach Gerste riechende Flüssigkeit in einen Holzbecher.

Als er auf einer Höhe mit Theophanu war, entglitt ihr eine der Muskatnüsse und rollte über den Tisch. Hastig griff sie danach – ebenso wie der Knecht. Sie konnte das Gewürz gerade noch festhalten, bevor es auf den Boden fiel, doch etwas von dem Getränk im Becher schwappte über ihre Hand.

»Verzeihung.« Der Mann betrachtete sie neugierig und reichte ihr ein schmuddeliges Tuch, das er aus einer Tasche seines Kittels gezogen hatte. Die anderen Männer unterbrachen ihr Spiel und schauten interessiert zu ihnen hinüber.

»Danke. Es geht schon«, wehrte Theophanu hastig ab. Sie wünschte sich nichts mehr, als die Küche endlich verlassen zu können. Aber die Köchin ließ sich Zeit mit den Gewürzen. Als sie sich endlich entschieden hatte, wieviel sie wovon brauchte, stellte sie fest, dass der Lederbeutel an ihrem Gürtel leer war. Sie erklärte, sie sei gleich mit dem Geld zurück, und verschwand durch eine Türöffnung neben der rußigen Feuerstelle.

Theophanu gab vor, sich an den Flammen wärmen zu wollen, und stellte sich mit dem Rücken zu den Tischen. Einige Augenblicke lang waren nur das Klappern der Würfel und das Sieden des Wassers zu hören. Doch als sich die Tür, die zum Wirtschaftshof führte, öffnete, brachen die Knechte in Gejohle aus.

»Na, Karl, bist früh aus Ahlbeck zurück«, feixte einer.

»Hast du dir keine Zeit genommen, um unterwegs ein Bier zu trinken?«, grölte ein anderer.

»Ach, an seiner Stelle hätte ich mir noch Zeit für etwas ganz anderes genommen.«

»Schön dumm von ihm, es nicht zu tun.«

Genagelte Schuhe stapften über den gestampften, mit Stroh bestreuten Lehmboden. Dann quietschte eine Bank. »Ach, ich hatte einfach einen guten Ritt«, erzählte jener Karl und lachte. »Ein Bier habe ich natürlich getrunken. Und zwar mit meinem Vetter.«

»Gehört dein Verwandter nicht zu Herzog Heinrichs Leuten?«, fragte einer der Knechte.

Theophanu erstarrte.

»Allerdings«, sagte Karl. »Wenn ihr mich fragt, wird es nicht mehr lange dauern, bis sich Heinrich in Aachen zum König krönen lässt.«

»Die Kaiserin soll aber heimlich im Land unterwegs sein, um ihre Anhänger zu sammeln«, ließ sich ein anderer Knecht vernehmen.

»Pah, diese Theophanu. Ihre Sache ist verloren.« Wieder Karl. »He, Itta, bring mir einen Becher von dem warmen Gerstensaft.«

»Hol ihn dir doch selbst«, ertönte es gleichmütig.

»Du kannst meinen haben. Jetzt erzähl schon weiter.« Ein Becher wurde über den Tisch geschoben. »Warum bist du dir so sicher, dass die Kaiserin verloren hat?«

»Nun, man hört so einiges. Zum Beispiel, dass inzwischen

auch die beiden Pfalzgrafen Siegbert und Dietrich in Heinrichs Lager gewechselt sind.«

Theophanu nahm wahr, wie das Wasser in dem Bronzetopf aufschäumte. Einzelne Tropfen spritzten über den Rand und verdampften zischend in der Glut. Wie Willigis hatten auch die beiden Brüder damals in Verona geschworen, ihren Sohn zu beschützen.

Itta trat an die Feuerstelle und zerteilte die Glut mit einem Haken. Theophanu kam es vor, als ob die Magd sie aufmerksam musterte.

»Und weshalb noch?«

»Tja, und außerdem …« Theophanu hasste Karls selbstzufriedene Stimme. »… außerdem unterstützen Miezko und Boleslav Heinrich. Und das Beste von allem: Dem Herzog ist ein guter Fang geglückt. Eine der Töchter der Kaiserin ist ihm in die Arme gelaufen. Ich glaube, ihr Name ist Adelheid.«

Nein, dachte Theophanu. Nein. Es kostete sie ihre ganze Selbstbeherrschung, nicht aufzuschreien.

»Heinrich hat eine Belohnung ausgesetzt. Fünfzig Goldmünzen für jeden, der ihm hilft, die Kaiserin aufzuspüren. Lange wird die feine Dame bestimmt nicht mehr unentdeckt bleiben.« Karl rülpste.

»Theophanu soll sehr hübsch sein.«

»Allerdings. Mein Vetter hat mir erzählt, dass Heinrich gesagt haben soll, dass die Kaiserin ihre Kinder gerne wiederhaben könne, wenn sie bereit sei, auf eine ganz bestimmte Weise dafür zu bezahlen. Ihr versteht, was ich meine …«

Die Männer lachten anzüglich.

»Kinder zu rauben.« Plötzlich stand Hemma vor Theophanu und drückte ihr einige Münzen in die Hand. »Bodo, unser Herr, mag mit dem Herzog sympathisieren. Aber für mich ist der hohe Herr Gesindel.«

Theophanu schmeckte Galle in ihrem Mund. Sie tastete

nach dem Korb und stürzte aus der Küche. Auf dem Wirtschaftshof übergab sie sich in den schmutzigen Schnee.

*

Nachdem Theophanu die Küche verlassen hatte, befahl Hemma Itta, die Forellen ins siedende Wasser zu geben und ein Auge auf sie zu haben. Sie selbst ging in den Keller, um Bier für die Herrschaft zu holen.

Ortwin – der Mann, der Theophanu dabei hatte helfen wollen, die Muskatnuss aufzufangen –, Karl und die anderen Knechte würfelten weiter. Doch kurz darauf stieß einer der Männer Ortwin ungeduldig in die Seite. »Jetzt träum nicht vor dich hin, sondern schüttle endlich den Becher und mach deinen Wurf«, schimpfte er.

Ortwin zuckte zusammen. »Tut mir leid. Aber … ich muss immer an die Frau denken, der Hemma eben das Salz und die Gewürze abgekauft hat.«

»Ihr Gesicht hab' ich nicht gesehen. Aber ihre Figur war gut.« Josef, Hugo und Artur, die anderen Knechte, lachten. Karl grinste.

»Darum geht es doch gar nicht.« Ortwin errötete. »Es ist nur … Die Frau hatte sehr schöne Hände, und überhaupt war sie sehr hübsch.«

»Also doch.« Josef kicherte. »Du kannst ruhig zugeben, dass du dich in sie verguckt hast.«

Ortwin schüttelte abwehrend den Kopf. »Nein, ich will damit sagen, dass ihre Hände nicht die einer Frau aus dem Volk waren. Sie waren sehr gepflegt und die Haut sehr hell. Agnes, unsere Herrin, hat solche Hände.«

»Worauf willst du hinaus?« Die vier Männer sahen sich verständnislos an.

»Zuerst habe ich mir ja nichts dabei gedacht.« Ortwin wurde noch verlegener. »Aber … Karl hat doch vorhin gesagt, dass die Kaiserin heimlich im Norden unterwegs sein soll. Ich meine … Vielleicht …«, hilflos brach er ab.

»Du nimmst also tatsächlich an, dass Theophanu als Händlerin verkleidet in unsere Küche spaziert sein könnte?« Artur, Josef und Hugo brachen in schallendes Gelächter aus.

»Hört auf zu lachen.« Ortwin ließ die Schultern hängen. »Ich sehe ja ein, dass die Idee dumm ist.«

Karl hatte bisher nachdenklich geschwiegen. Nun mischte er sich ein. »Ortwin, du hast gesagt, dass die Frau sehr hübsch war. Wie hat sie denn genau ausgesehen?«

Ortwin überlegte. »Nicht wie die Frauen hier aus der Gegend«, antwortete er dann. »Eher wie eine Südländerin.«

Josef vollführte eine wegwerfende Handbewegung. »Der Händler, mit dem sie unterwegs ist, soll ein Jude sein. Das mag ihr Aussehen erklären.«

»Trotzdem«, beharrte Karl, »ich finde, wir sollten Bodo über Ortwins Verdacht informieren. Dann soll er entscheiden, was zu tun ist.«

Die anderen nickten zustimmend.

Draußen, vor der Küche, blieb Karl stehen. »Ich schlage vor, Ortwin und ich gehen zu Bodo. Ihr anderen drei könnt mittlerweile herausfinden, in welchem der Nebengebäude der Händler und die Frauen untergekommen sind. Bewacht es unauffällig. Und warnt sie nicht!«

*

Benommen blickte Theophanu auf, als sie Schritte hörte. In dem schwachen Lichtschein, der durch das Scheunenfenster fiel, sah sie, wie Isai ein Tragegestell von seinen Schultern gleiten ließ und es vorsichtig gegen eines der Wagenräder lehnte. »Es tut mir leid«, sagte er leise, »aber die Pfalzgrafen Siegbert und Dietrich haben sich Heinrich unterworfen.«

Als Theophanu nicht antwortete, kniete er sich neben sie.

»Das ist ein Rückschlag, ich weiß. Aber noch ist nichts verloren. Ihr dürft die Hoffnung nicht aufgeben.«

»Heinrich hat meine Tochter Adelheid gefangen genommen.« Theophanu kam die eigene Stimme sehr fremd vor.

»O Gott.« Isai keuchte auf.

Theophanu erzählte müde, was vorgefallen war. »Der Knecht, von dem ich es vorhin zufällig erfahren habe, meinte, Heinrich sei bereit, mir die Kinder zurückzugeben, wenn ich ...« Sie stockte, zwang sich dann jedoch weiterzureden. »... wenn ich mit ihm schlafen würde.«

»Ihr habt das doch nicht wirklich vor?« Als Theophanu schwieg, fasste Isai sie beschwörend an der Schulter. »Sagt, dass Ihr das nicht tun werdet!«

»Egal, was ich auch unternehme, Heinrich macht alles zunichte.«

»Viele Fürsten im Westen des Reiches sind gegen ihn«, erwiderte Isai heftig. »Hier in Sachsen ist Bernhard Billung ein mächtiger Feind des Herzogs.«

»Heinrich hat Miezko und Boleslav auf seiner Seite«, gab Theophanu erregt zurück. »Und Siegbert und Dietrich werden noch viele andere Adelige folgen. Bernhard kann sich nicht allein gegen sie stemmen.«

»Ihr habt meine Frage noch nicht beantwortet!«

»Ich will nicht, dass meine Kinder sterben.« Sie wich seinem Blick aus.

»Ihr dürft das nicht tun!«

»Und was, wenn ich keine Wahl habe?«, schrie Theophanu Isai verzweifelt an.

»Glaubt Ihr wirklich, dass Heinrich Euch die Kinder übergibt und Euch gehen lässt, nachdem Ihr ihm zu Willen wart?«, Isai sprach eindringlich auf sie ein. »Der Herzog spielt doch nur mit Euch.«

Wieder schmeckte Theophanu Galle in ihrem Mund. »Darauf muss ich es ankommen lassen.«

»Euer Gatte würde Euch verachten.«

»Lasst Otto aus dem Spiel.«

»Vor allem aber würdet Ihr Euch selbst verachten«, fuhr Isai unbeirrt fort. »Nein, nicht aus moralischen Gründen, sondern weil Ihr vorschnell aufgegeben hättet. Ich bin mit Euch gekommen, weil ich an Eure Sache glaube und Euch für mutig und tapfer halte. Aber wenn Ihr jetzt zu Heinrich geht, seid Ihr einfach nur feige.«

»Wie könnt Ihr es wagen …«, fuhr Theophanu auf. Doch Isai redete ohne zu zögern weiter: »Ihr seid feige, weil Ihr Eurer Angst nachgebt und Euch seinen Willen aufzwingen lasst. Dabei überseht Ihr jedoch einen ganz entscheidenden Punkt: So lange Ihr kämpft und Heinrich Eure Kinder als Pfand braucht, wird er sie nicht töten.«

Der Geruch des Wassers. Heinrich, der ihren Körper auf das sandige Ufer drückte und gegen den sie nicht ankam, so sehr sie sich auch wehrte. Theophanu presste die Hand gegen den Mund, um zu verhindern, dass sie aufschluchzte.

»Verzeiht, ich wollte Euch nicht kränken. Ich hatte kein Recht, Euch Vorwürfe zu machen«, sagte Isai leise. Sie spürte, wie er sie scheu berührte. Sie ließ sich gegen seine Brust sinken und begann zu weinen.

*

Während Itta beobachtete, wie die Forellen im siedenden Wasser auf und ab tanzten, grübelte sie über die Händlerin nach. Sie hatte derjenigen Frau aufs Haar geglichen, die ihr in einem der schlimmsten Momente ihres Lebens zu Hilfe gekommen war. Vor zwölf Jahren, an einem Sommertag in einem Dorf in der Nähe des Klosters Sankt Gallen, als der Sklavenhändler Itta hatte wegschleppen wollen. Die junge Kaiserin hatte sie ihrem Peiniger abgekauft und sie in die Obhut der Quedlinburger Stiftsdamen gegeben.

Ittas Gedanken wanderten weiter. Als der Wichtigtuer Karl davon gesprochen hatte, dass der Bayernherzog eine der Töchter Theophanus geraubt hatte, war die Frau zutiefst erschrocken. Auch wenn es noch so unwahrscheinlich war – bei der Händlerin musste es sich tatsächlich um Theophanu handeln.

Itta dankte dem Himmel, dass Hemma noch nicht zurückgekehrt war. Sie ergriff den Holzeimer mit den Abfällen, schlüpfte nach draußen und machte sich auf den Weg zu den Stallungen. Als sie den Wirtschaftshof erreichte, hörte sie die Knechte leise miteinander reden. Hastig zog sie sich in den Schatten eines Stalles zurück.

»Fünfzig Goldmünzen, wenn die Händlerin tatsächlich die Kaiserin ist. Ob Ortwin uns davon etwas abgeben wird?« Itta erkannte Josefs Stimme.

Ihr Herz schlug ihr bis zum Hals, während sie, an die Wand des Stalles gepresst, weiterschlich.

*

Als Theophanu ruhiger wurde und bemerkte, dass sie an Isais Brust lehnte und er sie festhielt, löste sie sich vorsichtig von ihm. »Es tut mir leid«, sagte er erschrocken, »ich hätte Euch nicht berühren dürfen.«

»Nein, es war sehr freundlich von Euch«, erwiderte sie verlegen. Sie vermieden es, sich anzusehen.

Theophanu war erleichtert, dass Imiza in diesem Moment in die Scheune geschlüpft kam. »Bei Gott«, seufzte sie und verdrehte die Augen, »ich dachte schon, ich käme gar nicht mehr von diesen Mägden los. Dafür weiß ich jetzt aber ganz genau, welche von ihnen ein Auge auf welchen Knecht geworfen hat.« Als sie sich an Isai wandte, wurde ihre Miene wieder ernst. »Ihr habt meiner Herrin von Siegbert und Dietrich erzählt?«

»Ja, das hat er.« Theophanu nickte. Sie wollte Imiza noch sagen, dass Adelheid sich in Heinrichs Gewalt befand, doch ein Rascheln auf dem Heuboden ließ sie innehalten und nach oben blicken. Eine Frau huschte durch das trockene Gras. Während Theophanu sich noch erschrocken fragte, was die Fremde wohl alles von ihrer Unterhaltung mit Isai und Imiza mitangehört haben mochte, war diese bereits die Leiter hinuntergeklettert und eilte auf sie zu. Erst jetzt erkannte Theophanu die Magd aus der Küche. »Ihr müsst sofort fliehen«, flüsterte die Frau ihr hastig zu. »Einer der Knechte hat herausgefunden, wer Ihr seid.«

»Aber …«, begann Theophanu entsetzt.

Isai hob warnend die Hand. Draußen im Schnee waren leise Schritte zu hören.

»Sie kommen schon«, keuchte Itta. Mit einer einzigen geschmeidigen Bewegung war Isai an der Tür und schob den Riegel vor. Einige Lidschläge später rüttelte jemand an dem Griff. »Macht sofort auf!«, schrie eine Männerstimme.

»Beeilt Euch. Über den Heuboden könnt Ihr noch entkommen!« Itta fasste Theophanu am Arm. Die Tür erzitterte unter den Schlägen und Tritten der Knechte.

Isai zog sein Schwert aus der Scheide. »Ich werde versuchen, die Männer aufzuhalten«, sagte er ruhig.

»Ich lasse Euch nicht zurück.« Theophanu fuhr zu ihm herum.

»Ich will es so. Versprecht mir dafür, dass Ihr Heinrich nicht nachgebt.«

»Ich werde nicht zu ihm gehen. Aber Ihr dürft Euch nicht opfern.«

»Herrin!«, schrie Imiza auf. Der Riegel hatte sich bewegt.

»Ich bitte Euch, geht.« Isai lächelte Theophanu an. »Ich bin froh, dass ich Euch begegnet bin und dass ich Euch begleiten durfte.«

Theophanu streckte die Hand aus, um Isai zu berühren,

doch Itta riss sie von ihm fort und zerrte sie zur Leiter. Imiza folgte ihnen hastig.

Als Theophanu den Rand des Heubodens erreicht hatte, sprang die Tür krachend auf. Sie schaute nach unten. Ehe Itta und Imiza sie durch das Heu weiterzogen, sah sie noch, wie ein halbes Dutzend Männer auf Isai eindrang.

*

»Ich finde, Ihr tut Heinrich wirklich unrecht.« Willigis beugte sich vor und wärmte sich die Hände am prasselnden Feuer.

»Ach ja?«, knurrte Bernhard Billung. »Dieser Ansicht bin ich nun ganz und gar nicht. Schließlich war Heinrich sogar bereit, Lotharingien an den westfränkischen König abzutreten.«

»Behauptet Lothar.« Willigis lächelte. »Heinrich bestreitet das wohl gemerkt.«

»An seiner Stelle würde ich einen Landesverrat auch abstreiten.«

»Und wenn schon ... Bernhard, wir beide wissen doch, wie das große Spiel läuft«, sagte der Erzbischof versöhnlich. »Keiner, der nicht dann und wann bereit ist, rücksichtslos zu handeln und sich die Wahrheit zu seinen Gunsten zurechtzubiegen, schafft es bis an die Spitze. Denkt doch nur an Euren eigenen Vater. Uns beiden ist klar, dass er vor zwölf Jahren die Magdeburger Pfalz nicht nur deshalb in Besitz nahm, weil er den alten Löwen heimrufen wollte – auch wenn der Kaiser das beim Reichstag in Quedlinburg geschickt so dargestellt hat. Eurem Vater ging es dabei sehr wohl um die eigene Macht.«

Bernhard schnaubte gereizt, und Willigis stellte befriedigt fest, dass er ihn mit diesem Argument getroffen hatte. »Jeder Mensch hat das Recht, sich zu erklären«, fuhr er fort. »Ihr solltet am Palmsonntag nach Quedlinburg kommen und Euch anhören, was Heinrich vor den Fürsten zu sagen hat.«

»So lange Heinrich den Jungen in seiner Gewalt hat, glaube ich ihm kein Wort«, versetzte Bernhard schroff.

»Seht Ihr.« Willigis lächelte vielsagend. »Ihr schätzt Heinrich falsch ein. Er ist nämlich durchaus bereit, Ottos Sohn herauszugeben. Nicht an Theophanu natürlich, denn das würde den Ehrgeiz dieser Frau nur noch weiter anstacheln. Aber stattdessen an Euch oder einen anderen Fürsten.« Willigis schwieg einen Moment, um seine Worte wirken zu lassen. Dann fügte er sanft hinzu: »Kommt schon. Gebt Euch einen Ruck und nehmt an der Fürstenversammlung teil.«

*

Von einem Hügel aus beobachtete Theophanu, wie sich ein langer Reiterzug den steilen Quedlinburger Stiftsberg hinab in Richtung Pfalz bewegte. Wie damals, als sie mit Otto an ihrer ersten Reichsversammlung teilgenommen hatte, wechselten Sonnenschein und Schneeschauer in rascher Folge.

Seit knapp zwei Wochen waren Imiza und sie nun auf der Flucht. Nachdem sie mit Ittas Hilfe aus der Scheune entkommen waren, hatte die Magd die beiden Frauen in einen Keller geführt und von dort durch einen Gang, der außerhalb der Pfalz endete. Die darauf folgende Zeit hatten Theophanu und Imiza sich mit Itta in den Wäldern versteckt – wobei sie von Glück hatten sagen können, dass die junge Frau mit der Gegend so vertraut war. Ohne Itta wären sie sicher schon längst Heinrichs Leuten in die Hände gefallen.

Die ersten Reiter hatten das Tor in der Umfriedungsmauer der Pfalz erreicht und verschwanden aus Theophanus Blickfeld. Ob sich auch Bernhard Billung unter den Männern befand? Und falls ja – würde er es wagen, sich gegen Heinrich zu stellen, oder würde er ins Lager ihres Gegners wechseln?, fragte sie sich bang.

Im Hof der Pfalz hielt sich Itta, den Schleier tief ins Gesicht gezogen, hinter einer Gruppe von Handwerkern verborgen. Sie musste auf der Hut sein, denn bis vor drei Jahren hatte sie als Magd bei den Quedlinburger Stiftsdamen gelebt, und ihr Gesicht war in der Stadt bekannt.

Die Fürsten hatten die Halle schon vor einer ganzen Weile betreten. Itta starrte angespannt auf das lang gestreckte Gebäude und hoffte darauf, laute, zornige Stimmen zu hören. Doch es drang nur gedämpftes, unaufgeregtes Reden zu ihr.

»Ich garantiere Euch«, hörte sie einen dicklichen Mann sagen. »Die hohen Herren werden sich für Heinrich entscheiden.«

»Wenn Ihr meine Meinung wissen wollt ...«, entgegnete eine ältere Frau, »... das sind doch allesamt Feiglinge – schließlich haben sie dem kleinen Sohn des verstorbenen Kaisers vor noch nicht einmal einem halben Jahr die Treue geschworen.« Andere Leute mischten sich ein und ergriffen Partei für oder gegen Heinrich.

Der Herzog darf die Krone nicht an sich reißen!, dachte Itta hitzig. Die Fürsten müssen sich gegen ihn stellen.

Endlich drang ein Laut aus der Halle, der wie ein zorniges Grollen klang. Schlagartig verstummte die Menge. Das Geräusch schwoll an – zu lautem Jubel und dem Applaus vieler Menschen.

»Seht Ihr, ich habe es Euch doch gesagt«, der Handwerker blickte mit einem selbstgefälligen Grinsen um sich, »die Fürsten werden Heinrich als König proklamieren.«

*

Bernhard Billung atmete tief durch und starrte in die Schatten, die über den Hof der Pfalz flackerten. Das Lärmen und Feiern in der Halle war ihm plötzlich zu viel geworden. Ja, er hatte für Heinrich gestimmt. Wie alle anderen Fürsten auch. Nicht zuletzt deshalb, weil der Herzog vor der Versammlung geschworen hatte, Ottos Kinder frei zu lassen und sie an den Kölner Erzbischof Warin zu übergeben.

So ist es am besten, dachte Bernhard. Die Entscheidung für Heinrich erspart dem Reich einen langen, blutigen Machtkampf. Das Land hat im letzten Jahrzehnt ohnehin viel zu viele Kriege erlebt.

Der Klang von Schritten ließ ihn aufblicken. Pfalzgraf Dietrich kam auf ihn zu. »Wir haben also tatsächlich Heinrich als König proklamiert.« Bitterer Sarkasmus schwang in seiner Stimme mit.

»Es war der richtige Entschluss«, entgegnete Bernhard heftig. »Wir haben klug gehandelt.«

»Findet Ihr?« Dietrich stieß mit dem Fuß ein Büschel Stroh, das auf dem durchweichten Boden lag, beiseite. »Ich bin der Ansicht, dass wir uns wie Memmen benommen haben.«

*

Trotz ihrer heftigen Gegenwehr rang Heinrich sie zu Boden und warf sich auf sie. Er zerriss ihre Kleider. Seine Hände glitten zwischen ihre Schenkel und zwangen sie auseinander.

Als Theophanu mit wild klopfendem Herzen erwachte, benötigte sie einige Augenblicke, um sich zu erinnern, wo sie sich befand. Sie lag zwischen Itta und Imiza in einer Hangmulde, gut versteckt hinter Büschen. Hinter den kahlen Zweigen konnte sie den Nachthimmel sehen. Ein kleines Tier bewegte sich raschelnd durch das Unterholz.

Sobald sich ihr Herzschlag beruhigt hatte, erinnerte sie

sich wieder an die Ereignisse des vergangenen Tages. Zuerst hatte sie die schlechten Nachrichten kaum glauben wollen. Dann war sie nahe daran gewesen zu verzweifeln. Doch mittlerweile erfüllte sie eine kalte Entschlossenheit. Niemals würde sie sich Heinrich unterwerfen.

Auf dem Weg nach Quedlinburg hatte Itta immer wieder vergebens nach Isai geforscht. Es durfte nicht sein, dass er seine Hilfe mit dem Leben bezahlt hatte! Auch ihm war sie es schuldig, dass sie sich Heinrich nicht geschlagen gab. Isai hat recht gehabt, dachte Theophanu, wenn ich jetzt aufgäbe, würde ich mich selbst dafür hassen.

*

In seiner Zelle streckte Isai sich vorsichtig auf dem Strohlager aus. Als er versucht hatte, die Knechte des Grafen Bodo aufzuhalten, hatte ihm einer der Männer einen Schwertstich in die Seite versetzt. Die Wunde heilte zwar langsam, aber sie schmerzte immer noch. Sein körperlicher Zustand war Isai jedoch gleichgültig. Was ihn wirklich quälte, war die Ungewissheit, ob Theophanu es geschafft hatte zu entkommen.

Schon bei ihrer ersten Begegnung in der Nähe des Malojapasses hatte sie ihn in ihren Bann geschlagen. Niemals hätte er zu hoffen gewagt, dass sie sich, als sie sich in Rom zufällig begegneten, noch an ihn erinnerte, geschweige denn, dass sie sich in seiner Gegenwart tatsächlich wohl zu fühlen schien. Als er ihr an jenem Februarsonntag plötzlich im Hof seines Mainzer Heims gegenübergestanden hatte, war ihm das wie ein Wunder erschienen.

Theophanu war unerreichbar für ihn; daran hatte auch der Tod ihres Gatten nichts geändert. Aber er liebte sie, und er hätte die Wochen mit ihr niemals missen wollen – auch wenn es eine anstrengende und gefährliche Zeit gewesen war.

Als sich der Schlüssel in der Zellentür drehte und der Riegel zurückgeschoben wurde, dachte Isai, ein Knecht käme herein, um ihm frisches Wasser und etwas zu essen zu bringen. Bisher hatte man ihn anständig behandelt – abgesehen davon, dass sein Bein an die Wand gekettet worden war –, und auch seine Wunde hatte man gut versorgt.

Doch statt eines Bediensteten bückte sich ein kostbar gekleideter Mann unter dem Türsturz hindurch. Er war auffallend groß, kahlköpfig und gut aussehend. Isai war Heinrich noch nie zuvor begegnet, aber dennoch wusste er sofort, dass er es sein musste. Dem Herzog folgten ein hagerer, drahtiger Mann mit eisgrauen Haaren und einer Augenklappe – dies musste Graf Ekbert sein – sowie zwei Bewaffnete.

Während Isai langsam aufstand, musterte Heinrich ihn. »Sieh an, der Jude, der das Versteckspiel meiner teuren Verwandten unterstützt und ihr auch noch zur Flucht verholfen hat«, sagte er schließlich.

»Beug die Knie und senk den Blick, wenn ein Fürst mit dir spricht«, herrschte Ekbert ihn an.

Isai war sich darüber im Klaren, dass er sich töricht verhielt, aber er konnte sich nicht überwinden, diesem Befehl nachzukommen. Stattdessen blieb er aufrecht stehen und sah Heinrich ins Gesicht. »Ich huldige keinem Thronräuber«, hörte er sich sagen.

»Verdammter Hund ...« Ekbert wollte sich auf ihn stürzen, doch Heinrich hielt ihn zurück. Er musterte Isai weiterhin lächelnd und stumm. Sein Schlag kam so unvermittelt und war so heftig, dass es Isai vorkam, als ob seine gesamte linke Gesichtshälfte zerspringe. Nur mit Mühe konnte er sich auf den Beinen halten.

»Erzähl mir, wie war es mit Theophanu?« Heinrichs Stimme war leise und drohend. »Hat sie gestöhnt und geschrien, als sie bei dir gelegen hat, oder gehört sie zu den Frauen, die es lieber ruhig mögen?« Isai schwieg.

Auf Heinrichs Wink hin stürzten sich die Bewaffneten auf

ihn. Isai wehrte sich verbissen, und es bereitete ihm wilde Genugtuung, dass es sie, trotz der Fessel an seinem Bein, einige Anstrengung kostete, ihn niederzuringen. Doch schließlich lag er auf dem Boden, und einer der Männer drückte sein Gesicht ins Stroh.

Heinrich kniete sich neben ihn. »Ich warte immer noch auf eine Antwort. Hast du auf Theophanu gelegen, oder mag sie es gar, von hinten genommen zu werden? Ich habe sagen hören, Byzantinerinnen bevorzugen diese Stellung.«

Als Isai beharrlich weiter schwieg, trat ihm Ekbert in den Unterleib. »Antworte, wenn du gefragt wirst!«, brüllte er.

Isai krümmte sich vor Schmerzen. Er bekam keine Luft mehr und musste sich übergeben.

»Nun?« Heinrich hob die Augenbrauen.

Isai spuckte in seine Richtung.

Der Herzog lachte leise. »Ekbert, tu mir den Gefallen und bring diesem Juden ein besseres Benehmen bei.«

»Mit dem größten Vergnügen.« Ekbert bleckte die Zähne.

Isai versuchte, sich schützend zusammenzurollen, doch schon traf ihn der nächste Tritt.

*

Theophanu lauschte auf das Bellen der Hunde. Sie schätzte, dass sie noch eine gute halbe Meile entfernt waren. Zwischen Schneeresten blühten schon die ersten Blumen, und die Sonne schien von einem klaren Himmel. Es war ein idealer Tag, um zu jagen. Itta hatte herausgefunden, dass Bernhard Billung diesen Weg nehmen würde.

Obwohl sich Bernhard auf Heinrichs Seite geschlagen hatte, wollte Theophanu ihn stellen und ihn an seinen Treueschwur erinnern. Zuvor hatte sie kurz in Betracht gezogen, sich in den Westen zurückzuziehen, wo Herzog Konrad von

Schwaben und andere hohe Adelige herrschten, die nicht an der Versammlung in Quedlinburg teilgenommen hatten. Aber in Sachsen lag nun einmal das Zentrum der liudolfingischen Macht. Darum würde der Streit um Krone und Reich letztlich auch hier entschieden werden.

Einige große dunkle Hunde kamen nun um die Wegbiegung gejagt. Was, wenn Bernhard Billung sie verriet? Oder wenn er sie gar gefangen nahm und an Heinrich auslieferte? Theophanu war sich über das Risiko, das ihr Gespräch mit Bernhard mit sich bringen konnte, im Klaren gewesen und war es ganz bewusst eingegangen. Doch jetzt, da sie dem Herzog gleich gegenüberstehen würde und es kein Zurück mehr gab, zögerte sie. Den Hunden folgten einige berittene Diener, und nach ihnen erschien auch schon die massige Gestalt Bernhards.

Sollte sie es wirklich wagen? Ein Windstoß fuhr in das Unterholz, und im Rascheln der trockenen Blätter glaubte sie Ottos Stimme zu hören: »Geh!«

*

»Ich bin der Ansicht, dass wir uns wie Memmen benommen haben.« Dietrichs Vorwurf ging Bernhard Billung seit der Versammlung in Quedlinburg nicht mehr aus dem Kopf. Auch jetzt, während er den Waldweg entlangritt, drängte er sich wieder in seine Erinnerung. Ich habe nicht feige gehandelt, versuchte er sich einzureden, vielmehr habe ich im Sinne des Reichs entschieden.

Aus den Augenwinkeln nahm er eine Bewegung auf dem Hang wahr. Eine in grobes Wolltuch gekleidete Frau hastete zwischen den Baumstämmen hindurch und kam behende die Böschung hinuntergesprungen. Wahrscheinlich eine Bittstellerin, vermutete Bernhard. Sie rannte an zweien seiner Knechte vorbei und direkt auf ihn zu.

»He du, was soll das? Du machst die Pferde scheu!« Albert, einer der Knechte, versuchte, die Frau zurückzuhalten. Bernhard wollte ihm gerade sagen, dass er die Bittstellerin zu ihm lassen solle, als die Fremde den Mann schon anherrschte: »Wag es nicht, mich anzurühren!«

Ihre Stimme war befehlsgewohnt und kam Bernhard merkwürdig bekannt vor. Albert zuckte erschrocken zusammen, und im nächsten Moment stand die Frau neben Bernhards Pferd und schlug den Schleier zurück. Theophanus Gesicht war viel schmaler als bei ihrer letzten Begegnung. Dunkle Ringe lagen unter ihren Augen. Doch der Blick, den sie nun auf ihn richtete, war hellwach und brennend.

»Ihr ...«, stammelte Bernhard.

Theophanu hatte eigentlich beabsichtigt, ruhig und besonnen mit ihm zu reden. Doch als sie seinen Unwillen und seine Abwehr sah, vergaß sie ihren Vorsatz.

»Ja, ich bin es«, versetzte sie scharf. »Und Ihr wirkt, als würdet Ihr ein Gespenst erblicken. Oder macht Euch Euer schlechtes Gewissen vielleicht zu schaffen? Ich bin überzeugt, dass Ihr Eure Gründe hattet – oder zumindest das, was Ihr vor Euch selbst für Gründe halten wolltet –, Euch auf Heinrichs Seite zu schlagen. Aber ich will sie nicht hören. Ich bin hier, um Euch an den Hoftag in Verona zu erinnern. Ihr wart es, der darauf bestanden hat, dass mein Sohn im Norden zum König gekrönt und auch hier erzogen wird. Euren Argumenten haben sich die anderen Fürsten angeschlossen. Wenn Ihr nicht gewesen wärt, befände sich mein Kind immer noch in meiner Obhut und wäre nicht seinem skrupellosen Verwandten ausgeliefert. Sagt mir: Erinnert Ihr Euch noch an Euer Gelöbnis?«

Bernhard wich Theophanus Blick aus. »Gewiss tue ich das.«

»Dann möchte ich, dass Ihr es hier und jetzt wiederholt.«

Als Bernhard schwieg, lachte Theophanu bitter auf.

»Fürchtet Ihr, an Euren eigenen Worten zu ersticken? Ihr habt damals zu Otto und mir gesagt: ›Ich schwöre Euch, dass jeder der hier Anwesenden – allen voran ich selbst – sich für Euer Kind verbürgt. Wir werden den Jungen behandeln, als wäre er unser eigener Sohn.‹«

Theophanu forschte in Bernhards Miene. Sie glaubte, einen Anflug von Scham darin zu erkennen. Zornig fuhr sie fort:

»Ihr habt noch einen weiteren Schwur geleistet, als Ihr vor meinem Sohn in Aachen gekniet habt. Mag sein, dass mein Sohn nicht wirklich verstanden hat, was genau Ihr ihm gelobt habt. Aber ich bin überzeugt davon, dass er Euch in seiner ganz eigenen Art neugierig und vertrauensvoll angesehen hat. Bis zu diesem Zeitpunkt hatte er ja auch noch keinen Grund, an anderen Menschen zu zweifeln. Sagt mir, Bernhard, wie fühlt sich das an, wenn man ein wehrloses Kind betrogen und seinem schlimmsten Feind ausgeliefert hat?«

»Heinrich will Eurem Sohn nichts Böses. Er hat geschworen, ihn an Erzbischof Warin zu übergeben«, erwiderte Bernhard um Festigkeit bemüht.

»Seid Ihr so dumm, oder tut Ihr nur so? Ich bin fest davon überzeugt, dass Heinrich nichts dergleichen vorhat. Und auch wenn er meinen Sohn zu Warin schicken würde – was würde das ändern? Der Erzbischof hat das Kind schon einmal ohne zu zögern an Heinrich ausgeliefert. Und er würde es sofort wieder tun, das wisst Ihr so gut wie ich.«

Theophanu trat einen Schritt näher. »Ihr habt drei Söhne, nicht wahr?«, sagte sie schneidend. »Bei Gott, an ihrer Stelle würde es mir grausen vor Eurem Schutz.«

»Ich höre mir Euer Gerede nicht länger an.« Bernhard stieß seinem Pferd die Fersen in die Flanken, doch Theophanu fiel ihm in die Zügel und hielt sie fest. »Sagt mir, wie wollt Ihr vor Euch selbst bestehen, wenn Heinrich meinen Sohn töten lässt? Wie wollt Ihr, ein Schwurbrüchiger, über

Eure Untergebenen Recht sprechen, wo Ihr doch selbst das Recht gebrochen habt? Und vor allem, wie wollt Ihr Euren Söhnen in die Augen schauen? Schließlich müsst Ihr doch immer fürchten, mein Kind in ihnen zu sehen.«

Bernhard riss die Zügel grob aus Theophanus Händen und ritt los. Seine Bediensteten, die in einigem Abstand gewartet hatten, folgten ihm. Ohnmächtig sah Theophanu ihm nach. Sie hatte alles falsch gemacht. Statt an sein besseres Ich zu appellieren, hatte sie den Herzog beschimpft und ihn damit nur noch enger an Heinrichs Lager gebunden. Als Bernhard und seine Leute beinahe schon die nächste Wegbiegung erreicht hatten, hörte sie sich plötzlich rufen: »Bernhard, Otto hat Euch vertraut. Er war Euer Freund.«

*

Nur fort! Theophanus Anschuldigungen dröhnten in Bernhards Ohren. Sie hat unrecht, dachte er. Sie verdreht die Dinge. Aber warum konnte er es dann nicht mehr ertragen, sie zu sehen?

Du hast geschworen, ihren Sohn zu beschützen … Dem Jungen wird kein Leid geschehen … Bis vor kurzem hast du selbst noch an Heinrich gezweifelt … Willigis hat recht … Wenn es um die Macht geht, zählen keine Gefühlsduseleien … Nur die Stärksten und Rücksichtslosesten können sich als Herrscher behaupten … Wir haben uns wie Memmen verhalten …

In Bernhards widerstreitende Gedanken gellte Theophanus Schrei. Otto war tot. Er hatte ihm seinen einzigen Sohn und Erben anvertraut. Plötzlich schien es Bernhard, dass er, wenn er seinen Weg fortsetzte, alles verriete, was ihm jemals wichtig gewesen war.

Ohne zu überlegen, riss er sein Pferd herum und ritt zu Theophanu zurück. »Ich werde Euch gegen Heinrich beistehen«, stieß er hervor. Als er das ungläubige Staunen in ihren Augen sah, empfand er tiefe Scham und grenzenlose Erleichterung. Es kam ihm vor, als sei er aus einem Alptraum erwacht.

*

Irritiert wandte sich Pfalzgraf Siegbert um, als sein Bruder in die Waffenkammer gestürmt kam.

Dietrich hielt einen Brief in der Hand und strahlte ihn an. »Bernhard Billung stellt sich gegen Heinrich. Die Grafen Hoiko und Markgraf Ekkehard von Meißen sind auf seiner Seite. Du kannst tun, was du für richtig hältst, Bruder, aber ich werde mich Bernhard anschließen.«

*

»Wie konntest du ausgerechnet jetzt eine Frau in meine Räume lassen?«, fuhr Willigis seinen Diener an. »Ich habe dir doch ausdrücklich gesagt, dass ich niemanden empfangen will.«

»Herr, aber …«, stammelte der Mann unglücklich.

Willigis achtete nicht auf seine Worte. Wahrscheinlich war es wieder irgendeine ältliche Betschwester, die sich über ihre geistlichen Erlebnisse mit ihm austauschen wollte. Nun, er würde sie schnell wieder loswerden. Schließlich beabsichtigte er, den Nachmittag mit weitaus angenehmeren Dingen zu verbringen. In einem Hurenhaus unten am Rhein gab es eine junge Dirne, die ihm sehr zusagte.

Unwirsch riss der Kanzler die Tür zu seinen Gemächern auf – und prallte zurück. Keine altjüngferliche Gräfin sah ihm schwärmerisch entgegen. Neben der Feuerstelle saß Adelheid. Und ihr Blick war ausgesprochen kriegerisch.

»Hoheit«, keuchte er, »welche Ehre. Ich hätte niemals damit gerechnet, dass Ihr Euch im Norden befindet.«

»Ich betrachte es nicht als Ehre, mich mit einem Verräter

zu treffen«, entgegnete die alte Kaiserin kühl. »Ich bin nur hier, um Eure Unterstützung einzufordern. Denn ich will, dass mein Enkel der neue Regent wird und dass Theophanu die Vormundschaft für ihn übernimmt.« Seinen Versuch, etwas einzuwenden, unterband sie ungeduldig. »Ich weiß, Ihr seid ein Meister der Rede. Ihr könnt sicher in den geschliffensten Worten darlegen, warum Ihr Euch auf Heinrichs Seite geschlagen habt und dass dies nur zum Besten des Reiches geschehen ist. Aber Ihr wisst ebenso gut wie ich, dass Ihr alles, was Ihr seid, meinem verstorbenen Gatten verdankt. Und mein Sohn hat Euch ebenfalls gefördert und unterstützt. Beide hätten niemals – unter überhaupt keinen Umständen – gewünscht, dass Heinrich anstelle ihres Enkels und Sohnes regiert.«

Willigis war selten um Worte verlegen, aber Adelheids klare, kalte Stimme verschlug ihm den Atem. Plötzlich stellte er sich vor, was der alte Löwe und Otto mit ihm angestellt hätten, wenn sie von seinem Verrat erfahren hätten. In diesem Moment beruhigte ihn auch das Wissen nicht, dass beide tot waren und die Gebeine des einen in Magdeburg und die des anderen in Rom ruhten. Schließlich gingen Tote manchmal um – vor allem Tote, die noch eine Rechnung offen hatten.

»Ihr seid Realist«, fuhr Adelheid unbeirrt fort. »Und Ihr pflegt die Partei zu unterstützen, die Euch am meisten Vorteile verspricht. Nun gut. Bislang habt Ihr Euren Vorteil bei Heinrich gesehen. Aber seid Euch nur nicht allzu sicher, dass Ihr mit Eurer Einschätzung richtig liegt. Konrad von Schwaben und andere mächtige Fürsten im Westen sind nach wie vor gegen Heinrich. Außerdem solltet Ihr mich in Eure Überlegungen mit einbeziehen, denn im südlichen Teil des Reiches halte ich die Macht in den Händen. Und ich schwöre Euch: Ich werde Heinrichs Gegner bis zu meinem letzten Atemzug mit Geld, Waffen und Soldaten ausstatten. Wenn Euch dieses Argument noch nicht ausreicht, um zurück auf meine Seite und die meiner Schwiegertochter zu wechseln, kann ich Euch noch einen weiteren wichtigen Grund nennen, warum Ihr gut daran tätet, so schnell wie möglich mit Heinrich zu brechen.«

Während Adelheid schwieg, verstärkte sich Willigis' Unbehagen immer mehr.

Endlich brach die alte Kaiserin die Stille. »Ihr habt erfahren, dass es einen Nachfolger für den ermordeten Papst gibt«, sagte sie ruhig. »Johannes von Sankt Vitalis, der sich nun Johannes XV. nennt. Er und mein Sohn haben sich geschätzt und standen einander sehr nahe. Johannes verurteilt Heinrichs Vorgehen zutiefst. Er hat mir versichert, dass er Euch exkommunizieren wird, wenn Ihr mir Eure Unterstützung verweigert.«

Willigis wusste, wann es angeraten war, eine sichere Niederlage in einen ehrenvollen Rückzug zu verwandeln. Er verneigte sich ehrerbietig vor Adelheid. »Hoheit, ich habe schon seit längerem die Rechtmäßigkeit von Heinrichs Tun angezweifelt«, versicherte er. »Deshalb hätte ich ohnehin vorgehabt, Theophanu und Euch meine Dienste anzubieten.«

Adelheid lächelte ihn kühl an. »Dann freue ich mich, Euch wieder in unserem Lager begrüßen zu können.«

*

Mathilde nickte ihrer Mutter anerkennend zu. Die beiden Frauen hatten sich am Abend in der Pfalz von Ingelheim getroffen, und Adelheid hatte ihr von ihrer Begegnung mit dem Erzbischof berichtet. »Du hast Willigis richtig eingeschätzt. Er würde seine Seele verkaufen, wenn er sich dadurch einen Vorteil verspricht. Aber ich wusste nicht, dass der neue Papst ihm tatsächlich mit der Exkommunikation gedroht hat.«

Adelheid stieß ein Lachen aus, das in Mathildes Ohren

beinahe mädchenhaft übermütig klang. Ein Verhalten, das sie so gar nicht an ihrer Mutter kannte.

»Ich dachte, das wäre die angemessene Drohung, um Willigis in Panik zu versetzen«, gestand die alte Kaiserin ihrer Tochter. »Alle seine kirchlichen Ämter und Würden zu verlieren …«

»Das heißt …?« Mathilde konnte es kaum glauben.

Ihre Mutter nickte. »Ich habe die drohende Exkommunikation nur erfunden, und ich hoffe, dass der Himmel mir diese Notlüge verzeiht.«

Adelheids Stimmung schlug abrupt um, und sie schlug die Hände vors Gesicht. »Ich will doch nur, dass meinem Enkel nichts zustößt«, flüsterte sie.

*

»Wir sind bald da.« Ekbert wies auf ein großes, von einem hohen Wall geschütztes Gebäude, das sich weniger als eine Meile entfernt auf einem Bergrücken erhob. Heinrich, der neben ihm an der Spitze seiner Bewaffneten ritt, grinste zufrieden. Ja, es würde nicht mehr lange dauern, und die Asselburg würde ihm wie eine reife Frucht in den Schoß fallen. So wie all die vielen anderen Burgen, deren Herren auf seine Seite gewechselt waren.

Nein, niemand würde mehr wagen, sich zwischen ihn und die Macht zu stellen. Binnen einem, höchstens aber zwei Monaten würde er sich in Aachen von Willigis und Warin zum König krönen lassen. Im Laufe des Sommers beabsichtigte er, über die Alpen zu ziehen, um in Rom die Kaiserkrönung folgen zu lassen. Dann würde er der mächtigste Herrscher des Abendlandes sein.

Heinrich stellte sich vor, wie er bei dieser Gelegenheit Ottos Grab im Petersdom aufsuchen würde. Die Welt würde es als Zeichen verwandtschaftlicher Liebe verstehen – für ihn würde dies aber den endgültigen Triumph über den verhassten Vetter bedeuten.

Leider war es seinen Leuten bislang immer noch nicht gelungen, Theophanu aufzuspüren. Aber es war nur eine Frage der Zeit, bis sie sich endlich in seiner Gewalt befinden würde. Außerdem konnte sie kein Unheil mehr anrichten. Vielleicht sollte er sie zwingen, ihn zu Ottos Grab zu begleiten? Heinrich lächelte maliziös. Das würde die Demütigung seines Vetters vollkommen machen.

Ein unwilliger Ausruf Ekberts brachte Heinrich wieder in die Gegenwart zurück. Ein Bewaffneter der Vorhut kam über das kahle Feld auf sie zugesprengt, und sein bestürzter Gesichtsausdruck verhieß nichts Gutes.

»Herr«, stieß der Mann hervor, »der Weg zur Asselburg ist versperrt.«

Sicher ein Erdrutsch, schoss es Heinrich durch den Kopf. Schließlich hatte es während der letzten Tage heftig geregnet. »Seht zu, dass ihr das Geröll so schnell wie möglich beiseite schafft«, befahl er knapp.

»Verzeiht, Herr. Aber es handelt sich nicht um ein natürliches Hindernis«, wandte der Reiter ein. »Der Weg ist verbarrikadiert.«

Fassungslos starrte Heinrich kurz darauf den Verhau aus frisch geschlagenen Baumstämmen, Erdbrocken und Steinen an.

»Demjenigen, der das getan hat, breche ich mit bloßen Händen das Genick!«, brüllte Ekbert.

»Überschätzt Ihr Euch da nicht ein bisschen?« Am Hang oberhalb der Barrikade trat Bernhard Billung zwischen den Bäumen hervor. Die Pfalzgrafen Dietrich und Siegbert sowie acht weitere sächsische Grafen begleiteten ihn.

»Bernhard, ich hoffe, hier handelt es sich um einen schlechten Scherz«, herrschte Heinrich ihn an. »Sorgt dafür, dass der Weg sofort freigeräumt wird.«

»Wir nehmen von Euch keine Befehle entgegen«, antwortete Bernhard schlicht. »Wir, die wir hier stehen, gehören alle zum Lager der Kaiserin.«

»Ihr habt mir in Quedlinburg die Treue geschworen«, rief Heinrich außer sich, doch Bernhard schüttelte den Kopf. »Ich habe mich auf einen älteren Schwur besonnen, den ich niemals hätte vergessen dürfen.«

Heinrichs Gedanken rasten. War es möglich, die Barrikade zu überrennen? Er maß das Hindernis mit Blicken, doch als eine große Zahl Bewaffneter am Hang auftauchte, musste er einsehen, dass er verloren hatte.

»Verdammter Verräter!« Ekbert riss sein Schwert aus der Scheide und machte Anstalten, den steilen Hügel hinaufzustürmen. Bernhard und seine Begleiter zogen ebenfalls die Waffen.

»Macht Euch nicht lächerlich«, zischte Heinrich Ekbert zu. »Ihr kommt nicht gegen sie an.«

»Wir sind bereit, Euch und Euren Leuten den freien Abzug zu gewähren«, ergriff Bernhard wieder das Wort. »Unter der Bedingung, dass Ihr Ottos Sohn und Tochter an Theophanu zurückgebt und ihre Vormundschaft anerkennt.«

»Du aufgeblasener Wichtigtuer!« Ekbert raste vor Wut. »Glaubst du allen Ernstes, dass wir auf deine Hilfe und die dieser anderen Schlappschwänze angewiesen sind? Wir brauchen euch nicht. Heinrich wird auch ohne euch zum König gekrönt. Und wenn er erst einmal sein Strafgericht über euch hält, werde ich jeden Einzelnen von euch mit Wonne an einem hohen Baum aufknüpfen.«

Bernhard ignorierte ihn und sah Heinrich an. »Überlegt Euch unser Angebot«, sagte er kühl.

*

Hadwig begegnete Adelheid auf einem Gartenweg der Pfalz von Osnabrück. »War das gerade tatsächlich Bischof Dietrich, den ich wie von Furien gehetzt aus dem Tor habe reiten sehen?«, fragte sie auf ihre übliche spöttische Art.

Adelheids Blick irrte über die Wiese und die kahlen Hecken. »Er hat mich aufgesucht, weil er mich dazu bewegen wollte, Heinrich zu unterstützen. Er hat mir sogar angeboten, mir die Vormundschaft über meinen Enkel zu überlassen. Unter der Bedingung, dass der Herzog so lange regieren darf, bis der Junge erwachsen ist.«

»Und, bist du darauf eingegangen?«

»Wo denkst du hin!«, erklärte Adelheid entrüstet.

»Vor einigen Monaten wäre es nicht selbstverständlich gewesen, dass du Heinrichs Angebot ausschlägst«, bemerkte Hadwig ungerührt. »Vor allem, wenn er dir die Vormundschaft offeriert hätte.«

»Ich traue ihm nicht. Und außerdem …« Adelheid stockte kurz, redete dann jedoch mit fester Stimme weiter: »Mein Sohn hätte gewollt, dass Theophanu die Regentschaft übernimmt. Das ist das Einzige, was für mich zählt.«

Menschen können sich also tatsächlich ändern, dachte Hadwig amüsiert, während sie mit Adelheid den Gartenweg entlangschlenderte. Dietrich war sicher tief getroffen davon, dass sie sein Angebot abgelehnt hatte – schließlich hatte er die alte Kaiserin angebetet. Und Theophanu würde er nun bestimmt noch mehr hassen.

Hadwig hatte mit ihrer Einschätzung recht: Dietrich war entschlossener denn je, Theophanu niemals und um keinen Preis die Herrschaft zu überlassen. Dass Heinrichs Stern zu sinken begann, bestärkte ihn dabei nur in seiner wütenden Verbissenheit.

*

»Miezko und Boleslav entziehen dir nun also auch ihre Unterstützung.« Dietrich deutete zornig auf den Brief, der zwischen Heinrich, Ekbert und ihm auf dem Tisch lag.

»Sie schreiben nur, dass die Kämpfe mit den russischen Fürsten Georgi und Sergej sie daran hindern, uns zu Hilfe zu kommen«, knurrte Ekbert.

»Das sind doch nichts als Ausreden«, fauchte Dietrich zurück. »Bei diesen angeblich schweren Kämpfen handelt es sich höchstens um harmlose Grenzscharmützel. Nein, wenn sie uns wirklich unterstützen wollten, würden sie Bewaffnete schicken.« Er schob seinen Stuhl zurück und begann erregt auf und ab zu laufen.

Eindringlich wandte er sich an den Herzog. »Mit Konrad von Schwaben, dem Lütticher Bischof Norbert und dem lotharingischen Adel hast du ernst zu nehmende Gegner im Westen«, sagte er. »Es wäre durchaus möglich gewesen, mit diesen Feinden fertig zu werden, wenn es dir gelungen wäre, die sächsischen Fürsten dauerhaft auf deine Seite zu ziehen. Aber stattdessen sind Bernhard Billung und viele andere wieder in Theophanus Lager gewechselt. Mit Willigis hast du einen weiteren wichtigen Mann verloren.« Er lachte kurz und bitter auf. »In einer Predigt im Mainzer Dom hat er dich kürzlich mit Kain, dem von Gott Verstoßenen, verglichen, der bis zum Ende seiner Tage ruhelos umherirren wird. Nein, Heinrich, du musst endlich erkennen, dass es um unsere Sache äußerst schlecht bestellt ist.«

Während Heinrich Dietrichs Wortschwall schweigend über sich ergehen ließ, sah er die Krone und das Zepter so deutlich vor sich, als lägen sie neben dem Brief auf dem Tisch. Er war so fest davon überzeugt gewesen, ihrer sicher sein zu können. Doch nun entglitten sie ihm unversehens wieder. Das alles verdankte er Theophanu! Unbändiger Hass überwältigte ihn. Er sprang auf und stürmte in das Zimmer, in dem die Kinder gefangen waren. Ihre Amme saß vor einem der Fenster und nähte, während Adelheid und Otto auf einer Decke hockten und mit Holzpferden spielten.

Ada schrie auf, als sie ihn sah, und versuchte, ihn aufzuhalten, doch er stieß sie mühelos zu Boden.

Nun stand Heinrich vor dem Jungen und hob ihn hoch.

»Bitte, lasst meinen Bruder!« Das Mädchen zerrte an ihm. Der Herzog schlug ihm mit der freien Hand ins Gesicht und schüttelte die Kleine ab. Wie von weither hörte er Ada wieder schreien und das Mädchen weinen. Der Junge sah ihn nur an. Eher erstaunt als ängstlich. Mit großen braunen Augen, die denen Theophanus so sehr glichen.

Nein, niemals würde ihr Sohn König werden!

Heinrich legte dem Kind die Finger um den Hals und drückte zu.

»Um Gottes willen! Ekbert, zieh Heinrich weg!« Von irgendwoher erklang Dietrichs entsetzte Stimme.

Im nächsten Moment traf Heinrich ein schmerzhafter Schlag auf den Arm, der ihn zwang, seinen Griff zu lockern. Die Amme riss das Kind von ihm fort. Während Dietrich und Ekbert den Herzog aus dem Raum zerrten, sah er, dass das Gesicht des Jungen blau verfärbt war. Aber er atmete noch.

Draußen auf dem Gang ließ sich Heinrich keuchend gegen die Wand fallen.

»Bist du wahnsinnig geworden!«, herrschte Dietrich ihn an.

»Lieber bringe ich Ottos und Theophanus Sohn um, als dass ich ihn als Herrscher akzeptiere.«

»Noch ist deine Sache nicht ganz verloren«, entgegnete Dietrich.

»Wirklich?«, höhnte Heinrich. »Eben hast du mir noch dargelegt, wie schlecht alles um mich stünde.«

»Du hast doch diesen jüdischen Händler in deiner Gewalt, der Theophanu begleitet hat …« Dietrichs Miene war versonnen.

»Allerdings.« Ekbert grinste. »Auch wenn sein Zustand momentan nicht der beste ist.«

»Warum fragst du nach dem Händler?«, fauchte Heinrich gereizt.

»Mir ist eben ein Gedanke gekommen, wie sich der Mann gegen Theophanu verwenden ließe.« Dietrich lächelte dünn. »Und zwar auf eine Weise, dass ihr die Vormundschaft für immer verwehrt bleibt.«

*

Isai lag reglos auf dem Stroh und versuchte, möglichst flach zu atmen. Mittlerweile lag es schon einige Tage zurück, dass Ekbert und die beiden Soldaten ihn bewusstlos geprügelt hatten. Aber immer noch schmerzte sein ganzer Körper, und jeder Atemzug war eine Qual.

Nach einer Weile fiel er in einen unruhigen Schlaf, aus dem ihn schließlich Ekberts Stimme weckte. Waren er und die anderen Männer etwa zurückgekommen, um ihn wieder zu peinigen? Isai stellte sich auf neue Schläge ein, doch zu seiner Verwunderung hörte er Ekbert sagen: »Glaubt Ihr, dass Ihr ihn innerhalb von ein paar Tagen so weit herrichten könnt, dass er reisefähig ist?«

Überraschend behutsam tasteten Finger seinen Schädel und seine Brust ab. Dann hörte Isai eine andere Stimme antworten: »Der Mann ist schlimm zugerichtet. Aber ich werde tun, was ich kann.«

»Gut, dann lasse ich Euch mit ihm allein.« Die Zellentür fiel ins Schloss.

Langsam öffnete Isai die Augen. Ein dicklicher, kahlköpfiger Mann beugte sich über ihn. »Ihr wirkt, als wäre ein ganzer Heerhaufen über Euch hinweggegangen«, sagte er freundlich und machte sich an die Arbeit.

Während der Medikus die wieder aufgeplatzte Wunde an seiner Seite versorgte, einen Verband um die gebrochenen

Rippen legte und die Blutergüsse und Quetschungen mit einer kühlen Salbe bestrich, fragte Isai sich, was Heinrich und Ekbert wohl mit ihm vorhatten. Denn aus Nächstenliebe, so viel stand für ihn fest, hatten sie den Arzt bestimmt nicht zu ihm geschickt.

*

Theophanu straffte sich. In wenigen Augenblicken würde sie Heinrich gegenüberstehen. Adelheid, Mathilde und Hadwig, die sich ebenfalls auf der Burg Bernhard Billungs bei Wildeshausen befanden, hatten ihr angeboten, sie zu begleiten. Aber sie hatte abgelehnt. Diese Begegnung mit dem Mann, den sie ebenso sehr hasste, wie sie ihn verachtete, musste sie allein durchstehen.

Als die beiden Diener die schwere, zweiflügelige Tür zur Halle aufzogen, regte sich noch einmal Furcht in ihr. Doch sobald sie den großen Raum betrat, empfand Theophanu nur noch kalte Entschlossenheit. Niemals wieder würde Heinrich ihr seinen Willen aufzwingen.

Der Herzog stand vor einem der hohen Fenster. Im Gegenlicht konnte sie nur seine Umrisse erkennen. Als Theophanu die Mitte der Halle erreicht hatte, ging er ihr entgegen.

»Unsere letzte Begegnung in Magdeburg, als dein Gatte geruhte, mich zu ewiger Haft zu verurteilen, liegt nun sieben Jahre zurück«, stellte er fest und musterte sie anzüglich. »Ich darf sagen, dass weder die vergangenen Jahre noch die Trauer um meinen geliebten Vetter deinem Aussehen geschadet haben.«

Theophanu zog einen Dolch aus dem Ärmel ihres Gewandes. »Wenn du mich anfasst, bringe ich dich um«, sagte sie mit kalter Entschlossenheit.

Heinrich hob die Augenbrauen. »Ich dachte, wir beide hätten einen Waffenstillstand geschlossen, um in Ruhe miteinander verhandeln zu können.«

»Dann benimm dich entsprechend.«

»Ich bin bereit, dir deinen Sohn und deine Tochter im Rahmen einer Fürstenversammlung zurückzugeben. Den Tag und den Ort kannst du bestimmen. Allerdings habe ich eine Bedingung: Du schwörst vor den Fürsten, mir Bayern zu überlassen und mich wieder in alle meine Rechte als Herzog einzusetzen.«

Theophanu schüttelte den Kopf. »In deiner Lage hast du keinerlei Bedingungen zu stellen. Im Gegenteil – du kannst froh sein, wenn ich dich nicht in Haft nehmen lasse.«

»Du überschätzt dich. Ich bin noch lange nicht geschlagen.«

»Aber du wirst es sein, sobald du noch einmal deine Waffen gegen mich und meine Leute erhebst«, entgegnete Theophanu bestimmt. »Deine einzigen Anhänger, auf die du noch zählen kannst, sind einige wenige sächsische und bayrische Adelige sowie Erzbischof Warin und Bischof Dietrich.«

»Das bleibt abzuwarten.« Heinrichs Stimme klang sehr sanft. »Außerdem lässt du eine wichtige Tatsache außer Acht: Ich habe immer noch deine Kinder in meiner Gewalt.« Er ließ sie nicht aus den Augen.

Theophanu gelang es nur unter Aufbietung all ihrer Selbstbeherrschung, ruhig zu bleiben. Kühl erwiderte sie: »Wenn du meinem Sohn und meiner Tochter etwas antust, wirst du auch noch die letzten deiner Anhänger verlieren. Gib die beiden heraus, dann kannst du deinen liudolfingischen Hausbesitz behalten. Wenn nicht, verlierst du deine Güter, und ich erkläre dich für vogelfrei.«

Heinrich schwieg und ließ die ledernen Reithandschuhe durch seine Finger gleiten. Schließlich sagte er: »Gut, ich werde dir die Kinder zurückgeben.«

Theophanu hatte sich darauf eingestellt, lange und hart mit ihm verhandeln zu müssen. Nur mit Mühe konnte sie verbergen, wie überrascht sie über sein schnelles Einlenken war.

»Ich sage es noch einmal: Du erhältst dein Herzogtum nicht wieder«, erklärte sie mit Nachdruck.

Heinrich verneigte sich stumm. Hatte er wirklich eingesehen, dass seine Lage schlecht war, oder verfolgte er irgendeinen bösartigen Plan? Theophanu betrachtete ihn forschend, doch seine Miene war undurchdringlich und gab seine Gedanken nicht preis. »Ich berufe die Fürstenversammlung für den übernächsten Sonntag nach Rara ein«, beschied sie deshalb schließlich.

Heinrich verbeugte sich erneut. »Ich werde mit deinem Sohn und deiner Tochter dort sein.«

»Ein jüdischer Händler hat Imiza und mich nach Sachsen begleitet.« Theophanu hoffte, dass ihre Stimme gleichmütig klang und nicht verriet, wie sehr sie sich um Isai sorgte. »In der Pfalz des Grafen Bodo wurden wir getrennt. Hat Bodo den Mann an dich übergeben?«

Sie glaubte, ein Funkeln in Heinrichs Augen zu bemerken.

Er ließ sich Zeit mit der Antwort. »Ja, der Mann befindet sich in meinem Gewahrsam«, sagte er endlich. »Es geht ihm gut, und ich werde ihn ebenfalls nach Rara bringen, wenn es dir beliebt.«

*

»Ich traue Heinrich nicht«, wandte Theophanu sich an Adelheid, Mathilde und Hadwig, die in ihren Räumen auf sie gewartet hatten. »Ich hatte damit gerechnet, dass er mir Schwierigkeiten macht, dass er mir drohen oder dass er zumindest hart verhandeln würde. Stattdessen hat er mir viel zu schnell nachgegeben.«

»Vielleicht hat er ja erkannt, wie aussichtslos seine Lage ist«, gab Adelheid zu bedenken.

Hadwig schüttelte den Kopf. »Das wäre das erste Mal, dass mein Bruder etwas rechtzeitig eingesehen hätte«, sagte sie sarkastisch.

»Ich habe Heinrich natürlich seine Situation so schwarz wie möglich gemalt«, fuhr Theophanu nachdenklich fort. »Aber wenn er es wirklich darauf anlegen würde, könnten er und seine Leute uns noch einigen Ärger bereiten.«

Mathilde nickte. »Ich war ebenfalls davon überzeugt, dass Heinrich auf seine verbliebenen Anhänger setzen und mit Zähnen und Klauen darum kämpfen würde, Bayern zurückzuerhalten.«

»Ich sage es ungern, aber ich glaube, mein Bruder führt tatsächlich etwas im Schilde.« Hadwig seufzte.

»Und, was schlägst du vor? Was soll ich tun?« Theophanu sah sie an.

Die Herzogin lächelte grimmig. »Nimm möglichst viele Bewaffnete nach Rara mit und sei auf alles gefasst.«

*

Als Heinrich und Ekbert die Zelle betraten, rappelte sich Isai von seinem Strohlager auf und verbeugte sich scheinbar demütig vor Heinrich. Er hatte sich lange auf diesen Moment vorbereitet und beschlossen, dass es am besten war, wenn er sich gefügig zeigte und seine Peiniger so in Sicherheit wiegte. »Herr …«, stammelte er.

»Du hast ihm wirklich Manieren beigebracht.«

»Prügel haben noch niemandem geschadet.« Ekbert erwiderte Heinrichs Grinsen.

»Wenn du tust, was ich dir sage, erhältst du deine Freiheit zurück und außerdem eine großzügige Belohnung.« Der Herzog trat dicht an Isai heran. »Solltest du dich aber widersetzen, wirst du diese Zelle nicht mehr lebend verlassen, und Ekbert wird dafür sorgen, dass deine letzten Stunden alles andere als angenehm werden.«

»Was verlangt Ihr von mir?« Isai hoffte, dass seine Stimme glaubhaft ängstlich und unterwürfig klang.

»Dass du das Ansehen von Ottos Liebchen ein für alle Mal zerstörst.« Ekbert lachte.

»Du wirst mich nach Rara begleiten und dort vor den Fürsten schwören, dass sie sich dir hingegeben hat«, präzisierte Heinrich.

Isai verstand. Theophanu befand sich also nicht in der Gewalt des Herzogs, sondern sie war frei. Außerdem musste es so gut um ihre Sache stehen, dass Heinrich gezwungen war, auf einer Fürstenversammlung zu erscheinen. Erleichterung durchströmte Isai, und gleichzeitig überschlugen sich seine Gedanken. Sein erster Impuls war, Heinrichs Angebot rundweg abzulehnen. Doch in diesem Fall würde der Herzog eine andere Möglichkeit finden, Theophanu zu schaden. Es war deshalb klüger, wenn er sich gehorsam gab und sich dann während der Versammlung auf ihre Seite stellte.

»Nun?« Heinrich fasste Isai am Kinn und zwang ihn, ihm in die Augen zu schauen.

»Herr, ich werde alles tun, was Ihr von mir verlangt. Nur bitte, lasst nicht zu, dass er mich noch einmal quält.« Zitternd blickte Isai zu Ekbert.

»Keine Sorge, vor ihm bist du sicher.« Heinrich lachte und schlug Isai auf die Schulter. »Ich habe doch schon immer gewusst, dass ihr Juden Feiglinge seid.«

*

Der Tag war sonnig und wolkenlos und die Luft klar, weil es am Vortag stark geregnet hatte. Ein frischer Wind blies in Rara, der das Wasser in den Pfützen aufwirbelte, die jung belaubten Äste der Bäume peitschte und an Theophanus Gewändern riss, während sie mit ihrem Gefolge zu dem Versammlungsplatz schritt.

Normalerweise wäre sie für die kühle Brise dankbar gewesen. Aber an diesem Tag verstärkten die heftigen Böen und die seltsame Intensität des Lichts ihre innere Unruhe. Außerhalb des kleinen Ortes lagerten mehr als zweihundert ihrer Soldaten. Laut ihrer Späher war Heinrich mit nur etwa der Hälfte an Bewaffneten erschienen, was Theophanus Sorge jedoch nicht verringerte. Mittlerweile war sie sich sicher, dass ihr Gegner ein falsches Spiel trieb.

»Es wird alles gut enden.« Mathilde, die neben ihr ging, berührte sie am Arm.

»Ich hoffe es«, erwiderte Theophanu leise.

»Ich kann es kaum erwarten, meinen Bruder wieder zu sehen.« Hadwigs Sarkasmus beruhigte Theophanu mehr als Mathildes Trost. Adelheid sagte nichts. Doch sie wusste, dass ihre Schwiegermutter sich ebenso sehr um das Kind sorgte wie sie selbst.

Auf der einen Längsseite des weitläufigen Platzes vor der gedrungenen Kirche hatten sich bereits Heinrich und sein Gefolge – darunter Dietrich von Metz und Ekbert – sowie seine sächsischen Unterstützer und Erzbischof Warin versammelt. Die andere Seite nahmen Theophanus Leute ein: Bernhard Billung, die Pfalzgrafen Siegbert und Dietrich sowie Herzog Konrad von Schwaben. Auch der Lütticher Bischof Notger, ein hagerer Mann mit schlohweißem Haar und ehrwürdigen Gesichtszügen, war gekommen.

Theophanus gesammelte Aufmerksamkeit war auf Heinrichs Reihen gerichtet. Wo war ihr Sohn? Ihr Herz zog sich zusammen, als sie ihn in der vorderen Reihe, ganz in Heinrichs Nähe, entdeckte. Bei dem Jungen waren ihre Tochter und Ada, streng bewacht von Soldaten. Hastig sog sie jede Einzelheit in sich auf.

Seit dem Herbst war der Junge um einen halben Kopf gewachsen und sehr schmal geworden. Sein Gesicht hatte das Rundliche des Kleinkindes endgültig verloren, und die Ähnlichkeit mit seinem Vater trat nun noch deutlicher hervor.

Ada, die von der Ungewissheit und Angst der vergangenen Monate gezeichnet war, hob die Hand und winkte Theophanu verstohlen zu. Dann beugte sie sich zu den Kindern und sagte etwas zu ihnen. Beide blickten nun in Theophanus Richtung. Das Mädchen – so kam es ihr zumindest vor – lächelte ihr scheu zu. Doch ihr Sohn schien sie nicht zu erkennen. Sie hatten einander zuletzt vor sechs Monaten gesehen – was für den Jungen eine Ewigkeit sein musste. Ob sie ihm jemals wieder richtig nahe kommen würde? Erneut empfand Theophanu tiefen Hass gegenüber Heinrich.

Sie löste den Blick von ihren Kindern und sah ihn an. Er trug ein blaues, mit Pelz besetztes Samtgewand und kostbaren Schmuck und wirkte sehr selbstsicher. Eigentlich wie ein Sieger und nicht wie ein Mann, der lange und hart um eine Sache gekämpft hatte und nun eine Niederlage einstecken musste. Auch Dietrich machte trotz seiner üblichen Verkniffenheit einen sehr zufriedenen Eindruck. Ekbert wiederum grinste wölfisch.

»Heinrich und seine beiden Kumpane planen etwas Übles. Ich weiß es«, flüsterte Theophanu ihrer Schwiegermutter zu, während sie ihre Plätze auf dem Podium an der Stirnseite des Platzes einnahmen.

»Das fürchte ich auch.« Adelheids Stimme klang grimmig. »Aber, bei Gott, ich schwöre dir, dass Heinrich meine beiden Enkelkinder unversehrt herausgeben wird.« Zum ersten Mal seit dem Tod des alten Löwen fasste sie nach Theophanus Hand.

Plötzlich verstummte die Menge, und Mathilde beugte sich wachsam vor. Hadwig ließ ihren Blick distanziert über die Versammlung schweifen.

Isai!, durchfuhr es Theophanu. Sie konnte ihn nirgends unter Heinrichs Leuten entdecken.

Nun öffnete sich die Tür der Kirche, und Willigis kam herausgeschritten, gefolgt von sechs Priestern. Theophanu war bereits am Vorabend mit dem Kanzler zusammengetroffen. Dieser hatte jedoch mit keiner Regung erkennen lassen, dass er sich über seinen Verrat schämte. Als wäre er niemals in Heinrichs Lager gewechselt, hatte er ihr beredt zu ihrem Sieg gratuliert.

Während die Priester unterhalb des Podiums stehen blieben, stieg Willigis die Stufen hinauf. Er verneigte sich tief vor Theophanu und den drei anderen hochadeligen Damen, ehe er sich der Versammlung zuwandte. Für einige Momente blickte er entrückt in den zartblauen Himmel, als würde Gott selbst ihm von dort oben die Worte seiner Rede eingeben. Dann riss er mit der für ihn üblichen Dramatik die Arme hoch. »Lobet den Namen des Herrn, lobt Ihn, ihr Knechte des Herrn. Lobt den Herrn, denn der Herr ist gütig. Singt und spielt Seinem Namen, denn Er ist freundlich«, intonierte er, und das Tremolo seiner Stimme steigerte sich, als er fortfuhr: »Ja, wie einst König David, so haben auch wir allen Grund, uns zu freuen und dem Herrn zu lobsingen. Denn Er hat wieder wundersam gewirkt – Umkehr und Vergebung hat Er in die Herzen gegossen.« Bedeutungsvoll blickte Willigis von Heinrich zu Theophanu. »Auf dass der Sohn zu seiner Mutter heimkehre und der verlassenen Herde ein neuer Herrscher entstehe.«

»Alter Schwätzer«, hörte Theophanu Hadwig murmeln.

Während sie hoffte, dass Willigis mit seiner Rede bald zu Ende käme, beobachtete sie ihren Sohn. Wie stets, wenn er sich bei einer Zeremonie langweilte, begann er, mit den Beinen zu schlenkern. Erst ein bisschen, dann immer heftiger.

Er braucht etwas, das ihn ablenkt, ging es Theophanu durch den Kopf. Ihre Tochter neigte sich jetzt zu dem Bruder. Sie sprach leise mit ihm und deutete auf etwas zu ihren Füßen. Ein seltsames Insekt vielleicht oder eine Pfütze, in der sich der Himmel spiegelte. Sofort verschwand die Langeweile aus der Miene des Jungen. Seine Augen wurden groß und staunend. Was auch immer er dort auf der Wiese sah – für ihn war es ein Wunder. Theophanus Kehle wurde eng. Nein, niemals würde sie zulassen, dass Heinrich – oder sonst jemand – ihr den Jungen noch einmal wegnahm!

»Nun lasst uns alle ein Gebet anstimmen.« Willigis bekreuzigte sich. Die Menschen, die rings um die Wiese versammelt waren, auch Theophanu, Adelheid, Mathilde und Hadwig, erhoben sich.

»Bevor wir beginnen, muss ich eines klarstellen.« Heinrich war einen Schritt vorgetreten und blickte ruhig in die Runde. »Ich werde den Jungen nicht an seine Mutter zurückgeben.«

Das war also der Augenblick, den Theophanu vorausgeahnt und den sie so sehr gefürchtet hatte. Wie aus großer Ferne nahm sie das überraschte und zornige Stimmengewirr wahr, das nun aufbrandete. Bernhard Billung und Konrad von Schwaben stürmten auf Heinrich zu.

»Ich verlange, dass mein Enkel auf der Stelle an Theophanu übergeben wird.« Adelheid war an den Rand des Podiums getreten. Ihre Stimme übertönte den Lärm. »Er ist der rechtmäßige König, und meine Schwiegertochter wird für ihn die Vormundschaft übernehmen – so wie es mein Sohn gewollt hätte.«

Heinrich verneigte sich vor Adelheid. »Ihr wisst, dass ich Euch immer verehrt habe. Umso mehr schmerzt es mich, dass Eure Schwiegertochter Euer Vertrauen auf das Schändlichste enttäuscht hat. Sie ist unwürdig, einen Herrscher aufzuziehen«, sagte er höflich, aber bestimmt.

»Was redet Ihr da?«, fuhr Adelheid ihn an, und noch andere Stimmen wurden laut:

»Ja, kommt endlich zur Sache.«

»Der Herzog soll schweigen. Er verbreitet doch ohnehin nur Lügen.«

»Heinrich, der Geschichtenerzähler.«

»Er hat ein Recht, gehört zu werden.«

»Ich habe dieser Frau niemals getraut.« Rufe für oder gegen Heinrich wurden laut.

»Der Herzog sollte die Gelegenheit erhalten zu sagen, was er zu sagen hat«, ergriff nun Willigis wieder das Wort. »Das ist nur recht und billig.«

»Ja, rückt mit der Sprache heraus«, herrschte Konrad von Schwaben Heinrich an. »Auch wenn ich überzeugt bin, dass es nur übelste Verleumdungen sein werden.« Die Anhänger des Herzogs erhoben wütenden Protest.

»Ruhe! Ich bitte um Ruhe.« Willigis breitete die Arme aus. »Ein solcher Tumult ist einer derartigen Versammlung unwürdig.« Langsam erstarb der Lärm.

»Worauf, glaubst du, zielt Heinrich ab?«, flüsterte Hadwig Theophanu zu.

»Ich habe keine Ahnung«, gab sie leise zurück.

»Verdammter Bastard.« Nicht einmal Mathilde konnte ihre Nervosität noch länger verbergen.

»Ich schlage vor, dass Dietrich von Metz meine Beschuldigung vorbringt«, sagte Heinrich ruhig. »Anders als ich stand er dem verstorbenen Kaiser, meinem Vetter, nahe und unterliegt deshalb nicht dem Verdacht, parteiisch zu sein.« Heinrich wirkte nach wie vor sehr selbstsicher, was Theophanu viel mehr erschreckte, als wenn er wilde Drohungen ausgestoßen hätte.

Während Dietrich neben Heinrich trat, verstärkte sich Ekberts wölfisches Grinsen.

»Ich habe dieser Frau schon immer misstraut.« Anklagend wies der Bischof auf Theophanu. »Von unserer ersten Begegnung an hat sie sich als eitel und hoffärtig erwiesen. Sie hat ihrem Gatten von dem Kampf gegen die Ungläubigen abgeraten und Zweifel in das Herz des Kaisers gesät. Damit hat sie entscheidend dazu beigetragen, dass die Schlacht von

Cotrone verloren ging. Und als mein geliebter Verwandter nach der Niederlage hilflos umherirrte, hat sie nichts zu seiner Errettung unternommen.«

Diese dreiste Verdrehung der Tatsachen verschlug Theophanu den Atem. Sie bemerkte, dass Bernhard Billung zornig auffuhr. Doch ehe er das Wort ergreifen konnte, sprach Dietrich bereits mit erhobener Stimme weiter: »Alle diese Verfehlungen verblassen aber vor der Schändlichkeit dessen, was sich die Gattin unseres verstorbenen Herrschers während der vergangenen Monate hat zuschulden kommen lassen. Eine ungeheuerliche Tat, die ich nur unter Erröten und mit größtem Bedauern aussprechen kann.«

Wütende Empörung flammte in Theophanu auf und half ihr, sich endlich aus ihrer Erstarrung zu befreien. Sie trat neben Adelheid an den Rand des Podiums und rief schneidend: »Was habt Ihr mir vorzuwerfen, Dietrich? Kommt endlich zum Kern Eurer Lüge.«

Hass verzerrte das Gesicht des Bischofs, als er sich zu ihr umwandte. »Was ich gegen diese Byzantinerin vorzubringen habe, ist alles andere als eine Lüge!«, schrie er mit sich überschlagender Stimme. »Es ist die traurigste und beschämendste Wahrheit, die ich jemals verkünden musste: Während der Leib ihres toten Gatten noch nicht einmal drei Monate in einem Vorhof von Sankt Peter ruhte, hat sich seine Witwe bereits buhlerisch einem anderen Mann hingegeben. Und noch dazu einem Mann, der weder standesgemäß noch ein Christ ist. Er gehört dem Volk an, das unseren Herrn ans Kreuz hat schlagen lassen.« Er hielt einen Moment inne und ließ seinen Blick über die reglose Menge schweifen. Triumphierend fuhr Dietrich fort: »Damit allen offenbar wird, was die Kaiserin getan hat, wird dieser Mann nun hier, vor der ganzen Versammlung, sein Vergehen gestehen und die schändliche Tat beschwören.«

»Sind diese Vorwürfe wahr?«, hörte Theophanu Adelheid

in dem nun einsetzenden erregten Stimmengewirr fragen. Darin besteht also Heinrichs Plan, schoss es ihr durch den Kopf. Er will mein Ansehen zerstören. Ein Plan, der ebenso einfach wie teuflisch war und der sie völlig vernichten konnte.

Nun führten zwei von Heinrichs Bewaffneten Isai auf den Platz. Er hinkte. Seine Nase war schief und geschwollen, und Blutergüsse verunstalteten sein Gesicht. Was hatten Heinrichs Leute Isai sonst noch angetan, dass sie ihn so hatten brechen können? Theophanu empfand keinen Zorn über seinen Verrat, sondern nur Trauer. Du hättest auf mich hören und mich nicht begleiten sollen, dachte sie.

Heinrichs Männer zogen Isai die Stufen zum Podium hinauf, damit ihn die ganze Versammlung sehen konnte.

Aber … Theophanu wagte ihrer Wahrnehmung kaum zu glauben. Isai machte keinen gebrochenen Eindruck. Er duckte sich nicht zwischen seinen Bewachern und wich den Blicken der Fürsten nicht aus.

»Offenbare uns, was du mit der Kaiserin getrieben hast«, forderte ihn Dietrich von Metz mit einer Handbewegung auf. »Und beschwöre die Wahrheit deines verderbten Tuns.«

»Ich schwöre vor meinem Gott, der auch der Eure ist, dass Eure Vorwürfe gegenüber Theophanu nichts als Lügen sind.« Isais Stimme klang sehr klar, und laut und deutlich fuhr er fort: »Ich schwöre weiter, dass mich nichts und niemand dazu hätte bewegen können, vor diese Versammlung zu treten, wenn ich nicht gehofft hätte, dadurch den Plan des Herzogs vereiteln zu können. Ich schwöre weiter …«

»Verdammter Hund!« Heinrich sprang auf Isai zu, doch Bernhard Billung trat ihm in den Weg. »Es gilt gleiches Recht für ihn wie für Euch. Lasst den Mann also sagen, was er zu sagen hat.« Einzelne zustimmende und ablehnende Rufe ertönten aus der Versammlung.

»Still, alle miteinander!«, rief Theophanu gebieterisch.

»Heinrich und Dietrich haben mich auf das Übelste verleumdet. Also werde ich für diesen Mann Isai sprechen.« Sie zeigte auf ihn.

Als Isai sich zu ihr umdrehte, lächelte er sie an. Plötzlich begriff sie, dass sie für ihn schon lange mehr empfand als nur Freundschaft und Respekt. Ihre Stimme zitterte ein wenig, als sie zu sprechen begann: »Der Bruder dieses Mannes, Kalymachos war sein Name, hat meinen Gatten nach der Schlacht von Cotrone vor den Sarazenen gerettet und dafür mit seinem Leben bezahlt. Otto fühlte sich tief in seiner Schuld und bat mich auf dem Sterbebett, die Verwandten seines Retters aufzusuchen und ihnen in seinem Namen zu danken.« Heinrich, Ekbert und Dietrich tauschten bestürzte Blicke. Die Tatsache, dass Isai der Bruder von Ottos Retter war, war ihnen anscheinend unbekannt gewesen. Auch mancher ihrer Anhänger reagierte verwirrt.

Ermutigt fuhr Theophanu fort: »Es war mir ein großes Anliegen, den Wunsch meines Gatten zu erfüllen. Deshalb habe ich sofort, nachdem ich in den Norden zurückgekehrt war, Kalymachos' Familie in Mainz aufgesucht. Isai war bereit, meinem Sohn zu seinem Recht zu verhelfen – anders als viele der hier versammelten Fürsten und Bischöfe.« Sie wandte sich an Dietrich: »Ihr habt recht. Isai ist kein Adeliger. Deshalb konnte er mir auch keine Waffen und Soldaten zur Verfügung stellen. Stattdessen diente er mir mit dem, was er besitzt: mit seinem Mut, seiner Klugheit und seiner Treue. Isai hat mich und meine Dienerin Imiza nach Sachsen begleitet und uns Schutz gewährt. Während all der Zeit, die wir zusammen verbracht haben, ist nie etwas Unziemliches zwischen uns geschehen.«

»Ich glaube meiner Schwägerin«, rief Mathilde zornig.

»Ich vertraue Theophanu ebenfalls«, ließ Hadwig sich vernehmen. »Während ich meinem Bruder kein einziges Wort abkaufe.« Heinrich warf ihr einen giftigen Blick zu.

»Was ist mit Euch?« Dietrich sah Adelheid an. »Früher habt Ihr oft genug an Eurer Schwiegertochter gezweifelt.«

Adelheid schwieg. Doch schließlich legte sie ihre Hand auf Theophanus Arm. »Mein Sohn hat sie geliebt«, sagte sie schlicht. »Ich vertraue ihr, dass sie nichts Unrechtes getan hat.«

»Mein Vertrauen hat die Kaiserin ebenfalls.« Bernhard Billung stieg die Stufen zu dem Podium hinauf.

»Ich stehe auf ihrer Seite.« Konrad von Schwaben schloss sich ihm an. Die Pfalzgrafen Siegbert und Dietrich folgten den beiden. Theophanu hoffte verzweifelt, dass sich noch weitere Männer zu ihr bekennen würden. Doch das war nicht der Fall. Die meisten Adeligen und Fürsten wirkten unsicher, Heinrichs Leute offen feindselig. Der Vorwurf der lasterhaften Byzantinerin trifft also immer noch auf offene Ohren, dachte Theophanu bitter.

»Der Bruder des Mannes, mit dem Theophanu angeblich Unzucht getrieben hat, hat Otto gerettet«, rief Mathilde der Menge empört zu. »Wie könnt Ihr Heinrichs Lügen nur glauben?«

»Kalymachos mag ein edler Mann gewesen sein.« Erzbischof Warin schaute herausfordernd in die Runde. »Aber nicht jede Frucht, die ein Baum trägt, ist gut.«

»Auch Kain und Abel waren Brüder«, brüllte ein anderer von Heinrichs Anhängern.

»Kennt jemand von Euch diesen Isai?«, schrie ein weiterer. »Vielleicht ist er ja gar nicht Kalymachos' Bruder?«

»Ich dulde nicht, dass die Kaiserin derart beleidigt wird.« Konrad von Schwaben zog sein Schwert. Daraufhin riss Ekbert seine Waffe ebenfalls aus der Scheide.

»Um Gottes willen … Wir sind hier, um einen Streit beizulegen, nicht um zu kämpfen.« Bischof Notger trat an das Podium. Ruhig sprach er Willigis an: »Ihr seid der Mainzer Erzbischof. Könnt Ihr etwas über Isai sagen?«

»Ich habe im Allgemeinen nichts mit Juden zu tun.« Um Willigis' Mund lag ein verächtlicher Zug. »Nein, ich kenne diesen Mann nicht.«

Notger wandte sich Theophanu zu. »Seid Ihr bereit, vor dem Allmächtigen und vor allen hier Versammelten zu beschwören, dass an Heinrichs Vorwürfen nichts Wahres ist?«

»Natürlich bin ich dazu bereit«, erwiderte sie gefasst.

»Es ist schon so mancher falsche Schwur geleistet worden«, ließ sich Warin wieder vernehmen. »Die Kaiserin soll sich einem Gottesurteil unterziehen.«

»Ja, ein Gottesurteil!«

»Wir werden nur einem Gottesurteil glauben!«, schrie es von allen Seiten.

»Unterwerft Ihr Euch diesem Urteil?«, fragte Notger wieder Theophanu. Ihr Herz klopfte rascher, als sie sich vor ihm und der Menge verneigte. »Ja, das tue ich.«

»Gut.« Notger nickte. »Willigis, Ihr als unparteiischer und zudem ranghöchster von uns Bischöfen bestimmt, wie das Urteil vollzogen werden soll.«

Willigis schloss kurz die Augen, als würde er beten. Dann verkündete er: »Die Kaiserin soll über glühende Kohlen laufen.«

»Und sie soll dieses Urteil nur unbeschadet überstehen, wenn sie ihrem Gatten niemals Schande bereitet hat«, schrie Warin giftig.

»So sei es.« Willigis hob die Hände zum Himmel. »Lasset uns also gemeinsam zu Gott, unserem Herrn, beten: Er in Seiner großen Güte möge offenbaren, ob Theophanu dem verstorbenen Kaiser niemals Schande bereitet hat.«

Theophanu erschrak. Crescentius. Mit ihm war sie ihrem Eheversprechen untreu geworden. Würde Gott anerkennen, dass sie damals aus Verzweiflung und Überdruss gehandelt und in Wahrheit Otto geliebt hatte? Oder war für Ihn nur der Buchstabe des Gesetzes wichtig? Otto, davon war sie überzeugt, hätte ihr verziehen.

Nachdem Willigis das Gebet beendet hatte, brachten Diener Erde auf Schubkarren herbei, die sie auf dem feuchten Gras zu einem Rechteck verteilten. Darauf schütteten sie einige Eimer voller glühender Kohlen und ebneten sie mit Rechen ein.

»Seid Ihr bereit?«, fragte Willigis, nachdem die Diener ihre Arbeit beendet hatten.

»Ja.« Theophanus Mund war trocken. Mathilde kniete vor ihr nieder und half ihr, die Schuhe auszuziehen. Begleitet von ihrer Schwägerin, Adelheid und Hadwig schritt Theophanu von dem Podium hinunter. Auf der letzten Stufe fing sie Isais Blick auf. Er sah sie voller Vertrauen, Zärtlichkeit und Sorge an. Wenn sie den Gottesbeweis nicht bestand, würde sie ihre Kinder und Isai für immer verlieren.

Sie war nun dicht vor dem Rechteck aus Kohlen und konnte die Hitze bereits auf ihrer Haut spüren. O Gott, sei mir gnädig, dachte sie. Noch drei Schritte, noch zwei. Sie schloss die Augen.

»Ein Stern! Über den Himmel zieht ein Stern.« Bischof Notgers verblüffte Stimme hallte über den Platz.

»Ja, seht nur!«

»Er hat recht.«

»Ein Stern am helllichten Tag.«

»Es ist ein Wunder.«

Benommen blieb Theophanu stehen und schaute zum Himmel empor. Ein silbriger Lichtpunkt zog von Ost nach West seine Bahn über das Firmament.

»Ein Stern, der bei Tag erscheint.« Mit leuchtenden Augen blickte Mathilde um sich. »Begreift Ihr denn nicht? Gott hat uns ein Zeichen geschickt. Theophanu ist unschuldig.«

»Meine Schwiegertochter hat die Wahrheit gesagt«, rief nun auch Adelheid.

»Ja, der Herr hat die Wahrheit offenbart.« Bischof Notger kniete nieder und bekreuzigte sich.

»Was für ein Wunder!« Willigis tat es ihm gleich.

Auch Erzbischof Warin – das Gesicht in Staunen und Schrecken verzerrt – sank in die Knie. »Herr, gepriesen sei Deine Allmacht«, stammelte er.

Theophanu stand wie erstarrt, bis sie eine helle Stimme »Mutter!« rufen hörte. Sie fuhr herum. Ada hastete mit den Kindern auf sie zu.

Lachend und weinend rannte Theophanu der Amme entgegen und schloss ihren Sohn und ihre Tochter in die Arme.

*

»Verdammt, tu endlich etwas! Du wirst dir doch nicht von diesen Betschwestern das Heft aus den Händen nehmen lassen«, keifte Ekbert.

Heinrich ließ seinen Blick über die Wiese schweifen. Alle Männer – auch seine Anhänger – waren niedergekniet, blickten zum Himmel und verfolgten gebannt die Bahn des Sterns. Der Herzog fühlte sich, als hätte er einen schweren Schlag auf den Kopf erhalten.

»Es ist wirklich ein Wunder«, stöhnte Dietrich, der ebenfalls kniete. »O Herr, verzeih uns unsere Lügen.«

»Altes Waschweib.« Ekbert funkelte den Bischof wütend an und hob sein Schwert. »Heinrich, wir müssen Ottos Sohn sofort wieder an uns bringen.«

»Das würde ich bleiben lassen.« Hadwigs Stimme ließ Heinrich herumfahren. Seine Schwester lächelte ihn spöttisch an. »Ich an eurer Stelle würde die Beine in die Hand nehmen und so schnell wie möglich von hier verschwinden. Denn wenn sich die Fürsten erst einmal von ihrem religiösen Taumel erholt haben, werden sie sich darauf besinnen, dass ihr versucht habt, sie auf das Schändlichste zu betrügen. Ihre Rache dürfte übel für dich ausgehen, geliebter Bruder.«

Dietrich erhob sich schwankend und rannte davon.

»Hör nicht auf dieses Weib!«, kreischte Ekbert.

Heinrich zögerte. Es durfte nicht sein, dass Theophanu und Otto über ihn triumphierten. Ein Stern am hellen Tag. Es war einfach unmöglich. Es hätte ihn nicht gewundert, wenn sein Vetter dabei die Hand im Spiel gehabt hätte und nun im Himmel oder in der Hölle über ihn lachte. Er war nahe daran, Hadwigs Warnung in den Wind zu schlagen, sein Schwert zu ziehen und zusammen mit Ekbert zu Theophanu und den Kindern zu stürmen. Doch er bemerkte gerade noch rechtzeitig, dass Konrad von Schwaben wachsam in seine Richtung blickte.

Es war sinnlos. Theophanus Anhänger würden sich auf sie stürzen, lange bevor sie die Kaiserin und ihre Kinder erreicht hätten. »Komm«, sagte Heinrich rau und fasste Ekbert an der Schulter. »Lass uns gehen.«

*

Während Theophanu ihren Sohn und ihre Tochter fest an sich drückte, ruhte ihr Blick unverwandt auf dem Gestirn. Die alte Seherin hatte von einem Stern gesprochen, der einst am hellen Tag über den Himmel ziehen würde.

Plötzlich fühlte Theophanu deutlich Ottos Nähe. Gleichzeitig wusste sie, dass sie sich um sein Seelenheil nicht länger sorgen musste. Er befand sich an einem guten Ort.

Als sie über die Wiese schaute, sah sie, wie Heinrich und Ekbert davoneilten.

»Kommt mit.« Sie nahm ihre Kinder an die Hand.

Sie fand Isai an den Stufen zum Podium, dort, wo sie ihn zuletzt gesehen hatte.

»Hat dir jemand weh getan?« Ihr Sohn starrte sein zerschlagenes Gesicht an.

»Ein böser Mann wie Heinrich?«, flüsterte ihre Tochter.

»Das ist jetzt nicht mehr wichtig.« Isai lächelte, doch seine Stimme klang unsicher, als er sich an Theophanu wandte. »Verzeiht, aber ich wusste nicht, wie ich Euch anders helfen konnte, als scheinbar auf Heinrichs Plan einzugehen.«

»Ihr habt genau richtig gehandelt.« Sie erwiderte sein Lächeln, während sie behutsam seine zerschundene Wange berührte. »Ach Isai, Ihr habt in so vielerlei Hinsicht Licht in mein Leben gebracht.«

# Epilog

Von ihrem Lager in der Nimwegener Pfalz blickte Theophanu zum offenen Fenster. Draußen bewegte sich ein Lindenzweig leicht im Wind. Im Licht des frühen Abends wirkten seine Blätter sehr zart und durchscheinend. Dort, bei dem Baum, wartete Isai. Sie versuchte sich aufzurichten, doch sie war zu schwach dafür. Imiza, die Theophanus vergebliche Anstrengung bemerkt hatte, legte vorsichtig ihren Arm um die Schultern Theophanus und schob ihr ein weiteres Kissen unter den Rücken.

»Mathilde?«, murmelte Theophanu.

»Sie ist eben in der Pfalz eingetroffen. Sie wird gleich bei Euch sein.« Theophanu war froh, dass Imiza nicht mehr weinte. Vor zwei Wochen hatte sie ein heftiges Fieber überfallen. Sie war in ihrem Leben häufig krank gewesen. Deshalb hatte sie geglaubt, auch dieses Fieber überstehen zu können. Ihr Zustand hatte sich jedoch stetig verschlimmert. Vor zwei Tagen bei Anbruch der Morgendämmerung hatte sie gewusst, dass sie sterben würde, auch wenn sie kein Zeichen heimgesucht hatte wie damals den alten Löwen und Otto.

Weil Theophanu dem Tod frei begegnen wollte – nicht als mächtige Herrscherin und reiche Adelige –, hatte sie sich am Vortag die Haare scheren und das dunkle Gewand einer Nonne anlegen lassen. Danach hatte sie sich von Isai verabschiedet. Sie wusste, dass er seinen Platz bei der Linde nicht verlassen würde, bis sie starb.

Leise Stimmen und Schritte drangen an ihr Ohr. Theophanu wandte ihren Blick vom Fenster ab. Imiza hatte den Raum verlassen, und stattdessen saß Mathilde neben ihrem Bett. Die Schwägerin ergriff ihre Hände und streichelte sie.

»Ich möchte bei dir die Beichte ablegen«, flüsterte Theophanu.

»Du weißt, dass das in den Augen der Kirche nicht zählt«, antwortete Mathilde sanft.

»Das ist mir gleichgültig. Ich kann später, vor dem Priester, noch ein paar Vergehen gestehen, damit dem Zeremoniell Genüge getan ist. Aber ich will, dass du meine eigentlichen Sünden kennst und für mich betest.«

»Ich vertraue darauf, dass Gott meine Gebete erhören wird.« Mathilde nickte lächelnd.

Theophanu sammelte sich. Dann sagte sie mühsam: »Eine Zeitlang hatte ich ein Verhältnis mit Crescentius. Damals, als es zwischen Otto und mir so schlecht stand.«

»Etwas in dieser Art habe ich vermutet.« Der trockene Klang von Mathildes Stimme tat ihr gut. »Warum hätte er mir sonst helfen sollen, aus der Engelsburg zu entkommen?«

»Crescentius hat Papst Johannes vergiften lassen. Er hat es für mich getan, damit Johannes nicht unter der Folter verraten würde, wie Otto gestorben ist.« Erschöpft hielt Theophanu inne und schloss die Augen. Vor zwei Jahren war sie mit einem kleinen Gefolge nach Rom gezogen, um an Ottos Grab zu beten. Damals hatte sie sich auch ein letztes Mal mit Crescentius getroffen. Als sie ihren Verdacht ausgesprochen hatte, hatte er die Tat amüsiert zugegeben. Theophanu schaute Mathilde offen an. »Ich bereue es, dass ich mich über den Tod eines Menschen gefreut habe. Aber ich bin Crescentius immer noch dankbar. Wenn ich die Möglichkeit gehabt hätte, Johannes zu ermorden, um Ottos Andenken zu schützen, dann hätte ich es selbst getan.«

Einige Momente blieb es still in dem Raum. Schließlich entgegnete Mathilde ruhig: »Ich hätte nicht anders gehandelt. Gott sei uns beiden gnädig.«

»Während der letzten Jahre war ich mit einem Mann zusammen«, fuhr Theophanu fort. »Mit Isai, dem jüdischen Händler, der mir gegen Heinrich beigestanden hat.«

»Ich habe mir gedacht, dass ihr zueinander finden würdet.« Wieder lächelte Mathilde. »Warst du glücklich mit ihm?«

»Ja.« Sie nickte.

Einige Wochen nach der Zusammenkunft in Rara hatte Theophanu Isai in Mainz aufgesucht und ihm gestanden, was sie für ihn empfand. Von da an hatte er den Tross immer wieder für einige Zeit als Händler begleitet, oder sie hatten sich heimlich getroffen, wenn sich Theophanu am Rhein aufgehalten hatte. Ihre Jahre mit Otto waren oft stürmisch und abenteuerlich gewesen – bei Isai hatte sie sich ausruhen können.

»Gibt es noch etwas, das du mir sagen willst?«, fragte Mathilde behutsam.

»Nein«, flüsterte Theophanu. »Das war alles, was mir wirklich auf der Seele gelegen hat.«

Mathilde begann leise zu beten. Nachdem die Schwägerin sie gesegnet hatte, rief sie den Jungen und die wichtigsten Mitglieder der Hofgesellschaft in den Raum. Otto, der mittlerweile elf war, wirkte sehr blass, aber gefasst. Am Morgen, als Theophanu noch die Kraft dazu gehabt hatte, hatte sie lange mit ihm gesprochen. Sie fasste nach seiner Hand. Solange es ging, wollte sie ihm nahe sein. Es tut so weh, nicht erleben zu können, wie du erwachsen wirst, dachte sie. Nicht sehen zu können, wie sich deine Neugier auf das Leben zu entfalten beginnt. Du bist klug und großherzig und besitzt alle Anlagen, um dich zu einem guten Herrscher zu entwickeln.

Während die Hofgesellschaft nun ebenfalls Gebete anstimmte, tauschten Mutter und Sohn einen innigen Blick.

Adelheid, spürte Theophanu, würde nicht mehr rechtzeitig in der Pfalz eintreffen. Aber sie musste nicht mehr unbedingt mit ihrer Schwiegermutter reden. Sie wusste auch so, dass Adelheid alles in ihrer Macht Stehende tun würde, um für ihren Enkel da zu sein und ihn zu beschützen.

Plötzlich erinnerte sie sich an die Prophezeiung der Seherin. Die Krone, dachte sie schläfrig, ich habe sie errungen und festgehalten. Aber ich sterbe keinen gewaltsamen Tod.

Einige Lidschläge lang beobachtete Theophanu, wie das Sonnenlicht in den Zweigen der Linde flirrte. Während ihr die Augen zufielen, lächelte sie. Otto wartete bereits auf sie.

# Nachwort

Theophanus – und auch Ottos Leben – verlief in vielem sehr abenteuerlich und im wahrsten Sinne des Wortes romanhaft. Manches habe ich der Stringenz der Handlung und der Dramaturgie wegen zugespitzt, hinzuerfunden oder zeitlich gerafft. Aber die großen Linien meines Romans sind historisch. So habe ich etwa den Kämpfen zwischen Sachsen und Sarazenen im Jahr 972 größeres Gewicht verliehen, als sie historisch besaßen.

Die Zeitspanne zwischen der Ermordung des Nikephoros Phokas und den Eheverhandlungen, die die Liudolfinger und der byzantinische Hof miteinander führten, habe ich um etwa ein Jahr verkürzt. Dass Theophanu die Leiche des Kaisers mit eigenen Augen sah, ist nirgends bezeugt, und auch die Prophezeiung der Seherin ist meine Erfindung. Allerdings ist davon auszugehen, dass Theophanu – auf welche Weise auch immer – von dem äußerst brutalen Mord erfahren haben muss. Als Angehörige einer hochadeligen und mächtigen Familie war sie zwar privilegiert, im Falle eines Umsturzes jedoch auch exponiert und bedroht.

Ottos und Theophanus Ehe muss in den ersten Jahren glücklich gewesen sein. 974, ein Jahr nach dem Tod seines Vaters, nannte Otto sie in einer Urkunde »Coimperatrix« – Mitkaiserin – und führte einen im Westen bis dahin unbekannten Titel ein. Als gesichert gilt auch, dass der junge Kaiser in machtpolitischen Fragen Theophanus Rat und nicht den seiner Mutter suchte. Während der Aufstände Heinrichs zog sich

Adelheid vom Hof ihres Sohnes und ihrer Schwiegertochter nach Burgund und in die Lombardei zurück. Vor der Schlacht von Cotrone scheint sich die Beziehung zwischen Otto und Theophanu verschlechtert zu haben. Zumindest beurteilte Theophanu den Feldzug wohl sehr skeptisch, und Otto war – anders als sonst – nicht bereit, ihren Rat ernst zu nehmen.

Den Beginn von Heinrichs Aufstand habe ich zeitlich gerafft: So starb Herzog Burchard von Schwaben erst einige Monate später als in meinem Roman dargestellt, und Heinrich musste sich geschlagen geben, ehe die Polen und Böhmen ihn unterstützen konnten. Dass Heinrich auf der Reichenau versuchte, Theophanu zu vergewaltigen, habe ich erfunden – ebenso wie die Szene, in der Heinrich Otto und Theophanu in der Pfalz von Tilleda überfiel und Theophanu durch die Flucht eine Fehlgeburt erlitt. Die historische Begebenheit hinter dieser Szene ist, dass der westfränkische König Lothar das Kaiserpaar 978 in der Pfalz von Aachen überfiel, als Theophanu mit ihrer Tochter Mathilde hochschwanger war. Das Kaiserpaar konnte jedoch im letzten Moment fliehen und sich so vor der Gefangennahme retten.

Die dramatischen Umstände der Geburt Ottos III. sind historisch. Theophanu kam mit ihrem Sohn im Wald nieder, da ihr Tross die Pfalz von Nimwegen nicht mehr rechtzeitig erreichte. Das erstgeborene Mädchen kam entweder tot zur Welt oder starb kurz nach der Geburt.

Den Zug Ottos und Theophanus über die Alpen nach Rom und die Versöhnung mit Adelheid in Pavia habe ich vom Jahr 980 ins Jahr 982 verlegt und die Schlacht von Cotrone vom Sommer 982 in den Sommer 983. Der Hoftag von Verona fand im Juli 983 und nicht im Herbst statt, und anders als in meinem Buch nahm Adelheid daran teil.

Historisch gesichert ist, dass ein jüdischer Händler namens Kalymachos aus Mainz Otto nach der verlorenen Schlacht rettete und ihn mit seinem Pferd ans Meer brachte. Ebenfalls verbürgt ist, dass sich Otto schwimmend auf eine byzantinische Dromone retten konnte, während Kalymachos am Ufer wahrscheinlich von Sarazenen getötet wurde. Ottos Flucht von dem Schiff muss tatsächlich sehr abenteuerlich gewesen sein – angeblich brachte er sogar noch Dietrich von Metz, der nicht schwimmen konnte, heil ans Ufer.

Dass Otto seinen Tod so lange wie möglich verheimlichen wollte, um seinen Sohn zu schützen, habe ich ebenso erfunden wie die Umstände seines Sterbens, nämlich dass er nur im Beisein Theophanus und ohne die Segnungen der Kirche aus dem Leben schied.

Das Gleiche gilt für das Zeichen der Liudolfinger, das ihnen den Tod ankündigte. Tatsache ist aber, dass der Bote, der die Nachricht vom Tod Ottos nach Aachen brachte, je nach Quelle nur wenige Stunden oder Tage nach der Krönung dort eintraf.

Bald nach der Krönung kam Heinrich aus der Haft frei, und der Kölner Erzbischof Warin war tatsächlich nur allzu schnell bereit, ihm den kleinen König und die Reichsinsignien zu überlassen. Willigis spielte in dem Streit zu Beginn eine etwas undurchsichtige Rolle. Allerdings ist er bei mir jedoch negativer und opportunistischer gezeichnet, als er wohl in Wirklichkeit war.

Theophanu hielt sich während des Thronstreits bis zum Frühjahr 984 bei Adelheid in Pavia auf. Ihre Schwiegermutter unterstützte sie darin, ihren Sohn von Heinrich zurückzufordern und ihm die Herrschaft zu sichern. Dass Theophanu jedoch heimlich in den Norden zog, um den Jungen zu retten, ist eine Schöpfung meiner Fantasie, ebenso ihre Liebesgeschichte mit Isai und die Affäre mit Crescentius.

Die Crescentier waren ein mächtiges römisches Adelsgeschlecht, das sich häufig in Opposition zu den Kaisern und den Päpsten befand. Crescentius ließ Papst Johannes XIV. laut zeitgenössischer Quellen nach dem Tod Ottos in der

Engelsburg gefangen setzen und im August 984 umbringen. Dass Mathilde dort ebenfalls gefangen war, habe ich erfunden.

Dietrich von Metz schlug sich im Verlauf des Thronstreits auf die Seite Heinrichs und machte Theophanu für die Niederlage von Cotrone verantwortlich. Ebenso war sie tatsächlich immer wieder übler Nachrede wegen ihres angeblich liederlichen Lebenswandels und ihrer Verschwendungssucht ausgesetzt.

Als gesichert gilt ebenfalls, dass Otto einen engen Freund namens Heinrich Zolunta hatte, der zusammen mit ihm von der byzantinischen Dromone floh. Dass Herzog Heinrich diesen Freund Ottos umbringen ließ, beruht jedoch auf meiner Fantasie.

Ebenso erfunden ist die Figur Ottos vom Wormsgau, der in meinem Buch nach Beginn des Aufstands 973 Herzog von Schwaben wird. Er setzt sich aus zwei historischen »Ottos« zusammen – dem Grafen vom Wormsgau und Ottos Neffen gleichen Namens, einem Sohn Liudolfs.

Ekbert der Einäugige mit seinem exzentrischen Wesen ist jedoch eine historisch verbürgte Figur.

Hermann Billung war zur Zeit des Reichstags in Quedlinburg 973 schon tot, und auch was die diversen Reisestationen und Aufenthalte Theophanus und Ottos in Pfalzen und Klöstern anbelangt, habe ich mir Freiheiten genommen. Des Weiteren bei der architektonischen Beschreibung mancher Orte. Benediktinische Gründungen existierten in Mainz und im Rheingau erst ab dem 11. Jahrhundert. Der Name der slawischen Geisel, mit der Otto I. einen unehelichen Sohn hatte, ist – anders als in meinem Buch dargestellt – historisch nirgends bezeugt. Der Palmsonntag fiel im Jahr 984 auf den 16. März. In meiner Geschichte liegt er zwei, drei Wochen später.

Während der Versammlung von Rara musste sich Theophanu keinem Gottesurteil unterziehen, aber der Stern, der am helllichten Tag über den Himmel zog, ist in historischen Quellen vermerkt. Dabei muss es sich um einen Meteoriten gehandelt haben. Dieser »Stern« wurde von den anwesenden Adeligen und Bischöfen als Zeichen verstanden, dass Otto III. der rechtmäßige Herrscher war und Theophanu die Vormundschaft für ihn zukam.

Nach dem Tag von Rara blieben Theophanu noch sieben Jahre. 985 berief sie in Metz ein »Colloquium dominarum« – eine Zusammenkunft der Frauen – ein, an der außer ihr und Adelheid auch Adelheids Tochter Emma (die Gattin König Lothars), die Äbtissin Gerberga von Gandersheim (Heinrichs Schwester), Herzogin Beatrix von Oberlothringen, Königin Mathilde von Burgund (Adelheids Schwägerin) und wahrscheinlich auch die Äbtissin Mathilde von Quedlinburg teilnahmen. Als Ergebnis dieser Konferenz der hochadeligen, verwandtschaftlich verbundenen Frauen erhielt Heinrich das Herzogtum Bayern zurück. Fortan wurde er seinem Beinamen »der Zänker« untreu und wandelte sich zum loyalen Vasallen.

Im Herbst 989 zog Theophanu, nur von wenigen Bewaffneten begleitet, nach Rom, um an Ottos Todestag an seinem Grab zu beten und den Anspruch ihres Sohnes auf die Kaiserkrone zu sichern.

Am 12. Juni 991 starb Theophanu in der Pfalz von Nimwegen im Alter von einunddreißig oder zweiunddreißig Jahren. Ihr Verhältnis zu Adelheid hatte sich oft als schwierig gestaltet. Doch vor ihrem Tod verfügte Theophanu, dass ihre Schwiegermutter die Vormundschaft und damit auch die Regentschaft für ihren elf Jahre alten Sohn übernehmen sollte.

Als Theophanu neunzehn Jahre zuvor – blutjung – in den Norden des Reichs gekommen war, hatte sie sich in einer völlig fremden Welt zurechtfinden müssen. Sie meisterte diese schwierige Aufgabe. Dann, nach dem frühen Tod Ottos, gelang es ihr, sich gegen Heinrich und die Fürsten zu behaupten und den Bestand des Reiches zu festigen. Während ihrer letzten Lebensjahre war ihre Autorität unangefochten.

Eine, wie ich finde, bewundernswerte Leistung.

Beate Sauer
Bonn, im Herbst 2008